चन्द्रकिशोर जायसवाल

चन्द्रकिशोर जायसवाल का जन्म 15 फरवरी, 1940 को बिहार के मधेपुरा जिले के बिहारीगंज में हुआ। उन्होंने पटना विश्वविद्यालय, पटना से अर्थशास्त्र में स्नातकोत्तर शिक्षा हासिल की और अरसे तक अध्यापन करने के बाद भागलपुर अभियंत्रण महाविद्यालय, भागलपुर से प्राध्यापक के रूप में सेवानिवृत्त हुए।

उनकी प्रमुख कृतियाँ हैं—'गवाह गैरहाजिर', 'जीबछ का बेटा बुद्ध', 'शीर्षक', 'चिरंजीव', 'माँ', 'दाह', 'पलटनिया', 'सात फेरे', 'मणिग्राम', 'भट्ठा', 'दुखग्राम', 'दुलारी चाची' (उपन्यास); 'मैं नहिं माखन खायो', 'मर गया दीपनाथ', 'हिंगवा घाट में पानी रे!', 'जंग', 'नकबेसर कागा ले भागा', 'दुखिया दास कबीर', 'किताब में लिखा है', 'आघातपुष्प', 'तर्पण', 'जमीन', 'खट्टे नहीं अंगूर', 'हम आजाद हो गए!', 'प्रतिनिधि कहानियाँ' (कहानी-संग्रह); 'शृंगार', 'सिंहासन', 'चीर-हरण', 'रतजगा', 'गृह-प्रवेश', 'रंग-भंग' (नाटक); 'आज कौन दिन है?', 'त्राहिमाम्', 'शिकस्त', 'जबान की बन्दिश' (एकांकी)।

उनके उपन्यास 'गवाह गैरहाज़िर' पर राष्ट्रीय फ़िल्म विकास निगम द्वारा निर्मित फ़िल्म 'रूई का बोझ' और कहानी 'हिंगवा घाट में पानी रे!' पर दूरदर्शन द्वारा निर्मित फ़िल्में काफी चर्चित रही हैं। 'रूई का बोझ' नेशनल फ़िल्म फ़ेस्टिवल पैनोरमा (1998) के लिए चयनित हुई थी और अनेक अन्तरराष्ट्रीय फ़िल्म महोत्सवों में प्रदर्शित हो चुकी है।

उन्हें 'रामवृक्ष बेनीपुरी सम्मान', 'बनारसी प्रसाद भोजपुरी सम्मान', 'आनन्द सागर कथाक्रम सम्मान', बिहार राष्ट्रभाषा परिषद के 'साहित्य साधना सम्मान' और बिहार सरकार के 'जननायक कर्पूरी ठाकुरी सम्मान' से सम्मानित किया गया है।

मो. : 9931018938

ई-मेल : jaiswal.chandrakishore@gmail.com

दुलारी चाची

चन्द्रकिशोर जायसवाल

राधाकृष्ण पेपरबैक्स

राधाकृष्ण पेपरबैक्स में
पहला संस्करण : 2024

राधाकृष्ण पेपरबैक्स : उत्कृष्ट साहित्य के जनसुलभ संस्करण

राधाकृष्ण प्रकाशन प्रा. लि.
जी-17, जगतपुरी
दिल्ली-110 051
द्वारा प्रकाशित

शाखाएँ : अशोक राजपथ, साइंस कॉलेज के सामने, पटना-800 006
पहली मंजिल, दरबारी बिल्डिंग, महात्मा गांधी मार्ग, प्रयागराज-211 001
1, अनमोल सोराबजी सन्तुक लेन, धोबी तलाव, मरीन लाइंस, मुम्बई-400 002
वेबसाइट : www.radhakrishnaprakashan.com
ई-मेल : nfo@radhakrishnaprakashan.com

बी.के. ऑफसेट
नवीन शाहदरा, दिल्ली-110 032
द्वारा मुद्रित

मूल्य : ₹399

DULARI CHACHI
Novel by Chandrakishore Jaiswal

ISBN : 978-93-48157-78-2

दुलारी चाची

"आपका शुभ नाम?"
"जगदीश मंडल। गाँव में मुझे जगदीश मास्टर के नाम से जाना जाता है।"

"आपका गाँव?"

"धनपत।"

"धनपत?"

"जी हाँ।"

"कहाँ है यह धनपत?"

"कहाँ है यह धनपत! आप धनपत को नहीं जानते?

"जी, नहीं जानता।"

"यह जानते हैं कि लाल किला कहाँ है?"

"जी, दिल्ली में है।"

"मगर यह नहीं जानते कि धनपत कहाँ है?"

"नाम कभी सुना नहीं।"

"सारी दुनिया ने सुन लिया, मगर आपने नहीं सुना। नहीं जानते कि धनपत कहाँ है! धनपत बिहार बुक ऑफ रिकॉर्ड्स में है, धनपत इंडिया बुक ऑफ रिकॉर्ड्स में है, धनपत लिम्का बुक ऑफ रिकॉर्ड्स में है, धनपत गिनीज वर्ल्ड रिकॉर्ड्स में है, स्टार वर्ल्ड रिकॉर्ड्स में है। मेरा धनपत ग्रेट ब्रिटेन के रिकॉर्ड होल्डर्स रिपब्लिक में भी है। आप हैं कि पूछ रहे हैं, धनपत कहाँ है! छिः, कूपमंडूक!"

यह संलाप जगदीश मास्टर के मन के आकाश में इधर कुछ सालों से घुमड़ रहा है। संवाद को बार-बार दुहराकर वे आह्लादित हो उठते हैं। काश, ऐसा हो! काश!... राम जाने कि अपने इस धनपत के कारण कभी किसी को कूपमंडूक कहने का मौका उन्हें मिलेगा या नहीं!

वे किसी 'कूप' में पैदा भर हुए थे, 'कूपमंडूक' रहे नहीं। एक जमाना था जब देश-दुनिया की छटाँक भर खबर सप्ताह के एक दिन सोमवार को धनपत तक पहुँचती थी जब गाँव के लोग बनमनखी की सोमवारी हाट से होकर आते थे। गाँव के लोग उसी 'छटाँक' को सेर-पसेरी बनाकर सप्ताह भर अपना काम चलाते थे। तब गाँव में कोई अखबार नहीं आता था, गाँव की बभनटोली में भी नहीं।

ऐसा कहा जा सकता है कि गाँव का नाम रिकॉर्ड बुक में दर्ज करवाने के लिए जगदीश मास्टर ने बहुत पहले से अपनी तैयारी शुरू कर दी थी। वे कॉलेज का मुँह देख आए थे। अगर बाबू ने घर-गृहस्थी सँभालने के लिए उन्हें बुला नहीं लिया होता तो वे पूर्णिया से पटना-दिल्ली तक पढ़ने चले जाते। अपने कॉलेज के दिनों से ही वे अपना ज्ञान का भंडार भरने में भिड़ गए थे। पूर्णिया में हर शाम लालमनि साह की किताब-दुकान तक धावा मारते, देश-दुनिया के समाचार की कोई पत्रिका खरीदते और घर आकर उसे चाट जाते। अक्सर वहाँ विज्ञ जनों का जमावड़ा होता जिनकी बातें सुनने के लिए वे घंटों जमे रहते।

उन्हें इस बात का जरा भी अफसोस नहीं कि वे पढ़ाई करने पटना-दिल्ली नहीं गए। अब तो और भी नहीं, क्योंकि राजनीतिक दलों की दो रैलियों में वे पटना भी देख आए थे और दिल्ली भी। ज्ञान में बढ़ोतरी तो हुई, मगर उन्हें पूरा विश्वास हो गया कि वे अपना काम गाँव में रहकर भी बखूबी कर सकते हैं। उन्हें इतना भर तो पता लगाना है कि अपने गाँव में ऐसा क्या है जो किसी और गाँव में नहीं। रिकॉर्ड बुक में नाम दर्ज कराने के लिए इतना भर पता लगा लेना काफी है। रिकॉर्ड की खोज में वे इलाके के सैकड़ों गाँवों का भ्रमण कर चुके हैं। भगवान का भला हो कि उसने मदद के लिए रामोतार मास्टर को धनपत के विद्यालय में भेज दिया। उनका यह विश्वास लगातार जमता चला गया कि यह मास्टर तो ज्ञान की गंगा में सैकड़ों-हजारों डुबकियाँ लगाकर धनपत आया है।

अपने लक्ष्य की ओर लगातार कदम बढ़ाते हुए जगदीश मास्टर अब अक्सर सपना देखने लगे हैं, कभी-कभी भोर में भी। वे सपना देखते हैं कि वे दिल्ली पहुँचे हुए हैं और कोई उनसे पूछ रहा है, "आप कहाँ से आए हैं?" ज्यों ही वे बताते हैं कि वे गाँव धनपत, जिला अररिया, बिहार प्रदेश से आए हैं, त्यों ही वह आदमी गद्‌गद भाव से उनके आगे हाथ जोड़ देता है और बोलता है, "धनपत से! जिला और प्रान्त बताने की जरूरत नहीं है। धनपत गाँव को आज सारा हिन्दुस्तान जान रहा है और उस आदमी को आज हिन्दुस्तान सलाम कर रहा है जिसने अपने गाँव को इस ऊँचाई तक पहुँचा दिया है। मगर मैंने आज तक उस आदमी का चेहरा नहीं देखा है। है आपके पास उनका कोई फोटो, फोटो बाबू जगदीश मास्टर का?"

मुस्कुराना जरूरी समझकर जगदीश मास्टर मुस्कुराते हैं और बोलते हैं, "वह नाचीज मैं ही हूँ; मैं ही हूँ जगदीश मास्टर।"

अजनबी उनके गले लग जाता है, "अहोभाग्य, आपके दर्शन हुए!"

ओह, भोर का सपना!

अब तक सौ से ऊपर गाँवों की तसवीरें खींच चुके हैं वे।

सपना सच हो जाए, बहुत चाहा है जगदीश मास्टर ने और इसके लिए सारा काम-धाम छोड़कर वे दिन-रात प्रयास कर रहे हैं।

उन्होंने यह बात समझ ली है कि जब तक उनका गाँव दिल्ली नहीं पहुँच जाता है, तब तक उनका दिल्ली पहुँचना और दिल्ली में किसी 'अजनबी' का उन्हें गले लगाना सम्भव नहीं है। जाने को तो वे अब तक दिल्ली दो-दो बार इस-उस दल की 'रैली' में जा चुके हैं, और पूछनेवाले को यह तक बताना पड़ा है कि बिहार में किधर है अररिया जिला। वे गाँव को दिल्ली पहुँचाने के लिए अथक परिश्रम कर रहे हैं। किसी बात में, किसी विचार में, अपना धनपत हो अपनी तरह का दुनिया में अकेला गाँव। नाम दर्ज हो जाए धनपत का 'रेकॉर्ड बुक' में।

मगर अभी तो इस कमबख्त धनपत का यह हाल है कि कभी इसका नाम तक अखबार में नहीं छपा है। इस इलाके के ही दसों गाँव हैं जिनके नाम अखबार में कई-कई बार छप चुके हैं, मगर कमबख्त यह धनपत!

एक बार ऐसा लगा तो था कि...

अखबार में एक फोटो छपा था, एक औरत के सिर पर घास का बोझ और उसके कान से सटा मोबाइल। जगदीश मास्टर को याद आया, तीन-चार दिन पहले ही उन्होंने सिर पर घास का बोझ लिये और कान से मोबाइल सटाए एक औरत को सामने की सड़क से गुजरते हुए उन्होंने देखा था; उन्होंने गौर से देखा, यह तो धनेसर की घरवाली घुघरीवाली है। वे आह्लादित हो उठे, "जय हो, जय हो, अब जाकर आया धनपत अखबार में!" मगर...शंका हुई मन में, धनपत का कहीं नाम नहीं था, तसवीर के नीचे इतना भर लिखा था, 'अररिया जिला की नई पहचान।' शंका हुई, आँखों को धोखा तो नहीं हुआ!

उन्होंने तुरन्त अपनी लाडली अनुपमा को बुलाया और उससे कहा, "देख तो बेटी, यह फोटो घुघरीवाली का ही है न?"

अनुपमा ने गौर से फोटो को देखा, नजर गड़ाकर देखा, और फिर बोली, "बाबू, मैं यह फोटो हर्राहावाली चाची को दिखाकर आती हूँ। घुघरीवाली चाची को बराबर उसके साथ ही देखती हूँ।"

अनुपमा उड़ी और जगदीश मास्टर, जिन्हें पिछले मुखिया-चुनाव में चोट खाए रग्घू नायक के पास जाना था, रुककर बेटी के आने का इन्तजार करने लगे।

उन्होंने दूर से ही बेटी के उदास कदमों को देखकर जान लिया कि जवाब उनके मन लायक नहीं है। अनुपमा ने आकर उन्हें सुनाया, "यह फोटो घुघरीवाली चाची का नहीं है, बाबू। हर्राहावाली चाची ने बताया कि फोटो में घुघरीवाली की नाक नहीं है, कान भी नहीं है, और घुघरीवाली गले में कोई माला भी नहीं पहनती है। मैं अभी घुघरीवाली चाची के घर भी चली गई थी उनकी नाक और कान देखने। यह फोटो घुघरीवाली चाची का नहीं है, बाबू। गले में माला भी नहीं थी।"

अब और अधिक उदास होने के बजाय गुस्से में आ गए जगदीश मास्टर और रामोतार मास्टर को याद किया।

*

रामोतार मास्टर जैसे इनके स्वागत में तैयार ही बैठे हुए थे। अपने गुस्से को बरकरार रखते हुए जगदीश मास्टर ने रामोतार बाबू को अखबार में छपा फोटो दिखाया और बोले, "देख लीजिए, सिर्फ एक औरत की तसवीर।"

रामोतार बाबू ने निगाह जमाकर तसवीर देखी और बोले, "अच्छी तसवीर है।"

"इस तसवीर में सिर्फ एक औरत है जिसके सिर पर घास का बोझ है और कान से सटा मोबाइल। मेरे गाँव में तो एक कतार में दस-दस औरतें सिर पर बोझ और कान से मोबाइल सटाकर निकलती हैं। बोलिए, अकेली 'एक' अच्छी या कतार में 'दस' अच्छी?"

रामोतार बाबू हँस पड़े, "हाँ, दस की कतार अधिक अच्छी।"

"तो फिर यहाँ की तसवीर छपनी चाहिए या नहीं? मैं नहीं मानता कि अखबार वालों को 'एक' सूझी और 'दस' नहीं सूझी। कितना अच्छा होता कि कतार का फोटो छपता और फोटो के नीचे लिखा होता, 'ग्राम धनपत की एक तसवीर।' इस धनपत का नाम चमकता या नहीं?"

"देखिए जगदीश बाबू, इस तरह नाम चमकाने के लिए कुछ मेहनत करनी पड़ेगी आपको, कुछ बटुआ भी ढीला करना पड़ सकता है।"

"मैं तैयार हूँ।"

"पहली बात, अखबार वालों को यह पता तो हो कि आपके गाँव में औरतें इस तरह कतार में चलती हैं।"

"कैसे पता हो?"

"अखबार में कुछ खबरें छपती हैं, कुछ छपवाई जाती हैं। आज के अखबार को ही देख लीजिए। देश-दुनिया के ढेर सारे समाचार के बाद एक समाचार यह भी है

कि विधायक जी की सास का स्वर्गवास हो गया; एक दूसरा समाचार है कि बिजली के तार टूटने से तीन गाएँ मर गईं। हो सकता है कि ये खबरें छपवाई गई हों। हर नेता चाहता है कि अखबार में रोज उसका नाम छपे। इस बार छपाने के लिए कुछ नहीं मिला, तो सास के बहाने ही छप गए। जिसकी गाएँ मरीं, उसका इरादा रहा होगा बिजली विभाग से मुआवजा लेने का। आपको अपने गाँव का कोई समाचार छपवाना हो, तो अखबार के संवाददाता से भेंट कीजिए। उसे कुछ खिलाए-पिलाएँगे तो वह आपका समाचार छपवा देगा अखबार में। अगर आप उसे खुश करते रहे तो रोज ही अखबार में धनपत छपता रहेगा और धनपत का नाम चमकता रहेगा।"

"कहाँ मिलेगा संवाददाता?"

"संवाददाता तो कई-कई होंगे, मगर एक को मैं जान रहा हूँ। वे एक दिन हमारे विद्यालय में आए थे। नाम है उनका श्यामसुन्दर गुप्ता। बनमनखी के रहनेवाले हैं। आप उनसे मिलिए।"

"मैं अकेले मिलूँ?"

"हाँ-हाँ, बेहिचक।"

"नहीं, पहली बार आपको मेरे साथ चलना होगा। उसके बाद तो मैं रोज ही मिलूँगा उनसे। बनमनखी है ही कितनी दूर! साइकिल से घंटे भर की सवारी है।"

"ठीक है, चलूँगा मैं।"

"आज चलेंगे?"

"आज छोड़ दीजिए; कल चलूँगा।"

"कल ही सही; हम लोग दस बजे वाली बस से चलेंगे।"

"एक बात कहूँगा आपसे।"

"कहिए।"

"आप रोज-रोज मिलें श्यामसुन्दर बाबू से और रोज-रोज कोई न कोई समाचार छपवाकर धनपत का नाम चमकाएँ, मगर आपका ध्यान इस बात पर रहे कि आपको अपने गाँव का नाम 'रेकॉर्ड बुक' में दर्ज करवाना है।"

"उसी पर तो ध्यान है पूरा का पूरा। उसी के लिए तो नाम चमकाने पर ध्यान गया है।"

"आपको इस गाँव का नाम 'रेकॉर्ड बुक' में दर्ज करवाना है, तो समाचार भी इतना भारी हो कि अपने बल पर 'रेकॉर्ड बुक' में दर्ज हो जाए। आपकी सास मर जाए या गाँव की दस-बीस गाएँ, इनसे 'रेकॉर्ड बुक' तक नहीं पहुँचा जा सकता। कुछ ऐसा हो जो अनूठा हो, जैसा पहले कभी कहीं नहीं हुआ हो, जैसे..."

"जैसे?"

"जैसे..."

"छोड़िए 'जैसे' को," तपाक् से बोल पड़े जगदीश मास्टर, "मैं 'अनूठा' को पहचानता हूँ। उसी 'अनूठा' की खोज में तो मैं लगा हुआ हूँ।"

*

जगदीश मास्टर इधर कुछ सालों से कर ही क्या रहे थे! अब तो उनके पास अनूठों की भरमार थी। उनकी डायरी में आँकड़े ही आँकड़े हैं, दिन-रात की जी-तोड़ मेहनत का नतीजा। अब इनमें जो आँकड़ा अनूठा निकल जाए।

अगले ही दिन अपनी डायरी के साथ वे जा पहुँचे रामोतार मास्टर के पास। उनके घर में आसन ग्रहण करते ही उन्होंने जेब से अपनी डायरी निकाली और एक पन्ना खोलकर बोले, "सुन लीजिए, रामोतार बाबू, मैं आपको अपना पहला अनूठा सुना रहा हूँ।"

रामोतार बाबू मुस्कुराकर बोले, "सुनाइए।"

"धपनत में कुल तेईस पियक्कड़ हैं," जगदीश मास्टर ने एक नजर रामोतार मास्टर के चेहरे पर डाल ली, "दारू पीनेवाले। मैं नहीं समझता हूँ कि किसी भी एक गाँव में इतने पियक्कड़..."

"दुर!" रामोतार बाबू ने दुरदुरा दिया, "तेईस का कोई मोल है! सौ-सौ आदमी तो एक गाँव के एक साथ मर गए हैं दारू पीकर। पचास से ऊपर की खबर तो हर साल छप रही है अखबार में। आप अखबार नहीं पढ़ते क्या?"

जगदीश मास्टर सकपकाए; बोले, "अखबार तो मैं रोज पढ़ता हूँ, मास्टर साहब। अखबार न पढ़ूँ, तो रात में नींद ही नहीं आए। यह भी सुन लीजिए कि सात जून का अखबार पढ़ना मुझसे छूट गया था, तो उस अखबार को मैंने इक्कीस जून को पढ़ा दमगरा पुस्तकालय जाकर। लगता है, मेरी नजर कभी ऐसी खबरों पर टिकी ही नहीं। हमारे गाँव का आदमी भी तो बस एक मरा है दारू पीकर, रामू मंडल, वह भी पंजाब में।"

"छोड़िए दारू का किस्सा," रामोतार बाबू बोले, "कुछ अनूठा सुनाइए, अनूठा; कुछ ऐसा लाइए जो सचमुच अनूठा हो।"

अपने अगले अनूठे को मन-ही-मन अच्छी तरह तौल लेने के बाद जगदीश मास्टर ने मुँह खोला, "तो सुनिए, रामोतार बाबू, एक खबर कभी अखबार में नहीं छपी होगी कि किस गाँव में भाँग की कितनी खपत है। हमारे गाँव की भाँग की खपत अखबार में छपने लायक है। यहाँ पचासों बाल्टी भाँग हर रोज घोंटी जाती है। बभनटोली में शायद ही कोई ऐसा हो जो भँगेड़ी नहीं हो। बोलिए, कोई और गाँव बराबरी कर सकेगा धनपत की?"

"नाप-जोख मैं नहीं जानता," रामोतार बाबू ने जवाब दिया, "मगर भँगेड़ी ब्राह्मणों के बड़े-बड़े गाँव हैं और वहाँ पचास से अधिक बाल्टियों में भाँग घोंटी जाती होगी। यह अनूठा आपका नहीं चलेगा। इस अनूठा से आपके गाँव का नाम चमकनेवाला भी नहीं है।"

रामोतार मास्टर के जवाब ने भारी दुख पहुँचाया जगदीश मास्टर को। इस आँकड़े तक पहुँचने के लिए क्या-क्या नहीं किया उन्होंने! सात दिनों तक तो केवल इस एक आँकड़े के पीछे पड़े रहे, और फिर पैसा भी खर्च किया; नवला को हरिहर हलवाई की दुकान में अपने साथ बैठाकर दोना भर जलेबी खिलाई और दौलतिया को हाट में दो-दो दिन गजाधर की दुकान पर स्पेशल चाय...

कुछ सहज होकर जगदीश मास्टर बोले, "इस बार आप 'हाँ' बोलेंगे।"

"कैसी 'हाँ'?"

"हाँ-हाँ, यह अनूठा है।"

"पहले अपना अनूठा सुनाइए तो।"

जगदीश मास्टर ने आँखें सिकोड़ीं और बोले, "जितने मचान हैं धनपत में, उतने मचान होंगे किसी और गाँव में?"

"होंगे।"

"होंगे?"

"हाँ, होंगे," रामोतार बाबू ने जवाब दिया, "गाँव में किस घर को मचान नहीं चाहिए? धनपत से बड़े कितने ही गाँव तो आपको पाँच कोस के दायरे में ही मिल जाएँगे। हर बड़े गाँव में यहाँ से अधिक घर होंगे और यहाँ से अधिक मचान।"

"रामोतार बाबू, आप सिर्फ बहस के लिए तो बहस नहीं कर रहे हैं?"

नहीं-नहीं, ऐसा बिलकुल नहीं है। मैं तो बस यही चाहता हूँ कि आपका काम ठोस हो।"

"मैं अब तक कम-से-कम पचास गाँवों में मचानों की गिनती कर चुका हूँ। धनपत में कुल एक सौ इक्कीस मचान हैं। इतने मचान और किसी गाँव में नहीं हैं, साठ से अधिक कहीं नहीं।"

"आप उन गाँवों में गए ही नहीं जहाँ एक सौ इक्कीस से भी अधिक मचान होंगे। कभी चलिए मेरे साथ, बड़गाँव चलिए, बनगाँव चलिए, मैं एक सौ इक्कीस से भी अधिक मचानों की गिनती करवा देता हूँ।"

जगदीश मास्टर चुपचाप थोड़ी देर रामोतार मास्टर को मुस्कुराते हुए देखते रहे और फिर उछलती आवाज में बोले, "आप तो यह भी नहीं मानेंगे कि दिल्ली-पंजाब जानेवालों की सबसे बड़ी संख्या हमारे गाँव की है?"

"नहीं मानूँगा।"

"नहीं मानेंगे ?"

"बिलकुल नहीं।"

"नहीं मानने का आधार?"

"आपका गाँव कभी कुछ समय के लिए भी खाली होता है? नहीं होता है। यहाँ से सिर्फ देह-दशा से दुरुस्त छोकरे निकलते हैं दिल्ली-पंजाब के लिए, कभी-कभी कुछ अधबैसू भी। औरतें यहीं रुकी रहती हैं, उनके साथ उनके बच्चे। कभी सहरसा-सुपौल के गाँवों की ओर जाइए। वहाँ तो गाँव का गाँव खाली हो जाता है। उधर तो अब औरतें भी दिल्ली-पंजाब जाने लगी हैं अपने बच्चों को साथ लिये। रेलगाड़ी में जगह नहीं मिलती, तो अब बसों से निकलने लगे हैं। गाँव में सिर्फ बूढ़े-बूढ़ी नजर आएँगे। आपका गाँव उन गाँवों के आगे बिलकुल नहीं ठहरता।"

"आप सही कह रहे हैं। पता नहीं, कैसे मेरे दिमाग में यह बात आई कि..."

जगदीश मास्टर को चुप हो जाते देख रामोतार मास्टर पूछ बैठे, "अब कोई और अनूठा तो नहीं है आपके पास?"

जगदीश मास्टर हाँ में सिर हिलाने लगे थे और सिर हिलाते हुए ही सुनाया, "है, अभी है, है कैसे नहीं!" और फिर झनककर बोले, "अभी तक तो मैंने चूहे पेश किए थे आपके सामने; अब देखिए हाथी।"

रामोतार बाबू मुस्कुरा पड़े, "दिखाइए।"

कुछ सोचकर जगदीश मास्टर बोले, "आप भी तो बहुत गाँव देखे हुए हैं और इस गाँव को भी देख रहे हैं। क्या आपने किसी भी गाँव में इतने पक्के मकान एक साथ बनते हुए देखा है जितने अभी इस गाँव में बन रहे हैं? मैं दावे के साथ कहता हूँ कि किसी भी गाँव में इतने पक्के मकान नहीं बन रहे होंगे। यहाँ तो जिधर नजर दौड़ाओ उधर ही पक्का मकान बन रहा है। जिस किसी से भी पूछो, वह आपको ईंट, बालू, सरिया, समेंट की दर के साथ मिस्त्री और मजदूर की दर भी बता देगा। अगर कोई अभागा अभी नहीं बना रहा है कुछ पक्का, तो समझिए कि जुगाड़ में लगा हुआ है। कोई एक भी ऐसा नहीं मिलेगा जिसने किसी रात यह सपना नहीं देखा हो कि वह अपने एकमहला-दुमहला मकान की छत पर टहल रहा है।

"यहाँ भी आप हार रहे हैं, जगदीश बाबू, आप हाथी की बात कर रहे थे और यहाँ चूहे का बच्चा भी नहीं निकला," रामोतार मास्टर बोल गए, "आप सपनों से बाहर आकर बात कीजिए। आपने उन गाँवों को नहीं देखा है जो आपके गाँव से बड़े हैं और जहाँ लगभग सबके पास पक्के मकान हैं। आपका यह गरीब गाँव

दूसरे प्रदेशों के अमीर गाँवों के आगे नहीं टिकेगा। हाँ, मैं इतना मान सकता हूँ कि इस इलाके में या पूरे अररिया जिला में सबसे अधिक पक्के मकान धनपत में बन रहे हैं। मगर इतने से आप गिनीज बुक रिकॉर्ड तो क्या, बिहार बुक रिकॉर्ड में भी नहीं घुस सकते। ऊँहूँ, बिलकुल नहीं।"

"अब मैं आपसे तीन महीने बाद बात करूँगा।"

"क्या बात करेंगे?"

"तब तक यहाँ सबके पक्के मकान बन चुके होंगे और आपका 'लगभग' भी यहाँ नहीं लगेगा।"

"ऐसा विश्वास है आपको?"

"मैं ढोल पिटवा दूँगा कि है कोई ऐसा गाँव जो धनपत की बराबरी करे? बिना 'लगभग' वाला मेरा गाँव! मेरा गाँव धनपत! आजा...भिड़ जा।"

रामोतार बाबू हँस पड़े, "ठीक है, तीन महीने बाद। तब तक आप सवार रहिए कच्चे मकान वालों पर।"

जगदीश मास्टर कुछ देर तक रामोतार मास्टर का चेहरा निहारते रहे और फिर बोले, "मेरे पास अभी भी कुछ अनूठे बचे हुए हैं। आपको भले ही अब तक सब चूहे नजर आए हों, मगर आप अब कभी भी कह उठेंगे कि हाँ, यह तो हाथी निकला; अब धनपत सबसे ऊपर।"

"मेरी भी इच्छा तो है कि मैं ऐसा कहूँ।"

"तो सुनिए एक महीन बात।"

आसन बदलकर रामोतार मास्टर बोले, "बोलिए, महीन बात।"

शंकालु निगाहों से रामोतार मास्टर की ओर देखते हुए जगदीश मास्टर ने सुनाया, "किसी की नजर इस बात पर नहीं जाती है, मगर मेरी गई। बेटा-पतोहू के रहते अपना और अपने बूढ़े का खाना खुद पकानेवाली बूढ़ी सासें जितनी इस धनपत में हैं उतनी और किसी गाँव में नहीं होंगी। गई है आपकी नजर इस बात पर?"

"नहीं, नहीं गई है और अब यह बात खुद हर एक की नजर में आ गई है," रामोतार मास्टर बोले, "यह रोग अब हर गाँव में फैल चुका है। अब तो कोई बूढ़ी शिकायत भी नहीं करती कि उसे बुढ़ापे में चूल्हा जलाना पड़ रहा है। हाँ, अनाज-पानी नहीं मिलने पर कुछ बकझक करती है। आप बेकार ही इस बात पर नजर डालकर आँकड़े जुटाने में लग गए।"

मर्माहत हुए जगदीश मास्टर और देर तक चुप रह गए। मगर फिर दुगुने जोश से बोले, "अब जो मैं बोल रहा हूँ उसे आप नकार नहीं सकते।"

"बोलिए; अब तक तो आपने निराश ही किया है।"

“इस बार आपको निराश नहीं करूँगा,” जगदीश मास्टर ने कहा, “यह मेरी बहुत बड़ी खोज है।”

“सुनाइए।”

“एक औरत है इस धनपत में जिसकी बराबरी करनेवाली दुनिया के किसी गाँव में कोई औरत नहीं होगी। उसका नाम ‘रेकॉर्ड बुक’ में जाना चाहिए।”

“किस बात में बराबरी?”

“झगड़ा करने में।”

“क्या विशेषता है उसके झगड़े में?”

“विशेषता यह है, रामोतार बाबू, कि वह फुंसी को भगन्दर बना सकती है और उस भगन्दर के झगड़े को लगातार चार-पाँच दिनों तक खींचकर ले जा सकती है।”

“चार-पाँच दिनों तक?”

“हाँ, लगातार,” जगदीश मास्टर ने स्पष्ट किया, “पहली सुबह उठते ही वह हाथ में एक डगरा लेकर घर के बाहर आती है और अपने दुश्मन के घर की ओर मुँह कर डगरा को थपथपाते हुए गालियाँ बकना शुरू करती है। बीच-बीच में अपने घर का काम करते हुए वह रात तक झगड़ती रहती है। घर के अन्दर घुसने के पहले वह अपने घर की टाटी में डगरा लटका देती है, जिसका मतलब हुआ कि अभी झगड़ा शेष नहीं हुआ है। यह झगड़ा तब तक चलता है जब तक उसे विश्वास नहीं हो जाता कि दुश्मन हरदी बोल चुका है, और ऐसा विश्वास उसे अक्सर चार-पाँच दिनों के बाद ही होता है। बोलिए, रामोतार बाबू, ‘रेकॉर्ड बुक’ में जानेवाला नाम है या नहीं?”

“ऐसा झगड़ा तो मैंने सचमुच कहीं नहीं देखा है,” रामोतार बाबू का जवाब आया, “मगर ‘रेकॉर्ड बुक’ में नाम इस औरत का नहीं, इसकी माँ का जाएगा, जिसने अपनी बेटी को दुश्मन को पछाड़ने का यह तरीका सिखाकर आपके गाँव में स्थापित किया है।”

“इसका नाम नहीं?” जगदीश मास्टर कुढ़ गए, “इसकी माँ का नाम?”

“हूँ।”

“यह तो कोई बात नहीं हुई, मास्टर साहब,” जगदीश मास्टर ने चिढ़ती आवाज में कहा, “कर्म करे बेटी और फल मिले उसकी माँ को! कुश्ती जीते पहलवान और इनाम मिले उसके बाप को!”

“गाँवों में बहुएँ बदमाश निकल जाती हैं तो उनके माँ-बाप को कोसा जाता है या नहीं? गाँव तक को कोसा जाता है। जो जानकार होते हैं वे तो इन गाँवों में अपने बेटों का ब्याह तक करने से भागते हैं। आप एक बेटी या बहू का किस्सा

सुना रहे थे, किसी पहलवान का नहीं। और ऐसे भी सुन लीजिए कि औरतों का कैसा भी झगड़ा किसी 'रेकॉर्ड बुक' में दर्ज होनेवाला नहीं है। कोई और अनूठा सुनाइए।"

जगदीश मास्टर ने रामोतार मास्टर से कहा, "सुनिए, मास्टर साहब, अब तक तो मैं हरदी बोलता गया, बोलता गया, मगर इस बार नहीं बोलूँगा।"

"और कोई अनूठा बचा है क्या?" रामोतार बाबू हँसकर बोले।

"जबरदस्त, बहुत जबरदस्त," बहुत जोर देकर बोले जगदीश मास्टर, "और आप एक बार 'ना' कहेंगे, तो मैं दस बार 'हाँ' बोलूँगा, सौ बार कहूँगा।"

"सुनूँ भी तो, कितना जबरदस्त है।"

"हमारे गाँव में उनसठ घरजँवाई हैं।"

"क्या! उनसठ?"

"हाँ, उनसठ, उनसठ।"

"विश्वास नहीं होता।"

"तभी तो यह अनूठा हो गया। सबकी सूची है मेरे पास।"

"अजीब लगता है कि इतने आदमी तो आपके गाँव से दिल्ली-पंजाब भी नहीं गए होंगे, और उससे अधिक दामाद आपके गाँव चले आए।"

जगदीश मास्टर ठठाकर हँसे और बोले, "अब भेजिए इस खबर को 'रेकॉर्ड बुक' में दर्ज करने के लिए। क्या करना होगा इसके लिए?"

"करना तो यह पड़ता है कि सबसे पहले यह खबर जिला पदाधिकारी तक पहुँचानी पड़ती है। मगर उससे पहले आपको यह साबित करना होगा कि पूरे जिले में उनसठ जँवाइयों वाला कोई और गाँव नहीं है, फिर पूरे प्रदेश में नहीं है, फिर पूरे देश में नहीं है और फिर पूरे विश्व में नहीं है।"

जगदीश मास्टर मुँह बाए 'फिर-फिर' सुनते रहे और रामोतार बाबू के आखिरी 'फिर' के बाद बोले, "इतना कुछ हो पाएगा, रामोतार बाबू? विश्व तक पहुँचते-पहुँचते तो मैं ही मर-खप जाऊँगा।"

"ऐसा तो हो ही रहा है, जगदीश बाबू, हमारे यहाँ तो योग्यता रहते हुए भी लोग लक्ष्य तक नहीं पहुँच पाते हैं, क्योंकि रास्ता ही बहुत टेढ़ा-मेढ़ा है और कभी-कभी वह रास्ता ही बन्द मिलता है।"

"तब तो ये उनसठ जँवाई बेकार हो गए?"

"अभी ही निराश मत हो जाइए, जगदीश बाबू। सब्र का फल मिलता तो है। पहले जिला को उठाइए और जान लीजिए कि उनसठ जँवाइयों वाला कोई और गाँव इस जिला में है या नहीं।"

"यह पता कैसे चले? जिला के हर गाँव जाकर वहाँ के मुखिया से लिखवाना पड़ेगा?"

"आप श्यामसुन्दर गुप्ता से सम्पर्क करें। वह अखबार में एक सूचना प्रकाशित कराएँ कि जिस गाँव में उनसठ या उनसठ से अधिक जँवाई आ बसे हों वहाँ के मुखिया 'रेकॉर्ड बुक' में नाम दर्ज कराने के लिए उनसे सम्पर्क करें।"

"इतने से हो जाएगा?"

"इतना तो हो जाने दीजिए; फिर देखा जाएगा।"

"ठीक है," बहुत उदास स्वर में बोले जगदीश मास्टर, "अब चलता हूँ।"

"रुकिए, जगदीश बाबू, आपके उनसठ जँवाइयों ने मुझे तो फँसा लिया।"

"क्या हुआ आपको?"

"अब तो आपके उनसठ जँवाई मेरे लिए शोध का विषय हो गए हैं।"

"क्या शोध करेंगे आप?"

"आप यह बताइए कि आपके गाँव से कितने आदमी गए घरजँवाई बनने?"

इसका आँकड़ा भी था जगदीश मास्टर के पास। वे बोले, "सिर्फ तीन।"

"अब शोध का विषय यह है कि इस गाँव से सिर्फ तीन गए और इस गाँव में उनसठ आ गए। क्यों आए उनसठ? क्या सुख देखा इन्होंने यहाँ घरजँवाई बनने में?"

"उनसठ के बारे में मैं नहीं बता सकता; हाँ, तीन के बारे में कुछ-कुछ बता सकता हूँ।"

"बताइए।"

"पहला मामला एक बनिया का है, बनिया अखिलेश चौधरी का," जगदीश मास्टर ने बताना शुरू किया, "मक्का का व्यापारी था, इलाके के किसानों का माल उठाकर गुलाबबाग में बेचता था। वह माल बेच लेने के बाद किसानों को पैसे चुकाता था। एक बार ऐसा हुआ कि माल तो बिक गया, मगर बिक्री के पैसे वापसी में डाकुओं ने लूट लिये। लूट के बाद घर आने के बजाय, कुछ लोगों का कहना है, वह तकाजों के डर से दिल्ली भाग गया। पन्द्रह दिनों के अन्दर ही उसकी घरवाली भी बाल-बच्चों के साथ अपने मायके भाग गई। करीब छह महीने बाद धनपत के ही एक मजदूर ने गाँव में बताया कि एक दिन उसने अखिलेश बनिया को लाजपतनगर में अंडा बेचते हुए देखा था, मगर दुबारा फिर कभी कहीं नहीं देखा। पैसे की चोट खाए किसानों की हिम्मत नहीं हुई कि उसे ढूँढ़ने में वे और चोट खाएँ। दो साल बाद जब यह पता चला कि वह ससुराल में ही बस गया है, तो जानेवाले कई बार उसकी ससुराल तक हो आए। ससुराल में बीवी तो उसकी दिखी, मगर उसका मरद कभी नजर नहीं आया।"

"दूसरा मामला?"

"एक था यहाँ रघुनी मंडल, दिल्ली-पंजाब जाता था काम करने। उसके घर में रहते उसकी बीवी एक ट्रक-ड्राइवर के साथ भाग गई थी। ट्रक-ड्राइवर बगल के ही एक गाँव घुघरी का रहनेवाला था, किशन बनिया के डिपो में माल लेकर आया करता था। एक महीना बाद वह तो लौट आया था, मगर रघुनी की बीवी छह महीने बाद लौटी। गाँव के लोगों ने उस औरत को गाँव से भगा दिया तो वह अपने मायके चली गई। गाँव वाले रघुनी की दूसरी शादी कराना चाह रहे थे, मगर रघुनी तैयार नहीं हुआ और वह भी अपनी बीवी के पास ससुराल में जा बसा।"

"जब रघुनी अपनी बीवी को रखने को तैयार था, तब गाँव वालों ने कैसे उसकी बीवी को भगा दिया?"

"यह कुछ पुरानी घटना है। तब का समय ऐसा ही था कि रघुनी का वश नहीं चला। आज का समय ऐसा है कि लँगड़े गेदन ने गाँव वालों का कहा अनसुना कर दिया, खरा जवाब दिया कि वह लकवा का मरीज है, उसका एक पैर काम नहीं करता, कोई उसे मजदूरी पर नहीं रखता, कैसे चलेगी उसकी गृहस्थी? उसने खुलकर कहा, 'पहले मेरे लिए एक भनसिया ला दीजिए; फिर मैं इसे भगा दूँगा।' लँगड़े का ब्याह कराने की जिम्मेवारी किसी ने भी नहीं उठाई। गाँव वाले चुप लगा गए। थाना-कचहरी के युग में कौन झमेला मोल ले!"

रामोतार बाबू मुस्कुराए और बोले, "अब आखिरी मामला।"

"आखिरी मामला है बभनटोली का। रामचरित्तर झा का बेटा दिग्विजय ब्याह कर अपनी छह सालियों वाली ससुराल में ही बस गया। सुनने में आया है कि उसे किसी भगवान ने सपना दिया था ससुराल में ही बस जाने का। उसे तो अब कभी धनपत आने की फुरसत भी नहीं मिलती। छह सालियों के उद्धार का बोझ है उसके ऊपर।"

इतना सब सुन लेने के बाद रामोतार बाबू ने पूछा, "आपने यह कभी पता लगाया है कि इन उनसठ जँवाइयों में कोई चोर, डाकू, हत्यारा तो नहीं है?"

"कैसी बात कर रहे हैं आप!"

"सही बात कर रहा हूँ। यह तो हो सकता है कि कोई डकैती के मामले में फँसा हो और पुलिस से पीछा छुड़ाने के लिए गाँव छोड़ा हो; कोई गाँव में ही कुकांड कर बैठा हो और गाँव वालों ने उसे भगा दिया हो; कोई हत्या करके ही छिपने के लिए ससुराल आया हो और फिर यहीं बस गया हो।"

"होने को तो कुछ भी हो सकता है, मगर सोलकन-टोलों में ऐसा कोई घरजँवाई नहीं है। बभनटोली के बारे में मैं नहीं बता सकता।"

"नहीं बता सकते, मगर पता तो लगा सकते हैं। मुझे पक्का विश्वास है कि आप यह काम कर सकते हैं।"

जगदीश मास्टर उठते हुए खिन्न स्वर में बोले, "प्रयास करता हूँ।"

*

भारी सदमा पहुँचा था जगदीश मास्टर को। भारी कदमों से वे घर की ओर चल रहे थे। कितनी मेहनत-मशक्कत की थी उन्होंने आँकड़े जुटाने में, अनूठे तैयार करने में! मास्टर ने सबको बुलबुला ठहरा दिया। मेहनत-मशक्कत हुई सो हुई, बदनामी कितनी हो गई उनकी अपने ही गाँव में!

एक शाम पिपरावाली रामकली पहुँची चैनपुरवाली जागो के पास और पूछा, "दीदी, जगदीश मास्टर आपसे भी मकान के बारे में कुछ पूछ रहे थे?"

जागो देवी ने जवाब दिया, "हाँ, आए थे; ईंट, समेंट, सरिया में हुए खर्च के बारे में पूछ रहे थे, और," हँसते हुए बोली जागो, "पूछ रहे थे कि इतने पैसे का जुगाड़ कैसे किया।"

"हँसिए मत, दीदी," रामकली ने बहुत गम्भीर स्वर में कहा, "दुनिया-जहान को मालूम है ईंट-समेंट का भाव; हमसे पूछने क्यों आए? आज सुबह मुझसे भी यही सब पूछ रहे थे। ये पक्के वाले नहीं चाहते कि हम भी पक्का घर बनाएँ। बुरी नजर से हमारे बनते घर को देखते हैं ये। मुझे तो डर लगता है कि कहीं इतनी बुरी नजर नहीं पड़ी हो कि पहली बरसात में ही दीवाल ढह जाए, या छत का ढलैया खोलूँ नहीं कि छत भरभराकर गिर जाए। मैं तो इस नजर का आज ही इलाज करती हूँ, कल सुबह तक..."

एक बिजूका में खर्च ही कितना है! एक छोटी हाँड़ी और फटा-पुराना कमीज-पाजामा। अगली सुबह तक रामकली के अधबने मकान पर और उसकी अगली सुबह तक दस अधबने मकानों पर बिजूके टँग गए। पुतले तो टँगते आए हैं बनते मकानों पर, मगर ये पुतले सिर्फ नाम के पुतले नहीं थे, इन सारे पुतलों में कोई एक बुरा आदमी अपनी बुरी नजर के साथ घुसा हुआ था।

एक खटका हुआ जगदीश मास्टर के मन में। अब तक तो नहीं टँगा था कहीं कोई पुतला। उनकी टोका-टोकी के बाद ही एक के बाद एक इतने पुतले टँग गए। जगदीश मास्टर बेचैन होने लगे। आईने की तरह इन पुतलों में उन्हें अपनी सूरत नजर आने लगी थी। रास्ता चलते हुए अब उन मकानों की ओर नजर तक फिराना मुश्किल हो रहा था। जब भी वे निकलते सड़कों पर, तो अब अधबने मकानों के

बजाय उनकी नजरें पुतलों पर चली जाती और वे सारे पुतले उन पर हँसते हुए नजर आने लगते। "हे भगवान," वे ईश्वर से प्रार्थना करने लगे थे, "जितनी जल्दी हो इन सारे अधबने मकानों से पुतले उतरवा दो।"

एक दिन पिपरावाली ने जगदीश मास्टर को सड़क पर घेर लिया और पूछा, "मास्टर साहब, मैंने आपका क्या बिगाड़ा था कि आप हर जगह हल्ला करते फिरते हैं कि मैं इस गाँव की सबसे झगड़ालू औरत हूँ।"

"कहाँ हल्ला किया है?"

"आपने स्कूल के रामोतार मास्टर से नहीं कहा है ऐसा?"

"तुम्हें किसने बताया कि मैंने मास्टर से ऐसा कुछ कहा है?"

"कहा है आपने," पिपरावाली झनककर बोली, "उसी स्कूल में पढ़ती हैं डुमरियावाली की बेटी कमली। उसी कमली को साथ लेकर आया था आपका मास्टर। कमली ने मुझे सब बता दिया कि क्यों आया था वह मास्टर मुझे देखने। गाँव-घर की बात भी आप जिस-तिस को बताते हैं। और मैं हूँ सबसे झगड़ालू? मैं हूँ कि हर्राहावाली है? मैं सब समझती हूँ कि उसका नाम क्यों नहीं लिया आपने। बोलकर आइए उसका नाम अपने मास्टर से।"

अविलम्ब गलती सुधारने का वचन देना पड़ा था मास्टर जगदीश को।

एक दिन दिलेसर जगदीश मास्टर के घर पर ही आ गया उनका भ्रम दूर कर देने। आते ही बोला, "मास्टर साहब, और घरों की बात मैं नहीं जानता, मगर मेरे घर में बुढ़िया अपने मन और जिद से अपना खाना बनाती है। किस घर में सास-पतोहू के बीच बतकही नहीं होती, मगर बात-बात में रूठना, मुँह फुलाना तो अच्छी बात नहीं है। मेरी घरवाली ने कभी बूढ़ा-बूढ़ी का खाना बन्द नहीं किया है, अब उन्हें पतोहू के हाथ का खाना पसन्द ही नहीं, तो कोई क्या करे। क्या पता, गाँव के और बूढ़े-बूढ़ी को देखकर उन्हें लाज लगती हो पतोहू के हाथ का खाना खाने में।"

एक दिलेसर हिम्मत कर आ गया मास्टर को मँहामुँही कहने, मगर बीसों दिलेसर मन-ही-मन भुनभुनाकर रह गए होंगे। हो सकता है, कुछ ने अकेले में गालियाँ भी दे डाली हों। यह बात तो थी कि गाँव का हर आदमी सावधान था कि कहीं वह जगदीश मास्टर की किसी गलत गिनती में तो नहीं आ गया है या आनेवाला है।

इतनी सारी मुश्किलें झेलते हुए मास्टर जगदीश ने अपने 'अनूठे' जमा किए थे, और रामोतार बाबू कह रहे हैं कि इनमें से एक भी...

और अब यह नया आँकड़ा, अपने 'अनूठे' के लिए नहीं, रामोतार बाबू के 'शोध' के लिए। आसान है यह पता लगा लेना कि बभनटोली के घरजँवाइयों में कौन डाकू है या था, और कौन हत्यारा है या था। अब एक बार फिर बभनटोली के घरों में घुसे नवला, दौलतिया और गेना को पटाना पड़ेगा, किसी को चाय पिलाकर और किसी को जलेबी खिलाकर, किसी एक दिन नहीं, कई-कई दिन।

मगर काम तो उनका करना ही पड़ेगा।

*

सात दिन भी नहीं गुजरे होंगे रामोतार बाबू से मिलकर आए हुए।

अभी-अभी अचानक जो 'अनूठा' मिला था उसे रामोतार बाबू को उनके घर में सुनाकर अपनी जीत की खुशी में क्या उछलते जगदीश मास्टर, अपनी बेटी अनुपमा से किस्सा सुनकर अपने ही घर में खुशी से उछलने लगे, 'मिल गया, इस बार मिल गया असली अनूठा।'

अब कल या परसों नहीं, आज शाम को ही चला जाए रामोतार मास्टर को अनूठा सुना आने।

वे घर से विदा हुए और रामोतार मास्टर के सामने प्रकट होकर कहा, "आप तो अवश्य सोच रहे होंगे कि अब जो मैं सात दिनों के बाद हाजिर हो रहा हूँ, तो अवश्य किसी अनूठे के साथ आया हूँ।"

"हाँ, किसी अनूठे की खोज में ही तो आपने सात दिन लगाए होंगे।"

"बिलकुल नहीं, मास्टर साहब," जगदीश मास्टर बोले, "आपने तो सुना ही होगा कि जब भगवान देता है तो छप्पड़ फाड़कर देता है। मैंने जरा भी मेहनत-मशक्कत नहीं की है इसे हथियाने में। अभी दो घंटे पहले मेरी बेटी अनुपमा मुझे यह 'अनूठा' थमा गई है।"

"कैसा अनूठा है यह जो बेटी, उस छोटी-सी बच्ची, के हाथों मिली है?"

"आपको पूरी कहानी ही सुना देता हूँ जो बेटी ने मुझे सुनाई है। बीच-बीच में मैं कुछ छौंक लगाता रहूँगा...

बछड़ू मंडल के तीन बेटे—महेन्दर, जोगिन्दर, उपेन्दर। बछड़ू के दोनों बड़े बेटों की शादी हो चुकी है। सबसे बड़ी बेटी शोभा का ब्याह बहुत पहले हो गया था। बचा एक उपेन्दर यानी उपिया।

यह बात चर्चा में आ गई कि धनपत के बछड़ू मंडल के घर एक विवाह योग्य लड़का प्रकट हो गया है। इस लड़के को लपकने के लिए बेटी वाले दौड़ लगाने लगे।

अब गरीब घरों के बेटी वाले अपने बाप-दादा की तरह न वर का घर देखते हैं और न वर की शक्ल-सूरत। वे बस इतना भर देखते हैं कि लड़का कमाऊ हो गया है या नहीं। अगर लड़का दिल्ली-पंजाब जाने लगा है तो हो गया, हो गया वह कमाऊ, हो गया विवाह योग्य।

उपिया अब तक दो बार पंजाब जा चुका है।

उपिया की शादी कहाँ हो? कैसी लड़की से हो?—यह तय करने का पहला हक उपिया की बड़ी बहन शोभा का बनता था। यह सिर्फ इस कारण नहीं कि वह उपिया की बड़ी बहन थी, बल्कि इसलिए भी कि वह बहुत पहले ही माँ से कह चुकी थी, "माँ, अभी ही सुन लो कि उपिया के लिए लड़की मेरी पसन्द की होगी। ऐसी सुन्दर बहू ला दूँगी जैसी इस टोले में कोई नहीं होगी। और ऐसी पतोहू दूँगी तुम्हें जो दिन-रात एक टाँग पर खड़ी रहकर तुम्हारी सेवा करेगी।"

चानपुर के बरदेखिया के पहुँचने के पहले ही उपिया-माँ ने उपिया-बाप को सुना दिया, "आप अभी ही चानपुर वाले को हाँ-ना में जवाब नहीं दे दीजिएगा। शोभा भी लड़की देख लेगी, तब ब्याह की बात पक्की होगी।"

चानपुर वाले ने पंजाब कमानेवाले लड़के को झट पसन्द कर लिया था और लड़के के बाप को चानपुर आकर लड़की को देख लेने का दिन दे दिया। उपिया-माँ ने उपिया-बाप से कहा, "आप लोहसारी जाकर दामाद बाबू को ले आइए और उनके साथ ही लड़की देखने चानपुर जाइए।"

दामाद बाबू के साथ बेटी शोभा भी आ गई और आते ही माँ पर बरस पड़ी, "मुझे भनक तक नहीं लगने दी और बेटे का ब्याह रचाने लगी। तुम्हारा बेटा है उपिया, तो क्या मेरा भाई नहीं है? जब मैंने तुमसे कह दिया था कि उपिया के लिए कनियाँ मैं दूँगी, तो चानपुर-सूरजपुर क्यों जा रही हो? मैंने दो-दो लड़कियों को देख रखा है, एक गुलाब का फूल तो दूसरी कमल का फूल। घर-परिवार भी मेरा देखा-जाना हुआ है। एक है मेरी ननद के घर की लड़की और दूसरी है मेरे जेठ के साले की बेटी। बाबू चानपुर जाते हैं लड़की देखने तो जाएँ, मगर कह देना, अभी ही हाँ कहकर नहीं आने के लिए। इस चानपुरवाली को मैं भी देखूँगी और अपनी ओर की दोनों लड़कियों को बाबू को दिखाऊँगी, तब होगा अन्तिम फैसला।"

माँ ने हँसकर कहा, "ठीक है, ठीक है, दिखा देना बाबू को तुम अपनी पसन्द भी।"

उपिया जब पहली बार जा रहा था पंजाब, तब उस वक्त ही उसे यह अहसास हो गया था कि वह घर से सिर्फ पंजाब ही नहीं, अपनी ससुराल भी जा रहा है। बस,

यह तय होना बाकी था कि ससुराल है किस गाँव में। पंजाब जानेवालों की उस टोली में उसके साथ गाँव के उसके तीन-चार साथी भी थे। उनमें से गनपतिया और नकुलवा की शादी हो चुकी थी। एक बजरंगिया था उसकी तरह जो अभी तक अनब्याहा था।

उपिया के अन्दर अभी से गुदगुदी होने लगी थी।

पंजाब में एक साथ काम करते हुए उसकी दोस्ती हुई धनपत से एक कोस दूर सिरसी के धीरेन्दर से। धीरेन्दर से गहरी दोस्ती हुई, जैसी अब तक किसी के साथ नहीं हुई थी।

जब उपिया दूसरी बार पंजाब जाने लगा था, तो एक दिन पहले ही वह सिरसी गया था धीरेन्दर के पास। सिरसी में उसने दो दिन गुजारे थे और उन दो दिनों में ही उसने अपना भनसिया ढूँढ़ लिया था।

यह लड़की थी धीरेन्दर की चचेरी बहन; नाम था उसका गूदड़।

जब उपिया के बाबू अपने दामाद बूचन मंडल के साथ चानपुर के लिए प्रस्थान करने को थे, तब उपिया ने माँ के पास जाकर उसके कान में कहा, "माँ, बाबू बेकार ही चानपुर जा रहे हैं; मैं वहाँ शादी नहीं करूँगा।"

माँ ने अचरज से बेटे की ओर देखा और बोली, "चानपुर में नहीं करेगा! क्यों नहीं करेगा चानपुर में? चानपुर के बारे में कुछ सुना है क्या? कुछ सुना है, तो बताओ मुझे। मैं भी तो जानूँ कि चानपुर में क्यों शादी नहीं करेगा।"

"बाद में बता दूँगा," बेटे का जवाब था, "अभी तुम बाबू को रोक लो। चानपुर जाना बेकार हो जाएगा।"

"तुम कहीं शादी करोगे या नहीं?"

"शादी करूँगा, मगर..."

"शादी करोगे, तो लड़की देख आने में कोई हर्ज नहीं है। दिन देकर लड़की देखने नहीं जाना अच्छा नहीं माना जाता है गाँव-समाज में। बाबू को जाने दो; लड़की तो देख आएँ।"

"जाने दो," उपिया ने कुछ तिक्त स्वर में कहा, "मगर मैं वहाँ शादी नहीं करूँगा। बाबू को कह दो कि सिर्फ लड़की देखकर चले आएँ। और सुनो, तुम बजरंगिया को भी उनके साथ भेजो।"

"ठीक है, मगर बजरंगिया तुम्हारा साथी है, उसे तुम तैयार करो।"

उपिया ने बजरंगिया को सिखा-पढ़ाकर बाबू के साथ लगा दिया।

चानपुर वाली लड़की बच्छडू मंडल को जँच गई थी, मगर दामाद बूचन और बेटे का दोस्त बजरंगिया ने अभी ही हाँ बोलने नहीं दिया। लौटकर आया बजरंगिया और उपिया के कान में कहा, "लड़की तो सुन्दर है रे और तुम्हारा ससुर भी पैसे वाला है। मोटरसाइकिल तुरन्त मिल जाएगी। हाँ बोल दे; अच्छी तरह सोचकर ही 'ना' कहना।"

चानपुर गए लोग अभी लौटकर आए भी नहीं थे कि उपिया ने माँ को सुना दिया, "मेरी पसन्द की लड़की सिरसी की है, मेरी देखी हुई है। मैं उससे ही शादी करूँगा।"

शोभा के कान में यह बात पड़ी, तो वह बिफर उठी, "माँ, मैं जा रही हूँ अपने घर। अब बेटा वाला जाए बेटी वाले के दरवाजे नाक रगड़ने!" और फिर उसने अपने पति से कहा, "चलिए जी, अपने घर। अब यहाँ रुकना नहीं है। जिस घर में हमारी रत्ती भर इज्जत नहीं, वहाँ पल-भर रुकना भी पाप है।"

माँ ने बेटी को बहुत रोका, मगर शोभा नहीं रुकी और घर के दामाद को भी डाँट-फटकार कर अपने साथ कर लिया।

सिरसी वाले आए थे बेटा वाले के घर और बच्छडू बाबू को लड़की दिखाने का दिन देकर गए। बच्छडू बाबू सिरसी गए थे लड़की देखने बजरंगिया को साथ लेकर, मगर लौटकर आए तो कुछ बोल ही नहीं रहे थे।

उपिया-माँ ने आवाज तीखी की, "कुछ तो बोलिए।"

"मैं कुछ नहीं बोलूँगा," बच्छडू का जवाब था, "अब बजरंगिया ही कुछ बोलेगा।"

बजरंगिया इतना भर बताकर अपने घर गया कि लड़की काली है और धनपत में कोई ऐसी लड़की नहीं है जिसको दिखाकर कहा जाए कि इसकी तरह काली... "यह ठीक है कि हमारे यहाँ लड़की का रंग-रूप नहीं देखा जाता, मगर इतनी काली का रंग तो देखा ही जाएगा। जान लो, चाची, कि उसकी हड्डी तक काली होगी। राम जाने, उपिया ने क्या देखा उसमें!"

उपिया-माँ ने बिना देखे ही लड़की को नापसन्द कर दिया। उसे स्वीकार नहीं कि पूरे टोले में उसका घर कड़कनाथ का घर कहलाए।

उसने बेटे को मनाने की कोशिश की, तो बेटे का तीखा जवाब आ गया, "तुम जानती हो, माँ, मैं कितना जिद्दी हूँ। मेरी शादी इस लड़की से ही होगी, नहीं तो मैं जिन्दगी भर कुँवारा ही रह जाऊँगा।"

माँ टूट गई; बेटे के डर से उपिया-बाप को कह दिया बात पक्की कर देने के लिए।

शादी हो जाने के बाद पंजाब में उपिया ने बजरंगिया को पते की बात बताई, "तुम्हें भी अचरज होता होगा, बजरंग, कि मैंने किसी काली लड़की से ब्याह क्यों

किया। यह इसलिए कि जो अब तक किसी ने नहीं सोचा होगा, वह मैं सोच बैठा। गोरी लड़की मुझे पसन्द नहीं। गोरी ले आता कि दस लुच्चे उस पर डोरे डालें, उसे पटाने पर लग जाएँ, उसे भगा ले जाना चाहें। भटपट्टी वाली भौजी को ट्रैक्टर-ड्राइवर भगा ले गया; बौचाही वाली चाची को अभी तक नहीं छोड़ा है कन्हैया मुंशी ने; दिनेश भैया की घरवाली भाग-भागकर नैहर जाती है अपने यार से मिलने। अवध चाचा की घरवाली ने तो खुल्लमखुल्ला सुना दिया था पंचों को कि 'हाँ, दिलेसर मंडल मेरा हसबैंड है; क्या कर लीजिएगा आप लोग!'"

टोले के उकटापुरान में बाँचे गए और भी कई नाम सुनाए उपिया ने बजरंगिया को और बोला, "कुछ-न-कुछ सच तो हर एक की बात में होगा, और यह भी देख लो कि सबकी सब गोरी हैं, सुन्दर। सब कुछ जान-सुन लेने के बाद भी मैं किसी गोरी से शादी करता क्या! मौलू चाचा को यहाँ देख रहे हो न? हर समय कान में मोबाइल लगाए ही रहेंगे और घंटा-घंटा पूछते रहेंगे सोनिया दीदी से, 'अभी कटसरी वाली कहाँ है? कटसरीवाली अभी किसके साथ गई है?' अपने हैं पंजाब में और घड़ी-घड़ी की खबर चाहिए धनपत की, धनपत के सिनुरिया-टोले की! मुझसे यह सब नहीं होनेवाला। तुम्हें मैं कोई शिक्षा नहीं दे रहा हूँ, बजरंग, मगर जो भी करना अपना भला-बुरा सोचकर करना।"

"अब बताइए, रामोतार बाबू," किस्सा सुनाकर जगदीश मास्टर ने प्रश्न किया, "दुनिया में किसी ने ऐसा सोचा होगा जैसा उपिया सोच बैठा। क्या यह अनूठा भी अनूठा नहीं है?

"कहीं दर्ज होने लायक अनूठा तो यह भी नहीं है।"

"यह भी नहीं है?"

"ऊँहूँ; यह भी नहीं है।"

"कैसे?"

"दुनिया के सबसे काले आदमी का फोटो छप चुका है और उसका नाम 'रेकॉर्ड बुक' में दर्ज हो चुका है। अगर उपिया की बीवी दुनिया की सबसे काली औरत होती तो उसके साथ आपके धनपत का नाम भी दर्ज हो सकता था। मगर ऐसा तो है नहीं। इस धरती पर मुल्क तो ऐसा-ऐसा है जहाँ की हर औरत इस उपिया की घरवाली से अधिक काली होगी।"

"मैं सोच की बात कर रहा हूँ, उपिया के सोच की।"

"आपके इस इलाके में ही बहुत ऐसे पैसे वाले होंगे जिन्होंने मोटा दहेज देकर अपनी काली बेटियों का ब्याह गोरे लड़कों से करवाया होगा। जब 'रेकॉर्ड बुक' में दर्ज होने की बात आएगी, तो वे सब गोरे लड़के प्रकट होकर कहेंगे कि यह

सोच तो धनपत के उपिया से बहुत पहले उनके अन्दर आई थी। यह 'अनूठा'? ऊँहूँ, टाँय टाँय फिस!"

"आज इतना ही," बोलकर जगदीश मास्टर उठ खड़े हुए, "अब मैं आपके शोध पर ही काम करता हूँ।"

"और मैं?" रामोतार मास्टर ने हँसकर जवाब दिया, "आज से आपके लिए 'अनूठे' की तलाश करूँगा।"

*

जब अजोधी की घरवाली बिपता-माँ को लगा कि उपिया के माँ-बाप उपिया की शादी के लिए सुर्खरू हो रहे हैं, तो उसने पड़ोसन-धर्म का निर्वाह करते हुए उपिया-माँ को समय रहते सावधान कर देना चाहा। जैसे ही उसे पता चला कि बछड़ू मंडल उपिया के लिए लड़की देखने निकल भी पड़े हैं, वह हड़बड़ाते हुए उपिया-माँ के पास पहुँची। जाते ही पूछा, "उपिया-माँ, सुना है कि उपिया के लिए लड़की देखने उपिया-बाप कहीं गए हैं?"

"हाँ, दीदी, आज सुबह ही तो गए हैं।"

"हाय राम, मैं तीन दिनों से सोच रही थी कि तुम्हारे पास आऊँ और तुम्हें खबरदार कर दूँ। कितनी बड़ी भूल हो गई मुझसे!"

"बात क्या है, दीदी?"

"पहले यह बताओ कि किस गाँव गए हैं।"

"चानपुर।"

"चानपुर?"

"हाँ, दीदी।"

"चानपुर गए हैं, तब ठीक है।" बिपता-माँ बोली, "मैं तो डर रही थी कि खोकसी तो नहीं चले गए।"

"किस बात का डर, दीदी?" उपिया-माँ ने पूछा, "क्या हुआ है खोकसी में?"

"लो, सुनो इसकी बात!" बिपता-माँ का जवाब आया, "बिपता की कनियाँ कहाँ की है, यह पता नहीं है तुम्हें? जब से घुसी है मेरे घर में, मैं चैन से रह पा रही हूँ क्या? भारी बदमाश है यह औरत। मैं क्या जानती थी कि खोकसी की बेटी ऐसी निकलेगी? तुम भी तो देख ही रही हो उसका चाल-चलन। अजोधी को भी बोल देना कि अगर कोई खोकसी का बेटीवाला आए, तो उसे दरवाजे से ही भगा दे।"

उपिया-माँ जोर-जोर से हँसने लगी और बोली, "कोई-कोई बेटी निकल ही जाती हैं बदमाश।"

"कोई-कोई नहीं," बिपता-माँ बोली, "खोकसी की कोई भी बेटी। सौ में सौ, कम-से-कम निन्यानबे जरूर। मैं वहाँ की एक-एक बेटी के बारे में पता लगा चुकी हूँ।"

"यह सब तो शादी के पहले ही पता लगा लेना चाहिए था।"

"वही तो भूल हुई, भारी भूल," बिपता-माँ ने अपना माथा ठोक लिया, "यह तो जानती ही हो कि बिपता का बाप कैसा नकलोल है। बनमनखी में जाति-बिरादरी की कोई सभा हुई थी। बाहर से कोई नेता आया था और यहाँ से भी दस-बीस आदमी को बटोरकर ले गया था। वहीं बिपता-बाप की भेंट हो गई रमदिनमा से।"

"कौन रमदिनमा?"

"अरे, इसी मुँहझड़की का बाप; उसका नाम रामदीन ही है न।"

"ओ..."

"बिपता-बाप को बनमनखी से ही उठाकर खोकसी ले गया, बेटी को दिखाया, नकलोल को फुसलाया और ब्याह ठहरा दिया। मुझसे पूछा होता तो मैं कहती कि अपने देस-कोस से बाहर जाकर बेटे का ब्याह कीजिए? यहाँ से पाँच कोस पूरब है यह खोकसी। कभी किसी मेला-ठेला में भी वहाँ के किसी मूरत से सामना होगा? बाप रे बाप, पाँच कोस पूरब! यहाँ कोई बेटा-बेटी के ब्याह के लिए जाता है इतनी दूर? सब दो-तीन कोस के अन्दर। धनपत की तो कितनी ही बेटियाँ धनपत में ही रह गईं, इस टोले से निकलकर उस टोले में।"

"दीदी, अब मैं चलूँगी," उपिया-माँ बोली, "गाय के लिए घास ले आऊँ।"

यह किस्सा किसी ने किसी को सुनाया नहीं; बस, बात फूट गई अजोधी के घर से। क्या पता, बहू के बोल पड़ोसियों ने सुन लिये हों या घर के किसी बच्चे ने ही इस किस्से की पतंग उड़ाई हो।

शादी में ससुराल आते ही बिपता की कनियाँ ने सास-ससुर को अच्छी तरह तौल लिया था, और गौना में घर घुसने के दूसरे दिन ही सास को सुना दिया, "सुन लीजिए, सासू माँ, आप जो फरमाइएगा, वह मैं कर दूँगी, मगर आपकी कोई टेढ़ी-तिरछी बात मैं बरदाश्त करनेवाली नहीं हूँ। एक भी गाली कभी मुँह से नहीं निकालिएगा, भूल से भी नहीं।"

अभी-अभी घर में घुसी बदगुमान कनियाँ का यह दुर्वचन सास को काँटे की तरह चुभ गया। अभी ही हार मान ले वह इस रमदिनमा की बेटी से? उसने ठोस जवाब दिया, "ससुराल में आई हो तो कनियाँ की तरह रहो। एक नई कनियाँ नहीं आई हो तुम इस गाँव में। तुम्हें किस बात का गुमान है कि ऐंठकर बोल रही हो?"

"गुमान है कि मैं कोई ऐसी-वैसी कनियाँ नहीं हूँ। माँ-बाप की दुलारी बेटी रही हूँ मैं। जैसे माँ-बाप के घर रही हूँ, वैसे ही यहाँ भी रहूँगी। मैं मोटरसाइकिल पर चढ़नेवाली कनियाँ हूँ। मेरे बाप ने मोटरसाइकिल देकर भेजा है मुझे इस घर में। कोई गाय-भैंस लेकर नहीं आई हूँ। और सुन लीजिए, मैं दसवीं पास हूँ, दसवीं; कलम घिस गई कागज पर तो जेल की हवा खिला दूँगी।"

आँखें फाड़कर सास ने पतोहू को घूरा और चुप लगा गई। बिपता-माँ ने सोचा, अब तो लड़ाई लम्बी चलेगी, इसलिए अब बिपता-बाप से सलाह-मशविरा कर लेने के बाद ही आगे की रणनीति बनाई जाए।

*

'दसवीं पास' इस नई कनियाँ का किस्सा भी जगदीश मास्टर को बेटी अनुपमा ने ही सुनाया था। किस्सा सुनाकर गई वह और बाप के कलेजे पर एक पहाड़ रखकर चली गई। अब तक तो घर का झगड़ा घर से होता आया है, अब तो झगड़ा घर के अन्दर होगा, घर-घर के अन्दर। अब कोई कनियाँ बदेगी अपनी सास को?

सबसे पहले तो गाँव को इन झगड़ों से ही मुक्ति दिलाने का प्रयास करना था, उसके बाद ही इस-उस अनूठे की खोज। क्या मान लिया जाए कि इतने बड़े गाँव में कुछ भी अनूठा नहीं है? अखबार में छपने लायक कोई चमकदार खबर नहीं?

रामोतार मास्टर से किसी दवा की उम्मीद नहीं रखते हुए भी एक दिन पहुँचे जगदीश मास्टर उनके पास और पूछा, "मास्टर साहब, आप तो बहुत पढ़े-लिखे विद्वान व्यक्ति हैं; यह बताइए कि गाँव में औरतों के बीच होनेवाले झगड़ों को दूर करने की कोई दवा है या नहीं?"

"आपके गाँव के झगड़े मैं बहुत नहीं देख पाया हूँ, मगर मैं जो औरतों के झगड़े देखकर आया हूँ, उन झगड़ों के अन्दर ही उन्हें दूर करने की दवा भी थी।"

"कहाँ कैसा झगड़ा देख लिया आपने जिसके अन्दर उसे दूर करने की दवा भी थी?"

"पहले अपनी यह कमजोरी आपको बता दूँ कि गाँव की औरतों के झगड़े मुझे बड़े प्यारे लगते हैं, बहुत आनन्ददायक। यहाँ आने के पहले मैं कुस्थन विद्यालय में था। जहाँ मेरा निवास था, उसी से सटा एक टोला था जहाँ सुबह के समय औरतों के झगड़े होते रहते थे लगभग रोज ही, और लगभग रोज ही मैं झगड़े का आनन्द उठाता था। उन झगड़ों का वर्णन मेरी डायरी में है। आप सुनकर ही जाइए।"

इतना बोलकर रामोतार मास्टर ने एक बक्सा से अपनी एक पुरानी डायरी निकाली और फिर वे पन्ने जिन पर झगड़े का वर्णन था। वे पढ़कर सुनाने लगे...

कुस्थन-टोले की औरतें अगर आपस में झगड़ा-झंझट भी करती हैं, तो वहाँ संगीत की स्वरलहरियाँ फूट पड़ती हैं। औरतें अगर किसी लड़ाई में तीन हाथ उछलतीं अथवा छह हाथ फाँदती हैं, तब भी एक सुमधुर नृत्य का आभास और आनन्द होता है।

कूद-फाँद कर आई हुई औरतें नृत्य और संगीत कला का एक बेहतरीन नमूना पेश करती हैं, अद्‌भुत, बेमिसाल।

मंच पर आते ही वे आलाप शुरू कर देतीं और अंग-विक्षेप आरम्भ हो जाता।

पद-न्यास, बीच-बीच में हस्त-ताल, भ्रू-कम्पन, चूड़ियों के साज पर खनखनाहट, कटि-संचालन, नितम्ब-प्रदेश के उत्थान-पतन, दन्तवीणा की झंकार, पैरों के थापे जमीन पर, हाथों की थापें जाँघों पर। कूल्हे मटकाए जाते; कमर लचकाई जातीं; ठेंगे दिखाए जाते; गाल फुलाए जाते; फिर पचकाए जाते, फिर-फिर फुलाए-पचकाए जाते; हाथ लहराए जाते; पैर थिरकाए जाते; होंठ बिचकाए जाते; दाँत चमकाए जाते; हथेली की सील पर उलटी हथेली की लोढ़ी रगड़ी जाती; पैर अडिग किए जाते, फिर डिगाए जाते; पल में सौ बार पलकें गिराई जातीं, फिर उठाई जातीं; भौंहें नचाई जातीं; देह कभी कमान की तरह झुकाई जाती, कभी बाण की तरह तानी जाती; आँखों में आग सुलगाई जाती, कभी बूँदें टपकाई जातीं; नाक फड़काई जाती; चोंच से चोंच भिड़ाए जाते; थूत्कार किए जाते, थूके जाते; फुत्कार किए जाते, जीभ लपलपाई जाती।

और इन सबके बीच संगीत के स्वर अपने आरोहों-अवरोहों में उभरते रहते, गूँजते रहते। हर साज बजता रहता, एक से एक तान छोड़ी जाती। टर्र-टर्र, भों-भों, म्याऊँ-म्याऊँ, कुकड़ूँ कू-कुकड़ूँ कू, में-में, काँव-काँव, हिनहिनाना घोड़ों का, गुर्राना शेरों का, रेंकना गधों का, हुआँ-हुआँ—गरज कि ऐसा शायद ही कोई पशु-पक्षी हो जिसे उचित प्रतिनिधित्व नहीं मिल पाता हो वहाँ। बहुत से ऐसे जानवरों की बोलियाँ भी वहाँ उतारी जातीं जिनका सृष्टि में अभी तक दाखिला नहीं हो पाया है, अथवा जिनकी नस्लें कबकी लुप्त हो चुकी हैं। अगर कोई आँख का कमजोर अजनबी उधर से उस वक्त गुजरे तो उसे यही अहसास होगा कि वहाँ एक साथ ही कितनी ही सभाएँ चल रही हैं—संगीत-सभा, नृत्य-सभा और बच्चों की कहानियों वाली जानवरों की एक महती सभा भी।

न जाने कितनी लम्बी चलतीं ये सभाएँ, अगर किसी भी एक अदाकारा को अपने घर से टहलती मुद्रा में अचानक कोई दार्शनिक बकरी निकलती दिखाई न दे जाती, या कोई कफनचोर कुत्ता अन्दर से आकर दरवाजा सूँघता दिखाई न पड़ जाता, या कोई हरजाई बिल्ली पंजे से अपना जूठा मुँह पोंछते हुए अचानक दरवाजे

पर ठिठककर खड़ी खुद उसी से नजर मिलाते नजर न आ जाती! सामूहिक भगदड़ कभी-कभी इस तरह होती कि दाल जलने की तीव्र गन्ध पूरे टोले में धीरे-धीरे फैलने के पश्चात फिर एक धमाके के साथ अभिनेत्रियों के नथुनों में प्रवेश कर जाती और तब फिर उन सब के लिए सम्भावित घटना स्थलों का तत्काल उचित निरीक्षण आवश्यक हो जाता।... नहीं तो, न जाने कितनी लम्बी हो जातीं वे सभाएँ।

वही आदमी, जो अज्ञानवश कभी न कभी इस टोले की औरतों की चपेट में आकर कोई जख्म खा चुका होगा, ऐसा कह सकता है कि यहाँ की औरतें झ...ग...ड़...ती हैं। अगर ये झगड़ती हैं, तो सड़क से गुजर रहा हर राहगीर दो मिनट, पाँच मिनट, दस मिनट रुककर क्या देखता है? आसपास के टोलों के औरत-मर्द मंत्र-मुग्ध खिंचे क्यों चले आते हैं? सेठ गिरधारी लाल के औरत-बच्चे एक-एक कर मकान की छत पर क्यों इकट्ठे हो जाते हैं? क्यों ब्रह्मदेव यादव बैलों को दवाई पिलाने की बात कुछ क्षणों के लिए भूलकर अपने बाड़े से बाहर निकल आता है? क्यों दुक्खा मोदी की पान-दुकान पर पान लगवा रहे लोग बिना पान खाए अदृश्य हो जाते हैं? रामगंज जानेवाला शख्स क्या सोचकर बेलाही का वह रास्ता पकड़ लेता है जबकि उसका तुरन्त रामगंज जाना बहुत जरूरी है, और बेलाही जाने के लिए झगड़ा-टोला वाली सड़क से दूसरे दस बेहतर रास्ते हैं? आसपास के खेतों-बाड़ियों में चर रही बकरियाँ मिमियाकर अपने बच्चों को समेटती हुई अपनी लम्बी दाढ़ियाँ झुला-झुलाकर क्या निहारने लगती हैं? टोले की मुर्गियाँ चूजों समेत लक्ष्मण रेखा-पारकर सीता-हरण का पूरा-पूरा खतरा उठाते हुए तेज टाँगों से पास की झाड़ी तक पहुँचकर और फिर सिर तानकर इधर ताकते हुए अपनी चोंचें क्यों हिलाती हैं? टोले के कुत्ते बिजली के झटके के असर में रह-रहकर चारों पैरों पर उछलकर पीछे मुड़ते हुए अन्त में पचीस-पचास कदम दूर हटकर वहाँ से गँवारों की तरह क्या घूरते हैं?

ये सब क्या देखते हैं? क्या देखने आते हैं?—झगड़ा? छिः, लानत है इस कमअक्ली पर।

क्या आँधी-तूफान में वृक्ष की हिलती शाखाओं की तरह उनके अंगों—जो अगर मजबूती से आपस में बँधे न रहते तो छिटक-छिटककर एक-दूसरे से दूर चले जाते—में आपको नृत्य की कोई मुद्रा नजर नहीं आई? उनके स्वरग्राम में कोई लय महसूस नहीं हुआ? उनकी भाव-भंगिमाओं में कोई सूक्ष्मता नहीं दिखी? तब क्या ये सारे के सारे, टोले की मुर्गियों से लेकर ब्रह्मदेव यादव तक, पागल हैं? कभी आपने इनके प्रसन्न मुख की ओर निहारा है? आपने कभी जानना चाहा है कि चरमानन्द की अवस्था कैसी होती है? कभी आपने कोई तहकीकात भी की है क्या?

डायरी बन्द कर रामोतार बाबू ने जगदीश मास्टर से पूछा, "अब यह बताइए, जगदीश बाबू, कि क्या आपको ये झगड़े अच्छे नहीं लगते? और...और कि क्या इन झगड़ों में ही झगड़ों को दूर करने की दवा नहीं है? कुछ सोच रहे हैं?"

"सोच रहा हूँ, और सोच लिया," बोलकर जाने के लिए उठ खड़े हुए जगदीश मास्टर। कहा जा सकता है कि उनकी आँखों में कुछ चमक आ गई थी।

घर जाते हुए यह महसूस किया जगदीश मास्टर ने कि अनूठों के भंडार की कुंजी तो उन्हें मिल गई, मगर यह सोच नहीं पाए कि ताला खोला कैसे जाए!

घर पहुँचकर उन्होंने सोचना शुरू किया। अनूठों की जड़ें तो हैं यहाँ की जमीन में, मगर खाद-पानी का अभाव...

कभी जट-जटिन का नाच हुआ करता था यहाँ। हालाँकि मरदों को यह नाच देखने की मनाही थी, मगर बात तो फूटती ही है। दसों के मुँह से सुना है कि जो नाच खैरावाली चाची नाचकर गई है, वह नाच कोई फिलिम वाली क्या नाचेगी! खैरावाली मरी तो वह नाच क्या गया, जट-जटिन का नाच ही बन्द हो गया। अब जट-जटिन की कहीं चर्चा भी नहीं है। इसी नाच को अब शहर वालों ने हथिया लिया है; पैसा भी कमा रहे हैं और नाम भी लूट रहे हैं। बिना खैरावाली चाची के कितना फीका होता होगा यह नाच! अब तो नाच के विद्यालय खोले जा रहे हैं जहाँ-तहाँ। इस धनपत में खुलेगा कभी कोई नाच विद्यालय, कहीं आसपास भी!

कितना सुन्दर गाती है भुनेसर यादव की पतोहू, श्रद्धा देवी! कितना मीठा गला है उसका! गले में सरस्वती का वास। मगर केवल कबीर मठ में आती है कबीर के पद गाने। दुनिया-जहान सुने उसके गीत, तब तो नाम भी हो इस धनपत का। और किसी बहू-बेटी के गले में मिठास हो भी तो वह गाने से रही। संगीत की शिक्षा का प्रबन्ध हो, तो एक श्रद्धा देवी ही नहीं, दस-बीस कोयल प्रकट हो जाएँगी इस धनपत की बगिया में।

गोविन्द झा गवैया संगीत सिखाने आते तो थे धनपत, मगर बभनटोली के बाहर कदम नहीं रखते थे। बहुत आग्रह पर किशन बनिया की दोनों बेटियों को उन्होंने संगीत सिखाया तो था, मगर दोनों ही यहाँ कुछ गाने के पहले ही ससुराल चली गईं।

गेदन दास की कीर्तन-मंडली में गवैया नाम का कोई जीव नहीं। गीत में बस हरे रामा हरे कृष्णा, हरे रामा हरे कृष्णा।

नाम कमाने के लिए किसी भी कला में अव्वल आना है। दौड़ने में नाम, लपककर चलने में नाम; उछलने में नाम, कूदने में नाम। यहाँ के मरद भले नाम

नहीं कर पाएँ, मगर यहाँ की औरतों में जो कमाल है, उसका तो लोहा मानना पड़ेगा किसी को भी। यह सब देखा हुआ है, परखा हुआ है, मास्टर जगदीश का।

कलिया ने पिपरावाली को ज्यों ही सुनाया कि उसके खेत में किसी की गाय घुसी हुई है, पिपरावाली लपकी अपने खेत की ओर गालियों की बौछार करती हुई। उस तरह लपककर चलना दिखा दे तो कोई। यह लपकना तो लगभग दौड़ने के बराबर था। मगर है इस पिपरावाली की कोई पहचान। कहाँ क्या प्रतियोगिता हो रही है, यहाँ किसी को कोई जानकारी ही नहीं।

अब आइए दौड़ पर। चैनपुरवाली ने एक पाठा बेचा रमजान मियाँ के हाथ डेढ़ सौ रुपये में। रमजान ने गिनकर पैसे दे दिए और चलता बना। चैनपुरवाली ने पड़ोस की फुलिया को बुलाया और कहा, "तुम तो गिनती जानती हो। बताओ तो, ये कितने रुपये हैं?" गिनती क्या करे फुलिया! उसने तो रुपयों को देखते ही कहा, "चाची, ये तो नकली रुपये हैं, बाजार में बिकते हैं पाँच-पाँच पैसे में। बच्चे इन्हें खरीदकर इनसे खेलते..." 'नकली' सुनते ही चैनपुरवाली सरपट दौड़ी उधर जिधर रमजान गया था। वह दौड़! क्या कोई और औरत दुनिया-जहान की उतनी तेज दौड़ पाएगी! मगर कभी नाम जाएगा उसका किसी रिकॉर्ड बुक में? अखबार तक में नहीं आएगा। श्यामसुन्दर गुप्ता से पूछना पड़ेगा।

लम्बी कूद और ऊँची कूद में ही नाम कमानेवाली लड़कियाँ क्या यहाँ नहीं हैं? गाँव वालों को ही पता नहीं होगा कि उनकी बेटियाँ कैसी-कैसी छलाँग लगाती हैं। बस एक किशन बनिया के बगीचे के रखवाले को पता होगा और उसे अचरज होता होगा कि ये छोकरियाँ इतने ऊँचे घेरे को फाँदकर अन्दर कैसे चली आती हैं! खुद उन्हें भी तो तब पता चलता है जब बेटी अनुपमा आकर सुनाती है...एक दिन हँसकर सुनाया था, "आज तो मलिया बच गई, बाबू। झूठी खबर लेकर आई थी कबूतरी कि रखवाला बनिया की दुकान में बैठा हुआ है। कलिया, कबूतरी और सुगिया अभी दीवार के इस पार ही थीं कि मलिया दीवार फाँद गई। उस पार गिरी और भद् की आवाज हुई तो एक कोने से रखवाले की गलगर्जना सुनाई पड़ी, 'कौन है रे?' आवाज सुनते ही फिर छलाँग मारकर इस पार आ गई मलिया।"

नहरवाली पुलिया टूट जाने के बाद अभी लोगों को पानी में चलकर आना-जाना पड़ता है। अनुपमा बताती है कि जब भी उसका कुछ लड़कियों के साथ उधर जाना हुआ है, तो सबकी सब तो पानी में घुसी हैं, मगर जगिया तो छलाँग मारकर पार कर जाती है। वाह री लम्बी कूद वाली जगिया! जब नहर में पानी पूरा भर जाएगा, तब तो एक अकेली तुम ही नहर के इस पार उस पार जाओगी।

निशानेबाजी में सचमुच गुलबी का जवाब नहीं। विद्यालय के पिछवाड़े में इमली का एक पेड़ है। कोई भी जाए और इमली चूसकर आ जाए। मगर इमली की फलियाँ बिछी हुई तो नहीं होतीं गाछ के नीचे। उन्हें तोड़ना पड़ता है। अनुपमा बता रही थी कि औरों को तो झटहा मारना पड़ता है, मगर गुलबी तो ऐसा निशाना साधती है कि ढेला मारकर जिस फली को चाहे तोड़ लेती है। गजब की निशानेबाज! मगर इस निशानेबाजी का मोल क्या?

जगदीश मास्टर के मन में विचार आया रामोतार मास्टर के सामने एक प्रस्ताव प्रस्तुत करने का..."सुनिए, रामोतार बाबू, आप अपने विद्यालय की लड़कियों की खेल-कूद प्रतियोगिता कराइए। इनाम में जलेबियाँ मेरी ओर से। बोलिए, मेरा प्रस्ताव पसन्द आया?"

अभी प्रस्ताव गया भी नहीं था रामोतार मास्टर के पास कि उनका जवाब आ गया, "सुनिए, जगदीश बाबू, आपका यह विद्यालय है ब्राह्मण विद्यालय, एक-आध को छोड़ लगभग सारे शिक्षक ही ब्राह्मण, विद्यालय है बभनटोली में और यहाँ का हर ब्राह्मण इसे अपनी दौलत समझता है। ऐसी हालत में क्या ब्राह्मणों को मंजूर होगा कि सारी जलेबियाँ सोलकन की छोकरियाँ लूटकर ले जाएँ?"

"ठीक है," जगदीश मास्टर ने भी अपना जवाब सुना दिया, "हम गाँव में ही कराएँगे यह प्रतियोगिता।"

कब?

यह सोचा जाएगा बाद में। अभी तो यह देखना है कि खोकसी की बेटी गाँव में क्या-क्या उत्पात मचाती है। घर-घर झगड़ा शुरू हुआ तो क्या कुछ हो पाएगा इस गाँव में!

*

'दसवीं पास' का ढोल बज गया गाँव में। सास हो या बहू, हर एक के दिमाग में घुस गई यह 'दसवीं पास' और घुसकर घर बना लिया। हर सास कुछ-कुछ हकलाने लगी थी और हर बहू हँस-मुस्कुराकर बतियाने लगी थी। मगर हिम्मत किसी की नहीं हो रही थी नई बहू को एक बार देख आने की या मर्मव्यथा भोग रही सास को ढाढ़स दिलाने की। जहाँ सास-पतोहू में महाभारत ठना हुआ हो, वहाँ कौन जाए इसका या उसका तीर खाने। मुँह का क्या ठीक, किसी गलत बात पर हाँ या न निकल ही जाए। ऐसी कोई बात है दुनिया में जिसे सुनकर बिल्ली भी खुश और चूहा भी खुश? घरझँकनियों तक ने उस घर में जाने की हिम्मत नहीं जुटाई।

लेकिन औरत जात, मन की बेचैनी को कैसे रोके? सड़क से गुजर रही औरतें उस घर के सामने अपनी चाल धीमी करतीं और कान पातकर सुन लेना चाहतीं घर से आती आवाजें। यह कैसी लड़ाई हो रही है कि घर का कोई पत्ता तक नहीं हिल रहा है। इशारों में तो नहीं होता लुगाइयों का झगड़ा। बुढ़िया हार मानकर अभी ही हरदी बोल गई क्या?

बहू के बोल (सुन रे ढोल बहू के बोल!) सुन लेने के बाद सास तो बकमौन रह गई। चकरघिन्नी की तरह माथा घूम गया। कैसी सास का भाग्य लेकर आई थी वह इस घर में जिसमें अभी साँझ भी नहीं हुई और चोर आ घुसा घर में। एक जाबिर सास के कितने ही गँवरमसले तो अपने खोंइछा में भरकर आई थी वह कुलच्छनी बहू को सुनाने के लिए...*सैयाँ देलक खटिया गोसैयाँ देलक नीन, सुते बहुरिया सौंसे दिन, या सास घरुआरी पुतहू दरबारी, या सास रुसली कूटत पतोह रुसली सूतल,* या *सात सेर के सात पकवलों चौदह सेर के एके, ऊ कुलबोरना सातो खइलक हम कुलवन्ती एके,* हाय हाय री कुलवन्ती, या...अब ये गँवरमसले किस काम के! पतोहू ने तो साफ सुना दिया, 'चुप बुढ़िया, मुँह सी ले, मुँह से एक भी लब्ज निकाला, तो...'

तो क्या? तो क्या, रे नागिन?

लम्बी लड़ाई के लिए तैयार हो गई बिपता-माँ। अजोधी के खेत से आते ही उसने कहा, "अब बैठिए मेरे पास कुछ देर; उसके बाद ही कहीं निकलिएगा। बहुत जरूरी बात करनी है। इस चंडालिन को कहाँ से तो उठा लाए आप!"

कुछ अकबकाया अजोधी और पूछा, "हुआ क्या है?"

जो हुआ था वह सब सुना दिया बिपता-माँ ने बिपता-बाप को और तब पूछा, "यह बताइए कि अब क्या होना है?"

"सुनो, बिपता-माँ," अजोधी ने बहुत शान्त स्वर में सुनाया, "मैंने बिपता की शादी बहुत सोच-समझकर इस लड़की से कराई है, पाँच इज्जतदार लोगों की सलाह से कराई है। उन लोगों ने तो यही कहा कि यह लड़की सिर्फ हमारे घर की लक्ष्मी नहीं होगी, पूरे गाँव की लक्ष्मी बनेगी, पूरे धनपत की।"

"पूरे धनपत की?" कुछ सशंकित स्वर में बिपता-माँ बोली, "मैं समझी नहीं, इसका क्या मतलब हुआ।"

"धनपत की लक्ष्मी का मतलब तो मैं भी नहीं समझा, मगर घर की लक्ष्मी का मतलब तो समझती हो न?"

"हाँ, वह तो समझती हूँ, मगर आपको लगता है कि यह हमारे घर की लक्ष्मी बनेगी? मुझे तो नहीं लगता। अभी तो नागिन की तरह फुफकार मारती है, फूँ-फूँ।"

"अभी तो वह आई ही है, और अभी ही तुमने कैसे जान लिया कि वह लक्ष्मी नहीं, नागिन है? लक्ष्मी किस रूप में प्रवेश करती है, यह न तुम जानती हो न मैं। दो-चार दिन इसका रंग-ढंग देख तो लो।"

"ठीक है, आप कह रहे हैं तो देख लेती हूँ, मुँह सीकर रह लूँगी। दो दिन, चार दिन, सात दिन तक धीरज रखूँगी, मगर उसके बाद...जनम भर तो नहीं देखती रहूँगी उसका रंग-ढंग।"

"हाँ-हाँ, जनम भर नहीं, जनम भर नहीं।"

सात दिनों तक तो घर में चुप ही रही बिपता-माँ, मगर तीन दिनों के भीतर ही वह पूरे गाँव के परिचित बेटे वालों के घर घूम आई यह सुनाकर कि कोई अपने बेटे का ब्याह खोकसी में नहीं करे। तीन दिनों के बाद वह कुछ नरम तो पड़ने लगी, लेकिन पहले ही दिन नागिन ने ऐसा डसा था कि उसका विष बहुत धीरे-धीरे उतर रहा था। कभी-कभी तो उतरते-उतरते फिर चढ़ जाता था। सात दिनों तक कनियाँ के कोई तीखे बोल मुँह से नहीं निकले। नरम पड़ रही है या माया फैला रही है? बिपता के घर में रहते कनियाँ की क्या पहचान! असली पहचान तो तब हो जब बिपता पैसा कमाने घर से दूर दिल्ली-पंजाब चला जाएगा।

दस दिन घर में बिताकर बिपता पंजाब चला गया।

वह भोर! ऐसे भोर में तो, बिपता-माँ ने याद किया, न कभी ससुराल में उठी थी वह और न मायके में।

नींद जरूर टूट गई थी उसकी, मगर अभी बिस्तर छोड़ने का समय नहीं हुआ था। चौंकी वह झाड़-बुहार की आवाज से। कमरे से बाहर निकल आई, तो देखा कि कनियाँ घर-बाहर झाड़ू लगा रही है। वह झट कमरे के अन्दर समा गई।

झाड़-बुहार की आवाज बन्द हुई और देर तक कान पातकर सुन रही सास के कानों में कोई आवाज नहीं आई तो एक बार फिर सास की इच्छा बाहर झाँकने की हुई। देखा कि कनियाँ घूरा लगाकर गाय-घर के मच्छड़ों को भगाने में लगी हुई है।

एक बार फिर अन्दर आ तो गई वह, मगर अब यह डर भी उसके साथ आ गया कि कहीं रमदिनमा की बेटी टपककर फुफकार न छोड़ बैठे, "क्यों गे बुढ़िया, कैसी नींद दी है गोसैयाँ ने तुमको? सूरज उगाकर उठोगी और पतोहू को सुनाओगी, 'उठो बहुरिया साँस लो, ढेंकी छोड़ो जाँत लो'।"

मच्छड़ भगाकर कनियाँ गाय के सानी-पानी में लगी हुई थी। सास उसके पास आ खड़ी हो उसे टुकुर-टुकुर निहारने लगी, तो कनियाँ पूछ बैठी, "माँजी, गाय कब दुहती हैं?"

"अरे हाँ, मैं तो भूल ही गई थी कि बिपता चला गया। बिपता ही दुहता है; बिपता-बाप से अब नहीं सपरता गाय दुहना। बिपता के नहीं रहने पर इसी टोले का जयना दुह देता है। अब निकलती हूँ, खबर कर देती हूँ उसे।"

"नहीं, माँजी," कनियाँ बोली, "किसी को बुलाने की जरूरत नहीं है। मैं दुह लूँगी दूध।"

सास ने अचरज से कनियाँ की ओर देखा, "तुम्हें आता है दूध दुहना?"

"हाँ, आता है," कनियाँ का जवाब आया, "तीन साल से खोकसी में मैं ही दुहती रही थी गाय।"

टोले की औरतों को बहियार की ओर निकलते देख सास ने कहा, "कनियाँ, मैं जा रही हूँ गाय के लिए घास ले आने। तुम नजर रखना; एक बिल्ली है जो कहीं छुपकर बैठी देखती रहती है कि मैं कब घर से बाहर निकलती हूँ। सिंघेसर का कुत्ता भी परक गया है, सीधे रसोई में घुस जाता है।"

जब घर की बकरियों को भी साथ ले जाने लगी सास तो पतोहू ने पूछा, "माँजी, बाबूजी कहाँ गए हैं? अभी नहीं आएँगे क्या?"

"कोई ठीक नहीं है उसका, कोई ठीक नहीं कि कहाँ गया है और कब आएगा। और वह रहे न रहे, दोनों बराबर। उसके रहते बिल्ली आराम से दूध पीकर घर से निकलती है और कुत्ता कितनी ही बार रोटी लेकर भाग गया है।"

"तो ऐसा करती हूँ, माँजी, कि मैं रसोई को अच्छी तरह टाटी लगाकर बन्द कर देती हूँ और आपके साथ मैं भी निकलती हूँ।"

"अभी ही निकलोगी? दो-चार दिन बाद निकलना मेरे साथ।"

"खेत-बहियार तो जितनी जल्दी देख लूँ उतना अच्छा, माँ जी। दो दिन बाद निकलना है तो अभी ही क्यों नहीं?"

सास को बोलने के लिए कुछ और नहीं सूझा।

शाम में अजोधी ने बिपता-माँ से पूछा, "अब तो खुश हो न?"

बिपता-माँ को लगा कि बिपता-बाप उसे चिढ़ा रहा है; उसने उलटकर जवाब दिया, "देखूँ, कब तक निभता है।"

अनुपमा शाम तक की खबर लेकर आ गई थी बाप के पास और ताली बजाकर सुना दिया था, "नई चाची बहुत अच्छी है।"

*

सोलकन-टोले की नाक हैं जगदीश मास्टर। वे खाँटी किसान हैं, बाप की दी हुई अच्छी जमीन-जायदाद है। जब पढ़ाई छोड़कर घर बैठे तो विद्यार्थी से मास्टर बन

गए। दो-चार महीने उन्होंने अपने दरवाजे पर स्कूल खोलकर गाँव के बच्चों को पढ़ाया था और तब से ही 'मास्टर जी' कहलाते रहे हैं। 'जगदीश बाबू' तक सुनना उन्हें पसन्द नहीं; 'मास्टर जी' कहे जाने पर गद्गद हो जाते हैं। कितने ही लोगों के 'जगदीश बाबू' को उन्होंने सुधारा है 'जगदीश मास्टर, बोलकर। एक रामोतार मास्टर से 'जगदीश बाबू' सुनना उन्हें बुरा नहीं लगता। रामोतार बाबू उनके प्रिय संगी बने हुए हैं। जिस विद्यालय की ओर कभी हुलकना भी पसन्द नहीं था उन्हें, उसी विद्यालय से अनजाने ही अब काफी जुड़ गए हैं वे। अब केवल गाँव की ही नहीं, इस विद्यालय की खबर भी रखनी पड़ रही है उन्हें। यह सब हुआ है रामोतार मास्टर के कारण। धनपत आने से पहले रामोतार बाबू कुस्थन विद्यालय में पदस्थापित थे। वहाँ अभी दो साल भी नहीं हुए थे कि उनका तबादला हो गया। एक षड्यंत्र के तहत यह तबादला हुआ था। किसी बाहुबली मंत्री की सिफारिश थी कुस्थन विद्यालय में एक जगह उनकी साली के लिए खाली करने की। कुछ डर हुआ ऐसा कि तबादला रुकवाने के लिए उन्होंने कोई कोशिश-पैरवी भी नहीं की। साल भर पहले ऐसे ही एक मामले में एक विद्यालय की शिक्षिका का तबादला उसी विद्यालय के पास के एक कुएँ में कर दिया गया था।

कुस्थन में दो साल उन्होंने एक खाते-पीते किसान के घर काफी मान-आदर के साथ रहकर बिताए थे। धनपत में उन्हें अपने लिए आवास ढूँढ़ना था। प्रधानाध्यापक श्री गंगानन्द मिश्र ने उनकी मदद की; कहा, "जब तक आप अपनी व्यवस्था नहीं कर लेते तब तक विद्यालय के ओसारे पर ही डेरा डाले रहिए। विद्यालय का चपरासी सहदेव यादव भी रात में वहीं सोता है।"

ओसारे पर सहदेव यादव के साथ सोना ही काम कर गया। सहदेव ने जगदीश मास्टर तक खबर पहुँचाई और साथ में सलाह भी दे दी, "एक नया मास्टर घर ढूँढ़ रहा है। बभनटोली में घर नहीं मिल रहा है। अपने टोले में बसा लीजिए; काम का आदमी साबित होगा वह।"

उछलकर खुशी मनाने की खबर थी यह जगदीश मास्टर के लिए। एक-एक टोले के एक-एक घर तक धावा मारा उन्होंने और अन्त में एक शिक्षक को रखने के दसों फायदे गिनाकर तैयार कर लिया यादव-टोले के सियाराम यादव को। सियाराम यादव ने इतना भर कहा, "मास्टर साहब को अपने भोजन का इन्तजाम स्वयं करना होगा।"

प्रधानाध्यापक श्री गंगानन्द मिश्र ने पहले ही पता लगा लिया था कि आनेवाला शिक्षक किस जाति का है। ब्राह्मण शिक्षकों के बीच यह बात चली गई कि कोई कायस्थ आ रहा है।

बलभद्र झा के कान तक जब यह बात पहुँची कि विद्यालय में आया हुआ नया मास्टर अपने लिए आवास ढूँढ़ रहा है तो उसके दिमाग में यह बात भी आई कि क्यों नहीं उसे बभनटोली में ही कहीं रखवाकर उसे भी अपने काबू में रखा जाए। एक गरीब ब्राह्मण नकुल झा के घर में खाली जगह भी उसने तुरन्त ढूँढ़ ली। मगर यह सब सोच लेने के बाद भी वह हरिमोहन झा की सलाह ले लेना चाहता था।

हरिमोहन झा ने पूछा, "किस जाति का शिक्षक है?"

"कायस्थ है।"

"हूँ," हरिमोहन बाबू बोले, "आइए मेरे साथ।

हरिमोहन झा के साथ चलते हुए बलभद्र झा उनके घर तक आए। घर आकर हरिमोहन झा ने एक पोथी निकाली और एक पन्ना पर उँगली रखकर बोले, "पढ़िए यहाँ कि हमारे ऋषि-मुनि पूर्वजों ने क्या लिखा है।"

पोथी पर निगाह जमाने के बाद जब बलभद्र झा ने निगाह उठाई, तो हरिमोहन झा ने पूछा, "पढ़ लिया?"

"हाँ, पढ़ लिया।"

"श्लोक का अनुवाद हिन्दी में किया हुआ है; वह पढ़ा या नहीं?"

"हाँ, वह भी पढ़ लिया।"

"तो अब जाइए; खुद सोचिए कि उस शिक्षक को बभनटोली में रखना है या नहीं।"

कुछ किराए के पैसे मिलते और गरीब नकुल झा का कुछ भला हो जाता तो मास्टर जगदीश का भला नहीं हो पाता। सियाराम यादव के घर में स्थापित कर जब जगदीश मास्टर रामोतार बाबू के साथ लौट रहे थे, तो जगदीश मास्टर ने पूछा था, "आप अपने भोजन का क्या प्रबन्ध करेंगे, मास्टर साहब?"

"मुझे खाना बनाना आता है," रामोतार बाबू ने जवाब दिया था, "मैं अपना खाना खुद बनाऊँगा।"

"अभी तो बरतन-बासन भी नहीं होंगे आपके पास," जगदीश मास्टर ने कहा, "जब तक आप पूरा प्रबन्ध नहीं कर लेते, तब तक आप मेरे घर खाना खाएँगे।"

*

दसघरिया के दसों घरों को कबीर मठ के महन्थ जी से एक-एक कट्ठा जमीन मिली थी। इस जमीन के सामने सड़क थी। सड़क से सटी सरकारी जमीन पर भी सबने कब्जा किया था। इस जमीन को बाँस की टट्टी से घेर लिया गया था। चौड़ी सड़क के लिए सरकारी जमीन इतनी थी कि उस पर एक साथ चार बसें आ-जा

सकती थीं, मगर अब असली सड़क इतनी सँकरी हो गई थी कि दो बसों को भी एक साथ निकलने में बहुत सावधानी बरतनी पड़ती थी।

यह हाल एक धनपत का ही नहीं था; इलाके के सारे गाँवों का यही हाल था। धनपत में इस कब्जा के विरुद्ध कोई आवाज नहीं उठती। चरपहियों के चालक भुनभुनाकर रह जाते हैं। एक बभनटोली के हरिमोहन झा जब-तब बोलते हैं, मगर वह भी केवल अपनी बभनटोली में, "एक तो इन राड़ों ने गुजरगाह की जमीन घेर रखी है अपने गाय-बैल, बकरा-बकरी के गुजारा के लिए और दूसरा लाभ यह उठाते हैं कि अगर सड़क से गुजरनेवाली बसों-कारों या मोटरसाइकिलों की चपेट में बकरा-बकरी या मुर्गा-मुर्गी आ जाए, तो ठोकर मारनेवाले अपराधियों से अच्छी भरपाई वसूल लेते हैं, एक का चार। भाग्यवान मानता है अपने को वह जिसकी भरपाई हो जाती है। भरपाई हो ही जाती है; दस राड़ पहुँच जाते हैं भरपाई के लिए हल्ला करने।"

सरकारी जमीन पर कब्जा कर बछड़ू ने भी एक कट्ठा को डेढ़ कर लिया था। इस सरकारी जमीन पर उसकी बकरियाँ और कभी गाय, कभी भैंस रहती थीं। जाड़ा में यहीं घूरा लगाया जाता था। जाड़ा के बाद भी हर शाम जानवरों को मच्छड़ों से बचाने के लिए धुआँ किया जाता था। यहीं एक छोटा-सा मचान भी डाल दिया गया था।

घर के नाम पर एक सोने का कमरा था; उसके साथ ओसारा; बगल में भूसा-घर। एक बहुत छोटा-सा पिछवाड़ा था जहाँ कुछ सब्जियाँ उगाई जाती थीं और जिस रास्ते से साँप-कीड़े वगैरह घर के अन्दर प्रवेश किया करते थे।

इधर हाल में फूस घर की जगह एक कमरा ईंट-सीमेंट से बना लिया था बछड़ू ने। लोग कहते हैं कि इस एक कमरे के पक्का मकान को देखकर ही चानपुर का बेटीवाला बछड़ू बाबू के पक्का मकान में अपनी रानी बेटी को एक मोटरसाइकिल के साथ घुसा देना चाहता था।

इस एक कमरा को बनाने के लिए भी बछड़ू को हिम्मत जुटानी पड़ी थी और घरवाली तक को मेहनत करनी पड़ी थी।

बछड़ू पहली बार पंजाब से कुछ पैसे लेकर आया था, तो घरवाली ने सुना दिया कि अब एक पक्का कमरा बना लेना है। अगली बार वह अपने दोनों बेटों, महेन्दर और जोगेन्दर, को भी साथ ले गया। बछड़ू की घरवाली ने बछड़ू को विदा किया था यह कहकर, "आप निश्चिन्त होकर जाइए। यहाँ घर में कोई भूखा नहीं रहेगा; मैं अपनी कमाई से घर चला लूँगी।"

दो साल बीतते-बीतते पंजाब की कमाई से एक कमरे का पक्का मकान खड़ा हो गया।

धनपत के सोलकन-टोलों में होता तो यह आया था कि बेटे का ब्याह होते ही कभी बाप के निर्णय से और कभी बेटे की इच्छा से उसकी गृहस्थी अलग बसती थी। बछड़ू के घर में ऐसा नहीं हुआ; दो साल की देर हुई। परम्परा को नहीं तोड़ने का सुर साधा महेन्दर की घरवाली ने। वह कब तक देखती कि भतार की कमाई ससुर के हिस्से में जाए! उसका कलेजा कचोट उठता जब उसका भतार पंजाब की पूरी कमाई ससुर के हाथ में दे देता। ससुराल में दाखिल होते ही कोल्हुआवाली ने पक्का कमरा को ऐसा दखल किया कि फिर कभी सास के लाख भुनभुनाने के बाद भी उससे बेदखल नहीं हुई।

बिना झगड़ा-झंझट के जोगेन्दर ने भी तीन-चार साल के अन्दर जोड़-जुगाड़ कर अपने लिए एक कमरा बना लिया और बड़े भाई की तरह माँ-बाप से अलग हो गया।

घर के पिछवाड़े में अभी भी इतनी जमीन खाली थी कि वहाँ दो-चार कमरे बनाए जा सकते थे। उस खाली जगह पर उपिया की नजर तो थी, मगर पैसा था नहीं। न जाने कब पोटा तर होगा कि एक कमरा खड़ा किया जा सके। पंजाब तो पास आ गया था उसके, मगर दिल्ली अभी दूर थी।

उपिया की सिरसीवाली जब आई, तो उसके हिस्से में आधा ओसारा आया जिसमें तत्काल ओहार लगाया गया।

ओसारे के एक हिस्से में घर की बकरियाँ और गाएँ बँधती थीं; शेष हिस्से में बूढ़ा-बूढ़ी रहते थे। अब ओसारे से बेदखल होकर कहाँ बँधे बूढ़ी माँ और किधर रात काटे बूढ़ा बछड़ू!

अब एक खुला मचान बचा था उन दोनों के लिए।

जो समस्या बछड़ू के आगे आई थी, वह कोई ऐसी नहीं थी जिस पर बछड़ू का ध्यान कभी गया ही न हो। सारे बूढ़े सोलकन इस समस्या को दूर से ही देख लेते हैं और इसका निदान सोचते रहते हैं।

नई बहू ने बेदखल किया, तो जयना मंडल ने महन्थ जी की कुटिया को अपना टिकान बनाया। वहाँ तो पासवान-टोले के दो बूढ़े भी आ जाते थे। कनिक-टोला के दो-तीन बूढ़े शिवालय में आते थे सोने के लिए। पुजारी जी को भी सुविधा होती थी कि उनका खैनी का खर्च निकल जाता था। कलेसर को बैजनाथ भगत का मचान मिल गया था। भगत जी अन्दर से काफी खुश थे कि उन्हें मुफ्त में रात का चौकीदार मिल गया।

जगदीश मास्टर से पूछेंगे, तो वे एक-एक नाम गिना देंगे, धनपत के बीसों बूढ़ों के नाम, जो अपनी रात घर के बाहर बिताते हैं।

एक नया नाम बछड़ू मंडल। महन्थ जी की कुटिया बिलकुल पास थी; वह वहीं जाने लगा। अब कुछ ही दिनों के मेहमान जयना मंडल ने अभी जगह खाली नहीं की थी; बछड़ू मंडल कुछ पहले ही आ धमका।

*

रामोतार मास्टर की सोहबत में आने के बाद जगदीश मास्टर ने खुद भी महसूस किया कि अब गाँव-घर में उनका कद काफी बड़ा हो गया है। रामोतार बाबू के साथ उनकी घनिष्ठता कुछ अधिक ही हो गई थी। घनिष्ठता इतनी अधिक हो गई थी कि अब जगदीश मास्टर की घरवाली पर्व-त्योहार के अवसर पर घर में बने पुआ-पकवान की एक थाली बिना परिवार के रह रहे मास्टर के पास भेजने लगी थी। रामोतार बाबू के पास जगदीश मास्टर लगभग रोज ही शाम को पहुँच जाते थे और देश-दुनिया की खबरों पर चर्चा करते थे। रामोतार बाबू सिर्फ अखबार ही नहीं पढ़ते थे, नई-नई पत्रिकाएँ और मोटी-मोटी किताबें भी पढ़ते रहते थे। वे जब कभी अपने घर जाते, तो भागलपुर से एक गट्ठर किताबें खरीदकर धनपत ले आते। जगदीश मास्टर के साथ वे सिर्फ अखबार की खबरों पर ही चर्चा नहीं करते थे, कभी-कभी अच्छी-अच्छी कहानियाँ भी पढ़कर सुनाते थे।

एक दिन उन्होंने एक कहानी पढ़कर सुनाई और रोज की तरह जगदीश मास्टर से पूछा, "कैसी लगी कहानी?"

"यह कहानी तो अच्छी नहीं लगी," स्पष्ट बोल गए जगदीश मास्टर।

"क्यों?"

"इस कहानी में जो गाँव है वह आज से कम-से-कम पचास बरस पहले का कोई गाँव है। आपके इस गाँव में एक भी पक्का मकान नहीं है, केवल फूस ही फूस।" बोलकर जगदीश मास्टर पूछ बैठे, "आपने देखा है कि धनपत में कितने पक्के मकान बने हुए हैं और कितने जोर-शोर से बन रहे हैं?"

रामोतार बाबू मुस्कुराए और बोले, "मैं कहानीकार तक आपकी बात पहुँचा देता हूँ।"

"हाँ, पहुँचा दीजिए और उन्हें निमंत्रण भी दे डालिए कि वे एक बार धनपत आकर आज का गाँव देख लें।"

"वह दिल्ली में रहता है।"

"कहिए आने को; मैं राह-खर्च दे दूँगा।"

*

जगदीश मास्टर देख रहे हैं धनपत में बने और बन रहे पक्के मकानों को। कैसी तो धुन सवार हुई है पक्के मकान बनवाने की! जिसे देखो वही बात कर रहा है पक्का मकान की...अभी ईंट का रेट?...सरिया किस भाव?...गिट्टी का भाव? अब सरकार के इन्दिरा आवास के भरोसे नहीं रहा जा सकता। घर बन रहे हैं, ताबड़तोड़ बन रहे हैं। किशन बनिया के गोला में हर हफ्ते सीमेंट का ट्रक आ रहा है। गाँव के तीनों ट्रैक्टर ईंट लाने में लगे हुए हैं। अब घर बनाने में सरिया का उपयोग भी किया जा रहा है। कंक्रीट की छत ढाली जा रही है। जो मर्द अभी साल-दो साल रुकना चाह रहा था, उस पर उसकी घरवाली सवार हो गई, "आप काम शुरू करवाकर जाइए पंजाब; पक्का बनवाना मेरे जिम्मे रहा।" बछड़ू की घरवाली ने तो बछड़ू को विदा ही किया था यह कहकर, "आप निश्चिन्त होकर जाइए दिल्ली-पंजाब। यहाँ घर में कोई भूखा नहीं रहेगा; मैं अपनी कमाई से घर चला लूँगी।"

औरतें अपने बूते पर घर बनाने की बात करने लगी हैं। पहले से कुछ अधिक कर्मठ हो गई हैं ये महिलाएँ; कटनी-रोपनी के एक दिन पहले पहुँच जाती हैं रमण ठाकुर के पास, "डॉक्टर बाबू, कल धनकटनी में जाना है। बहुत धूप रहती है। एक बोतल पानी चढ़ा दीजिए।"

सोलकन-टोलों में पक्के मकानों की आई हुई इस बाढ़ से जलते हैं बभनटोली वाले। हरिमोहन झा बैजनाथ भगत से कह रहा था, "यह तो अच्छी बात है कि पक्के मकान बन रहे हैं, मगर पक्का घर में सोने की लालसा ने भ्रष्टाचार को जन्म दे दिया है, औरतों के बीच भ्रष्टाचार।"

जलते रहें बभनटोली वाले; बनते रहेंगे पक्के मकान।

सिर्फ बन ही नहीं रहे घर, घर भर भी रहे हैं।

घर से बाहर जो भी जाता है, वह सिर्फ रुपयों की थैली लेकर वापस नहीं आता, कन्धे पर कोई बड़ी गठरी लादे हुए ही गाँव में प्रवेश करता है। जो चीजें अब तक बाबू-बबुआनों के घर में आती रही थीं, वे सब अब इन घरों में भी आने लगी हैं; कभी-कभी कुछ ऐसी भी चीजें जो अब तक बाबुओं के टोले में भी नहीं आई हैं।

वह जमाना गया जब इसी धनपत में दो औरतों के बीच छह पैसे का झगड़ा छह महीने से ऊपर तक चला था..."याद करो, तुमने मेला में करछुल खरीदने के लिए छह पैसे पैंचा लिये थे। मेला फिर आ रहा है, मुझे अपने पैसे चाहिए।"..."मैंने उधार-पैंचा का काम कभी किया ही नहीं, तो कैसे दे दूँ पैसे! मेरे घर में तो दो-दो करछुल सालों से पड़े हैं, मैं क्यों खरीदने जाऊँ कोई करछुल-मरछुल! ठीक से याद कर लो, किसी और जनाना को दिए होंगे पैसे।"...अब तो कोई औरत एक रुपये

की एक आइसक्रीम खरीदती है, तो एक और खरीद लेती है पास ही खड़ी दीदी या चाची के लिए। खिलानेवाली कभी नहीं कहेगी दीदी या चाची से कि कल मैंने खिलाई थी, आज तुम खिलाओ।

धनकटनी के समय कटनियों की रंग-बिरंगी साड़ियों की कान्ति ऐसी खिलती है कि धान की बालियों के खेत फुलबगिया की तरह नजर आते हैं। टिकुली-अँगूठी बेचनेवाला जब भी आता है, अपना भरा बक्सा खाली करके ही जाता है। कोई कान सूना नहीं, कोई गला सूना नहीं। कौन देखता है कि झुमका सोने का है या पीतल का! गाँव के भीतर पीतल का ही सही, गाँव के बाहर खालिस सोने का। बनिया नित्यानन्द चौधरी हैरान है कि धनपत की छोकरियाँ कैसे-कैसे क्रीम-पावडर माँगने चली आती हैं उसकी दुकान में आजकल। अब क्या कोई जटिन निहोरा करती है जट का कि मुझे यह ला दो, मुझे वह ला दो, पटना की चूड़ी या बनारस का झुमका! अब पटना-बनारस का क्या मोल! धनपत में अब क्या नहीं आता, 'दिल्ली' नहीं कि 'मुम्बई' नहीं? इस बार दिल्ली खरीद ली, अगली बार मुम्बई खरीद लेगी। जटिन की अपनी कमाई भी तो है; सोलहों श्रृंगार के पैसे साड़ी के खूँट में बँधे रहते हैं आठों, आठों, आठों पहर।

इधर एक दिन पतोहू से झगड़ते हुए भगतू की बुढ़िया घरवाली ने उसे सुना दिया था, "मैं कनियाँ के तलुवे चाटनेवाली सास नहीं हूँ। मकई की कटनी करके दस हजार की मकई बेची है इस साल। मत दो मुझे अपने भतार की कमाई; भेजती रहो नैहर मरभुक्खों को जिन्दा रखने के लिए।" एक कटनी से कोई बुढ़िया इतना निकाल ले, तो जाँगरवाली जवान औरतें न जाने कितना कुछ घर ले आती होंगी।

टोले के घरों में हुन बरसते देख बैजू भगत की घरवाली, गुंजन दीदी ने कपड़े की दुकान खोल दी है। साड़ियों की अच्छी बिक्री हो जाती है, खासकर दशहरा, दीवाली और छठ के समय। उधार भी बेचती है। दसों औरतें बैजू भगत के कब्जे में रहती हैं।

एक दिन कनिक-टोला के सिंघेसर की घरवाली किसी से फोन पर अपनी आदत के मुताबिक तेज आवाज में बात कर रही थी। दूसरी ओर से क्या पूछा जा रहा था, यह तो किसी को मालूम नहीं, मगर सिंघेसर की घरवाली की आवाज अड़ोस-पड़ोस के चार घरों में गूँज गई, "मैं नाक पर पैसा रखकर आई हूँ। आप जानते नहीं कि मैं किसकी बीवी हूँ!"

अब तो धनपत में भी सोलकनों के एक-एक घर की पहचान हो रही है।

एक समय था जब दिल्ली-पंजाब जाने के लिए रेल किराया तक के पैसे नहीं होते थे जानेवालों के पास। घर वालों के लिए कुछ महीनों के अनाज-पानी की भी

व्यवस्था कर देनी होती थी। उन्हें गाँव के महाजनों से कर्ज लेना पड़ता था। सूद की दर इतनी अधिक होती थी कि एक साल सहदेव भगत एकबारगी अपनी तीन भैंसों को बेचकर 'महाजन' बन गए थे। पैसा डूबने का जरा भी डर नहीं होता था। किसी हीला-हवाला की भी गुंजाइश नहीं रहती थी। असामी पंजाब से आया नहीं कि महाजन कंठ पर सवार।

वह जमाना लद गया, जनाब। अब एक-एक पंजबिया कोठी में चावल भरकर निकलता है घर से। घरनी से पूछता है घर का मरद, "कोठी में कितना चावल डाल दूँ?" घरनी इतराकर जवाब देती है, "डालिए या मत डालिए। मैं कोठी कभी खोलूँगी ही नहीं; कटनी-रोपनी से घर चला लूँगी।" कोई-कोई बेटा निकलने से दो-चार दिन पहले ही पूछता है बाप से, "जो पैसा है घर में, उसका क्या कीजिएगा, बाबू? मेरी राय है कि किसी की जमीन सुदभरना ले लीजिए। कोई-कोई अभी रुकता है, "इस साल रुक जाइए, बाबू; अगले साल हम पाँच कट्ठा जमीन ही खरीद लेंगे।"

उस दिन बैजनाथ भगत के छोटे बेटे नन्दलाल के बरतुहार आनेवाले थे। घर में अच्छे-अच्छे पकवान बन रहे थे। बेटी सुग्गी माँ से कहने आई, "माँ, न जाने कितने लोग आएँगे; कुछ बरतन गिरिधर चाचा के घर से माँग लाऊँ?" उस समय आटा-चक्की घर में भगतू की पतोहू करवैलीवाली चावल फटक रही थी। उसने सुग्गी की आवाज सुन ली। सुग्गी को उसकी माँ कोई जवाब देती, उसके पहले ही करवैलीवाली झटककर आई और टपक पड़ी, "क्यों मँगाओगी बरतन कहीं और से, गुंजन दीदी? मैं ला देती हूँ बरतन दो मिनट में। पिछली बार दिपका के बाबू एक बोरा बरतन लेकर आए थे पंजाब से।" करवैलीवाली गुंजन दीदी की हाँ-ना सुनने के पहले ही उड़ी और पाँच मिनट के अन्दर एक बोरा बरतन ले आकर गुंजन दीदी के आगे पटक दिया।

अनुराग मिसर की एक बीघा जमीन बटाई पर जोतता है नागो मंडल। नागो की घरवाली जब-तब आती रहती है अनुराग मिसर के घर कुछ पूछताछ करने। उस दिन अनुराग बाबू घर पर नहीं थे। जब नागो की घरवाली पहुँची, तब उसने मिसराइन को अपनी बेटी को डाँटते देखा, "बाप को कहती क्यों नहीं मोबाइल को चालू करने?"

"कहती तो हूँ; दस बार कह चुकी हूँ मोबाइल में पैसा भराने के लिए। अब और कितना कहूँ। तुम भी कहकर देखो, तुरन्त भरा ही देंगे!"

नागो की घरवाली पूछ बैठी, "क्या हुआ गिरहथिन?"

मिसराइन का जवाब आया, "होगा क्या? कुछ नहीं हुआ। एक फुसफुसा मोबाइल है घर में; उसमें कभी पैसा ही नहीं रहता है। एक फोन करना था धमदाहावाली दीदी को; अब नहीं कर सकूँगी। सात दिनों से यह हाल है, नाम का मोबाइल। न

कहीं फोन कर पाती हूँ, न कहीं से फोन आता है। जब बेटी का ब्याह हो जाएगा, तब ब्याह की खबर मिलेगी मुझे।"

नागो की घरवाली ने हँसकर अपनी चोली के अन्दर हाथ डाला और एक चमचमाता हुआ फोन निकालकर मिसराइन के आगे बढ़ा दिया, "लीजिए, गिरहथिन, कीजिए फोन।"

*

जैसे-जैसे घर भरा, वैसे-वैसे दिमाग भी चढ़ा सोलकनों का। सृष्टिदेव मिसर कितने ही ब्राह्मणों को अब तक सुना चुके हैं, "आजकल तो सोलकन विष मूतता है। सोलकन-टोलों में अब कोई 'प्यादा' रहा ही नहीं, सब 'फरजी' हो गए हैं।"

सुबह-सुबह बहियार से लौटकर आ रहे हरिमोहन झा को सुशील बैठा के घर के छप्पर पर दूर से ही कद्दू ही कद्दू नजर आए, तो वे कद्दू-घर के आगे रुक गए और सुशील बैठा को हाँक लगाई। अन्दर से उसकी पत्नी निकली और जवाब दिया, "वे घर में नहीं हैं।"

"मुझे सुशील से नहीं मिलना है," झा जी ने कहा, "मेरे घर मेहमान आए हुए हैं। एक कद्दू चाहिए।"

"कद्दू तो बिक्री के हैं, बाबा; पाँच रुपये में एक।"

"पैसे लेकर तो नहीं चला था घर से। छप्पर पर कद्दू देखकर सोचा कि ताजा कद्दू की सब्जी खिला दूँ मेहमान को। एक कद्दू अभी बिना पैसे के नहीं दे सकती? दूर से आए मेहमान के लिए भी नहीं? पुण्य तो तुम्हें भी मिलेगा।"

"आज मेहमान को आलू ही खिला दीजिए, बाबा; कल कद्दू खिला दीजिएगा।" बोलकर घर में घुस गई कद्दुओं की मालकिन।

इस तरह जल-भुन गए हरिमोहन झा कि एक मन हुआ, छप्पर पर चढ़कर तोड़ ले दो-चार कद्दू, मगर ऐसा करते बना नहीं। जमाना बदला, तो अब औरत की जात भी बदल चुकी है।

पंचानन झा की पत्नी बरसात आने के दो महीने पहले से पति को कोंचने लगी थी, "मैं पिछले साल का भोग नहीं भोगना चाहती। बेदम हो गई थी; कितनी ही रातें पलंग के नीचे कटी थीं। आप छप्पर छवाने पर अभी से ध्यान दीजिए।" और जब उसे लगा कि अब और अधिक देर नहीं की जा सकती, तब वह पति के सिर पर सवार हो गई, और एक दिन सुबह-सुबह कहीं से थककर आए पति को दरवाजे पर ही रोक लिया और बोली, "सब सामान का जुगाड़ करके बैठी हूँ मैं; आप अभी ही जाइए और जन-मिस्त्री लेकर आइए। मिस्त्री लेकर आइए, तब घुसिए घर में।"

पत्नी के तेवर देखकर उलटे पाँव चले झा जी जन-मिस्त्री की तलाश में। घर छवनी करनेवाले मजदूरों को ढूँढ़ लाने के लिए उन्होंने सिनुरिया-टोला का रुख किया।

सरजुग नहीं मिला; पंजाब गया था। अवध भी नहीं मिला; वह भी दिल्ली चला गया था। हाँ, एक मिला, देवन।

हाँक लगाने पर देवन की घरवाली बाहर आई, तो झा जी ने पूछा, "देवन गाँव में ही है न?"

"हाँ," देवन की घरवाली बोली, "गाँव में ही हैं। कोई काम है क्या?"

"हाँ, दो-तीन दिन का काम है," झा जी बोले, "छप्पर छवाना है।"

"उन्हें फुरसत नहीं है," सोलकन औरत बोली, "हम पिछवाड़े को घेर रहे हैं। बाँस की टाटी डलवा रहे हैं। वे मजदूर लाने के लिए ही बाहर निकले हैं।"

जवाब देकर औरत अपने घर में घुसने के लिए मुड़ी। एक भद्दी-सी गाली पंचानन झा के होंठों पर आकर रुक गई।

पवित्तर मिसर भारी फेर में पड़ गए हैं। उनका चरवाहा गुलबा भाग गया है। बाप का घर छोड़कर नानी के घर चला गया है। अब गाय कौन चराए? मिसराइन ने धमकी दे दी है, "चरवाहा का जल्दी इन्तजाम कीजिए, नहीं तो मैं किसी भी दिन गाय का पगहा खोलकर उसे भगा दूँगी। अब इस उमर में मैं नहीं उठाऊँगी गाय-गोबर का भार। बहू बड़े घर की बेटी है; उसे कहूँ गाय के लिए घास काटकर लाने?"

पवित्तर मिसर को याद आया कि गुलबा के साथ उसी की उम्र का एक और छोकरा था, सखीचन का बेटा। उन्होंने धावा मारा। सखीचन घर पर ही मिल गया। मिसर जी बोले, "मेरा चरवाहा गुलबा ननिहाल चला गया है। तुम अपने बेटे से कहो कि वह मेरी गाय को भी चराने ले जाए करे।"

पवित्तर मिसर के बोल सखीचन की घरवाली के कानों में पड़े, तो वह झट घर से बाहर निकल आई और मिसर बाबू को सुना दिया, "अब मेरा बेटा किसी की चरवाही नहीं करेगा। मेरी अपनी सात बकरियाँ और पाठा-पाठी हैं। इन सबको चराने से ही फुरसत नहीं है उसे।"

"कोई मुफ्त में तो नहीं चराएगा मेरी गाय को। मैं गुलबा को बीस रुपये महीना देता था, तुम्हारे बेटे को दस अधिक दे दूँगा।"

"पाँच सौ रुपये महीने दीजिएगा, तब मेरा बेटा जाएगा चरवाही में। बोलिए, है मंजूर?"

"पाँच सौ?"

"हाँ, बकरी चराकर इतने पैसे कमा लेगा वह।"

पवित्तर मिसर को कोई जवाब देते नहीं बना। कहाँ बीस-तीस, कहाँ पाँच सौ! वे बुदबुदाकर रह गए, "खूब सुनाया; गाय बिकी चरवाही में।"

बैजू भगत के बेटे नन्दलाल की शादी का दिन आ गया था। बैजू की घरवाली ने भगतू की पतोहू से कहा, "सुनो करवैलीवाली, इस घर को तो तुमने हमेशा अपना घर ही समझा है। यह घर अब शादी का घर हुआ, तो तुम्हें भी अब बहुत कुछ सँभालना होगा। मेहमान सात दिन पहले से आना शुरू कर देंगे। रसोई का काम तुम अपने जिम्मे ले लो।"

करवैलीवाली का जवाब आया था, "आप जो भी काम मुझे देंगी, गुंजन दीदी, वह मैं कर दूँगी, मगर जूठे बरतन नहीं माँजूँगी। अब इस टोले की कोई जनाना किसी के घर जूठे बरतन नहीं माँजेगी। मनाही हो गई है समाज से। दिपका के बाबू जान गए कि मैं आपके घर जूठे बरतन माँज रही हूँ तो जिन्दा जला देंगे मुझे।"

*

और अब क्या सोलकनों से पंजा लड़ाने लायक रही यह बभनटोली?

इस पर ध्यान गया है किसी का कि अब नागो मंडल किसी के भी साथ, सोलकन हो या बाभन, किस ऐंठ और अकड़ के साथ बतियाता है?

नागो मंडल अनुराग मिसर का पुराना बटाईदार है। इतना विश्वासी, ईमानदार और अपने गृहस्थ का हित चाहनेवाला शायद ही कोई और बटाईदार हो पूरे धनपत में, एक अकेला बटाईदार जिस पर नजर पड़ते ही गृहस्थ का दिल खुश हो जाए। नागो की घरवाली तो मुलाकात-बात के लिए भी आ जाए करती है, मगर नागो किसी जरूरत से ही आया करता है, बिना जरूरत के तब आता है जब मालिक को सुनाने के लिए उसके पास दो-चार खबरें जमा हो जाती हैं। हाँ, मालिक के हित की कोई खबर है तो वह तुरन्त दौड़ आता है मालिक को सुनाने। इन दो घरों के बीच एक रिश्ता पनप गया है। शादी-ब्याह, भोज-भात में तो नागो मंडल का पूरा घर अनुराग मिसर के घर में घुसा रहता है।

उस दिन पता नहीं, किसकी जरूरत से आया था वह, अपनी या अपने गृहस्थ की। क्या केवल खबर सुनाने?

'खबर' उसके सिर पर थी, संठी का बोझ।

अनुराग मिसर ने कुछ दूर से ही देख लिया था नागों को सिर पर संठी का बोझ उठाए आते। वे हैरत से उसे देखते रहे। नागो ने ज्यों ही बोझ उनके दरवाजे पर पटका, अनुराग बाबू पूछ बैठे, "कहाँ चले, नागो, संठी का बोझ लेकर?"

"यहीं आया था, मालिक, आपसे बतियाने।"

"संठी का बोझ लेकर?"

नागो मुस्कुराया और बोला, "आज आपके कमरे में आपसे बात करूँगा मालिक।"

अनुराग बाबू को कोई बात पकड़ में नहीं आ रही थी; वे अपने कमरे की ओर चले तो नागो बोला, "बोझ लेकर आता हूँ, मालिक।"

अनुराग बाबू चिन्तामग्न हो गए, संठी के बोझ में कुछ है क्या? क्या हो सकता है?

नागो बोझ को कमरे में एक किनारे रखकर जमीन पर बैठ गया और मुस्कुराते हुए पूछा, "मालिक, आप अपने किसी दुश्मन का नाम बताइए जिसका सफाया करना हो।"

अनुराग मिसर को झटका लगा, "सफाया मतलब?"

नागो ने इशारे से मतलब बताया।

"नहीं, नागो, मेरा ऐसा कोई दुश्मन नहीं है।"

"है कैसे नहीं?" नागो बोला, "बलभद्दर झा आपका पुराना दुश्मन है; हमेशा आपका बुरा चाहता है, बुरा करता है। बिटिया की शादी हो रही थी, तो शादी बिगाड़ने के लिए उसने क्या-क्या नहीं किया! वह जब तक जिन्दा रहेगा, आपके लिए खतरा बना रहेगा। उसको भगवान के घर भेज देने में कोई पाप नहीं लगेगा आपको। उसे मरने दीजिए, मालिक।"

"इस बात को छोड़ो, नागो," मिसर जी ने कहा, "किसी को मरवाने की हिम्मत मुझमें नहीं है।"

"किसी हिम्मत की जरूरत नहीं है, मालिक; बस, पाँच हजार रुपये का जुगाड़ कर लीजिए।"

"पाँच हजार! किसी को मरवाने में मैं पाँच हजार खर्च नहीं कर सकता।"

"कितना कर सकते हैं?"

"नहीं, कुछ भी नहीं।"

"एक स्थायी दुश्मन का सफाया करने के लिए कोई भी पाँच हजार दे देगा, मालिक। चलिए, मैं एक हजार में ही आपका काम करवा दूँगा। अब तो तैयार हैं?"

"नहीं-नहीं, मैं तैयार नहीं हूँ।"

नागो सोच में पड़ गया और फिर बुदबुदाया, "एक भी असामी नहीं दूँगा उसे तो..."

"किसे?"

कोई जवाब न देकर नागो ने संठी का बोझ खोला और उसके अन्दर से एक बन्दूक निकाली। बन्दूक उसने अनुराग बाबू के सामने रखी और बोला, "यह कोई मामूली बन्दूक नहीं, एकेसैंतालीस है। जिसने खरीदी है उसे तीन लाख रुपये लगे हैं।"

"किसने खरीदी है?"

"दुल्ली गैंग का नाम आपने सुना होगा। अखबार में दुल्ली गैंग का नाम छपता रहता है। उसी गैंग में मेरा समधी है सरैयावाला। दुल्ली बाबू ने मेरे समधी को यह बन्दूक हमेशा के लिए दे दी है और कहा है कि बन्दूक की कीमत तीन लाख रुपये की जल्दी से जल्दी कमाई कर ले।"

"बन्दूक तुम्हारे पास?"

"समधी ने मुझसे कहा कि कुछ दिनों तक बन्दूक अपने पास रखिए और हो सके तो कुछ कमाई करवा दीजिए। आपको सिर्फ नाम बताना था, समधी आकर उस आदमी का काम तमाम कर देते।"

"तुम चुपचाप समधी को बन्दूक लौटा आओ। अब मेरे पास किसी बन्दूक की चर्चा तक मत करना।"

नागो ने फिर बन्दूक को संठी के बोझ में डाला और मिसर जी से पूछा, "रघू नायक के पास एक बार जाऊँ क्या? उनके भी तो जनम के बैरी हैं रूपनारायण झा?"

"अब किसी के पास नहीं जाओ," अनुराग मिसर ने काँपती आवाज में कहा, "बोझ उठाओ और सीधे समधी के पास जाओ बन्दूक लौटा आने। जाओ, अब निकल ही जाओ।"

"अभी मैं बन्दूक ले जा रहा हूँ मगर आप जब भी कहेंगे इसे मँगवा लूँगा।"

"मुझे कभी जरूरत नहीं पड़ेगी। उठाओ बन्दूक।"

"एक बात बोलता हूँ, मालिक।"

"जल्दी बोलो।"

"आप किसी को बताएँगे नहीं," नागो आहिस्ते-आहिस्ते बोला, "कि मैं आपके पास बन्दूक लेकर आया था। अगर बात खुल गई तो मेरी जान को खतरा है और आपकी जान को भी। दुल्ली गैंग के हजार दुश्मन है।"

"मुझे पागल कुत्ते ने काटा है कि मैं इसकी कहीं चर्चा करूँ। मिसराइन तक को नहीं बताऊँगा।"

अनुराग मिश्र ने नागो को वचन तो दे दिया था कि वह किसी को कुछ नहीं बताएँगे, मगर कोई बात भी कभी दबी-छुपी रही है! एक दिन तो यह बात खुलनी ही है कि सोलकन-टोले में बन्दूक आ गई है।

*

एक दिन जगदीश मास्टर गजाधर की चाय दुकान पर चाय पी रहे थे। अकेले नहीं थे वे; गाँव के कुछ और लोग भी चाय पीने आ पहुँचे थे। इसी समय एक अजनबी

चाय दुकान की एक बेंच पर आ बैठा और गजाधर से बोला, "जल्दी से एक प्याली चाय पिला दीजिए; बहुत दूर जाना है।"

जगदीश मास्टर ने उस पर नजर फिराई और पूछ बैठे, "बहुत दूर कहाँ जाना है, भाई?"

"गिधवास।"

"वहाँ क्यों जा रहे हैं?"

"वह मेरा गाँव है।"

"आप तो आदमी दिखते हैं। गिधवास में तो सब गिद्ध ही होंगे; आप क्यों जा बसे हैं गिद्धों के गाँव में?"

"नाम है गाँव का गिधवास। एक भी गिद्ध नजर नहीं आएगा वहाँ।"

"फैट्! मूरत मनुष्य का और वास गिद्धों के गाँव में! कौन है मुखिया आपके गाँव का?"

"हरेराम बैठा।"

"आप अपने मुखिया से कहिएगा कि मुझसे आकर भेंट करे, धनपत के जगदीश मास्टर से और यह भी कहिएगा कि गाँव का कोई नया नाम सोचकर आए।"

"ठीक है, कहूँगा।"

जब चाय पीकर जाने लगा गिधवास का वासी, तो जगदीश मास्टर ने टोका, "याद है न, मुखिया जी को किनसे मिलने कहिएगा?"

"हाँ, धनपत के जगदीश बाबू से।"

"जगदीश बाबू नहीं, जगदीश मास्टर।"

क्रान्तियों की तो बाढ़-सी आई हुई है—गेहूँ क्रान्ति, धान क्रान्ति, अंडा क्रान्ति, मकान क्रान्ति, शौचालय क्रान्ति, ट्रैक्टर-क्रान्ति, बेटी-क्रान्ति, बकरी क्रान्ति, बथुआ साग क्रान्ति...इधर एक 'नाम क्रान्ति' आई हुई है। शहरों के नाम बदले जा रहे हैं। बदसूरत नामों को खूबसूरत नाम दिए जा रहे हैं।

गाँवों पर किसी की नजर क्यों नहीं जाती?

नजर गई धनपत के जगदीश मास्टर की। कितना सुन्दर है धनपत नाम, मगर कैसे घिनौने, लँगड़े-काने, नामों के बीच बसा हुआ है अपना यह धनपत— हरामपुर, खबासपुर, बिलरिया, झिटकिया, बेंगयाही, भतखोरा, भगुआ, टेढ़ी, टुट्ठी! छि:

"एक गाँव ऐसा भी है, मास्टर साहब," गजाधर की दुकान पर चाय पीने आए सोमन साह ने हँसते-हँसते बताया था, "जिसका नाम कोई नहीं जानता और गाँव

वाला कभी किसी को नहीं बताता। नाम पूछने पर गाँव वाला गालियाँ बकने लगता है और थप्पड़ मारने को हाथ उठा देता है।"

"ऐसा भी है कोई गाँव!" मास्टर को अचरज हुआ और उन्होंने घोषणा कर दी, "तब तो सबसे पहले उसका नाम ही बदलना होगा। कहाँ है यह गाँव?"

"बिलरिया और बेंगयाही के बीच में है।"

"अब तो, साह जी, इस गाँव के नाम का पता आपको ही लगाना होगा।"

"किसी और से कहिए, मास्टर साहब," सोमन साह चाय समाप्त कर उठते हुए बोले, "मैं तो एक बार बचकर आ गया हूँ।"

गजाधर की चाय दुकान पर कितने ही लोगों से जगदीश मास्टर अब तक पूछ चुके हैं, "आप किसी ऐसे गाँव का नाम बता सकते हैं जहाँ के वासी अपने गाँव का नाम किसी को नहीं बताते?"

गाँवों के नामकरण में तो नहीं, मगर बच्चों के नामकरण में तो क्रान्ति हो ही गई है। अब पहले की तरह किसी सोलकन के बच्चे का नाम घुरवा, डमरू, गुदड़ू, मौलू, झटहू, नट्टा, खटरू, ढेलवा नहीं रखा जा रहा; अब सोलकनों के बच्चों के नाम भी बाबू-बबुआन के बच्चों के नाम की तरह होंगे—अमिताभ, अमृतराज, प्रकाश, आदित्य, अरुणाभ, अमरदीप...। जो झटहू-खटरू नाम ढोते हुए अब अधबैसू हो गए हैं, उनके साथ तो कुछ किया नहीं जा सकता। ऐसे नाम इस बभनटोली में ही नहीं हैं क्या—टुन्नी झा, बोतल मिसर, चूना झा, बुच्ची झा, नुनु मिसर। ये नाम बदले हैं? जो बचपन में नुनु थे, वे पचास पार करने के बाद भी नुनु मिसर ही बने हुए हैं।

मगर, हाँ, अब सोलकन-टोले के हर बच्चे के नाम पर नजर रखी जा रही हैं।

जगदीश मास्टर रख रहे हैं नजर।

एक दिन जगदीश मास्टर ने रग्घू की छोटी बेटी को इशारे से अपने पास बुलाया और पूछा, "तुम्हारा क्या नाम है?"

बच्ची ने कुछ सकुचाकर जवाब दिया, "टिटही।"

"फैट्!" मास्टर ने जोर से डाँटा, "तुम्हारा नाम है सुनयना। अब अगर कोई टिटही कहकर पुकारे, तो उसकी पुकार पर ध्यान मत देना। ठीक है?"

टिटही मुस्काकर बोली, "हाँ।"

"अब बोलो तो," मास्टर ने पूछा, "क्या नाम है तुम्हारा?"

टिटही अपने घर की ओर भागी और भागते हुए सुनाया, "सुनैना...सुनैना... सुनै...।"

शादी के बाद सिरसीवाली के साथ हुई बन्द कमरे में अपनी पहली मुलाकात में उपिया ने मुँह खोला और मुस्कुराकर बोला, "मेरा नाम उपेन्दर है; तुम्हारा नाम क्या है?"

सिरसीवाली ने नाम जानकर भी नाम पूछनेवाले पति के चेहरे पर डरी हुई निगाहें डालीं और जवाब देने में समय लगा दिया।

"बोलो।" पति के चेहरे पर मुस्कुराहट कुछ अधिक फैल गई थी।

पत्नी ने इस बार सकुचाई आवाज में सिर झुकाकर जवाब दिया, "गूदड़।"

"नहीं," सिर हिलाकर बोला उपिया, "नैहर का यह नाम नैहर में ही रहने दो, यहाँ तुम्हारा नाम होगा...।"

"क्या?"

"कोयल...या...।"

"या?"

"कोयली।"

उपिया ने मन-ही-मन इस कौआपरी को कोयलपरी मान लिया था।

*

एक दिन हँसते-हँसते ही रामोतार मास्टर ने जगदीश मास्टर को सुना दिया, "आप जो गाँवों के घिनौने नामों को बदल डालने के लिए तूफान उठाए हुए हैं, तो सबसे पहले धनपत का ही नाम क्यों नहीं बदलते?"

"क्यों बदलूँ धनपत का नाम?"

"यह आपको अच्छा लग रहा है कि गाँव के बारह टोलों में बसनेवाले तो हों सोलकन, मगर गाँव का नाम हो एक टोला बभनटोली के किसी पूर्वज के नाम पर, एक ब्राह्मण के धनपति मिश्र के नाम पर? आप तो एक ब्राह्मण नाम को चमकाने पर लगे हुए हैं।"

"यह कहाँ से सुन लिया कि किसी ब्राह्मण के नाम पर है इस गाँव का नाम? कोई सपना देखा है क्या आपने, मास्टर साहब?"

"मैंने न तो सपना देखा है और न सच जानता हूँ। आपको वही सुनाया, जो मैं विद्यालय के ब्राह्मण शिक्षकों के मुँह से सुनकर आया हूँ।"

"क्या सुनकर आए हैं, सुनाइए तो।"

सुना दिया रामोतार मास्टर ने...

आज के बभनटोली वाले किसी मोहनपुर नाम के गाँव में रहते थे। किसी साल कोशी नदी की बाढ़ में मोहनपुर बिला गया। वे सब उजड़कर यहाँ आ गए। इस इलाके में कोशी में कट जानेवाले गाँवों के लोग जहाँ उपटकर बसते हैं, उस गाँव

को कटैया कहते हैं। मगर कुछ ब्राह्मणों ने कटैया नाम का यह कहकर विरोध किया कि इस नाम के साथ यह पूँछ लग जाएगी कि कौन कटैया, अमरपुर-कटैया या टेढ़गछिया-कटैया, या...? पास में ही अमरपुर, टेढ़गछिया और कुछ दूसरे बड़े गाँव थे। कुछ दिनों तक इस गाँव का नाम नया मोहनपुर बना रहा।

छह महीने भी नहीं गुजरे होंगे कि ज्योतिषविद् श्री श्रीधर मिश्र ने गाँव के शीर्षक ब्राह्मणों को अपने घर बुलाया और उनसे कहा, "मेरी विद्या मुझे बता रही है कि मोहनपुर एक अभिशप्त नाम है। हमारा 'मोहनपुर' कोशी में बिला गया। एक और मोहनपुर का किस्सा है कि वहाँ भयंकर आग लगी और पूरा गाँव जलकर राख हो गया। कुछ लोग जलकर भी मरे। अगले तीन सालों तक हर साल वहाँ आग लगी और भारी नुकसान होता रहा। एक तीसरे मोहनपुर में ऐसी महामारी आई कि लोग गाँव खाली कर भाग गए और फिर लौटकर नहीं आए। यह बहुत जरूरी है कि बिना देर किए हम इस नाम की छुट्टी कर दें और गाँव को कोई और नाम दे दें। आप सबकी क्या राय है?"

श्रीधर झा कोई मामूली ज्योतिषी नहीं थे। इनके पास आसपास के दस गाँवों के लोग आया करते थे सलाह के लिए। लोगों का अटूट विश्वास था इनमें। बनारस के किसी संस्कृत विद्यापीठ से ज्योतिष की शिक्षा पाई थी इन्होंने। इनकी भविष्यवाणियाँ सच साबित होती थीं।

उपस्थित सारे शीर्षकों ने एक स्वर में कहा, "कोई नया नाम सुझाइए।"

श्रीधर जी ने उन सबको अगले दिन आने को कहा।

अगले दिन उन्होंने शीर्षकों से कहा, "मैं रात-भर ध्यान करता रहा। सुबह पौ फटने के पहले अचानक मेरे कानों में गूँजा धनपतिपुर...धनपतिपुर। यह आवाज, मैंने महसूस किया, देवलोक से आ रही थी। देवताओं ने इस गाँव का नाम आपको बता दिया। उनकी सुरक्षा में चला जाएगा हमारा गाँव। अब आगे की कार्रवाई आप लोगों को करनी है। आप सब निर्णय ले लें।"

अगले ही दिन शीर्षकों की अगुआई में गाँव में भारी सभा हुई। ज्योतिषी जी का एक संक्षिप्त भाषण हुआ और गाँववालों ने जयकार के साथ गाँव के नए नाम को ग्रहण कर लिया।

गाँव का नाम धनपतिपुर।

ज्योतिषी जी के दादा का नाम गाँव के ढेर सारे लोग जानते थे। मगर किसी एक को भी उनके नाना के नाम की जानकारी नहीं थी। नाना का नाम था धनपति मिश्र। नाना के नाम पर एक पूरा गाँव बसा लिया था श्री श्रीधर मिश्र ने।

लोगों की जुबान पर घिसते-घिसते यही धनपतिपुर धनपत हो गया।

दुलारी चाची

रामोतार मास्टर ने जो सुनाया, उस पर बमक गए जगदीश मास्टर, "प्रपंच, महाप्रपंच। पूरा किस्सा आदि से अन्त तक झूठ। मोहनपुर अभिशप्त नाम! तीन मोहनपुर तो मैं जान रहा हूँ, सुखासन-मोहनपुर, सरौनी-मोहनपुर और दमगरा-मोहनपुर। ये गाँव न अब तक बाढ़ में बहे हैं और न इन गाँवों में अगलगी हुई है। कुछ और मोहनपुरों का आप भी पता लगाकर देख लीजिए कि वहाँ आग-पानी का खेल हुआ है क्या। फैले यह अफवाह बभनटोली में ही। बभनटोली के ब्राह्मण ही आपस में उठापटक करेंगे कि किसका दादा या परदादा था श्रीधर झा और किस गाँव का था श्रीधर झा का नाना धनपति मिश्र।

"दुनिया-जहान जानती है और ये बभनटोली वाले भी तो कहते ही हैं कि वे कहीं और से भागकर यहाँ आए थे और इस गाँव धनपत में इन्हें शरण मिली थी। देख रहे हैं न, बभनटोली एक किनारे बसी हुई है। हम किसी बभनपेच में नहीं फँसनेवाले; धनपति कोई सोलकन ही रहा होगा जिसके नाम पर यह गाँव है।

"यह धनपत हमारा है," कहते हुए उठ खड़े हुए जगदीश मास्टर, "और इसका नाम हमें चमकाना है।"

*

बछड़ू के घर में जो दो कमरे थे उन पर दो बड़े बेटों, महेन्दर और जोगिन्दर का कब्जा था। शादी के बाद उपेन्दर के हिस्से में ओसारे का आधा हिस्सा आया था जिसे ओहार लगाकर सिरसीवाली के रहने लायक बना दिया गया था। बुढ़िया मचान पर सोती थी और बछड़ू की रात कभी उसी मचान पर और कभी कहीं और गुजरती थी।

सिरसीवाली ने इस बात का जरा भी दुख नहीं माना कि बाप ने उसका ब्याह पक्का मकान से किया था और जगह मिली उसे मकान के ओसारे में। कुछ दिनों तक तो लगा था उसे कि वह ओहार लगी बैलगाड़ी में बैठी हुई है, मगर उसके इस सुख के आगे कोई दुख टिकनेवाला ही नहीं था कि उसके पति ने उसे 'कोयल' कहा, कोयल से 'कोयली' कहा। क्यों कहा कोयल?—यह प्रश्न कुछ दिनों तक वह बार-बार अपने आप से पूछती रही थी—रूप देखकर या उसकी आवाज सुनकर? उसने इतना भर सोचा कि कभी अपने प्यारे से इस प्रश्न का जवाब पूछ लेगी। उसके अन्दर गुदगुदी पैदा कर दी थी इस प्रश्न ने। क्या होगा, पूछ लेगी तो? जवाब पूछने के बाद भी तो वह 'कोयली' ही रहेगी, कोयली या कोयल।

एक और प्रश्न था जिसने उसके अन्दर दर्द पैदा कर दिया था। वह पूछने से डर रही थी, मगर दर्द सहा नहीं गया। उसने डरते-डरते पूछा अपने प्यारे से, "एक बात पूछूँ?"

"पूछो।"

"बुरा तो नहीं मानेंगे?"

"नहीं, कोयली, तुम कुछ भी पूछो; मैं तुम्हारी किसी बात का बुरा नहीं मानूँगा।"

"बाबूजी रात में कहाँ सोते हैं?"

"कभी अपने मचान पर, कभी कहीं और।"

"यह आपको अच्छा लगता है?" कोयली बोली, "मुझे तो अच्छा नहीं लगता।"

कुछ देर की चुप्पी के बाद बोला उपेन्दर, "अच्छा मुझे भी नहीं लगता है, मगर यहाँ तो हर घर का यही हाल है। घर में नहीं है जगह तो क्या करे घर का मालिक? कोई ससुर पतोहू को मचान पर सुलाए और खुद घर का एक हिस्सा हथियाए, ऐसा तो नहीं होता है यहाँ।"

"कोई पतोहू ससुर को मचान पर सुलाए और खुद घर का एक हिस्सा हथियाए, यह तो पतोहू का धर्म नहीं होता। आप पिछवाड़े में फूस की एक कुटिया बना दें; मैं उसमें रह लूँगी। बाबूजी को घर का ओसारा भी नसीब न हो, यह मुझसे देखा नहीं जाता।"

"टोले के सारे घरों में तो यही हो रहा है। कोई ससुर बुरा नहीं मान रहा, कोई पतोहू इस बात से बेचैन नहीं होती।"

"मैं एक भी रात चैन से नहीं सो सकूँगी। आप पिछवाड़े में एक झोंपड़ी डालिए।"

"हम ऐसा नहीं कर सकते।"

"क्यों?"

"पिछवाड़े की जमीन पर दोनों भाइयों ने कब्जा जमा लिया है। वे उस पर सरकारी सहायता से पशु शेड बनवाएँगे। हम अभी अड़चन नहीं डाल सकते। सब तुम्हें ही कोसेंगे कि आते-आते घर में झगड़ा लगा दिया। हमें कुछ और सोचना है।"

"क्या?"

"हमें अब अपनी यह डीह छोड़नी पड़ेगी, कोयली। कब तक और कैसे रहेंगे हम यहाँ? दोनों भाइयों के बच्चे तेजी से बड़े हो रहे हैं। किसी भाई का एक कमरा भी न जाने कितने हिस्सों में बँटेगा! ऐसा समय आएगा कि हर एक के हिस्से में हाथ भर जमीन आएगी। यहाँ की मुसहरी में मैंने देखा है कि किसी-किसी को अपने घर में घुसने के लिए तीन-चार घरों के आँगनों से होकर गुजरना पड़ता है। कोई आधी रात में आए, तो चार घरों को जगाकर अपने घर जा पाता है वह। अभी ही देख लो कि अपने टोले में एक शौचालय तक के लिए किसी के पास जगह नहीं है। शौचालय को लेकर रामू चाचा और बिन्देसरी चाचा में झगड़ा हो गया। दोनों भैया भी यह सब देख ही रहे हैं। जरूर उन्होंने भी अपने बाल-बच्चों के लिए अब तक कुछ सोच रखा होगा। हमें भी अभी से सोच लेना है।"

कोयली कुछ नहीं बोली; देर तक पति के चेहरे को निहारती रही और फिर उठकर सास के पास चली गई। वह अकेली नहीं गई थी, शौचालय वाला झगड़ा भी उसके साथ हो गया था।

रामू को शौचालय के लिए सरकारी पैसा मिल रहा था, तो वह शौचालय क्यों नहीं बनाता? सरकारी सहायता से हर कोई शौचालय बनवा रहा था और किसी के सामने यह शर्त नहीं थी कि सरकारी शौचालय का उपयोग भी करना ही होगा। सरकार का ऐसा कानून हो सकता है क्या? खेतों में काम कर रहे मजदूरों को अचानक शौच का वेग आए, तो क्या वह बगटुट दौड़कर भी पहुँच पाएगा अपने शौचालय तक? सरकार कानून बनाए, तो फिर हर खेत में पानी की तरह बनाए हर खेत में शौचालय। भला हो सरकार का, सबको पक्का घर नहीं, मगर सबको पक्का शौचालय। एक पक्के शौचालय में गरीब घरों की ढेर सारी चीजें सुरक्षित रखी जा सकती हैं। नाम शौचालय, काम कैसा भी।

रामू के पास शौचालय के लिए पिछवाड़ा नहीं था, तो उसने दरवाजे पर ही शौचालय बनवाने का निर्णय ले लिया। पड़ोसी बिन्देसरी को यह नागवार गुजरा। उसके मचान की बगल में शौचालय? उसके कर-कुटुम्ब आएँगे, तो क्या शौचालय के बगल में टिकेंगे? इस मचान पर रात में कोई सो भी सकेगा क्या? उसने विवाद छेड़ दिया। पंचायत हो गई। पंचों को भी अच्छा नहीं लगा कि सरकारी पैसा रामू के हाथ से निकल जाए। रामू को लक्ष्मीथान में किरिया खानी पड़ी कि वह और उसके घर के लोग कभी शौचालय का उपयोग शौच के लिए नहीं करेंगे।

इस शौचालय ने कोयली को अन्दर से मथ डाला था। उसे अपने भविष्य की चिन्ता सताने लगी।

ऐसा लगा कि ससुराल आकर कोयली ससुराल की होकर ही रह गई। उसने एक बार भी नैहर जाने की बात नहीं की। माँ जैसी सास मिल गई थी, पिता जैसा ससुर। चार कदम दूर सिरसी की सहेलियाँ उससे मिलने आती ही रहती थीं।

कुछ शायद अपनी कोयली के कारण ही उपेन्दर का भी पंजाब जाना नहीं हो पाया। पंजाब जानेवाले उसके संगतिया गनपत, बजरंग और भोलू आए थे उसके पास, मगर कुछ नकली कारण बताकर उसने छुट्टी कर ली। संगतियों ने जिद नहीं की क्योंकि असली कारण वे जान रहे थे।

धीरेन्दर भी सिरसी से आया था उपेन्दर के पास मगर केवल गूदड़ से यह सुनने कि वह कुछ महीने बाद जाएगी सिरसी।

ऐसा भी नहीं हुआ कि उपिया कोयली से चिपका रहा पूरे छह महीने।

गाँव में लोग ट्रैक्टर पर ट्रैक्टर खरीदे जा रहे थे। जिस किसान के पास बीघे-दो बीघे की खेती थी, वह भी खरीद रहा था ट्रैक्टर। जिसे दस कट्ठे खेत जुतवाना हो, वह भी ट्रैक्टर से ही जुतवाता था। अब शायद ही किसी के पास हल-बैल हो। गाँव होकर बसें गुजरने लगीं तो अब बैलगाड़ी भी गायब हो गई। अब पाँव जल्दी थक जाए करते हैं, इसलिए लोग कोस भर की दूरी भी बस से ही तय करने लगे। पूरे गाँव में एक सिद्धू मंडल के पास थी बैलगाड़ी।

ट्रैक्टर आए तो ट्रैक्टर चालकों की गिनती में वृद्धि हुई। हर नया छोकरा ट्रैक्टर चलाना सीख रहा था। जो किसी ट्रैक्टर का स्थायी चालक हुआ, उसे सोचना पड़ा कि अब वह दिल्ली-पंजाब का रुख करे या न करे। दरमाहा भले ही मालिक से बहुत कम मिलता हो, मगर झूठ-सच की अच्छी कमाई हो जाती थी।

उपेन्दर पंजाब नहीं गया, मगर बीवी के साथ घर में बन्द होकर नहीं रह गया। उसने ट्रैक्टर चलाना सीखा बैजनाथ भगत के ट्रैक्टर पर और फिर उस ट्रैक्टर का ड्राइवर हो गया।

मगर वह ट्रैक्टर का ड्राइवर होकर नहीं रह गया। न तो उसे मालिक के घर चोरी पसन्द आई और न गाँव की कमाई। यहाँ तो कुएँ की मिट्टी कुएँ में चली जाती थी। पंजाब से वह एकमुश्त पैसे लेकर आया करता था और उस पैसे का अच्छा उपयोग हो जाए करता था। पूरे छह महीने बाद पंजाब जानेवाले उसके संगतिया फिर आए उसके पास और इस बार उसने पंजाब जाना स्वीकार कर लिया।

कोयली ने उससे कहा, "मुझे भी माँ का मुँह देखे बहुत दिन हो गए। आप मुझे सिरसी पहुँचा दीजिए। जब आप पंजाब से लौटेंगे तो मैं चली आऊँगी यहाँ।"

उपेन्दर बोला, "माँ से भी पूछ लो।"

"मैं उनको बोल चुकी हूँ। उन्होंने हाँ भर दी है।"

हाँ भर दी थी माँ ने। शादी में आई हुई कौन कनियाँ छह महीने ससुराल में रह गई है! मगर उसे यह लगा जरूर कि सिरसीवाली के जाते ही घर सूना रह जाएगा। पतोहुएँ तो और भी दो-दो थीं मगर किस काम की?

सास ने बहू को इस तरह विदा किया जैसे कि अपनी बेटी को विदा कर रही हो। सास की भीगी आँखों को देखकर बहू ने कहा था, "माँजी, मैं कहीं दूर नहीं जा रही। सिरसी है ही कितनी दूर! आप यहाँ से भी हाँक लगा दीजिएगा तो मैं सब

काम छोड़कर चली आऊँगी।" सिरसी के रास्ते कोई बस नहीं जाती थी। पत्नी को मोटरसाइकिल पर बैठाकर उपेन्दर ने सिरसीवाली को सिरसी पहुँचा दिया।

सिरसी की काली लड़की ने माँ के घर में पैर रखते ही अपनी माँ के कान में विहँसकर कहा, "माँ, अब कभी मुझे गूदड़ कहकर मत बुलाना; मेरा नाम हो गया है कोयली; कोयली कहो या कोयल।"

*

धनपत में दो-चार बनियों को छोड़ दीजिए तो अधिकांश खेती की जमीन बभनटोली के ब्राह्मणों के पास ही है। बभनटोली अमीर है, मगर इसमें गरीब ब्राह्मण भी बसते हैं। पूरी बभनटोली में चार-पाँच घर ही ऐसे हैं जिन्हें अपनी जमीन इतना दे देती है कि बेटियों की शादी भी कर लें और रोग का सस्ता-महँगा इलाज भी करा लें। शेष सारे ब्राह्मणों को बाहर की आमदनी का सहारा होता है। धर्म का लगातार ह्रास होने से अब किसी गरीब ब्राह्मण का दान-दक्षिणा और पूजा-पाठ से पेट नहीं भरता।

इस टोले के हर घर से कम-से-कम एक आदमी गाँव से बाहर या घर से बाहर निकल गया है, और जो घर अभी भी एक 'बेकार' का बोझ उठाए हुए हैं, वहाँ उस बेकार को घर से बाहर निकालने का जुगाड़ बैठाया जा रहा है। टोले के दसों लड़के गुरुआई कर रहे हैं। कुछ गाँव में ही गुरुजी हैं, कुछ आसपास के गाँवों में। कुछ बसों में कंडक्टर और ड्राइवर बन गए हैं। कुछ ननिहाल की तरफ भागे हैं, कुछ ससुराल की तरफ।

अचरज है कि अब कोई डॉक्टर रमेश की ओर नहीं भाग रहा था।

धनपत के डॉक्टर रमेश पाठक पूर्णिया के एक नामी डॉक्टर हैं। इतना बड़ा डॉक्टर चाहे तो दस-बीस परिवारों को पाल सकता है उनका सहारा बनकर मगर डॉक्टर रमेश को यह स्वीकार नहीं। 'क्यों?' का जवाब उन्होंने अपने दलाल रमण ठाकुर को तब दिया था जब रमण ठाकुर अपने सरबेटा के लिए डॉक्टर साहब के पास पैरवी करने गए थे। डॉक्टर साहब ने अपने दलाल को अच्छी तरह समझा दिया था, "सुनो, रमण, किसी की पैरवी लेकर मत आओ मेरे पास। अब तक मैं तीन अपने मौसेरे भाइयों और सात दूर के मौसेरे भाइयों, दो अपने चाचा और पाँच दूर के चचेरे-मचेरे भाइयों, तीन अपने सालों और सात दूर के सालों को बैरंग लौटा चुका हूँ। अब अगर तुम्हारी बात मान लूँ मैं, तो उन सबकी निगाहों में चढ़ जाऊँगा। अपने लोगों को तो मदद पहुँचाने में भी खतरा है। गाँव के आदमी को घर में रखो, खाना खिलाओ, नौकरी पकड़ाओ, मगर इसके बाद? वह जोंक की तरह चिपक जाएगा; और जब तक गरदनिया नहीं दो, वह जाएगा ही नहीं। भला करो और बैर मोल ले लो! मेरे

पास किसी की पैरवी-सिफारिश लेकर मत आओ, रमण। अब भला का जमाना नहीं रहा। मैं तो तुम्हें भी यही राय दूँगा कि किसी दूसरे के बारे में सोचना छोड़ो, अपने रोजी-रोजगार पर ध्यान दो। जिसकी मदद करोगे, वही गले का घेघा बन जाएगा।"

ललन झा ने अपने नालायक बेटे निर्मल के लिए कितनों के ही आगे हाथ जोड़े थे मगर किसी ने भी निर्मल को 'लायक' बनाने का बीड़ा नहीं उठाया। एक आखिरी सहारा था डॉक्टर रमेश। उन्होंने डॉक्टर के दलाल रमण ठाकुर के पाँव पकड़ लिये। ललन झा के बहुत निहोरा करने पर रमण ठाकुर ने ललन झा को डॉक्टर साहब से बात करने का आश्वासन भर दिया, बात की नहीं और अगले दिन ही सुना दिया कि डॉक्टर नालायक है।

अब ललन झा क्या करे?

बेटे ने बाप से कहा, "अब आपको कुछ नहीं करना है, बाबा। अब जो करना होगा, मैं खुद करूँगा।"

बाप की आँखों में कुछ चमक आई; पूछा, "कुछ सोचा है क्या?"

"सोचा नहीं है," बेटे ने सुनाया, "अब अधिक सोचूँगा भी नहीं। यह जरूर सोच लिया है कि अब घर का त्याग करूँगा, शीघ्र, अतिशीघ्र। उसके बाद भगवान जिस राह पर ले जाए।"

बाप की आँखों में जो थोड़ी-सी चमक आई थी, वह अचानक लुप्त हो गई। यह सुनकर कि भगवान राह दिखाएगा, बाप काँप गया। उनके ध्यान में अचानक बनमनखी स्टेशन का वह ब्राह्मण चला आया जिसे भगवान ने राह...

बनमनखी रेलवे स्टेशन पर एक वृद्ध बाबा रेलगाड़ी से चलनेवाले मुसाफिरों के बीच बाबा वरुणेश्वर के आशीर्वाद बाँटता था। उसके पास एक थैला होता था जिसमें वरुणेश्वर थान से लाई हुई धूनी की राख होती थी जिसे वह बाबा वरुणेश्वर की भभूत कहता था। वह किसी डिब्बे में तो नहीं घुसता था, मगर खिड़की के पास बैठे मुसाफिरों को बाबा वरुणेश्वर का आशीर्वाद दे देता था उसके ललाट पर भभूत मलकर। आशीर्वाद के बदले वह दस-बीस पैसे तक स्वीकार कर लेता था; नहीं देनेवाले का भी भला।

मुसाफिरों के बीच वह चर्चा का विषय बना रहता था। कभी किसी ने यह राज खोला, और अब सब मानने लगे, कि इस प्लेटफॉर्म की कमाई से ही वह अपने दो बेटों को बी.ए.-एम.ए. पास करा चुका है। यह भी कहा जाता है कि बेटे अब पिता को घर में बैठने की सलाह देते हैं, मगर बाप अपनी कमाई पर लात मारने को तैयार नहीं है।

इस पर बहुत खोज हुई कि यह ब्राह्मण किस गाँव का है। पूछनेवालों ने भभूत बाबा से भी पूछा था, मगर बाबा ने सच बताया नहीं और संक्षिप्त जवाब दे दिया जो धाम बाबा वरुणेश्वर का, वही धाम उनका भी।

खोज जब बहुत हुई तो सच भी बाहर आ गया। कोई सुवृद्ध कभी दो-चार लोगों के बीच बोल गया, और अब सब बोलने लगे हैं कि यह भभूत बाबा धनपत गाँव का है।

धनपत बभनटोली के ब्राह्मण इस बात को स्वीकार नहीं करते कि भभूत बाबा या उसके बाप-दादा कभी धनपत गाँव के वासी रहे हैं। मगर इनके न मानने से क्या होता है! इलाके के दूसरे सारे गाँव तो मानने ही लगे हैं कि भले ही अब धनपत में रहना नहीं हो रहा हो बाबा का, मगर हैं ये धनपत के ही।

इधर तीन-चार सालों से बाबा के दर्शन नहीं हो रहे हैं बनमनखी प्लेटफॉर्म पर। शायद उन्होंने चोला छोड़ दिया है। उनके जाने से अब 'धनपत' भी मुसाफिरों के बीच से गायब है।

अब अगर ऐसे में बेटा निर्मल भगवान की उसी राह को...

तब तो यह भी मान लिया जाएगा कि पहले वाला 'भभूत बाबा' भी धनपत का ही था। धनपत का ही कोई ब्राह्मण कह पाएगा कि 'नया भभूत बाबा' धनपत का नहीं है?

अपने 'अतिशीघ्र' का भी मान नहीं रखा बेटा निर्मल ने। बाप को 'शीघ्र-अतिशीघ्र' सुनाने के बाद एक गिलास पानी पीकर वह 'राह' ढूँढ़ने घर से निकला सोलकन-टोलों की ओर।

पंजाब जानेवाले छोकरों में कई उसके परिचित थे; एक गनपतिया का बाप तो कभी उसका बटाईदार भी रह चुका था। गनपतिया नहीं पकड़ाया, सात दिन पहले ही वह गाँव से निकल गया था। उसकी पकड़ में आया बजरंगिया।

घर पर बजरंगिया नहीं मिला, मिला उसका बाप परमेसर। सामने बभनटोली के ब्राह्मण बालक को देखकर उसने पूछा, "किसी को खोज रहे हैं क्या, बबुआ?"

"बजरंग गाँव में ही है?" निर्मल ने पूछा।

"हाँ, गाँव में ही है," परमेसर ने जवाब दिया, "उसके संगी-साथी तो निकल गए, कल वह भी पंजाब चला जाएगा। कोई काम है क्या?"

"उससे ही काम है।"

"एक घंटा के बाद आइए, तब उससे भेंट हो जाएगी।"

"एक घंटा यहीं बैठ जाता हूँ।" बोलकर निर्मल सामने मचान पर बैठ गया।

मचान पर बैठे निर्मल की निगाह उस रास्ते पर ही थी जिधर से बजरंग आता। घर में घुसने के पहले ही उसने हाँक लगाकर बजरंग को मचान पर बुला लिया और पूछा, "कल तुम पंजाब जा रहे हो?"

"हाँ।" बजरंग ने कुछ अचरज से जवाब दिया।

"तुम्हारे साथ मैं भी चलूँगा।"

"मेरे साथ?"

"हाँ।"

"आपको जाना कहाँ है?"

"तुम्हारे साथ जाना है, तुम्हारे साथ रहना है, और जो काम तुम करोगे वही काम मुझे भी करना है।"

बजरंग कुछ सोच में पड़ गया और फिर बोला, "हम लोग तो मेहनत-मजदूरी का काम करते हैं, धनकटनी-रोपनी, माल की लदनी, वगैरह-वगैरह। आप कर सकेंगे यह सब काम?"

"कर लूँगा, करूँगा कोई भी काम। जब परदेश कमाने के लिए निकल गया तो यह सोचना भी नहीं है कि यह या वह काम कर सकूँगा या नहीं। यह बताओ कि रेल भाड़ा कितना लगेगा?"

"हम लोग बस से जाएँगे। हमारा ठेकेदार कल बस लेकर आएगा यहाँ। बस का भाड़ा है एक हजार रुपये। अभी भाड़ा ठेकेदार ही देगा; बाद में हमसे पैसा ले लेगा।"

"ठीक," निर्मल बोला, "मैं कब आ जाऊँ तुम्हारे पास?"

"एक शंका हो रही है मुझे।"

"क्या?"

"आप ब्राह्मण हैं," बजरंग ने कहा, "ठेकेदार किसी ब्राह्मण को ले जाएगा मेहनत-मजदूरी का काम कराने?"

"मंडल को तो ले जाएगा?"

"हाँ, मंडल को ले जाएगा, मगर आप मंडल तो नहीं?"

"मैं अभी से निर्मल मंडल," निर्मल झा ने जवाब दिया, "अब तो कोई शंका नहीं?"

बजरंग हँसी नहीं रोक सका। हँस लेने के बाद वह बोला, "आप कल दोपहर तक आ जाइए मेरे पास। बस शाम में खुलेगी।"

निर्मल झा वहाँ से इस तरह चला जैसे कोई किला फतह कर आया हो। हालाँकि अभी उसे बस-भाड़ा नहीं चुकाना था, मगर तब भी घर पहुँचते ही अपने पिताश्री से

कहा, "मैं कल दोपहर में निकल जाऊँगा; आप एक हजार रुपये का प्रबन्ध कर दीजिए। भगवान ने मुझे आत्महत्या से बचा लिया।"

*

इस मिथ्याचार और मिथ्या-प्रतिज्ञा के जमाने में भी धनपत में उधार-पैंचा चलता है, खूब चलता है। ऐसा शायद ही कोई-कोई कहनेवाला मिले जिस पर किसी का उधार नहीं हो और जिसका कितनों पर ही उधार नहीं हो। यह जरूर होता है कि उधार लेनेवाला सात दिनों की मोहलत माँगे और उधार चुकाने में उसे सात साल लग जाए। और, यह भी पूरा-पूरा सच है कि उधार देनेवाला पूरे जोड़-घटाव के बाद उधार देता है। यह उधार की कमाई ही है कि जो बनिए पहले घुड़लद्दे थे, वे अब ट्रक लादने लगे हैं, इलाके से माल उठाकर गुलाबबाग ले जाते हैं और गुलाबबाग से माल उठाकर गाँव ले आते हैं।

जगदीश मास्टर का मानना है कि अगर कोई बनिया साल में तीन 'श्राद्ध' को हथिया ले, तो उसकी साल भर की कमाई पूरी हो जाती है। उधार मिल रहा है, तो हर आदमी समाज के दबाव और प्रतिष्ठा-हानि के डर से श्राद्ध-कर्म और श्राद्ध-भोज में औकात से बाहर खर्च करता है और इस डर से कि बनिया कहीं उधार देने से इनकार न कर दे, वह बनिया को मनमानी कीमत वसूलने की छूट दे देता है। गाँव के चार-पाँच बेईमान बनियों में से किसी एक 'सबसे कम बेईमान' बनिया के पास जाने की मजबूरी होती है।

धनपत के बड़े बनियों में बैजनाथ भगत की गिनती नहीं है। उनके पास एक आटा की चक्की है जिससे कमाई होती रहती है। फसल के समय उनका बड़ा बेटा जामुन अनाज की खरीद-बिक्री करता है और गाँव का माल गुलाबबाग में बेचता है। उनके पास श्राद्ध का कोई असामी नहीं जाता। वे छोटा-मोटा सौ-पचास का उधार दे सकते हैं, कोई बड़ा दस-बीस हजार का नहीं।

सड़क से गुजरते हुए हरिमोहन झा हरदम हरकत में रहनेवाले बनिया को गद्दी पर तपस्वी की मुद्रा में बैठा देख घर जाने की हड़बड़ी होने के बावजूद उसकी दुकान में घुस गए। आँख उठाकर देख लेने के बाद भी जब किसी दुआ-सलाम के लिए मुँह नहीं खोला बैजनाथ भगत ने, तब कुछ आहत होकर झा जी ने ही पूछा, "किसी चिन्ता में खोए हुए हैं क्या, भगत जी?"

"हाँ, चिन्ता में ही हूँ।"

"कैसी चिन्ता, भगत जी?"

"मैं नहीं जानता था," तीखे स्वर में भगत जी बोले, "कि कोई ब्राह्मण इतना झूठा भी हो सकता है।"

कुछ रुककर झा जी ने साहस किया, "हुआ क्या?"

"आपका ललन झा भारी मक्कार है।"

"बताइए तो, क्या किया है ललन झा ने?"

बताते भी लाज लग रह थी भगत जी को। अपनी गलती बताते क्या लाज नहीं लगेगी? धनपत का नियम-कानून, रीति-रिवाज जानते हुए भी क्या उन्होंने गलती नहीं की? यह जानते हुए भी कि किसी उधार की वसूली अगली फसल होने पर ही हो सकती है, कोई उधार देनेवाला दस-पाँच दिन के करार पर कैसे विश्वास कर लेगा? कोई दस-पाँच रुपये की बात तो थी नहीं, हजार की बात थी। अभी हाल में जो गलती अगमू चौधरी ने की थी, वह गलती किसी होशियार दिमाग वाले बनिया में क्यों नहीं आई?

पुरुषोत्तम मिश्र एक शाम अगमू चौधरी की दुकान में पहुँचे, इशारे से उन्हें एक कोने में ले गए और अत्यन्त करुण स्वर में निवेदन किया, "चौधरी जी, मुझे कल तक कम-से-कम पाँच हजार रुपये चाहिए।"

"अरे बाप, पाँच हजार!"

"हाँ, चौधरी जी, इज्जत का सवाल है। आज के दसवें दिन पैसे लौटा दूँगा।"

चौधरी जी ने 'दसवें दिन' पर विश्वास नहीं किया, उनको अगली फसल का खयाल आ गया; उन्होंने कहा, "अभी तो मेरे पास सौ-पचास रुपये भी नहीं हैं।"

"वह सब नहीं सुनूँगा। आप कभी भी लाख-दो लाख तक का इन्तजाम कर सकते हैं। मैं सिर्फ दस दिनों का समय माँग रहा हूँ। दसवें दिन बेटे का तिलक है। तीस हजार पर बात पक्की हो गई है। मेरे लिए बहुत जरूरी है टुटियल घर की मरम्मत करवाना। इस टुटियल घर पर कोई तीस हजार नहीं देगा। अब तक इस घर को लड़की वालों से छिपाकर रखा है, मगर तिलक चढ़ाने आएँगे तो इस घर को देखेंगे ही। घर देखकर कहीं तिलक चढ़ाने के पहले ही दरवाजे से भाग न जाएँ।"

"फूसघर मरम्मत के लिए पाँच हजार?"

"पाँच हजार में कुछ और काम भी हो जाएँगे। बाल-बच्चों के लिए नए कपड़े आ जाएँगे। कुछ घर का अन्दर भी चमका लूँगा। बोलिए, कल सुबह आऊँ?"

"पाँच हजार रुपये।"

"अब ना-नू नहीं, चौधरी जी। इस उपकार को कभी भूलूँगा नहीं, जीवन भर आपका ऋणी रहूँगा।" ब्राह्मण देवता ने हाथ जोड़ लिये।

"पाँच हजार!" चौधरी जी बुदबुदाए।

"दसवें दिन चुकती।"

"ठीक है, आइए सुबह; देखता हूँ, जुगाड़ कर पाता हूँ या नहीं। ...दसवें दिन!"

उस सुबह चौधरी जी की दुकान से जाने के बाद फिर किसी सुबह या शाम पुरुषोत्तम मिश्र उस दुकान के सामने की राह से नहीं गुजरे। दसवें दिन अगमू चौधरी को पुरुषोत्तम मिश्र घर पर नहीं मिले और यह जानकारी मिली कि उनका कोई बेटा तो अभी ब्याहने लायक हुआ ही नहीं है।

ललन झा ने तो सिर्फ एक दिन की मोहलत माँगी थी; कहा था, "हजार रुपये की जरूरत पड़ गई है, अभी, इसी वक्त। जीवन-मरण का सवाल है, भगत जी। आज जरूरत नहीं पड़ती तो कल आपसे माँगने नहीं आता। कल तो मैं आपको पाँच-दस हजार दे सकता हूँ; कल मेरे पास अठारह-बीस हजार रुपये होंगे। बाँस वाले खरीदार से दो सौ बाँस की बात कर चुका हूँ। कल वह बाँस कटवा लेगा और उसी समय पैसे गिन देगा। आपको कभी जरूरत पड़े पचीस-पचास बाँस की तो बोलिएगा मुझसे। आज आप मेरी इज्जत बचा लीजिए; समझिए, किसी मरते आदमी को संजीवनी बूटी दे दी। बड़े पुण्य के भागी होंगे आप।"

बैजनाथ भगत को संजीवनी बूटी देनी पड़ी। दे दी; फकत एक दिन का तो मामला था।

चुकौती के दिन गेहूँ पिसाने आए नागो मंडल से भगत जी यों ही पूछ बैठे, "नागो, आप तो अनुराग मिसर के बटाईदार हैं और बभनटोली आते-जाते रहते हैं, क्या ललन झा की बँसबिट्टी बहुत बड़ी है?"

"बँसबिट्टी?" आँखें सिकुड़ीं नागो की।

"हाँ, जिसमें बाँस उगे हों?"

"ललन झा के पास?"

"हाँ जी।"

"कहीं कोई बँसबिट्टी नहीं है ललन झा की," नागो मंडल ने बताया, "उनके खेत की बगल में जो बँसबिट्टी है वह देबू मिसर की है। हो सकता है, उस बँसबिट्टी के दो-चार बाँस छिटककर ललन झा की जमीन में आ गए हों।"

भगत जी के सिर पर सौ घड़े पानी पड़ गया। एक लम्बी साँस लेकर उन्होंने पूछा, "आप सही-सही बोल रहे हैं?"

"बिलकुल सही," नागो बोला, "आप अभी मेरे साथ चलकर ललन झा की बँसबिट्टी देख लीजिए।"

"चलिए तो," बोलकर भगत जी ने बेटे को हाँक लगाकर गद्दी पर बैठाया और नागो को साथ लेकर ललन झा की बँसबिट्टी देखने निकल गए।

नागो ने एक विनती की, "आप किसी को बताइएगा नहीं कि मैं आपको ललन झा की बँसबिट्टी दिखाने ले गया था। ललन झा मेरी शिकायत अनुराग बाबू से कर देगा।"

यह पूछने पर कि ललन झा ने क्या किया है, भगत जी हरिमोहन झा से ही पूछ बैठे, "आपके ललन झा के पास कोई बँसबिट्टी भी है?"

"बात क्या है, भगत जी?"

"बात यही है कि ललन झा के पास बँसबिट्टी है या नहीं।"

हरिमोहन झा कुछ हँसकर बोले, "कुछ खोलिए तो।"

भगत जी ने पूरा किस्सा सुना दिया। हरिमोहन झा ने कुछ गम्भीर होने का स्वाँग किया और फिर यह कहते हुए उठ गए, "आदमी जिन्दगी चलाने के लिए झूठ-सच बोलता है, भगत जी। शाम तक देख लीजिए। हो सकता है, पैसे का कोई इन्तजाम किया हो ललन झा ने।"

*

करुणाकर को बहुत दूर की सूझी थी, बहुत दूर की।

धनपत के जो आठ-दस लड़के पूर्णिया में रहकर कॉलेज की पढ़ाई कर रहे थे, उनमें एक कमलानन्द मिश्र का बालक करुणाकर भी था। एक के बाद एक कितनी ही चढ़ाइयों के बाद वह बी.ए. की समर-भूमि में उतर चुका था। एक दिन अचानक उसके हाथ यह ज्ञान आया कि पढ़ना-लिखना बेकार है। पिताश्री को सूचित किए बगैर वह घर चला आया।

बेटे को अचानक आया देख बाप का माथा ठनका। पिछले साल धनपत के सारे लड़के एक साथ भागे थे पूर्णिया से। लड़कों के दो दलों में मारपीट हुई थी, कइयों के कपार भी फूटे थे। बेटे की देह पर एक नजर डाल लेने के बाद उन्होंने बेटे से पूछा, "और लड़के भी आए होंगे?"

"नहीं," बेटे ने जवाब दिया, "मैं अकेला आया हूँ।"

"तबीयत ठीक है न?"

"हाँ, बिलकुल ठीक है।"

"फिर क्यों आ गए?"

बेटे ने कुछ रुककर कहा, "जरूरत भर मैंने पढ़ लिया; अब और आगे पढ़ना-लिखना बेकार है।"

"बेकार है!" बाबा हतप्रभ थे।

"क्या होगा पढ़-लिखकर?"

"कम-से-कम बी.ए. कर लो। उसके बाद ही कोई अच्छी नौकरी मिलेगी।"

"कोई बुरी नौकरी भी कहाँ रखी है, बाबा? बहुत बी.ए., एम.ए. बेकार बैठे हुए हैं। क्या होगा पढ़कर? समय की बर्बादी। पढ़-लिखकर क्या कर रहे हैं यहाँ के युवक? दौड़ रहे हैं कैसी भी नौकरी के लिए। जमीन बेचकर बाप घूस देने के लिए पैसे का जुगाड़ करता है। उसके बाद भी हजार में किसी एक को नौकरी मिलती है। मैं पढ़-लिखकर ऐसी नौकरी के पीछे नहीं दौड़नेवाला। इससे तो अच्छा है कि किसी कुआँ-तालाब में डूबकर जान दे दूँ।"

"समय बदलेगा, करुणाकर; सब दिन एक समान नहीं रहेंगे। पढ़-लिख लोगे, तब यह आसरा तो रहेगा कि कोई नौकरी, अच्छी-बुरी, किसी अच्छे समय में मिल सकती है। यों भी अभी घर में बेकार बैठे रहने से तो अच्छा है कि कुछ और पढ़ाई कर लो, कम-से-कम बी.ए. तक की।"

"मैं अपना समय और अपने दिन बदलने के लिए ही घर आ गया हूँ, बाबा। मैं बेकार नहीं बैठूँगा। मैंने कुछ करने को सोच लिया है। अब मुझे अपने मन की करने दीजिए। आप चुपचाप देखिए कि मैं क्या करता हूँ। आप बेचते रहिए लीटर-दो लीटर डीजल-पेट्रोल, खेलते रहिए दुटकिया-पँचटकिया से, मैं लाख का खेल खेलूँगा।"

"लाख का खेल!" कमलानन्द मिश्र के पैरों के नीचे की जमीन खिसक गई। लाख का खेल खेलनेवाले कितने ही अपराधियों के किस्से उनके दिमाग में नाचने लगे। हे राम, यह क्या हुआ!

उनकी नजर कभी इस ओर गई ही नहीं कि उनका बेटा करुणाकर किसी अपराधी गिरोह में शामिल भी हो सकता है। लाख का खेल तो वहीं खेला जाता है। एक बस लूट लिया, तो समझो, दो-चार लाख का खेल आधा घंटा में खेल लिया। करोड़ का खेल खेलना हो, तो बैंक लूटो। कमलानन्द मिश्र ने मन-ही-मन अपना माथा पीट लिया। गाँव-गाँव में अपराधी पैदा हो रहे हैं, यह सुनते आए हैं कमलानन्द बाबू, देखते आए हैं कमलानन्द बाबू, मगर यह तो सपने में भी नहीं सोचा था कि एक अपराधी अपने घर में भी पैदा होगा, धनपत के बाबू कमलानन्द मिश्र के घर में। हे राम!

उन्होंने अपने कलेजे को पत्थर बनाया और टूटती आवाज में सामने बैठे किसी करुणाकर मिश्र से पूछा, "कौन-सा खेल खेलोगे? मैं भी जानूँ।"

"मैं मुखिया का चुनाव लड़ूँगा, बाबा।"

पिताश्री ने राहत की साँस ली। कुछ देर तक वे कुछ भी नहीं बोल पाए। पिता की चुप्पी को शुभ मानकर बेटा माँ पास चला गया।

बहुत कुछ सोच लेने के बाद बाप ने बेटे को फिर बुलाया अपने पास और पूछा, "मुखिया का खेल तुम क्यों खेलना चाहते हो, बेटा?"

बालक करुणाकर ने सुनाया, "मैं एक दिन पूर्णिया कचहरी की ओर गया था, बाबा। मैंने देखा कि वहाँ सैकड़ों कारें लगी हुई थीं, सबकी सब इलाके के मुखियों की। उस दिन जिला पदाधिकारी के साथ मुखिया लोगों की कोई बैठक थी। कोई भी मुखिया, मुझे ऐसा लगा, बिना कार के नहीं आया था। अब किसी पंचायत में किसी के पास कार हो न हो, मुखिया के पास कार जरूर है। मैंने सिर्फ मुखिया की कार देखी, मगर मेरे बहुत सारे साथी अपने-अपने गाँव के मुखिया का घर-मकान देखकर भी आए थे। आपको किसी और मुखिया को देख आने की जरूरत नहीं है। आप अपने मुखिया रूपनारायण झा को ही देख लीजिए। क्या था उनके पास? मेरी आँख का देखा हुआ है, टुटियल घर में टुटियल साइकिल। उसी साइकिल से वे बनमनखी तक का चक्कर लगा आते थे। आज उनके पास दुतल्ला मकान है और उनके गैरेज में है चमचमाती मोटरगाड़ी।"

"कुछ नहीं था उनके पास," बाबा ने कहा, "मगर नसीब तो था।"

"आप मेरे नसीब को भी देखिए, बाबा," बालक बोला, "ठीक से देखिए। साल में खर्च करने के लिए एक करोड़ आता है मुखिया के पास, पाँच साल में पाँच करोड़। सौ में बीस मुखिया का कमीशन। एक करोड़ तो यहीं अपने बाप का हो गया। उसके बाद अगर कोई काम खुद करने का जुगाड़ कर लेते हैं, तो वहाँ भी सौ में बीस, और अगर अपने आदमियों से करवाते हैं, तो वहाँ भी कमीशन। ऐसा भी नहीं है, बाबा, कि मुखिया की कमाई बस इसी पाँच करोड़ से आती है। किसी दिन फुरसत से बैठिए मेरे पास तो मैं आपको बतलाऊँ कि कहाँ-कहाँ कमाई कर सकता है मुखिया, कहाँ-कहाँ से पैसे आते हैं उसके पास। दमगरा के मुखिया का बेटा मेरे साथ पढ़ता है, मेरा यार है। उसने कुछ भी नहीं छिपाया मुझसे। मैं सब पता लगाकर बैठा हुआ हूँ। अब बोलिए, बाबा, कि अगर मैं मुखिया हो गया, तो घर का उद्धार हो जाएगा या नहीं? आप मेरी पीठ ठोंकिए, बाबा, कि मुखिया चुनाव लड़ने का विचार मेरे दिमाग में आया है और तीन साल पहले से मैंने इसके लिए तैयारी शुरू कर दी है।"

बाबा चुप रह गए। उन्हें अपने बालक के नसीब का कुछ पता नहीं चल पा रहा था।

*

दुलारी चाची

कमलानन्द मिश्र ने एक उस नसीब को देखा था जिसे रग्घू नायक ने चुनाव के पहले और गाँव के लोगों ने चुनाव के बाद देखा। यह नसीब रग्घू नायक का ही था। अभी बेटा करुणाकर जिस नसीब को देख रहा था, वह कैसा दिखेगा चुनाव के बाद?

रग्घू नायक के पास पाँच बीघे जमीन भी थी और एक छोटे व्यापारी की गद्दी भी। जब उनके पास कुछ पैसे की गरमी आई और वे अपने जीवन की कमाई से कुछ-कुछ सन्तुष्ट हुए, तब उन्हें अपनी 'बनिया बकाल' की इज्जत से काफी असन्तोष हुआ। उन्हें धनपत में कुछ अपनी इज्जत बनाने का खयाल आया, कुछ वैसी ही इज्जत जो यहाँ के पाठक परिवार या देबू और सदानन्द मिसर के पास थी। कहते हैं कि उनके बाप सोमन नायक को भी धनपत के ब्राह्मणों ने खूँटे से बाँधकर पीटा था। उस बात का बदला बस इतने भर से लिया जा सकता है कि वे धनपत का मुखिया बन जाएँ। रग्घू नायक ने मन बना लिया कि वे मुखिया का चुनाव लड़ेंगे।

परिवारवालों ने आधे मन से उन्हें मुखिया चुनाव में खड़ा होने की इजाजत दी थी और उनके चुनाव हार जाने के बाद अब पूरे मन से उन्हें दुत्कार रहे थे। अपने साथ अपने दोनों बेटों को भी लोभ में फँसाकर उन्होंने अपनी दो बीघे जमीन औने-पौने दाम में बेच डाली थी। उन्होंने बेटों को यह भरोसा दिया था कि मुखिया बनने के तीन महीने के अन्दर वे दो बीघे जमीन खरीद देंगे और साल लगते-लगते पाँच-सात बीघे जमीन के साथ एक दुतल्ला बनवा देंगे। बाप को बड़बोला नहीं माना बेटों ने। बाप उतना ही बोला था जितना इलाके के किसी भी मुखिया ने कर दिखाया था। बाप को भी बहुत बोलना नहीं पड़ा क्योंकि बेटे जान रहे थे कि मुखिया क्या चीज है।

बड़ा बेटा बिन्देश्वरी यह सोचकर आह्लादित तो हो उठता था कि बाप मुखिया हो गया, मगर यह सोचकर तिलमिला भी जाता था कि बाप दो बीघे जमीन हार गया। उसने एक बार बाप को टोका, "बाबू, आप जमीन बेचकर चुनाव लड़ तो रहे हैं मगर यह ध्यान में रखिए कि आप जुआ खेल रहे हैं।"

"यह तो हर कोई जानता है कि चुनाव लड़ना जुआ खेलने के बराबर है, मगर तब भी इतने-इतने आदमी चुनाव लड़ रहे हैं या नहीं! खेत में मजदूरी करनेवाली भवेसवा की माँ सिर्फ एक भैंस बेचकर सरपंच बन गई। किसी को विश्वास था कि वह चुनाव जीत जाएगी? मगर अपने चारों बेटों का सहारा पाकर जुआ खेला उसने और जीत गई। तुम लोग भी पूरे मन से मेरा साथ दो। मैंने वोट का सारा जोड़-घटाव कर लिया है और उसके बाद ही चुनाव लड़ने का मन बनाया है। एक बभनटोली को छोड़कर और ऐसा कोई टोला नहीं है जिसमें मुझे औरों से अधिक वोट नहीं मिलेंगे। मैं भारी बहुमत से चुनाव जीतूँगा, अवश्य जीतूँगा।"

"ठीक है, बाबू, लड़िए चुनाव," बिन्देश्वरी बोला, "मैंने भी कलेजे पर दो बीघे का पत्थर रख लिया है।"

"देख, बेटा बिन्दा," बाप बोला, "जिस दो बीघे की बात तुम कर रहे हो, वह न तो तुम्हारी कमाई हुई है और न मैंने अर्जित की थी। हमारे पास जो कुछ है वह तुम्हारे दादा की अर्जित की हुई है। यह मान लो कि वे हमें तीन बीघे जमीन देकर ही मर गए। हमारे घर आज तक कभी डकैती नहीं हुई है। मान लो, दो बीघे जमीन डकैत चुराकर ले गए। अगर मैं कभी जानलेवा बीमारी के चक्कर में पड़ जाता, तो मेरा इलाज कराते या नहीं? मान लो, दो बीघे जमीन इलाज में बिक गई। अगर..."

"अब छोड़िए अगर-मगर," छोटा बेटा जुगेसर काफी जोश में बोला, "अब जय या क्षय। आपको मुखिया बनना है; खेलेंगे जुआ।"

चुनाव सम्पन्न हुआ। रग्घू नायक तीसरे स्थान पर रहे।

हार के बाद बेटों से बाप को दुत्कारते नहीं बन रहा था। वे गुमसुम अपने-अपने बिल में समा गए थे। बिल में जाने के पहले जुगेसर बाप को इतना जरूर सुना गया, "मुझे दो बीघे का कोई गम नहीं है, बाबू, यह गम जरूर है कि हम चुनाव हार गए।" बेटा बिन्दा ने भी हाँ में सिर हिलाया था।

थोड़ी ही देर बाद बाप ने हाँक लगाकर दोनों बेटों को बिल से निकाला और पास बैठाकर कहा, "मैं चुनाव हारा नहीं हूँ, मुझे हराया गया है।"

"हराया गया है?" गुस्सा पैदा होने लगा जुगेसर की देह में।

"यह कैसे कह सकते हैं, बाबू?" बिन्दा बोल गया।

"यह मैं नहीं कह रहा हूँ," बाप बोला, "ऐसा कह रहा है सीताराम मेहता जिसे इस चुनाव में सबसे कम वोट मिले हैं।"

"किस आधार पर कह रहा है सीताराम ऐसा?" बिन्दा पूछ बैठा।

"उसका कहना है कि उसके अपने परिवार में तेरह वोट हैं," बाप बोला, "मगर जब वोटों की गिनती हुई तो उसे सिर्फ नौ वोट मिले थे। ऐसा हो सकता है क्या? चुनाव में धाँधली तो अवश्य हुई है।"

"अब हम कुछ कर नहीं सकते, बाबू," बिन्दा ने कहा, "जो हो गया सो हो गया। अब हम लोग जी-जान से अपनी कमाई पर ध्यान दें और दो बीघे का गम यह सोचकर भुलाने की कोशिश करें कि हमारे दो बीघे डाकू ले भागे या आपकी जानमारू बीमारी के इलाज में बिक गए।"

बेटों ने गम भुलाते जरा भी देर नहीं की मगर बाप से गम भुलाए नहीं भूल रहा था। छाती पर ढेंकी कूटी जा रही थी। अब कट्ठा खरीदने की कूवत किसी-किसी

में बची है, यहाँ तो बीघा चला गया, एक नहीं दो। उसका ध्यान कमाई से हटकर वसूली पर चला गया। उसने सोच लिया, उसे कुछ करना है।

कुछ करने के लिए रग्घू नायक ने पालथी लगाई, लम्बी-लम्बी साँसें लीं और दोनों बेटों को पास बुलाकर कहा, "अब मैं भारी गुस्से में हूँ; समझ लो, दो बीघे के गुस्से में। अब मैं कुछ करूँगा, जरूर करूँगा यह काम।"

"क्या काम, बाबू?" बिन्देश्वरी ने धीरे से पूछा।

बाप ने बिन्देश्वरी को कुछ कहने के बजाय जुगेसरा से कहा, "मैंने वोट के लिए किस-किस को कितने पैसे दिए थे, उसकी सूची तुम्हारे पास ही है। ले आओ वह सूची।"

ऐसा होता है कि चुनाव हारने के बाद दबंग उम्मीदवारों का गम और गुस्सा कभी-कभी इतना अधिक होता है कि वे उन कमजोर लोगों के साथ मार-पीट तक कर बैठते हैं, उनके हाथ-पैर तक तुड़वा देते हैं, जिन पर समर्थन नहीं करने का शक होता है, और किसी-किसी का गम और गुस्सा तो अगलगी पर जाकर ही समाप्त होता है, मगर आज तक ऐसा कभी नहीं हुआ है कि जिन लोगों के बीच चुनाव से पहले पैसे बाँटे गए थे, चुनाव हारने के बाद उनसे वसूल लिये जाएँ।

रग्घू नायक फौजदारी पर नहीं गया, दीवानी पर चला।

सबसे पहले उन्होंने भिखारी साह के यहाँ जाने का मन बनाया। वह गया, हाँक लगाकर भिखारी को घर से बाहर बुलाया, उनके मचान पर बैठा और कहा, "भिखारी भाई, मैं चुनाव हार गया। इस दुख से तो मैं बाहर आ नहीं सकता, मगर एक और दुख है जिसे दूर करने मैं घर से बाहर निकला हूँ। मैंने आपको छह वोट के लिए तीन हजार रुपये दिए थे; वह रकम मुझे वापस कर दीजिए।"

"क्या!" भक् रह गए भिखारी के कंठ से लड़खड़ाई आवाज आई।

"हाँ, भिखारी भाई, छह वोट के तीन हजार।"

"पैसे तो आपने वोट देने के लिए दिए थे।"

"चुनाव जीतने के लिए दिए थे, हारने के लिए नहीं।"

"आपकी किस्मत में नहीं लिखा था मुखिया बनना, तो कोई क्या करे! मेरे घर से छह वोट आपको दे दिए गए; हिसाब बराबर।"

"नहीं भिखारी भाई, हिसाब बराबर नहीं; हिसाब बराबर तब होता जब मैं चुनाव जीत जाता; और सुनिए, भिखारी भाई, मैं चुनाव हार गया हूँ, और पैसों के लिए मेरे घर में महाभारत मचा हुआ है।"

"तो आपका महाभारत मैं अपने घर में ले आऊँ?"

"मेरे पैसों को लेकर आपके घर में कैसा महाभारत? मेरे पैसे दे दीजिए, आपके घर का महाभारत खतम।"

"घर में पैसे नहीं हैं।"

"यह कोई बात हुई कि घर में पैसे नहीं हैं। चार दिनों के अन्दर कोई ऐसा काम तो नहीं हुआ है कि पैसे खर्च हो गए। कोई पूजा-प्रसाद तक नहीं हुआ है आपके घर।"

"आप पैसे देकर गए और आपके जाते ही मेरा बेटा परमू उस पैसे को लेकर उड़ा एक मोबाइल फोन खरीद लाने। पैसे घर में हैं नहीं, खर्च हो गए।"

"पैसे नहीं रहते हैं घर में, तब भी लोग मुसीबत में, मरनी-हरनी में, दवा-दारू के लिए, बेटी-मेहमान की विदाई के लिए झटपट पैसे का जुगाड़ करते हैं या नहीं? आपको तो किसी से कर्ज लेने की भी जरूरत नहीं है। बथान में तीस-चालीस हजार की गाय है; आप उसे बेचकर मेरा कर्ज चुका दीजिए।"

"हुँह, कर्ज!" भिखारी मचान से उछलकर जमीन पर आ गया और बमका, "गाय बेचकर चुका दूँ कर्ज! कैसा कर्ज? मैं आपसे कर्ज माँगने गया था? आप घर-घर घूम-घूमकर कर्ज बाँट रहे थे? कर्ज तो कर्ज। मैं एक पैसा लौटानेवाला नहीं हूँ।"

"मैं तो एक-एक पैसा वसूल लूँगा, भिखारी भाई। मैं अपना पैसा डूबने नहीं दूँगा। एक दिन की मोहलत दे रहा हूँ आपको। कल इसी समय मैं फिर आऊँगा।"

जो हो-हल्ला भिखारी साह के मचान से उछलकर जमीन पर आने के साथ शुरू हुआ था, वह रग्घू नायक के जाने के बाद भिखारी के देर तक चीखने-चिल्लाने के बावजूद वहाँ से खिसककर पूरे गाँव में पसर गया। रग्घू नायक के पैसे खाए लोगों का एक मजबूत दल बन गया जिसे बस एक बात की फिक्र थी कि कहीं किसी दबाव में आकर भिखारी साह पैसे लौटा न दे रग्घू नायक को। वे सब भिखारी साह के पास आने लगे उसे वीर-बहादुर का खिताब देने।

चुनाव जीतकर मुखिया बने रूपनारायण झा के पास उसका एक शागिर्द आया और बोला, "भैया, अगर रग्घू नायक पैसे वसूल रहा है, तो हम भी कम-से-कम दिलेसर मड़ड़ के टोले से पैसे वसूल लें जहाँ से हमें एक भी वोट नहीं मिला है।"

"अभी देखते जाओ कि क्या-क्या खेल होता है," मुखिया ने जवाब दिया, "अभी तुम सिर्फ यह पता लगा लो कि रग्घू नायक की सूची में किस-किस के नाम हैं। हमें किसी से पैसा नहीं वसूलना है। मुझे पाँच साल बाद भी चुनाव लड़ना है और फिर मुखिया बनना है। और उसके लिए, हमें अभी से तैयारी करनी है।"

*

एक दौर की वार्ता के बाद पिता कमलानन्द मिश्र को बालक करुणाकर के साथ दूसरे दौर की वार्ता जरूरी हो गई।

उन्होंने बेटे को बुलाया और बोले, "कोई भी काम आदमी को हमेशा सोच-समझकर और शान्त मन से करना चाहिए। अभी तुम्हारा मन शान्त है न?"

"मैं बहुत सोच-समझकर अपनी मंजिल की ओर बढ़ रहा हूँ, बाबा," बेटे ने सुनाया, "और अभी मेरा मन बिलकुल शान्त है।"

बाप ने कुछ रुककर कहा, "तुम्हारी मंजिल तो बड़ी प्यारी है, करुणाकर, मगर राह कठिन है, बेटा।"

"जो राह आपको कठिन लग रही है, वह मेरे लिए बहुत आसान हो गई है, बाबा।"

"चुनाव में पैसे का खेल होता है। रूपनारायण झा के सात लाख कट गए और दो बीघे जमीन बेचकर चुनाव हारने के बाद रग्घू नायक गाँव में उत्पात मचा रहा है।"

"सब मालूम है मुझे, बाबा।"

"हमारे पास न पैसे हैं, न जमीन। फिर यह पैसों का खेल कैसे खेलोगे, बेटा?"

"मैं पैसे वालों का खेल बिगाड़ दूँगा, बाबा। आप देखते तो जाइए कि मैं क्या-क्या करता हूँ, किस तरह पूरे गाँव को अपने काबू में ले आता हूँ। मैं अपनी सेवा से पैसे को मात दे दूँगा। लोग पैसे को नहीं देखेंगे, मेरी सेवा को देखेंगे। अभी के चुनाव में ही क्या हुआ? पैसे तो सब बाँट रहे थे, मगर वोट देनेवाला तो सबसे पैसे लेकर भी किसी एक को ही वोट देकर आया। आप निश्चिन्त रहिए, मैं न तो घर से पैसा लगाऊँगा और न किसी को पैसे का खेल खेलकर मुखिया बन जाने दूँगा।"

"मगर..."

"अब भी 'मगर' बाकी है, बाबू?"

"अभी समय है; तुम पढ़ाई भी करो, करुणाकर।"

"सामने का हीरा-मोती छोड़कर कौन कोयला की तलाश में भटकना चाहेगा!"

थोड़ी देर चुप रहकर बाप ने फिर हिम्मत की, "मुखिया के लिए कुछ पढ़ा-लिखा होना भी जरूरी है, बेटा।"

"कितना पढ़ा-लिखा?" बेटे ने पूछा और फिर जवाब दिया, "इलाके में है कोई मुखिया जो मुझसे अधिक पढ़ा-लिखा है? लिख लोढ़ा पढ़ पत्थर। यहाँ तो अँगूठा छाप औरतें भी मुखिया बन रही हैं। दस्तखत भर करना सीख लिया है। मुझे और पढ़ाई की जरूरत नहीं है, बाबा।"

बाप फिर चुप हुआ, मगर कुछ और बोले बिना रहा नहीं गया, "मैं चाहता हूँ कि तुम एक शिक्षित मुखिया बनो। कॉलेज की पढ़ाई पूरी कर लो। मुझे भी गर्व

हो कि मैं एक शिक्षित मुखिया का बाप हूँ। तुम अपने सेवा-धर्म से जुड़े रहो, मगर अपनी पढ़ाई पर भी ध्यान दो।"

"बाबा, आप मेरा मन अशान्त मत कीजिए।" बोलकर बेटा उठ गया और मन को शान्त करने घर में अपने बिस्तर पर जा लेटा।

*

करुणाकर दिन-दिन भर घर के बाहर रहने लगा था। सुबह जलपान खाकर निकलता, तो दोपहर का खाना खाने घर आता। अब तो जब-तब दोपहर का खाना शाम को खाने लगा था। उसके घर से बाहर जाने और फिर घर आने का कोई समय ही तय नहीं था। उसकी दिनचर्या से परेशानी होने लगी थी बाप कमलानन्द को। सवाल था, बेटा पूरा दिन गुजारता कहाँ है? उन्हें शक हुआ कि लीक से बेलीक हुआ बेटा किसी ताश के अड्डे पर ताश-जुआ खेलने तो नहीं जाता, या गाँव के छोटे-छोटे बच्चों की 'गाँजा पार्टी' में तो शरीक नहीं हो रहा।

बाप की खोज-पुछार शुरू होती, इससे पहले ही एक दिन हरिमोहन झा ने खबर कर दी, "क्यों जी, कमलानन्द, क्या बात है कि तुम्हारा बेटा करुणाकर पढ़ाई छोड़कर गाँव आ गया है और गाँव में घर-घर घूमता रहता है? जिस घर में घुसता है, उसमें घंटों घुसा रह जाता है। नजर रखो बेटे पर। सोलकन-टोलों में उसका आना-जाना बहुत हो रहा है। इसी उम्र में बच्चा बिगड़ता है। मेरी मानो तो अब शादी कर दो उसकी।"

कमलानन्द को कोई जवाब देते नहीं बना। मगर मन-ही-मन उन्होंने कड़ा रुख अख्तियार करने का मन बना लिया। उस दिन बेटे के आते ही उन्होंने सवाल दागा, "यह कैसा प्रचार है तुम्हारा कि जिस घर में घुसते हो उसी में घुसे रह जाते हो? बार-बार बताना पड़ता है कि तुम चुनाव लड़ रहे हो, चुनाव लड़ रहे हो...?"

"बाबा, मैं अभी किसी को नहीं बता रहा हूँ कि मैं मुखिया का चुनाव लड़ूँगा," बेटे ने जवाब दिया, "मैं अभी अपनी तैयारी कर रहा हूँ। आपको मैंने बता दिया है कि मैं अपनी सेवा से किसी के भी पैसे को मात दूँगा। मेरा ध्यान अभी सिर्फ सेवा पर है। सेवा के लिए घर में घुसना पड़ता है, कुछ देर रुकना पड़ता है।"

बाप की जासूसी शुरू हो गई। जब अगली सुबह बेटा घर से निकला, तो पहले तो बाप की नजर ने उसका पीछा किया, और फिर घंटा नहीं बीता कि बाप भी बेटा के पद-चिह्नों पर चल पड़ा।

सोलकन-टोलों से गुजरते हुए कमलानन्द जी एक-एक मचान पर नजर गड़ाते हुए और एक-एक घर को खुफिया निगाहों से घूरते हुए चल रहे थे। दिलेसर मड़ड़

के टोले में घुसकर अभी दो-तीन घर और मचान ही देखे होंगे उन्होंने कि झड़ीलाल के मचान पर बेटा करुणाकर नजर आ गया। वे झटककर मचान तक पहुँचे, तो अजीब नजारा देखा।

कुछ देर तक तो उन्हें लगा कि वे आसमान से गिरे हैं और आँख मूँदे धरती की ओर बढ़ रहे हैं। धरती पर गिर जाने के बाद उन्होंने आँखें खोलीं और देखा...

देवना का बाप झड़ीलाल मचान पर खुला बदन पेट के बल लेटा हुआ है और अपना बेटा करुणाकर उसकी पीठ की सरसों तेल से बड़ी लगन से, बिना दम लिये, मालिश किए जा रहा है।

इस झड़ीलाल से कमलानन्द मिसर की कोई गहरी जान-पहचान नहीं, कभी-कभार की मुलाकात और भूल-चूक से राम-राम। इस कुलकंटक बेटे ने कौन-सा रिश्ता ढूँढ़ लिया! बाप के तलवों में आग लग गई। मचान पर झड़ीलाल की लाठी दिख तो गई, मगर अभी बवाल करना अच्छा नहीं लगा।

झड़ीलाल ने मुँह घुमाया तो उसकी नजर सेवक के पिता जी पर पड़ी। वह हड़बड़ाकर उठ बैठा और हाथ जोड़कर बोला, "आप बड़भागी हैं, ब्राह्मण देवता, कि आपके घर ऐसा बेटा पैदा हुआ। श्रवणकुमार से भी बढ़कर आपका यह श्रवणकुमार। कुल का नाम उजागर करेगा यह बालक। मैं इसका कौन? कोई नहीं। मगर इसने कैसे तो सूँघ लिया कि मेरी कमर में दर्द है और मेरे पास आकर जिद कर बैठा कि मेरी पीठ की मालिश करेगा। आज तीन दिनों से आ रहा है मेरे पास। यह लड़का मेरी कमर का दर्द भगाकर ही दम लेगा। ऐसी सेवा तो मेरे बेटे दयानाथ ने भी कभी मेरी नहीं की। हर घर में आपके लाल जैसा लाल पैदा हो। भगवान इसको सदा सुखी रखे।"

यह सब सुनते हुए गुस्से से तमतमा रहा था कुलबोरन बेटे का बाप। आँखें बन्द-बन्द हो जाती थीं इस अँखफोड़ा दृश्य को देखकर। पुरखे आँसू बहा रहे होंगे इस कुल-कज्जल के कारनामों पर।

अपने आँसू दो-चार घड़ी तक रोके रखने के बाद पिताश्री ने बेटे से कहा, "अब चलो, करुणाकर, अधिक मालिश से भी नुकसान हो जाता है।"

"हाँ-हाँ, जाओ, बबुआ," झड़ीलाल भी उठ बैठा, "अब काफी आराम महसूस कर रहा हूँ।"

रास्ते में सौ सजाओं की लम्बी सूची बना लेने के बाद भी बाप ने बेटे से इतना भर पूछा, "इस झड़ीलाल के पास तुम कैसे पहुँच गए?"

"इधर से गुजरना तो होता ही है, बाबा," बेटे ने जवाब दिया, "एक दिन मैं इस रास्ते से जा रहा था, तो दयानाथ चाचा के घर से किसी के कराहने की आवाज

आई, 'अरे बाप रे बाप! ओहोहोहो!' दरवाजे पर कोई था नहीं। मैं अपने को रोक नहीं सका और घर में घुस गया; देखा कि झड़ीलाल दादा खाट पर मेढक की तरह बैठे हुए हैं और छटपटा रहे हैं। मैंने पूछा, 'क्या हुआ है, दादा?' वे कराहते हुए बोले, 'दर्द, बबुआ! कमर में दर्द! बर्दाश्त के बाहर! अरे बाप रे बाप!' मैंने कहा, 'मैं पीठ की मालिश कर दूँ?' वे रुआँसे स्वर में बोले, 'कर दे, बबुआ, कर दे। भगवान भला करेगा तेरा।' भगवान भला करे या न करे; मुझे उन पर दया आ गई, बाबा।"

बेटे का जवाब सुन बाप के दिमाग में यह खयाल आया कि जिस करुणाकर के दादा ने अपनी जिन्दगी में किसी एकजन्मा को अपना बदन तक छूने नहीं दिया था, वह अपने पिछले जनम में उस जनम के झड़ीलाल का कर्ज खाकर तो नहीं मरा था? और, आज पोता से अपना कर्ज चुकता करवा रहा है! वे अन्दर तक सिहर गए।

घर पहुँचकर न तो उन्होंने बेटे पर ही कोई 'क्रिया' की और न पत्नी को ही बताया कि वे उसके बेटे को कहाँ से उठाकर लाए हैं। उन्हें डर था कि पत्नी आधा किस्सा सुनकर ही पूछ न बैठे, "मैं जहर खाकर मर जाऊँ?" उसके खानदान में भी कभी किसी ने किसी झड़ीलाल की मालिश नहीं की होगी। वे अथाह में पड़ गए थे।

उन्होंने एक लम्बी नींद की जरूरत महसूस की।

*

जरूरत महसूस की, मगर नींद आई नहीं। थोड़ी ही देर में उठकर बैठ गए मिसर जी। कमरे का दूसरा चक्कर लगाने के बाद मिसराइन से रहा नहीं गया; वह मिसर जी से पूछ बैठीं, "बहुत भकुआया हुआ चेहरा देख रही हूँ; कोई बात है क्या?"

मिसर जी ने पत्नी पर गहरी निगाह डाली और जवाब में ऐसा सिर हिलाया जिसका मतलब 'हाँ' और 'ना' दोनों हो। पत्नी ने 'हाँ' को पकड़ा और बोली, "आपको करुणाकर के कारण परेशानी हो रही है।"

"हाँ, हो रही है," मिसर जी गुस्से में आ गए, "तुम्हें मालूम है, मैं आज उसे कहाँ से उठाकर लाया हूँ?"

"हाँ, मालूम है।"

"क्या मालूम है?"

"आप उसे किसी झड़ीलाल के घर से उठाकर लाए हैं?"

"तुम्हें किसने बताया?"

"कौन बताएगा मुझे?" सहज भाव से बोली मिसराइन, "करुणाकर ने ही बताया।"

"तुम्हें नहीं लगता कि बेटा हाथ से निकल गया?"

"मुझे तो अभी ऐसा नहीं लगता," मिसराइन बोली, "मगर अब आप ऐसा कुछ मत कीजिएगा कि घर से भी निकल जाए। जो करता है, करने दीजिए उसे। इकलौता बेटा है। शादी-ब्याह तक तो रुका रहे इस घर में। पढ़ाई छोड़ दी, यह कोई बड़ी बात नहीं है। आप क्या पास हैं? तब भी भरण-पोषण हो रहा है या नहीं हम सब का? इस बभनटोली में सबके सब क्या बी.ए.-एम.ए. पास हैं?"

गुस्से में चीख पड़े मिसर जी, "सब नहीं हैं बी.ए.-एम.ए. पास, पर कोई ब्राह्मण का पूत किसी अछूत की मालिश करने तो नहीं जाता।"

"जाता है, जाता है," नरम लहजे में मिसराइन बोली, "करता है अछूत का स्पर्श!"

"कौन जाता है? कौन करता है?" गहरी साँस लेने लगे थे मिसर जी।

"आप मन को स्थिर कर सुनिए," बोलकर मिसराइन ने पूछा, "आपके जो विधायक हैं ऋषिदेव जी, वे किस जाति के हैं?"

मिसर जी ने कोई जवाब नहीं दिया, तो मिसराइन दुबारा पूछ बैठी, "बोलिए, चुप क्यों हो गए?"

"बोलती जाओ; मैं सुन रहा हूँ।"

"जब विधायक जी की मोटरगाड़ी गाँव में घुसती है और मुखिया जी के दरवाजे पर रुकती है, तो रूपनारायण झा का पूरा परिवार बाहर निकल आता है या नहीं उनकी अगवानी करने?"

"आता है; आगे बोलो।"

"विधायक जी को सादर घर के अन्दर ले जाता है या नहीं?"

"हूँ।"

"घर के अन्दर हलवा-पूरी खिलाता है या नहीं?"

"खिलाता होगा।"

"घर के सारे बाल-बच्चे विधायक के चरण स्पर्श कर उसके आशीर्वाद लेते हैं या नहीं?"

"मैंने नहीं देखा है; तुमने देखा है क्या?"

"उस घर के बाहर की जिन औरतों ने देखा है, उनमें से दो-एक को बुलाऊँ?"

"नहीं।"

"आपने यह तो देखा होगा कि उस घर के अन्दर विधायक जी होते हैं और घर के बाहर बभनटोली के ब्राह्मणों की भीड़ लग जाती है। और, ज्यों ही विधायक जी बाहर निकलते हैं, सब दौड़ पड़ते हैं उनकी नजर में बस जाने के लिए और उन्हें झुक-झुककर सलाम करते हैं।"

"कोई दिल से सलाम नहीं करता, मिसराइन," मिसर जी ने मुँह खोला, "रूपनारायण झा भी मुखियागिरी के चक्कर में किसी ऋषिदेव को अपने घर में घुसाता है।"

"आपने यह कैसे मान लिया कि करुणाकर दिल से झड़ीलाल की मालिश करता है? वह भी तो मुखियागिरी के चक्कर में ही सोलकनों के बीच अपना समय गुजारता है, सोलकनों के घरों में घुसता है। यह कहा गया है या नहीं कि जरूरत पर गधे को भी बाप कहना पड़ता है? जैसे रूपनारायण झा गधे को बाप कहता है, वैसे ही करुणाकर को भी कहने दीजिए गधे को..."

गुस्सा आ गया मिसर जी को, "तुम्हारा बेटा मुखिया बन गया क्या?"

"जैसे रूपनारायण झा मुखिया बना है, वैसे ही मेरा बेटा भी मुखिया बनेगा। रूपनारायण झा पेट से ही मुखिया बनकर नहीं आया था।"

"पेट से बनकर नहीं आया था, मगर सहाय था भगवान उस पर। मुखिया का चुनाव जीत लेना मामूली बात नहीं है। पैसे का खेल है वहाँ। हमारे पास पैसा नहीं है चुनाव लड़ने के लिए। यह क्या कि जात भी गँवाया और भात भी न खाया। भगवान से बेटे के लिए सुबुद्धि माँगो, मिसराइन, सुबुद्धि।"

"आप आज यह बुद्धि दे रहे हैं मुझे और मैं पिछले पाँच साल से बेटे को सुबुद्धि देने के लिए भगवान को दिन-रात सुमिरती रही हूँ। भगवान जो राह दिखाए बेटे को, उस राह पर उसे जाने दीजिए। भगवान ने सुबुद्धि दी रूपनारायण झा को और वह चुनाव लड़कर मुखिया बन गया। आज वह अपने भाग्य पर इतरा रहा है या नहीं कि वह मुखिया है? बेटा करुणाकर में क्या दोष? भगवान की बताई राह पर चले वह।"

"पछताओगी किसी दिन।"

"मैं नहीं पछताऊँगी, पछताना होगा, तो पछताएँगे भगवान। आप तो अभी से पछताने लगे।"

"मैं तो किसी ओझा से झड़वाऊँगा बेटे को; इकलौता है।"

"मैं ना नहीं कहती; आप ओझा-गुणी के पास जाते रहिए, टोना-टोटका करते रहिए, मगर सुन लीजिए, कल करुणाकर को किसी रंगलाल चाचा के साथ पूर्णिया अस्पताल जाना है; डॉक्टर को दिखाना है। उस बीमार के साथ जानेवाला कोई नहीं है, उसका अपना भाई भी नहीं। आप करुणाकर को रोकिएगा नहीं। मैंने हाँ भर दी है।"

*

तरह-तरह के दार्शनिक विचारों से समझौता कर छाती पर पड़े पत्थर को हटाना चाहते थे श्री कमलानन्द मिश्र, मगर मन को लाख मोड़ने-मरोड़ने के बाद भी हो यह रहा

था कि छाती पर किसी एक बड़े पत्थर के बजाय पत्थर का एक बड़ा पहाड़ खड़ा होता जा रहा था। अब उन्हें महसूस हो रहा था कि एक वही अपने बेटे को घर से निकलकर सोलकन-टोलों की ओर जाते नहीं देख रहे हैं, अब पूरी बभनटोली यह नजारा देख रही है। ऐसा तो नहीं है कि सोलकन-टोलों में वोट है और बभनटोली में ठेंगा!

एक दिन उन्होंने बड़े प्यार से बेटे को अपने पास बैठाया और कहा, "देखो बबुआ, अब तो मैं भी तुम्हारे ही रंग में रंग गया हूँ; मान लिया है कि अब तुम्हें मुखिया बनाए बगैर घर में बढ़ोतरी का पहरा नहीं होगा। मगर एक बात तुम्हारे ध्यान में भी आनी चाहिए कि सिर्फ एकजन्मों के वोट से ही तुम नहीं जीतोगे, तुम्हें द्विजों का वोट भी चाहिए। बभनटोली में भी ऐसे बहुत घर हैं जिनमें बूढ़े रहते हैं और उन्हें भी तुम्हारी सेवा की जरूरत है जो उनके अपने घर में नहीं मिल रही है। तुम्हारी नजर इन घरों पर क्यों नहीं जाती? कभी बभनटोली के घरों में भी घुसो, बबुआ। इन घरों में भी तुम्हारे वोट हैं।"

करुणाकर पहले तो मुस्काया और फिर बोला, "मैं कच्चा खिलाड़ी नहीं हूँ, बाबा। बभनटोली के एक-एक घर पर मेरी नजर है। जिस दिन किसी एक घर में जाना जरूरी समझूँगा मैं, घुस जाऊँगा उस घर में उस दिन। अभी तो मुझे कोई एक घर भी ऐसा नजर नहीं आ रहा है जहाँ मैं अपनी सेवा देने जाऊँ। आपकी नजर में है कोई घर?"

"आनन्द झा का घर।" पिताश्री ने बहुत पहले से यह घर सोच रखा था।

"उनके घर में भला किन्हें चाहिए मेरी सेवा?"

"आनन्द झा के जर्जर वृद्ध पिता विष्णुकान्त झा को चाहिए। नहीं चाहिए? बिलकुल पके आम की तरह हैं विष्णुकान्त चाचा, कभी भी टपक पड़ेंगे। मैं कई बार गया हूँ उनके घर उनका हालचाल पूछने-जानने। मुझे नहीं लगता कि उनके घर के लोग ठीक से उनकी सेवा कर पा रहे हैं। तुम उनकी सेवा करो तो उनके घर के लोग भी काफी खुश हो जाएँगे। हो सकता है, तुम्हारी सेवा से साल-दो साल अधिक जी जाएँ वे। कितना आशीर्वाद मिलेगा तुम्हें इस पके आम की सेवा-टहल करने से! उनके आशीर्वाद से तुम्हारा भला होगा, करुणाकर। अचरज है कि तुम्हारा ध्यान इस आम की तरफ अब तक नहीं गया जो बिलकुल पक गया है।"

करुणाकर मुस्कुराया और बोला, "ध्यान गया था मेरा, बाबा।"

एक दिन गाँव के कुछ निठल्ले छोकरे आपस में हँसी-मजाक करते बैजनाथ भगत की दुकान के आगे से गुजर रहे थे। बैजनाथ भगत ने अपनी दुकान पर बैठे-बैठे ही उन्हें आवाज लगा दी, "क्या बात है रे छोकरे? बहुत खुश नजर आ रहे हो?"

सारे छोकरे बैजनाथ भगत के सामने आ खड़े हुए और उनमें से एक ने खुशी का कारण बताया, "हम लोग गाँव के पके आमों की गिनती करके आ रहे हैं, चाचा। इस जाड़ा के जाते-जाते सातों आम टपक जाएँगे। सात भोज जग गए हैं, चाचा, सात।"

"कौन-कौन हैं ये सात?" हँसकर पूछ बैठे बैजनाथ भगत।

छोकरों ने एक से सात तक की गिनती कर दी। इस गिनती में आनन्द झा के पिता विष्णुकान्त झा भी थे।

ये सात आम टपकनेवाले हैं, यह जानकारी भला चकफेरी देनेवाले करुणाकर को कैसे नहीं होती जबकि कई दिनों तक पूरे गाँव में इन आमों की चर्चा होती रही थी!

करुणाकर ने जवाब दिया कि उसका ध्यान विष्णुकान्त दादा पर गया था, मगर वह पिता से पूछ बैठा, "आपने यह कैसे कह दिया कि उनकी सेवा करने से उनके घर के लोग भी काफी खुश हो जाएँगे?"

पिता की आँखें अचरज से फैल गईं, "अरे, खुश नहीं हो जाएँगे?"

"नहीं।"

"यह तुम क्या कह रहे हो, करुणाकर?"

"ठीक कह रहा हूँ, बाबा।"

"कैसे?"

"पके आमों की गिनती जाड़ा घुसने पर शुरू होती है, बाबा," बेटे ने सुनाना शुरू किया, "और सारे बूढ़े बिलों को तलाशते हैं और कम्बल-रजाई के साथ उनमें घुस जाते हैं। मगर क्या होता है विष्णुकान्त दादा के साथ?"

"क्या होता है?"

"विष्णुकान्त दादा को समझा-बुझाकर, पुण्य के लोभ-लालच में फँसाकर एक नौकर के साथ सिमरिया घाट भेज दिया जाता है कार्तिक-स्नान के लिए। पूरा महीना गंगा-स्नान कर वे सही-सलामत वापस आ जाते हैं, तब उनके घर के लोग नौकर पर टूट पड़ते हैं, 'ठीक से नहलाता था या नहीं? डुबकी लगवाता था या नहीं?' नौकर बेचारा भी क्या करे जब ठंड-स्नान करनेवाला काला कौआ खाकर आया हो! पिछले तीन साल से सिमरिया घाट जाते रहे हैं दादा; मगर हिल नहीं रहे हैं। सिमरिया से सरदी-खाँसी तक लेकर नहीं आते। घर के लोग उन्हें हिलाना चाह रहे हैं और आप कह रहे हैं कि मैं उन्हें पहलवान बनाने जाऊँ; उनके घर वालों के दिल दुखाने जाऊँ?"

"उनकी सेवा से तुम्हें तो पुण्यार्जन होगा।"

"मैं मुखिया बनने आया हूँ या पुण्य कमाने?" और फिर उसने कहा, "हाँ, जब मरेंगे विष्णुकान्त दादा, तब मैं उनकी दाह-क्रिया में अवश्य शरीक होऊँगा। यहाँ मेरा वोट है।"

बाबा चुप हो गए।

बेटे ने बाबा की चुप्पी तोड़ी, "बनारसी भगत को आप जान रहे हैं। देखा भी होगा उसे घर के ओसारे में चौकी पर बैठे। दिन-रात एक चौकी पर पड़ा रहता है। लाठी लेकर चलता है, तब भी डगमगाता है, और कितनी ही बार गिरकर चोट खा चुका है। अपने से उठ-बैठ तक नहीं कर सकता। घर के लोगों को हाँक लगाता है मगर घर के लोग बहरे बन जाते हैं। आप देख लीजिएगा, सबसे पहले यही आम टपकेगा। आपकी नजर में दया का असली पात्र तो अभी यह बूढ़ा ही है?"

बाबा ने कुछ कहा नहीं, नजर उठाकर बेटे को देखा। बेटे को उस नजर में आगे बढ़ने का संकेत मिला और वह आगे बढ़ा, "रोज मेरी नजर पड़ती है इस बूढ़े पर और उसकी चीख-पुकार मैं सुनता रहा हूँ। आपकी समझ से मुझे उन पर दया आनी चाहिए, मगर मेरी समझ से वे मेरे लिए दया के पात्र नहीं हैं।"

"क्यों?" बाप को सवाल करना पड़ा, "झड़ीलाल दया का पात्र है और बनारसी भगत नहीं है?"

"झड़ीलाल मजबूत काठी का बूढ़ा है; अगले दस साल तक वह हिलेगा नहीं," बेटे ने जवाब दिया, "बनारसी दादा जर्जर हो गए हैं; मेरा अनुमान है कि इस जाड़ा में ही वे खलास हो जाएँगे।"

"अशुभ बात मत बोलो, करुणाकर; मरना-जीना भगवान के हाथ में है।"

"आपके सामने बोल गया, बाबा; अपना अनुमान बोल गया।"

"यह ठीक है कि तुम्हारा अनुमान बहुत गलत नहीं है, मगर ऐसी हालत में तो इस बूढ़े की ही अधिक सेवा होनी चाहिए। अभी तो मेरी नजर में पूरे गाँव में अगर कोई दया का पात्र है तो वह बनारसी भगत ही है।"

"आपकी नजर से बहुत अलग है मेरी नजर। आप आज-कल-परसों को देखते होंगे, मैं तीन साल दूर तक देखता हूँ, अगले चुनाव के साल तक।"

"तीन साल दूर तक क्या देखते हो?"

"अपने 'वोटबैंक' को, बाबा," बेटा बोला, "जो आदमी अगले तीन जाड़े नहीं काट सकेगा, वह मेरे लिए दया का पात्र नहीं है। जो मुझे वोट देने के लिए जिन्दा ही नहीं रहेगा, उसकी सेवा मैं क्यों करूँ? हमारी सरकार भी तो इसी सिद्धान्त पर चल रही है। सरकार को इस बात की कोई परवाह नहीं कि लोग बाढ़ में डूब मरे या बीमारी-महामारी में तड़प-तड़पकर मरे या भूख से टें बोल गए। जो मर गए, वे वोट

देने आएँगे क्या? मरनेवालों के परिजनों को मुआवजे देकर उन्हें अपना वोटर बना लेंगे। आप मेरी पॉलिटिक्स को समझिए, बाबा। हर जगह सेवा से मेवा नहीं मिलता है।"

*

ससुराल आकर खोकसीवाली केवल अपने घर और गाँव के खेत-बहियार की होकर ही नहीं रह गई। महीने भर का समय लिया उसने गाँव को समझने-बूझने के लिए, और फिर सोलकन-टोलों के एक-एक घर में झाँकना शुरू कर दिया।

यादव-टोला के फौजी यादव की नजर पड़ी थी इस 'देवी' पर। जब देवी-टोला से निकल गई, तो फौजी टहलते हुए किस्टो यादव के घर पहुँचा और उसकी बेटी को बुलाकर उससे पूछा, "गे कमली, यह कौन औरत है जिसके साथ अभी तुम्हें देखा मैंने? तुम्हारे स्कूल की मास्टरनी है क्या?"

"मास्टरनी नहीं है, चाचा," कमली ने जवाब दिया, "यह दसघरिया के बिपत मंडल की पत्नी है। खोकसी की है। नाम है इसका सुखदा देवी, मगर सब लोग सुखदा दी बोलते हैं।"

"क्या करने आई थी इस टोले में?"

"यह हर टोले में जा रही है और हर घर यह देखने जाती है कि उस घर की लड़कियाँ स्कूल जा रही हैं या नहीं। किसी दिन आपके घर भी आएगी।"

"मेरे घर इसे लेकर मत आना; मैं भगा दूँगा। मैं समझता हूँ, यह क्यों घर-घर घूम रही है।"

"क्यों, चाचा?"

"तुम बच्ची हो; नहीं समझोगी, क्यों घूम रही है अभी से।" बोलकर निकल गए फौजी चाचा।

फौजी यादव का गुस्सा बहुत गैरवाजिब नहीं था।

जो दुनिया देख रही है, वह क्या इस देवी को, सुखदा देवी को, नहीं दिखता? अब आई है यह बेटी-क्रान्ति का अलख जगाने! आज तो सोलकन-टोलों में भी जो औरतें अभी दादी नहीं हुई हैं, वे नैहर से अक्षर सीखकर आई हुई हैं। यह नारा तो बहुत पहले का है कि सबको लिखना-पढ़ना होगा। शादी के पहले जाँचा जाने लगा कि लड़की अपना नाम लिख सकती है या नहीं। अब तो बात बहुत आगे बढ़ गई है। अब जो जनाना-युग आया है, उसमें सिर्फ अक्षर पहचानने से काम नहीं चलेगा। अब औरतें मुखिया-सरपंच बनने लगी हैं। तो क्या अब केवल अपना नाम लिख लेने से काम चल जाएगा? सरकार जनानियों के बीच पैसा पानी की तरह

बहा रही है, मगर पैसा उसी को मिलेगा जो कुछ शिक्षित होगी; सिर्फ रामायण-पास होने से काम नहीं चलेगा। सोलकन-टोलों की औरतें कम-से-कम अखबार पढ़ना सीख लेना चाहती हैं। यह तो उसका देखा हुआ है कि सरोजनी सुबह-सुबह उठकर अपनी बुढ़िया दादी को ककहरा पढ़ाती थी, "बोलो, दादी, 'क', अब बोलो, 'ख'।"

"दादी," सरोजनी गुस्से में आ जाती, "ठीक से लिखो 'ह', 'द' की तरह मत लिखो।"

दादी एक बार फिर 'ह' लिखती। सरोजनी थप्पड़ उठा लेती, "मारूँगी ऐसा थप्पड़ कि..."

"गे छौड़ी, तू मुझे थप्पड़ मारेगी?"

"सिखाने के लिए, सिखाने के लिए। लेलहा गुरुजी हम लोगों को थप्पड़ मारता है कि नहीं! सिखाने के लिए, दादी।"

"जा, मैं नहीं सीखती।"

"मत सीख। अब मुझे भी लक्ष्मीथान तक ले जाने के लिए मत कहना। अकेली जाना और दासिन के कुआँ के पास फिसलकर गड्ढे में गिर जाना। चिचियाना। मैं उठाने भी नहीं जाऊँगी। तुमने मुझे कहीं का नहीं रखा। झुमकी की दादी अब किताब पढ़ने लगी है।"

"देखती नहीं, मेरा हाथ काँपता है?"

"काँपता है, तो लाओ, मैं हाथ पकड़ती हूँ। लिखो, 'ह'।"

कब का जनाना-युग आ गया, और यह जनानी आई है आज! सरकार ने तो बेटियों को विद्यालय भेजने के लिए पुलिस तक को लगा दिया है। कोई बहाना नहीं कि विद्यालय अपने गाँव में नहीं है, गाँव से बहुत दूर है। लो, साइकिल लो, टुन-टुन घंटी बजाते हुए विद्यालय तक जाओ। उसी साइकिल से मौसी के घर चली जाओ, नानी के गाँव चली जाओ। पढ़ने क्या गई, अब सफर पर भी निकलने लगी। उसके बाद भी मैट्रिक करो तो पचीस हजार, बी.ए. करो तो पचास हजार। विवाह की जरा भी चिन्ता नहीं। उसके लिए भी कोई मोटी रकम। अब तो जो जमाना आया, उसमें खेत-पतार तक किसी बेटी के नाम, बेटा के नाम नहीं। कहीं किसी लड़के से पूछोगे, "किसके बेटे हो?" तो जवाब मिलेगा, "कलावती देवी के।" और "किसकी बेटी?" पूछने पर कोई लड़की बोलेगी, "जगिया-माँ की...जागेश्वरी देवी, बेलागंजवाली।"

जो दुनिया देख रही थी, वह सुखदा देवी भी देख रही थी, मगर तब भी हर घर में घुसने का मन बना लिया था उसने।

'बेटी-क्रान्ति' के बादल मँडराए तो थे धनपत के आकाश में भी, मगर ये बादल, सच पूछिए तो, जमकर बरसे नहीं थे।

गाँव में विद्यालय के खुलते ही गाँव की लड़कियाँ विद्यालय जाने लगीं थीं। अमीरों के बच्चे-बच्चियाँ तो पहले भी पूर्णिया, बनमनखी, अररिया और मुरलीगंज के विद्यालयों में पढ़ रहे थे, कुछ अपने सम्बन्धियों के घर रहकर और कुछ छात्रावासों में रहते हुए, मगर अब गाँव में ही विद्यालय हो जाने से गरीबों के बच्चों-बच्चियों के लिए भी रास्ता खुल गया।

सरकार ने विद्यालय में भोजन, पोशाक, किताबें और साइकिल का लोभ देकर इन्हें पढ़ाई की ओर जरूर आकर्षित किया था, मगर तब भी ढेर सारे बच्चों को विद्यालय का बन्धन स्वीकार नहीं था। लड़कियों को तो घर के काम निपटाने से ही फुरसत नहीं मिलती थी। विद्यालय में वह मजा कहाँ जो खेत-खलिहान और बकरी चराते हुए 'कित-कित' खेलने में आता था!

घर-घर की चौकीदारी! कम-से-कम सौ घरों की चौकीदारी कर रही थी खोकसीवाली सुखदा। यह काम उसे खोकसी में ही सौंप दिया था उसकी दुलारी चाची ने, "ससुराल जाकर मुझे भूल मत जाना, सुखदा। जो यहाँ मैं करती आई हूँ, वह सब तुम्हें अपने गाँव में करना है।" भला दुलारी चाची जैसे जीव को कैसे भूल जाती वह! कितना मजा आता था वहाँ और कितना मजा आ रहा है अब यहाँ! जब सड़क किनारे के किसी खेत में काम करते हुए साइकिल चलाती लड़कियों को विद्यालय जाते देखती वह, तो वह तब तक खड़ी रह जाती उन्हें निहारते हुए जब तक सारी साइकिलें सामने से निकल नहीं जातीं। उसका रोम-रोम पुलक उठता।

अगर किसी बच्ची को खेतों में काम करती देख लेती वह, तो तुरन्त उसके पास आ धमकती और वहाँ से भगाती विद्यालय जाने के लिए। कितनी ही माँओं को अपनी बेटियों के कारण इस खोकसीवाली से बात सुननी पड़ती। जिधर से गुजरती उधर के घरों में झाँकती चलती, कोई बच्ची घर के अन्दर तो नहीं पड़ी हुई है या बकरी चराने तो नहीं चली गई। वह एक-एक बेटीवाली को समझाती, "अब पैसा लगाकर भी अनपढ़ बेटी का ब्याह नहीं कर सकोगी, चाची; आज का दुलहा पढ़ी-लिखी दुलहन खोजता है।" घर की बूढ़ी दादी को खुद कह आती खोकसीवाली और घर के पोते से उसके दादा को कहवा देती कि सरकारी पैसा बूढ़ा-बूढ़ी के लिए आनेवाला है, मगर पैसा अँगूठा-छाप को नहीं मिलेगा, मिलेगा उसी को जो अपना नाम लिखना जानता हो। गाँव-गाँव में सोलकन औरतें बन रही हैं मुखिया-सरपंच; इस धनपत में भी जिसे कभी बनना हो मुखिया-सरपंच, वह अभी से लिखना-पढ़ना सीख ले, नहीं तो बाद में बहुत पछताना पड़ेगा। नया

जमाना आ गया है, जनानियों का जमाना। पढ़-लिखकर शिकायत लिखना सीखो, थाना-कचहरी करना सीखो, तब किसी बाबू साहब का डर नहीं होगा, किसी का डर नहीं, पोदिनमा के नाती का भी नहीं।

पोदिनमा का नाती!

नौ बेटियों वाली घुरनी-माँ के घर वह देर तक बैठती और उसे ढाढ़स बँधाती रहती, "मत चिन्ता करो, चाची, कि दो बेटियों के ब्याह में ही लुट-पिट गई हो। जैसे तुम्हारी दो बेटियों का ब्याह हुआ है, वैसे ही एक-एक का ब्याह होगा, बिना तिलक-दहेज के। सिर्फ बेटियों को पढ़ाती जाओ। तुम्हें चाचा से एक पैसा भी माँगने की जरूरत नहीं पड़ेगी। देख लेना, बेटे वाले तुम्हारे दरवाजे पर आएँगे बेटी माँगने के लिए। अब तो यह हाल है, चाची, कि बहुत जल्दी दुलहनों का अकाल पड़ने जा रहा है। इतने बेटे पैदा हो गए हैं कि बेटे वाले गाँव-गाँव छुछुआते फिरेंगे एक अदद दुलहन के लिए।"

सुखदा देवी धनपत में बादल बनकर ही आई थी, जमकर बरसने के लिए।

*

यह माना जा सकता है कि भगवान ने सचमुच उपिया को सपना दिया था इस काली लड़की से ब्याह करने का। दो-दो कुलच्छनियों का प्रवेश हो चुका था बछड़ू मंडल के घर में, अब एक सुलच्छनी का उस घर में आना जरूरी था। पहली दो पतोहुएँ जो आईं, वे तो आते ही सास की तरह हुकुम चलाने लगी थीं। पहली बार कोई पतोहू मिली थी बछड़ू और उपिया की माँ को इस काली लड़की के रूप में।

ससुराल से पहली बार मायके जा रही कनियाँ को सास ने भीगी आँखों से विदा किया था।

कोयली ससुराल से चली, तो अपने साथ बहुत तसवीरें लेकर चली थी। इन तसवीरों में एक तसवीर उसके भविष्य का भी था।

एक तसवीर में उसका ससुर रात में सोने के लिए घर से बाहर जा रहा है। दूसरी तसवीर में उसके घर वाले शौचालय बनाने के लिए जमीन ढूँढ़ रहे हैं। एक और तसवीर उस मुसहरी-टोले की है जिसमें किसी को अपने घर में घुसने के लिए तीन-चार घरों के आँगनों से होकर गुजरना पड़ता है। एक और तसवीर में उसका ससुर अपने दोनों बड़े बेटों से कह रहा है, "नहीं कराओ मेरा इलाज, मगर पंजाब के पैसों से कुछ तो जमीन खरीदो। अब तक एक धुर जमीन नहीं खरीद पाए तुम लोग।"

इन सारी तसवीरों के साथ एक तसवीर ऐसी भी है जिसमें उसका दुलहा उससे कह रहा है, "हमें अपनी यह डीह छोड़नी पड़ेगी, कोयली।"

दुलहे को उसने पंजाब के लिए विदा कर दिया, और एक आखिरी तसवीर से वह चिपक गई। कुछ दिनों तक चुप रही वह और फिर अपनी माँ को यह तसवीर दिखाने लगी।

सिरसी के बिलटू मंडल के पास तीन बीघे जमीन और दो बेटियाँ थीं, एक का नाम चुल्हिया और दूसरी का गूदड़। वह अपनी खेती से अपना घर चला लेता था। उसे कभी यह चिन्ता नहीं हुई कि उसके बेटा नहीं है, और न यह चिन्ता हुई कि बेटी के ब्याह में क्या परेशानी होगी। वह अपनी काली बेटी को भी अपनी जमीन के बल पर ब्याह कर देने के लिए निश्चिन्त था। गाँव-समाज में लड़कियों की कर्मठता देखी जाती है, काम-काज में कुशलता देखी जाती है। किसी गोरी लड़की को इसलिए उठा नहीं ले जाते कि दुलहा उसका रूप चाटेगा।

चुल्हिया की शादी बिलटू ने अपने जमा पैसों से ही कर ली थी; जमीन बेचने की नौबत नहीं आई थी। गूदड़ की शादी में तो भतीजा धीरेन्दर ने ऐसा कमाल किया कि लड़का ही लट्टू हो गया लड़की पर। लड़के के बाप ने तिलक-दहेज के लिए मुँह तक नहीं खोला।

अब तो समस्या यह आ गई है कि किसी दिन इस तीन बीघे जमीन और उसकी डीह का क्या होगा। उसने मन बना लिया कि वह गूदड़ की माँ से कहकर जाएगा कि अगर वह बाद में मरी तो मरने के पहले घर-जमीन अपनी दोनों बेटियों में बाँट देगी।

गूदड़ की माँ ने बहुत अलाय-बलाय बकने के बजाय साफ-साफ कहा गूदड़ के बाप से, "सुनिए जी, गूदड़ के जाने के बाद खाली-खाली घर मुझे अच्छा नहीं लग रहा था। कैसे रहूँगी मैं ऐसे खाली घर में? अब गूदड़ आई है तो मैं इसे ससुराल जाने ही नहीं दूँगी।"

पत्नी के मुँह से यह सब सुन बिलटू मंडल तो कुछ देर तक भकुआ बना खड़ा रहा उसके सामने और फिर बोला, "तुम्हें पता नहीं था कि गूदड़ के जाने के बाद घर बिलकुल खाली हो जाएगा? अब बोल रही हो जब गूदड़ की शादी कर हम उसको घर से सदा के लिए विदा कर चुके हैं। तब बोलती तो मैं कुछ सोचता।"

"तब और अब में कोई फर्क नहीं है।"

"कैसे नहीं है फर्क?" कुछ गुस्से में आ गया बिलटू, "दामाद बाबू आएँगे विदा कराने तो क्या कहोगी कि नहीं जाएगी गूदड़, अब मायके में ही रहेगी? कह सकती हो ऐसा क्या?"

गूदड़ की माँ ने बहुत शान्त स्वर में कहा, "हम दामाद बाबू को भी यहीं रोक लेंगे?"

"कैसे रोक लेगी?" बिलटू बोला, "घर में घुसते ही उसे घर के खूँटे से बाँध देगी क्या? और कहेगी, पड़े रहो? पागल औरत!"

हँसी गूदड़ की माँ के होंठों तक आकर रह गई; उसने अपने स्वर में मिठास भरकर कहा, "सुना तो होगा कि किसी-किसी घर में घरजँवाई भी होता है?"

"घरजँवाई रखना था, तो गूदड़ की शादी के पहले ही बोलती। मैं घरजँवाई की शर्त पर ही गूदड़ का ब्याह करता।"

"अब भी कुछ नहीं बिगड़ा है।"

"बिगड़ा कैसे नहीं है?" फिर बिगड़ी आवाज में बोला बिलटू, "अब पहले तो गूदड़ को ही तैयार करो। गूदड़ तैयार हो गई, तो अब वह दामाद बाबू को तैयार करे। दामाद बाबू मान गए तो वे अपने माँ-बाप को तैयार करें। किसी एक के भी बिदकने से काम बिगड़ा।"

"आप तैयार हैं न?"

"नेकी और पूछ पूछ? बोलो तो, मैं क्यों तैयार नहीं होऊँगा?" बिलटू का गुस्सा गायब था, "मैं तो तैयार ही तैयार हूँ।"

"तो समझिए कि सब तैयार हो जाएँगे। हे राम, खाली घर!"

पति के पास से जाने के पहले पत्नी बोली, "सुनिए, गूदड़ अब गूदड़ नहीं है। उसका नाम है कोयली। दामाद बाबू के सामने गूदड़-गूदड़ नहीं बोलिएगा।"

*

एक दिन जब गाय के लिए बहियार में घास काट रही थी खोकसीवाली, तो उस दिन सबसे पहले पहुँच जानेवाली उसकी खास संगतिया झुनिया सबके बाद आई। खोकसीवाली पूछ बैठी, "आज बहुत देर कर दी, दीदी; तबीयत ठीक है न?"

"तबीयत ठीक है, सुखदा; देर हो गई पड़ोस में हो रही मार-पीट के कारण। आज फिर धनेसर मंडल ने अपनी घरवाली को छड़ी से मारा है। बहुत हथछुट है यह आदमी।"

"क्यों मार-पीट करता है?"

"घरवाली बिना अपने मरद से पूछे अपने नैहर घुघरी चली जाती है, इसीलिए। धनेसर मंडल के घर से सटे घर में रहनेवाली जमरावाली ने धनेसर मंडल को छड़ी चमकाते हुए अपनी घरवाली से यह कहते सुना है, 'कान खोलकर सुन लो, घुघरीवाली, मैं तुम्हें भर पेट खाना देता हूँ; मैं तुम्हें भर देह कपड़ा देता हूँ; मैं तुम्हें भर देह सुख देता हूँ। उसके बाद भी तुम टेढ़ी चाल क्यों चलती हो? मेरी बात में क्यों नहीं रहती? किससे पूछकर भाग गई थी मायके?' जमरावाली बता रही थी

कि धनेसर मंडल छड़ी चमकाकर ही नहीं रह गया था, पूरी छड़ी घुघरीवाली की पीठ पर तोड़ दी थी।"

"जमरावाली ने धनेसर मंडल को रोका नहीं?"

"नहीं, नहीं रोका। कोई और भी आसपास होती, तो वह भी चीख-चिचिया रही घुघरीवाली को बचाने नहीं जाती उस घर के अन्दर। उलटे सब घुघरीवाली को कोस ही रही थीं। गाँव के गपड़चौथ में औरतों ने मान लिया कि धनेसर मंडल की कार्रवाई बिलकुल जाएज थी। यह क्या कि भतार से बिना कुछ पूछे-बताए भाग गई? और गाँव के मरदों के बीच एक दिन के करतब में ही धनेसर मंडल 'असली मरद' हो गया। गाँव के निमोछे मरद भी अपनी मूँछों पर उँगलियाँ फेरने लगे। सारे मरदों की एक ही आवाज थी, 'मरद हो तो धनेसर जैसा'।"

"आज किस बात पर मारा घुघरीवाली को?"

"उसी बात पर कि भागकर मायके क्यों गई।"

"नहीं जाती भागकर, पति से कहकर जाती।"

"कहने-पूछने का समय कहाँ था? धनेसर मंडल किसी काम से सुबह की बस से बनमनखी चला गया था और शाम से पहले आनेवाला नहीं था। इसी समय घुघरी से कोई संवदिया आया और घुघरीवाली से कहा कि माँ अब-तब पर है, भेंट करनी हो तो तुरन्त चलो। अब घुघरीवाली कैसे रुकती शाम तक? दो कोस पर ही तो घुघरी है; शाम तक लौट आने को सोचा होगा। मगर लौटकर आई वह धनेसर मंडल के आ जाने के बाद।"

"उसने बताया नहीं मरद को कि वह क्यों बिना कहे-पूछे चली गई?"

"उसका मरद कुछ भी मानने को तैयार नहीं। अगर धनेसर घर में रहता और घुघरीवाली अपनी माँ का हाल सुनाकर उससे इजाजत लेने जाती, तब भी उसे इजाजत नहीं मिलती।"

"तब भी नहीं मिलती? क्यों?"

"जानती नहीं हो, सुखदा, कि मरद कितने शक्की होते हैं? धनेसर मंडल को शक है कि उसकी घरवाली नैहर में किसी से फँसी हुई है और उससे मिलने ही यह औरत नैहर की दौड़ लगाती है। हाल तो यह है कि उसे घर और बहियार से बाहर निकलने की इजाजत ही नहीं है। टोले की लगभग सारी औरतें हर साल बैजनाथ भगत के ट्रैक्टर से सिंहेश्वर मेला जाती हैं, एक घुघरीवाली को अपने मरद की इजाजत नहीं मिलती।"

"यह तो जुल्म है कि अपनी मर रही माँ को भी देखने की इजाजत बेटी को नहीं मिले और यह क्या हाल है कि कोई एक औरत भी घुघरीवाली के पक्ष में आवाज नहीं उठाए!"

"सारी औरतों के मर्द धनेसर मंडल जैसे नहीं हैं, सुखदा, और एक औरत है ऐसी जो धनेसर मंडल को तो कुछ कहने नहीं गई, मगर अपने मरद को 'खबरदार' कह दिया था।"

"कौन है वह?"

झुनिया हँसकर बोली, "झिटकियावाली, छुतहरू मंडल की घरवाली।"

"क्या है उसका किस्सा?"

झुनिया ने किस्सा सुना दिया...

यह जानकर कि सदानन्द मिसर के सिपाही बटेसर सिंह ने उसकी घरवाली को बीड़ी पिलाई है, छुतहरू आगबबूला हो गया और झिटकियावाली को एक लात मारकर खबरदार कर दिया, "अब अगर किसी दिन सुना कि तुमने किसी से बीड़ी माँगी है या किसी का पान खाया है, तो मार-मारकर कचूमर निकाल दूँगा। दो बीवियों के मरने के बाद तुम मेरे पास आई हो। उन दोनों को मारते मुझे कुछ सोचना ही नहीं पड़ा तो तुम किस खेत की मूली हो!"

झिटकियावाली का आखिरी जवाब आया था, "तुम सीधे-सीधे बात करो तो मानूँगी तुम्हारी हर बात। इस भ्रम में मत रहो कि मार-पीटकर तुम मुझे काबू में रखोगे। अभी ही सुना देती हूँ तुम्हें कि अगर दो बीवियों को मारकर तुम मेरे पास आए हो तो मैं भी तीन खसमों को खाकर आई हूँ तुम्हारे पास। उन्हें खाते देर ही नहीं लगी मुझे तो तुम किस खेत की मूली हो! तुम 'बहुखौका', तो मैं भी 'साँयखौकी'।"

सुखदा मुस्कुरा रही थी और मुस्कुराते हुए ही उसने पूछा, "गाँव की औरतों को तो झिटकियावाली के बोल अच्छे नहीं लगे होंगे?"

"नहीं, सुखदा, इस बार वैसा नहीं हुआ। जमाना कुछ-कुछ बदला है न। गाँव की अधबैसू औरतों ने कुछ दबी जबान से दाद दी झिटकियावाली की हिम्मत की। एक बीड़ी पी ही ली तो क्या जुलुम हो गया? छोटी-छोटी बात पर भी लात चला देगा मरद! कोई अरहर के खेत में तो नहीं घुसी थी झिटकियावाली बटेसर सिंह सिपाही के साथ! जवान छोकरियाँ तो खुलकर आ गईं झिटकियावाली के समर्थन में। अल्हड़ कुसुमा तो यहाँ तक बोल गई, 'झिटकियावाली तो तीन पर ही टूट गई लगती है; मैं तो सात पर भी नहीं रुकूँगी अगर एक बीड़ी पी लेने पर मेरा मरद लात चलाएगा तो। इसी धनपत में ननकेसर सिंह का सिपाही केसवर सिंह तो जिस मजूरी को अपने खेत में मन लगाकर ईमानदारी से काम करते देखता था उसे मेला तक घुमा लाता था, मेले में जलेबी तक खिला देता था, तब तो उसका मरद लात नहीं चलाता था उस पर। बहुत बीते जमाने की बात नहीं है यह। अब क्या हो गया

कि एक बीड़ी पर लात! कोई अच्छे मन से पान खिलाए या मेला ले जाकर जलेबी ही खिलाए, तो इसमें किसी छौरी का क्या अपराध? उस छौरी को छिनाल कह दे कोई! भाड़ में जाए अपना मरद-बरद, मैं तो सिपाही का दिया पान खा लूँगी और उसके साथ मेला भी घूम आऊँगी, सौ बार, हजार बार।"

किस्सा सुन लेने के बाद सुखदा बोली, "कौन है यह कुसुमा? मैं उसे नहीं जान रही।"

"वह ससुराल बसने लगी है; कभी आएगी, तो मिला दूँगी उससे।"

कुछ सोचकर बोली सुखदा, "आज तो मुझे धनेसर मंडल से मिला दीजिए। चलिएगा मेरे साथ?"

"नहीं, सुखदा, मुझे साथ मत ले जाओ, और मैं तो कहूँगी कि तुम भी हड़बड़ाकर नहीं जाओ। अच्छी तरह सोच-विचार लो और तब जाओ।"

"मैं तो आज ही जाऊँगी, दीदी; सोच-विचार का काम तो मैंने खोकसी में ही पूरा कर लिया था।"

"क्या बोलोगी उससे?" भयभीत स्वर में पूछा था झुनिया ने।

"बोलूँगी—

सूली न फाँसी का, घुन्ना न घाती का;
डर किसका, डर अब पोदिनमा के नाती का?"

'पोदिनमा के नाती' बोलकर मुस्कुरा रही थी सुखदा और 'पोदिनमा के नाती' सुनकर भय से काँप गई थी झुनिया।

घास का बोझ घर में फेंका सुखदा ने और निकल पड़ी पोदिनमा के नाती से मिलने।

धनेसर घर पर ही मिल गया। मिलते ही उसने पूछा, "आपने घुघरीवाली को पीटा है?"

धनेसर ने हैरत से खोकसीवाली को देखा, कुछ देर तक खड़ा रह गया और फिर बोला, "तुम्हें इससे क्या मतलब कि मैं अपने घर में क्या करता हूँ?"

"आप अपने घर में भी अपनी औरत को नहीं पीट सकते।"

"वह बात काटे, तब भी नहीं?"

"नैहर चली गई, इस बात पर तो बिलकुल नहीं।"

"अगर वह बगैर मुझसे पूछे गई तो एक बार नहीं, सौ बार पीटूँगा।"

"अगली बार वह गई और आपने पीटा तो फिर मैं नहीं आऊँगी, थाना की पुलिस आएगी।" बोलकर रुकी नहीं खोकसीवाली, तेज कदमों से अपने घर का रुख किया।

दुलारी चाची

धनेसर कुछ अकबकाया हुआ था। देर तक कभी घुघरीवाली और कभी खोकसीवाली का बोझ अपनी छाती पर महसूस करते हुए वह घर में ही बैठा रहा। उसे अभी ही अजोधी मंडल के पास जाकर यह कहने की हिम्मत नहीं हुई कि वह अपनी पतोहू को समेट ले। जब अँधेरा कुछ घना हुआ तो वह घर से निकला। घर से बाहर होते ही उसकी नजर छुतहरू पर पड़ी। उसने छुतहरू को अपने पास बुलाया और बोला, "अभी अजोधी की पतोहू खोकसीवाली मेरे घर आई थी।"

"आई थी, तो?"

"कह रही थी कि अब मैं अपनी घरवाली की रोज आरती उतारूँ।"

"आरती उतारूँ! ऐसा कह रही थी?"

"हाँ।"

"नहीं तो?"

"नहीं तो वह मेरे घर पुलिस को लेकर आएगी।"

"खोलकर बोलिए, क्या बात हुई है।"

सुबह होते-होते यह किस्सा पूरे गाँव में नाच गया कि धनपत में पुलिस आनेवाली है, कि अजोधी की पतोहू, थाना-कचहरी करनेवाली खोकसी की बेटी, नाम सुखदा देवी, पुलिस को लानेवाली है।

किस्से का अन्त सुनकर गाँव की औरतों को गुदगुदी होने लगी।

*

बभनटोली में मचान ही मचान। कोई मचान शायद ही कभी खाली रहे। दिन भर ताश, दिन भर शतरंज। हर मचान पर गपिया और गपड़चौथ। नाचती हुई खबरों का आना और आई हुई खबरों को खूब-खूब नचाना। खबरें सिर्फ अखबारों से ही नहीं आतीं; गाँव-घर से निकलकर, छनकर, छौंक-बघार से गुजरकर भी आती हैं।

इन सारे सामान्य मचानों की तरह नहीं है इलाके के जाने-माने श्रेष्ठ श्री सदानन्द मिश्र का मचान। यह है बभनटोली का 'खास' मचान। इस मचान पर केवल खबरों का नाच ही नहीं होता, विचार-विमर्श भी होता है, बभनटोली के सुख-दुख पर विचार किया जाता है, समस्याओं का समाधान ढूँढ़ा जाता है, भविष्य के लिए कार्यक्रम तैयार किए जाते हैं।

इस मचान पर हर रोज जुट ही जाते हैं आठ-दस ब्राह्मण। शाम के समय नियमित आनेवालों में हैं सृष्टिदेव मिश्र, हरिमोहन झा, अनुराग मिश्र, बुच्ची झा, कमलानन्द मिश्र, बलभद्र झा और शोभाकान्त चौधरी। जिस दिन रमण ठाकुर पूर्णिया नहीं जाते

या पूर्णिया से शाम के पहले चले आते हैं, उस दिन उनका भी आना हो जाता है। सदानन्द बाबू कुछ अधिक बुजुर्ग हैं, घर का मचान होते हुए भी वे कभी-कभी ही आते हैं। कइयों को बूढ़े विचार और बुढ़ापे की उम्र वाले सदानन्द बाबू का नहीं आना ही अच्छा लगता है। कुछ-कुछ बुजुर्ग तो सृष्टिदेव बाबू भी हैं मगर वे तो बच्चों के बीच भी खप जाते हैं और औरतों के बीच भी।

उस दिन तीन दिनों की डुबकी के बाद प्रकट हुए थे सृष्टिदेव बाबू। उनके आते ही शोभाकान्त मिश्र ने उनसे पूछा, "कहाँ बिला गए थे आप?"

सृष्टिदेव बाबू ने मुस्कुराकर जवाब दिया, "बिला नहीं गया था, भाई। तीन दिनों से पूर्णिया में था।"

"पूर्णिया की कोई खबर?"

"पूर्णिया की कोई खबर नहीं। मगर मैं एक ऐसी खबर लेकर आया हूँ जो मेरी नजरों में हर खबर से बड़ी खबर है। और, यह खबर भी मुझे पूर्णिया में नहीं मिली, मिली उस बस में जिससे मैं आ रहा था।"

"बस में सबसे बड़ी खबर!" शोभाकान्त को जिज्ञासा हुई, "खबर सुनाइए।"

सृष्टिदेव बाबू ने सुनाना शुरू किया, "पूर्णिया से बस को चले एक घंटा भी नहीं हुआ कि रास्ते में दो औरतें बस में चढ़ीं। बस में भीड़ थी। एक औरत ने तो आगे की एक सीट पकड़ ली, मगर दूसरी को पिछली सीट पर बैठना पड़ा था। कंडक्टर जब नए यात्रियों के टिकट बनाने लगा तो पहली ने जोर लगाकर दूसरी से पूछा, 'दीदी, तुम्हारा टिकट भी कटा लेती हूँ।' तब दीदी ने बस में बैठे एक-एक आदमी के कान तक पहुँचनेवाली आवाज में पहली को सुनाया, 'तुम कटा लो अपना टिकट; मैं बिना टिकट के चलती हूँ। कंडक्टर साहब मुझे पहचानते हैं।' और फिर बस में बैठे यात्रियों को सुनाया, 'मुझसे कौन माँगेगा टिकट रे! पूर्णिया आते हैं मुख्यमंत्री, तो अपना आदमी भेजते हैं मुझे बुलाने के लिए। बड़े-बड़े अफसर को घंटों रुकना पड़ता है उनसे मिलने के लिए, मगर जैसे ही उनके पास मेरे नाम का पुरजा जाता है, वे झट बुला लेते हैं मुझे। कलेक्टर-बी.डी.ओ. के दफ्तर में कुरसी पर बैठती हूँ मैं। मेरे लिए चाय आती है। कौन अफसर होगा पूर्णिया का जो मुझे नहीं पहचानता होगा, छोटा-बड़ा सब।' अब बताइए आप लोग, यह बड़ी खबर है या नहीं?"

"आपने उन औरतों से यह नहीं पूछा कि वे किस गाँव की हैं? यह जानना तो जरूरी है न कि वे किस गाँव की थीं, किस इलाके की थीं।" शोभाकान्त प्रश्न कर बैठे।

"नहीं, यह तो नहीं पूछा," कुछ ऐसे स्वर में बोले सृष्टिदेव बाबू जैसे कि अपनी गलती का उन्हें भारी अहसास हुआ हो।

"मैं बताता हूँ," अपने दोनों हाथ ऊपर उठाते हुए बुच्ची झा बोले, "मैं बताता हूँ कि आगे की सीट पर बैठनेवाली वह 'पहली' किस गाँव की है?"

"किस गाँव की?" कई आवाजें उभरीं।

"इसी धनपत की।"

"धनपत की?" सबकी आँखें फैल गईं।

"हाँ, धनपत की।"

"कौन है वह?" अनुराग मिश्र पूछ बैठा।

"दसघरिया की बहू खोकसीवाली, अजोधी मंडल की पतोहू, बिपत मंडल की कनियाँ।" बोलकर बुच्ची झा ने एक-एक के चेहरे को गौर से देखा।

"हम भी तो यहीं हैं; हमें कुछ नहीं मालूम और आपको रत्ती-रत्ती की जानकारी!" अनुराग मिश्र ने प्रश्न किया, "क्या सुना है आपने इस दसघरिया औरत के बारे में और किससे सुना?"

बुच्ची झा ने वह सब सुना दिया जो उसने थाना-कचहरी करनेवाली इस औरत के बारे में सुना था और बता दिया कि सुनानेवाला था उसके घर नौकरी कर रहे सोलकन-टोला का नवला।

मंच पर बैठे बतरसिया को मानो साँप सूँघ गया था; वे निर्वाक हो गए थे। कुछ देर की चुप्पी के बाद बलभद्र झा ने मुँह खोला, "एक खबर जो मेरे लिए कोई खास खबर नहीं थी, अब दो-तीन महीने पुरानी वह खबर आज की सबसे बड़ी खबर होगी।"

"खबर तो सुनाइए।" एक साथ कई आवाजें आईं।

"पहले आप मुझे यह बताइए," बलभद्र झा ने काफी गम्भीर होकर कहना शुरू किया, "कि अगर गाँव-गली या खेत-बहियार में किसी औरत से अकेले में सामना हो जाए आपका और वह कहे आपसे कि सौ या दो सौ या चार सौ रुपये तुरन्त मेरे हवाले करो, नहीं तो चलती हूँ थाना और करती हूँ तुम्हें पुलिस के हवाले; थाना में कहूँगी कि...तो क्या करेंगे आप?"

तुरन्त जवाब देते किसी से नहीं बना। बलभद्र झा आगे बढ़े, "आप क्या करेंगे, यह सोचने का समय है आप सब के पास, मगर अभी ही यह जान लीजिए कि इलाके में यह धन्धा शुरू हो गया है। यह किस्सा मेरे एक साढ़ू के गाँव का है। पता नहीं, और कहाँ-कहाँ कितनी औरतें इस धन्धे में लग गई हैं। अभी तक बस एक पकड़ में आई है। मेरे साढ़ू के गाँव का नाम है मोहनपुर, धन्धेबाज औरत का नाम था बिजली।

"इस बिजली ने डरा-धमकाकर गाँव के ही देवनाथ मिश्र से तीन सौ रुपये झटक लिये थे, चार बेटों के बाप किसी हरिहर मास्टर के दौ सौ रुपये पर हाथ

साफ किया, गाँव के एक बनिया से दो सौ रुपये निकलवा लिये और...और न जाने कितनों को अपना शिकार बनाया!"

"गाँव वाले पैसे देते रहे?" एक आवाज आई।

"उसे मार देने का खयाल किसी के दिमाग में नहीं आया?" किसी और ने पूछा।

"कुछ नहीं होता है, कुछ नहीं होता है," कमलानन्द मिश्र टपके, "अब जमाना रहा किसी औरत को खेत-बहियार में काटकर फेंक देने का? बहुत बरस बीत गए, एक बलात्कार का मामला पूर्णिया कचहरी में आया था। साल-दो साल बाद पता चला कि मामला झूठा था। किसी धनपति के बहकावे में आकर और उससे पैसे खाकर पति की सहमति से औरत ने एक मर्द पर झूठा आरोप लगाया था। मर्द को दस साल की सजा हो गई थी और सजा काटकर दस साल बाद वह गाँव लौटा था। दस साल बाद भी किसी ने उस औरत का कुछ बिगाड़ नहीं लिया।"

"मोहनपुर में हुआ यह कि गाँव के कुछ लोग पुलिस अधीक्षक के पास पहुँच गए। बहुत दौड़-धूप के बाद काबू में आई थी मस्तानी बिजली। मगर जान लीजिए कि आज के समय में ऐसी औरत को काबू में करना आसान नहीं है। अब अगर कोई छिनाल धनपत में आ गई है, तो सब लोग सावधान हो जाएँ। सरकार तो पूरी तरह औरतों के पक्ष में चली गई है; कानून ही बना दिया है कि किसी मादा को घूरकर देखना भी अपराध है।"

"आप सावधान हो जाइए, कमलानन्द भाई," बुच्ची झा बोल गया, "आपका बेटा करुणाकर दिन-दिन भर सोलकन-टोलों में ही रहता है। अगर वह फँस गया, तो आप कहीं के नहीं रहेंगे।"

"मैं तो हरिमोहन भैया से भी कहूँगा कि सुबह-शाम गाँव की चकफेरी करना अभी से बन्द कर दें। अगर पैर में सनीचर है, तो अपनी बभनटोली के ही चार चक्कर लगा लिया करें।"

"मैं तो कहूँगा," अनुराग मिश्र ने राय दी, "कि कुबेला में कोई सोलकन-टोलों की ओर निकले ही नहीं, सूरज उगने के पहले नहीं और सूरज डूबने के बाद नहीं।"

"और," बलभद्र झा की राय थी, "अगर निकलने की मजबूरी ही हो, तो जेब में दो-चार सौ रुपये डालकर निकले। क्यों हरिमोहन भैया, ठीक कह रहा हूँ न मैं?"

आज महफिल कुछ देर से टूटी। खबर का बोझ लिये घर जाते हुए सबके कदम भारी थे।

*

एक दिन एक 'छठी पास' लड़की के विद्यालय से आते हुए रास्ते में रुककर 'दसवीं पास' चाची को टोका था और पूछा था, "चाचीजी, आप मुझसे बात करना क्यों नहीं चाहतीं?"

"नहीं चाहती! ऐसा क्यों कह रही हो?" कुछ अकचकाकर बोली सुखदा।

"आपको मैंने विद्यालय जानेवाली ढेर सारी लड़कियों से इसी रास्ते में बतियाते देखा है मगर मैं कितनी ही बार आपके सामने से गुजरी हूँ और आपने कभी मेरी ओर ध्यान नहीं दिया।"

"ऐसा शायद इसलिए हुआ कि मैं तुम्हें जान नहीं रही थी।"

"ऐसा शायद इसलिए भी हुआ कि मैं कभी आपसे मिलने नहीं आई," लड़की ने जवाब दिया, "मुझे डर लगता था, संकोच होता था।"

"आज डर नहीं लगा?"

"लगा, मगर डर से अधिक अपने आप पर गुस्सा आया।"

खोकसीवाली चाची हँस पड़ी और फिर बोली, "मैं तो लड़कियों से केवल उनका हाल-समाचार पूछती हूँ; पूछती हूँ कि पढ़ाई में कोई बाधा तो नहीं आ रही है। तुम बताओ अपना हालचाल।"

लड़की ने अपना पूरा परिचय दिया, "मैं मुसहरी-टोला की हूँ, इतवारी ऋषिदेव की बेटी। मेरा नाम है सुशीला। अभी छठी पास कर सातवीं कक्षा में आ गई हूँ। पढ़ाई में मेरा मन खूब लगता है। मैं खूब-खूब पढ़ना चाहती हूँ। मगर मुझे डर लगता है कि मैं पढ़ पाऊँगी या नहीं। बहुत-सी लड़कियों को मैंने विद्यालय छोड़ते देखा है; साल-दो साल-तीन साल पढ़कर चली गई हैं। आप दसवीं पास हैं। कम-से-कम दसवीं पास तो मैं भी हो जाऊँ। मैं नहीं जानती, ऐसा हो पाएगा।"

"मैं दसवीं पास होकर रह गई," चाची बोली, "तुम्हारा पढ़ाई में मन लगता है, तो तुम उससे भी आगे जाओगी। अगर कभी कोई बाधा आए, तो बताना मुझे। मैं तुम्हारी मदद करूँगी।"

चेहरा खिल उठा था लड़की का, आँखों में चमक आ गई थी, बोली, "जाती हूँ, मगर अब मैं रोज ही मिलूँगी आपसे।"

चाची ने उससे कहा, "और सुनो, अब आज से तुम मेरी बेटी हुई, मेरी सगी बेटी। अब आज से तुम भी मुझे माँ मानना, अपनी माँ।

बाधा आते पन्द्रह दिन भी नहीं लगे।

सुशीला के माँ-बाप ने भी चाहा था कि बेटी पढ़े। माँ भरसक उसे घर के कामों से मुक्त रखती रही; पिता को हमेशा यह चिन्ता रही कि बेटी को खाने-पहनने का

कोई कष्ट नहीं हो। मगर किसी भी बाप की तरह उसे भी सुशीला के ब्याह की चिन्ता सबसे अधिक थी। समाज के लोगों ने उसकी चिन्ता कुछ अधिक ही बढ़ा दी। किसी ने कहा, "इतना मत पढ़ाओ कि फिर इसके लायक पढ़ा-लिखा लड़का मिले ही नहीं।" और, किसी दूसरे ने कहा, "पढ़ाओ बेटी को, मगर समय पर उसका ब्याह तो कर डालो।"

धनपत के सोलकन-समाज में बेटी के ब्याह का समय दस से तेरह साल के बीच ही होता है। सुशीला तेरह पार कर गई थी। मुसहरी में सुशीला की उम्र की सारी लड़कियाँ ससुराल पहुँचा दी गई थीं। एक अकेली सुशीला को रोक रखा था उसके माँ-बाप ने।

बाप और माँ से भी अधिक चिन्ता सुशीला के मामा जगलाल को हुई थी। एक दिन सुशीला की मामी ने उसे टोक दिया था, "आपकी भानजी के ब्याह की कोई सुनगुन भी नहीं सुन रही हूँ। कान में तेल डालकर सोये हुए हैं आपके बहन-बहनोई। कैसे मामा हैं आप कि निश्चिन्त पड़े हुए हैं। कोई ऐब हो भानजी में तब तो बहुत पहले ही जग जाना चाहिए।"

"कोई ऐब नहीं है सुशीला में।" इतना भर बोलकर चुप रह गए थे जगलाल जी और दूसरे ही दिन अपने बहन-बहनोई को लताड़ने धनपत पहुँच गए थे।

बहन-बहनोई को डाँट-फटकार लेने के बाद जगलाल जी ने कहा, "पढ़ने का रोग लगा है, तो पढ़ लेगी शादी के बाद भी, मगर ब्याह तो रोका नहीं जा सकता। माँ-बाप आँखें मूँदे रहेंगे, तो क्या गाँव-समाज भी आँखें मूँद लेगा? मैं निकल रहा हूँ लड़के की तलाश में; आपको जब खबर करूँगा, तुरन्त चले आइएगा।"

सुशीला को यह भनक लग गई थी कि मामा उसके ब्याह के बारे में बतियाकर गए हैं। मामा के जाने के बाद वह माँ के पास पहुँची और कहा, "माँ, मैं अभी शादी नहीं करूँगी।"

"क्यों, क्यों नहीं करोगी?"

"मैं अभी पढ़ना चाहती हूँ।" सुशीला की आँखों से आँसू झरने लगे।

बेटी के माथे पर हाथ रखकर माँ ने कहा, "तुम्हारी पढ़ाई नहीं रुकेगी, बेटी। मामा बोलकर गए हैं कि शादी के बाद भी तुम्हारी पढ़ाई जारी रहेगी। हम जो भी करेंगे, तुम्हारे भले के लिए ही करेंगे। शादी से इनकार मत करो, बेटी।"

शादी से कैसे इनकार नहीं करती बेटी? अपनी तीन-तीन सहेलियों को वह देख चुकी थी ब्याह होते ही विद्यालय छोड़ते। तीनों ने रो-रोकर विद्यालय छोड़ा था। रीता ससुराल से आने के बाद उससे मिलने आई थी; चार महीने का बच्चा था उसके पेट में। झुन्नू भी पढ़ने में मन लगाती थी; पढ़-लिखकर पुलिस अफसर बनने का

सपना देखती थी वह। अभी अपने दो-दो बच्चों को पाल रही है। ललिता से भेंट नहीं हुई है; भेंट उसकी माँ से हुई जो ललिता की पढ़ाई के बारे में पूछे जाने पर जोर-जोर से हँसने लगी थी। यह पूछने में लाज आई कि अब तक वह कितने बच्चे जन चुकी है। देख तो रही थी वह अपने ही टोले के बेटों को।

लालचन्द भैया अभी मुश्किल से अठारह-उन्नीस साल के होंगे; अभी ही बाप बन गए। पचीस नहीं तो तीस के होंगे भैरव चाचा; पाँच साल छोटी बीवी चार-चार बच्चों की माँ बनी हुई है। श्रीचन भैया के दो बच्चे; रामलाल भैया के भी दो। चौदह-पन्द्रह साल होते-होते बेटी ससुराल बसने लगती है और चौदह साल की बहू का ससुराल में एक साल बीतता नहीं कि सास मनौती मानना शुरू कर देती है।

विद्यालय में कभी-कभी शिक्षक भी लड़कियों के सपनों के बारे में पूछते थे, पूछ डालते थे कि वे पढ़-लिखकर क्या बनना चाहती हैं? अक्सर लड़कियाँ आपस में भी एक, दूसरे का मन टटोलती थीं। हर लड़की कुछ-न-कुछ बनना चाहती थी—कोई दारोगा, कोई जज, कोई प्रोफेसर, कोई पुलिस अफसर, कोई जिला का सबसे बड़ा अफसर। शादी होते ही पढ़ाई छूटी और वे सबकी सब माँ बनने लगीं; बच्चा पर बच्चा।

एक सिहरन-सी हुई सुशीला के बदन में और वह दौड़ी 'अपनी, अपनी, अपनी माँ' से मिलने।

अपने घर पर नहीं मिली सुखदा। ढूँढ़ना पड़ा उसे और वह मिली बहियार में, कई औरतों के बीच। वह चाची का हाथ पकड़कर उसे खेत से बाहर ले गई। सुखदा की नजर उसकी आँखों से बहते आँसू पर चली गई।

"क्या बात है सुशीला?" सुखदा ने घबराहट भरी आवाज में पूछा।

सुशीला ने रोते-रोते जवाब दिया, "मैं पढ़ना चाहती हूँ, चाची।"

चाची ने उसके आँसू पोंछे और पूछा, "हाँ-हाँ, तुम पढ़ना चाहती हो और पढ़ोगी। तुम्हें कौन रोक रहा है पढ़ने से? विद्यालय में कुछ हुआ है क्या? माँ-बाप रोक रहे हैं विद्यालय जाने से?"

"मेरी शादी की बात चल रही है, चाची। मेरे मामा लड़का देखने निकले हैं। किसी भी दिन बात पक्की हो सकती है, किसी भी दिन मेरे घर बरात आ सकती है, किसी भी दिन, किसी भी दिन, चाची। मैं शादी नहीं करूँगी, चाची, शादी नहीं करूँगी। मैं अभी पढ़ूँगी।"

चाची सोच में पड़ गई और पूछा, "तुमने अपने माता-पिता से कह दिया है कि तुम अभी शादी करना नहीं चाहती?"

"कह दिया है मगर वे नहीं मानते, नहीं मानेंगे। पिता जी ने मामा को कह दिया है ब्याह ठहरा देने के लिए। किसी भी दिन बरात आ सकती है।"

चाची ने बेटी के चेहरे पर निगाह जमाई और बोली, "बरात आने से पहले तुम्हें घर से भागना पड़ेगा। तुम भागने के लिए तैयार हो जाओ।"

"नहीं, चाची, मैं भागूँगी नहीं। कुछ और कहिए, भागने के लिए नहीं कहिए।"

"मैं तुम्हारे साथ रहूँगी।"

"नहीं, चाची, तब भी नहीं। मैं कुल में दाग नहीं लगाऊँगी। मैं भाग नहीं सकती, चाची।"

"तब कैसे क्या होगा रे?"

"मैं भाग नहीं सकती, मगर अपनी जान दे सकती हूँ। मैंने सोच लिया है, पोखर में डूब मरूँगी।"

"डूब मरेगी?"

"हाँ, देबू मिसर के पोखर में। मैंने मन में पक्का कर लिया है।"

"डूब मरोगी तो मुझे कलंकित करोगी तुम। जाओ घर," बेटी के सिर पर हाथ रखते हुए चाची ने कहा, "अब मैं ही कुछ करती हूँ।"

सुशीला के जाने के बाद सुखदा उसके माँ-बाप से मिलने गई थी। उसने उन्हें बहुत समझाया, मगर एक ही जवाब मिला कि अपनी बेटी पर हक केवल उनका ही नहीं है, उसके मामा का भी है। ऐसे भी वे अपने समाज के नियम-कायदे से चलेंगे, सरकारी कानून से नहीं।

जब सुखदा से कुछ और कहने के लिए नहीं बचा, तो वह उदास लौट आई। लौटकर तुरन्त अपने घर नहीं आ गई वह। उसने रुख किया देबू मिसर के मरिया पोखर की ओर। घंटों बैठी रही वह पोखर के महार पर, और वहीं से उसने अपनी दुलारी चाची को फोन लगाया।

पोखर के महार से उठी सुखदा तो अपने घर नहीं आई, सीधे सुशीला के घर चली गई। उसने इतवारी से कहा, "सुशीला ने निर्णय ले लिया है कि वह शादी नहीं करेगी और उसका यह निर्णय थाना पहुँच गया है। मैं नहीं चाहती कि शादी के दिन दुलहा और उसका बाप गिरफ्तार हो जाए और उनके साथ आप भी। अपना भला-बुरा सोच लें।"

इतवारी कुछ क्षणों तक हतप्रभ खड़ा रहा और फिर पूछा, "थाना सुशीला गई थी?"

"नहीं, मैं गई थी।"

"आप गई थीं?"

"हाँ।"

"आपको ऐसा नहीं करना था।"

"सुशीला ने निर्णय ले लिया था कि अगर उसकी शादी हुई, तो वह पोखर में डूब मरेगी। मेरे लिए जरूरी हो गया कि मैं उसे मरने नहीं दूँ। सुशीला जैसी लड़की को मैं पोखर में डूबकर जान देते नहीं देख सकती ।"

इतना भर बोलकर चली गई सुखदा। इतवारी को लगा कि पोखर में तो वह डूब रहा है। सुशीला की माँ घर पर नहीं थी; खेत-बहियार की ओर निकली हुई थी। इतवारी सुस्त चाल से घर के अन्दर आया, देखा कि बेटी तकिए में मुँह किए सिसक-सिसककर रो रही है। उसने बेटी का सिर सहलाकर कहा, "ठीक है, नहीं करूँगा तुम्हारा ब्याह;" नहीं कह सका, "मैं ही पोखर में डूब मरूँगा।"

*

सास की भीगी आँखों को देखकर कोयल बहू ने कहा था, "माँजी, मैं कहीं दूर नहीं जा रही। सिरसी है ही कितनी दूर! आप यहाँ से भी हाँक लगा दीजिएगा, तो मैं सब काम छोड़कर चली आऊँगी।"

बहू झूठ बोलकर नहीं गई थी। हर रविवार को आती रही थी वह अपने सास-ससुर को देखने। मगर धीरे-धीरे उसका आना कम होता गया। निगाह उसकी रहती थी सास-ससुर पर, पर उसकी अपनी गृहस्थी ही अब इस आवागमन में आड़े आ रही थी। नई गृहस्थी जमाने में बहुत मेहनत करनी पड़ रही थी उसे। हाँ, ऐसा कभी नहीं हुआ कि उसका आना बिलकुल बन्द हो गया हो।

बेटा उपेन्दर का आना कुछ कम जरूर हो गया था। पंजाब वह पहले भी जाता था मगर लौटकर घर आता था, माँ-बेटे के आने का इन्तजार करती थी। अब माँ उपिया बेटा के आने का इन्तजार नहीं करती। उसे तो अब यह भी पता नहीं कि कब उपिया पंजाब गया और कब लौटकर आ जाएगा। गाँव की माँ थी उपिया की माँ; देख चुकी थी बेटों को माँ से दूर होते, किसी को मामूली रोग से भी मर जाते, किसी को अचानक लापता हो जाते। ऐसे माँओं की उँगली पर गिनती की जा सकती है जिसका एक भी बच्चा मरा नहीं हो या कोई लापता न हो गया हो। रो-धोकर चुप हो जाना इनकी किस्मत में होता है। किस्मत को कोई माँ क्या गलियाए! एक बच्चे के लिए रोना भी कब तक? कुछ और मुसीबतें जिन्दगी में नहीं आएँगी क्या जिन्दगी भर रुलाने के लिए! कैसी जिन्दगी गाँव के गरीबों की? कभी भूख से मौत, कभी रोग से मौत, कभी ठंड से मौत, कभी लू से मौत, कभी 'डायन के बाण' से मौत, कभी देहतोड़ काम से मौत। कुछ रो-धोकर चुप नहीं हो

जाए, तो क्या जिन्दगी भर रोती ही रहे? बिलटा सात साल की उम्र में लापता हुआ, चौदह साल के बाद घर वापस आया। बिलटा की माँ इन चौदह सालों में रोते-रोते अन्धी हो गई। बिलटा आया तो उसका मुखड़ा ठीक से देख तक नहीं पाई। क्या हुआ रो-रोकर आँख गँवाने से?

अभी भी किस्मत इतनी अच्छी तो है ही उपिया-माँ की कि उपिया जिन्दा है। मान लिया कि कोई बेटा लम्बे समय के लिए परदेश गया; भाग गया, लौटकर आएगा बहुत दिन बाद।

अब तक उपेन्दर पंजाब जाता रहा था, खेती-बारी का काम उसके ससुर देख रहे थे, माँ-बेटी घर को ठीक-ठाक चला रही थी। अब तक कोयली ने अपने दुलहे से इतना भर पूछा था, "सुनिए जी, सुनते हैं कि आप लोगों की चाय में सरदार लोग अफीम मिला देते हैं?... "वहाँ आप लोगों के बीच दारू तो खूब चलती होगी? कोई रोक-टोक करनेवाला तो होता नहीं होगा।" उपेन्दर ने इन दोनों बातों को झूठ ठहरा दिया था। कोयली मन मारकर दुलहे को सत्यवादी मानती आई थी। मगर इस बार जब उसके पास ढेर सारी जानकारियाँ इकट्ठी हो गईं, तो उसने अभी-अभी पंजाब से आए दुलहे को साफ सुना दिया, "अब आप गाँव में ही रहेंगे, अंजाब-पंजाब नहीं जाएँगे।"

"क्यों?"

"आप तो कहते थे कि वहाँ दारू कोई मजदूर नहीं पीता। रामू मंडल कैसे मरे थे? पक्की खबर है कि दारू पीने से मौत हुई थी। जो उनकी लाश लेकर गाँव आए थे, उन्होंने ही यह सब बताया था।"

"रामू मंडल एक होटल में काम करते थे जहाँ उन्हें मुफ्त में दारू पीने की लत लग गई थी। मजदूरों में यह लत नहीं है। सब वहाँ कमाने जाते हैं, और बटुआ गरम करके घर आते हैं। एक रामू मंडल मर गए, किसी और के बारे में कुछ सुना है क्या?"

"हाथ कटवाकर आए मोहन मंडल को तो आपने देखा होगा?"

उपेन्दर हँस पड़ा और बोला, "तुमने एक हथकटा देखा है, पंजाब में तो गाँव-गाँव में हथकटे मिल जाएँगे। जान लो कि मैं कोई खतरनाक काम करता ही नहीं। मोहन मंडल थ्रेशर पर काम करते थे, उसी में उनकी गलती से एक हाथ कट गया। दुर्घटना तो कहीं भी हो सकती है। गाँव में ही क्या दबिया-कुदाल से हाथ-पैर जख्मी नहीं होते हैं?"

"आपको मालूम है कि जगदीश मास्टर का एक भगना मर गया?"

"नहीं, नहीं मालूम," उपेन्दर बोला, "कैसे मर गया?"

"उसकी लाश का भी पता नहीं चला।"

"कहाँ सुना यह सब?"

"मैं दस दिन पहले जब माँ-बाबूजी को देखने गई थी, तो वहीं यह खबर सुनने को मिली। मास्टर जी का भगना लालमोहन पंजाब में बीमार पड़ा। वहाँ की दवा-दारू से जब ठीक नहीं हुआ, तो उसके सरदार ने उसके संगतियों से कहा लालमोहन को घर पहुँचा देने। उसके दो संगतिये उसे साथ लेकर गाँव के लिए चले। रेलगाड़ी में ही लालमोहन की हालत बहुत खराब हुई और वह बरौनी पहुँचते-पहुँचते मर गया। उसके मरते ही...

"गाड़ी जब बरौनी से चली तो लालमोहन के पास उसका कोई संगतिया नहीं था, गाड़ी उसकी लाश लेकर आगे बढ़ गई। एक दिन बाद उसके दोनों संगतिये जगदीश मास्टर के पास पहुँचे और उन्हें सच या झूठ सुनाया, 'बरौनी में हम लोग पानी पीने गाड़ी से उतरे और कब गाड़ी खुल गई हमें पता भी नहीं चला। हम लोग उसके बाद वाली गाड़ी से चले।' मैं तो कहती हूँ कि दोनों लालमोहन की लाश को गाड़ी में छोड़कर किसी डर से भाग गए।

"खबर सुनते ही जगदीश मास्टर बरौनी के लिए निकल गए। असम जानेवाली गाड़ी में बैठे थे लालमोहन और उसके संगतिये। मास्टर ने कटिहार में पता लगाया, बरौनी में पता लगाया, पर लाश के बारे में कुछ भी पता नहीं चला। थक-हारकर वे गाँव लौट आए। हे राम, क्या हुआ होगा उसकी लाश का!"

कुछ देर कोई बोल नहीं फूटा उपेन्दर के मुँह से; कुछ देर बाद इतना भर बोल पाया वह, "यह सब होनी थी।"

"जो भी हो होनी-अनहोनी," कोयली बोली, "अब मैं आपको पंजाब जाने नहीं दूँगी। जान जोखिम में डालकर कमाना मुझे अच्छा नहीं लगता। यह सब भी तो सुनती आई हूँ कि पंजाब से पैसे लेकर चला तो कभी रेलगाड़ी में जेबकतरे ने पैसे उड़ा लिये, कभी किसी और ने ठग लिये और कभी बनमनखी से घर के रास्ते में गुंडों ने पैसे छीन लिए। यहाँ भी लोग कमा-खा रहे हैं अपने परिवार के बीच रहकर। ऐसे भी अब बाबूजी बूढ़े हुए। अब आपको यहाँ का सारा काम सँभाल लेना है।"

कुछ फीकी मुस्कुराहट उपेन्दर के होंठों पर आई, तो कोयली बोल गई, "अब धनपत के ही कितने ही पंजाब जानेवाले मजदूरों ने पंजाब जाना छोड़ दिया है।"

"तुम बूढ़ों की बात कर रही हो जिनसे अब वहाँ का काम नहीं सपरता है।"

"मैं उनकी बात भी कर रही हूँ जो बूढ़े तो नहीं हुए हैं, लेकिन पंजाब से बहुत कमजोर होकर लौटे हैं, कुछ तो देह गलाकर भी। आपको भी तो मैं देख

रही हूँ कि कितने कमजोर हो गए हैं आप। अब मैं आपको किसी हालत में दिल्ली-पंजाब नहीं जाने दूँगी।"

*

उस शाम सदानन्द मिश्र के मचान पर आ जमनेवाले बतरसिये यह सोचकर घर से चले थे कि आज तो रैली पर ही गरमागरम बातें होंगी। ऐसा ही हुआ भी। रैली की खबर तो पन्द्रह दिन पहले ही आ गई थी, मगर आज सुबह से ही गाँव में रैली का धुआँधार प्रचार हो रहा था।

रैली की चर्चा पर सृष्टिदेव मिश्र बिफर उठे, "यह क्या हो रहा है, रैली पर रैली, रैली पर रैली? ताज्जुब की बात तो यह है कि सरकार रैली करवा रही है। सरकार को जो करना है, वह करे, बार-बार रैली कराने की क्या जरूरत? एक रैली में होकर लोग आए नहीं होते कि दूसरी रैली में शरीक होने की हुंकार होती है। गाँव-गाँव में सभाएँ होने लगती हैं। भादों के बेंगों की तरह छुटभैये नेता प्रकट होने लगते हैं। जोर-जबरदस्ती चन्दा वसूला जाता है। कुछ पैसा ऊपर जाता है, शेष सब छुटभैयों की जेब में।"

"बात तो आप ठीक कह रहे हैं, भैया," बुच्ची झा ने मुँह खोला, "मगर जब सरकार कोई रैली करवाती है, तो उसके पीछे सरकार की कोई मंशा होती है।"

"क्या मनसा होती है?" सृष्टिदेव मिश्र बमक उठे, "क्या मंशा हो सकती है होनेवाली रैली की?"

"होनेवाली रैली के पीछे क्या मंशा है सरकार की, यह तो मैं नहीं जानता," बुच्ची झा बोल गए, "मगर एक ऐसी रैली हुई कि शराबबन्दी हो गई। रैली में लोगों ने हाथ उठा-उठाकर कहा, 'शराब पीना बन्द हो।' सरकार ने जनता का मन टटोल लिया और शराबबन्दी कानून पास कर दिया।"

"सरकार ने कानून पास कर दिया," सृष्टिदेव मिश्र ने मुँह चमकाकर कहा, "तो क्या पीनेवालों ने पीना छोड़ दिया?"

"जब शराब कहीं बिकती ही नहीं है, तो छोड़ ही दिया होगा पियक्कड़ों ने शराब पीना।" बुच्ची झा का जवाब था।

"पियक्कड़ों को शराब मिल रही है," सृष्टिदेव मिश्र बोले, "बोलो, तुम्हें चाहिए शराब?"

"मुझे चाहिए शराब," मुसाय झा की ओर सब आकृष्ट हुए, "मैं हुक्का पी चुका हूँ, कभी बचपन में पाखाने में बैठकर बीड़ी भी पी ली थी, एक बार गाँजा का दम भी लगाया है, ताड़ी तो कितनी ही बार पी, मगर आज तक कभी शराब

नहीं पी है। देशी सब कुछ, विलायती कुछ भी नहीं। यह साध रह ही गई कि कभी विलायती भी चख लूँ।"

"विलायती चखनी हो, तो रमेश डॉक्टर के पास चले जाओ," हरिमोहन झा ने सुझाया, "वह तो पक्का पियक्कड़ है। दो-चार बोतल शराब तो हमेशा उसकी अलमारी में रहती होगी।"

"शराब की दो घूँट पीने के लिए मैं पूर्णिया जाऊँ!"

"तो फिर इन्तजार करो उसके गाँव आने का। खेती-बारी का हिसाब लेने होली में तो आता ही है वह गाँव। दो दिन की खुराक लेकर ही आता होगा।"

"आपको लगता है कि अपनी खुराक से वह दो घूँट पीने को दे देगा? अपने भाइयों को तो देह की मैल तक नहीं देता है; अपने बाप-भाई के इलाज का भी पैसा माँगता है।"

"तब रमण ठाकुर से मिलो। वह डॉक्टर का दलाल है, रोगियों को बहला-फुसलाकर उसके पास ले जाता है और साथ बैठकर दारू पीता है।"

"वह सब कुछ नहीं करूँगा, किसी दिन जेब में पैसे डालूँगा और पूर्णिया से एक बोतल खरीदकर ले आऊँगा।" बोलकर मुसाय ने सृष्टिदेव मिश्र की ओर मुँह किया, "आप यह बता सकते हैं, भैया, कि पूर्णिया में शराब कहाँ मिलेगी?"

"यह रमण ठाकुर से पूछ लेना, वह बता देगा," सृष्टिदेव मिश्र ने जवाब दिया, "या फिर पूर्णिया में किसी पान दुकान वाले के कान में फुसफुसाकर पूछना, "माल कहाँ मिलेगा?"

बतरसियों को हँसी आ गई। हँसी थमने के बाद सृष्टिदेव मिश्र काफी गम्भीर होकर बोले, "इस रैली के लिए बभनटोली में कोई चन्दा नहीं होना चाहिए और हम लोगों को इस रैली का बहिष्कार करना चाहिए। मुखिया रूपनारायण की बात में किसी को नहीं आना है।"

"यह बात मुझे भी जँच रही है," हरिमोहन झा ने सिर हिलाते हुए कहा, "इन रैलियों के कारण आज जिस सोलकन को देखो, वही आग मूतता है। इनकी औरतें इतनी बेगैरत, इतनी बेपर्द कभी नहीं थीं; सवाल-जवाब करना सीख लिया है। सोलकन-टोलों में, मैं आज देखकर आया हूँ, उत्सव जैसा माहौल है; लगता है, कोई होली-दीवाली का पर्व आ रहा है।"

"इन रैलियों ने ही," सृष्टिदेव मिश्र बोले, "थाना-कचहरी करनेवाली औरतों को जन्म दिया है। अभी एक है धनपत में, अगली रैली के बाद चार हो जाएँगी। देखते चलिए, क्या-क्या होता है। कितना मगज खपाइएगा? अब चलिए घर।"

एक सृष्टिदेव मिश्र के मना करने से क्या होता है! बभनटोली में ही कितने ही झा-मिसर हैं जो रैली में जा रहे हैं। कुछ तो मुखिया जी के साथ जाएँगे उनकी कार से, और कुछ बसों से जाने के लिए भी तैयार हैं। मुखिया जी ने उनके हित की बात उन्हें सुना दी है...रैली में चलोगे, तो विधायक की नजर में आ जाओगे। विधायक की नजर में आ जाओगे, तो मंत्री तक पहुँचने में समय नहीं लगेगा। तब 'रिलीफ' के काम में तुम्हें लगाया जा सकता है, ठेकेदारी मिल सकती है, सरकारी कार्यालय में फटाफट अपना काम करवा सकते हो, चुनाव में कार्यकर्ता बनकर कमाई कर सकते हो...

सोलकन-टोलों का यह हाल है कि जमीन के अन्दर से निकले शिवलिंग को देखने के लिए जितनी औरतें गैरेश्वर महादेव को देखने गैरा गाँव नहीं गई थीं, उससे अधिक रैली में जाने के लिए तैयार हो गई हैं। बसों की कोई कमी नहीं है। सरकारी इन्तजाम है। खुद मुखिया जी नारायण बैठा को साथ लिये चकफेरी कर रहे हैं।

सुखदा एक-एक औरत से कह रही है, "जान लीजिए, यह औरतों की रैली है। एक-एक औरत को जाना है इस रैली में। इसे सफल बनाना है। सरकार जगा रही है हमें तो अब हम सबको जग ही जाना है।" कोई मर्द अपनी जनानी को रोक नहीं रहा है; बस, दो दिन की तो बात है। 'बहुखौका' छुतहरू ने 'साँयखौकी' झिटकियावाली से बस इतना भर कहा है, "तुम खोकसीवाली के साथ जाना और साथ आना; एक मिनट के लिए भी उसका साथ नहीं छोड़ना।"

रामोतार मास्टर ने जगदीश मास्टर से पूछा था, "सिर्फ औरतें ही जा रही हैं यहाँ से या मर्द भी?"

"हाँ-हाँ," हुलसकर जवाब दिया था जगदीश मास्टर ने, "मर्द भी जा रहे हैं।"

"आप तो जरूर जा रहे होंगे?"

"नहीं, मैं नहीं जा रहा हूँ। एक बार जा चुका हूँ रैली में दिल्ली।"

"एक बार फिर चले जाते; आपको तो जाना ही चाहिए।"

"नहीं, नहीं जाऊँगा," जगदीश मास्टर बोले, "बेशुमार भीड़ और गिनती के शौचालय। वहाँ झाड़ा फिरने में बहुत कष्ट होता है; शौच के लिए बैठो नहीं कि कोई बगल में आकर बैठ जाएगा।"

*

सुखदा के आह्वान पर रैली से लौटकर आई औरतों की एक सभा हुई शीतल साह की भुतहा गाछी में। जब दस-बारह औरतें जमा हो गईं, तब सुखदा ने सभा बुलाने

की वजह बताते हुए कहा, "रैली में जितना सुनना था, हम लोगों ने सुन लिया; अब समय आ गया है अपने गाँव में कुछ करने का भी। हमें कुछ करना है।"

"क्या करना है, सुखदा?" झुनिया झट पूछ बैठी।

"गाँव को नशामुक्त करना है।"

"मतलब?" पिपरावाली रामकली ने पूछा।

"मतलब यह," सुखदा ने जवाब दिया, "कि अब गाँव में कोई नशा नहीं करेगा। दारू, ताड़ी, गाँजा, भाँग—सब बन्द।"

"सब बन्द?" चैनपुरवाली जागो को विश्वास नहीं हुआ।

"हाँ, सब बन्द।" सुखदा ने जोर देकर कहा।

"बभनटोली में भी?" चैनपुरवाली को बिना पूछे रहा नहीं गया।

"हाँ, बभनटोली में भी," सुखदा ने जवाब दिया, "मगर पहले अपने सोलकन-टोलों में। बभनटोली का इलाज हम बाद में करेंगे।"

"सोलकन-टोलों में तो, मैं जान रही हूँ," डुमरियावाली चन्दा बोली, "कोई औरत दारू-ताड़ी नहीं पीती; सन्थालिन-टोले में कोई-कोई पीती भी होगी, तो हम उसे मना लेंगे, मगर मरदों को हम कैसे मना पाएँगे?"

"हम नशेड़ियों के सारे अड्डों को तोड़ डालेंगे।" सुखदा ने सुनाया।

"अड्डों को तोड़ डालेंगे?" चन्दा बोली, "हमें तो पता भी नहीं अड्डों का। कौन कहाँ दारू पीता है, कौन कहाँ शराब?"

"हम पता लगा लेंगे इन अड्डों का।" सुखदा ने कहा।

"कुछ का पता तो मुझे है," झुनिया बोल गई, "देबू मिसर का बगीचा, एक; मठ का मैदान, दो; सन्थाली-टोला, तीन; और...और..."

"और का पता हम लगा लेंगे।" सुखदा ने झुनिया का मुँह बन्द किया।

"पता तो हम लगा लेंगे," चन्दा बोली, "मगर मरदों को हम कैसे रोक पाएँगे? मरदों से तकरार करेंगे? दारू की बोतल फोड़ देंगे? शराब की मटकी फोड़ देंगे?"

"हाँ, तोड़ देंगे, फोड़ देंगे।" सुखदा ने सुना दिया।

सब औरतें हैरत से सुन रही थीं। कुछ देर की चुप्पी के बाद चन्दा बोली, "हम क्या लाठा-लाठी करेंगे, सुखदा? मारा-मारी?"

"हाँ, जरूरी होगा तो वह भी करेंगे। अब हर औरत एक लाठी का इन्तजाम कर ले।"

"लाठी का इन्तजाम!" बोलते हुए हँसी रोक नहीं पाई जमरावाली लीला, "औरत के हाथ में लाठी!"

"मुझे तो नहीं लगता कि ऐसा हो सकता है।" चन्दा ने अपनी शंका प्रकट कर दी।

"ऐसा कहीं और हो सकता है, तो यहाँ क्यों नहीं?" सुखदा बोलकर मुस्कुराई।

"किस गाँव में हुआ है ऐसा?" झुनिया ने पूछा।

"मेरे खोकसी में।"

कुछ क्षणों की खामोशी के बाद अत्यन्त उत्सुक लीला सुखदा से आग्रह कर बैठी, "हम लोगों को सुना दीजिए लाठा-लाठी का किस्सा," और फिर पूरी भीड़ की ओर नजर फिराकर बोली, "सुन लीजिए, औरत के हाथ में लाठी।"

देर तक मुस्कुराते रहने के बाद सुखदा बोली, "पहले मैं वह किस्सा सुनाऊँगी जो मैं दुलारी चाची के मुँह से सुनकर आई हूँ। उसके बाद ही मैं अपने मुँह से दुलारी चाची का किस्सा सुनाऊँगी।"

भीड़ ने ताली बजाकर खुशी जाहिर की, एक की जगह दो-दो किस्से!"

सुखदा ने पहला किस्सा सुनाया।

यह किस्सा सिंहेश्वर मेला का है। इस भीड़ में शायद ही कोई ऐसी हो जो सिंहेश्वर मेला न गई हो। औरत-मर्द जाते हैं बाबा को जल चढ़ाने के लिए और बच्चा मचल उठता है सिंहेश्वर मेला देख आने के लिए। कितना बड़ा मेला लगता है, किसी को यह बताने की मुझे जरूरत नहीं है।

अपने बचपन में मेरी दुलारी चाची भी गाँव की औरतों के साथ ट्रैक्टर के ट्रेलर में बैठकर गई थी सिंहेश्वर मेला। गई तो थी कितनी ही बार मगर यह किस्सा एक बार का है।

इस बार मेला में एक सर्कस कम्पनी भी आई थी। मेले के एक छोर पर कम्पनी का पड़ाव था। कम्पनी में सर्कस करनेवाली आठ-दस लड़कियाँ भी थीं। सर्कस मैनेजर ने लड़कियों के लिए कोई शौचालय नहीं बनवाया था। उसके दिमाग में यह बात आई ही नहीं थी कि सिंहेश्वर में सर्कस की लड़कियों के लिए शौचालय बनवाना जरूरी है। शायद यह कम्पनी पहली बार इस मेले में आई थी।

सर्कस की लड़कियाँ सुबह शौच के लिए कम्पनी के पड़ाव से कुछ दूर खुले मैदान में बैठती थीं। कुछ शोहदे युवक इस दृश्य से आनन्द उठाने के लिए इन शौच करती लड़कियों के बहुत पास तक आ जाते थे। वे आनन्द उठाने के साथ कुछ शरारतें भी करते थे। सीटी बजाने के साथ-साथ वे उन पर ढेले भी फेंकते थे। एक सुबह अचानक पाँच-सात लड़कियाँ हाथ में लाठी लिये तम्बुओं से निकलीं और शोहदों के पीछे दौड़ पड़ीं। शोहदे सिर पर पाँव रखकर गिरते-पड़ते भागे थे। लड़कियाँ उन्हें दूर तक खदेड़कर वापस लौटी थीं।

दुलारी चाची फरकिया गाँव की रहनेवाली है। मेले में गई फरकिया की सारी औरतें मेले से उस बार सिर्फ खुरपी-हँसिया या टिकुली-सिनूर खरीदकर ही नहीं आई थीं, सबके दिल में एक लाठी का कलेजा भी आ गया था।

यह तो सुनाया मैंने दुलारी चाची के मुँह से सुना किस्सा; अब मेरे मुँह से सुनिए दुलारी चाची का किस्सा जिसने खोकसी में पैर रखते-रखते खोकसी की हर औरत के हाथ में लाठी थमा दी।

खोकसी में औरतों की गुप्त सभाएँ होने लगीं।

अब कोई जटिन जटिन कहाँ रही! अब खोकसी में औरतों को भला किसका डर? किसी का डर नहीं।

मर्द पूछता है घरनी से, "कहाँ गई थी?"

जवाब आता है घरनी का, "गई थी काम से।"

"बताकर नहीं गई?"

"आप कुछ बताकर कहीं जाते हैं क्या?"

मर्द भौचक घरनी को निहारता है, देर तक मन-ही-मन विचारता है, ओझा-मन्तरिया को बुलाना पड़ेगा क्या!

एक किस्सा मुसाय के घर का।

घर में घुसते ही मुसाय की नजर ओसारे के एक कोने में खड़ी लाठी पर जाती है। वह घूरता है लाठी को और बुदबुदाता है, 'यह नई लाठी? कोई आया है क्या?' वह पिछवाड़े की ओर बढ़ जाता है और वहाँ सब्जी की क्यारी से भिंडी तोड़ रही अपनी घरवाली से पूछता है, "समदावाली, कोई आया है क्या?"

"इस घर में?"

"हाँ।"

समदावाली कुछ क्षण सोचती है, मुस्कुराती है, और फिर जवाब देती है, "हाँ, एक लाठी आई है।"

समदावाली का टेढ़ा जवाब अच्छा नहीं लगा मुसाय को। उसने बिना चिढ़े पूछा, "किसकी है?"

"मेरी है?"

"तुम्हारी?"

"हाँ।"

कुछ रुककर पूछा मुसाय ने, "यह किसलिए?"

"लठियाने के लिए।"

चौंकता है मुसाय। अब तक तो औरतों के बीच होनेवाले हर वाक्युद्ध-पर्व का पारण झोंटा-झोंटी से होता आया है; यह क्या हुआ कि अब समदावाली के हाथ में लाठी आ गई?

पूछ बैठता है वह, "किसी से झगड़ा हुआ है क्या?"

"हाँ।"

"किससे?"

झिड़क देती है अपनी ही जनानी, "मैं क्या-क्या बताऊँ किससे, किससे? अब न जाने इस नए जमाने में किस-किस बात पर किस-किस से झगड़ा हो! घरघुसा को क्या पता कि गाँव में नया जमाना आ गया है! एक फेरा लगा आइए गाँव का; पता चल जाएगा 'किससे' और 'उससे' का।"

औरत के ऐंठ भरे जवाब से घबराता है मुसाय, चिन्तित हो उठता है—यह नया जमाना क्या है? कब आ गया? और, उसके घर में कब घुस गया बगैर उसकी इजाजत के?

कुछ देर की ऊहापोह के बाद वह निकलता है घर के बाहर अपनी जनानी के नया जमाना को देख आने।

घर से निकलकर थोड़ी दूर ही चलना होता है उसका कि उसे दूर-पास के कई घरों के सामने गोल बाँधे तीन-तीन, चार-चार लोग हाथ भाँज-भाँजकर बतियाते नजर आते हैं। वह पहले गोल के पास जा खड़ा होता है, जगरूप के घर के सामने। उस पर निगाहें तो सबकी पड़ती हैं, पर कोई एक भी उसे नहीं टोकता। मुसाय के मन में कई तरह की शंकाएँ उभरने लगती हैं। अपने घर के ओसारे में घरवाली की लाठी देखकर आया था वह।

जब वहाँ की बातचीत का कोई छोटा टुकड़ा भी उसकी समझ में नहीं आया तो वह जगरूप से जा सटा और पूछा, "क्या बात हुई है, जगरूप भैया?"

जगरूप ने मुसाय को कोई जवाब नहीं दिया, लतड़ू से कहा, "बता दो इसे, क्या बात हुई है।"

"बात तो," लतड़ू बोला, "समदावाली भाभी ने बताई ही होगी।"

"नहीं," मुसाय ने सिर हिलाया, "उसने मुझे कुछ नहीं बताया है।"

"तुम्हें कोई जानकारी नहीं?" इस बार जगरूप ने ही पूछा मुसाय से।

मुसाय को समदावाली के हाथ में लाठी नजर आने लगी थी; उसने झट सुनाया, "नहीं भैया, कोई जानकारी नहीं, भगवती किरिया।"

"हद हो गई!" इतना भर बोलकर चुप लगा गया जगरूप।

“औरतों के गुट में समदावाली भी थी।” लतड़ू मुसाय की ओर मुँह करके बोला।

“कोई मानेगा कि घर की औरत हाथ में लाठी लेकर घर से बाहर निकलती है हंगामा करने और घर के मर्द को कुछ पता ही नहीं होता?” जगरूप ने विकृत हँसी के साथ मुसाय की ओर से मुँह फेरते हुए तीखी आवाज में सुनाया।

सब हँस पड़े।

भीड़ को विश्वास दिलाने के लिए कि मुसाय भारी गुस्से में आ जाता है, तेज कदमों से घर का रुख करता है, मगर घर पहुँचने के पहले ही अचानक वह ठिठकता है जब दूर से ही अपने घर से तीन-चार औरतों को निकलकर जाते हुए देखता है। उसके कदम धीमे पड़ जाते हैं। तो क्या, वह सोच में पड़ जाता है, यह समदावाली ही लठैत औरतों के दल की मेठ है? अब आगे बढ़ते हुए उसके कदम लड़खड़ाते हैं। इस तरह तो कभी शराब पीने के बाद भी कदम नहीं लड़खड़ाए थे उसके।

वह हिम्मत बटोरकर आगे बढ़ता है। हाथ में लाठी है तो क्या हुआ, है तो एक औरत ही, उसकी घरवाली, उसके इशारे पर नाचनेवाली, उसकी चूल्हा-चौका करनेवाली भनसिया।

घर पहुँचते ही वह सबसे पहले ओसारे पर पड़ी लाठी को कब्जे में लेता है और फिर वहीं से हाँक लगाता है, “समदावाली! कहाँ हो? यहाँ आओ।”

समदावाली को पता है कि अब क्या होनेवाला है। वह अपने को तैयार कर अपने मरद का सामना करती है।

“आप अभी चिल्लाए थे क्या?” समदावाली बगैर लड़खड़ाए बोलती है।

अंगार उगलती आँखों से घूरता है मुसाय अपनी भनसिया को और चिल्लाकर जवाब देता है, “हाँ।”

“क्या कह रहे थे?” धीमी आवाज में पूछती है समदावाली।

“तुम सुबह-सुबह घर से बाहर गई थी?”

“हाँ।”

“कहाँ गई थी?”

“मुंशी साह की शराब की भट्ठी तोड़ने।”

“घर से लाठी लेकर?”

“हाँ।”

“बगैर मुझसे पूछे?”

“हाँ।”

“तुम लाठी लेकर घर से निकलोगी गाँव में बवाल मचाने और मुझसे पूछोगी तक नहीं?”

"मैं किसी नेक काम से निकली थी; मुझे हर हाल में जाना था, और तुरन्त जाना था," समदावाली ने सहज लहजे में जवाब दिया और फिर बोली, "मैंने यह जरूरी नहीं समझा कि आपको सोते से जगाऊँ और फिर आपकी इजाजत लूँ बाहर जाने के लिए।"

मुसाय के तलवों में आग लग गई, "सुन लो, सुन लो, समदावाली, कान खोलकर सुन लो कि यह मेरा घर है, खोकसी के मुसाय मंडल का घर, और खोकसी के मुसाय मंडल के घर में किसी औरत की यह मनमर्जी नहीं चलेगी कि वह बिना घर के मालिक की इजाजत के लाठी लेकर घर के बाहर जाए गाँव-टोला में बवाल करने...झाड़-जंगल में बकरी ढूँढ़ने भी नहीं।"

"आप भी सुन लीजिए कि अब इस गाँव के हर घर में औरत की यह मनमर्जी चलेगी कि वह जरूरत पड़ने पर बिना घर के मालिक की इजाजत के लाठी लेकर घर के बाहर जाएगी। मर्द घर का मालिक है, तो औरत भी घर की मालकिन है।"

"क्या कहा, मालकिन?"

"हाँ, मालकिन। आप घर के मालिक हैं, और मैं घर की कुछ भी नहीं?"

"कुछ भी नहीं, कुछ भी नहीं; बस एक भनसिया।"

"कुछ भी नहीं; तब ठीक है, मैं यह घर ही छोड़ देती हूँ।"

"घर छोड़ दोगी?"

"हाँ, छोड़ दूँगी।"

"कहाँ जाओगी, नैहर?"

"गरीब की बेटी हूँ, नैहर में रहूँ या ससुराल में, या कहीं और, हाथ-गोर चलाकर ही पेट भरना है; कहीं भी रह लूँगी, जी लूँगी।"

"कहीं भी रह लोगी, मगर मेरी बात में नहीं रहोगी?"

"नहीं रहूँगी, आपकी किसी गलत बात में आपके साथ नहीं रहूँगी।"

"मेरी कोई बात गलत नहीं होती; मेरी हर बात तुम्हें माननी है। यह मत भूलो कि मैं तुम्हारा भतार हूँ, और भतार की हर बात माननी होगी।"

"नहीं मानूँगी।"

"नहीं मानोगी?"

"नहीं, नहीं, सौ बार नहीं।"

मुसाय कुछ असहज हो जाता है, दम लेता है यह सोचने के लिए कि अब क्या किया जाए और फिर काफी सँभलकर बोलता है, "सुन लो समदावाली, अभी मैं कितने गुस्से में हूँ, इसका तुम्हें पता नहीं। तुम कान खोलकर सुन लो; अब अगर तुम मेरी बात से बाहर गई, तो मैं तुम्हारा..."

"क्या तुम्हारा?"

"तुम्हारा वही हाल कर दूँगा जो हाल..."

"जो हाल," समदावाली ने जोड़ा, "भुनेसर मंडल ने पड़रियावाली का किया था। यही बोलने जा रहे थे न! अभी गाँव में हर मरद की जबान पर भुनेसर मंडल ही चढ़ा हुआ है, मगर सुन लीजिए कि अब भुनेसर मंडल में भी वह बूता नहीं रहा कि पड़रियावाली पर हाथ उठा ले।"

"भुनेसर मंडल में नहीं रहा," मुसाय ने अपनी आवाज बुलन्द की, "पर मुझमें है; है मुझमें बूता। अब तुम बताओ, साफ-साफ बताओ, तुम्हें मेरा डर है या नहीं?"

"कोई गलत काम करूँगी, तब डर आपका, डर किसी का भी," समदावाली ने जवाब दे दिया, "नहीं तो किसी का भी डर नहीं।"

"मेरा भी नहीं?" मुसाय ने आँखें लाल-पीली कीं।

"नहीं, आपका भी नहीं।"

जब मुसाय ने समदावाली से पूछा कि उसके अन्दर अपने भतार का डर है या नहीं, तो समदावाली ने सोचा न समझा और एक फकड़ा सुना दिया—

किसी का डर नहीं...
सूली न फाँसी का, घुन्ना न घाती का;
डर किसका? डर अब पोदिनमा के नाती का?

पोदिनमा का नाती!

क्या मतलब?

मुसाय के तलवों की आग मगज तक जा पहुँची। उसने आव देखा न ताव और समदावाली के चूतड़ पर कड़े हाथ से लाठी जमा दी।

'अरे बाप! गे माय!' जैसा कुछ समदावाली के मुँह से नहीं निकला; उसके मुँह से निकला, "खबरदार!"

इस एक 'खबरदार' के साथ कई 'खबरदार' मुसाय के घर में घुस आए। फरकियावाली दुलारी देवी इन 'खबरदारों' की मेठ थी। उसने आगे बढ़कर मुसाय से कहा, "खबरदार, मुसाय मंडल, अब यह सब नहीं चलेगा। हाथ की लाठी फेंकिए और बाहर का रास्ता नापिए, नहीं तो अभी ही हम सब थाना चले जाएँगे। फिर सलटते रहिए आप थाना-पुलिस से।"

मुसाय हतप्रभ था। उसने सारे 'खबरदारों' पर नजर दौड़ाई। उसे कुछ सूझ ही नहीं रहा था कि अब वह क्या करे। घोर कलियुग का अचानक प्रवेश! हाल ही में तो भुनेसर मंडल ने...

मुसाय ने हाथ की लाठी तो नहीं फेंकी, मगर बाहर का रास्ता नापने के लिए घर से बाहर निकल गया। बाहर आकर उसने वही देखा जो देखकर वह घर के अन्दर दाखिल हुआ था। अभी भी कई घरों के सामने गोल बाँधे तीन-तीन, चार-चार लोग हाथ भाँज-भाँजकर बतिया रहे थे। वह इस बार भी जगरूप के पास जा पहुँचा।

जगरूप ने हँसकर पूछा, "क्या हाल है, मुसाय बाबू?"

मुसाय ने तीखी निगाहों से जगरूप को घूरा और फिर बोला, "जो हाल मेरे घर का है, वही हाल अब यहाँ के हर घर का है। अब गाँव के सारे मरद बैठकर विचार करें कि जो आग गाँव में लगी है उस पर कैसे काबू किया जाए।"

गाँव वालों के बीच सचमुच विचार-विमर्श हुआ, खूब हुआ था, कई दिनों तक होता रहा था—फरकिया गाँव की बेटी इस दुलारी देवी के साथ क्या सलूक किया जाए?

किस्से सुनाकर चुप हुई सुखदा, तो झुनिया पूछ बैठी, "दुलारी देवी के साथ क्या सलूक हुआ?"

सुखदा ने हँसकर जवाब दिया, "खबर दुलारी देवी के फोटो के साथ अखबार में छपी। बधाइयों का ताँता लग गया। बड़े-बड़े नेताओं के फोन आने लगे दुलारी चाची के पास। गाँव वाले खुश कि गाँव का नाम चमक गया। गाँव के सारे मर्द दुलारी देवी के पीछे आ खड़े हुए।"

इतना सुनाकर सुखदा बोली, "अब बताइए कि आप सब के हाथ में भी आ गई लाठी?

सब हँसने लगीं।

जब भीड़ टूटी, तो जगदीश मास्टर की छोटी बेटी अनुपमा ने सुखदा को एक किनारे ले जाकर कान में फुसफुसाकर कहा, "मेरी बँसबिट्टी में लाठी वाले बहुत बाँस हैं। मैं पिता जी को बोल देती हूँ; वे बाँस कटवा देंगे।

*

चौथे दिन ही फिर एक सभा हुई शीतल साह की भुतहा गाछी में। इस सभा में सिर्फ औरतें ही नहीं, बहुत-सी लड़कियाँ—कलिया, फुलिया, मलिया, कबूतरी, सुगिया, सरोजनी, जगिया, कमली, गुलबी, टिटही—भी शरीक हुईं। पिछले चार दिनों से सुखदा अपने अभियान की तैयारी में लगी थी। वह एक-एक औरत को नशामुक्ति-अभियान में शरीक होने के लिए तैयार कर रही थी। उसने अखबार पढ़-पढ़कर कितने ही गाँवों के कितने ही किस्से सुनाए जहाँ औरतों ने आगे बढ़कर

कितने ही ऐसे काम किए जिन्हें वहाँ के मरद नहीं कर पाए थे। उसने एक-एक को समझा दिया था कि अब अपने परिवार को बचाने के लिए औरतों को ही जिम्मेदारी लेनी पड़ेगी। औरतों ने देख लिया कि सचमुच घर के मरद घर और परिवार की रक्षा नहीं कर सकते।

सुखदा ने महसूस किया कि सबसे पहले गाँव के बच्चों को बचाना है।

जैसे बिल्ली के जाते ही चूहे बिलों से निकल पड़ते हैं, ठीक वैसे ही बाप पंजाब गया नहीं कि बेटा आवारा हो गया। सोलकन-टोलों के बच्चे दारू-ताड़ी तक तो नहीं पहुँच पाए, उन्होंने गाँजा पीना शुरू किया। गाँव के गँजेड़ियों तक उनकी पहुँच थी। ट्रैक्टर चलानेवाले चार ड्राइवर एक साथ बैठते थे दम लगाने गाँव के बीच किसी कोने में। सदानन्द मिसर का सिपाही बटेसर सिंह खेत की किसी मेंड़ पर बैठकर चिलम सुलगा लेता था। मठ में साधु-संत को चिलम चाहिए ही। इधर एक बनिया ने भी चिलम चढ़ाना शुरू कर दिया था। बटाईदारों को खबर थी कि बभनटोली के कौन-कौन ब्राह्मण गाँजा का भी शौक रखते हैं। गाँजा की खरीद अक्सर बच्चों के द्वारा ही करवाई जाती थी। चिलम बनाते-बनाते बच्चे एक-आध दम लगा ही लेते थे और फिर दममार बनते उन्हें देर नहीं लगती थी। छूत का यह रोग बच्चों में फैल गया।

किसी जरूरत पर माँ के पैसे चुराने की आदत अभी भी बरकरार थी, मगर माँ से पैसे माँगने की आदत अब बिलकुल नहीं रही। अब बाल-श्रमिक अपनी कम उम्र में भी कमाई करने लगे थे। बाप के पंजाब चले जाने से उन्हें दोहरा फायदा हो रहा था। किसी बाप-चाचा का तमाचा भी नहीं खाना पड़ रहा था और अपनी जरूरत पूरी करने के लिए कमाई भी हो रही थी। माँ खुश कि बेटा पैसा नहीं माँग रहा और दादा खुश कि पोता खैनी की पुड़िया रख जाएग करता है। जो काम एक मजदूर कर सकता था, उसी काम को कई बच्चे एक साथ मिलकर करने लगे थे, या एक बच्चा उस काम को कुछ किस्तों में कर डालता था। दो सौ रुपये की जगह सौ रुपये ही सही, पचास ही सही; मोबाइल और गाँजा का खर्च निकल जाना चाहिए।

सुखदा ने अपना निर्णय सुनाते हुए कहा, "हमारे निशाने पर अभी सिर्फ एक जगह है जहाँ से हमारे बच्चे गाँजा खरीदते हैं। यह जगह है बनिया चौक पर फूल झा की पान की गुमटी। फूल झा के पास गाँजा कहाँ से आता है, यह पता लगाना अभी जरूरी नहीं है हमारे लिए। अभी जरूरी है कि फूल झा गाँजा बेचना बन्द करे। अगर फूल झा नहीं मानता है तो हम उस गुमटी को उखाड़ फेंकेंगे।

"आज शाम ठीक चार बजे हम सब अपने लाठी-पैना के साथ यहीं इकट्ठे होंगे और यहाँ से जुलूस की शक्ल में निकलकर फूल झा की गुमटी पर धावा बोलेंगे।"

कुछ हैरत से, कुछ दहशत से, गाँव के लोगों ने लाठी-पैना धारण की हुई औरतों और उनके पीछे शोर मचाती बच्चियों को सड़क से गुजरते हुए किसी अबूझ लक्ष्य की ओर बढ़ते देखा...कह गिरिधर कविराय, लाठी में गुण बहुत हैं...मगर अभी किस गुण पर नजर गड़ाकर निकली है लठैतों की यह टोली!

भीड़ ने फूल झा की गुमटी को घेर लिया। फूल झा हतप्रभ! उसने भीड़ से पूछा, "क्या बात है?"

बच्चियों ने नारा लगाया, "गाँजा बेचना...बन्द करो; बन्द करो, बन्द करो।"

सुखदा फूल झा के सामने होकर बोली, "आप गाँजा बेचते हैं?"

"नहीं," सिर हिलाकर जवाब दिया फूल झा ने, "नहीं बेचते हैं गाँजा।"

"आप गाँजा बेचते हैं," जोर देकर बोली सुखदा, "इसके गवाह हैं हमारे पास।"

"मेरा बेटा गवाह है," पिपरावाली एक कदम आगे बढ़कर बोली।

"मेरा बेटा भी," हाथ चमकाकर डुमरियावाली बोली, "गाँजा खरीदता था यहाँ से।"

"हमारे पास बीसों गवाह हैं यह कहने को कि आप गाँजा बेचते हैं," सुखदा ने सुना दिया, "आप हमारे बच्चों को बर्बाद कर रहे हैं। हम यह बर्दाश्त नहीं करेंगे।"

जिन माँओं के बच्चों ने अभी-अभी गाँजा चढ़ाना सीख लिया था और अब दम मारना प्रारम्भ कर दिया था, वे अपने हाथ की लाठी कुछ अधिक ही चमका रही थीं। भीड़ के कड़े तेवर को देख फूल झा बोला, "ठीक है, अब नहीं बेचेंगे गाँजा।"

"आज आपको हम छोड़ रहे हैं," सुखदा ने कड़े स्वर में कहा, "अब अगर हमें मालूम हुआ कि आपने गाँजा बेचना नहीं छोड़ा है और आप हमारे बच्चों को बर्बाद करने पर तुले हुए हैं, तो हम आपकी गुमटी उखाड़ फेंकेंगे।"

विदा होने के पहले भीड़ की कुछ औरतों ने गुमटी पर लाठी मारकर दिखा दिया कि किस तरह फूल झा सहित गुमटी को उखाड़ फेंकेंगे।

बभनटोली के कुछ लड़के दौड़ते हुए लूटन झा के घर आए और उन्हें खबर दी कि फूल की दुकान पर हमला हुआ है। बेटे की दुकान पर नहीं, बेटे पर हमला हुआ है, यह सोचकर लूटन झा दौड़ पड़े बेटे की दुकान की ओर। फूल रास्ते में ही आते हुए मिल गया। बेटे को साथ लिये वे घर आ गए।

बेचारा फूल झा!

तंगहाली की चोट खा-खाकर बेदम हुआ बाप लूटन झा ने बेटे पर दबाव डाला था कि वह कुछ कमाई का जुगाड़ करे। बेटे की माँ को बाप ने साफ़-साफ सुना दिया था, "तुम कितनी भी जिद करो फूल की माँ, मैं तब तक बहू घर में नहीं लाऊँगा जब तक फूल कुछ कमाई करने नहीं लग जाता। बहू ले तो आऊँ, मगर उसे खिलाऊँ क्या?"

जो दबाव फूल झा पर पड़ा, वही दबाव कभी इसी टोले के टुन्नी मिसर पर उसके बाप रुचिपति मिसर का पड़ा था। बाप ने उससे पहली बार कहा था, "एक भैंस खरीदकर दे देता हूँ; अपनी भैंस चराने में कोई लाज नहीं है। दूध की बिक्री से राहत मिलेगी।" बाप ने दूसरी बार कहा था, "बनमनखी, मुरलीगंज या पूर्णिया में किसी दुकानदार के यहाँ दो-चार सौ की भी नौकरी कर लो; कुछ तो घर आएगा। कोई पूछे तो बताना कि मैनेजर के पोस्ट पर हो और वेतन दो हजार रुपये मासिक है। कोई दुरछिः नहीं करेगा।" तीसरी बार बोला था बाप, "चले जाओ दिल्ली-पंजाब और कैसी भी नौकरी कर लो वहाँ; किसी को बताना नहीं कि ब्राह्मण हो।"

चौथी बार का मौका नहीं मिला बाप को। टुन्नी ने अपना जुगाड़ बैठा लिया। बनमनखी के वैष्णव भोजनालय का मालिक कमलाकान्त मिसर उसके काम आया। उस भोजनालय से सटाकर टुन्नी ने अपनी पान-दुकान खोल डाली।

फूल झा को निर्णय लेने के लिए अधिक सोचना नहीं पड़ा। वह टुन्नी की राह पर चला और धनपत के बनिया चौक पर अपनी पान-दुकान खोल डाली।

कितनी अच्छी कमाई का रास्ता खोल दिया था टुन्नी मिसर ने! भगवान भला करे उसका। पान बेचे अभी तीन महीने भी नहीं हुए थे फूल को कि टुन्नी से मुलाकात हुई और उसने राय दे दी, "पान बेचकर पेट तो भर लोगे, फूल मगर चेहरे पर चमक नहीं ला सकोगे। चेहरा चमकाना हो तो मेरी राय मानो और गाँजा बेचो।"

"गाँजा बिकेगा धनपत में?" फूल ने शंका जाहिर की।

"क्यों नहीं बिकेगा?" टुन्नी ने अचरज जताया।

"वहाँ गाँजा पीनेवाले दो-चार मुश्किल से होंगे, दो-चार गँजेड़ी साधु और दो-एक ट्रक-ड्राइवर।"

"शराबबन्दी हो गई है। अब सारे शराबी गाँजा पर टूट पड़ेंगे। तुम शुरू तो करो यह धन्धा। मेरा यह हाल है कि मैं यहाँ माल लोगों को ठीक से दे नहीं पा रहा हूँ। देख लेना, महीने-दो महीने के अन्दर तुम्हारा भी यही हाल होगा। मगर मैं तुम्हें

माल की कमी होने नहीं दूँगा। मेरे यहाँ गाँजा की खेप आती रहती है। तुम्हें किसी भी दिन निराश लौटना नहीं पड़ेगा।"

भाग्य खोल दिया था टुन्नी ने फूल झा का। चेहरे पर चमक आने लगी थी। बेचारे फूल पर अपने ही गाँव के काँटों का निर्मम प्रहार हो गया। पता नहीं, अब बाप पान भी बेचने देगा या नहीं!

*

उबाल जो भी हुआ हो बभनटोली में, सोलकन-टोलों को भी हिलोर दिया इस घटना ने।

जगदीश मास्टर लगातार अपने शुभ-लाभ के बारे में सोचने लगे। अगर बँसबिट्टी से बाँस कटवाते वक्त ही बेटी अनुपमा से पूछ लिया होता कि बाँस किसलिए चाहिए तो शुभ-लाभ का विचार उसी वक्त कर लिया होता। मगर बेटी से तो उन्होंने इतना भर ही पूछा कि बाँस किसे चाहिए और उसका जवाब सुनकर बोल दिया 'हाँ'। बाँस सुखदा को चाहिए, यहाँ तक तो ठीक मगर बाँस एक बाभन की गुमटी उजाड़ने के लिए चाहिए, इस पर तो शुभ-लाभ का विचार करना ही था।

अकेले विचार करना सम्भव नहीं हुआ तो वे चले रामोतार मास्टर से मिलकर हानि-लाभ पर विचार करने।

हाँक लगाकर रामोतार बाबू के कमरे में घुसे वे तो देखा कि वहाँ पहले से घर के मालिक सियाराम यादव मौजूद हैं। स्वागत में रामोतार बाबू ठठाकर हँसे और पूछ बैठे, "क्या हालचाल है, जगदीश बाबू?"

"आप लोग तो," कुछ झिझकते हुए जगदीश मास्टर ने कहा, "हँस रहे हैं।"

"हँसनेवाली बात ही है," यादव जी बोल गए, "सब हँस रहे हैं, आप भी हँसिए। आपको तो गर्व होना चाहिए कि सुखदा देवी आपके टोला की है।"

"गर्व तो हो रहा है मगर कुछ डर भी तो हो रहा है," जगदीश मास्टर ने जवाब दिया, "बभनटोली वाले बदला लेने को नहीं सोच रहे होंगे?"

"हाँ, सोच तो रहे होंगे, मगर क्या बदला लेंगे?" मुस्कुराकर बोले सियाराम यादव, "कुछ ब्राह्मण बैठकर मारण मंत्र का पाठ कर लेंगे और कुछ हवन-पूजन। और क्या करेंगे?"

"मार-पीट की बात भी सोच सकते हैं।"

"सोचकर रह जाएँगे। हमारे टोला में दस नौजवान लाठी में तेल पिलाकर हमेशा तैयार रहते हैं। कह दीजिएगा सुखदा देवी से, जब चाहे हाँक लगा दे।"

“सुखदा देवी,” रामोतार मास्टर ने मुँह खोला, “कोई भी काम बहुत सोच-समझकर करती है।”

“अरे जनाब,” सियाराम यादव बोले, “जो काम हम मरदों को करना चाहिए वह काम एक औरत ने किया है। इस औरत को शाबाशी दीजिए। मैं जाऊँगा उसे शाबाशी देने।”

“कम-से कम सौ मरदों के बराबर तो जरूर है यह औरत।” रामोतार बाबू का आकलन था।

“मेरी छाती चौड़ी हो गई,” जगदीश मास्टर उठते हुए बोले, “अब मैं चलता हूँ।”

“चाय पीकर जाइए,” घर के अन्दर घुसे यादव जी चाय की फरमाइश कर आए।

घर पहुँचे जगदीश मास्टर, तो सामने ही बेटा अजय मिल गया। बगैर कुछ सोचे ही उनके मुँह से निकल गया, “बभनटोली वाले कुछ नहीं कर पाएँगे। सियाराम यादव से अभी बात हुई है; वे दस लठैतों के साथ तैयार हैं मुकाबला करने के लिए।”

बेटे ने झिड़क दिया, “इसके लिए यादव-टोला जाने की क्या जरूरत थी? मैं अभी निकलता हूँ बलवा के लिए; मामा से कह आता हूँ, पाँच-सात पिस्तौल भेज देने के लिए।”

किधर से तो बेटी अनुपमा आ गई और पूछ बैठी, “क्या हुआ है, बाबू?”

“कुछ नहीं हुआ है,” बाबू ने जवाब दिया, “तुम सुखदा से पूछकर आओ; और बाँसों की जरूरत हो, तो बँसबिट्टी से कटवा ले।”

बहुखौका छुतहरू की मुलाकात हो गई कीर्तनिया गेदनदास से। दोनों एक दूसरे को देखकर मुस्कुराए। छुतहरू पूछ बैठा, “क्या हालचाल है, कीर्तनिया बाबा?”

“हालचाल ठीक ही है,” बाबा का जवाब आया, “बस, अब कीर्तन का भजन बदलना होगा।”

“क्यों बदलना होगा, बाबा?”

“देख नहीं रहे हो, कैसा जमाना आ गया है?”

“क्या देख रहे हैं आप?”

“औरत के हाथ में लाठी।”

दोनों एक साथ ठठाकर हँसे और फिर गेदनदास बतरसिया की तरह बोला, “हालहाल तक यह हाल था कि बेटी को पहली बार ससुराल के लिए विदा करने के समय उसकी माँ अपने इष्टदेवों को सुमरती थी, ‘हे बाबा सुरुजदेव, हे माँ दुर्गा-काली-चंडी, ससुराल में जो सुख-दुख लिखा है, वह तो मेरी बेटी को भी होगा ही, मगर मेरी इस मुँहदुब्बर बेटी को इतना कल्लादराज जरूर बना देना कि गाल

बजाकर वह हर मोरचा जीत जाए।' बेटी अपने साथ मायके में अर्जित गालियों की टोकरी लेकर विदा होती थी ससुराल के लिए। होती थी या नहीं?"

"हाँ, होती थी।" हँसकर बोला छुतहरू।

"और आज यह हाल हो गया है कि ससुराल के लिए विदा होते समय बेटी ही माँ से पूछेगी, 'गे माँ, मेरी हरौतिया बाँस वाली लाठी कहाँ है? मुझे बिना लाठी के ही भेजोगी क्या?' तब विदा कर रही औरतों के झुंड में कोई एक औरत भी हँसेगी क्या? सबको गुस्सा आ जाएगा...'माना कि बेटी की माँ को हजार काम हैं, मगर यह क्या हुआ कि बेटी को दहेज में सब कुछ तो दिया, लाठी देना ही भूल गई।' नहीं बदला है जमाना? आज देख रहे हो न कि हर घर में है औरत की एक अपनी लाठी? हे राम, औरत के हाथ में लाठी!"

सुबह से औरतें आती रही थीं सुखदा से मिलने। कभी-कभार मिलने आई एक औरत पर नज़र पड़ते ही सुखदा बोली, "बैठिए, रज्जो जी।"

रज्जो सामने बैठ गई और कुछ मुस्कुराते हुए, कुछ गम्भीर स्वर में बहुत लापरवाही से बोली, "मेरा नाम रज्जो, ससुर का नाम नागो मंडल, बाप का नाम सिताबी मंडल। कभी सुना है मेरे बाप का नाम? एक बार अखबार में छपा है मेरे बाबू का नाम।"

"पढ़ा होगा नाम; अभी याद नहीं आ रहा।" सुखदा उत्सुकता से भर गई कि अब आगे यह क्या बोलनेवाली है।

"दुल्ली गैंग का नाम याद आ रहा? अखबार में दुल्ली गैंग का नाम कितनी ही बार छपा है।"

"हाँ, दुल्ली गैंग को जान रही हूँ।"

"उसी गैंग में रहता है सरैया का सिताबी मंडल, मेरा बाप। मैं डकैत की बेटी हूँ और यह कहने आई हूँ कि जैसे मैं किसी से नहीं डरती, वैसे ही आप भी किसी से नहीं डरिएगा। आप जिस दिन कहिएगा, मैं बाबू को खबर करूँगी; वे अपने दो-चार साथियों के साथ आएँगे और पाँच-दस को मारकर निकल जाएँगे।"

"अभी इसकी जरूरत नहीं है, रज्जो जी," सुखदा ने रज्जो की पीठ थपथपाकर कहा, "जब जरूरत होगी, आपको खबर करूँगी।"

अगर कोई डर रहा होगा सुखदा के अन्दर, तो कुछ-न-कुछ तो जरूर कम हो गया होगा, मगर नागो मंडल की इस पतोहू का डर वहाँ बैठी एक-एक औरत में समा गया।

कनिक-टोला के सिंघेसर की घरवाली फोन पर अपनी आदत के मुताबिक तेज आवाज में बात करते हुए अड़ोस-पड़ोस के चार घरों को सुना चुकी है, "जानते नहीं कि मैं किसकी बीवी हूँ?"

अगर किसी ने घर पर आकर सुना दिया कि 'हाँ-हाँ, मालूम है कि तुम गँजेड़ी की बीवी हो', तब?"

आज तो पार्वती भी शिव को कोंच-कोंचकर पूछ रही होंगी, "बताइए, मैं किसकी बीवी हूँ?"

सिंघेसर घरवाली को सुना देता है, "जिसे भी फोन करो, उसे सुना दिया करो कि तुम किसी गँजेड़ी की बीवी नहीं हो।"

कहाँ से तो किस साधु के बोल चुराकर धनपत के कितने ही घरों में छोटा भाई बड़े भैया को नाच-नाचकर चिढ़ा रहा है—

जो न पीए गाँजे की कली।
उस मर्द से औरत भली।

*

बभनटोली वाले कुछ नहीं कर पाएँगे, मगर कुछ करेंगे जरूर—यह सोच घर कर गई जगदीश मास्टर के दिमाग में। बभनटोली वाले कभी इस घटना को पचा नहीं पाएँगे कि सोलकन औरतें ब्राह्मणों पर लाठी चमकाएँ और बेदाग निकल जाएँ। प्रतिशोध की आग सौ वर्षों तक नहीं बुझती उनके कलेजे में। वे अवश्य सुखदा दी को निशाने पर रखे होंगे। यह सुखदा दी कुछ औरतों की फौज लेकर बभनटोली का सामना नहीं कर सकती। समय आ गया है कि अब सोलकन-टोलों के मर्द भी सुखदा दी के पीछे आ खड़े हों। और यह जिम्मेदारी अब जगदीश मास्टर की कि सुखदा दी का बाल बाँका नहीं हो। इसके लिए जरूरी है कि सुखदा दी के पक्ष में और बभनटोली के विरुद्ध माहौल बनाया जाए।

उनके दिमाग में यह बात आई कि सबसे आसान है उन लोगों को सुखदा दी के पक्ष में तैयार कर लेना जिनके बाप का या दादा को या परदादा को बभनटोली के ब्राह्मणों ने बनिया चौक पर खूँटे से बाँधकर पीटा था।

यह कैसे पता चले कि किस-किस को खूँटे से...?

हालाँकि खुद जगदीश मास्टर चालीस पार कर गए थे, मगर अभी तक उनके भंडार में दो-तीन बनियों के ही दादा थे। जरूरी था कि वे कुछ ऐसे उम्रदराज बूढ़ों

के पास जाएँ जो साठ-सत्तर के पास के हों और जो खूँटों से अधिक बनियों को बँधा देखे हों या उनके बारे में सुना हो।

उन्होंने उन पके आमों को याद किया जिनके इस साल जाड़ा के शुरू होते ही कभी भी टपक पड़ने की सूचना गाँव के कुछ निठल्ले छोकरों ने हँस-हँसकर दी थी। वे हर आम के पास गए, मगर उनके भंडार में कोई वृद्धि नहीं हुई। यह खयाल जरूर आया कि हरिमोहन झा के पास पिटे बनियों की पूरी सोची होगी, उन्हें इस बाभन के पास जाने का मन नहीं हुआ यह सोचकर कि वह ठीक-ठीक बताएगा नहीं या कोई झूठी सूची उन्हें थमा देगा। किसी झूठी सूची पर काम करना उनके लिए बखेड़ा को दावत देने के बराबर था। अचानक उन्हें सूझ गया कि कैसे वे एक-एक पिटे बनियों के बारे में जान जाएँगे।

यह बात तो धनपत का बच्चा-बच्चा मुखिया चुनाव के वक्त ही जान गया था कि रग्घू नायक के बाप सोमन नायक को बभनटोली वालों ने बनिया चौक पर खूँटे से बाँधकर मारा था। चुनाव-प्रचार में यह बात खुल गई थी कि रग्घू नायक सिर्फ बाप का बदला लेने के लिए मुखिया का चुनाव लड़ रहे हैं।

जगदीश मास्टर सबसे पहले रग्घू नायक के घर गए। शुभ मुहूर्त में निकले थे; रग्घू बाबू से मुलाकात हो गई। हालचाल पूछ लेने के बाद मास्टर ने अपनी बात शुरू की, "मैं एक अत्यन्त गम्भीर और खतरनाक विषय पर बतियाने आया हूँ। हम यह नहीं भूल सकते कि यहाँ के ब्राह्मणों ने आपके पिता जी पर जुल्म किया था। सुखदा दी को आप जान ही रहे होंगे; उसने बदला लेने का बीड़ा उठाया है। हम सब उसके साथ हैं। अब यह जरूरी हो गया है कि हम अपनी इस जीत को कायम रखें। ब्राह्मण सुखदा दी पर प्रहार करने के लिए सोच रहे हैं। अब हमारी जिम्मेदारी है कि हम जीत को कायम रखने के लिए सुखदा दी की सुरक्षा में आ खड़े हों। इसमें आपका सहयोग चाहिए।"

"देखिए, मास्टर साहब," रग्घू नायक ने जवाब दिया, "जब सोलकन-टोले वालों ने मुझे वोट ही नहीं दिया तो मैं उनकी मदद में क्यों आऊँ? सब तो ब्राह्मण की ही पों बजाते रहे।"

"अभी बदला लेने की बात।"

"बाप का बदला बेटा लेगा, जरूर लेगा," जोर देकर बोले रग्घू नायक, "जब मैं खुद बदला ले लूँगा, तब मेरी आत्मा को शान्ति मिलेगी।"

"ठीक है, मगर अभी सुखदा दी ने बदला लेना शुरू कर दिया है, तो हम सब उसकी मदद करें।"

"कैसी मदद?"

"अभी बाभन सब हथियार जमा कर रहे होंगे हम पर चढ़ाई करने के लिए। हमारे लिए उचित होगा अभी ही सँभल जाना। हमें हथियार चाहिए और हथियार चलानेवाले भी चाहिए। इसमें पैसे खर्च होंगे। आप कितना चन्दा दे सकेंगे?"

"अभी तो एक पैसा भी नहीं," रग्घू नायक ने जवाब दिया, "मुझे जो देना होगा, वह मुखिया चुनाव के समय ही दूँगा। मगर यह अभी ही मेरे बेटों को कहकर जाइए कि अगले चुनाव में सारे सोलकन मुझे ही वोट देंगे।"

रग्घू नायक को उनके निर्णय से डिगाना कठिन था। जगदीश मास्टर ने उनके दोनों बेटों—बिन्देश्वरी और जुगेसर—को सोलकनों का निर्णय सुना दिया जिसे दोनों ने इस तरह सुना जैसे कि कुछ सुना ही नहीं। जाने से पहले मास्टर ने रग्घू नायक से पूछा, "आप यह बता सकते हैं कि और किस-किसके बाप या दादा को ब्राह्मणों ने खूँटे से..."

"मेरे दिमाग में सिर्फ मेरा बाप है," नायक जी बोल गए, "औरों के बारे में औरों से पूछिए।"

जगदीश मास्टर के दिमाग में अगला बाप था अखिलेश चौधरी का बाप नमोनारायण चौधरी। अखिलेश तो अब गाँव में रहा नहीं, उसके भाई विमलेश के पास जा पहुँचे मास्टर। अपना रटा-रटाया आलेख बाँच लेने के बाद जगदीश मास्टर 'बदला' पर आ गए।

"अब कैसा बदला, मास्टर साहब," विमलेश ने हँसकर जवाब दिया, "हमने तो बदला ले लिया?"

"कैसे?"

"जिन किसानों का मक्का गुलाबबाग में बेचकर अखिलेश भैया गायब हुए उनमें इस बभनटोली के ब्राह्मण भी तो थे," खुलासा किया विमलेश ने, "मिला किसी को एक भी पैसा? भूत की लँगोटी भी मिली क्या? तुमने मेरे बाप को सुनार के मड़िया से मारा तो उसके बेटे ने तुम पर लुहार का हथौड़ा चला दिया। देखो बदला। गुनेसर झा को तो जानते ही हैं। उसका पूरा अस्सी हजार मार लिया अखिलेश भैया ने। यह अस्सी हजार गुनेसर झा के तीन बाप के बराबर हो गया बदला।"

"अखिलेश ने बदला लिया, लेकिन तुमने तो नहीं लिया?"

"एक अपराध की एक ही सजा तो होगी, बार-बार तो नहीं। फिर अपराध करेगा कोई ब्राह्मण तो फिर मिलेगी उसे सजा।"

"अपराध होनेवाला है, विमलेश," मास्टर ने कहा, "इस बार मड़िया-हथौड़ा का खेल नहीं होगा। खून बहेगा, खून। हमें लड़ने के लिए गोली-बन्दूक चाहिए। उसके लिए चन्दा।"

विमलेश ने कुछ देर की चुप्पी के बाद जवाब दिया, “जब कुछ होगा तो आप आइएगा मेरे पास। अभी तो एक पैसा भी चन्दा देने की स्थिति में मैं नहीं हूँ।”

जाने से पहले मास्टर विमलेश से भी पूछ बैठे, “तुम यह बता सकते हो कि यहाँ और किस-किसके बाप या दादा को ब्राह्मणों ने खूँटे से...”

विमलेश ने झट जवाब दे दिया, “हरिहर हलवाई के बाप के बारे में तो यहाँ का बच्चा-बच्चा जानता है। हरिहर कुछ औरों के बारे में भी बता देगा।”

हरिहर हलवाई ने इस बात पर तो खुशी जाहिर कर दी कि सुखदा दी ने बहुत हिम्मत का काम किया है, मगर इस बात पर तैयार नहीं हुए कि उसे भी बदला लेने के लिए कुछ ऐसा-वैसा करना है। उसने साफ सुना दिया, “अभी मैं बदला की बात नहीं सोचता। अभी मैं चैन से हूँ।”

“आप चैन से हैं मगर आपके पिता जी, भले ही अभी शीतल साह के भुतहा जामुन गाछ पर न होकर किसी अच्छे स्वर्ग में ही हों, चैन से तो नहीं रह रहे होंगे।”

“पिता जी जहाँ भी होंगे बहुत चैन-आराम से रह रहे होंगे और हर दिन मुझे आशीर्वाद दे रहे होंगे कि मैं यहाँ के ब्राह्मणों से रोज बदला ले रहा हूँ। कभी-कभी तो वे खिलखिलाकर हँस भी पड़ते होंगे।”

“कुछ खोलकर बतलाइए।”

“मेरे पिता जी पर तब गुस्सा आया था शिवचरण झा के बाप सियाशरण झा को जब पिता जी बकाया माँगने उसके घर पर तब जा पहुँचे थे जब उसके घर उसका कोई मेहमान आया हुआ था। पिता जी जीते-जी कुछ नहीं कर सके, मगर जब मरे तो इस दुकान के साथ अपना जख्म भी मुझे दे गए। वह जख्म कभी सूखा नहीं। अब तक मैं कम-से-कम सात बार उसे उधार देने से इनकार कर चुका हूँ। वह जमाना गया कि कोई भी बाभन आया, रसगुल्ला तौलाया और बोलकर चला गया कि बही में लिख लीजिएगा। मैं लगभग रोज ही किसी न किसी बाभन को उधार माँगने पर झिड़कता हूँ। बोलिए, पिता जी खिलखिलाते होंगे या नहीं? अब इससे बड़ा क्या बदला?”

“अगर किसी दिन गुस्से में किसी बाभन ने लाठी चला दी, तब?”

“तब,” कुछ सोचकर बोला हरिहर, “मैं दूसरे ही दिन अपनी दुकान यहाँ से उठाकर बनमनखी ले जाऊँगा। अब खाओ रसगुल्ला घर में बना-बनाकर।”

कुछ उदास होकर मास्टर ने पूछा, “आप यह बता सकते हैं कि यहाँ और किस-किसके बाप या दादा को ब्राह्मणों ने खूँटे से...”

“सखीचन्द के पास जाइए,” हरिहर ने बताया, “उसका बाप तो अभी मरा भी नहीं है।”

जगदीश मास्टर सीधे सखीचन्द के घर जा पहुँचे और हालचाल के दो-चार शब्द उगलने के बाद पूछ बैठे, "क्यों, सखीवन्द, तुम्हारे बाबूजी को तो बहुत खुशी हो रही होगी कि सोलकन औरतों ने एक ब्राह्मण के घर पर लाठी बरसा दी?"

"लाठी बरसा दी, यह तो अच्छा नहीं हुआ।"

"क्यों अच्छा नहीं हुआ? तुम्हारे बाबू की भी तो ब्राह्मणों ने पिटाई की थी; सुना था, खूँटे से बाँधकर। उसका बदला लिया सुखदा दी ने। लिया या नहीं?"

"बाबू को अपनी गलती पर मार लगी थी।"

"कैसी गलती?"

"उन्होंने नाप-तौल में गड़बड़ी की थी। उनकी गलती पर उन्हें सजा मिली, फूल झा ने गलती की तो उसे सजा मिली। इसमें बदला की तो कोई बात नहीं है।"

"तुम्हें कोई खुशी नहीं कि सुखदा दी ने..."

"नहीं, कोई खुशी नहीं," सखीचन्द ने जवाब दे दिया, "हम लोग धन्धा करने आए हैं कि बदला-बदली में अपना धन्धा खराब करने? दसों ब्राह्मण मेरे ग्राहक हैं; हम उन्हें दुत्कार दें? मैं इस पचड़े में नहीं पड़ना चाहता हूँ, मास्टर साहब। कोई और बात हो तो सुनाइए।"

सुनाने के लिए और कोई बात नहीं थी मास्टर साहब के पास। "बाद में आऊँगा," बोलकर वे निकल गए।

एक और के बारे में पक्की खबर थी जगदीश मास्टर के पास, सुनन्दी भगत के बारे में। खबर थी कि सुनन्दी भगत के दादा को बाभनों ने खूँटे से बाँधकर मारा था। मगर सुनन्दी भगत के पास जाने के पहले उन्होंने किशन बनिया के पास जाने का विचार किया। एक दिन उन्होंने गजाधर की चाय दुकान पर एक ब्राह्मण को एक दूसरे ब्राह्मण से कहते सुना था, "इस किशन बनिया का मन बहुत बढ़ गया है। इसके बाप को तो मैंने इसी हाट में बोरा बिछाकर आलू-प्याज बेचते देखा है, गाली-बात सुनते देखा है, और उसका बेटा तो लगता है कि किसी टाटा-बिड़ला की औलाद है। दस बोरा सीमेंट माँगने गया था, तो साफ नकार दिया, 'उधार नहीं मिलेगा।' किसी दिन मजा चखाना है इस कमीना को।" इतने से ही जगदीश मास्टर ने अनुमान लगा लिया था कि इसका कोई न कोई, बाप या दादा, अवश्य खूँटे से बाँधा गया होगा। बिना बेईमानी-शैतानी के कोई बड़ा पैसेवाला कैसे हो जाएगा? और ब्राह्मण गाँव में बेईमान बनिया बिना मार खाए कैसे रहा होगा?

किशन बनिया के पास भी मास्टर की दाल नहीं गली। जैसा सोचा था, वैसा हुआ नहीं। बनिया ने भूत को भुलाकर वर्तमान पर आने को कहा मास्टर से; कहा,

"सहदेव पंडित मेरे डिपो में रोज सुबह-सुबह 'जय हो, जय हो' गाते हुए आता है, गणेशजी की मूर्ति को फूल चढ़ाता है, धूपबत्ती जलाता है और पचास पैसे लेकर चला जाता है। बाबू ब्राह्मण उधार के लिए गिड़गिड़ाते हैं और मेरा गुण-कीर्तन कर जाते हैं। कितने तो आते हैं और 'मालिक' बोलकर जाते हैं। अब किस बात का बदला? अगर कोई खतरा है तो मेरे पास अपनी पिस्तौल है और बराबर दरवाजे पर पाँच पहलवान। आपको कभी कोई जरूरत हो तो आइएगा और दस-पाँच हजार की समेंट-सरिया ले जाइएगा अगली अगहनी तक उधार।"

ऐसा जवाब रामधन बनिया से नहीं मिलेगा, ऐसा सोचकर मास्टर डिपो से रुखसत हुए और रामधन के पास जा पहुँचे। उसके बारे में मास्टर के पास पक्की खबर थी। जैसे ही मास्टर ने रामधन से कहा कि उसे अपने दादा की पिटाई का बदला लेना चाहिए, वैसे ही रामधन बमक उठा और गद्दी पर उछलकर चिल्ला उठा, "कौन साला कहता है कि मेरे दादा की पिटाई हुई थी? बताइए तो उस साले का नाम। बताइए, बताइए...।"

बिना नाम बताए लौट आए जगदीश मास्टर। रामधन बनिया के उछलने और चिल्लाने के साथ ही और जो भी बनिया थे जगदीश मास्टर के भंडार में, सब भाग गए।

*

दस-पाँच बाँसों की जरूरत पूरी कर देने भर से सन्तुष्ट नहीं हो गए थे जगदीश मास्टर। बड़ा सवाल, बहुत बड़ा सवाल, यह था कि आनेवाले दिनों में सुखदा देवी को बभनटोली के ब्राह्मणों के आक्रमण से बचाकर कैसे रखा जाए। सुखदा दी को सावधान तो कर ही देना होगा कि वह भी सतर्क रहे। उन्हें एक-एक क्षण भारी हो रहा था और व्यग्रता बढ़ती जा रही थी।

सुखदा को सावधान कर आने के लिए उन्होंने अजोधी मंडल के घर की ओर कदम बढ़ाए, मगर दो-चार कदम ही चले होंगे कि याद आया, बेटी अनुपमा ने कुछ बताया था। बेटी ने बताया था कि सुखदा दी की खोज में आए किसी भी आदमी को बड़ा रूखा जवाब मिलता है तेतरीवाली चाची से—"मुझे नहीं पता। किस टोला में होगी, किस बहियार में होगी, मुझे नहीं पता। सबको इस बहू का पता ही चाहिए। कभी कोई उसकी सास का हालचाल पूछने भी तो आए। लगता ही नहीं कि इस घर में कोई और भी है। बहू का घर, बहू ही सब कुछ। सास गई भाड़ में।"

मुस्कुराहट बिछ गई जगदीश मास्टर के चेहरे पर। ठीक है, उन्होंने सोच लिया, जाकर सीधे तेतरीवाली के पास बैठेंगे, "सुनाइए, भाभी, क्या हालचाल है? कई दिनों से आपसे मिलने की इच्छा हो रही थी। आज दस काम छोड़कर आया हूँ। पूछने

आया हूँ, बहू की सेवा मिल रही है न?" अन्त में, "बहू को नहीं देख रहा हूँ।"

नहीं, यहीं रुक गए जगदीश मास्टर। लापता सुखदा दी को खोजने किसी टोला या बहियार की ओर तो नहीं जाएँगे वे।

वे घर लौट आए और बेटी अनुपमा को हाँक लगाई।

अनुपमा से उन्होंने कहा, "बेटी, तुम एक बार सुखदा दी के पास जाओ और उससे कहो कि मैंने बुलाया है।"

"अभी तो मैं विद्यालय जा रही हूँ, बाबू," अनुपमा ने जवाब दिया, "विद्यालय से आकर बुला लाऊँगी।"

"नहीं, पहले उसे बोलकर आओ; फिर जाना विद्यालय।"

"मुझे देर हो जाएगी, बाबू। न जाने अभी कहाँ होंगी सुखदा दी; उन्हें ढूँढ़ना पड़ेगा।"

"ढूँढ़ो, पाताल जाकर भी ढूँढ़ो। एक दिन विद्यालय देर से पहुँचोगी, तो पहाड़ नहीं टूट पड़ेगा," बोल गए अनुपमा से उसके बाबू और फिर मन-ही-मन बुदबुदाए, "किसी की जान जोखिम में है, बेटी।"

बेटी पीठ पर बस्ता लादकर विद्यालय और पाताल के लिए विदा हो गई। बाबू पातालवासी के आने की प्रतीक्षा करने लगे।

'पाताल' से निकल आने में देर नहीं लगाई सुखदा दी ने और प्रतीक्षा कर रहे जगदीश बाबू के सामने हाजिर हो गई। जगदीश बाबू ने अत्यन्त गम्भीर स्वर में कहना शुरू किया, "मैं तुम्हें अपनी ओर से और सम्पूर्ण सोलकन समाज की ओर से शाबाशी देता हूँ कि जो काम हम आज तक नहीं कर सके, मैं भी नहीं, वह तुमने कर दिखाया। कर तो दिया, मगर अब तुम्हारी जान और सोलकनों की शान बचाने के लिए हमें तैयार हो जाना पड़ेगा। ब्राह्मणों को ठोकर मारी है तुमने। वे क्रूर हैं, कातिल हैं, अवश्य बदला लेंगे। वे तुम्हें पानी में डुबा मारना चाहेंगे, आग में जला देना चाहेंगे। क्या तुम यह खतरा महसूस नहीं कर रही हो?"

भयमुक्त आवाज में सुखदा दी ने जवाब दिया, "मैं यह जान रही हूँ, चाचाजी, कि मेरी जान खतरे में रही है। यह खतरा सिर्फ बभनटोली के ब्राह्मणों से ही नहीं, सोलकन-टोलों के सोलकनों से भी थी। मेरी एक सहेली थी नेहा। दुलारी चाची की वह भी पक्की चेली थी। भ्रमरपुर में शादी हुई थी उसकी। उसे तो अपने ही लोगों ने मार डाला था। यह खतरा तो अब मेरे ऊपर नहीं रहा कि मैं अपने ही लोगों के द्वारा मारी जाऊँ। और, मैं धीरे-धीरे, अगर ईश्वर की कृपा हुई तो ब्राह्मणों और सोलकनों के बीच के वैर-भाव को ही समाप्त कर दूँगी। तब मुझे उनसे भी खतरा

नहीं रहेगा। मेरा उद्‌देश्य ऐसे समाज की बनावट है, चाचाजी जिसमें न कोई ब्राह्मण होकर जुल्म करेगा और न कोई शूद्र होकर जिल्लतभरी जिन्दगी गुजारेगा।"

कुछ पलों के लिए मौन पसर गया वहाँ, मगर फिर खिन्न मुस्कुराहट के साथ जगदीश मास्टर बोले, "ऐसा मुझे सम्भव नहीं दिखता, सुखदा। यह तुम्हारा सपना हो सकता है। ब्राह्मण अपने आसन से उतरना नहीं चाहेंगे, और सोलकन उन्हें ठोकर मारने का एक भी अवसर हाथ से जाने नहीं देंगे। दोनों के बीच का संघर्ष रुकेगा नहीं।"

"संघर्ष तो बगैर हमारी कोशिश के भी रुक रहा है, चाचाजी। अब तो जरूरी यह है कि हम अपने कुसंस्कार से मुक्त हों। जिन सोलकनों के मन में अभी भी यह भाव है कि हम शूद्र हैं, हम नीच हैं, उसे दूर करना होगा।"

"वह तो दूर हो चुका है, सुखदा दी।"

"तो अब ब्राह्मण भी अपना आसन छोड़ रहे हैं।"

"यह कैसे कहती हो तुम?"

"एक श्लोक दुलारी चाची के मुँह से हमने सुना था,चाचाजी; आपने भी सुना होगा—टका धर्मः टका कर्मः टकैव परमं पदं; यस्य गेहे टका नास्ति हाटे टकटकायते। पैसा खेलता है ब्राह्मण-सोलकन का खेल। जिन ब्राह्मणों के पास पैसा नहीं रहेगा, वे सोलकन हो जाएँगे और जिन सोलकनों के पास पैसा होगा, वे ब्राह्मण बनकर रहेंगे। आप देख तो रहे हैं कि ब्राह्मणों के हाथ से पैसा निकल रहा है और सोलकनों के घर अब बढ़ती का पहरा है। ब्राह्मण जमीन बेच रहे हैं, सोलकन छोटे-छोटे टुकड़े खरीद रहे हैं, सुदभरना पर ले रहे हैं। आप इधर डोमटोली की ओर गए हैं?"

"नहीं।"

"सन्तोखी डोम पक्का मकान बना रहा है।"

"सच?"

"हाँ, देख आइए," सुखदा दी बोली, "और यह मुझसे सुन लीजिए कि इसी बभनटोली का एक ब्राह्मण उससे कर्ज लेकर भी आया है।"

"कौन?"

"यह तो सन्तोखी ने मुझे नहीं बताया और ब्राह्मण ने सन्तोखी को कसम दे डाली थी किसी को भी नहीं बताने के लिए।"

जगदीश मास्टर के होंठों पर मुस्कुराहट उतर आई। मुस्कुराती हुई सुखदा दी ने पूछा, "अब बताइए, चाचाजी, वह ब्राह्मण कभी सन्तोखी के आगे आँख उठाएगा? यहाँ कौन सोलकन, कौन ब्राह्मण? मैं इसी सिद्धान्त पर अपना काम कर रही हूँ—कमाई बढ़ाओ, ब्राह्मण बन जाओ। मुझे सफलता मिल रही है, यह तो आप

भी देख रहे हैं। ब्राह्मण भी इस बात को समझ रहे हैं। तभी तो पैसा कमाने के लिए सारे लाज-लिहाज त्यागकर फूल झा ने यहाँ पान की दुकान खोली और टुन्नी मिसर बनमनखी में पान बेच रहा है। अब तो बभनटोली के निर्धन ब्राह्मण भी अपने बेटों से कहने लगे हैं कि जाओ दिल्ली-पंजाब और कैसी भी नौकरी कर लो वहाँ। कुछ बेटे तो पहुँच भी गए हैं दिल्ली-पंजाब कैसी भी नौकरी करने।"

"वे ब्राह्मण बनकर नौकरी नहीं कर रहे होंगे, सुखदा।"

"वे सोलकनों के बीच उठ-बैठ तो रहे होंगे। मैं तो यहाँ के ब्राह्मणों को भी अपने साथ ले आऊँगी।"

"यह मुझे तो सम्भव नहीं लगता।"

"इसकी शुरुआत तो हो चुकी है, चाचाजी।"

मास्टर ने कुछ पूछा नहीं, गहरी निगाहों से सुखदा की ओर देखने लगे। सुखदा मुस्कुराई और बोली, "बभनटोली की एक ब्राह्मणी आ गई है हमारे साथ, शामिल हुई है हमारे एक समूह में।"

*

पुबरिया बहियार में एक अपरिचित महिला को सुखदा ने कई बार देखा था। कभी वह खेत में काम कर रहे अपने मर्द का कलेवा लेकर आई थी और कभी मर्द की जगह खुद खेतों में मजूरों द्वारा की जा रही रोपनी-कटनी की निगरानी करने। सुखदा ने उस औरत को अपनी ओर घूर-घूरकर देखते भी कई बार देखा था। उस औरत को खेतों में काम करते उसने कभी नहीं देखा था।

एक दिन सुखदा ने उस महिला की ओर इशारा करते हुए झुनिया से पूछा, "वह औरत कौन है, दीदी?"

झुनिया सुखदा के अज्ञान पर हँसी नहीं और अचानक बहुत सिमट-सिकुड़ गई। उसने सुखदा को विस्तार से बताया, "यह बभनटोली की जनानी है, नकुल झा की घरवाली, वही नकुल झा जो गाँव में अखबार बेचता है। इस पुबरिया बाध में उसकी बस एक बीघा जमीन है। जो खुद खेत में काम नहीं करेगा, वह एक बीघा खेत से कितना उपजाकर घर ले जाएगा! बहुत कच्ची गृहस्थी है इसकी, सुखदा। अखबार से कोई खास कमाई होती नहीं। कमलानन्द मिश्र का पेट्रोल-डीजल यही शहर से लाकर देता है, तो कुछ पैसे उसके भी मिल जाते होंगे। नकुल झा पूजा-पाठ कराना भी नहीं जानता। एक बेटा है जो कहीं और रहता है। इसके पास न एक गाय है, न एक बकरी। सोलकन-टोलों में अब एक भी औरत ऐसी नहीं है जिसके पास दो-चार साड़ियाँ नहीं हों। इस औरत को तो मैंने साल-साल भर बस एक ही

साड़ी में देखा है। बभनटोली की यह अकेली औरत है जिस पर मुझे दया आती है। हो बाभन मगर है तो औरत।"

उस औरत के प्रति दया सुखदा के मन में भी घर कर गई। उसने चाहा कि वह अभी ही जाकर उस औरत से मिल आए। चाहा तो, मगर एक अदृश्य बभनटोली उसके सामने आ खड़ी हुई। मास्टर चाचा ने भी तो कहा था, यह तो सम्भव नहीं है, सुखदा, कि...

सुखदा ने किसी सुनहले अवसर का इन्तजार कर लेना चाहा।

कोई सुनहला अवसर नहीं आया। तीसरे ही दिन नकुल झा की पत्नी उसके सामने आ खड़ी हुई। उसने आते ही पूछा था, "आपका नाम सुखदा दी है न?"

"अभी आपके लिए केवल सुखदा, सुखदा देवी।"

"मैं किसी सुखदा देवी को नहीं जानती, सुखदा दी को जान रही हूँ। अब सोलकन-टोलों में जिधर भी मेरी निगाह जाती है, मैं सुखदा दी को ही पाती हूँ। बहुत दिनों से आपसे मिलना चाह रही थी। आपने तो सोलकन-टोलों को बिलकुल बदल दिया है।"

"बदल दिया है?"

"हाँ, मैं देख रही हूँ, एक-एक घर को बदल दिया है आपने। आप जब से आई हैं, गाँव में सरकारी कर्मचारियों का आना-जाना बढ़ गया है। कल की अनपढ़ औरतें आज बैंक जाती हैं, शहर जाकर सरकारी अफसरों से मिल आती हैं। ऐसी शायद ही कोई औरत हो आपके टोलों में जिसने कोई न कोई ट्रेनिंग नहीं ले ली हो या लेने नहीं जा रही हो। यहाँ तो बथुआ साग उपजाने तक की ट्रेनिंग दी जा रही है।"

इतना सुनाकर नकुल झा की पत्नी चुप हुई। कुछ सुस्ताकर उसने सुखदा दी से कहा, "मैं अपना घर भी बदलना चाहती हूँ। आप मेरी मदद कीजिए।"

"आपकी मदद? कैसी मदद?"

"मैं अपने दिन अभाव में काट रही हूँ। मेरे पास बस एक बीघा जमीन है जिससे हमारे परिवार का पेट नहीं भरता। मेरे स्वामी अखबार बेचकर या कभी किसी का कोई सामान शहर से ले आकर कुछ पैसे कमा लेते हैं। यह कमाई बहुत मामूली होती है। मेरा बेटा ननिहाल में रह रहा है।"

"क्या उम्र है आपके बेटे की?"

"तेरह-चौदह साल का है, नाम है शुभंकर।"

"शुभंकर वहाँ पढ़ाई करने गया है?"

"पढ़ाई तो वह यहीं कर रहा था। मामा ने उसकी पढ़ाई छुड़वा दी और अपने साथ लेकर चले गए।"

अपने साथ क्यों ले गए?"

"कहा कि अब पढ़ने-लिखने से कुछ नहीं होगा, कि किसी ब्राह्मण को अब कोई सरकारी नौकरी नहीं मिलेगी। मामा के घर रहकर वह पुरोहिताई सीख रहा है। पुरोहिताई क्या सीखेगा, सुखदा दी! वहाँ तो वह मामागीरी में फँसा हुआ है। नौकर की तरह खटता है। जब भी वहाँ से घर आया है, यह बोलकर गया है कि मुझे वहाँ से बुला लो, माँ। मैं यहीं रहकर कुछ करूँगा। मुझे तो कुछ सूझता नहीं, सुखदा दी, कि मैं क्या करूँ।"

"आपकी इतनी बड़ी बभनटोली है; इस बभनटोली में किसी से आपने कभी मदद माँगी है?"

"शुभंकर के पिता ने चाहा था किताब की एक दुकान खोलना। उसके लिए दुकान की जगह चाहिए और किताबों की खरीद के लिए कुछ पूँजी। बनिया चौक पर कुछ खाली दुकानें हैं डॉक्टर रमेश पाठक की। उसने हमें कोई दुकान देने से इनकार कर दिया। पूँजी के लिए कोई ब्राह्मण पाँच पैसे देने के लिए भी तैयार नहीं हुआ। हम भगवान के भरोसे जी रहे हैं, सुखदा दी। आज घर में कोई घटना-दुर्घटना हो जाए, तो बभनटोली वाले चाहेंगे कि मर रहा है, तो मर ही जाए।"

"कैसी है आपकी यह बभनटोली!"

"बभनटोली तो ऐसी है, सुखदा दी, कि अगर मेरे घर दो पैसे आएँ, तो कितनों का कलेजा जलने लगता है। एक किस्सा सुनाती हूँ आपको। मेरे पास एक खाली कमरा है। उसमें यहाँ के विद्यालय का ही एक मास्टर किराए पर रहता था। किराया मामूली ही था, मगर कुछ पैसे तो आते थे। हमें इधर आकर विद्यालय के चपरासी सहदेव यादव से मालूम हुआ कि बलभद्र झा एक नए मास्टर के लिए किराया का कमरा ढूँढ़ रहा था। बलभद्र झा को मालूम था कि मेरे पास एक कमरा है जिसमें कभी कोई मास्टर रह रहा था, मगर उसने इस नए मास्टर को मेरे घर का पता नहीं बताया। वह मास्टर अभी यादव-टोली में रह रहा है। अगर मास्टर को मेरे घर का पता होता तो जाता कभी वह विद्यालय के पास की बभनटोली छोड़कर उतनी दूर यादव-टोली में रहने? ऐसी है यह बभनटोली। मुझे तो घिन आती है इस बभनटोली से।"

"घिन तो आती है," सुखदा दी बोली, "मगर आप हैं ब्राह्मणी और हमारे साथ होने से आपको बनना पड़ेगा सोलकन।"

"बन जाऊँगी सोलकन," ब्राह्मणी ने झट जवाब दिया, "मैं तो उसी दिन से सोलकन बन गई जिस दिन से मालिक के लिए कलेवा लेकर खेत में आने लगी हूँ। आप विश्वास कीजिए, सुखदा दी, पैसा मिले तो सारे ब्राह्मण सोलकन बनने के लिए तैयार हो जाएँगे। ब्राह्मण का बेटा डोम-चमार को पान खिलाए! रुचिपति मिसर का

बेटा टुन्नी मिसर बनमनखी में पान खिला रहा है या नहीं? लूटन झा का बेटा फूल झा गाँव में ही बनिया चौक पर पान बेच रहा है या नहीं? ललन झा का बेटा पंजाब चला गया है; वह क्या वहाँ कलेक्टर बनने गया था? कहीं सरदार के खेत में रोपनी-कटनी कर रहा होगा या किसी मंडी में ट्रक-ट्रैक्टर में धान-गेहूँ लाद रहा होगा। ब्राह्मण मुखिया अपने घर में मुसहर विधायक को घुसाया नहीं, खाना खिलाया या नहीं? मैं जात को चाटूँ? बन गई सोलकन, आप मदद कीजिए कि मेरे घर में भी दो पैसे आएँ।"

"आपका नाम?"

"विमला देवी," ब्राह्मणी ने जवाब दिया, "मेरे स्वामी का नाम..."

"मुझे मालूम है," हँसकर बोली सुखदा दी, "नकुल झा।" और फिर आगे सुनाया, "मुझे खुशी होगी कि मैं आपकी मदद करूँ। आप हमारे किसी एक 'समूह' का सदस्य हो जाइए। हर माह कुछ बचत आपको भी करनी पड़ेगी। आप अपने बेटे को बुला लीजिए। किताब की दुकान खोलने का आपके स्वामी का निर्णय सही है। जरूरी नहीं है कि किताब की दुकान बनिया चौक पर ही खोली जाए। आप अपने घर पर ही दुकान खोलिए। धनपत विद्यालय के बच्चे किताब खरीदने बनमनखी तक जाते हैं, धनपत में ही आपके घर तक जाने में असुविधा नहीं होगी। अभी छोटी-मोटी दुकान खोल देनी है। पूँजी का प्रबन्ध होते ही दुकान बड़ी कर दी जाएगी। धनपत में आज जितने 'समूह' चल रहे हैं, सबने छोटी पूँजी से काम प्रारम्भ किया था। आपके एक बीघा खेत में भी हम सोना उपजाएँगे। धैर्य और परिश्रम की जरूरत है। आप अपने को तैयार कर लीजिए इसके लिए।"

"मैं तो बस तैयार बैठी थी इसके लिए," विमला देवी ने तरल शब्दों में जवाब दिया, "आपका इन्तजार था।"

जाने से पहले सुखदा दी ने कहा, "आज रात आप अपने स्वामी के साथ भी कुछ सोच-विचार कीजिएगा।"

जाने से पहले विमला देवी ने पूछा, "मैं कल सुबह कुछ और सोच-विचार के लिए आपके घर आ सकती हूँ?"

"अवश्य आइए; मैं घर पर ही रहूँगी।"

"मगर, मैंने आपका घर देखा नहीं है।"

"मैं किसी बच्ची को सुबह में भेज दूँगी आपके पास।"

*

मन नहीं माना जगदीश मास्टर का। लगातार गुदगुदी हो रही थी बदन में। कल ही मिलकर आए थे रामोतार बाबू से और आज फिर चले उनसे मिलने। उन्हें सियाराम

यादव का कहा बार-बार याद आ रहा था कि सुखदा देवी पर हमें गर्व होना चाहिए। और फिर रामोतार मास्टर ने भी तो कुछ कहा था।

रामोतार बाबू से मिलकर हँसने-मुस्कुराने के बाद जगदीश मास्टर ने पूछा, "यह आपने कैसे कहा मास्टर साहब कि एक सुखदा सौ मरदों के बराबर है?"

"अब तो मैं यह भी कहूँगा कि आपके सोलकन-टोलों में कोई मरद रहा ही नहीं; असली मरद तो अब सोलकन-टोलों की जनाना हैं। जिस बात का कभी खयाल भी नहीं आया मरदों में, वह सुखदा देवी ने औरत होकर कर दिखाया। कभी आपके किसी मरद को हिम्मत हुई थी किसी ब्राह्मण पर लाठी चमकाने की?"

"यह बात तो आप मानेंगे," मुस्कुराकर जगदीश मास्टर बोले, "कि सुखदा देवी के पीछे मरदों का बल है?"

"यह बल इसलिए है कि अब सोलकन-टोलों के मरद अपनी औरतों के वश में हैं। सारे मरद अपनी-अपनी औरतों के वश में और सारी औरतें सुखदा देवी के वश में।"

"मैं अपनी औरत के वश में नहीं हूँ, यह जान लीजिए," जगदीश मास्टर बोले, "मगर, हाँ, आपकी बात में कुछ सच्चाई है। मेरी समझ में ऐसा इसलिए हुआ है कि सुखदा ने गाँव में कुछ विकास का काम किया है और अब हर घर में सिर्फ मर्द की कमाई ही नहीं आती, औरतों की भी अच्छी कमाई आ रही है। अब जाकर औरत लक्ष्मी हुई है।"

"विकास का काम तो अब हर गाँव में हो रहा है, जनाब, मगर ऐसा मैंने नहीं सुना है कि किसी गाँव में एक औरत हाँक लगाए और गाँव की सारी औरतें उस हाँक पर दौड़ पड़ें। यह तो कोई जादू जैसा है।"

"हाँ, यह सुखदा नैहर से कोई जादू सीखकर आई है।"

"कोई वशीकरण मंत्र?"

हँस पड़े जगदीश मास्टर, "हाँ, कोई वशीकरण ही।"

"एक बार बचपन में, सातवीं-आठवीं कक्षा में, मुझ पर भी वशीकरण का भूत सवार हुआ था। मैं कुछ लोगों को अपने वश में लाकर उन्हें दंड देना चाहता था। मुझे गाँव की हाट में बिकने आई कुछ किताबें मिलीं जिनमें वशीकरण का जिक्र था। मुझे एक मंत्र की पहली पंक्ति अभी तक याद है—'शनिवारे तु सन्ध्यायांगच्छेद्रद्रम्यं सरोवरम्।' मंत्र लम्बा था और इसमें बताए विधि-विधान को साधना मेरे लिए सम्भव नहीं था। कौआ-तंत्र, उल्लू-तंत्र और गिद्ध-तंत्र को भी मैंने खँगाला। अब कैसे किसी शनिवार को मैं किसी कौए को मारता, या किसी सोम-मंगल को किसी उल्लू को पकड़ता! सारी किताबें बेकार हो गईं। इस सुखदा को देखकर मुझे वशीकरण की

याद आ गई है। मगर सोचता हूँ कि वशीकरण के सारे विधि-विधान साध भी लिये होंगे उसने, तब भी उसका जादू किसी एक या दो पर ही चलता। यह कैसे हो गया कि पूरी की पूरी जमात को एक हाँक पर बुलाकर हाँकने लगती है?"

"अचरज की बात तो है, मास्टर साहब," जगदीश मास्टर बोले, "यह जादू तो किसी कामरू-कामाख्या की जादूगरनी के पास ही हो सकता है। मगर मैं पूरे विश्वास से कह सकता हूँ कि वह कभी कामरू-कामाख्या जादू सीखने नहीं गई है।"

"आपका विश्वास सही है," रामोतार बाबू बोले और पूछा, "आप यह बताइए कि इसकी शिक्षा दसवीं कक्षा तक की ही है या कुछ अधिक पढ़ी-लिखी है यह औरत?"

"यह तो पक्की मानिए कि यह दसवीं पास ही है," जगदीश मास्टर ने जवाब दिया, "उसके बाद इसे जो भी शिक्षा मिली है, वह इसकी किसी दुलारी चाची से मिली है। यह धनपत में जो भी कर रही है, वह इस दुलारी चाची के बताए रास्ते पर चलकर ही कर रही है। मेरे जानते यह दुलारी चाची भी कोई बहुत पढ़ी-लिखी औरत नहीं है; हाँ, इसका बाप कुछ पढ़ा-लिखा विद्वान था और वह अपनी सारी विद्वत्ता अपनी इस बेटी में डालकर मरा।"

"कैसी भी विद्वत्ता रही हो दुलारी चाची के बाप में, मगर..."

"मगर क्या?"

"ऐसा तो हो सकता है कि एक औरत बहला-फुसलाकर ढेर सारी औरतों को अपने वश में कर ले," रामोतार बाबू बोले, "मगर ऐसा कैसे हो सकता है कि औरतें सारे मरदों को नकलोल बना दे, जैसा आपके सोलकन-टोलों में देख रहा हूँ?"

"मुझे तो नकलोल नहीं कह सकते," जगदीश मास्टर ने कहा, "मगर, हाँ, औरों को तो देख ही रहा हूँ कि उन्हें 'पोदिनमा के नाती' का डर सताता रहता है।"

"ऐसा हुआ है, और अगर ऐसा हुआ है तो..." बोलकर हँस पड़े रामोतार मास्टर।

"हँसे क्यों?" जगदीश मास्टर के होंठों पर भी मुस्कुराहट आ गई।

"अगर ऐसा हुआ है," रामोतार मास्टर ने सुनाया, "तो मैं यह मानने को मजबूर हूँ कि जिस उपाय को मैं जान रहा था, उस उपाय की जानकारी इस सुखदा देवी को भी थी और उसने ही सारी औरतों को इस उपाय की जानकारी दे दी है।"

"कौन-सा उपाय, रामोतार बाबू?"

"बताता हूँ।"

कुछ क्षणों तक मुस्कुराते रहने के बाद रामोतार बाबू ने बोलना शुरू किया, "मुझे बीस-बाईस सालों से डायरी लिखने की आदत रही है। पूरा दिन नहीं होता मेरी डायरी में, दिन भर की मेरी पसन्द की खबरें या सूचनाएँ रहती हैं। अपनी डायरी देखकर मैं आपको यह भी बता सकता हूँ कि बीस साल पहले घी या चावल

किस दर से बिकता था। आपके धनपत की भी कई घटनाएँ मेरी डायरी में आ गई हैं। तीन-चार साल पहले किसी किताब में मुझे ज्ञान की एक बात पढ़ने को मिली। मजेदार बात थी और मैंने उस ज्ञान को अपनी डायरी में उतार लिया। उस पुरानी डायरी को कल मैंने खोज निकाला।"

"मेरा ज्ञान भी बढ़ा ही दीजिए।"

रामोतार मास्टर उठे, अपनी अलमारी से एक डायरी निकाली और 'ज्ञान' के पन्ने को खोजकर पढ़ना शुरू किया, "एक नाटक है 'लेसिसट्राटा', लगभग दो हजार साल पहले यह ग्रीक में लिखा गया था, लिखनेवाला नाटककार एरिस्टोफैंस। यह नाटक इतना लोकप्रिय हुआ है कि आज भी बड़े उत्साह से यह खेला जाता है।"

"है क्या इस नाटक में?"

"नाटक में यह कथा है कि प्राचीन ग्रीक राज्य में सारे बड़े शहर हमेशा ही एक दूसरे से लड़ते रहते थे। इन लड़ाइयों के कारण सारे मर्द हमेशा युद्ध में ही व्यस्त रहते थे। राज्य में औरतों और बच्चों का बुरा हाल था। बदहाली से बचने के लिए एथेंस शहर की लेसिसट्राटा नाम की महिला ने एक आन्दोलन खड़ा किया और सभी युद्धरत शहरों की महिलाओं को इससे जोड़ा। आन्दोलन से जुड़ी सारी महिलाओं ने अपने पतियों और प्रेमियों के साथ शारीरिक सम्बन्ध बनाने से इनकार कर दिया। उनका कहना था कि जब तक सारे पुरुष युद्ध को अनैतिक मानते हुए युद्ध से विमुख नहीं हो जाते तब तक वे मरदों को अपनी देह भी छूने नहीं देंगी। यह ऐसा आन्दोलन हुआ कि वेश्यालयों तक में हड़ताल हो गई। पुरुष परेशान हो गए, युद्ध से तौबा किया। युद्ध समाप्त हुआ; शान्ति स्थापित हुई।"

बोलकर चुप हुए रामोतार बाबू, तो कुछ सोचकर जगदीश मास्टर बोले, "ऐसा केवल नाटकों में ही हो सकता है।"

"नाटक के बाहर भी हुआ है ऐसा।"

"कहाँ हुआ है ऐसा?"

"बहुत सारे देशों में समय-समय पर औरतों ने अपने अधिकार के लिए इस आन्दोलन का सहारा लिया है, 'सेक्स स्ट्राइक' का सहारा। केन्या में हुआ, कोलम्बिया में हुआ, लाइबेरिया में हुआ, फिलीपींस में हुआ। हाल-हाल में अमेरिका में भी हुआ जहाँ औरतों ने नए गर्भपात कानून के विरोध में सेक्स स्ट्राइक शुरू की।"

"आप अलाय-बलाय देश का नाम ले रहे हैं। हुआ हो कहीं ऐसा, हमारे यहाँ ऐसा न कभी हुआ है, न कभी होगा।"

"जहाँ अब हुआ है, वहाँ भी पहले कभी नहीं हुआ था। मुझे तो लगता है कि दुलारी चाची के पिता के पास इस आन्दोलन की खबर हो और उन्होंने मरदों को

झुकाने का यह उपाय अपनी बेटी दुलारी चाची को बता दिया हो। दुलारी चाची भला कैसे भूल जाती अपनी शिष्या को यह उपाय बताना! आप पता लगाइए, इस आन्दोलन की मार यहाँ के मरदों पर तो नहीं पड़ी है? एकाएक मरद के हाथ की लाठी औरत के हाथ में आ जाए! अचरज की बात।"

"लाठी आ गई औरत के हाथ में, मगर उपाय वह नहीं जो आप बोल रहे हैं।"

"हो सकता है कि आपकी घरवाली को इस आन्दोलन से जोड़ा नहीं गया हो, जोड़ने की जरूरत समझी नहीं गई हो। तभी तो आप अभी भी फुदकते चल रहे हैं। आप यह पता लगाइए कि जो औरतें सुखदा दीदी से चिपकी हुई हैं, उनके मरदों को कभी अपनी घरवाली से कोई धमकी मिली थी क्या?"

"धत!" जगदीश मास्टर ने साफ इनकार कर दिया, "अब मैं एक-एक मरद से पूछने जाऊँ कि...चलता हूँ।"

*

यह घटना किसी अगलगी से कम नहीं थी। अगले दिन शायद ही कोई सोलकन घर से बाहर निकला हो। सब घर के बाहर मचानों पर बैठे रहे थे। बभनटोली से बस एक हरिमोहन झा अपने कार्यक्रम के अनुसार सोलकन-टोलों की ओर निकले और किसी मचान की ओर न जाकर बैजनाथ भगत की दुकान पर आ बैठे।

गद्दी पर बैठते ही उन्होंने भगत जी से पूछा, "कल का नजारा तो देखा ही होगा, भगत जी?"

भगत जी हँस पड़े, "हाँ, पंडित जी, देखा, खूब देखा।"

"अच्छा लगा?"

धनपत का हर आदमी, वह ब्राह्मण ही क्यों न हो, हरिमोहन झा के हर प्रश्न का बहुत सावधानीपूर्वक जवाब देता है। अगर बैजनाथ भगत अभी कह दे कि अच्छा लगा, तो यह बभना बाभनों के बीच इतना तक प्रचार कर सकता है कि इस घटना के पीछे बैजनाथ भगत का हाथ लगता है, क्योंकि जो हुआ वह उसे बहुत अच्छा लगा। बैजनाथ भगत जवाब तैयार करने के लिए कुछ देर हँसते रहे और फिर अपना जवाब सुना दिया, "अच्छा क्या और बुरा क्या, पंडित जी, देखते जाइए, नए जमाने में क्या-क्या होता है।"

"यह तो अच्छी बात है कि आप नए जमाने पर नजर गड़ाए हुए हैं और पुराना जमाना आपको याद है," हरिमोहन झा बोले, "पुराना जमाना मुझे भी अच्छी तरह याद है। जो औरतें कल हाथ में लाठी लेकर निकलीं, वही औरतें कभी 'जट-जटिन' खेलती थीं। वे गाती थीं कि अब वह उसी तरह चलेंगी जिस तरह गाँव का जमींदार

चलता है; वह हाथ फेंककर चलेंगी, गोड़ फेंककर चलेंगी; जिस तरह बाँस का 'कोपरबा' चलता है, उस तरह चलेंगी; 'काँच करचिया' की तरह झुककर नहीं, केले के थम्भ की तरह तनकर रहेंगी। ऐसे गीत वे गाती जरूर थीं, मगर पूरा नाच-गान होता था मरदों से छिपाकर। कोई मरद कुछ सुनने न पाए, कुछ देखने न पाए। आज क्या हो गया, भगत जी! दिन दहाड़े, बीच सड़क से ये औरतें हाथ फेंककर चल रही हैं, गोड़ फेंककर चल रही हैं, केले के थम्भ की तरह तनकर चल रही हैं, 'काँच करचिया' की तरह झुककर नहीं, बाँस के 'कोपरबा' की तरह गरदन उठाकर चल रही हैं। 'बाबा की दुलारी बेटी' अब 'ऐंठकर' चलेगी! बेलगाम! एक कदम आगे कि इस नए जमाने ने इन औरतों के हाथ में लाठी भी थमा दी है, मरदों को लठियाने के लिए। अब मरदों के लिए समय आ गया है 'काँच करचिया' की तरह झुककर चलने का। आ गया है न?"

"जमाना जो आए सो आए," भगत जी बोले, "हम तो अपने जमाने में ही रहेंगे।"

"मुझे तो खबर है कि आप भी बदल गए हैं।"

"मैं?"

"हाँ, गाँव में कुछ हल्ला है ऐसा।"

"क्या हल्ला है?"

"यही कि सोलकनों को आपसे ही बल मिलता है, कि आप उनको अपने सिर चढ़ाए हुए हैं।"

"झूठा हल्ला है।"

"हल्ला करनेवालों को मैंने भी यही जवाब दिया था। मैंने उनसे कहा कि भगत जी इतने मूर्ख नहीं कि उन सोलकनों की मदद करें जो जनम से ही कृतघ्न होते हैं। है यहाँ कोई सोलकन अपने बाप-भाई का भी भला करनेवाला या भला चाहनेवाला? इन सोलकनों में सात बूढ़े-बूढ़ी ऐसे हैं जो बुढ़ापे में भी अपना खाना खुद पकाते हैं। न बेटा पूछता है, न पतोहू। भगत जी को क्या यह सब नहीं मालूम? हाँ, अगर खबर सच्ची है, तो इसका मतलब है कि अगले चुनाव में भगत जी मुखिया का चुनाव लड़ेंगे। तब तो सोलकनों को पटाकर रखना ही पड़ेगा। इतने से यह नहीं कहा जा सकता कि भगत जी हमेशा के लिए सोलकनों के अपने हो गए।"

"नहीं-नहीं, ऐसा कुछ नहीं है," भगत जी ने हरिमोहन झा को और कुछ बकने से रोक दिया, "न तो मैं कोई चुनाव लड़ूँगा और न कभी सोलकनों पर भरोसा करूँगा। मैं इन्हें अच्छी तरह पहचानता हूँ। मेरे पिता जी मुझसे कहा करते थे कि कभी राड़ का विश्वास नहीं करना, ये बहुत कृतघ्न होते हैं। पिता जी ने तीन सोलकनों का इलाज पूर्णिया के डॉक्टर से करवा दिया था, तीनों दगाबाज निकले। उन्होंने मरने

के समय मुझसे कहा था कि अगर कभी कोई भारी मुसीबत आए तो बभनटोली की शरण में जाना। ज्ञानी दुश्मन भी अच्छा, मगर राड़-गँवार दोस्त नहीं अच्छा। मैं तो अब किसी सोलकन को एक पैसा का भी उधार नहीं देता। क्या कर लेगा? मुझे मालूम है कि धनपत में रहना है तो किसके साथ चलना है।"

"वही तो, वही तो," हरिमोहन झा बोले, "जिसने मुझे सुनाया कि सोलकनों को आपसे ही बल मिलता है, उसे मैंने डाँट दिया कि ऐसा हो नहीं सकता। जैसे बैजनाथ भगत के पिता जी थे, ठीक वैसे ही बैजनाथ भगत खुद भी हैं।"

"मुझे तो पता तक नहीं चला कि औरतें फूल झा की दुकान पर चढ़ाई करेंगी," बैजनाथ भगत ने अपनी बात कही, "नहीं तो मैं तुरन्त आपके पास खबर पहुँचा देता। अब तो मैं पल-पल की खबर रखूँगा और आप नहीं मिले इधर तो आपके घर जाकर सावधान कर दूँगा।"

हरिमोहन झा हँसे, "मैं जानता हूँ आपको, जानता हूँ। आराम कीजिए, अब मैं चलता हूँ।"

"रुकिए," भगत जी ने आग्रह किया, "चाय पीकर जाइए।"

*

बछड़ू मंडल के घर से रमण ठाकुर को निकलते देखा बैजनाथ भगत ने, तो उसका माथा ठनका, एक जासूस गया नहीं कि दूसरा हाजिर। और जब देखा कि वह तो उसकी दुकान की ओर ही चला आ रहा है, तो उसने माथा पीट लिया कि वह अवश्य कल की घटना की लपेट में आ गया है।

दूसरे जासूस के दुकान के अन्दर घुसते ही गद्दी को हाथ से झाड़कर सादर बैठाते हुए बैजनाथ भगत ने बहुत मीठे स्वर में पूछा, "इधर कैसे आना हुआ रमण बाबू?"

"आना पड़ता है, कभी-कभी फुरसत निकालकर आना पड़ता है, भगत जी," रमण ठाकुर ने जवाब दिया, "आज फुरसत इसलिए मिल गई कि पूर्णिया नहीं गया। पूर्णिया से लौटकर आते रात हो जाती है। रात में कहीं निकल नहीं पाता। जिस दिन पूर्णिया गया नहीं, उस दिन समझिए कि तीन-चार सौ का नुकसान हो जाता है। आज पूर्णिया गया ही नहीं। पूर्णिया की बस ही नहीं आई। अब गाँव में रह गया तो गाँव वालों पर नजर चली गई।"

"यह तो वही बात हुई कि कुआँ प्यासे के पास चला आया।"

रमण ठाकुर जोर-जोर से हँस पड़े, "प्यासा को मरता देख क्या करे गाँव का कुआँ!"

"कौन प्यासा मर रहा है?"

"आपका बछड़ू मंडल," रमण बाबू बोले, "आपके सामने घर है उसका; आपको पता नहीं?"

"पता तो मुझे है, रमण बाबू," भगत जी ने जवाब दिया, "मगर मुझे लगता है कि जिन छोकरों ने इस ठंड में मरनेवालों की गिनती की थी वह सही गिनती ही थी। मुझे नहीं लगता है कि बछड़ू इस बार की ठंड को झेल लेगा। घर वालों को लगता ही नहीं कि घर में कोई बूढ़ा बाप भी है। कितनी बार तो वह मुझे पुकार चुका है, 'हो बैजू बाबू, मुझे खाना नहीं देता है बेटा। आप लिखवा लीजिए मेरी जमीन-जायदाद, मेरा इलाज करवा दीजिए। मुझे कुछ पैसा-अनाज दीजिए, बैजू बाबू।' मैंने उसके दोनों बेटों को काफी डाँटा-फटकारा है मगर कोई असर नहीं। जब पतोहुएँ ही बिगड़ी हुई हैं, तो बेटे भी क्या करें! बछड़ू तो बेसहारा हो गया है।"

"इसका एक बेटा तो घर छोड़कर ही भाग गया," रमण बाबू बोले, "सुना कि ससुराल में घरजँवाई बनकर रह रहा है। तीन-तीन बेटे, मगर बूढ़े को किसी ने सहारा नहीं दिया।"

"तीसरा बेटा उपिया बहुत दोषी नहीं है," भगत जी ने सुनाया, "वह कुछ भला सोचकर ही घर से निकला है। यहाँ उसके पास कट्ठा भर जमीन नहीं; ससुराल जाते ही तीन-तीन बीघे जमीन का मालिक हो गया। उसके बाद भी ऐसा नहीं कि उसने बाप को बिलकुल छोड़ दिया। उसकी बहू तो हीरा है। बहुत भाग्य से ऐसी पतोहू बछड़ू को मिली थी। यह पतोहू तो बहुत निहोरा करती है सास-ससुर का उसके साथ सिरसी में रहने के लिए, मगर न तो बुढ़िया अपना घर और अपने पोतों-पोतियों को छोड़कर जाने के लिए तैयार होती है और न बछड़ू ही अपनी डीह छोड़कर जाने को तैयार होता है। सबसे छोटा उपिया तो ससुराल में खेती-बारी करने के बाद पंजाब चला जाता है कमाई करने और यहाँ बाप को देखने कभी-कभार ही आ पाता है, मगर उसकी घरवाली बराबर आया करती है सास-ससुर को देखने। सिरसी से आते-जाते समय नहीं लगता है। तीन-चार दिन पहले भी आई थी वह। मगर वह भी कितना आए; अब तो उसे भी बाल-बच्चे हुए, परिवार बड़ा हुआ। मुश्किल से समय निकाल पाती होगी वह यहाँ आने के लिए।"

"बीमार बूढ़े की देखभाल इस तरह तो नहीं होती है, भगत जी," रमण ठाकुर ने कहा, "इस बछड़ू की देखभाल तो किसी भी तरह नहीं हो रही है। बाप कोई तकलीफ बताता है बेटे को, तो बेटा महेन्दर आता है मेरे पास और कोई टैबलेट लेकर चला जाता है। मैंने कितनी ही बार कहा है कि चलो पूर्णिया, किसी डॉक्टर से दिखला देता हूँ, मगर कभी उसने मेरी बात पर कान नहीं दिया।"

"बेटा बड़े खर्च में नहीं पड़ना चाहता है," भगत जी बोले, "बाप बूढ़ा भी तो हुआ। बेटों को यह भी लगता होगा कि अब बीमार बाप पर पैसा लगाना बेकार है।"

"बाप बूढ़ा नहीं हुआ है, बेटों ने उसे बना दिया है बूढ़ा। बछड़ू क्या विष्णुकान्त झा से अधिक बूढ़ा है? अस्सी पार कर चुके हैं विष्णुकान्त झा मगर अभी भी हाल और चाल दोनों दुरुस्त। पिछले चार साल से तो उनके बेटे नजर टिकाए बैठे हैं कि बूढ़ा अब टें बोलेगा, अब टें बोलेगा, मगर बूढ़ा तो लगता है कि काला कौआ खाकर बैठा हुआ है। पिछले चार साल से तो मैं देख रहा हूँ बूढ़े को कातिक में सिमरिया घाट जाकर मास-स्नान करते हुए। कभी सर्दी-खाँसी तक नहीं हुई। बुढ़ापा इलाज माँगता है, भगत जी, इलाज। मैं उन्हें हर साल एक बार पूर्णिया अपने साथ ले जाता हूँ डॉक्टर को दिखाने। सालों भर दवा खाते हैं वे, तब कहीं टनाटन बने रहते हैं। ठंड से आदमी खाक मरेगा, मरता है इलाज नहीं होने से। शहर में अस्सी का बूढ़ा साठ का लगता है और देहात में साठ का बूढ़ा अस्सी-नब्बे का। शहर में आदमी चालीस पार करते ही डॉक्टर के पास जाने लगता है बिना रोग के भी। यहाँ महारोग होने पर भी गाँव के अन्दर एकटकिया टैबलेट और पँचटकिया जन्तर-मन्तर से जो इलाज हो जाए, बाहर नहीं जाएगा किसी डॉक्टर के पास बटुआ खोलने। बछड़ू कितना झुलझुल बूढ़ा लगता है; लगता है, अस्सी पार कर चुका हो। इसमें सिर्फ बेटों का ही दोष नहीं है, बाप भी इलाज कराने से कतराता है। बछड़ू आपसे कहता है कि लिखवा लीजिए जमीन-जायदाद; कुछ पैसा-अनाज दीजिए। एक बार कहिए तो लिख देने। लिखेगा? कभी नहीं लिखेगा। उसके पास तो केवल उसकी डीह है, जिस बाप के पास खेती की जमीन है, वह भी एक-आध टुकड़ा बेचकर इलाज कराने के लिए तैयार नहीं होता है। चार दिन पहले का किस्सा है। मैं दुधानी गया था एक रोगी को देखने। करीब एक महीना पहले उसका बेटा अपने रोगी बाप के लिए दवा लेने आया था मेरे पास। रोग को अच्छी तरह समझ लेने के बाद मैंने रोगी को पूर्णिया के किसी अच्छे डॉक्टर से दिखलाने की सलाह दी। उसके साथ मैं भी गया पूर्णिया। डॉक्टरी इलाज में खर्च तो है ही। बहुत तरह की जाँच करवानी पड़ती है। उसके पैसे कम पड़ गए। बेटा बोला, घर जाकर पैसे का इन्तजाम करना पड़ेगा। जब महीना गुजर जाने पर भी वह मेरे पास नहीं आया, तो मैं ही उसके घर दुधानी गया। उसका किस्सा यह है, भगत जी, कि उसके पास तीन-चार बीघे जमीन है। बेटा एक-आध बीघा बेचने के लिए तैयार है, मगर बाप ही बेचने को तैयार नहीं है। बाप ने मुझसे कहा, 'जमीन नहीं बेचूँगा अपने इलाज के लिए। इलाज के बाद भी कितने दिन बचूँगा! अब यह तो नहीं होगा कि मरते-मरते बेटे को छूँछा कर डालूँ।' मैं समझाकर थक गया, मगर बाप टस-से-मस नहीं हुआ।

एक बीघा बेच लेने से वह कंगाल नहीं हो जाता, मगर मेरे सामने 'नहीं जी, नहीं जी' की रट लगाता रह गया।

"यही हाल इस बछड़ू का भी है। मैंने कहा कि गाय बेच डालिए; तीस हजार तो निकल ही जाएँगे, मगर साफ इनकार कर गया, 'नहीं डॉक्टर बाबू, इसी गाय के दूध से तो जिन्दा हैं हम। बाल-बच्चों को भी दूध का आसरा रहता है। आप अपनी दवा से ही जब तक हो सके मुझे जिन्दा रखिए।"

"घर-जमीन से तो मोह होता ही है, रमण बाबू," भगत जी बोले, "मगर इसके बेटों के पास पैसा है, वे बाप का इलाज करवा सकते हैं, मगर बाप पर खर्च करना नहीं चाहते।"

"मैं तो कहता हूँ कि अभी धनपत में जो भी मर रहा है, बिना इलाज के मर रहा है। इलाज के अभाव में मरता है कोई और, और दर्द होता है मुझे। मुझे तो गाँव के सारे रोगियों की जानकारी है। दसों के नाम गिना सकता हूँ जिनके घर गया हूँ मैं और समझाया है कि पूर्णिया चले इलाज के लिए। इससे अधिक तो कुछ मैं नहीं कर सकता। हाँ, इनके मरने पर दुख मुझे जरूर होगा।"

"आप तो गाँव की सेवा कर रहे हैं, रमण बाबू," भगत जी बोले, "आपको दुखी क्यों होना! जिसके भाग्य में जो लिखा है, वह तो होगा ही। आप सेवा करते रहिए; ईश्वर आपको फल देगा।"

"अब चलता हूँ, भगत जी; दुकान पर मेरी खोज हो रही होगी। छोटा भाई विमल दुकान पर रहता तो है, मगर सब लोग मुझे ही खोजते हैं," रमण बाबू बोले और उठते-उठते पूछ बैठे, "आपकी तबीयत कैसी है? आपका बेटा नन्दलाल कभी-कभी आता है दवा लेने।"

"मैं ठीक हूँ, रमण बाबू, बिलकुल ठीक हूँ। कभी दिक्कत होगी, तो आऊँगा ही आपके पास।"

"मैं जब गाँव में नहीं हूँ तो समझ लीजिए कि पूर्णिया में रमेश बाबू के क्लीनिक में हूँ। उनका क्लीनिक सदर अस्पताल के पास ही है, दस कदम पर। आप तो गुलाबबाग जाते ही रहते हैं। मुझसे मिलना हो तो सीधे उनके क्लीनिक में चले आइए। रमेश बाबू आपको भी जानते ही होंगे।"

"ठीक है, रमण बाबू, कृपा बनाए रखिए।"

*

जगदीश मास्टर के पास यह गलत आँकड़ा था कि गाँव में कुल तेरह पियक्कड़ हैं, इससे तो कुछ अधिक की गिनती मास्टर की छोटी बेटी अनुपमा के पास थी।

असली आँकड़ा था झुनिया के पास। उसने घर-घर जाकर घर की औरतों से पता लगा लिया था कि किस घर में कौन मर्द दारू पीता है। उसके हिसाब से दारू पीनेवाले कुल सत्ताइस पियक्कड़ थे गाँव में। दारू कहाँ जाकर पीते हैं या कहाँ से मँगाते हैं, यह जानकारी उसके पास भी नहीं थी।

बहुत आसान नहीं था यह जानकारी किसी औरत से ले लेना कि उसका मरद दारू पीता है या नहीं। उसे खबर है कि दारू पीनेवाले को सरकार जेल में डाल देती है, खबर है कि पुलिस घर-घर जाकर लोगों के मुँह सूँघती है। लगभग हर औरत ने कुछ इसी तरह पूछा है झुनिया से, "हे झुन्नो, सुखदा दी ने कहा है पूछने के लिए?"

झुनिया हँसकर जवाब देती है, "हाँ।"

"पुलिस को नाम भेजेगी?"

"आपका कोई अहित नहीं करेगी।"

"नाम भेजेगी तब अहित तो हो ही जाएगा। मैं इतना ही तो चाहूँगी कि मरद दारू पीना छोड़ दे; यह तो नहीं चाहूँगी कि उसे जेल हो जाए। अगर नाम पुलिस को भेजेगी, तो सुन लीजिए कि मेरा मरद दारू नहीं पीता है।"

"अगर नाम पुलिस को नहीं भेजेगी, तब?"

"घर से तो रोज किरिया खाकर निकलता है कि अब शराब को हाथ भी नहीं लगाएगा मगर..."

"मगर आता है रोज शाम दारू पीकर?"

"हाँ, पीकर ही आता है मगर मुझे लगता है कि धीरे-धीरे दारू से उसका मन फट रहा है। आप मान लीजिए कि मेरा मरद अब दारू नहीं पीता।"

"आप भी जान लीजिए," झुनिया सुना देती है, "कि सुखदा दी कुछ ऐसा ही काम करेगी कि कोई पियक्कड़ जेल जाए भी नहीं और दारू पीना भी छोड़ दे।"

धनपत में नकुल झा अखबार बाँटते हैं। अखबार रोज पूर्णिया वाली बस से आता है। जिस दिन बस नहीं आई, उस दिन अखबार भी नहीं आता है। पूरे धनपत में नियमित रूप से कुल पन्द्रह लोगों के पास आता है अखबार। चुनाव के दिनों में कुछ और लोग भी नकुल झा के ग्राहक बन जाते हैं। अखबार की कीमत में अपनी मेहनत के पचास पैसे जोड़ देते हैं नकुल झा। हर महीने हिसाब न भी हो, मगर अगहन में बकाया चुकता हो जाता है।

कभी-कभी कुछ खबरें अखबार से निकलकर धनपत के टोलों में नाचती भी हैं। खबरें खुद नाचती हैं, कोई नचाता नहीं है इन्हें। पहली बार एक खबर ऐसी छपी जिसे नचाया गया। यह मान लिया गया कि इस नाच के पीछे सुखदा दीदी

का हाथ है, मगर देखा यह गया कि खबर नचाने का काम धनपत विद्यालय की पाँच-छह छात्राएँ कर रही हैं।

सबसे आगे थी इतवारी ऋषिदेव की बेटी सुशीला, उसके पीछे जगदीश मास्टर की बेटी अनुपमा, साथ में गोनर की बेटी सुगिया और रग्घू की बेटी टिटही उर्फ सुनयना। कुछ तमाशबीन लड़कियाँ भी आनन्द मनाने इन सबके साथ चल रही थीं। हर घर के आगे खबर पढ़ी जाने लगी...

सुशीला प्रारम्भ करती है, "आज की ताजा खबर, ताजा खबर। शराबियों पर भारी बीवी की पहरेदारी। आज की ताजा खबर। शुरू हो गई शराबियों की गिरफ्तारी। घर में चल रही बीवी की चौकीदारी। आज की ताजा खबर।"

अनुपमा अखबार की खबर पढ़ती है, "खबर है कि सीमांचल में शराबियों को केवल वर्दी से ही खतरा नहीं है, बीवी की पहरेदारी भी उन पर भारी पड़ रही है। पति के शराब पीने की लत से परेशान महिलाएँ अब उन्हें जेल भिजवाने से भी गुरेज नहीं कर रही हैं। पूर्णिया प्रमंडल के चारों जिलों में एक साल के दौरान साठ से अधिक शराबियों को अपनी बीवी के कारण जेल जाना पड़ा है। इसमें सबसे अव्वल पूर्णिया रहा। पूर्णिया में कुल पचीस महिलाओं की सूचना पर उनके शराबी पतियों को पुलिस ने गिरफ्तार कर जेल भेज दिया। इसी तरह कटिहार, अररिया व किशनगंज में भी इस तरह के पैंतालीस से अधिक मामले सामने आए।

"छह माह पूर्व के नगर थाना क्षेत्र की रजिया बेगम शराबी पति के खिलाफ आवेदन लेकर एसपी के जनता दरबार में पहुँच गई। एसपी ने उनके आवेदन पर थाना को कार्रवाई का निर्देश दिया और शराबी पति को पुलिस ने नशे की हालत में गिरफ्तार कर लिया।

"मुफस्सिल थानाक्षेत्र में एक महिला ने पुलिस को फोन से सूचित किया कि उनके पति रोज शाम में शराब पीकर आ जाते हैं। घर में मारपीट और हो-हल्ला करते हैं। इस सूचना पर जब पुलिस मौके पर पहुँची तो शराबी पति नशे की हालत में पाया गया। उसे गिरफ्तार कर लिया गया।

"महिला अब काफी जागरूक हो चुकी हैं। अगर पति भी शराब पीकर घर आता है या फिर उनके साथ मारपीट करता है तो तत्काल महिलाएँ इसकी सूचना पुलिस को देती हैं। सूचना पर पुलिस भी तत्काल कार्रवाई करती है और सम्बन्धित व्यक्ति को गिरफ्तार कर जेल भेज देती है।

"धमदाहा की अहिल्या देवी कहती हैं, 'मेरे पति अक्सर शराब पीकर घर आ जाते थे। जो कमाते थे शराब में उड़ा देते थे। घर आने पर गाली-गलौज आम

बात थी। घर-परिवार के लोग समझाकर थक गए, मगर उनमें सुधार नहीं हुआ। मैंने खुद पुलिस को सूचना दी। पुलिस गिरफ्तार कर ले गई। जेल से आने के बाद अब ठीक से रह रहे हैं।"

"पुलिस परिवार परामर्श केन्द्र में भी इस तरह की शिकायतें पहुँचती रही हैं। अब भी पचास फीसदी ऐसे मामले होते हैं जिनमें पत्नी का यह आरोप रहता है कि शराब की लत के कारण पति परिवार की सुध नहीं लेते हैं। ऐसे मामले में पति को चेतावनी दी जाती है। लोग शराब छोड़ते भी हैं।"

अनुपमा का खबर पढ़ना समाप्त होता है तो सुशीला अपनी आवाज बुलन्द करती है, "हर गाँव की औरतें जागरूक हो गई हैं। अब धनपत की औरतें भी जग जाएँ और घर की चौकीदारी शुरू कर दें। उन्हें भी वही करना है जो धमदाहा की अहिल्या देवी ने किया है।"

इसके बाद रजिया बेगम और अहिल्या देवी जिन्दाबाद के नारे लगाए जाते हैं और फिर पूरी टोली दूसरे घर का रुख करती है।

पियक्कड़ों के दिल की धड़कन तेज हो गई; लगा, बेगम अचानक बेगानी हो गई। बीवी के निकट जाकर उसका चेहरा देर तक निहारा, पैनी निगाहों से उसकी आँखों में झाँका। खाक पता चले। भटपट्टीवाली को ट्रैक्टर-ड्राइवर भगा ले गया था, बौचाहीवाली कन्हैया मुंशी से फँस गई थी, दिनेश की घरवाली भाग-भागकर नैहर जाती थी। किसी का मरद कभी भाँप पाया था कि उसकी औरत के मन में क्या चल रहा है! और तो और, अवध की घरवाली ने तो पतिलंघन किया और भरी सभा में खुल्लमखुल्ला सुना दिया था पंचों को कि 'हाँ, दिलेसर मंडल मेरा हसबैंड है; क्या कर लीजिएगा आप लोग?' अब पंचों की ऐसी तैसी। औरत सीधे पुलिस से बात करेगी, 'सुनिए दारोगा बाबू, मेरा मरद दारू पीता है और दारू पीकर घर में मारपीट करता है। यह घर में रहने लायक नहीं है और कभी सुधरनेवाला भी नहीं है। इसे ले जाइए अपने साथ और जेल में ही रखिए।' अब शुरू होगा खेल तिरिया चरित्तर का।

सुशील बैठा को मुँह लटकाए बैठा देख उसकी बीवी ने पूछा, "कुछ सोच रहे हैं?"

"नहीं।" मुँह उठाकर सुशील बैठा ने जवाब दिया।

"मैं तो सोच रही हूँ।"

"क्या?"

"टोले-मोहल्ले की हर औरत जागरूक हो रही है; मैं भी हो जाती हूँ?"

"हो जाओ।"

"जागरूक होने पर क्या होगा, यह पता है?"

"क्या होगा?"

"मैं पुलिस को खबर करूँगी कि आप दारू पीते हैं।"

"पुलिस को खबर करोगी?"

"हाँ, जागरूक होने पर तो करनी ही पड़ेगी। हर पियक्कड़ की घरवाली जागरूक होकर पुलिस को खबर करेगी।"

"मत हो जागरूक।"

"मोहल्ले से कट जाऊँ क्या? कोई मुझसे बात भी नहीं करेगी, अपने पास बैठने तक नहीं देगी।"

"कोई पूछे तो कह दो कि मैं दारू नहीं पीता। खबरदार! पुलिस को खबर नहीं करनी है।"

"मैं नहीं करूँगी, तो कोई और कर देगी। तब क्या पुलिस केवल आपको ले जाएगी? आपके साथ मुझे भी नहीं बाँधेगी क्या? कोई पियक्कड़ नहीं रहेगा गाँव में, तो क्या आप पीना नहीं छोड़ सकते?"

"ठीक है, कल से नहीं पीऊँगा।"

"ऐसा तो आप कई बार कह चुके हैं किरिया खा-खाकर, मगर रात की किरिया सुबह होते-होते भूल जाते हैं।"

"आज आखिरी किरिया खा रहा हूँ, कल से दारू पीना बन्द। आखिरी किरिया, आखिरी किरिया।"

"ओह, अब मैं बच गई पुलिस को खबर करने से। कल हनुमान बाबा को सवा रुपये का प्रसाद चढ़ा दूँगी।"

टोले-मुहल्ले की औरतों पर जब-तब 'जानती नहीं, मैं किसकी बीवी हूँ?' कहकर रोब गाँठनेवाली सिंघेसर की घरवाली तब से बेजार और बेजबान है जब से खबर के डंके की आवाज सुनी है। शाम में सिंघेसर के घर में घुसते ही वह अपना मुँह खोलती है और फुसफुसाकर बोलती है, "पीकर आए हैं?"

"क्या?"

"दारू।"

"तुम्हें इससे क्या मतलब कि मैं पीकर आया हूँ या नहीं?"

"है, मतलब है। अब मैं किसी को बोल पाऊँगी कि मैं किसकी बीवी हूँ?"

"जो बोलती आई हो, वह बोलती रहो।"

"कैसे बोल पाऊँगी? जवाब मिल जाएगा, 'हाँ-हाँ, जानती हूँ, पियक्कड़ की बीवी हो।'"

"किसी ने मुझे देखा नहीं है पीते।"

"मैं तो जानती हूँ।"

"तुम जानती हो, दुनिया तो नहीं जानती।"

"पुलिस आकर मुँह सूँघेगी, तब तो दुनिया जानेगी।"

खुफिया निगाहों से सिंघेसर बीवी को घूरता है और फिर बोलता है, "पुलिस को तुम बुलाओगी मेरा मुँह सूँघने के लिए?"

"नहीं-नहीं, मैं क्यों बुलाने लगी! मगर बुलानेवाली कई औरतें हैं यहाँ। पुलिस आएगी तो सिर्फ एक या दो को पकड़कर चली नहीं जाएगी, यहाँ की एक-एक औरत से पूछेगी, 'खबरदार! सच-सच बोलो, तुम्हारा मरद दारू पीता है या नहीं?' तब..."

"तुम बोल देना, नहीं पीता है।"

"कैसे बोल दूँगी झूठ? आपके साथ मैं भी जाऊँ जेल? मैं अपने मायके में देख चुकी हूँ, पुलिस सच उगलवा लेती है। मैं जानती हूँ, मैं थरथरा जाऊँगी और मेरे मुँह से सच बाहर आ जाएगा। हे भगवान, पहले पियक्कड़ की बीवी और उसके बाद कैदी की बीवी!"

"अभी से मत रोओ। मैं देखता हूँ कि कैसे आगे भी तुम 'किसकी बीवी?' बनी रहो।"

बिलकुल अकेले में गनपत की बीवी ने अपने मरद को फोन लगाया, "सुनिए जी, आप अभी भी दारू पीते हैं?"

"क्यों पूछ रही हो?" गनपत पूछता है।

"दारू पीनेवाले को पुलिस पकड़ रही है। यहाँ सबने दारू पीना छोड़ दिया है।"

"मुझे पकड़ने क्या पंजाब आएगी तुम्हारी पुलिस?"

"हाय राम, पुलिस के डर से आप गाँव ही नहीं आएँगे? दारू पीते रहने के लिए पंजाब में ही टिक जाएँगे?"

"धत्, गाँव आऊँगा न। दारू के कारण गाँव छोड़ दूँगा? मैं अगले महीने ही गाँव आ रहा हूँ, ठीक सत्ताइस दिन के बाद। गाँव में नहीं पीऊँगा दारू।"

"एकाएक नहीं छोड़ पाएँगे आप दारू। अभी से पीना कम करते चले जाइए।"

"ठीक है, आज से पीना कम करूँगा; घर जाने तक बिलकुल बन्द।"

"किरिया खाइए।"

"किरिया?"

"हाँ, बोलिए, 'तुम्हारी किरिया'।"

कुछ और घरों की खलबली का पता भी धीरे-धीरे चल जाएगा। ढूँका देकर और कनसुइयाँ लेकर पता लगाने का भार अनुपमा और टिटही उर्फ सुनयना ने अपने ऊपर ले लिया है।

*

सड़क के किनारे चार परिचितों को बतियाते देख बनिया चौक की ओर जाते हुए छुतहरू रुक गया और मुस्कुराकर उस भीड़ को सुनाया, "जब सदानन्द मिसर के सिपाही बटेसर सिंह से बीड़ी माँगकर पीने पर मैंने झिटकियावाली को लात जमाई थी, तब तो टोले में कनफुसकियाँ हुई थीं कि मैंने कोई गलत काम किया है। अब सब भुगतो। अब एक झिटकियावाली ही साँयखौकी नहीं, टोले की हर औरत साँयखौकी, मरदखौकी।" इतना भर बोलकर आगे निकल गया छुतहरू।

हँसने को सब हँसे छुतहरू की बात पर, मगर यह खिन्न हँसी ही थी, इसमें किसी ठहाके का बीज नहीं था।

"बात अब बीड़ी-पान की नहीं रही, भाई;" धनेसर बोला, "बात अब बहुत आगे बढ़ गई है। मेरी औरत मुझसे उतना कभी डरी नहीं होगी जितना अब मैं उससे डरने लगा हूँ। क्या पता, कब ससुरी के दिमाग में क्या खुराफात घर कर जाए। फट् पुलिस, फट् पुलिस। नैहर जाने से रोको, फट् पुलिस; मेला जाने से रोको, फट् पुलिस। शिकायत क्या? मेरा मरद दारू पीता है, मारपीट करता है।"

"और जान लीजिए कि आपके बाल-बच्चे भी उसी की तरफ से बोलेंगे," बौकू ने अपना सच नहीं चाहते हुए भी सुना दिया, "कल रात मेरी कुछ कहा-सुनी हुई थी चैनपुरवाली से। मेरा छोटकू भी पास में ही बैठा सब सुन रहा था। मैं घर से निकला तो उसने मुझे सुनाकर अपनी माँ से कहा, 'माँ, बाबू को दस दिन का समय दे दो। उसके बाद कुछ सोचना। खोजरी स्कूल के पीछे है थाना, मेरा देखा हुआ है।' इसका मतलब तो यही हुआ कि अब मेरा बेटा भी अपनी माँ को ही घर की मुखिया मान रहा है। बेटा बाप से नहीं डरे, मौगी साँय से नहीं डरे—यह तो बड़ा खराब जमाना आ गया।"

"मौगी साँय से डरे, तब तो बेटा बाप से डरे," बौकू बोला, "यहाँ तो किसी मौगी को कोई डर ही नहीं है। तुम पता लगा लो, यहाँ अब हर औरत की जबान पर रहता है, 'डर किसका, डर अब पोदिनमा के नाती का'?"

"यह फकड़ा तो सुखदा दी का ही सिखाया हुआ है; नैहर से साथ लेकर आई थी," धनेसर बोला और फिर पूछ बैठा, "तुम लोगों को ऐसा नहीं लगता कि यह नया जमाना जोर-शोर से आया है सुखदा दीदी के इस गाँव में आने के बाद?"

"ऐसा नहीं कह सकते," सिंघेसर ने जवाब दिया, "सुखदा दीदी को दोष देना गलत है। वह अपने गाँव में इस नए जमाने को देख चुकी थी, और यहाँ आते ही सबको सावधान कर दिया कि सँभल जाओ, नया जमाना तेजी से आ रहा है। अब देखो कि गाँव-गाँव में औरत मुखिया बन रही है, सरपंच बन रही है; यह काम सरकार ने किया है कि सुखदा दी ने?"

"सरकार तो," सुशील बैठा बोला, "औरत को बरियार बनाने पर पिल पड़ी है।"

"बरियार तभी तक है," सिंघेसर ने सुनाया, "जब तक मरद दारू पीता है। मरद दारू पीना छोड़ दे, तो औरत की बरियारी नहीं चलेगी।"

"अब दारू पीना तो छोड़ना ही पड़ेगा, भाई; लुक-छिपकर भी नहीं पी सकते," बौकू बोला, "बनिया चौक पर आज जगदीश मास्टर बोल रहा था कि सरकार ने पुलिस-दारोगा को हुकुम दे दिया है कि चोर-डाकू को पकड़ो या न पकड़ो, पियक्कड़ को जरूर पकड़ो। पियक्कड़ों को पकड़ने-पकड़वाने के लिए सरकार इनाम बाँट रही है। जो दारोगा पकड़ने में काबिलियत दिखाता है, उसे तुरन्त एसपी बना दिया जाता है, और जो ढिलाई करता है धर-पकड़ में उसे सरकार दारोगा से चौकीदार बना देती है।"

"तब तो कोई ठीक नहीं," सुशील बैठा बोला, "कि कब पुलिस, बारह बजे दिन में कि बारह बजे रात में, 'रेड' करे; मुँह सूँघे अपनी नाक से या जन्तर लगाकर।"

"और दारोगा कमर में रस्सा बाँधकर ले जाए," बौकू बोला, "तो टोले की सारी औरतें जमा होकर जय-जयकार करें, 'सुखदा दीदी जिन्दाबाद'।"

"सिर्फ औरतें ही नहीं, बहुत से मरद भी," धनेसर ने सुनाया, "कल मैंने देखा यादव-टोले के कबीरपन्थी भुनेसर यादव को सुखदा दी के घर पर। वह खूब बड़ाई कर रहा था सुखदा दीदी का। यादव-टोले को भी हथिया लिया है सुखदा दीदी ने।"

"यह तो हमारे टोले की जीत हुई, भाई।" सुशील मुस्कुराकर बोला।

"अब जाइए घर," धनेसर बोल गया, "और इस जीत की खुशी मनाइए।"

जीत की असली खुशी तो जगदीश मास्टर के हिस्से में आई थी। अभी बेटे छोटकू की अर्जी पर बौकू को बीवी द्वारा दी गई दस दिनों की मोहलत पूरी भी नहीं हुई थी कि पहुँच गए जगदीश मास्टर रामोतार बाबू के पास। मिलते ही अपनी मुस्कुराहट से अपना हाल बताकर उसने रामोतार बाबू से पूछा, "क्या हालचाल है, मास्टर साहब?"

"जो कल था, वही आज भी है," रामोतार बाबू बोले, "कोई बदलाव नहीं।"

"यह तो अच्छी बात है कि आपका जो हाल कल था, वही आज भी है। आज तक तो यही होता आया है कि किसी बाभन विद्यालय में रहनेवाले निम्न वर्ण के शिक्षकों का हर 'आज' पिछले 'कल' से बुरा होता है। आप भी तो कोई उच्च वर्ण के नहीं हैं।"

"नहीं-नहीं, ऐसी बात नहीं है, जगदीश बाबू," रामोतार बाबू ने विहँसकर जवाब दिया, "आप तो बेवजह ब्राह्मणों से खार खाए रहते हैं। यहाँ के विद्यालय को आप बाभन विद्यालय भी नहीं कह सकते।"

"अगर विद्यालय का प्रधानाध्यापक बाभन हो तो मैं उसे बाभन विद्यालय ही कहूँगा।"

"क्यों?"

"मैं इस इलाके के दस वैसे सेवानिवृत्त सोलकन शिक्षकों से मिल चुका हूँ जिनका हर 'आज' पिछले हर 'कल' से बुरा होता था। एक तेली शिक्षक का तो यह हाल था कि जब प्रधानाध्यापक को छुट्टी होते ही विद्यालय से अपने डेरे की ओर जाना होता था, तब उस तेली को किसी कमरे में विद्यालय का चपरासी बन्द कर देता था ताकि जाते समय उस पर प्रधानाध्यापक की नजर न पड़ जाए।"

हो-होकर हँसने को मजबूर तो हुए रामोतार बाबू, मगर बोले, "वह जमाना गुजर गया, जगदीश बाबू। आप उस जमाने को पकड़कर क्यों बैठे हुए हैं? मैं बहुत अच्छे हाल में रह रहा हूँ।"

"मैं भी अपने हाल की बात करने ही आया था," जगदीश मास्टर ने कहा, "मैं कहने आया था कि आज आपका हाल कितना भी अच्छा हो, मुझसे अच्छा नहीं हो सकता।"

"यह तो बड़ी खुशी की बात है," खुशी जाहिर की रामोतार बाबू ने, "सुनाइए अपना हाल।"

"एक आवेदन लिखिए जिलाधिकारी के नाम।"

"क्या आवेदन करूँ?"

"यह दर्ज हो रेकॉर्ड में कि धनपत इस देश का अकेला गाँव है जो पूर्णत: शराबमुक्त है।"

"पूर्णत: शराबमुक्त?"

"हाँ, मेरी बेटी अनुपमा ने मुझे पक्की जानकारी दे दी है।"

"मगर..."

"क्या मगर?"

"मुझे तो जानकारी है कि डॉक्टर रमेश अभी भी शराब पीते हैं।"

"बस, ले आए न आप एक ब्राह्मण को गाँव का रेकॉर्ड खराब करने; मगर, सुन लीजिए," जगदीश मास्टर ने सुनाया, "डॉक्टर रमेश पाठक अब हमारे गाँव का नहीं रहा, वह पूर्णिया का वासी है।"

*

चलती बस में अपनी सोच में इतना डूब गया था उपेन्दर कि उसे इस बात का ध्यान ही नहीं रहा कि बस कहाँ तक आ गई है और उसे कहाँ उतरना है। खलासी की आखिरी आवाज 'तिनकोनमा फाटक' उसके कानों से टकराई, तो वह हड़बड़ाकर उठा और खलासी की डाँट सुनते हुए बस से नीचे उतरा। अपनी भीगी आँखों को उसने अच्छी तरह पोंछा और सिरसी के लिए कदम बढ़ाया।

घर पहुँचकर पत्नी के सामने से गुजरा वह, मगर मुँह चुराकर सीधे अपने कमरे में गया वह और तकिए में मुँह छुपाकर बिस्तर पर पसर गया। किसी अनहोनी की आशंका से कोयली उसके पीछे-पीछे आई और उससे सटकर बैठते हुए पूछा, "क्या बात है, उत्पल के बाबू? कुछ हुआ है क्या? आपकी आँखें..."

"नहीं," उपेन्दर ने पलटकर मुँह खोला, "कुछ हुआ नहीं है। बस, कुछ याद आ गया और मन बहुत उदास हो गया।"

"क्या याद आ गया?"

कुछ देर तक तो कुछ नहीं बोल पाया उपेन्दर, मगर फिर कुछ देर थमकर सुनाया, "बस में कुछ यात्रियों के पास गठरियाँ थीं और गठरियों के साथ दही के मटके। कई-कई मटकों को देखकर खलासी ने एक से पूछा, 'क्या है मटके में?'"

"दही है," एक का जवाब आया।

"मटके में दही लेकर कहाँ चले?"

"बहन के पास जा रहे हैं।"

"ये सारे मटके बहन के घर ही जा रहे हैं," कोई और बोल पड़ा, "आज भरदुतिया है न।"

"खलासी जोर से हँसा और बोला, 'इतने सारे मटकों को तो मैं पहली बार देख रहा हूँ बहनों के घर जाते।'"

"कोई मुँहफट बोलने से नहीं चूका, 'आप नया खलासी हैं, इसलिए नहीं देखा; हर साल लोग 'सनेस' लेकर जाते हैं बहन के घर, दही के मटकों के साथ भी।'"

इतना सुनाकर उपेन्दर ने कोयली से पूछा, "तुम्हें पता था, आज भरदुतिया है?"

"हाँ, पता था; आज कातिक शुक्ल द्वितीया है न।"

"कातिक और इसका शुक्ल द्वितीया तो हर साल आता है न?"

कोयली कुछ सहमकर बोली, "हाँ, कोई महीना, कोई दिन गायब कैसे हो जाएगा!"

"तुमने कभी मुझे बताया नहीं इस भरदुतिया के बारे में?"

"मैं क्या जानूँ कि आप कुछ नहीं जानते।"

"मैं सचमुच कुछ नहीं जानता," उपेन्दर ने कहा, "मुझे याद भी नहीं कि कभी महेन्दर या जोगिन्दर भैया किसी भरदुतिया में सनेस लेकर लोहसारी गए हों शोभा दीदी के घर। शायद गए हों कभी मगर इधर तो जाना नहीं हुआ है किसी का। उतने लोगों को मैंने देखा बस में बहन के घर जाते हुए। बस में मुझे अहसास हुआ कि यह कोई भारी पर्व है।"

"पर्व तो भारी है ही; बहन-भाई का पर्व।"

"क्यों है भारी?" उपेन्दर ने बहुत भारी मन से पूछा।

"साल का यह एक दिन भाई-बहन के मिलन का दिन है। इस दिन भाई बहन के घर भोजन करता है। यह बहुत पुण्यदायक माना जाता है। इस मिलन का फल यह होता है कि भाई या बहन को कभी कोई दुख-क्लेश नहीं होता। इस दिन बहन के घर भोजन करनेवाले महापापी को भी स्वर्ग मिलता है...और..."

"और?"

"बहन को वैधव्य का दुख कभी नहीं होता।"

कोयली की ओर देखते हुए भी उपेन्दर कहीं और देखने लगा था। उसकी आँखें भरभरा आईं। उसने काँपते स्वर में कहा, "मेरी तो एक ही अपनी बहन है।"

"जिसे अपनी बहन नहीं होती, वह भी किसी चचेरी, मौसेरी, ममेरी या किसी दोस्त की बहन के घर जाता है इस दिन भोजन करने।"

"शोभा दीदी ने मेरे ही कारण अपना मायका त्याग दिया। मुझे बहुत पहले दीदी के पास जाना चाहिए था। बड़ी बहन है; उसके पैर पकड़कर उसे मना लेता। आज का दिन ही बीत गया, शुक्ल द्वितीया, नहीं तो..."

"आप जाना चाहते हैं?"

"मन होता है उड़कर चला जाऊँ दीदी के पास।"

"जो भाई इस तिथि को नहीं पहुँच पाता, वह दो-चार-दस दिन बाद भी जा सकता है।"

"सच?"

"हाँ, उत्पल के बाबू।"

"तो मैं कल ही चला जाता हूँ।"

"आप कल नहीं, परसों चले जाइए।"

"क्यों?"

"मैं कल दही जमा देती हूँ। आप कल धनपत से हो आइए। आप माँ-बाबूजी का हालचाल भी जान लेंगे और उन्हें खबर भी कर देंगे कि आप भरदुतिया का सनेस लेकर लोहसारी जा रहे हैं दीदी के पास। उन्हें कितनी खुशी होगी कि सालों बाद बहन के घर जा रहा है उसका भाई।"

"ठीक कह रही हो, परसों ही जाऊँगा। दही के बाद कुछ और लेकर भी जाना होगा क्या, टका-पैसा?"

कोयली ने कोई जवाब नहीं दिया और हँसकर चली गई।

उपेन्दर के कानों में फुसफुसाहट की आवाजें आईं; कोयली अपनी माँ के साथ क्या तो भरदुतिया-भरदुतिया बतिया रही थी।

*

शोला तो भड़का था मगर आग नहीं लहकी। बभनटोली के कुछ लोगों ने माना कि हमला सिर्फ एक ब्राह्मण बालक पर नहीं हुआ था, बभनटोली के अस्तित्व पर ही करारा प्रहार हुआ था, मगर बात आई-गई हो गई। कई ब्राह्मणों ने तो फूल झा को ही दोषी करार दिया। उन्होंने यह कहकर आग सुलगने नहीं दी कि पान बेचता था फूल तो फिर गाँजा क्यों बेचने लगा? जब वह जान रहा है कि सरकार ने नशाबन्दी कानून ही बना दिया है तो फिर उसे सरकार से ही पंजा लड़ाने की हिम्मत कैसे हो गई? शासन-प्रशासन की नजर में तो यह एक अच्छा ही काम हुआ कि गाँव वालों ने गाँजा की गुमटी पर चढ़ाई कर दी। यह तो शुक्र माने फूल और उसका बाप लूटन झा कि गुमटी तोड़ी-उखाड़ी नहीं गई। बात बढ़ती, तो फूल पर ही मुकदमा चालू हो जाता। किसी को इस बात पर गुस्सा आया कि क्यों कोई-कोई गलत-सलत काम करके एक रात में ही करोड़पति बन जाना चाहता है।

कई दिनों के बाद आग दहकाई हरिमोहन झा ने। उन्होंने अपने कुछ मिलनेवालों को यह विश्वास दिलाया कि वह एक बुरा दिन था जब एक ब्राह्मण की गुमटी पर चढ़ाई हुई थी, और अब उससे भी बुरे दिन आनेवाले हैं जब बभनटोली के घर-घर में तलाशी ली जाएगी। अब बभनटोली में पुलिस आएगी, पुलिस। यह सब कहते हुए उन्होंने अविलम्ब एक विशेष मचान-सभा सदानन्द बाबू के मचान पर करने की सलाह दी।

इस विशेष सभा में सदानन्द मिश्र भी बुलाए गए और रमण ठाकुर को भी उपस्थित होने के लिए कहा गया था। हरिमोहन झा ने इस सभा के लिए आग्रह किया था, इसलिए सदानन्द बाबू ने मंच पर आसन ग्रहण करते ही उनसे विषय

का उद्‌घाटन करने का आग्रह किया। हरिमोहन बाबू चालू हुए, "यह बात कुछ पुरानी जरूर हो गई है, मगर फूल झा की गुमटी पर चढ़ाई के बाद यह बात अब बिलकुल टटकी हो गई है।"

"बात पर आइए," सृष्टिदेव मिश्र ने टोक दिया।

"एक दिन जब मैं प्रभात फेरी में था," बात पर आए हरिमोहन झा, "तब मेरी मुलाकात सोलकन-टोले के जगदीश मंडल से हो गई जिसे सारे राड़ जगदीश मास्टर कहते हैं। वह मुझसे अचानक पूछ बैठा था कि बभनटोली में कितने घरजँवाई हैं।"

"कितने घरजँवाई!" बुच्ची झा टपके, "यह क्या सवाल हुआ?"

"टोकिए मत, ध्यान से सुनिए," हरिमोहन झा आगे बढ़े, "सवाल मुझे भी अजूबा लगा था। मैंने कह दिया कि मुझे नहीं मालूम; मैंने गिनती नहीं की है। तब वह बोला कि उसने गिनती की है; पूरे धनपत में उनसठ हैं और बभनटोली में चौदह। मुझे याद आ रहा है कि चौदह ही बताया था।"

"आगे बढ़िए," बुच्ची झा गम्भीर हुए।

"मैंने पूछा," आगे बढ़े हरिमोहन झा, "कि इस गिनती की क्या जरूरत पड़ गई आपको? तब वह बोला कि जरूरत उसे नहीं, एक शोधकर्ता को हुई है जो इस विषय पर शोध कर रहा है। मैंने पूछा कि क्या शोध करना चाहता है? तब उसने लम्बा जवाब दिया; कहा, 'कोई-कोई आदमी डकैती के मामले में फँसा होता है और पुलिस से पीछा छुड़ाने के लिए गाँव छोड़कर ससुराल में आ बसता है; कोई गाँव में ही कुकांड कर बैठता है, गाँव वाले उसे गाँव से भगा देते हैं और वह ससुराल में शरण ले लेता है; कोई हत्या करके छिपने के लिए ससुराल आ जाता है और फिर वहीं का होकर रह जाता है। शोधकर्ता यह शोध करना चाहता है कि ससुराल में आ बसनेवाले कितने घरजँवाई भले होते हैं और कितने बुरे—मतलब, चोर, डाकू, हत्यारे। शोधकर्ता बहुत-से गाँवों के आँकड़े जुटा रहा है। धनपत के घरजँवाइयों की संख्या सबसे अधिक उनसठ है, इसलिए इस गाँव पर उसकी विशेष नजर है।'

"मैंने कहा, कोई शोध करता है तो करे; मुझे क्या? तब उसने कहा, 'शोधकर्ता जानना चाहता है कि धनपत में कितने घरजँवाई भले हैं और कितने बुरे। मैंने सोलकन-टोलों के बारे में उसे जानकारी दे दी है। आप बभनटोली के बारे में जानकारी दे दें, तो मैं शोधकर्ता तक यह जानकारी पहुँचा दूँ।' मैं अब तक गुस्से में आ गया था और पूछ बैठा, 'आपके चालीस जोड़ पाँच पैंतालीस घरजँवाइयों में कितने चोर, डाकू और हत्यारे हैं?' उसका जवाब आया, 'बस, एक। एक अखिलेश चौधरी। चोर या डाकू कहिए उसे। यहाँ से किसानों के पैसे लेकर पहले तो दिल्ली भागा और अब ससुराल में रह रहा है। आपकी बभनटोली के घरजँवाइयों में तो...'

"तो? मैं बोला।"

"'कुछ तो होंगे बुरे, मतलब...'

"'एक भी नहीं, एक भी दागी नही है।' इतना बोलकर मैं चलता बना।"

वक्ता को चुप होते देख बुच्ची झा मुँह खोलने को ही थे कि हरिमोहन झा ने उसे मना किया, "अभी मेरी बात पूरी नहीं हुई है। ध्यान से सुनिए। मैं इस घटना को लगभग भूल चुका था। मगर अब मैं इस घटना को फूल झा की घटना से जोड़कर देखता हूँ। मुझे पूरा विश्वास है कि बभनटोली के विरुद्ध सोलकनों का भारी षड्यंत्र चल रहा है। यहाँ के ब्राह्मणों को चोरी, डकैती, अपहरण और हत्या के मामले में फँसाया जाएगा। अब लोग सावधान हो जाएँ। इस बभनटोली में अब किसी भी दिन पुलिस आएगी, पुलिस। मुझे और कुछ नहीं कहना है।"

"आप बहुत कुछ कह गए, हरिमोहन बाबू," बलभद्र झा ने कहा, "अब सब मान लें कि फूल झा पर हमला पूरी बभनटोली पर हमला था। यह बात अब तक किसी की समझ में नहीं आई थी, हरिमोहन बाबू की समझ में भी नहीं। मगर अब सिर्फ समझना ही नहीं है, सावधान भी हो जाना है। हमें सोलकनों के षड्यंत्र की काट चाहिए।"

आग में घी की पहली आहुति सृष्टिदेव मिश्र ने डाली, "अब तक तो यही होता आया है कि किसी सोलकन की मामूली दुष्टता पर भी उसे सजा दे दी गई है। धनपत का कौन बनिया है जिसे या जिसके बाप को ब्राह्मणों ने बनिया चौक पर खूँटे से बाँधकर नहीं पीटा है? ऊँची आवाज में ब्राह्मणों से किसी सोलकन को बतियाते कभी सुना भी गया था क्या! आज यह हाल कि सोलकनों ने एक ब्राह्मण पर हमला कर दिया! अन्याय, घोर अन्याय।"

"कलियुग!" बलभद्र झा ने आवाज कुछ अधिक बुलन्द कर सृष्टिदेव मिश्र का साथ दिया, "घोर कलियुग!"

"मेरे दादा अभयशंकर झा ने अपनी जिन्दगी गुजार दी इस धनपत में," बुच्ची झा का रुआँसा स्वर निकला, "किसी अछूत की छाया तक को छूने नहीं दिया। आज जिन्दा होते तो आत्महत्या कर बैठते।"

"एक बात पर ध्यान गया आप लोगों का?" शोभाकान्त मिश्र पूछ बैठा।

"किस बात पर?" बलभद्र झा की आवाज थी।

"हमला मरदों ने नहीं, औरतों ने किया था," शोभाकान्त बोले, "यह तो और भी डूब मरने की बात है।"

"औरतों के पीछे मरद जरूर होंगे," बुच्ची झा बोला, "यह गरमी है दिल्ली-पंजाब की कमाई की। आज तक किसी ब्राह्मण की गलती पर भी किसी पंचायत

की हिम्मत नहीं हुई थी कोई सजा सुनाने की, पाँच-दस रुपये के जुर्माने की भी नहीं। आज यह हाल कि ब्राह्मणों पर हमला!"

"हम भूल जाएँ औरत-मरद को," रुचिपति मिश्र ने राय दी, "याद बस इतना रखना है कि ब्राह्मणों पर हमला हुआ है। हम ठंडा कर देंगे मरदों को भी और औरतों को भी।"

"हमें सारे मरदों और सारी औरतों को ठंडा करने की जरूरत नहीं है। जिस दिन शोध वाली घटना हुई थी, उस दिन भी जगदीश मास्टर मेरी नजर में नहीं खटका था, खटकी थी बस एक जनाना, अजोधी मंडल की पतोहू, नाम सुखदा देवी, खोकसी की रहनेवाली। सारी खुराफातों की जड़ में है वह। जब से आई है, तब से एक पर एक खुराफात करती जा रही है। शुरू से मैं उस पर नजर जमाए हुए हूँ। एक उससे निपट लिया, तो समझ लीजिए कि सारे मरदों को भी ठंडा कर दिया।"

"कैसे निपटना होगा?" बलभद्र झा में जोश आया।

"खलास!" अपने गले पर उँगली चलाते हुए रुचिपति मिश्र ने जवाब दिया।

कुछ क्षणों तक सन्नाटा छाया रहा; फिर शोभाकान्त जी बोले, "मेरी एक राय है, भाई, आज के जमाने में झंझट-फसाद करने के पहले बहुत कुछ सोचना पड़ता है। अभी हम सिर्फ इतना ही निर्णय लें कि हमें कोई कड़ा निर्णय लेना है।"

यह तय होते ही कि कड़ा निर्णय लेना है, क्या-क्या कड़ा निर्णय हो सकता है, इस पर भी राय आने लगी—सुखदा देवी को बनिया चौक पर निर्वस्त्र करना, अजोधी मंडल का घर जला देना, खोकसीवाली को खोकसी की राह दिखा देना, फूल झा की दुकान घेरनेवाली हर औरत को लठियाना, आदि आदि।

देर से आए अनुराग मिश्र पूछे बगैर रह न सके, "जो भी निर्णय होगा, उसमें लाठा-लाठी, मारा-मारी भी हो सकती है?"

"हाँ, हो सकती है; हो सकती है लाठा-लाठी, मारा-मारी।" सृष्टिदेव मिश्र गुस्से में आ गए, "हमारे लिए जीवन-मरण का सवाल है।"

"लाठा-लाठी तो होगी ही," हरिमोहन झा बोले, "मरद कुछ देर से आएँ, मगर औरतें तो पलक झपकते आ जाएँगी सुखदा देवी की एक हाँक पर। हर औरत के पास लाठी है।"

"मैं एक जानकारी देना चाहता हूँ।" कुछ धीमी आवाज में अनुराग बोले।

"क्या?" कई आवाजें आईं।

"सोलकनों के पास," अनुराग मिश्र ने धीमे स्वर में कहा, "एकेसैंतालीस आ गई है।"

"किसके पास?" कई आवाजें आईं।

"नाम नहीं बताऊँगा।" इतना भर बोलकर अनुराग मिश्र वहाँ से खिसक गए।

एक बार फिर खामोशी छाई। कुछ क्षण गुजर गए, तो बलभद्र झा ने चुप्पी तोड़ी, "अब आज की सभा भंग कीजिए। मैं दो-चार दिनों में बताता हूँ कि क्या करना है। आप लोग भी तब तक ठंडे दिल से निर्णय पर सोचिए। कोई रास्ता तो निकलेगा ही। निर्णय कितना भी कठिन हो, हमारी प्रतिष्ठा और प्राण के लिए जो भी जरूरी होगा, हम करेंगे ही।"

*

रमण ठाकुर खुशी से बल्लियों उछल रहे थे। आज के दिन जो कमाई हुई, वैसी कमाई तो आज तक किसी दिन नहीं हुई थी। पत्रवाहक ने चिट्ठी तब दी थी जब वह डॉक्टर साहब की क्लिनिक में बैठा हुआ था। अरे वाह, गुड्डू झा की चिट्ठी! उसके हाथ की लिखी हुई चिट्ठी! अपनी नजर में वह और भी बड़ा हो गया, धनपत के किसी भी आदमी से बड़ा। गुड्डू झा उसे जान रहे हैं, धनपत के रमण ठाकुर को, बस एक उसे ही।

उस दिन वह पूर्णिया से कुछ सबेरे ही गाँव के लिए निकल पड़ा। रास्ते भर वह इस चिट्ठी की बाबत ही सोचता रहा था। क्या-क्या करना है, इस पर विचार करता रहा।

घर आकर वह सबसे पहले बलभद्र झा से मिला। बलभद्र को चिट्ठी पढ़ाई और फिर उसे साथ लेकर कुछ और लोगों से मिलने के लिए निकल पड़ा। तय हुआ कि अगले दिन ही इस पर विचार-विमर्श हो।

देबू मिसर का मचान गाँव के जोशीले युवकों का मचान था। यहाँ दिन भर भले ही ताश-शतरंज खेलनेवालों का गुलगपाड़ा होता हो, मगर शाम में उठा-पटक की बड़ी-बड़ी बातों पर भी बातें होती थीं। इस जमावड़े में छल-प्रपंच के अन्यतम खिलाड़ी श्री हरिमोहन झा भी कभी-कभी आया करते थे। मगर, रमण ठाकुर ने सोचा, ब्राह्मण जाति से जुड़े इस बड़े सवाल पर विचार-विमर्श होना चाहिए सदानन्द मिश्र के मचान पर जहाँ गाँव के शीर्षक उपस्थित होते हैं।

यही हुआ, सदानन्द बाबू के मचान पर ही विचार-विमर्श हुआ। मचान की बैठक में बहुत कम शरीक होनेवाले सदानन्द बाबू को भी उस दिन आना पड़ा। जब लगभग सारे के सारे आमंत्रित व्यक्ति मंच पर दाखिल हो गए, तो सदानन्द बाबू को बुला लिया गया और मचान पर आसन ग्रहण करते ही वे बोले, "शुरू करो।"

सबसे पहले गुड्डू झा की चिट्ठी पढ़कर सुनाई गई। पढ़कर सुनाने का काम रमण ठाकुर ने किसी और के हाथ जाने नहीं दिया...

प्रिय रमण भाई,

हो सकता है, आप मुझे नहीं जान रहे हों मगर मैं आपको जान रहा हूँ। मैं हूँ सहरसा का गुड्डू झा; अखबारों में मेरा नाम आता रहा है। इन अखबारों के कारण लोग मुझे अपराधी मानते रहे हैं मगर आपको मैं बता दूँ कि अगर मैं अपराधी हूँ तो क्यों हूँ।

अपनी छोटी उम्र में ही मैंने देख लिया कि ब्राह्मणों पर अत्याचार हो रहा है और उन्हें देखनेवाला कोई नहीं है। कहने को तो कई ब्राह्मण हमारे विधायक और सांसद हो चुके हैं, मगर हमारे किसी काम के नहीं। इन ब्राह्मणों ने हम ब्राह्मणों को ठगा। अब तो वे बिला भी गए हैं।

मैंने यह संकल्प लिया है कि ब्राह्मणों के हित के लिए मैं अपनी कुरबानी दूँगा। इसके लिए जरूरी है कि मैं राजनीति में आऊँ। मैं इस बार विधायक का चुनाव लड़ने जा रहा हूँ। अब तक मैं दूसरों के काम आता रहा, गणपति मिश्र और राजो सिंह को विधायक बनाता रहा, मगर अब मैं इनका साथ छोड़ रहा हूँ और खुद मैदान में उतर रहा हूँ।

मेरा रास्ता सुगम हो जाए, इसके लिए अपने अभियान में मुझे ब्राह्मणों की मदद चाहिए। आपका धनपत ब्राह्मणों का गाँव है, मुझे आपके गाँव की मदद चाहिए। हालाँकि आपका गाँव हमारे चुनाव-क्षेत्र में नहीं आता, मगर मैं तो चुनाव जीतने के बाद केवल अपने क्षेत्र का नहीं रहूँगा। ब्राह्मणों का हर गाँव, इलाके का हर ब्राह्मण मेरी नजरों के सामने रहेगा। आप मुझे सहारा दीजिए, मैं आपकी रक्षा का वचन देता हूँ। ब्राह्मणों के लिए शरीर का एक-एक बूँद बहा दूँगा। आप पर जीते जी कोई अत्याचार होने नहीं दूँगा।

आप मुझे वोट नहीं दे सकते, मगर मेरे लिए बहुत कुछ कर सकते हैं। मेरे पास हैं तो बहुत आदमी, मगर मैं केवल ब्राह्मणों पर विश्वास करता हूँ। मुझे जन-धन की आवश्यकता है। आप धनपत से पचास युवकों को तैयार कर दें जो हमारे चुनाव में काम करें, और इसके साथ ही कम-से-कम बीस हजार रुपये का चन्दा दिलवा दें। यह बात आप अपने दिमाग में अवश्य रख लें कि यह सब आप एक गुड्डू झा के लिए नहीं, समस्त ब्राह्मणों के लिए, एक परशुराम के लिए कर रहे हैं।

जय ब्राह्मण! जय परशुराम!

आपका बिलकुल अपना,

गुड्डू झा

पत्र समाप्त करते ही रमण ठाकुर बोल उठे, "हमें तन-मन-धन से इस नए परशुराम के साथ हो जाना चाहिए।"

आनन्द झा ने 'तन-मन-धन' को लपक लिया और बोला, "तन-मन की बात तो मेरी समझ में आई, मगर उसके साथ धन क्यों? धन की क्या कमी है गुड्डू झा को? रमण ने आज जाना है गुड्डू झा को, मगर मैं तो उसे दस बरसों से जान रहा हूँ, तब से जब वह सहरसा और त्रिवेणीगंज में पान दुकानों से रंगदारी वसूलता था। इधर तो वह केवल बैंकों को लूटने का धन्धा करता रहा है। कुछ तो मैं अखबारों में पढ़ता रहा था और बहुत कुछ अपने सहरसा वाले मौसा जी से जाना। धन की उसे जरूरत नहीं है, भाई; लिखने को लिख दिया शायद यह सोचकर कि धनपत का कोई रमण ठाकुर या कोई और उसके कारनामों को बिलकुल नहीं जान रहा होगा। उसे पता ही नहीं होगा कि धनपत में एक से बढ़कर एक खिलाड़ी बैठा हुआ है। हाँ, मैं तन-मन से उसकी मदद करने के लिए जरूर कहूँगा।"

कमलानन्द मिश्र ने अपनी राय जाहिर कर दी, "मैं अपने बेटे करुणाकर को भेज दूँगा।" राय जाहिर करने के साथ ही उन्होंने यह भी सोच लिया कि घर पहुँचते ही वे बेटे को बुलाकर कहेंगे, "देख बेटा करुणाकर, तुम मेरी कोई बात नहीं मानते, मगर मेरी इस बात को अवश्य मानो। एक सुनहला मौका आया है। तुम मुखिया का चुनाव लड़ना चाहते हो, तो यह भी सीख लो कि चुनाव कैसे लड़ा जाता है। सहरसा का नामी बाहुबली गुड्डू झा विधायक का चुनाव लड़ने जा रहा है और उसने प्रचार के लिए धनपत के ब्राह्मण युवकों को आमंत्रित किया है। ढेर सारे युवक यहाँ से जा रहे हैं। तुम तैयार हो जाओ वहाँ जाने के लिए। वहाँ से तंत्र-मंत्र सीखकर आ जाओ, बेटा।"

हरिमोहन झा मुस्कुराए और मुसाय झा से कहा, "तुम अवश्य जाओ, मुसाय। तुम्हारी विलायती की भूख शान्त हो जाएगी। छककर पीना। चुनाव में तो शराब की नदी बहती है।"

"नहीं बहेगी कोई नदी," रजनीकान्त झा बोल गए, "शराबबन्दी में शराब मिलने से रही।"

"ऐसा मत कहिए, रजनीकान्त," आनन्द झा ने सुनाया, "जिस शराब की दुकान से आपका डॉक्टर रमेश बोतल मँगवाता है उस दुकान को अब तक लुटवा चुका होगा गुड्डू झा। वह तो नेपाल से ट्रक का ट्रक शराब जब चाहे मँगवा लेगा। शराब की नदी तो जरूर बहेगी चुनाव में।"

"मुसाय झा को शराब मिले न मिले," आनन्द झा बोले, "मगर एक साइकिल तो जरूर मिल जाएगी। सैकड़ों में खरीद होती है साइकिलों की। हर प्रचारक को

एक साइकिल थमा दी जाती है। चुनाव के बाद कोई साइकिल लौटाने नहीं जाता है और न इसकी खोज-ढूँढ़ होती है।"

"आजकल साइकिल का नहीं," पुरुषोत्तम मिश्र ने सुनाया, "मोटरसाइकिल का चलन है। रैली में सौ-सौ मोटरसाइकिलें होती हैं, प्रत्याशी की अपनी दस-बीस मोटरसाइकिलें। चुनाव के बाद पता भी नहीं चलता है कि प्रत्याशी की दस-बीस मोटरसाइकिलें किधर गुम हुईं।"

"जाते ही किसी धनपतिया प्रचारक को मोटरसाइकिल मिल जाएगी," रजनीकान्त बोले, "इस खयाल में कोई ना रहे। गुड्डू झा कोई कच्चा खिलाड़ी नहीं है। जो मोटरसाइकिल लेकर भागेगा भी, उसके घर आ धमकेगा गुड्डू का पहलवान। मोटरसाइकिल तो ले ही जाएगा, ऊपर से कुछ बख्शीश भी वसूलेगा।"

"मान लिया कि साइकिल मिल गई, मोटरसाइकिल मिल गई, महीने भर जमकर खा-पी भी लिया," आनन्द झा कूदे, "मगर यह सोचा है कि बीस युवक गए तो कितने लौटकर आएँगे?" बोलकर उन्होंने कमलानन्द की ओर मुँह किया, "आप कभी भी अपने बेटे को प्रचार के लिए नहीं भेजिएगा," और फिर सुनाया, "जो गुड्डू झा के सम्पर्क में गया, उसे 'क्रिमिनल' तो होना ही है। दस अपराधियों की संगति में जो दिन-रात रहेगा, वह क्या बेदाग निकल आएगा? वह क्या नहीं देखेगा कि एक बस को लूट लिया, तो दस मिनट में दस-बीस हजार की कमाई हो जाएगी? सुन लीजिए, कमलानन्द, अगर बेटे को भेजा तो बेटा तो लौटकर नहीं आएगा, उसकी चिट्ठियाँ जेलों से जरूर आया करेंगी।"

"तब तो कोई युवक जाए ही नहीं?" रमण ठाकुर का स्वर कुछ रूखा हो गया।

"जो युवक बाप के वश में हो, वह जाए," आनन्द झा ने जवाब दिया, "कमलानन्द का बेटा करुणाकर तो नहीं ही जाए।"

"मेरी राय में," पुरुषोत्तम मिश्र ने मुँह खोला, "बाप के वश में तो हो ही, युवक चरित्रवान भी हो।"

"क्यों?" रमण ठाकुर की त्योरी चढ़ी।

"पढ़ा है मैंने अखबारों में ही।"

"क्या पढ़ा है?"

"पिछले चुनाव में," पुरुषोत्तम बाबू ने सुनाया, "गुलाबबाग की बीसों रंडियाँ गई थीं। प्रत्याशी ले गए थे अपने कार्यकर्ताओं और प्रचारकों के मनोरंजन के लिए। बहुत बड़ी रपट छपी थी। रंडियों का कहना था कि उन्होंने अच्छी कमाई की। अब आगे मैं कुछ नहीं बोलूँगा।"

"हाँ," रमण ठाकुर बोल गए, "मत बोलिए।"

"एक बार मुझे भी जाना चाहिए," हरिमोहन झा ने अपना विचार प्रकट किया, "देखूँ तो, क्या-क्या होता है चुनाव में।"

बहुत देर से बोलने के लिए फड़फड़ा रहे अनुराग मिश्र अब रुके नहीं, "जिन्हें जाना हो जाइए, मगर मैं इस पक्ष में नहीं हूँ कि कोई एक भी जाए। जो पैसा-कौड़ी भेजना हो भेज दीजिए, मगर जाइए मत। खतरा केवल इतना नहीं है कि जो जाएँगे वे अपने साथ शराब की लत लेकर आएँगे या वहाँ से लौटकर आने के बाद गुलाबबाग का रुख करेंगे। खतरा इससे भी बड़ा है।"

"क्या खतरा है?" रमण ठाकुर चुप नहीं रह सकते थे।

"क्रिमिनल से सटने का मतलब है क्रिमिनल को अपने से सटाना," अनुराग मिश्र ने जवाब दिया, "धनपत के उत्साह को देखकर, सम्भव है, भविष्य में गुड्डू झा नेपाल भागने के बजाय धनपत में ही छिपकर रहने के लिए आए। पुलिस उसे ढूँढ़ते हुए आ सकती है, घर-घर की तलाशी ले सकती है। एक क्रिमिनल के पीछे न जाने कितने घर तबाह हो जाएँगे। और, धनपत आ गया गुड्डू, तो क्या वह धनपत के धन और धनवानों को नहीं देखेगा? आज आप अपने मन से चन्दा देंगे, कल वह अपने मन से चन्दा वसूलेगा। अभी पाँच साल में एक बार चन्दा देंगे आप, भविष्य में साल में पाँच बार चन्दा लेने आ धमकेगा। वह क्रिमिनल है, नहीं देखेगा कि आप ब्राह्मण हैं तो आपको छोड़ दिया जाए। इस खतरे पर नजर रखकर कोई काम कीजिए।"

"आपकी बात अपनी जगह पर ठीक है, अनुराग भैया," रमण ठाकुर बोले, "मगर यह बीते जमाने की बात है। नए जमाने में लोग नई सोच से काम ले रहे हैं। आज आप केवल शास्त्र से अपनी रक्षा नहीं कर सकते, आपको शस्त्र की भी जरूरत है। आज हर जाति का मुखिया और रक्षक कोई क्रिमिनल ही है। हर जाति ने शस्त्र का सहारा ले लिया है। आपने ही कभी कहा था कि धनपत के सोलकनों के पास एकेसैंतालीस आ गई है। हमारे पास क्या है अभी, लाठी और पैना। ईश्वर की कृपा हुई तो गुड्डू झा के जरिए कभी हमारे पास भी दो-चार एकेसैंतालीस पहुँच जाएँगी, जरूरत पर तो आ ही जाएँगी। कभी आप सोलकनों को खूँटे में बाँधकर पीटते थे; अब ऐसा कर सकते हैं क्या? जिस दिन सोलकन-टोले की औरतों ने फूल झा की पान दुकान को घेर लिया था और लाठी चमका-चमकाकर मुँह से आग उगल रही थीं, उस दिन कितने बेबस हो गए थे धनपत के ब्राह्मण! अगर तब तक गुड्डू झा हमारे पास आ गए होते, तो उस दिन भी हम उस खोकसीवाली को निर्वस्त्र धनपत की सड़कों पर नचवाते। आप धनपत के युवकों को जाने दीजिए गुड्डू झा के पास, गुड्डू झा को आने दीजिए धनपत; इसी में हमारा उपकार है।"

रमण ठाकुर चुप हुए, तो हरिमोहन झा बोले, "रमण की बात में दम तो है।"

"मैं तो कहता हूँ," बुच्ची झा बोले, "अगर कलियुग को भगाना है, तो गुड्डू के पास जाना है।"

सदानन्द बाबू ने अपना निर्णय दिया था, "एक बार रमण सहरसा जाकर गुड्डू झा से मिल आएँ, वहाँ का हालचाल पता लगा लें। उसके बाद हम तय करेंगे कि हमें क्या करना है।

*

बड़े भाई बिपत के साथ छोटा भाई बगदा भी पंजाब जाने लगा था, और बिपत की शादी के साल लगते-लगते बगदा की शादी भी हो गई। शादी होते ही बगदा ने अलग हो जाने की जिद की। बाप अजोधी ने जरा भी बुरा नहीं माना और उसका हिस्सा उसे दे दिया। बिपता-माँ को इस बात का जरा भी गुस्सा नहीं कि बगदा की कनियाँ ने आते-आते ही घर का बँटवारा करा दिया। वह लगातार उस 'खबरदार' को भुलाने की कोशिश करती रही जो पाँच कोस पूरब की 'दसवीं पास' बहू दहेज में लेकर आई थी और उसके घर में घुसते ही उसके आगे पटक दिया था।

दिल्ली-पंजाब के लिए निकल जाने के बाद बिपत के मन में हमेशा यह डर बना रहता था कि बहू-सास की आपस में टक्कर न होती रहे। सास अभी भी जाँगर वाली थी और बहू अभी-अभी 'दसवीं पास' होकर आई थी।

शुरू-शुरू में परदेस से जब भी लौटकर आता बिपत, बहुत डरते-डरते अपने घर में घुसता।

बिपत को अपनी घरवाली के मुँह से पंजाब में रोज ही फोन पर सुनने को मिल जाता, और सुन-सुनकर हँसता-खिलखिलाता वह।

कुछ दिनों के भीतर ही वह सास और पतोहू दोनों को अच्छी तरह समझ चुका था। पतोहू नहीं चाहती है कि कोई चूक हो, मगर सास के मन की बात नहीं जान पाती वह। सास गाली नहीं देती है, मगर 'नकार' की बोली कुछ अधिक बोलती। खाना की थाली सामने आती नहीं कि पूछ बैठती है, "पानी नहीं दोगी क्या?" खुद ही कचिया कहीं रखकर भूल जाती है और पतोहू पर गरजती है, "कहाँ छिपाकर रख दिया मेरा कचिया?" मच्छर भगाने के लिए समय से कुछ पहले से ही चिल्लाने लगेगी, "धुआँ नहीं करोगी क्या?" कटनी-रोपनी के लिए पतोहू तैयार हो ही रही होती है कि सास की आवाज उसके कानों को चीरती है, "आज कटनी में नहीं जाना है क्या?" नहीं...क्या?...नहीं...क्या? बिपत को हँसी आ जाती है।

घर आकर वह अपनी माँ का जी हल्का करने और अपना मन बहलाने माँ के पास बैठकर उसका पक्ष सुनता।

"यह बताओ, माँ," बेटा पूछता, "कि खाने-पीने का कोई कष्ट तो नहीं हुआ?"

"कष्ट क्यों होगा रे?" माँ का जवाब आता, "अभी ही खाने-पीने का कष्ट! अभी तो तुम्हारा बाप जिन्दा है। इस बार भी हम दोनों ने मजदूरी करके आठ हजार का मकई बेचा है। पूछो अपनी कनियाँ से, कितना कमाकर घर भरा है उसने अपना? तुम कमाओ, बहुरिया उड़ाए; उड़ाए या जो करे।"

'दसवीं पास' को बीच में लाकर बिपत बोल गया, "दसवीं पास लड़कियों को तो मैंने शहर में भी उड़ते-उड़ाते देखा है। तुमने एक 'दसवीं पास' को मुझसे साट दिया है, तो अब सिर्फ मुझे ही तो नहीं, तुम लोगों को भी कुछ तो झेलना ही होगा, कुछ कष्ट तो..."

"कहा तो, मुझे कोई कष्ट नहीं होता, मगर..."

'मगर' बोलने से पहले सास के मन में आया कि बहू की कुछ तो शिकायत होनी ही चाहिए। सोना बहू, सोना बहू! दुर, सास मुँहदुब्बर है।

"मगर?" बेटा पूछ बैठा।

"अब खाना की ही बात ले लो। मैं तो वही खाती हूँ जो मुझे परोसकर दिया जाता है। वह रसोई में और क्या-क्या बनाती है, यह देखने तो मैं नहीं जाती। वह मुझसे छिपाकर क्या बनाती है, यह देखने मैं जाऊँ, यह तो गाली देने के बराबर ही हुआ न? मैं क्यों ओछा काम करूँ? क्यों बेमतलब उसका 'खबरदार' सुनूँ?"

"कुछ बनाएगी, तो रसोई से गन्ध तो आएगी?"

"आती होगी गन्ध, मगर इस रसोई से आनेवाली गन्ध बगदा की रसोई से आनेवाली गन्ध में बिला जाती है। मैं तो बगदा की रसोई की तरफ आँख उठाकर भी नहीं देखती। वह कटकर रहती है, तो मैं ही उससे क्यों सटने जाऊँ?"

"ऐसा मत बोलो, माँ," बिपत समझाता है, "बगदा भी तुम्हारा ही बेटा है और उसकी कनियाँ..."

"नहीं है मेरी पतोहू। 'खबरदार' उससे लाख गुना अच्छी है, मगर..."

"अब क्या मगर?" बिपत पूछ बैठा, "यही कहना न चाहती हो कि तुम्हारी सेवा-टहल नहीं करती?"

"झूठ तो मैं नहीं बोलूँगी, बेटा," माँ बोली, "आती तो है कभी-कभी कटोरी में तेल लेकर पाँवचप्पी करने, मगर मैं ही भगा देती हूँ। उससे पाँव दबवाऊँ, और टोला भर की जनाना का शराप लूँ? सामने न भी बोले, मगर जहाँ-तहाँ...देखो तो इस बुढ़िया को! गाँव की चकफेरी करे पतोहू और दरद उठे सास के गोड़ में! ...नहीं दबाए पीठ-पाँव, तब भी 'खबरदार' अच्छी; बगदा की कनियाँ तो कभी दुख-सुख पूछने भी नहीं आती। अच्छी तो है तुम्हारी कनियाँ, मगर..."

"अभी भी मगर?"

"एक बात बताऊँ?"

"बताओ।"

"तुम तो समझ रहे होगे कि मोटरसाइकिल तुम्हारे ससुर ने तुम्हें दी है चढ़ने के लिए?"

"दी तो थी; कोई बात हुई है क्या?"

"नहीं, बात कोई नही हुई है, मगर मोटरसाइकिल रामदीन मंडल ने दामाद को नहीं, अपनी बेटी को चढ़ने के लिए।"

"यह कैसे कहती हो, माँ?"

"तू कितना चढ़ता है मोटरसाइकिल पर! घर पर रहता है, तो कभी-कभार। तुम्हारे जाने के बाद मोटरसाइकिल को कभी फुरसत मिलती है क्या? बाप के घर से ही सीखकर आई थी मोटरसाइकिल चलाना। तभी तो बाप ने मोटरसाइकिल देकर विदा किया था। पूरे धनपत में ऐसी कोई जनाना नहीं है जो मोटरसाइकिल चलावे, बभनटोली में भी नहीं। यह खोकसीवाली तो मोटरसाइकिल उड़ाती है और कहाँ-कहाँ से घूम-घामकर चली आती है। एक दिन तो मुसहरी के इतवारी मुसहर की बेटी को साथ लेकर खोकसी तक चली गई थी अपनी किसी दुलारी-फुलारी चाची से मिलने।"

"तुम्हें किसने बताया?"

"बताया तो उसी ने, मगर लोग तो यही समझते होंगे न कि बहू सास के वश में नहीं है।"

"अब ऐसा नहीं है, माँ," बेटे ने बताया, "शहर में तो जो औरत दसवीं पास नहीं है वह भी मोटरसाइकिल चलाती है, कार चलाती है, बस चलाती है। यह तो अच्छा ही है न, माँ, कि तुम्हारे पास मोटरसाइकिल है और तुम्हारी बहू मोटरसाइकिल चलाती है। मैं परदेस में रहता हूँ; जरूरत पड़ने पर वही तो तुम्हें मोटरसाइकिल पर बैठाकर डॉक्टर-वैद्य या ओझा-मन्तरिया तक पहुँचा देगी।"

"चलावे मोटरसाइकिल, मगर..."

"अब क्या मगर, माँ?"

"और जो भी गुण-अवगुण हों खोकसीवाली में, मगर इस बहू के कारण मेरी कोई इज्जत नहीं रही टोला-मोहल्ला में।"

"ऐसा कैसे कहती हो, माँ?"

"कैसे न कहूँ? मेरी तो कोई पूछ ही नहीं अब," माँ ने अपना दुख सुनाया, "कोई जनाना ढूँढ़ने आ गई उसे, और मैंने पूछा कि क्या काम है, तो झट जवाब

देगी, 'आपसे होनेवाला नहीं है,' और पट उलटे पाँव वापस लौट जाएगी। बोलो, है कोई इज्जत?"

"माँ, तुम्हें पता ही नहीं कि तुम्हारी इज्जत कितनी बढ़ी है। वह दिन याद करो जब हर हफ्ते तुम्हारा किसी न किसी से झगड़ा हो जाता था। अब होता है झगड़ा, किसी से भी? मैं तो खुद महसूस कर रहा हूँ कि लोग-लुगाई मेरी कितनी इज्जत करते हैं। बेटा की इज्जत बढ़ी, तो उस बेटे की माँ की इज्जत बढ़ी या नहीं, बोलो?"

"हाँ, सो तो है।"

"अब तो कोई," बेटे ने मुस्कराते हुए पूछा, "अगर-मगर नहीं?"

बेटा बाहर निकलने को हुआ, तो माँ मुस्कुराकर बोली, "बैठो, एक गुप्त बात बताती हूँ।"

"क्या, माँ?" बेटा बिलकुल माँ से सटकर बैठते हुए बोला।

"खोकसीवाली मेरे वश में है?"

"वश में है?" बेटा मुस्कुराया, "कैसे, माँ?"

"रामदीन मंडल, तुम्हारी कनियाँ का बाप, जब तुम्हारी शादी के बारे में पाँच भले लोगों के बीच तुम्हारे बाप से बतिया रहा था, तब उसने तुम्हारे बाप से कहा था, 'सुन लीजिए, समधी जी, अगर मेरी बेटी में जरा भी खोट नजर आए, अगर कभी उसके मुँह से कुबोल फूट जाए, अगर कभी वह आपका कहना नहीं माने, तो मुझे तुरन्त खबर कीजिएगा; मैं अपनी बेटी को तुरन्त वापस बुला लूँगा।' बोलो, खोकसीवाली मेरे वश में है या नहीं?"

"है, माँ," खुशी जाहिर की बेटे ने, "बिलकुल तुम्हारे वश में है।"

बेटा खुश हुआ, तो माँ कुछ और भी बोल गई, "उसका 'खबरदार' कोई कुबोल थोड़े ही था! उसने बता भर दिया कि वह दसवीं पास है। मुझे क्या खुशी नहीं हुई कि एक अकेली मेरी बहू दसवीं पास है और मैं दसवीं पास की सास हूँ!"

*

माँ से मिल-बतिया लेने के बाद बिपत गाँव के काका-काकी, भैया-भौजी से भेंट करना भी नहीं भूलता। गाँव के चक्कर लगाकर आ जाता बिपत, तब सुखदा पूछती थी उससे, "घर-घर घूमकर आ गए; मेरी कोई शिकायत?"

"नहीं, कोई शिकायत नहीं," बिपत मुस्करा पड़ता, "कोई कुछ बोला ही नहीं।"

इस बार वैसा नहीं हुआ। सवाल तो सुखदा का पुराना ही था, मगर बिपत का जवाब बदला हुआ था, "इस बार तो लोगों ने मुँह खोला मेरे सामने।"

कुछ सहमते हुए पूछा सुखदा ने, "क्या कह रहे थे?"

"कह रहे थे कि मैं झूठ बोलता हूँ।"

"कैसा झूठ?"

"यही कि तुम दसवीं पास हो।"

"क्या कह रहे थे कि मैं दसवीं पास नहीं हूँ?"

"वे कह रहे थे कि तुम दसवीं पास नहीं, कम-से-कम बारहवीं पास हो। और, उनका अन्दाजा है कि तुम चौदहवीं पास हो, सोलहवीं पास भी हो सकती हो।"

सुखदा सोच नहीं पाई कि वह क्या मतलब लगाए इसका, इस बात पर मुस्कुराए या उदास हो जाए। उसने धीरे से पूछा, "क्यों कह रहे थे लोग बारहवीं, चौदहवीं, सोलहवीं पास?"

"कितने ही तो किस्से सुनाए लोगों ने," बिपत बोला, "उसके बाद ही तो कहा मुझे झूठा।"

"कैसे किस्से?" मुस्कुराकर पूछा था सुखदा ने।

पहले तो दो-चार-पाँच औरतों को ही देखा जाता था खोकसीवाली के साथ...ओह, 'खोकसीवाली' मत कहो, एक-एक औरत उसे 'सुखदा' कहकर पुकारती है, सुखदा दी, सुखदा भौजी, सुखदा बेटी, सुखदा...अब हम सब भी सुखदा ही बोलते हैं, 'खोकसीवाली' नहीं बोलते। बिपत न जाने क्या बोलता है! उसकी सास बोलती है कनियाँ। अब तो छुतहरू मंडल भी 'सुखदा जी' बोलता है और उसके सामने झिटकियावाली से बहुत मीठा-मीठा बतियाता है। कभी-कभी तो सड़क पर निकली हुई इस औरत को एक साथ कई-कई पुकार उठती हैं, "सुखदा दी, सुखदा भौजी..."

सुखदा की फौज में विद्यालय की बीसों लड़कियों की भरती हो गई है। किसी की दादी निरक्षर न रहे, सबसे पहले नाम लिखना सीख ले दादी। गोनर दो बच्चे का बाप हो गया था मगर अब जाकर सौ तक की गिनती करना सीखा है।

अब सुखदा झुंड में रहती है, किसी से भी झुंड में मिलती है। अब तो यादव-टोली तक की औरतें आने लगी हैं सुखदा जी को देखने, उससे मिलने, उसके भाषण सुनने। सुखदा जी से मिलना-बतियाना हो तो दिन भर का काम समाप्त कर शाम में...

अक्सर 'जगह' (कबीर मठ का मैदान) पर सभा होती है महिलाओं की। कोई एक टोला की महिलाएँ नहीं शरीक होती हैं इसमें। यादव-टोला तक की महिलाओं का आना होता है। कोई ठीक नहीं कि कुछ दिनों के बाद आसपास के गाँवों तक की महिलाओं का आना शुरू हो जाए। यहाँ भाषण होते हैं, किताबें पढ़ी जाती हैं, व्यक्तिगत समस्याओं की चर्चा होती है और उनके हल निकाले जाते हैं। सुखदा जी ने एक-एक औरत का दिमाग खोल दिया है। बभनटोली तक की औरतें छोटे-छोटे

बच्चों से पूछ बैठती हैं, "कौन है रे महन्थ-टोले की सुखदा जी? इधर आती है? विद्यापति के गीत भी गाती है? जरा मुझे भी किसी दिन दिखा तो देना।"

सभा में किताबें पढ़ी जाती हैं और आवाजें नाचने चली जाती हैं टोलों में, टोले के घर-घर में।

बिपत ने हँसते हुए पूछा, "दसवीं तक में ही तुमने कितना कुछ पढ़ लिया था, सुखदा?"

"दसवीं तक की पढ़ाई तो मैंने विद्यालय में की थी। उसके बाद की पढ़ाई मैंने दुलारी चाची के साथ रहकर की; बारहवीं पास कर गई। और," मुस्कुराई सुखदा, "उसके बाद..."

"उसके बाद?"

"उसके बाद की पढ़ाई आपके पास हुई," सुखदा ने कुछ भावुक लहजे में कहा, "मेरा सौभाग्य, आप मुझे मिले। आपके पास ही मैंने पढ़ना सीखा, पढ़ाना सीखा।"

"मेरे पास?"

"एक सहेली थी मेरी; नेहा नाम था उसका; दुलारी चाची की पक्की चेली," बोलते-बोलते सुखदा की आँखें भर आईं, "भ्रमरपुर में शादी हुई थी, एक खाते-पीते घर में। दो बच्चों की माँ भी बनी वह, मगर फिर...ससुराल वालों ने खबर की कि वह पगला गई थी और पागलपन में जहर खाकर मर गई। दुलारी चाची ने मुझे बताया कि उसकी जान ससुरालवालों और गाँववालों ने मिलकर ले ली। और, चाची ने मुझे कहा..." बोलते-बोलते रुक गई सुखदा।

"क्या कहा?"

सुखदा ने पति से आँखें मिलाईं और फिर उससे लिपट गई, "नहीं, कुछ कहा नहीं..."

बिपत ने जिद नहीं की सुनने की। अभी भी शाम की एक मीठी घटना उसके अन्दर तरंगित हो रही थी। जब वह गोनर के घर के सामने से जा रहा था, तो गोनर की सबसे छोटी बेटी सुगिया अपनी नई-नई भाभी को खिड़की पर लाकर बोल रही थी, "देख लीजिए, भाभी, वही हैं सुखदा चाची के दुलहा।" बिपत का मन गद्गद हो गया, अब गाँव में लोग बिपत को नहीं जानते, सुखदा के दुलहा को पहचानते हैं। उसे लगा कि किताबों के जिस ढेर पर उसकी नजर इस बार पड़ी थी उस ढेर में ही 'बिपत' गायब हो गया और वहीं से 'सुखदा का दुलहा' निकल आया। उसने पूछा सुखदा से, "इस बार ढेर सारी किताबें देख रहा हूँ घर में; कहाँ से ले आई?"

"मैं एक दिन इतवारी की बेटी सुशीला को साथ लेकर खोकसी भी गई थी," सुखदा ने बताया, "वहीं से ये सारी किताबें लेकर आई हूँ, दुलारी चाची के पास से।

चाची के पास पटना से किताबें आती रहती हैं। पटना में हैं कोई श्री अरुण नारायण। दलित साहित्य का पूरा भंडार है उनके पास। न जाने कितने गाँवों में उनकी किताबें जा रही हैं, पढ़ी जा रही हैं, पढ़ाई जा रही हैं।"

"इन किताबों को पढ़ने के लिए लाई हो?"

"ये सब किताबें मेरी पढ़ी हुई हैं," सुखदा मुस्कुराई, "यहाँ लाई हूँ पढ़ाने के लिए।"

"औरतों की सभाओं में इन्हें पढ़ती हो?"

"हाँ, एक किताब के कुछ पन्ने हर सभा में।"

"मुझे नहीं पढ़ा सकती?" मुस्कुराया बिपत।

"आप सुनेंगे?"

"हाँ।"

"ठीक है, कल से शुरू करती हूँ।"

"कल से क्यों? आज से ही, अभी से ही।"

"अभी लाती हूँ," बोलकर उठी सुखदा और एक किताब ले आई। किताब खोलते हुए उसने कहा, "आज आपको सुनाती हूँ अम्बेदकर की कहानी।"

"कौन अम्बेदकर?"

"भीमराव रामजी अम्बेदकर," किताब खोलते हुए सुखदा बोली, "पढ़ रही हूँ; ध्यान से सुनिएगा।"

ध्यान देने के पहले देर तक मुस्कुराता रहा था सुखदा का दुलहा।

*

कई रातें बीतीं और कई किताबें पढ़ी गईं।

अब तक कई बातें बिपत के दिमाग में उमड़ने लगी थीं। एक रात वह बहुत हिम्मत करके पत्नी से पूछ बैठा, "सुखदा, तुम्हें क्या ऐसा नहीं लगता कि तुम एक गलत घर में आ गई हो, एक मजदूर के घर में? तुम्हें किसी अम्बेदकर के घर में जाना चाहिए। मैं अपढ़ हूँ, अशिक्षित हूँ, अम्बेदकर नहीं हो सकता।"

"आप अम्बेदकर नहीं हो सकते, मगर अम्बेदकर के सिपाही तो हो सकते हैं, मेरी तरह," सुखदा ने पति पर नजर गड़ाई और बोली, "आप सिपाही हो गए, तो आपका बेटा अम्बेदकर बनकर दिखा देगा।"

बिपत की समझ में कुछ भी नहीं आया। बात को मथने के बजाय वह सीधे पूछ बैठा, "सिपाही बनकर क्या करना है मुझे?"

"शोषण और अत्याचार के विरुद्ध खड़ा होना है आपको। हमारे समाज में ढेरों कुरीतियाँ हैं, बुराइयाँ हैं, उन्हें मिटा देना है।"

"माना कि कुरीतियाँ हैं, बुराइयाँ हैं, मगर इन्हें दूर करने के लिए मैं क्या कर सकता हूँ, मैं तो गाँव में कम ही रह पाता हूँ।"

"आप जहाँ रहें, इस सोच के साथ रहें कि आप अम्बेदकर के सिपाही हैं।"

बिपत को खुशी हुई यह सुनकर कि अब वह अम्बेदकर का सिपाही है, मगर उसे उलझन हुई इस बात से कि सुखदा को किधर शोषण और अत्याचार नजर आ रहा है। उसने कहा, "एक बात बताओ, सुखदा; जिसे तुम शोषण और अत्याचार बता रही हो, वह सब क्या हमारे दादा-परदादा के समय में नहीं था।"

"था, और बहुत कुछ अभी भी चला आ रहा है।"

"वे क्यों नहीं खड़े हुए शोषण और अत्याचार के विरुद्ध?"

"उनके पास अम्बेदकर नहीं था, अम्बेदकर के सिपाही नहीं थे। तब हमारे पूर्वजों में चेतना नहीं आई थी, पूर्वजों के पास कोई संगठन नहीं था। अब हमारे पास सब कुछ है, अब हम लड़ने-भिड़ने के लिए हर तरह से तैयार हैं।"

कुछ देर तक चुप रह जाने के बाद बिपत बोला, "तुम मुझे बता सकती हो कि क्या-क्या बुराइयाँ और कुरीतियाँ हैं जिनके विरुद्ध खड़ा होना है हमें...यानी मुझे?"

"वह मैं बताती रहूँगी समय-समय पर।"

"कुछ तो बताओ अभी के लिए," बिपत ने कहा, "अभी तो मैं रहूँगा यहाँ कुछ दिन।"

सुखदा हँस पड़ी और बोली, "अभी के लिए एक काम तो है मेरे दिमाग में।"

"बोलो, क्या काम है?"

सुखदा मुस्कुराकर बोली, "बताती हूँ," और अपनी नजरें पति के चेहरे पर टिका दीं। कुछ पल बिताकर उसने पूछा, "आप किसी डोम को छू सकते हैं?"

इस प्रश्न ने चौंका दिया बिपत को। बहुत सोचकर वह बोला, "मैं रेलगाड़ी में, बस में यात्रा करता हूँ; वहाँ तो मैं यह सोचता भी नहीं कि बगल में कौन बैठा हुआ है; किसी से पूछता भी नहीं कि किस जाति के हो। पता नहीं, कितनी बार किसी डोम के साथ बैठा होऊँ।"

जवाब सुनकर सुखदा ने पूछा, "आप धनपत के सन्तोखी डोम को छू सकते हैं?"

"धनपत में मैं अकेला तो नहीं हूँ, सबके साथ मैं भी हूँ। सब छूने को तैयार हों, तो मैं भी तैयार हूँ।"

"सब तो अभी तैयार नहीं होंगे।"

"तो फिर मुझे सबसे अलग क्यों कर रही हो?"

"सबसे अलग नहीं कर रही," सुखदा बोली, "मैं सन्तोखी, उसकी बीवी और बेटों-पतोहुओं को छूकर आई हूँ। अब आप तो मुझे छूना भी पसन्द नहीं करेंगे?"

अब बिपत के अन्दर से कोई और बिपत बोलने लगा था, शायद सुखदा का दुलहा, "तुमने पिछले पन्द्रह दिनों में ही मुझे इतना कुछ पढ़ा दिया है कि अब मुझे लाज लगेगी यह कहते कि मैं किसी डोम को नहीं छुऊँगा। मगर, सुखदा, इस गाँव में एक मेरे-तुम्हारे छूने से क्या हो जाता है?"

"हम दो ही नहीं हैं अछूतों को छूनेवाले, और भी लोग तैयार हो गए हैं," सुखदा ने बताया, "अगर यहाँ के ब्राह्मण विधायक किराय ऋषिदेव को छूते हैं, उनके चरण तक छूते हैं, तो औरों को क्या परहेज? इस गाँव की ढेर सारी औरतें तैयार हैं मेरे साथ सन्तोखी डोम के घर जाने के लिए।"

"तैयार हैं?"

"हाँ।"

"तुमने तैयार किया?"

सुखदा कुछ बोली नहीं, सिर्फ मुस्कुराई।

बिपत ने अचरज से सुखदा को घूरा और फिर बोला, "यह सब कैसे हुआ, सुखदा?"

"मैं पहली बार भोटियावाली को साथ लेकर गई थी।"

"कौन भोटियावाली?"

"गजाधर की घरवाली झुनिया।"

"वह तुरन्त तैयार हो गई थी साथ जाने के लिए?"

"वह मेरे कहने पर आग में कूद सकती है, नदी में छलाँग लगा सकती है," सुखदा ने बताया, "मैं जब भी पूर्णिया गई हूँ दलितों-पिछड़ों की सभाओं में भाषण सुनने, झुनिया को साथ लेकर गई हूँ। यहाँ की औरतों पर तो मुझसे अधिक उसकी बातों का असर हो रहा है।"

"सन्तोखी मिल गया था अपने घर पर?"

"हाँ, मिल गया था।"

"उसे तो भारी अचरज हुआ होगा तुम्हें देखकर?"

"भारी तो नहीं," सुखदा बोली, "हाँ, थोड़ा अचरज हुआ कुछ देर बाद।"

"कुछ देर बाद?"

"हाँ, जब उसे मालूम हुआ कि मैं उससे पैसे माँगने नहीं आई हूँ।"

"लोग उससे पैसे माँगने भी जाते हैं?"

"कोई एक गया था और पैसे लेकर आया भी था।"

"कौन?"

"मैंने पूछा था, 'कौन?' सन्तोखी ने हँसकर कहा था, 'झा जी ने किसी को भी नाम बताने से मना किया है।"

"कोई झा जी?"

"हाँ।"

"तुम्हें देखकर क्या बोला वह?"

"मेरे हाँक लगाने पर सन्तोखी ही घर से बाहर आया। उसके दो बेटों में छोटा वाला प्रदीप था तो गाँव में ही, मगर घर पर नहीं था, और बड़ा वाला लालू सिलिगुड़ी गया हुआ था। सन्तोखी ने मुझे देखकर दोनों हाथ जोड़ लिये और बोला, 'मैं आपको पहचानता हूँ, दीदी। हर जगह आपका नाम सुनता हूँ। आपका नाम सुखदा दीदी है न? मेरे घर के सारे लोग आपको पहचानते हैं। मैं आपकी सेवा करने के लिए तैयार हूँ। आपको जितना चन्दा चाहिए, मैं दूँगा।'

मैं कुछ देर चुप रही और फिर बोली, 'मैं चन्दा माँगने नहीं आई हूँ, सन्तोखी जी।'

"'चन्दा नहीं, तो पैंचा ही,' वह कुछ झेंपते हुए बोला।

"'मैं पैंचा माँगने भी नहीं आई हूँ।'

"'सूप-डगरा?'

"'नहीं, वह भी नहीं।'

"अब जाकर वह बोला, 'लोग तो हमें दूर से ही हाँक लगाकर बुलाते हैं, और काम बताते हैं। आप तो हमारे दरवाजे पर आ गई हैं। बुरा न लगे तो आपके बैठने के लिए कोई आसन लाऊँ?'

"'ले आइए,' मैंने कहा।

"एक धुली चादर लेकर वह आ गया। हम दोनों उस चादर पर बैठ गए। वह जमीन पर बैठा। मैंने उसे भी चादर पर ही बैठने को कहा, पर उसने फिर हाथ जोड़ लिये। हमारे बैठ जाने पर वह बोला, 'अब हुकुम।'

"'मैं हुकुम देने तो नहीं आई थी, पर अब एक हुकुम है मेरा।'

"'जी।'

"'गाँव में अब गरीब से गरीब लोग पक्का घर बना रहे हैं। आप पैसा होते हुए भी क्यों एक पक्का घर नहीं बना लेते? क्यों रह रहे हैं इस टूटी-फूटी झोंपड़ी में?'

"'दीदी,' वह बोला, 'किसी गाँव में आपने देखा है डोमों को पक्का मकान में रहते?'

"'शहरों में, कस्बों में तो देखा है।'

"'हम तो गाँव में रहते हैं, धनपत में,' बोलकर वह क्षण भर के लिए रुका और फिर बोला, 'मेरे छोटे बेटे को साइकिल का शौक हुआ। मैंने खरीद दी। तीसरे ही दिन बभनटोली में कुछ बबुआनों ने उसकी साइकिल छीन ली और कहा...'

"'क्या कहा?'

"'कहा, साला डोम, साइकिल चलाएगा बभनटोली में! मेरे बड़े बेटे लालू के लिए जरूरी है एक मोटरसाइकिल, मगर मैंने खरीदने से मना कर दिया है।'

"'लालू जब आ जाए, तो उसे कहिएगा मुझसे मिलने। और कल से ही आप पक्का मकान बनाने में भिड़ जाइए। अब आज के बाद जब भी आपके साथ गाँव में कोई झंझट होगी, तो उस झंझट में मैं आगे रहूँगी और आप मेरे पीछे रहेंगे। मैं आपके लिए लड़ूँगी, आप अपने लिए नहीं लड़ेंगे?'

"वह मुझे देर तक एकटक देखता रह गया था और फिर बोला था, 'हम तीन घर डोम हैं यहाँ। दो घर मेरे गोतिया-दियाद हैं। वे पक्का घर नहीं बना सकेंगे। ऐसे में मेरा घर बनाना ठीक होगा, दीदी?'

"उनके पास भी अब पैसा आएगा और वे पक्का घर बनाएँगे। अभी आपके पास पैसा है, आप शुरू कीजिए घर बनाना। उन दो घरों में कितने लोग हैं काम करनेवाले?'

"'कुल चार,' उसने गिनती की।

"'मुझे मालूम है कि गाँव में वे किस तरह पेट भर रहे होंगे। मैं उन्हें गाँव से बाहर भेजूँगी काम करने के लिए। वे अभी घर में हों तो बुलाइए उन्हें।'

"'अभी तो सब घर से निकले हुए होंगे। वे आएँगे, तो मैं उन्हें आपके पास भेजूँगा।'

"'आप भेज देंगे या मैं फिर आऊँ शाम में?'

"'मैं उन्हें अपने साथ लेकर आऊँगा।"

"ठीक है, मैं जा रही हूँ," मैंने कहा, 'मगर एक बात और अभी ही कह दूँ।'

"'क्या?'

"अब अगर कभी बभनटोली में कोई भोज होता है, तो कोई डोम भोज के पत्तल उठाने नहीं जाएगा।"

"तब क्या बोला वह?" बिपत ने पूछा था।

"बोला कुछ नहीं," सुखदा ने जवाब दिया, "मुँह बाए मुझे देखने लगा। मैं और झुनिया उठकर चल दिए। एक बार उलटकर मैंने देखा, तो देखा कि वह खड़ा-खड़ा हमें ही देख रहा है।"

बिपत हँसने लगा, "तुमने बड़ा बीहड़ काम सौंप दिया है यहाँ के डोमों को।"

"उससे बड़ा काम आपको सौंप रही हूँ।"

"क्या?"

"आप चार डोम मजदूरों को अपने साथ ले जाएँगे दिल्ली या पंजाब। ले जाएँगे न?"

बिपत ने पत्नी के चेहरे पर निगाह टिकाई और मुस्कुराकर बोला, "मैं जान रहा था कि मुझे किसी दिन इस तरह का काम करना पड़ेगा।"

"कैसे जान रहे थे?"

"एक दिन जब पहली बार मैं गजाधर की दुकान पर चाय पी रहा था, तो देखा कि दो डोम, जिन्हें मैं पहचान रहा था, आए और गजाधर से चाय माँगी। गजाधर ने एक नजर मुझ पर डालकर उन दोनों की ओर चाय के दो प्याले बढ़ा दिए। जब मैं चाय पीकर उठा और दो-चार कदम चला ही होगा कि गजाधर तेज चाल से मेरे पास आया और फुसफुसाकर बोला, 'यह चाय दुकान सुखदा दी की मदद से ही मैंने खोली है। उनकी यह शर्त थी कि डोमों को भी चाय पिलानी पड़ेगी।' बोलकर वह मुस्कुराया तो मैं भी अपनी हँसी रोक नहीं पाया। उस समय ही मैंने जान लिया कि तुम्हारी नजर यहाँ के डोमों पर भी है।"

"मैं वह सब करूँगी, जो दुलारी चाची ने खोकसी में किया है। कर तो रही थी मेरी सहेली नेहा भी भ्रमरपुर में, मगर उसके पीछे उसका दुर्भाग्य था, मारी गई। मैं कर लूँगी, क्योंकि मुझे आप मिल गए हैं, मेरे रक्षक।"

कुछ बोल नहीं पा रहा था बिपत।

सुखदा ही बोली, "जब आप जान ही रहे थे कि डोमों पर मेरी नजर है, तो मैं यह मान लूँ कि मेरा सौंपा हुआ काम आपके लिए आसान हो गया?"

"काम तो विकट है," मुस्कुराते हुए बिपत बोला, "मगर मैं यह काम करूँगा।"

*

सरकार ने मान लिया कि जनता सोयी हुई है और उसकी जिम्मेदारी है कि जनता को जगाया जाए। जनता को जगाने का सरकार ने ऐसा प्रचंड अभियान चलाया कि गाँव-गाँव में सभाएँ होने लगीं, एक रैली में होकर लोग आए नहीं होते कि दूसरी रैली में शरीक होने की हुंकार होती। रैली की जगह 'रैला' होने लगे। भादों के बेंगों की तरह नेता प्रकट होने लगे। गली-सड़क तक में उनके टर्राने की आवाज गूँजने लगी।

सरकार ने सबसे अधिक जरूरी माना औरतों को जगाना। औरतों के मेले लगने लगे, रैलियाँ होने लगीं। बसों और ट्रैक्टरों में भर-भरकर औरतें रैलियों में जाने लगीं। उन्हें आधी आबादी की मदिरा पिलाई गई। उन्होंने चीख-चीखकर नारा लगाना सीख लिया। सिंहेश्वर मेला में सर्कस की औरतों ने अपनी रक्षा के लिए लाठी उठाई थी, अब गाँव-गाँव की औरतों ने अपने अधिकार के लिए हाथ में लाठी ले ली।

सशक्त और सक्षम महिलाओं के उत्थान और उन्हें आर्थिक रूप से सशक्त बनाने के लिए सरकार ने कई तरह की योजनाएँ प्रारम्भ कीं।

धनपत में अखबार आता था, पढ़ा भी जाता था, मगर इसमें छपी उत्थान-विकास की खबरें क्षणभंगुर होती थीं। बभनटोली वालों को कोई रुचि नहीं थी सोलकनों को जगाने में, और सोलकनों को दिल्ली-पंजाब के आगे कुछ सूझता ही नहीं था। टेलीविजन का औरतों पर बस इतना भर असर हुआ कि अब उन्हें पहले की तरह आपस में लड़ने-झगड़ने के मौके कम मिल रहे थे। वे दिन गए जब वाक्युद्ध का अनुष्ठान सुबह में हो तो निस्तार शाम तक भी नहीं होने पाए। गपड़चौथ में भी अब औरतें गाँव के झगड़ों के बजाय किसी सीरियल के सास-बहू के झगड़े में अधिक रस लेने लगी थीं।

धनपत की सोलकन औरतों को क्या पता कि सरकार उन्हें जगा रही है, उन्हें जगने को कह रही है! वे सोयी रहीं। जगाया उन्हें अजोधी की 'दसवीं पास' पतोहू खोकसीवाली ने, आँख में उँगली डालकर जगाया।

कभी की 'खोकसीवाली' और आज की 'सुखदा दीदी' चिनगारी बनकर धनपत में आई थी और आते-आते धधकती आग का रूप धारण कर लिया था। वह हर बात में धनपत की जनानियों से दो-चार साल आगे चल रही थी और अब उन्हें भी अपनी चाल में चलना सिखा रही थी। वह घर-घर घूम आती औरतों को इकट्ठा करने के लिए, सभाएँ करती, भाषण पिलाती, किताबें पढ़वाती, रैलियों में ले जाती। सुखदा दीदी धनपत की हर जनानी को ताकतवर बना रही थी।

सुखदा दीदी ने एक-एक औरत को पढ़ना-लिखना सिखाया, सरकारी कर्ज के लिए आवेदन करना सिखाया, सरकारी कार्यालयों में जाना और वहाँ के कर्मचारियों और पदाधिकारियों से बोलना-बतियाना सिखाया, बैंक में पैसा जमा करना और पैसा निकालना सिखाया। यह सुखदा दीदी का ही कौशल था कि गाँव की अनपढ़ औरतों को भी उसने कई-कई प्रशिक्षणों के लिए गाँव के बाहर तक भेज दिया। किसी मर्द की आँखों में गुस्सा नहीं उतरा था, कभी-कभी आँखें नम ही हुई थीं।

गाँव में जीविका स्वयं सहायता समूह बनाए जाने लगे। जीविका से जुड़कर महिलाएँ अपनी बचत की कुछ राशि प्रतिमाह जमा करने लगीं। उस जमा राशि से अपना कोई स्वरोजगार खोलकर ये महिलाएँ आर्थिक उपार्जन करने लगीं। जीविका की ओर से भी न्यूनतम ब्याज पर ऋण उपलब्ध कराए जाने पर महिलाओं का ध्यान कुछ नए व्यवसाय शुरू करने भी चला गया।

कृषि विश्वविद्यालय, सबौर के पशुपालन वैज्ञानिक द्वारा मछली पालन का प्रशिक्षण इन्हें प्राप्त हुआ। भारतीय स्टेट बैंक ग्रामीण स्वरोजगार प्रशिक्षण संस्थान के प्रशिक्षण केन्द्र में प्रशिक्षण कार्यक्रम के अन्तर्गत इन्होंने कितने ही तरह के प्रशिक्षण

लिये और उनसे फायदा उठाया। भारतीय स्टेट बैंक ने महिलाओं के सशक्तीकरण हेतु कुटीर उद्योग लगाने के लिए प्रशिक्षण तथा आर्थिक सहयोग दिया।

'आत्मा' से भी कृषि कार्य करने हेतु प्रशिक्षण एवं आर्थिक सहयोग प्रदान किया गया और महिलाएँ मखाना खेती, मछली पालन और बकरी पालन में प्रशिक्षित होकर आर्थिक रूप से अधिक सशक्त हुईं।

मशरूम की खेती में पूर्णप्रशिक्षित बनमनखी की अंजू देवी ने सुखदा दीदी के आग्रह पर हर रविवार को धनपत आकर महिलाओं को प्रशिक्षित करना शुरू किया।

सिंघेसर अब तक मुरलीगंज के एक महाजन से कपड़े उठाता था और साइकिल से गाँव-गाँव घूम-घूमकर उसे बेचता था। एक शाम उसके घर में घुसते ही घरवाली ने कहा, "इधर आइए, बैठिए मेरे पास।"

इस उसठ, अनधिकृत, अपभ्रष्ट बोली को तत्काल पचाकर सिंघेसर पास आ बैठा।

घरवाली बोली, "कल से आप अपना साइकिल से दौड़ा-दौड़ी बन्द कीजिए। यहीं बनिया चौक पर अपनी दुकान लगाइए। कल से ही। समझे?"

"नहीं समझा," सिंघेसर ने जवाब दिया, "तुम समझ लो कि यहीं टिककर दुकानदारी करने के लिए पाँच हजार की पूँजी चाहिए।"

"कितने की?"

"कम-से-कम पाँच हजार।"

रुपये की थैली अपने आँचल के अन्दर से निकालकर मरद के आगे फेंकते हुए घरवाली बोली, "लीजिए दस हजार। काम बढ़ाइए; कुछ और का भी इन्तजाम कर दूँगी।"

सिंघेसर ने अचरज से पत्नी की ओर देखा और फुसफुसाकर बोला, "कहाँ से ले आई?"

"गई थी धान के खेत में छिनरपन करने; और कुछ?" यह भूल गई बीवी कि वह अपने शौहर से बतिया रही है और अपनी पुरानी रौ में बोल गई, "जानते नहीं कि मैं किसकी बीवी हूँ?"

सुरजू नाई के बेटे अशरफिया ने बनिया चौक पर ही 'हेयर कटिंग सैलून' खोल दिया है। सैलून के अन्दर घुसते ही 'दर-तालिका' पर नजर जाती है—दाढ़ी से लेकर मुंडन तक की दरें लिखी हुई हैं। अगर कोई बाल-दाढ़ी बनवाकर पैसा देने में झकझक करता है, तो अशरफिया खरा जवाब देता है, "कम नहीं होगा। नाई संघ का आदेश है। हम उससे बाहर नहीं जा सकते।"

उसने बाप सुरजू को भी ताकीद कर दी है, "आप अब किसी भी दिन, हाट के दिन या अनदिना, सड़क के किनारे ईंट पर बैठकर बाल-दाढ़ी नहीं बनाएँगे, और न आपको किसी के घर जाना है बाल-दाढ़ी बनाने, बाबू-बबुआन के घर भी नहीं।"

"बभनटोली में..." बाप अभी पूरा बोल भी नहीं पाया था कि बेटा चीख पड़ा, "नहीं, नहीं, नहीं।"

गजाधर ने अपनी चाय दुकान चमका दी है। पहले चार आदमियों के बैठने लायक एक बेंच होती थी। कोई पाँचवाँ आ जाए तो उसे बेंच पर बैठे लोगों से बोलना पड़ता था, "जरा खिसकिए तो, भाई; मुझे भी बैठने दीजिए।" इसके बाद जो आए, वह खड़ा-खड़ा चाय पीए। मगर अब? अब छठा भी आ जाए, तो उसे भी खाली कुरसी मिलेगी। गजाधर ने कुल दस कुरसियाँ बनवा ली हैं दुकान के लिए। खुले आसमान के नीचे नहीं रही अब गजाधर की दुकान। छत डाल दी गई है। अब समोसे और पकौड़ी भी बनने लगे हैं। भीड़ लगी रहती है समोसा-पकौड़ी खानेवालों की। आसपास के घरों के बनिए सुबह होते ही अपने बेटों को दौड़ा देते हैं, "जरा देखो तो, "पकौड़ी छन गई है गजाधर की दुकान में...चार गरम समोसे लेकर आओ तो।" गजाधर सोचने लगा है, अब दो कारीगर लाने पड़ेंगे।

कभी नहीं भूलता गजाधर रोज शाम को पकौड़ी और दो सिंघारे का एक दोना किसी बच्चे के हाथ घरवाली तक पहुँचा देना। और, झुनिया का मन अब इतना इतराने लगा है कि वह चाहती तो है सिंघेसर की घरवाली की तरह कुछ चहककर, चिल्लाकर बोलना, मगर मुस्कुराकर फुसफुसा भर पाती है, "नहीं जानते, मैं किसकी बहू हूँ? जानते कि नहीं?"

हरिहर हलवाई की दुकान यहीं तो थी, किधर चली गई? लो, हरिहर ही तो बैठा हुआ है अन्दर! पहले एक तिपाई पर बैठा रहता था, अब कुरसी लगवा ली है। वाह! दुकान की टीम-टाम तो अब देखते ही बनती है। अब क्या मजाल किसी एक मक्खी की भी कि पहले की तरह यहाँ भनभनाने आ जाए, मिठाई की थाली में गिरे, मर जाए और ग्राहकों से दो बात सुनवा दे। सारी मिठाइयाँ शीशे में बन्द। पंजबिया छोकरों से अब वह उनकी बोली में ही बात करता, "बोल, क्या लेना है तेरे को?"

दुकान का नक्शा बदला तो बदला, मगर यह क्या कि दुकान के अन्दर-बाहर चार-चार सूचना पट्ट टँगवा दिए हरिहर ने और चारों में बस एक सूचना—'आज नकद, कल उधार'।

और किसी को इन चार-चार पट्टों की सूचना चुभी हो या न चुभी हो, मगर जगदीश मास्टर को चुभी और वह पूछ बैठा, "हरिहर भैया, एक से ही काम चल जाता; चार-चार क्यों?"

हरिहर हँसा और बोला, "आप नहीं समझेंगे, मास्टर, मगर बभनटोली वाले समझ गए होंगे। अब दुलहा जी आए हों कि दुलहा के बाबूजी, मिठाई उधार नहीं मिलेगी।"

धनपत का पैसा बनमनखी गया तो क्या गया, दिल्ली तक चला गया है। गनपत मंडल ने बनमनखी में टुन्नी मिसर की पान दुकान के पास ही सत्तू की दुकान खोल दी है। सत्तू बेचता भी है और सत्तू पिलाता भी है। नकुल मंडल की मुलाकात दिल्ली में गाँव से भागे हुए बनिया अखिलेश चौधरी से हुई और उसकी सलाह पर नकुल वहाँ अंडा बेचेगा। हाट के दिन कितने ही ठेले प्रकट होते हैं जिन पर बिकते हैं मसाले, पापड़, अचार, सत्तू, चिप्स, खिलौने, वगैरह-वगैरह। जगदीश मास्टर ने हर ठेले वाले को कह रखा है, "कागज पर लिखकर ठेले पर साटो, 'मेड इन धनपत'। रोहन यादव पूछ बैठता है,"मेड इन सिर्फ धनपत लिखूँ या यादव-टोला धनपत?"

आज सोलकन-टोले का कोई मर्द...'बहुखौका' भी नहीं पूछता 'साँयखौकी' से, "कहाँ गई थी? पान खाकर आई हो इतनी रात को! किसने खिलाया पान?"

घर में घुसते ही घरवाली पान का बीड़ा बढ़ाती है, "खाइए पान; लेकर आई हूँ आपके लिए।"

मर्द खुश हो जाता है, किसी शुभ समाचार के पहले यह पान।

*

कुसुमा का फोन आया था झुनिया के पास। हालचाल पूछ लेने के बाद कुसुमा बोली थी, "क्या कहें, भौजी, यहाँ मन ही नहीं लगता है। कैसे गाँव में ब्याह हो गया मेरा जहाँ कभी नाच-गान होता ही नहीं है। खेत-बहियार जाओ, लौटकर आओ। कोई खेल-खेला नहीं होता। सुबह-सुबह उठो, तो बुढ़वा लोगों का भजन सुनो। रात में ढोलक की आवाज आती है बगल के एक गाँव से। कुसुमा का मन लगेगा ऐसे गाँव में? आपके यहाँ भी तो जट-जटिन बन्द है। केवल शादी-ब्याह में गीत गा लेने से कैसे मन भर जाता है आप लोगों का? मेरा तो नाचने का बहुत मन करता है। आप लोग वहाँ जट-जटिन चालू कीजिए और मुझे खबर कर दीजिए।" और फिर हँसकर बोली थी वह, "और सुन लीजिए, भाभी, कि अगर साल में एक दिन भी

नाचने को नहीं मिलेगा मुझे, तो मैं यहाँ से भागकर किसी ऐसे गाँव में ब्याह कर लूँगी जहाँ जट-जटिन खेला जाता है।"

झुनिया भी हँस पड़ी थी, मगर हँसी में कुसुमा की बात उड़ नहीं गई थी उसके दिमाग से।

एक दिन झुनिया ने सुखदा से कहा, "सुनिए, सुखदा, मार-काट हो गई, काम-धाम बढ़ गया, अब कुछ मनोरंजन भी होना चाहिए। जट-जटिन बन्द हो गया; उसे चालू कर दीजिए। बहुत मजा आता था उस नाच में। हर टोले से औरतें आती थीं जट-जटिन देखने।"

सुखदा ने मुस्कुराते हुए झुनिया की पूरी बात सुनी और फिर कहा, "जट-जटिन मेरे खोकसी में भी होता था; अब नहीं होता। अब वहाँ होता है दुलारी चाची का नाच। जट-जटिन खेलती हैं औरतें परदे में, मरदों से नजर बचाकर, मरदों से छिपाकर; दुलारी नाच होता है खुल्लम-खुल्ला। इस नाच में क्या जट बोलेगा, लिबके चलो? जटिन क्या निहोरा करेगी?—'टिकुली ला दो और झुमका ला दो, पटना का और बनारस का?' जट एक बोलेगा, तो जटिन चार सुना देगी...'बोल रे जट, पक्का मकान बनवा दूँ?' मूँछों पर ताव देने के लिए घी मँगवा दूँ?' यह दुलारी नाच कोई एक सावन या भादों की रात में ही नहीं होता है, सालों भर होता ही रहता है।"

झुनिया ने विस्फारित नयनों से पूछा, "यह नाच कैसा होता है, सुखदा?"

पहले तो सुखदा खूब हँसी और फिर बोली, "इस नाच में औरतें नाच लेती हैं, उसके बाद पूरा गाँव नाचता है।"

"पूरा गाँव?"

"हाँ," सुखदा ने जवाब दिया, "हम नाटक खेलेंगे, जिसमें केवल औरतें रहेंगी और औरतों को नाचने की खुली छूट होगी। ऐसा नाटक हम खोकसी में खेलकर आए हैं।"

जब धनपत की सोलकन महिलाओं के बीच यह खबर नाची कि सुखदा दी अब नाटक करवाएँगी जिसमें केवल औरतें रहेंगी, तो झुनिया को कुछ साल पहले आयोजित किए गए जट-जटिन नाच में नाचनेवाली हर औरत का खयाल आ गया, मगर सबसे अधिक खयाल आया खैरावाली चाची और पिपरावाली दादी का। खैरावाली चाची तो अब नहीं रही, शीतल साह के जामुन गाछ पर अपनी सास के साथ वास कर रही है, मगर पिपरावाली दादी अभी भी जिन्दा है।

झुनिया पहुँच गई पिपरावाली दादी के पास, "दादी, औरतों का एक नाच होनेवाला है, एक महीना के अन्दर। सबके साथ आपको भी नाचना है पिछली बार की तरह।"

"दुर," दादी ने दुत्कार दिया, "कमर के दर्द से दो कदम तो चला नहीं जाता, और चली मैं नाच नाचने!"

"अभी पन्द्रह दिनों से अधिक का समय है, दादी। मैं रोज सुबह-शाम दिन में दो बार तुम्हारी कमर की मालिश करने चली आऊँगी। सरसों तेल से मालिश कर दूँगी। सात दिन में ही दर्द छू-मन्तर हो जाएगा।"

"अरे नहीं रे, यह दर्द मालिश से दूर होनेवाला नहीं है। मालिश तो मैं करती-करवाती ही रही हूँ। इसके लिए दवा लेनी पड़ेगी।"

"तो फिर दवा ही ले लो," कुसुमा बोली, "मैं ला दूँ रमण ठाकुर की दुकान से दवा?"

"रमण ठाकुर की दुकान से मैं बराबर दवा की टिकिया लाकर खाती रही हूँ; एक-दो पहर का आराम, फिर दर्द शुरू। उसका भाई विमल बोला कि पूर्णिया के डॉक्टर से इलाज कराना पड़ेगा।"

"तो फिर चली क्यों नहीं जाती पूर्णिया? सात दिन में ठीक होकर चली आओगी।"

"कौन ले जाएगा पूर्णिया? किसी बेटे को फुरसत ही नहीं, न कुंजी को, न बच्चन को।"

"बभनटोली का करुणाकर मिसर कभी नहीं आया है तुम्हारे पास? वह तो गाँव में घूम-घूमकर बीमार-लाचार की सेवा करता है।"

"आया था," दादी भावुक हो गई, "भगवान भला करे उस बच्चे का। तीन दिनों तक मालिश करता रहा था मेरा। मैंने ही मना कर दिया। ब्राह्मण के बच्चे से सेवा करवाकर कितना पाप लेकर मरूँ! वह तो पूर्णिया जाने के लिए भी तैयार था।"

"तो चली क्यों नहीं गई?"

"खाली हाथ चली जाती क्या? कोई बेटा बोलता ही नहीं कि उसके हाथ में पैसा है। कोई कभी कहेगा अगहनी के बाद पूर्णिया ले जाऊँगा, तो कोई कहेगा पंजाब से आने दो बटेसरा और ननकेसरा को कुछ पैसे लेकर। मेरे हाथ में तो पैसा नहीं है, बेटी। एक बकरी बेची थी; उसका पैसा भी पंजाब जाते समय कनकिरवा ने मुझसे माँग लिया था। अब देखो कि वह कब आता है और आने पर पैसा लौटाता है या नहीं।"

"मैं सुखदा से बात करती हूँ, दादी। नाच के पहले तुम्हें नाचने लायक बना देना है।"

नाटक के पहले महिलाओं का नाच शुरू हो गया। शुरू हो गई नाटक की तैयारी।

नाटक-नौटंकी में तो गीत-नाद होता ही है, और जब गीत-नाद हो तो हारमोनियम-ढोलक की जरूरत भी होती है। गेदन दास की कीर्तन-मंडली में हारमोनियम मास्टर

भी है और ढोलकिया भी, मगर दोनों के दोनों मरद, मनपूरन भी और गुलटेन भी। सुखदा दी को तो अपने नाटक के लिए औरत ढोलकिया और औरत हारमोनियम मास्टर चाहिए। गाँव की औरतों को तो गीत गाने के बहुत अवसर मिलते हैं, मगर ढंग से ढोलक बजाना किसी को नहीं आता। किसी औरत को ढोलक थमा दो, तो इस तरह थाप जमाएगी कि घंटा भर में ढोलक फोड़कर लौटाने आ जाएगी। बभनटोली में भी कुछ लड़कियों को हारमोनियम बजाना तो आता है, मगर ढोलक बजाना किसी को नहीं आता। गोविन्द गवैया लड़कियों को संगीत की शिक्षा देने आते तो थे, मगर बभनटोली तक आकर रह जाते थे। किशन बनिया की दोनों बेटियों को उन्होंने संगीत सिखाया तो था, हारमोनियम और ढोलक बजाना भी, मगर अब तो दोनों की दोनों ससुराल में हैं। खबर करने पर भी सिर्फ हारमोनियम या ढोलक बजाने तो कोई बेटी ससुराल से मायके नहीं आएगी। किशन बनिया से कोई विनती की जा सकती है क्या! सोलकनों के नाटक में बभनटोली की कोई लड़की तो आने से रही। आने को सुगबुगाए भी तो मरद रोक देंगे।

झुनिया ने झट कुसुमा को फोन लगाया, "नाच-गान की तैयारी हो रही है यहाँ, औरतों का मरदाना जट-जटिन। इसमें ढोलक और हारमोनियम बजानेवाली औरत चाहिए। यहाँ कोई नहीं है। अगर तुम्हारे गाँव में ऐसी कोई औरत हो, तो उसे लेकर आना।"

कुसुमा का जवाब मिल गया, "यहाँ भी ऐसी कोई औरत नहीं है। पूरे गाँव में एक बुढ़वा है गनपत दास ढोलकिया। अगर पन्द्रह दिनों का समय दो, तो मैं उससे सीख लूँ ढोलक बजाना। तैयार कर लूँगी उसे सिखाने के लिए। बहुत होगा तो पन्द्रह दिनों में पाँच-दस चुम्मा-चाटी लेगा; बदले में दोना भर जलेबी तो रोज खिलाएगा ही।"

सुखदा ने सबके मन की चिन्ता दूर कर दी, "मैंने सोच लिया है कि अगर जरूरत पड़ी तो मैं कलाकारों को खोकसी से बुला लाऊँगी, हारमोनियम बजाने पंचा भौजी को और ढोलक बजाने गीता चाची को।"

यह सब भी नहीं करना पड़ा सुखदा को; गाँव में ही सारे जुगाड़ हो गए।

हल्के-फुल्के ढंग से ढोलक बजाना तो सुखदा को भी आता था, मगर पूरे नाटक में ढोलक पकड़कर बैठे रहना सम्भव नहीं था उसके लिए। वह सीधे गुलटेन ढोलकिया के पास जा पहुँची और बोली, "चाचाजी, मैं आपके पास आपका ढोलक माँगने आई हूँ और आपकी बेटी कलिया भी। आप कलिया को हल्का-फुल्का ढोलक बजाना दस दिनों के अन्दर सिखा दीजिए। हमारे नाटक में जो गीत-नाद होगा, उसमें वह ढोलक बजायगी। मैंने कलिया से बात कर ली है।" जब तक कुछ

बोले गुलटेन, तब तक तो वह वहाँ से खिसक चुकी थी। शाम में उसने कलिया से पूछ भर लिया था, "सीख रही हो न?" कलिया ने मुस्कुराते हुए रोनी आवाज में जवाब दिया था, "हाँ, अभी तक दो चाँटे खा चुकी हूँ।"

गाँव में गवनहारिनों की क्या कमी! शादी-ब्याह में तो गीत गाती ही हैं औरतें। मगर नाटक में कोई समूह गीत तो होगा नहीं, एकल गीत होगा, और इसके लिए चाहिए कोई सिद्ध गायिका जिसका स्वर भी सुरीला हो।

सिद्ध गायिका की खोज में समय नहीं लगा। सत्संग की शाम कबीर-मठ के लाउडस्पीकर से गाए जा रहे कबीर बाबा के गीतों की जनाना आवाज गाँव के हर शख्स के कान में गई है और वहाँ के सत्संग में गाँव के कितने ही लोग शरीक होते रहे हैं, औरतें भी। झुनिया ने चट गायिका का नाम सुझा दिया, "श्रद्धा देवी, यादव-टोले के कबीरपन्थी भुनेसर यादव की पतोहू, मगर..."

"मगर क्या?"

झुनिया बोली, "मैंने सुना है कि श्रद्धा देवी का बाप भी कबीरपन्थी है। गाना-बजाना वह अपने बाप के घर से ही सीखकर आई है। वहाँ गाती थी, तो अब यहाँ के कबीर मठ में भी आ जाती है गाने। हमारे नाटक में गीत गाने के लिए उसका ससुर भुनेसर यादव उसे आने देगा या नहीं, कह नहीं सकती। इसी बात का 'मगर'।"

"इस 'मगर' को मैं दूर कर दूँगी," सुखदा दी ने कहा, "यादव-टोले में मेरा बराबर आना-जाना होता है। हमारे नाटक में कबीर के गीत ही गाए श्रद्धा देवी।"

नाटक की तय तिथि के कुछ दिन पहले बैजू भगत ने सामने सड़क से गुजर रहे जगदीश मास्टर को अपने पास बुलाया और कहा, "यह तो मैं देख रहा हूँ, मास्टर, कि जो नाटक होने जा रहा है उसका रिहर्सल सड़क तक पर औरतें करने लगी हैं, मेरे यहाँ गेहूँ पिसाने आई औरतों के बीच के वार्तालाप तक में मुझे सुनने को मिला है 'चुप कंटाहा, चुप कंटाही'। मगर मेरी समझ में यह नहीं आ रहा है कि यह कंटाहा-कंटाही का नाटक कैसा होगा जिसमें परदा उठेगा नहीं, परदा गिरेगा नहीं। बभनटोली के नाटक में तो सात दिन पहले से खम्भे-खूँटे गड़ने लगते हैं। उनके पास नाटक के परदे हैं, साज-सामान हैं। सुखदा देवी की संस्था के पास तो कुछ भी नहीं, एक रावण की मूँछ तक नहीं। कैसा होगा यह नाटक!

"गड़ेंगे, यहाँ भी गड़ने लगेंगे सात दिन पहले से खम्भे-खूँटे। हो रही है इसके लिए भी तैयारी," जगदीश मास्टर ने ललकारती आवाज में जवाब दिया, "अब तो गाँव के लड़के तक इसमें कूद पड़े हैं। पंजाब तक खबर चली गई है। सब पंजबिया

लड़कों ने तय किया है कि पंजाब से लौटते ही वे इतना चन्दा इकट्ठा कर लेंगे कि नाटक के परदे खरीद लिये जाएँगे। पैसे आने भी लगे हैं। आपको यह सुनकर अचरज होगा कि इस गाँव को हमेशा के लिए छोड़कर भाग गए बनिया अखिलेश चौधरी ने दिल्ली से सौ रुपये भेजे हैं। अब दो-दो नाटक कम्पनी देखेंगे आप सोलकन-टोलों में, लड़कों का अलग और महिलाओं का अलग। कुछ लड़के तो पहुँच गए थे सुखदा दी के पास यह कहने कि उन्हें भी नाटक में पार्ट दिया जाए् उन्हें जवाब मिल गया, 'आप लोग अलग कम्पनी बना लीजिए।' खूब तीर छोड़ा है इस सुखदा दी ने। मरदों में जोश भरे औरत! देखते जाइए, क्या-क्या अजूबा होता है इस गाँव में!"

*

सप्ताह गुजर गया था जगदीश मास्टर का रामोतार मास्टर से मिले हुए, जबकि जगदीश मास्टर के पास ढेर सारी खबरें इकट्ठी हो गई थीं रामोतार बाबू को सुनाने के लिए। फुरसत भी तो नहीं मिल रही थी उन्हें, और फिर रविवार का इन्तजार भी करना था।

इन सात-आठ दिनों में जगदीश मास्टर रोज सुबह-सुबह अपनी छोटी बेटी अनुपमा को बुलाते, अपने पास बैठाते और पिछले दिन की सारी खबरें हथिया लेते। ये सारी खबरें सुखदा और उसकी कारगुजारियों के बारे में होती थीं।

बेटी से बतिया लेने के बाद ही वे रामोतार बाबू से मिल आने के लिए उठ खड़े हुए।

जगदीश मास्टर को देखते ही रामोतार बाबू खिल उठे और बोले, "कहाँ गुम हो गए थे जगदीश बाबू? इतने दिनों बाद मेरी याद आई क्या?"

"इतने दिनों बाद आया हूँ," जगदीश मास्टर ने हँसकर जवाब दिया, "तो बहुत कुछ लेकर आया हूँ, खबरें ही खबरें।"

"कैसी खबरें, मास्टर?"

"सुखदा दी की कारगुजारियों की खबरें।"

"आप भी उसे सुखदा दी ही बोलते हैं?"

"अब तो सब उसे सुखदा दी ही बोलते हैं, धनपत की नानी-दादी भी।"

"तब तो मैं भी अब उसे खोकसीवाली कहना बन्द कर दूँ?"

"अब कोई और खोकसी की बेटी आए धनपत, तो उसे कहिएगा खोकसीवाली; यह तो धनपत की दीदी हो गई।"

"आपकी सुखदा दी के कारनामों की कुछ-कुछ खबर तो मुझे बलभद्र झा से मिलती ही रहती है। वे जब भी विद्यालय आते हैं, कुछ सुनाकर ही जाते हैं। आप सुनाइए, क्या खबर है आपके पास?"

"मेरे पास जो खबर है, वह अभी बलभद्र झा के पास नहीं होगी," जगदीश मास्टर ने कहा, "बिलकुल नई खबर। और इस नई खबर के साथ एक नई किताब भी।"

"पहले अपनी नई खबर ही सुनाइए, किताब की बात बाद में।"

"धनपत के बभनटोली वाले यहाँ खास-खास अवसरों पर नाटक खेलते आए हैं," जगदीश मास्टर ने कहना शुरू किया, "सोलकन-टोले के बच्चे भी इसमें शरीक होते थे, मगर हमेशा 'नौकर-सिपाही' बनते-बनते ये ऊब गए और फिर किनारा कर लिया। सोलकनों के लिए यह सम्भव नहीं हुआ कि वे कोई नाटक-मंडली बनाएँ। वे अपनी कीर्तन-मंडली से ही सन्तुष्ट रहे, मगर..." मुस्कुराए जगदीश मास्टर।

"'मगर' पर ही मुस्कुरा बैठे?" रामोतार बाबू ने टोका, "आगे तो बोलिए। मैं भी देखूँ कि 'मगर' पर 'अगर' लगता है या नहीं।"

"अब किसी 'अगर' की गुंजाइश नहीं है। नाटक-मंडली की स्थापना हो चुकी है। मैं इसलिए मुस्कुराया," जगदीश मास्टर बोले, "क्योंकि इस मंडली की स्थापना यहाँ के मरदों ने नहीं, औरतों ने की है। इस नाटक में केवल औरतों का अभिनय होगा। क्या-क्या सूझता है इस सुखदा दी को!"

"मैं समझ गया, कौन-सा नाटक होगा।"

"कौन-सा?"

"कोई नाटक नहीं, जट-जटिन का नाच।"

"दुर, खाक समझे आप!" जगदीश मास्टर ने जवाब दिया, "जट-जटिन का नाच आसिन-भादों की पूर्णिमा को होता है, यह नाटक सात दिनों के अन्दर होने जा रहा है। पिछले पन्द्रह दिनों से इसका पूर्वाभ्यास चल रहा है किशन बनिया के एक गुदाम में। नाटक सूरज की रोशनी में खेला जाएगा दिन में, रात में चाँद की रोशनी में नहीं। और, इस नाटक को देखने कोई भी आ सकता है, मर्द, औरत, बूढ़ा, जवान, बच्चा, कोई भी।"

"नाटक खेला जाएगा कहाँ?" रामोतार बाबू ने पूछा।

"मुझे तो लगता है कि मंच लक्ष्मीथान के मैदान में ही बनेगा, मगर," जगदीश मास्टर बोले, "पक्की खबर तो अभी नहीं बता पाऊँगा; पूछकर कल-परसों बता सकता हूँ।"

"किससे पूछेंगे आप? सुखदा दी से?"

ठहाका लगा बैठे जगदीश मास्टर और अच्छी तरह हँस लेने के बाद बोले, "गाँव का हर आदमी मुझसे डरता है, बभनटोली का हरिमोहन झा तक मगर मैं इस सुखदा दी से डरने लगा हूँ। मेरी उससे कोई बात नहीं होती, मगर उसकी सारी कारगुजारियों की खबर मुझे मिलती रहती है, खबर मिलती है मुझे अपनी बिटिया अनुपमा से। वह तो सुखदा दी की चेली हो गई है। उसी से यह खबर मिली है कि

सुखदा दी केवल एक नाटक खेलकर ही नहीं रह जाएगी; अब नाटक जब-तब होते ही रहेंगे। मैं यह किताब, 'नेपथ्य के नायक' लेकर आया हूँ आपको दिखाने के लिए ही। इसमें जितने नायक हैं सब पर नाटक किये जाएँगे।"

"यह किताब आपको कहाँ मिली?"

"सुखदा दी का असली अड्डा अपने मायके खोकसी में है और उस अड्डा की मुखिया है इसकी कोई दुलारी चाची। सुखदा दी महीने-दो महीने में एक बार तो जरूर चली जाती है अपनी दुलारी चाची से मिलने और विचार विमर्श करने। वहीं से बराबर नई-नई किताबें नई-नई 'कारगुजारी' लाती रहती हैं। मुझे बिटिया से सब खबर मिलती रहती है। मैंने उससे कहा था सुखदा दी से कुछ किताबें माँगकर लाने के लिए। यह किताब सुखदा दी ने ही बहुत खुश होकर दी है।"

"किताब तो मैं पढ़ूँगा ही," रामोतार बाबू जोर देकर बोले, "सुखदा दी का नाटक भी देखूँगा, मगर यह बताइए कि क्या बभनटोली वाले भी सोलकनों का नाटक देखने आएँगे?"

"हम तो उनके नाटक देखने अभी भी जाते रहे हैं; उन्हें भी हमारा नाटक देखने आना चाहिए।"

"बभनटोली वालों के मन में यह बात तो जरूर आएगी कि सोलकनों का एक अलग नाट्य-संस्था बनाना उनके विरुद्ध विद्रोह है। तब क्यों आने लगे वे आपका नाटक देखने, आपका उत्साह बढ़ाने, बीच-बीच में ताली बजाने?"

"आप तो आएँगे?" संकोच आ गया था रामोतार मास्टर की आवाज में।

"एक बात तो मानिए आप, जगदीश बाबू, कि मैं ब्राह्मणों के बीच में रह रहा हूँ। विद्यालय में भी कई शिक्षक ब्राह्मण हैं, हमारे प्रधानाध्यापक ब्राह्मण, और विद्यालय के चारों ओर ब्राह्मण ही ब्राह्मण। यहाँ के ब्राह्मण तो आपकी नाट्य-संस्था को मटियामेट कर देना चाहेंगे। बलभद्र झा तो हर तीसरे-चौथे दिन आ जाते हैं विद्यालय में, घंटों बैठे रहते हैं शिक्षकों के बीच और सोलकनों के विरुद्ध आग उगलते रहते हैं। मैं ऐसा कोई काम तो नहीं करूँगा कि वे सब मुझ पर टूट पड़ें, मेरा जीना हराम कर दें। अभी कल ही..." बोलते-बोलते रुक गए रामोतार बाबू।

"कल ही...?" जगदीश मास्टर ने कोंचा।

"सुशीला वार्षिक परीक्षा में अपने वर्ग में प्रथम आ गई है," रामोतार बाबू ने बोल दिया, "प्रथम आई है अपनी योग्यता से, मगर ब्राह्मणों को इस पर एतराज है। कल बलभद्र झा आए थे और सीधे मेरे पास चले आए; कहने लगे, 'जो अब तक नहीं हुआ था, वह आज कैसे हो गया, मास्टर साहब? इतनी ब्राह्मण लड़कियाँ पढ़ रही हैं, उन सबके रहते कोई मुसहर की बेटी कैसे प्रथम आ जाएगी? विद्यालय

के और शिक्षकों से मैं मिल चुका हूँ। उनसे मुझे यही सुनने को मिला है कि इस सुशीला मुसहरनी को प्रथम कराने में आपका ही हाथ है। मुसहरनी की पढ़ाई पर आप जितना ध्यान देते हैं, उतना किसी और की पढ़ाई पर नहीं। आपके ढेर सारे किस्से सुनने को मिले हैं। सोलकन-टोला में रहते-रहते आप भी पूरा का पूरा सोलकन बन गए हैं। सावधान हो जाइए, रामोतार बाबू, नहीं तो बहुत बुरा भोगेंगे। मैं अकेले आया हूँ आपके पास, मगर जान लीजिए कि मैंने वही कहा जो पूरी बभनटोली कह रही है।' ऐसे में सोचिए, जगदीश बाबू, कि मैं ऐसा कोई काम खुलकर कैसे कर पाऊँगा जो यहाँ के ब्राह्मणों को पसन्द नहीं!"

थोड़ी देर तक तो जगदीश मास्टर वाग्बद्ध रह गए और फिर मुँह खोला, "मैं समझ गया कि आप हमारा नाटक देखने नहीं आएँगे। जब आप ब्राह्मणों की एक घुड़की से चित हो जानेवाले हैं, तब भला आएँगे आप उस नाटक को देखने जिसमें चुल्हाई साहू एक ब्राह्मण की नाक काट लेता है।"

"नाक काट लेता है!" रामोतार बाबू ने अचरज प्रकट किया।

"हाँ, पहले ब्राह्मण ने चुल्हाई साहू के कान काट लिये; फिर चुल्हाई साहू ने उस ब्राह्मण की नाक काट ली।"

"पूरा किस्सा सुनाइए तो।"

"इसी किताब में पूरा किस्सा है; पढ़ लीजिएगा।"

"नाटक देखने की इच्छा तो मेरी है, जगदीश बाबू।"

"मगर डर है कि कोई ब्राह्मण आपको देख न ले," बोलकर जगदीश मास्टर ने कहा, "मैं ऐसा प्रबन्ध कर देता हूँ कि कोई भी आपको देख नहीं पाए। आपको एक गाछ पर बैठाऊँगा छिपकर नाटक देखने के लिए।"

दोनों ही खिलखिलाकर हँस पड़े। हँस लेने के बाद बोले रामोतार बाबू, "वहाँ छिपकर नाटक देखूँगा और घर आकर ताली बजाऊँगा।"

"जाते-जाते एक बात पूछ लेता हूँ, मास्टर साहब," जगदीश मास्टर बोले, "दुनिया में कहीं और ऐसी नाट्य-संस्था होगी जिसके नाटकों में सिर्फ औरतें अभिनय करती हों?"

"मुझे कोई जानकारी नहीं है, जगदीश बाबू।"

"मुझे लगता है कि ऐसी कोई संस्था नहीं है, और तब," जोर देकर बोले जगदीश मास्टर, "सुखदा दी की नाट्य-संस्था रिकॉर्ड बुक में दर्ज किये जाने लायक है।"

रामोतार बाबू कुछ मुस्कुराकर और कुछ गम्भीर होकर बोले, "एक निवेदन कर डालिए जिला पदाधिकारी के पास।"

*

धनपत के इतिहास में ऐसा कभी नहीं हुआ था कि किसी ब्राह्मण के विरुद्ध पंचायत बैठी हो। राहत की बात बस इतनी ही थी कि कोई सोलकन पंच को जगह नहीं दी गई थी। पंचायत हो रही थी सदानन्द मिसर के मचान पर और पंचायत हो रही थी धनपत के मुखिया रूपनारायण झा के अपराध पर।

हर शाम मचान की शोभा बढ़ानेवाले सृष्टिदेव मिश्र, अनुराग मिश्र, बुच्ची झा और शोभाकान्त चौधरी समय से कुछ पहले ही पहुँच गए थे। हरिमोहन झा के लिए भी किसी को इन्तजार नहीं करना पड़ा। कट्टर ब्राह्मण विशेष रूप से जमा किये गए थे। कट्टरों को बुलाने की भारी जिम्मेवारी बलभद्र झा को सौंपी गई थी। मुखिया रूपनारायण झा को हर हाल में ले आने का भार बुच्ची झा पर डाला गया था। फूल झा को समय से पहले हाजिर हो जाना था।

सदाबहार अध्यक्ष सदानन्द मिश्र ने आसन ग्रहण करते ही आदेश दिया, "शुरू करो।"

बलभद्र झा ने फूल झा के कन्धे पर हाथ रखते हुए कहा, "बताओ, फूल, क्या खबर लेकर आए हो तुम?"

फूल झा ने सुनाया, "मैं तीन दिन पहले अपनी दुकान का सौदा लाने बनमनखी गया था। वहाँ कुछ देर टुन्नी मिसर की पान दुकान पर रुका था। टुन्नी ने मुझे बताया कि धनपत के आसपास के चार-पाँच गाँवों—भोटिया, पिपरा, चैनपुर, हर्राहा, डुमरिया, जमरा—में वहाँ के ब्राह्मणों की सभाएँ हुई हैं और उनमें निर्णय लिया गया है कि धनपत के ब्राह्मणों के साथ अब बेटी-रोटी का सम्बन्ध नहीं रखा जाए, क्योंकि धनपत के ब्राह्मण अब ब्राह्मण नहीं रहे, वे भ्रष्ट हो चुके हैं, शूद्रों को घर में घुसाकर भोजन कराते हैं और उनकी जूठी थालियाँ माँजते हैं।"

इतना बोलकर चुप हुआ फूल झा, तो बलभद्र झा ने उसे कोंचा, "यह भी बताया कि किस शूद्र को धनपत के किस ब्राह्मण ने घर में बैठाकर खाना खिलाया?"

फूल झा ने कुछ सकुचाते हुए कहा, "मुसहर विधायक को ब्राह्मण मुखिया ने।"

"ब्राह्मण मुखिया का मतलब," बलभद्र झा ने जोर देकर पूछा, "साफ-साफ बोलो; रूपनारायण बाबू?"

"हाँ," फूल झा ने साफ-साफ बोल दिया।

मुखिया जी कुछ असहज हुए और फिर फूट पड़े, "अगर यह सच है, तब भी आप लोगों को चिन्ता करने की जरूरत नहीं है। मैं समझ रहा हूँ, यह काम यहाँ के ही किसी ब्राह्मण का है जिसने उन गाँवों में जाकर आग लगाई है। अब चुनाव के दिन निकट आ रहे हैं, तो यह सब तो होना ही था। मैं ऐसे कपटी ब्राह्मणों से निपट लूँगा। अभी जिन गाँवों में सभाएँ हुई हैं, मैं खुद जाकर वहाँ के ब्राह्मणों को समझा दूँगा। इन गाँवों का एक-एक ब्राह्मण मेरा परिचित और हितैषी है।"

"अभी जरूरत इस बात की है, मुखिया जी," बलभद्र झा बोले, "कि आप इस मचान पर बैठे ब्राह्मणों को समझा दें।"

"यह अच्छा हुआ कि सृष्टिदेव मिश्र भी मचान पर मौजूद हैं। मैं मचान पर बैठे ब्राह्मणों से पूछना चाहूँगा," कुछ तैश में आ गए मुखिया जी, "कि यह सभा उस दिन क्यों नहीं हुई जिस दिन सृष्टिदेव मिश्र ने चमार कर्मचारी को अपने दरवाजे पर चाय पिलाई थी और चाय पिलाने के बाद प्याली को फोड़ा नहीं था? किसने नहीं देखा? सबने देखा था। एक ही प्याली से शूद्र भी पी रहा है और ब्राह्मण भी!"

"गलत बात, गलत बात," अब सृष्टिदेव मिश्र के बोलने की बारी थी, "मेरी बात सुनिए। साल में एक बार आता है वह कर्मचारी मालगुजारी की रसीद काटने; पिछले चार साल से आ रहा है। आज तक पैसे मैंने कभी उसके हाथ में नहीं रखे, जमीन पर रख दिया करता था और वह बेझिझक उठा लेता था। रही चाय पिलाने की बात। उसके लिए चाय की प्याली मैंने अलग रखवा दी है। पिछले चार साल से वह एक उसी प्याली से चाय पीता आया है। आज भी वह प्याली मेरे गोइठा घर के एक कोने में रखी हुई है। आप सब अभी चल सकते हैं यह देखने कि वह प्याली मेरे घर में कहाँ रखी हुई है। मुखिया जी ताल ठोंककर सुनाते हैं कि उन्होंने अपने थाने के शूद्र दारोगा की बदली करवा दी। वह कर्मचारी तो बभनटोली के घर-घर जाता होगा। आज तक उसकी बदली क्यों नहीं करवाई मुखिया जी ने?"

"जितना मुझसे सपरता है," मुखिया बोला, "और जितना मैं कर सकता हूँ, उतना करता हूँ ब्राह्मणों के लिए। शूद्र दारोगा के विरुद्ध कितने ही ब्राह्मणों की शिकायतें आई थीं मेरे पास, शूद्र कर्मचारी के विरुद्ध कभी किसी ने शिकायत नहीं की। अब सृष्टिदेव मिश्र तो यह भी कहेंगे कि मैं शूद्र विधायक की भी कहीं और बदली करवा दूँ; यह सम्भव है क्या?"

बलभद्र झा टपक पड़े, "असली बात पर आइए।"

"मैं असली बात का जवाब भी दे देता हूँ," मुखिया जी का जवाब आया, "विधायक के आने की खबर मुझे सात दिन पहले ही मिल जाती है। उस दिन मेरे घर मेरे बटाईदार नरसिंग मंडल की घरवाली सुबह-सुबह ही हाजिर हो जाती है। विधायक के खाने-पीने का पूरा प्रबन्ध उसके हाथ में होता है। शूद्र के लिए बरतन-बासन भी बिलकुल अलग हैं मेरे घर में। घर की कोई औरत उन्हें हाथ तक नहीं लगाती। आप लोग कहिए तो अभी नरसिंग की घरवाली को बुलवाकर सब पुछवा देता हूँ। विधायक के जाने के बाद पूरे घर-आँगन और दरवाजे पर गंगाजल छिड़कवाता हूँ।" इतना बोलकर मुखिया ने बुच्ची झा का रुख किया और बोले, "बुच्ची झा, आप तो सब कुछ जानते हैं; कुछ बोलते क्यों नहीं?"

"मैं क्या बोलूँ! कलियुग को रो रहा हूँ," बुच्ची झा का रुआँसा स्वर निकला, "मेरे दादा अभयशंकर झा ने जिन्दगी गुजार दी; किसी अछूत की छाया तक को छूने नहीं दिया। आज का हाल देख लीजिए! न जाने कब अन्त होगा इस कलियुग का! अब तो एकमात्र सहारा गंगाजल का है। डर लगता है, कहीं गंगा भी सूख न जाए इस कलियुग में।"

"धीरज रखिए, बुच्ची झा," अब हरिमोहन झा के बोलने की बारी थी, "हमारे ऋषि-मुनि भी हाथ पर हाथ धरकर बैठे हुए नहीं हैं, अक्ल के घोड़े दौड़ा रहे हैं। ऐसा कलियुग कितनी ही बार आया है और चला गया है। इस बार इस कलियुग का सफाया ही कर दिया जाएगा सदा-सदा के लिए। हम ऐसा संविधान बना देंगे कि फिर आए तो कलियुग किधर से आता है! काम चल रहा है इस संविधान पर।"

सदानन्द मिश्र, जो अब तक कुछ थक-से गए थे, ने महसूस किया कि अब उनके बोलने की बारी आ गई है। उन्होंने मुँह खोला, "अब बात यहीं खत्म करो। मुझे लगता है कि हम अभी भी अपने आसन पर विराजमान हैं। दिन फिरेंगे और इधर जो कुछ उलटा-सीधा हुआ है, वह सब ठीक हो जाएगा। हमारा संविधान चालू होकर रहेगा। जब तक यह संविधान चालू नहीं हो जाता, तब तक हमें एक काम करते रहना है।"

सबकी आँखें मिश्रजी के चेहरे पर टिक गईं। उन आँखों में सवाल था, "क्या?"

"जब तक हमारा संविधान चालू नहीं हो जाता," सदानन्द मिश्र का जवाब आया, "तब तक हम अछूतों को यह अहसास कराते रहें कि वे अछूत हैं और हम अपने मन में यह बात जमाए रहें कि वे अछूत हैं, अछूत हैं।"

"बस-बस," रूपनारायण झा लगभग उछल पड़े, "यही तो मैं कर रहा हूँ। मुसहर विधायक को मैंने कह दिया कि आपके विधायक-आवास में जो इस अंचल के आपके सवर्ण वोटर मिलने आते हैं, क्या आप चाहेंगे कि वे आपके आवास से भूखे जाएँ? आप ऐसा नहीं चाह सकते क्योंकि उनके बल पर ही आप चुनाव जीत पा रहे हैं। मैंने कहा कि आप तुरन्त उनके लिए ब्राह्मण रसोइया नियुक्त कीजिए। सात दिनों के अन्दर ब्राह्मण रसोइया आ गया। जिन्हें पता लगाना हो लगा लें कि अभी उसके पटना विधायक आवास में ब्राह्मण रसोइया है या नहीं।"

"बस-बस, यही करना है, यही करना है," बोलकर उठे सदानन्द मिश्र, "अब सभा समाप्त।"

*

"कहाँ गुम हो गए थे, जगदीश बाबू?" जगदीश मास्टर के आते ही रामोतार मास्टर ने हँसकर कहा, "रिकॉर्ड' की तलाश में लगे हुए थे क्या? कुछ मिला है नया दर्ज करवाने के लिए?"

जगदीश मास्टर भी हँस पड़े, "रिकॉर्ड की तलाश में तो रहता ही हूँ, मास्टर साहब, मगर इधर कुछ दूसरे कामों में उलझा रहा। एक जरूरी काम से बाहर चला गया था। आज तीन दिनों के बाद वापस आया हूँ।"

"किस जरूरी काम से कहाँ चले गए थे?"

जगदीश मास्टर मुस्कुराने के बाद बोले, "सुखदा देवी नाटक करने जा रही है और उसके पास नाटक का कोई साज-सामान ही नहीं है, एक परदा तक नहीं। वह तो तैयार है बिना परदा और पोशाक के भी नाटक करने को, मगर वह मेरे पास आ गई कुछ सलाह-सहयोग के लिए। परदा और पोशाक की बात चली, तो मुझे लगा कि मैं उसकी कुछ सहायता कर सकता हूँ। इसी काम से मैं अपने ननिहाल बलवा चला गया था। नाना तो रहे नहीं, अब दो मामा हैं वहाँ। वहाँ एक नाट्य-संस्था है जिसकी स्थापना मेरे नाना ने ही की थी। अब उस नाट्य-संस्था के कर्ता-धर्ता मेरे बड़े मामा ही हैं। मैं घर से चला ही था यह सोचकर कि वहाँ से परदा-पोशाक मिल जाएगा।"

"मिल गया परदा-पोशाक?"

"परदा तो तुरन्त मिल गया, जाते ही, मगर पोशाक जमा करने में कुछ देर हुई। पोशाक के लिए ही मुझे तीन दिन रुकना पड़ गया।"

"परदा तुरन्त मिल गया और पोशाक में देर हुई; ऐसा क्यों?"

इस बार खुलकर हँसे जगदीश मास्टर और तब बोले, "नाटक के परदे तो सालों भर मामा के गोदाम में ही पड़े रहते हैं, मगर पोशाक सालों भर गाँव के अभिनेताओं के बीच बँटे रहते हैं। किसी अभिनेता को ससुराल जाना है, तो वह मामा से नाटक का रेशमी कुरता माँगकर ले जाता है; किसी की बीवी मेला जा रही है, तो उसकी फरमाइश है कि उसे नाटक की 'राजकुमारी पद्मा' की साड़ी चाहिए। सलवार-दुपट्टा तक की जरूरत पड़ जाती है अभिनेताओं को। अभिनेताओं के घर से पोशाक मँगवाने में तीन दिन लग गए। मगर सुखदा का काम मैंने कर दिया। अब आप परदा वाला नाटक देखेंगे।"

"आप तो जी-जान से नाटक के पीछे लग गए हैं; कब है नाटक?"

"नाटक मंगलवार को है, आज के पाँचवें दिन। जब तक नाटक खेल नहीं लिया जाता, तब तक मुझे गाँव में ही रहना है। कब-क्या जरूरत पड़ जाए सुखदा को। मैं गाँव छोड़ना नहीं चाहता, और बूचन साह मेरे पीछे पड़ा है कि मैं उसके साथ बरतुहारी में चलूँ।"

"कौन है बूचन साह?"

"है एक तेली, पुराना बाशिन्दा है, बनिया चौक पर ही रहता है। उसके बेटे कैलाश की शादी की बात चल रही है। मलनिया से बरतुहार आए हुए थे। परसों बूचन साह लड़की देखने मलनिया जाएँगे। वे मुझे भी साथ चलने की जिद कर रहे हैं। सोच रहा हूँ, जाऊँ कि नहीं जाऊँ। वे जिद तो बहुत कर रहे हैं।"

"वे जिद कर रहे हैं और आप नहीं जाने को सोच रहे हैं!" रामोतार बाबू हँस पड़े, "लोग तो बरतुहारी में जाने का मौका तलाशते रहते हैं। बढ़-चढ़कर स्वागत-सत्कार, वेला-दो वेला का मस्त भोजन, कभी-कभी धोती-गमछा भी। मेरे गाँव में तो एक ऐसा आदमी था जो सालों भर बरतुहारी ही करता रहता था। बरतुहारी के भोजन से उसकी तोंद फूल आई थी और अपने लिए उसने कभी धोती नहीं खरीदी थी।"

जगदीश मास्टर हँस पड़े और बोले, "आपको इसमें कोई खतरा नजर नहीं आता है?"

"कैसा खतरा?"

"बनिया चौक के पास ही है धनी भगत का घर। उसके बेटे का ब्याह सहदेव झा पंडित ने कराया था। ब्याह के पन्द्रह बरस हो गए हैं और धनी भगत अभी भी गलियाता है सहदेव झा को कि उसने बेटी वाले से दो हजार की घूस खाकर उसकी लँगड़ी बेटी से उसके बेटे का ब्याह करा दिया।"

रामोतार मास्टर को हँसी छूट गई और उन्होंने हँसते हुए ही कहा, "आप ब्याह तो नहीं करा रहे हैं, सिर्फ अपनी पसन्द-नापसन्द बता देंगे।"

"पसन्द-नापसन्द का आधार?"

"लड़की हाथ-पैर से ठीक-ठाक हो, पिद्दी नहीं हो, बहुत लमटँगी भी नहीं हो, घर के काम-काज में निपुण हो, और...सुन्दर भी हो।"

"सुन्दर या असुन्दर?...गोरी या काली?"

"असुन्दर क्यों? गोरी मिले तो काली क्यों?"

"बछड़ू मंडल के बेटे उपिया ने अपने लिए एक काली लड़की को ही पसन्द किया था, एक कड़कनाथ को। उसने कुछ ऐसा सोचा जो किसी ने नहीं सोचा होगा। उसका कहना था कि किसी गोरी लड़की को इसलिए ले आता कि दस लुच्चे उस पर डोरे डालें, उसे पटाने पर लग जाएँ, उसे भगा ले जाना चाहें।"

रामोतार बाबू ठठाकर हँस पड़े और पूरी तरह हँस लेने के बाद बोले, "यह कोई नई सोच नहीं है, जगदीश बाबू। हमारे यहाँ एक गँवरमसला है, 'कारी खोरी राज करे सुनरी भतार करे।' ऐसा तो होता ही है कि काली-कलूटी स्त्रियों पर किसी की नजर नहीं जाती। सुन्दर स्त्रियों पर सभी लोग नजर लगाते हैं और उनके आचरण

भ्रष्ट होने की बहुत अधिक सम्भावना रहती है। हमारे गाँवों में तो बोलते ही हैं लोग कि सुन्दर कन्या से विवाह करना और सड़क किनारे धनिया बोना, दोनों बराबर हैं, कोई सुरक्षित नहीं। हितोपदेश में भी कहा गया है 'भार्या रूपवती शत्रुः।'"

"तब तो गँवरमसला और हितोपदेश की बात मानकर मैं किसी काली लड़की को ही पसन्द करूँ? मगर, नहीं, मैं काली-गोरी के चक्कर में नहीं पड़ूँगा। मैं ऐसी लड़की पसन्द करना चाहता हूँ जो सास-ससुर की सेवा करे, उनके बुढ़ापे में भी उन्हें खाना खिलाए।"

"यह गुण तो काली लड़कियों में ही अधिक मिलेगा। मैं अपने गाँव की एक काली लड़की को जानता हूँ जिसके रूप को देखकर उसका दुलहा उसे भगाता रह गया, मगर उसकी सेवा को देखकर उसकी सास उसे अपने से चिपकाकर रखी रही। बेटे की नहीं चली।"

"ऐसा नहीं है, रामोतार बाबू। जिन सात सासों की कभी मैंने चर्चा की थी, उनकी पतोहुओं में कोई एक भी ऐसी नहीं जिसे गोरी कहा जाए। मैं यह पता लगाऊँगा कि कौन लड़की सास से चिपकेगी।"

"कैसे पता लगा लेंगे?"

"मैं यह देखूँगा कि जिस लड़की को देख रहा हूँ उसकी माँ अपने सास-ससुर की सेवा करती रही है या नहीं।" बोलकर मुस्कुराए जगदीश मास्टर।

"अब मैं एक राय दूँ?"

"हाँ-हाँ, अवश्य दीजिए।"

"क्या यह उचित नहीं होगा कि अब आपके गाँव में सिर्फ 'सुखदा दी' जैसी बहू आए? आप यह पता लगाइएगा कि जिस लड़की को आप देखने जा रहे हैं, वह सुखदा जैसी है या नहीं।"

"सुखदा जैसी, या," जगदीश मास्टर ने रामोतार मास्टर के चेहरे पर निगाह जमाई, "या सिरसीवाली जैसी।"

"यह सिरसीवाली कौन है?"

"बछड़ू मंडल की सबसे छोटी पतोहू, उपेन्दरा की घरवाली।"

"इस जैसी क्यों?"

"यह काली-कलूटी बहू ससुराल बछड़ू के घर आती है, कच्ची गृहस्थी से छुटकारा दिलाने के लिए पति को घरजँवाई बनाती है, लगभग रोज ही एक कोस की दूरी तय कर अपने सास-ससुर को देखने आ जाती है, और अभी सुन रहा हूँ कि सास-ससुर को भी दयनीय हालत से मुक्त रखने के लिए अपने साथ रख लेना चाहती है।"

"सचमुच?"

"हाँ, मास्टर।"

"अगर आप सुखदा या काली-कलूटी सिरसीवाली की पहचान कर सकते हैं, तब जरूर जाइए बूचन साह के साथ।"

"मैं भी यही सोचता हूँ," जगदीश मास्टर ने जवाब दिया, "बस एक दिन गाँव से बाहर रहना है।"

*

(नाटक का मुख्य परदा गिरा हुआ है। परदा पर टाँके गए एक कपड़े पर मोटे अक्षरों में लिखा हुआ है, 'नाटक—कंटाहा लीला'। मरदों की तरह अभिनय करती गाँव की औरतों का नाटक देखने आए मरदों और औरतों की भीड़ बढ़ती जा रही है। जब तक नाटक प्रारम्भ नहीं हो जाता, तब तक भीड़ श्रद्धा देवी के गीतों का आनन्द उठा रही है।

अन्दर से नाटक शुरू किये जाने की घोषणा होती है। मरदों और औरतों के बैठने की जगह तय कर दी गई है। परदा उठता है। चौकियों को जोड़कर मंच बनाया गया है। मंच पर एक कुरसी रखी हुई है। एक ओर से दो गायिकाओं का प्रवेश होता है; दूसरी ओर से महापात्र का प्रवेश। महापात्र कुरसी पर विराजते हैं। उनके आसन ग्रहण करते ही दोनों गायिकाएँ स्वागत गान गाती हैं।

स्वागत है श्रीमान आपका, स्वागत है श्रीमान।
लोग भले कहते कंटाहा, पर देते हैं मान।
स्वर्ग भेजते आप पितर को, पहुँचाते सुखधाम।
रोग-शोक में जीवन गुजरा, मरने पर आराम।
मरने से पहले मचान पर जो सोते थे,
कृपा आपकी, अब पलंग पर वे सोते हैं।
जिन्हें कभी भरपेट भात का मिला नहीं सुख,
कृपा आपकी, रोज खा रहे नए-नए पकवान।
कुटी-मड़ैया का वासी अब देवों का मेहमान।
स्वागत है श्रीमान आपका, स्वागत है श्रीमान।
लोग भले कहते कंटाहा, पर देते हैं मान।
स्वागत है श्रीमान आपका, स्वागत है श्रीमान।
स्वागत है श्रीमान आपका...

महापात्र : (दोनों हाथ उठाकर स्वागत गान को और बड़ा करने से रोकते हैं।)
बस, बस; बन्द करें अब गान;
बहुत हुआ स्वागत-सम्मान।
मैं आरम्भ करूँ शुभ कर्म;
आसन ग्रहण करें यजमान।

(महापात्र जमीन पर आसन ग्रहण करते हैं।)

गायिका-1 : शीबू मंडल ग्रहण करें अब आसन अपना।
पिता धनेसर देख रहे हैं सुख का सपना।

गायिका-2 : आज समय है पिता-पितर का हो उद्धार।
पिता-पितर सब करें आपका जय-जयकार।

गायिका-1 : जियत पिता ते दंगमदंगा।

गायिका-2 : मुए पिता पहुँचाए गंगा।

गायिका-1 : जियत पिता को डंडमडंडा,

गायिका-2 : मुए पितर को पानी पिंडा।

(शीबू मंडल आसन ग्रहण करता है। उसके आसपास कुछ और ग्रामीण जिनमें किशन, शोभन, महाजन वगैरह शामिल हैं, आ बैठते हैं।)

महापात्र : पिता धनेसर ने त्यागा अपना इहलोक।
निकल पड़े हैं खुश-खुश जाने को परलोक।
बेटा शीबू मंडल भेजेगा सुरधाम।
भला पिता को मरने पर तब क्यों हो शोक!
दान करेगा, महादान, अब शीबू बेटा...

कर्ता : अरे बाप! अब महादान क्या, दान न सम्भव।
अब चाहे सब मिलकर भेजें मुझको रौरव।
बीघा एक जमीन सौंपकर गया बाप मर।
लड़ा रोग से, लेकिन अपना खेत बचाकर।
श्राद्ध भोज के नाम बिक गई वही जमीन।
अब किसान मजदूर बनेगा, पहनेगा कौपीन।
बना ठंठ मैं, अब छूँछा हूँ, नहीं करूँगा कोई दान।

बाप रे बाप!
चुप क्यों हैं ऐ किशन चाचा,
कुछ तो बोलें आप।

किशन : मैं क्या बोलूँ, पैसे दिये जमीन खरीदी।
सस्ते में तुम बेच गया, तो मैं अपराधी, मैं छलछन्दी?
मैं बनिया मुझको खेती से मतलब ही क्या?
परेशान तुम थे, मैंने दुख दूर कर दिया।

ग्रामीण-1 : मैं बतलाऊँ, बाप धनेसर का कपूत यह
करता रहता था घर में गालीगलौज।
कभी बाप की बात न मानी
कचकच करता था हर रोज।
मुझे बुलाकर कहा धनेसर, 'सुन धनपूरन,
नहीं रोग की चिन्ता, मुझको है अपना परलोक बनाना।
नहीं करेगा शिबुआ कुछ भी, पर तुम सुन लो,
छोड़ रहा हूँ जो जमीन मैं, उसे बेचकर,
मेरे मरने पर तू मेरा श्राद्धभोज करवाना।'

ग्रामीण-2 : जिस भाई से सटा-जुड़ा था, मिलता था जिससे हर रोज।
वह भाई मर गया और मैं रहूँ बिना खाए ही भोज!
शिबुआ आया था कहने कि टका न उसके पास।
किस पंडित ने राय उसे दी, खिला गाय को घास।
मैं बिगड़ा तुम घास-श्राद्ध की बात करो मत।
बाप धनेसर छोड़ गया है अपने पीछे दौलत।

महापात्र : सुनिए बाबू शीबू मंडल, हो सबका कल्याण;
पिता-पितर का, सन्तानों का। करें हुलसकर दान।

गायिका-1 : जियत पिता ते दंगमदंगा।

गायिका-2 : मुए पिता पहुँचाए गंगा।

कर्ता : अब मैं छूँछा रहा न कुछ भी मेरे पास।
ऐ बाबा कंटाहा, अब कुछ करें न आस।

महापात्र : याद करें किस लाड़-प्यार से बाबा ने पोसा था।
गाली-बात सुनी, पर तब भी कभी नहीं कोसा था।
आज समय है कर्ज उतारें औ' सबका कल्याण करें।
नहीं करें कुछ, पर कम-से-कम एक गाय का दान करें।

सोने के दो सींग बने हों, चाँदी के खुर चार।
एक लड़ी मोती की होगी पूँछ का शृंगार।
माला, घंटी, पायल, घुँघरू, अलंकरण गोमाता का।
मिल जाए आशीष आपको तुरत-तुरत त्राता का
लोहे की हो नांद, काँस या पीतल की हो बाल्टी।
इन्हें जुटाएँ, शीबू बाबू, फिर देखें किस्मत पलटी।
एक कटोरा काँसे का हो, बँधे नई रस्सी में गाय।
नई ओढ़नी मिले गाय को, बस इतने का करें उपाय।
हाँ, जब हो गोदान, साथ में लाए गौ अपना आहार।
एक साल का भूसा दे दें। समझें अपना बेड़ा पार।

शीबू : गाय-दान की चर्चा करके क्यों करते मेरा उपहास?
कैसे दान करूँ मैं, बाबा, गाय नहीं है मेरे पास।

महापात्र : झूठ न बोलें, झूठ न बोलें, कौन करे इस पर विश्वास।
मैंने खुद देखी थी गैया। बीते तो हैं कुछ ही मास।

शीबू : जब देखी थी गैया तब से मास नहीं, बीता है साल।
माँ की बीमारी में गैया बिकी, हुआ खाली गोहाल।

महापात्र : है खाली गोहाल, तो होगा अभी नहीं गैया का दान।
पर सोने के लिए पिता के, कर तो दें शय्या का दान।

कर्ता : कभी नहीं सोये शय्या पर, उनका तो था प्रिय मचान।
आप कहे हाँ, मैं मचान का कर दूँ अभी तुरत ही दान।
शोभन काका की बँसबिट्टी से ले आऊँगा मैं कुछ बाँस।
शोभन काका कभी न रोकेंगे, मुझको इतना विश्वास।

शोभन : नहीं, मुफ्त में नहीं, बेचता हूँ मैं बँसबिट्टी का बाँस।
अभी यहीं कह देता हूँ दर, एक बाँस का एक पचास।

महापात्र : ले लूँगा मैं बाँस कभी, इस पर न अभी देता मैं ध्यान।
पर बतलाएँ, कैसे होगा छाता और जूता का दान?

कर्ता : बाबू के सिर कभी न देखा छाता, पैरों में जूता।
अब खरीद दूँ छाता-जूता, नहीं रहा मुझमें बूता।

महापात्र : कुछ तो करें उपाय दान का, अभी नहीं हरदी बोलें।
महापात्र को दान-दक्षिणा देकर तो आशिष ले लें।
माला, जनेऊ, धोती, गमछा और सुपारी।
महापात्र के दान-दक्षिणा की तो है तैयारी?

कर्ता : फूटी कौड़ी पास नहीं है, और न कोई आय।
एक साल के भूसा का भी मुझको नहीं उपाय।
कर दें भूसा-श्राद्ध आप, कर दें मेरा कल्याण।
एक टोकरी भूसा का मैं कर देता हूँ दान।

ग्रामीण-1 : पिता-पितर का, बोलो शीबू,
इतना क्यों करते अपमान!
फूटी कौड़ी पास नहीं है,
तब भी कर सकते हो दान।
हम किस दिन के लिए हैं, शीबू!
यहाँ महाजन हैं तैयार।
बोलो कितने टके चाहिए?
मिल जाएगा अभी उधार।

महापात्र : अहा! अहा! क्या युक्ति सुझाई!
हो जाएगा निष्क्रय दान।
पास नहीं हो फूटी कौड़ी,
तब भी हो सबका कल्याण।

महाजन : मैं तो पीछे नहीं हटूँगा,
ले ले मुझसे लाख-हजार।
सौ पर दस का सूद चाहिए।
मेरा यह तो है व्यापार।

ग्रामीण-1 : अब उधार की क्यों हो चिन्ता?
लेता है सारा संसार।
कर देगा भुगतान कर्ज का।
अभी करे सबका उद्धार।

कर्ता : गया खेत अब सूद भरूँ मैं,
जीवन भर होकर बेहाल।
पिता-पितर खुश हो जाएँगे,
शिबुआ है ठन ठन गोपाल!
दान नहीं कुछ कर पाऊँगा,
भले दीजिए मुझको श्राप।
अब सुन लें जो मैं कहता हूँ
और नहीं कुछ बोलें आप।

बैसाढ़ी में बोल-बोलकर
सबने किया मुझे मजबूर।
अब सोचूँ, था बाप किसान;
मैं क्यों हो जाऊँ मजदूर?
अब न किसी की सुननेवाला,
खूब बजायँ गाल।
हो मेरा कल्याण अगर मैं
हो जाऊँ कंगाल?
श्राद्ध-भोज भी नहीं करूँगा
अपनी है औकात नहीं।
खुशी-खुशी सब घर को जाएँ,
करें भोज की बात नहीं।
त्राहिमाम्! अब श्राद्ध के लिए,
मैं भी कुछ लाता हूँ।
एक टोकरी भूसा लेकर
अभी तुरत आता हूँ।

(शीबू मंच से भागता है और उसके पीछे शेष सारे पात्र भी भाग जाते हैं।)

मंच से सभी पात्रों के भागते ही दर्शकों के ताली बजाने पर अँधेरे में एक बैलगाड़ी पर छिपकर बैठे दो गाड़ीवानों में से एक जोर-जोर से ताली बजाने लगा। दूसरे ने उसकी ओर अचरज से देखा और कहा, "यह क्या, आप अभी ही ताली बजाने लगे! आपने तो कहा था कि आप घर जाकर ताली बजायँगे।"

"कहा था," पहले ने कहा, "मगर मैं अपने को ताली बजाने से रोक नहीं पाया। और सुन लीजिए, मैं तो अब खुलकर सबके सामने ताली बजा सकता हूँ, यहाँ के ब्राह्मणों के सामने भी। मैं शिक्षक हूँ; भला मैं ही नहीं बजाऊँ ताली!"

*

रिश्वत का कारोबार जैसा पहले था, वैसा अब भी रहा। महँगाई और नई जरूरतों के कारण कुछ-कुछ बढ़ोतरी होती रही। सरकार ने अवश्य माना कि रिश्वतखोरी बन्द होनी चाहिए, मगर नेताओं ने कभी नहीं माना कि रिश्वतखोरी कभी बन्द भी हो सकती है। गाँव के लोगों ने सरकार की तो सुनी, मगर मानी नेताओं की बात।

गाँव में शायद ही कोई ऐसा घर हो जिसने कभी न कभी, किसी न किसी काम के लिए, रिश्वत न दी हो। गाँव में कौन कहाँ कितनी रिश्वत देकर आया है, इस पर चर्चा फुसफुसाहटों में होकर ही समाप्त हो जाती है। यह किसी को नहीं मालूम कि किशन बनिया का ट्रक कालाबाजारी का माल लेकर कैसे गुलाबबाग तक बेरोक-टोक आता-जाता है। हाँ, यह जानकारी बहुतों को है कि रग्घू नायक का ट्रैक्टर जब कभी अपना या किसी दूसरे का माल लादकर रानीगंज या गुलाबबाग जाता है, तो रग्घू नायक रास्ते में 'कुत्तों' को बाँटने के लिए दो हजार की रकम ड्राइवर के हाथ में दे देता है। ऐसा कभी नहीं हुआ था कि किसी घूस को लेकर पूरे गाँव में चर्चा हुई हो।

उस दिन ऐसा हो गया।

दो हजार की जगह चार हजार की भी चोट पड़ गई होती तो रग्घू नायक उफ नहीं करता, आह नहीं भरता, मगर चोट थी पचीस हजार की। पचीस हजार भी केवल आज तक; आज रात तक मामला नहीं सलटा, तो कल पचास हजार। जिस सिपाही ने गाड़ी पकड़ी थी, उसने ड्राइवर मौलू के कान में कहा, "अफसर से मेरी बात हो चुकी है। आज रात तक पचीस हजार लेकर आओ और माल सहित अपनी गाड़ी ले जाओ। सुबह में गाड़ी थाना पहुँचा दी जाएगी और वहाँ पचास हजार का सरकारी जुरमाना चुकाने के बाद ही गाड़ी छोड़ी जाएगी। चुपचाप जाओ और अपने मालिक को खबर करो कि वह पैसे लेकर आ जाए, आज रात तक।"

ड्राइवर मौलू चुपचाप भागमभाग करते हुए गाँव आया और मालिक को खबर कर दी। रग्घू नायक के पाँव तले की धरती सरक गई। वे ड्राइवर पर टूट पड़े, "कैसे पकड़ ली गाड़ी? तू साला भुच्च का भुच्च ही रहा। किसी तरह भागा क्यों नहीं? रजाक ड्राइवर को आज तक कोई पकड़ पाया है? थाना तक से गाड़ी लेकर भाग गया है। अब क्या होगा?"

हल्ला-गुल्ला सुनकर बड़ा बेटा बिन्देश्वरी अन्दर से आया, तो बाप उस पर टूटा, "और करो धन्धा 'ब्लैक' का। कितनी बार कहा कि बेटा, ब्लैक का धन्धा मत करो, मत करो, मत करो, मगर मेरी कोई क्यों सुने! अब लाओ किस बाप के घर से लाते हो पचास हजार।"

बिन्देश्वरी मौलू को साथ लेकर दुकान के बाहर आ गया और पूरी बातें सुनकर पैसे के इन्तजाम में लग गया।

मौलू के मुँह से पाँच लोगों ने मामले के बारे में सुना, पाँच के मुँह से पचास ने। आज तक गाँव में किसी ने पचास हजार का जुरमाना नहीं भरा था। दोपहर होने तक पूरे गाँव में सनसनी थी, पचास हजार का जुरमाना!

किसी के मुँह से हरिमोहन झा ने भी यह सब सुना और चले आए टहलते हुए बैजनाथ भगत के पास।

भगत जी से नजर टकराई, तो वे मुस्कुराते हुए पूछ बैठे, "क्या-क्या सुन रहा हूँ, भगत जी?"

"हाँ, आज की ताजा खबर।" भगत जी भी मुस्कुराए।

"कैसे फँस गए, नायक जी?"

"फँस गए बेवकूफी में," भगत जी ने सुनाया, "किशन चौधरी भी तो यही काम करता है, मगर वह तो कभी नहीं फँसता।"

"कैसे बच जाता है?"

"उसका काम यहाँ से लेकर गुलाबबाग तक 'फिट' है। रास्ते में जितने थाने हैं, सब थाने में उसका 'महीना' बँधा हुआ है। रग्घू नायक ने यह सब किया नहीं होगा और फँस गया।"

"रग्घू नायक को जब 'ब्लैक' का धन्धा करना ही था, तो उसने 'महीना' क्यों नहीं बँधवाया?"

बैजू भगत हँसे और कहा, "रग्घू नायक ने यह धन्धा कभी किया नहीं और वह इस धन्धे के पक्ष में भी नहीं था। उसका बेटा बिन्देश्वरी चाहता है एक ही दिन में करोड़पति बन जाना। उसी ने 'ब्लैक' का माल लादना शुरू किया।"

"इस धन्धे में बहुत कमाई है?"

"कमाई तो है," बैजू भगत ने सुनाया, "यहाँ राशन वाला सरकारी चावल ग्यारह रुपये किलो खरीद होता है और गुलाबबाग में अठारह रुपये किलो बिकता है। एक क्विंटल में सात सौ रुपये। अगर ट्रेलर में साठ क्विंटल माल लादकर गया, तो जोड़िए कि कितना मुनाफा हुआ; पूरे बयालीस हजार। अगर डीजल-ड्राइवर और रंगदारी टैक्स में दस हजार भी खर्च हो गए, तब भी बत्तीस हजार अपने बाप का।"

"सरकार लाख कोशिश कर रही है घूसखोरी बन्द करने की, मगर घूसखोरी बढ़ी ही है, घट नहीं रही है।"

"घूसखोरी कभी बन्द होनेवाली नहीं है।"

"क्यों?"

"सरकारी जुरमाना पचास हजार; थानेदार माँगे पचीस हजार; रो-गाकर, पाँव पकड़कर रग्घू बनिया मामला सलटा लेगा दस से पन्द्रह हजार के बीच में। बोलिए, कोई बनिया दस देगा या पचास?"

हरिमोहन झा हँसकर बोले, "हाँ, देना तो दस ही चाहेगा।"

"अब मेरी ही बात लीजिए," बैजू भगत बोले, "मेरा एक छोटा ट्रक चलता है। नियम से मैं उस पर पैंतीस क्विंटल ही लाद सकता हूँ। नियम तोड़कर मैं उस पर सौ क्विंटल लदवाता हूँ। पैंतीस क्विंटल लदवाऊँ, तो डीजल का खर्च भी नहीं निकलेगा। फिर ड्राइवर का दरमाहा और मेरी कमाई का क्या होगा? मैं पकड़े जाने पर घूस देकर अपना काम चला रहा हूँ। मेरे लिए तो घूस अच्छी चीज है।"

"आप घूस देते हैं तो दीजिए," हरिमोहन झा ने कहा, "मगर यह तो नहीं कहिए कि घूस अच्छी चीज है।"

"आपने अपने मुखिया जी को कभी कहा है कि घूस अच्छी चीज नहीं है?"

"किसी और मुखिया के बारे में मैं कुछ नहीं कह सकता, मगर अपना मुखिया रूपनारायण झा घूस नहीं लेता।"

"जिन लोगों ने गाँव में सरकारी पैसा उठाया है, वे तो कहते हैं कि..."

"वे कोई झूठ नहीं कहते," हरिमोहन झा ने बीच में ही बात लोक ली और बोले, "मगर जिसे वे घूस कहते हैं, उस घूस की पूरी रकम अफसरों की जेब में जाती है। मुझे रूपनारायण ने बताया है कि अफसर उसके आगे गिड़गिड़ाते हैं इस घूस के लिए। किसी को बेटी की शादी के लिए पैसे चाहिए, किसी को बेटे की पढ़ाई के लिए। कोई अफसर बिना घूस खाए कोई काम करने को तैयार ही नहीं होता।"

"अब इसका भी भंडाफोड़ होने ही वाला है कि घूस मुखिया लेता है या अफसर या दोनों।"

"भंडाफोड़?"

"हाँ, एक मामला सुखदा दी का भी फँसा है," मुस्कुराकर बोले भगत जी, "और वह घूस देने को बिलकुल तैयार नहीं।"

हँसकर सुनाया हरिमोहन झा ने, "तो समझ लीजिए कि मामला बिगड़ गया।"

*

गाँवों में बहुएँ अक्सर अपने असली नाम से नहीं, अपने नैहर के गाँव के नाम से पुकारी जाती हैं, इस गाँववाली या उस गाँववाली। धनपत में ही देख लीजिए—भोटियावाली, पिपरावाली, चैनपुरवाली, हर्राहावाली, डुमरियावाली। अगर गाँव की बेटी ही बहू बनकर आ गई, तो 'गामवाली'। मगर बरवैना गाँव से एक ऐसी बहू अपनी ससुराल पहुँची जिसे गाँव वालों ने उसके गाँव बरवैना से नहीं जोड़कर 'पोखरवाली बहू' कहा।

"यह गाँव बरवैना है कहाँ?" किसी एक ने पूछा।

"इस इलाके का नहीं है," सुखदा बोली, "कहीं दूर का गाँव है। मगर यह गाँव है, और यहाँ है एक 'पोखरवाली बहू'। किस्सा कितने ही अखबारों में छपा है।"

पोखरवाली बहू का किस्सा सुनाने बैठी सुखदा दीदी से सामने बैठी औरतों ने पूछा, "पोखरवाली क्यों?"

"क्योंकि," सुखदा दीदी ने बताया, "वह बहू अपने मायके से उपहार में एक पोखर लेकर आई थी।"

"दहेज में पोखर!" खिलखिलाकर हँसी थीं सारी औरतें और एक बोल ही गई, "बसेगी ससुराल में और पोखर रहेगा मायके में! भला उस पोखर से क्या सुख उसे?"

"उपहार में मिले पोखर की वजह से बरवैना की ढेर सारी बेटियों को ससुराल में सम्मान भी मिल रहा है और सुख भी," सुखदा दी ने बताया, "बरवैना में जितने पोखर थे उन सब में मछलीपालन किया जा रहा था। पुरुषों को इस काम में रुचि नहीं थी और बेटियों ने पोखर की देखभाल का जिम्मा उठाया। अब तो यह हाल है कि शादी के तीन से पाँच साल पहले बेटियों के नाम पर पोखर खुदवाते हैं लोग। बेटियों को मान देने का एक अनोखा तरीका है यह। अब तक तो पोखर की कमाई देखकर एक दूसरे गाँव बकुली में चालीसों पोखर खोदे जा चुके हैं; हर तीसरे परिवार के पास पोखर है और किसी-किसी परिवार के पास चार से पाँच पोखर।"

"यह अपना कैसा गाँव है कि एक भी पोखर नहीं," किसी एक ने कहा, "एक है भी तो मरिया पोखर।"

"मैं आज उसी पोखर की बात करने जा रही हूँ।" सुखदा दी बोली।

"उस पोखर की क्या बात, सुखदा दी!" घुघरीवाली बोल गई, "वह पोखर तो देबू मिसर का है। वह हमें देगा मछलीपालन के लिए?"

"हाँ, देगा," सुखदा दी बोली, "पैसे का लोभ और लाभ होगा तो अवश्य देगा। अभी वह मरिया पोखर उसके किस काम का? वह पोखर तो अभी सिर्फ डूबने और मरने के काम आ रहा है। बोलनेवाले बोल ही देते हैं कि बभना ने सोलकनों के डूब मरने के लिए यह पोखर खुदवाया था। अभी मैंने मास्टर चाचा से भी एक पोखर खुदवाने का आग्रह किया है। सरकार की ओर से पोखर खुदवाने के लिए आर्थिक सहायता दी जा रही है। जैसे हमें खेतीबारी और व्यवसाय के लिए आर्थिक मदद मिली है वैसे ही हमें मछलीपालन के लिए भी पैसे मिलेंगे। दो दिन पहले ही मैंने मास्टर चाचा से कहा है देबू मिसर जी से बात करने के लिए कि वे पोखर हमारे हवाले कर दें मछलीपालन के लिए। हम साल के हजार रुपये दे देंगे और उनके घर मेहमानों के आने पर पोखर की मछलियाँ भी। हमारे लिए यह धन्धा लाभ का धन्धा होगा।"

"मुझे तो नहीं लगता," घुघरीवाली बोली, "कि देबू मिसर हम महिलाओं के हाथ में अपना पोखर आने देंगे।"

"लाभ और लोभ तो यही कहता है कि..." बोलते-बोलते हँस पड़ी सुखदा दीदी।

घुघरीवाली ने ठीक ही कहा था कि देबू मिसर को मनाना आसान नहीं होगा। जब जगदीश मास्टर ने देबू मिसर के आगे सुखदा दीदी का 'शुभ-लाभ' रखा, तो देबू मिसर ने लोभ के चलते झट हाँ नहीं भर दी। वे देर तक जगदीश मास्टर का चेहरा निहारते रहे और तब कहा, "ठीक है, जगदीश, मैं सोचकर बताऊँगा। तुम एक बार फिर आ जाना; तब मैं हाँ या ना सुना दूँगा।"

इस बात का जरा भी बुरा नहीं मानते हुए कि पहली बार कोई बभना उसे 'जगदीश' बोला, 'जगदीश मास्टर' नहीं, मास्टर अगली सुबह ही आने की बात बोलकर वहाँ से निकल गए।

अभी लोभ देबू मिसर से पूरी तरह चिपक भी नहीं पाया था और बाप का अपने बेटों के साथ विचार-विमर्श तक नहीं हो पाया था कि हरिमोहन झा देबू मिसर के समक्ष आ टपके और टपकते ही पूछ बैठे, "सुनने में आया है, भैया, कि आप पोखर का दान कर रहे हैं?"

देबू मिसर ने खुफिया निगाहों से हरिमोहन झा को घूरा और बोला, "जगदीश मंडल ने कहा होगा?"

"पूरे गाँव में हल्ला है।"

"दान में नहीं दे रहा हूँ," देबू मिसर बोले, "साल में एक हजार रुपये मिलेंगे और साल भर खाने के लिए मछलियाँ मिलेंगी। तुम्हारा क्या खयाल है; दूँ या नहीं दूँ?"

"देश-दुनिया तो आप देख ही रहे हैं; फिर मुझसे क्यों पूछ रहे हैं?" हरिमोहन झा बोला, "मुझे लगता है कि इस सोलकन दीदी के पीछे कोई बड़ा 'ब्रेन' काम कर रहा है। साल-दो साल मिल जाएँगे हजार-हजार, मछली भी मिलेगी, मगर उसके बाद क्या होगा? इस इलाके के ढेर सारे जमींदार औने-पौने दाम में जमीन बेचकर भाग गए। जब पोखर पर अच्छी तरह कब्जा कर लेंगे सोलकन और आपको न हजार देंगे, न मछली, तब क्या आपके बेटे सुमन-चमन जाएँगे लाठी लेकर कब्जा करने? पूछ लीजिए बेटों से, जाएँगे? बाद में बेइज्जत होने से तो अच्छा है कि दान ही कर दीजिए इस पोखर को। ऐसे भी पोखर मरिया ही तो है। पूछ लीजिए सुमन-चमन से, वे क्या कहते हैं।"

"तुम अपनी राय बताओ।"

"मैं तो कभी नहीं कहूँगा कि पोखर सोलकनों के हाथ में जाने दीजिए।" हरिमोहन झा अपनी राय देकर चले गए।

बेटों की राय उलट थी। सुमन ने बाप को समझाया, "सुनिए, बाबा, जो जमीन बेचकर भागे वे आज कंगाल नहीं हैं। कोई बसें चलवाता है, कोई आटा मिल और दाल मिल का मालिक बनकर पैसे लूट रहा है। वे बाहर से आए थे, कहीं और चले गए। हम तो गाँव छोड़कर भागनेवाले नहीं हैं। आपको एक पोखर का डर है। इस बभनटोली की सारी जमीन सोलकन जोत रहे हैं। रजनीकान्त झा की तीन बीघे जमीन सुदभरना पर है। किसी को तो डर नहीं हुआ कि सोलकन जमीन हथिया लेंगे। इस मरिया पोखर से आज तक क्या मिला है हमको? जब-तब किसी के डूब मरने की खबर। वही पोखर अब साल में हजार रुपये भी देगा और साल भर मछलियाँ खाने को भी। कोई हमारे घर को ही लूटने आएगा, तो क्या हम लाठी लेकर नहीं निकलेंगे? अच्छा मौका आया है, हाँ बोल दीजिए।"

जब चमन ने भी हाँ भर दी, तो बाप देबू मिसर ने कहा, "ठीक, बिलकुल ठीक।"

अड़ंगा यहीं समाप्त नहीं हो गया। असली अड़ंगा तो अब लगा।

अड़ंगा लगा सरकारी सहायता में। अभी तो मरिया पोखर को साफ कराने तक के पैसे नहीं हैं सुखदा दीदी के हाथ में। पोखर विभाग दिया गया है भोटियावाली और पिपरावाली को, मगर पोखर-सफाई के पैसे कहाँ से लाए बेचारी झुनिया और रामकली? जो पैसे थे उनके पास, उसे तो लगा दिया सब्जी उगाने में। सरकार से पैसा मिल जाए, तभी काम आगे बढ़ेगा। सब लोग तो ऐसा ही कर रहे हैं; कागज बढ़ाते हैं, पैसा मिलता है और तब काम शुरू होता है।

कागज तो बढ़ा दिया गया, मगर खबर मिली कि कागज बढ़ा देने भर से काम नहीं होगा, पचास हजार की रकम मिलेगी और इसके लिए अभी ही घूस के दस हजार दे देने पड़ेंगे। सुखदा दीदी खुद नारायण बैठा से मिली, मगर बैठा ने साफ सुना दिया कि बिना दस हजार के काम नहीं होगा, आपका कागज एक इंच आगे नहीं बढ़ेगा। मेरी बातों का विश्वास नहीं हो तो मुखिया जी से पूछ लीजिए।

जगदीश मास्टर को साथ लेकर मुखिया जी से मिलने भी गई थी सुखदा दीदी। बात शुरू होते ही मुखिया रूपनारायण झा ने सुना दिया, "नारायण बैठा ने जो कहा, सच कहा। दस हजार से कम में काम नहीं होगा।"

"दस हजार से कम में आप काम नहीं करेंगे?" सुखदा दीदी ने पूछा मुखिया जी से।

"सुनिए, सुखदा देवी," मुखिया बोला, "मुझे जो करना था, मैंने कर दिया। अब आगे जो काम होगा वह प्रखंड कार्यालय में ही होगा।"

"आप तो प्रखंड कार्यालय जाते ही हैं लोगों के काम कराने," जगदीश मास्टर बोले, "यह काम भी करवा दीजिए।"

"मैं जाता हूँ केवल घूस के पैसे पहुँचाने।" मुखिया ने जवाब दिया।

"कौन माँगता है घूस?"

"किरानी माँगता है।"

"आप उसकी शिकायत उसके अफसर से नहीं करते?"

मुखिया जी बनावटी हँसी हँसे और बोले, "पहली बार मुखिया बना था तो शिकायत की थी एक अफसर से। वहाँ बात नहीं बनी, तो उससे भी बड़े अफसर के पास गया था, और फिर अन्त में सबसे बड़े अफसर के पास। मैंने उनसे कहा था, 'हुजूर, आप जनता की सेवा करेंगे तो आपके जाने के बाद भी जनता आपके गुण गाएगी। यह मौका है आपके लिए नाम कमाने का, हुजूर। इस नाम के लिए तो लोग क्या-क्या नहीं करते हैं!' मेरा इतना बोलना था कि वे बिफर उठे और मुझे सुनाया, 'चुप रहिए; हम अपना घर-बार छोड़कर इतनी दूर जंगल में जनता की सेवा करने नहीं आए हैं। हम आए हैं पैसा कमाने। सबके सब मालामाल हो रहे हैं और आप मुझे छूँछा रहने की सलाह दे रहे हैं। आप भी हमेशा मुखिया बने नहीं रहेंगे। जितना कमाना हो कमा लीजिए। जाइए, मेरा समय मत खाइए; जैसे दुनिया चल रही है चलने दीजिए।' अब बोलिए, मास्टर, मैं आपकी क्या मदद कर सकता हूँ? ईश्वर की शपथ खाकर कहता हूँ कि मैं अपने पास एक पैसा नहीं रखता।"

जगदीश मास्टर को किसी और मदद की जरूरत नहीं थी। वे मुँह लटकाए घर लौट आए इस पछतावे के साथ कि बेकार ही इस बभना के पास चिरौरी करने गया।

ठीक सातवें दिन घर से बहुत साफ-सुथरे कपड़े पहनकर जगदीश मास्टर रामोतार मास्टर से मिलने पहुँचे। रामोतार बाबू ने मुस्कुराकर उनका स्वागत किया, तो जगदीश मास्टर ठठाकर हँसते हुए बोले, "चल रहे हैं न?"

"कहाँ?"

"आपकी जासूस कमली गाँव की हर खबर आप तक पहुँचाती रहती है, फिर उसने आपको क्यों नहीं बताया, कहाँ?"

"जरूरी नहीं समझा होगा बताना," रामोतार बाबू हँसकर बोले, "या बच्ची भूल ही गई होगी।"

"भूल ही गई होगी, नहीं तो इतनी बड़ी खबर..."

"बताइए भी तो, कहाँ चलने की बात है?"

"अररिया 'चलना है।"

"क्यों?"

"कल जिला पदाधिकारी का घेराव होगा। सुखदा दीदी के नेतृत्व में गाँव की कम-से-कम पचास महिलाओं की फौज होगी। वे सब धरने पर बैठेंगी। जिला पदाधिकारी से पूछा जाएगा कि वे बतावें कि उनके अलावा और किस-किस कार्यालय में किस-किस अफसर या कार्यालय सहायक को सरकारी सहायता से पोखर खुदवाने के लिए घूस की कितनी रकम देनी पड़ेगी।"

रामोतार बाबू ने देर तक खिलखिलाकर हँसते रहने के बाद पूछा, "आप जा रहे हैं?"

"पूरा गाँव उलटकर जा रहा है; मैं क्यों न जाऊँ? आप भी चलिए।"

"बभनटोली के लोग जा रहे हैं?"

"मुखिया जी तो जरूर जाएँगे, और उनके साथ उनके दलाल। वहाँ के हर कार्यालय में बभनटोली के दलाल खाने-कमाने के लिए उपस्थित रहते हैं। मुझे तो लगता है कि तमाशा देखने के लिए कुछ और लोग भी जरूर रहेंगे।"

कुछ रुककर रामोतार बाबू ने पूछा, "मेरा जाना उचित होगा?"

"तमाशा देखने के लिए कोई भी जा सकता है," जगदीश मास्टर बोले, "ऐसा तो नहीं है कि बभनटोली वालों ने आपके अररिया जाने पर रोक लगा दी है। आप चलेंगे मेरे साथ।"

*

दिन भर गली-सड़क की धूल फाँककर थकान मिटाने घर आ तो गया नारायण बैठा, मगर मन में शान्ति नहीं थी। कुछ कमाई करके आया तो था, मगर साथ में बुरी-बुरी खबरें लेकर भी आ गया था। अब तो यह सुखदा दीदी उसके पेट पर ही लात मारने जा रही है। उसका धरना तो अपनी दलाली की कमाई पर ही चोट करेगा। गाँव का सब काम बिना घूस के ही होगा, तो मुखिया जी का क्या होगा? और जब मुखिया जी बिना 'पारिश्रमिक' के दस्तखत करेंगे, तो फिर इस पंचायत सदस्य को कौन पूछेगा? नहीं, यह तो बरदाश्त नहीं होगा। यह सुखदा दीदी अपनी उछल-कूद में मुँह की खाएगी। मगर अभी ही कम-से-कम मुखिया जी के मन में तो यह बात बैठा देनी है कि मेरा घर इस सुखदा दीदी के पक्ष में नहीं है। ऐसा नहीं हुआ, तो मुखिया मुझे अपने पास बैठने तक नहीं देगा। तब तो अपनी रोजी-रोटी ही खत्म।

घर में चाय पीते हुए नारायण बैठा ने पत्नी से पूछा, "सुना है कि कल जिला पदाधिकारी का घेराव करने तुम्हारी सुखदा दीदी जा रही है?"

"हाँ," पत्नी लीलावती ने जवाब दिया, "जा रही है। एक अकेली थोड़े ही जा रही है वह! उसके साथ सब टोलों से महिलाएँ जा रही हैं। मैं भी जा रही हूँ।"

"क्या?"

"गाँव के बहुत मरद भी जा रहे हैं तमाशा देखने," हँसकर बोली लीलावती, "आप भी चलिए।"

"चुप्प!" आँखें तरेरकर बोले नारायण बैठा, "तुम्हें भी नहीं जाना है।"

"क्यों?" लीलावती को अचरज हुआ, "सारी महिलाएँ तो जा रही हैं। एक मैं क्यों नहीं जाऊँ?"

"वे सब अपना फायदा देखकर जा रही हैं; तुम्हें मेरा नुकसान देखकर नहीं जाना है।"

"उनका फायदा तो मैं समझ रही हूँ, मगर यह बताइए कि आपका क्या नुकसान हो रहा है?"

"अभी जो दो-चार पैसे घर में आ रहे हैं, वे इस मुखिया की बदौलत ही आ रहे हैं। तुम मुखिया के चुनाव में चोरी-छिपे जिसे चाहो वोट दे दो, मगर खुलकर मुखिया का विरोध हम नहीं कर सकते। अगर कभी मुखिया चोरी-बेईमानी में फँसा तो मैं भी फँस जाऊँगा; मुखिया जेल गया, तो मैं भी बचूँगा नहीं।"

"आप जेल जाएँगे?" घबरा गई लीलावती, "आप जेल जानेवाला काम क्यों करते हैं?"

"काम तो जेल जानेवाला ही है," मुस्कुराया नारायण बैठा, "मगर मैं जेल जाऊँगा नहीं। मुखिया भी जेल नहीं जाएँगे। मुखिया जेल गए, तो बहुत अफसरों को भी जेल जाना होगा। हमारा काम पक्का होता है, कागज का काम। मैं जो कर रहा हूँ, वह अपनी भलाई के लिए कर रहा हूँ।"

"सुखदा दीदी भी तो हम सबकी भलाई के लिए ही जा रही हैं। आप जेल जानेवाला काम छोड़ दीजिए; मुझे भलाई का काम करने जाने दीजिए।"

"एक बार कह दिया कि तुम्हें नहीं जाना है।"

"कैसे नहीं जाऊँ? मैं भी तो बोलकर आई हूँ कि मैं जाऊँगी।"

"तुम नहीं मानोगी?"

"सारी औरतें जा रही हैं, तो एक मैं ही अकेली बथान पर रहूँ? हर घर में तो मरद है, मगर आपकी तरह तो कोई नहीं रोक रहा है। मैं जाऊँगी।"

"मैं तो कहता हूँ कि अब तुम इस सुखदा दीदी के साथ उठना-बैठना, बोलना-बतियाना भी बन्द करो। अब बहुत दिनों तक वह उत्पात नहीं कर पाएगी। वह बभनटोली की आँख में खटक रही है। अब जल्दी ही उसका कोई इलाज होगा।"

"कैसा इलाज?"

"कुछ भी हो सकता है; कैसा भी इलाज।"

लीलावती ने खुफिया निगाहों से पति की ओर देखा, कुछ बोली नहीं। उसके मन में डर समा रहा था।

सुखदा दीदी को लेकर बभनटोली के बाभनों में भारी गुस्सा है, ऐसी खबरें तो बभनटोली में नौकरी करनेवाले दौलतिया, नवला, चतुरी और कुछ दूसरे कामगारों के जरिए मिलती ही रही हैं। वे लोग हँस-हँसकर बाभनों के गुस्से का बयान करते रहे हैं, मगर अब यह हँसकर सुनने-सुनानेवाली बात नहीं रही। बाभनों का गुस्सा तो उस दिन भी चरम पर रहा होगा जब फूल झा की पान दुकान को घेरा गया था, मगर बहुत चतुर होते हैं ये बाभन, औरतों की भीड़ से उलझना उचित नहीं समझा। गुस्से की आग ठंडी भी पड़ जाती, मगर ऐसा हुआ तो नहीं। सुखदा दीदी के नाटक तो उस आग में घी डालते गए हैं। अब जरूर यह सब उनकी बरदाश्त के बाहर हो रहा होगा। पूरा बभनटोली ठान ले तो, एक औरत को खलास करना कौन बड़ी बात होगी! बुढ़िया-पुरान से ऐसे किस्से तो सुनने को मिल ही रहे हैं कि यहाँ कब किस जनाना को खेत में ही काट दिया गया, और कब-कब, किस-किस मरद को खूँटे में बाँधकर खुलेआम पीटा गया...सुखदा दीदी तो रात में भी अकेली निकल जाती है। अब तक अपने भाग्य से बची रही सुखदा दीदी, मगर अब तो सबको मिलकर सुखदा दीदी को बचाना है।

मगर यह हो कैसे? सुखदा दीदी से कैसे कहा जाए। कैसे कहा जाए कि उसकी जान को खतरा है? यह तो नहीं कह सकती कि उसका मरद बोल रहा था कि बभनटोली वाले सुखदा दीदी का इलाज करनेवाले हैं, कैसा भी इलाज।

लीलावती रात-भर सो नहीं पाई।

सुबह-सुबह घर का काम निपटाकर चली लीलावती सुखदा दीदी से मिलने। वहाँ पहुँचकर उसने देखा कि चार-पाँच औरतें वहाँ पहले से बैठी हुई हैं। क्या बातें हो रही हैं उनके बीच, वह पहले सुन लेना चाहती थी। दुर, अभी पोखर की मछलियों की बात! उसने उन लुगाइयों की बातों के बीच में ही टोक दिया, "सुखदा दीदी, मैं एक बात कहने आई हूँ।"

सुखदा दीदी मुस्कुराई, "ऐसी कौन-सी बात जो सुबह-सुबह कहने आ गई?"

"मैंने रात में एक सपना देखा है।"

"सपना! कैसा सपना?"

"बहुत बुरा।"

"बताइए भी तो।"

"मैंने सपने में देखा कि कुछ मरदों ने एक औरत को पकड़कर उसे एक पोखर में डाल दिया।"

"दुनिया में क्या कुछ हो रहा है, उसकी चिन्ता अभी हम न करें। अभी हम सिर्फ अपनी, सिर्फ अपने गाँव की चिन्ता करें।"

"वही तो, वही तो," लीलावती बोली, "मैं अपने गाँव की ही बात बता रही हूँ।"

"आपने उस औरत को पहचाना क्या?"

कुछ रुककर बोली लीलावती, "नहीं।"

"तो फिर?"

"वह चिल्ला रही थी 'बचाओ, बचाओ', और यह आवाज मुझे आपकी आवाज जैसी लगी। उस पोखर को पहचान रही थी मैं। वह देबू मिसर का पोखर था।"

"अगर वह औरत 'बचाओ, बचाओ' चिल्ला रही थी, तब वह मैं नहीं हो सकती।"

"आप कुछ और चिल्लाई हों, मगर वह आवाज आपकी ही थी, वह आप ही थीं।"

"इस सपने को भुला दीजिए।"

"यह भोर का सपना था, सुखदा दी।"

"तो हो जाने दीजिए इस सपने को सच," सुखदा दीदी बोली, "मैं तो इस सपने से डरनेवाली नहीं। अब एक नहीं, सौ सुखदा हैं इस गाँव में। मैं मर जाऊँ, उसके बाद आप तो हैं, झुनिया तो हैं, रामकली तो हैं, जागो तो हैं, झुन्नू है, चन्दा है। ये सब हैं या नहीं? और, मेरे मरने के बाद मेरे पीछे मेरी दुलारी चाची है। मेरे मरने के बाद कोई और नहीं डुबाई जाएगी किसी पोखर में। कभी और सुनाऊँगी एक किस्सा आप सबको। आप, जान जाएँगी, मैं क्यों नहीं डरती लीलावती जी के सपने से, अपनी मौत से।"

*

जो चर्चा दिन भर पूरे गाँव में होती रही, वही चर्चा उस शाम सदानन्द मिश्र के मचान पर भी शुरू हुई, धनपत की सोलकन औरतों के जुलूस और धरना की चर्चा। हरिमोहन झा देबू मिसर के मचान पर कुछ देर बिताकर पहुँचे थे। मचान पर आसन जमाते ही वे बोले, "क्यों, भाई, बन्द हो गई घूसखोरी?"

"यह तो नहीं मालूम," बुच्ची झा ने मुँह खोला, "मगर यह सुना कि सुखदा देवी आमरण अनशन की धमकी देकर आई है।"

"तब तो सचमुच घूसखोरी बन्द हो जाएगी?" मुँह टेढ़ा करके बोले हरिमोहन झा।

इस बार भी जवाब बुच्ची झा ने ही दिया, "कुछ तो होगा ही।"

"कुछ नहीं होगा, कुछ नहीं होगा," फूट पड़े हरिमोहन झा, "बड़े-बड़े ऊँट तो बह गए, गदहा पूछे कितना पानी? हमारा पूरा जनतंत्र ही घूस के रथ पर सवार है। जहाँ पूरा तंत्र ही भ्रष्ट है, वहाँ कैसे रुकेगा घूस लेने और देने का खेल? घूस लेनेवालों पर चोट कर रही है सुखदा रानी, घूस देनेवालों पर चोट क्यों नहीं करती? क्यों उसके टोलों के लोग घूस देकर शौचालय बनवा रहे हैं, घूस देकर इन्दिरा आवास ले रहे हैं?"

"जो घूस नहीं दे," शोभाकान्त की आवाज थी, "उसका शौचालय नहीं बनेगा?"

"हाँ, नहीं बनेगा," हरिमोहन झा ने जवाब दिया, "पूछ लीजिए मुखिया जी से, बनेगा या नहीं?"

"घूस तो मुखिया जी ही खाते हैं।"

हरिमोहन झा एक क्षण के लिए अटके और फिर कहा, "सुनिए एक किस्सा। कभी एक जज हुआ करते थे। उनकी आय थी महीने में तीन हजार और अपनी योग्यता और जरूरत के अनुसार घर-खर्च के लिए उन्हें चाहिए था पाँच हजार। वे महीने की पहली तारीख से घूस लेना शुरू करते थे और दो हजार पूरा होते ही घूस लेना बन्द कर देते थे। इसके बाद पूरी दुनिया में उनके जैसा ईमानदार कोई और नहीं होता था। इस आदमी को मैं घूसखोर नहीं मानता।

"अब एक और किस्सा सरकार के एक मंत्री का। कोई काम कराने के लिए मंत्री जी घूस लेते थे। सौ-डेढ़ सौ ऐसे मामले तो आ ही जाते थे जिनमें मंत्री महोदय के हस्ताक्षर की जरूरत होती थी। मंत्री जी पूरी ईमानदारी से अपना काम करते थे। जिसका काम होता था, उसका पैसा वे खा जाते थे और जिसका काम नहीं हो पाता था, उसे उसका पैसा लौटा देते थे। बैंक में जमा पैसे से उन्हें जितना सूद मिल जाता था, मंत्री जी उसी से सन्तुष्ट रहते थे। मैं इस आदमी को भी घूसखोर नहीं मानता।

"आखिरी किस्सा एक दारोगा का। वह घूस नहीं लेता था, काम हो जाने के बाद बख्शीश लेता था। कोई जोर-जबर्दस्ती नहीं। काम हो जाने पर अपनी मर्जी से कुछ बख्शीश दे दे, तो ठीक; बिना कुछ दिये भाग जाए, तब भी ठीक । इस आदमी को भी मैं घूसखोर नहीं मानता।

"अब आइए अपने मुखिया रूपनारायण झा पर। आप जिसे घूस कहते हैं, उसे वह तो नहीं खा जाता। जनता से जो लेता है, उसे काम करनेवाले अफसरों तक पहुँचा

देता है। अगर वह कुछ रख लेता है, तो उसे भी मुखिया चुनाव के समय जनता में बाँट देता है। बाँट देता है या नहीं? अगर मैं झूठ बोल रहा हूँ, तो बोलिए आप।"

"अगर मुखिया खाता नहीं है," कमलानन्द मिश्र ने टोकना जरूरी समझा, "तो जो आदमी टूटी साइकिल पर चलता था, अचानक वह कार वाला कैसे हो गया, दुतल्ला कैसे खड़ा कर लिया?"

हरिमोहन झा विहँसकर बोले, "आदमी पद की गरिमा के अनुरूप बहुत कुछ करता है। इस इलाके के किस मुखिया के पास कार नहीं है या दुतल्ला मकान नहीं है? सब मुखिया कार पर चले और धनपत का मुखिया साइकिल टुनटुनाते हुए चले? अब बिना घूस खाए भी रूपनारायण ने कार कैसे खरीद ली, दुतल्ला कैसे बनवा लिया, इसका सही जवाब तो रूपनारायण ही देगा। हो सकता है, उसने जमीन बेची हो, किसी महाजन से कर्ज लिया हो या किसी सगे-सम्बन्धी ने उसकी मदद की हो। मैं यह अच्छी तरह जानता हूँ कि अपना मुखिया घूस नहीं खाता।"

छोड़िए मुखिया की बात," बुच्ची झा ने बात बदली, "बात इस पर हो रही थी कि क्या सुखदा देवी बिना घूस दिये, आमरण अनशन की धमकी देकर अपना काम करा लेगी?"

"यह तो मैं कह ही चुका हूँ कि घूसखोरी बन्द नहीं होगी," हरिमोहन झा फिर चालू हुए, "अब यह बता रहा हूँ कि क्यों बन्द नहीं होगी। सरकार अपने कर्मचारियों को यह तो कह देगी कि घूस मत माँगो, मगर यह तो नहीं कहेगी कि बिना लिखा-पढ़ी के पैसे बाँटते चलो। सरकारी कार्यालय में एक से एक शातिर किरानी होते हैं। उनके पास आपत्तियों का अकूत भंडार होता है। वह प्रार्थी को आपत्तियाँ लगा-लगाकर इतनी बार दौड़ाएगा कि प्रार्थी का दम टूट जाएगा। घूस से काम झटपट होता है, यह तो हर किसी को मालूम और हर कोई अपना काम जल्दी करा लेना चाहता है। एक कर्मचारी ने तो समुद्र किनारे लहर गिनकर पैसे कमाना शुरू किया था। सरकारी आदेश से लहर गिनने में गलती न हो, इसलिए किसी नाव या जहाज को बिना घूस खाए किनारे लगने नहीं देता था।

"दो-चार दिन पहले ही रग्घू बनिया का ट्रक पकड़ाया। सरकारी जुरमाना पचास हजार; घूस से काम हुआ दस हजार में। अब बोलिए कि कोई बनिया दस देगा या पचास? सड़क पर दुर्घटना होती है। जिसने ठोकर मारी उसे मामला-मुकदमा में लाख-दो लाख का खर्च नजर आता है। वह मामला निपटा लेता है दस-बीस हजार की घूस देकर। वहाँ घूसखोरी को कौन रोकेगा भला, सरकार या सुखदा देवी?

"और यह भी सुन ही लीजिए कि जिन्होंने किसी तरह बिना घूस के काम करा लिया है, खतरा उनका पीछा करता रहेगा। एक किस्सा यहाँ भी। मुगलों के राज में

सैनिकों को साल के अन्त में पगार मिलती थी। पगार बाँटनेवाला मुंशी हर सैनिक से घूस वसूलता था। एक सैनिक घूस देने से साफ इनकार कर गया और उत्पात पर उतारू हो गया। मुंशी ने उसे बिना घूस लिये पगार दे दी। दूसरे साल कोई दूसरा मुंशी था। जब सैनिक का नाम पुकारा गया और वह मुंशी के सामने आया, तो मुंशी ने उसे गौर से देखा और बोला, "आप वह तो नहीं हैं जिनकी पुकार हुई है। आपकी पहचान में लिखा हुआ है कि आपके आगे के दो दाँत टूटे हुए हैं।" उस सैनिक को पगार मिली, मगर मिली तब जब वह अपने दो दाँत तुड़वाकर आया।

"मुझे लगता है कि अभी जो लाभुकों की धर-पकड़ हो रही है और मुखिया तक गिरफ्तार हो रहे हैं, उसके पीछे भी कुछ ऐसा ही कारण है।"

बोलकर चुप हो गए हरिमोहन झा, तब बुच्ची झा बोले, "तब तो यह मान लिया जाए कि सुखदा देवी का धरना-अनशन टाँय-टाँय फिस?"

"हाँ, टर-टर फिस।"

"तो यह मान लिया जाए कि घूसखोरी बन्द नहीं होगी।"

"घूसखोरी उस दिन बन्द हो जाएगी," हरिमोहन झा ने सुनाया, "जिस दिन घूस देनेवाला कोई नहीं होगा; प्रार्थी सोच लेगा कि उसका काम हो या नहीं हो, वह घूस नहीं देगा।"

*

शीतल साह की भुतहा गाछी में आज फिर एक सभा हुई। सबके कान में यह बात चली गई थी कि सुखदा दी तीन दिनों के बाद खोकसी से आई है, तो आज जरूर कोई नई बात होगी। नई बात सुनने-जानने के लिए ढेर सारी छोटी उमर की लड़कियाँ भी आ गईं।

जब भीड़ जमा हो गई, तो सुखदा ने भीड़ से कहा, "आज मैं पहले आप सबको अखबार का एक समाचार पढ़कर सुना देती हूँ, उसके बाद ही आगे की बात करूँगी।"

सुखदा ने समाचार पढ़ा, "वे दिन गए जब महिलाएँ घूँघट में रहकर घर में काम किया करती थीं और पुरुष बाहर जाकर पैसें कमाते थे। आज की महिलाएँ पुरुषों के साथ कदम से कदम मिलाकर चलती हैं।

"हमारा समाज शुरू से ही पितृसत्तात्मक यानी पुरुषप्रधान रहा है जिसमें महिलाओं को हमेशा से ही पुरुषों से कमतर आँका जाता है। इस धारणा को गलत साबित कर दिखाया है पटना के एक कस्बे में रहनेवाली कुछ महिलाओं ने।

"पटना के दानापुर कस्बे के ढिबड़ा गाँव की महिलाओं ने अपना एक बैंड बनाया है। इस बैंड का नाम 'सरगम' है और इस ग्रुप में दस दलित महिलाएँ शामिल

हैं। महिलाओं द्वारा बनाए गए इस बैंड का उद्देश्य महिलाओं को आगे बढ़ने के लिए प्रोत्साहित करने के साथ अपनी एक अलग पहचान बनाने का है। इस बैंड की मुखिया सविता देवी हैं।"

किसी एक ने पूछा, "यह बैंड क्या है? इसमें करना क्या होता है?"

"पिछले साल यहाँ की लक्ष्मी पूजा में बैंड-बाजा मँगाया गया था। यहाँ उपस्थित कुछ महिलाएँ जरूर गई होंगी बैंड-बाजा देखने-सुनने। बैंड-पार्टी के बजनिए बाजा बजाते हैं कुछ गाते हुए। आपको भी बस बाजा बजाना है और किसी एक को कुछ गाना है। जिसने बैंड-बाजा का कार्यक्रम नहीं देखा है, वे सुन लें कि जैसे किसी पर्व-त्योहार या किसी उत्सव के अवसर पर गाँव के चमार आते हैं और ढोल बजाकर या शहनाई सुनाकर चले जाते हैं, वैसे ही बैंड-बाजा वाला कुछ बजाकर, कुछ सुनाकर जाता है। हाँ, उसके पास कुछ अधिक वाद्ययंत्र होते हैं और उसका कार्यक्रम कुछ अधिक आकर्षक होता है। कोई कम वाद्ययंत्रों वाला छोटा दल होता है, कोई ढेर सारे वाद्ययंत्रों वाला बड़ा दल। हम एक छोटा दल बनाएँगे।"

"बैंड-पार्टी बनाने से हमें क्या फायदा?" रामकली ने प्रश्न किया।

"लक्ष्मीपूजा में जो बैंड वाले आए थे, वे पन्द्रह हजार रुपये लेकर गए थे यहाँ से। ढिबरा का 'सरगम' केवल ढिबरा में ही बाजा बजाकर नहीं रह जाता है। सरगम बैंड-पार्टी अब दूसरे गाँवों और कस्बों में भी बाजा बजाने जाती है। इलाके वाले औरत बैंड-पार्टी को अधिक पसन्द कर रहे हैं। अच्छी आमदनी हो रही है उसकी। हमारे इलाके में ढेर सारे उत्सव होते रहते हैं। हमें भी बहुत अच्छी कमाई होगी। हम आज पैसा कमाने के लिए, स्वावलम्बी बनने के लिए ही तो सारे काम कर रहे हैं।"

"क्या हम लोग बाजा बजाना सीख जाएँगे?" रामकली ने ही फिर सवाल किया।

"अगर सीखना चाहेंगे, तो जरूर सीख जाएँगे," सुखदा ने जवाब दिया, "याद कीजिए, कलिया ने दस दिनों के अन्दर अपने पिता से ढोलक बजाना सीख लिया था।"

"और क्या-क्या तो बजाना होगा बैंड-बाजा में," रामकली ने अभी ही सब कुछ जान लेना चाहा, "वह सब कौन सिखाएगा?"

"हमारी बैंड-पार्टी पहले छोटी होगी, धीरे-धीरे बड़ी होगी। छोटी बैंड-पार्टी में अभी हमारे पास ढोल, नगाड़ा, तुरही, बाँसुरी, शंख, शहनाई, घंटा, क्लारीनेट होंगे। हम धीरे-धीरे नए वाद्ययंत्र जोड़ते रहेंगे।"

"हमें बाजा बजाना सिखाएगा कौन?" लीला ने पूछा।

"मेरे खोकसी में भी ऐसी बैंड-पार्टी दुलारी चाची बना रही है। हमें वहीं से मदद मिलेगी। मैं दुलारी चाची से बात करके आ गई हूँ। वहाँ कटिहार से सिखानेवाले

आए हैं। वे दोनो कटिहार की ही किसी बैंड-पार्टी में बाजा बजाते हैं। आज तक हम जो भी प्रशिक्षण पाते रहे हैं, वे सब सरकार या बैंक द्वारा कराए जाते थे। यह प्रशिक्षण हमारे अपने खर्च पर होगा। प्रशिक्षण कुछ खर्चीला है; इसमें पूरे दस महीने लगेंगे। खर्च का इन्तजाम हो जाएगा। हम दस महिलाओं का समूह बनाकर बैंक से कर्ज उठाएँगे और खर्च करेंगे। खोकसी में इसी तरह हुआ है। सबसे पहले तो हमें ढोल, नगाड़ा, बाँसुरी, घंटी, शहनाई वगैरह खरीद लेने होंगे। एक महीना के बाद हमारा प्रशिक्षण कार्यक्रम शुरू हो जाएगा। इसी गाछी में हमारा प्रशिक्षण कार्यक्रम चलेगा।"

"एक बात बताइए, सुखदा दीदी," जागो ने सवाल किया, "यहाँ जो लक्ष्मीपूजा में बैंड-पार्टी आई थी, उसमें सब बजनिया की वर्दी में थे। क्या हम औरतों को भी बजनिया की वर्दी पहननी होगी?"

सुखदा हँसी और बोली, "ढिबरी की औरतें वर्दी पहनकर बाजे बजाती हैं; खोकसी की औरतें भी अब वर्दी पहनकर अभ्यास कर रही हैं। आप वर्दी में नहीं रहेंगी, तो कैसा लगेगा! वर्दी पहनने में क्या लाज? आज औरतें क्या साड़ी पहनकर हवाई जहाज उड़ा रही हैं, अन्तरिक्ष में जा रही हैं, तोप-बन्दूक चला रही हैं? जब मर्दों की बराबरी करने निकली हैं, तो लाज-शरम छोड़िए। जहाँ साड़ी शोभा देती है, वहाँ साड़ी पहनिए; जहाँ वर्दी का पहनना जरूरी है, वहाँ वर्दी में रहिए।"

"यह बता दीजिए," झुनिया ने सवाल किया, "कि बैंड-पार्टी में कितनी औरतें बाजा बजाएँगी?"

"खोकसी में अभी दस औरतें प्रशिक्षण ले रही हैं," सुखदा का जवाब था, "हम भी अभी दस ही रखें।"

"तो अभी ही दस औरतों के नाम भी लिख डालिए," झुनिया बोली, "पहला नाम मेरा।"

बाद के नाम उस तेजी से नहीं आए, जिस तेजी से झुनिया ने अपना नाम लिखवाया था। मगर हँसी-किलकारी के बीच शेष नौ नाम भी आ गए।

सभा के अन्त का समय आया, तो झुनिया बोली, "ढिबड़ा की बैंड-पार्टी का नाम है सरगम; हमारी बैंड-पार्टी का क्या नाम होगा पार्टी?"

सुखदा मुस्कुराकर बोली, "वह भी मैंने सोच लिया है। आप सबके मुँह से मैं कितनी ही बार सुन चुकी हूँ कि यहाँ जट-जटिन का नाच हुआ करता था और आपकी खैरावाली चाची ऐसा नाच नाचती थी कि कोई फिलिम वाली क्या नाचेगी! उनके मरने के बाद बहुत याद आती है आपको अपनी खैरावाली चाची की। वह चाची हमारी याद में बनी रहेगी। हमारी बैंड-पार्टी का नाम होगा 'खैरावाली बैंड-पार्टी'।"

भीड़ के बीच से खैरावाली की पोती कलिया बोल उठी, "मेरी दादी इसी गाछी में रहती है इमली गाछ पर। वह भी सब देख-सुन रही होगी और खुश हो रही होगी।"

रात उतरने के पहले ही घर-घर में बात फैल गई कि अब सोलकन-टोलों की महिलाएँ बजनिए की वर्दी पहनकर बाजे बजाएँगी और बाजा बजाने गाँव के बाहर भी जाएँगी। टोलों के मरद अपनी-अपनी घरवाली को सामने बैठाकर सवाल-जवाब करने लगे।

झिटकियावाली ने जब अपने मरद को यह खबर दी, तब छुतहरू ने पूछा कि दस में कौन-कौन हैं?"

झिटकियावाली ने दसों के नाम गिना दिये, तब भौंहें सिकोड़कर छुतहरू ने पूछा, "तुम नहीं हो?"

"नहीं।"

"क्यों?"

"बिना आपसे पूछे वहाँ अपना नाम लिखाकर चली आती आपके साथ साँयखौकी-बहुखौका सुनने?"

"बोतल औरत!" छुतहरू बमक उठा, "वहाँ कोई बटेसर सिंह सिपाही बीड़ी पिला रहा था! अभी जाओ, नाम लिखाकर आओ।"

"अब कल सुबह..."

"अभी जाओ तुरन्त," ठेला छुतहरू ने, "सुबह का इन्तजार नहीं। पार्टी में दस की जगह ग्यारह हो सकते हैं, बीस-पचीस तो नहीं होंगे।"

झुनिया ने फोन किया कुसुमा को और 'खैरावाली बैंड-पार्टी' के बारे में विस्तार से सुनाया। जवाब में कुसुमा ने सुनाया, "खूब रस लीजिए आप लोग, भौजी। मैं तो सूखे में हूँ। अब तो इस गाँव को छोड़कर नैहर में ही बस जाने का मन करता है। एक बेटा तो दे ही दिया है अपने मरद को। आप जरा पता लगाइए तो, घनमा का ब्याह हुआ है या नहीं? बिन्देसरी मंडल का बेटा घनश्याम। वह छौड़ा मुझे बहुत आँख मारता था।

*

यह बात अच्छी नहीं लगी जगदीश मास्टर को कि एक पन्द्रहिया के बाद तो मिलने आए वे रामोतार बाबू से और रामोतार बाबू हुलसकर स्वागत करने के बजाय धीरे से बुदबुदाए, 'आइए, जगदीश बाबू।' जगदीश मास्टर भूल गए कि वे खुशी-खुशी क्या कहने आए थे, और बहुत उदास स्वर में पूछा, "बहुत उदास देख रहा हूँ आपको; सब ठीक-ठाक तो है?"

"सब ठीक है," रामोतार बाबू ने जवाब दिया, "आप अपनी सुनाइए।"

कुछ रुककर जगदीश मास्टर ने कहा, "मैं तो अपनी खुशी जाहिर करने आया था, मास्टर साहब। आज सुबह-सुबह सुशीला आई थी मुझे सुनाने कि वार्षिक परीक्षा में उसे दूसरा स्थान प्राप्त हुआ है। मेरे लिए तो यह बड़ी खुशी की बात है।"

रामोतार बाबू ने जगदीश मास्टर के चेहरे पर निगाह टिकाई और कुछ रुककर खिन्न आवाज में कहा, "मेरा दुख भी इसी बात को लेकर है कि सुशीला को दूसरा स्थान प्राप्त हुआ है।"

"दुख क्यों, मास्टर साहब?"

"सुशीला प्रथम आई थी," रामोतार बाबू बोले, "उसे दूसरे पर खिसकाया गया है।"

"सच?"

"हाँ।"

"यह कैसे हुआ?"

रामोतार बाबू ने पूरा वृत्तान्त सुनाया...

परीक्षा परिणाम निकलने के पहले ही यह खबर बभनटोली तक पहुँच गई कि इस बार विद्यालय में हुई दसवीं की परीक्षा में एक मुसहरनी प्रथम आई है। बभनटोली इस खबर को पचा नहीं पा रही थी। विद्यालय के शिक्षक गजेन्द्र मिश्र ने जब बभनटोली के बलभद्र झा तक यह खबर पहुँचाई, तो बलभद्र झा आपे से बाहर हो गए, "यह कैसे हो सकता है? यह कैसे हो सकता है कि माँ सरस्वती एक मुसहरनी के सिर पर जा बैठे! जो आज तक कभी नहीं हुआ, वह आज कैसे हो गया? यह तो खुल्लम-खुल्ला माँ सरस्वती का अपमान है। जिस विद्यालय में छह-छह ब्राह्मण शिक्षक हैं वहाँ पढ़ाई में ब्राह्मण की बेटी से आगे निकल जाए किसी मुसहर की लौंडी! यह नहीं हो सकता।"

लानत-मलामत के शिकार तो संवदिया गजेन्द्र मिश्र भी हुए, मगर अच्छी खबर शेष पाँच ब्राह्मण शिक्षकों की ली गई। उसके बाद बलभद्र झा ने प्रधानाध्यापक गंगानन्द मिश्र के आवास का रुख किया और देर तक उनके साथ बतियाते रहे।

बलभद्र झा के जाते ही प्रधानाध्यापक ने अपने आवास पर रामोतार मास्टर को बुलवाया और उनसे कहा, "देखिए, रामोतार बाबू, हम लोग नौकरी करने आए हैं और हमें अपनी नौकरी पर ध्यान देना है। हम जल में रहकर मगर से बैर नहीं कर सकते। इस विद्यालय में कोई शिक्षक तब तक ही टिका है जब तक वह यहाँ की बभनटोली की लीक पर चला है। आज तक इस विद्यालय में हर परीक्षा में प्रथम

स्थान किसी ब्राह्मण लड़की को ही मिला है और यह भी सच है कि योग्यता के आधार पर मिला है। अगर इस बार कोई उलट-पुलट हुआ है, तो यह आपके कारण हुआ है, ऐसा मुझे लोग बता रहे हैं।"

"मेरे कारण?"

"हाँ," प्रधानाध्यापक बोले, "मेरी जानकारी के अनुसार ऐसा नहीं है कि मीरा झा पढ़ाई में सुशीला ऋषिदेव से कमजोर है, कम बुद्धि वाली है, मगर आप पिलकर पड़ गए ऋषिदेव को प्रथम कराने में। आपने सुशीला की पढ़ाई पर जितना ध्यान दिया, उतना मीरा की पढ़ाई पर नहीं। आप तो हर विषय उसे पढ़ाने लगे थे, उसके घर तक जाने-आने लगे थे। ऐसा आपको नहीं करना चाहिए। आप परदेस में नौकरी कर रहे हैं, अपने को बचाकर रखना चाहिए।"

"श्रीमान्," रामोतार बाबू ने जवाब दिया, "पढ़ाई में मैंने किसी के साथ कोई भेदभाव नहीं किया है। सुशीला मुझसे मदद माँगने आती थी, तो मैं उसकी मदद करता था। मीरा ने कभी मेरी मदद की जरूरत नहीं समझी, इसमें मेरा कोई दोष नहीं है। मैं जानता था, उसकी मदद करनेवाले बहुत शिक्षक हैं। उन शिक्षकों ने भी तो अपने-अपने विषय में सुशीला को अधिक अंक दिये होंगे। सिर्फ एक विषय में मेरे अच्छे अंक दे देने से ही तो सुशीला प्रथम नहीं आ गई है।"

"और शिक्षकों की बात छोड़िए; आप अपनी बात कीजिए," प्रधानाध्यापक बोले, "मैं नहीं चाहता कि आप बभनटोली वालों की नजर में खटकें कि आप ब्राह्मणों के विरुद्ध हैं या सोलकनों के हमदर्द हैं। हम लोगों को अपनी नौकरी की चिन्ता होनी चाहिए। मैं भी जान रहा हूँ और आप भी जान रहे हैं कि अभी के परीक्षाफल का कोई महत्त्व नहीं है। कौन लड़की अधिक जहीन है, अधिक मेधावी है, इसका पता तो अगली बोर्ड परीक्षा में चल ही जाएगा। मुझे इस बात की जरा भी परवाह नहीं कि बोर्ड परीक्षा में क्या परिणाम आते हैं। इसकी चिन्ता मीरा झा के अभिभावक करें। हमारी चिन्ता बस इतनी है कि सुशीला ऋषिदेव की जगह मीरा झा को प्रथम घोषित किया जाए। इस विद्यालय में रहते हुए यह हमारी जरूरत है।"

"अब तो कुछ किया नहीं जा सकता।"

"किया जा सकता है," प्रधानाध्यापक बोले, "आप सारे शिक्षक उत्तरपुस्तिकाओं में प्राप्तांक बदल दें।"

रामोतार बाबू ने अचरज से प्रधानाध्यापक की ओर देखा और फिर बोल गए, "मैं तो ऐसा नहीं कर सकता।"

प्रधानाध्यापक मुस्कुराए और कहा, "अगर दूसरे ऐसा करें, तो..."

"तो मुझे क्या?"

"ठीक है," प्रधानाध्यापक ने सुनाया, "आप जा सकते हैं, रामोतार बाबू। मुझे आपकी और अपनी नौकरी का खयाल तो रखना ही पड़ेगा। इस बभनटोली के ब्राह्मण," मुस्कुराए वे, "भारी खुराफाती हैं।"

वृत्तान्त सुनाकर चुप हुए रामोतार बाबू, तो जगदीश मास्टर बोले, "यह बात अगर सुखदा के कानों में पड़ी, तो वह हंगामा करवा सकती है, धरना-उपवास पर जा सकती है। जब सरकारी अफसर और कर्मचारी को बिना एक पैसा घूस दिये वह मेरा पोखर खुदवा सकती है, तो ये गलत काम करनेवाले ब्राह्मण शिक्षक उसके सामने किस खेत की मूली हैं! आप कहिए, मास्टर साहब, तो मैं सुखदा तक यह बात पहुँचा दूँ।"

"इसकी जरूरत नहीं है, जगदीश बाबू," रामोतार बाबू बोले, "जरूरत इस बात की है कि सुशीला अब और भी जी-जान लगा दे अपनी पढ़ाई पर। अभी तीन महीने का समय बाकी है। अब तो मैं भी जी-जान से लग जाऊँगा कि कैसे वह बोर्ड परीक्षा में पूरे जिले में बहुत-बहुत अच्छा स्थान प्राप्त करे। अब मुझे इस बात की जरा भी चिन्ता नहीं कि मैं धनपत के ब्राह्मण विद्यालय में रहूँ या न रहूँ।"

"हमें तो चिन्ता है, रामोतार बाबू," जगदीश मास्टर बोले, "कि आप यहीं रहें। इस विद्यालय में जो भी ब्राह्मण शिक्षक आया है, यहीं का होकर रह गया है। प्रधानाध्यापक गंगानन्द मिश्र दस साल से यहाँ पड़े हुए हैं। आपको तो तब तक इस विद्यालय में रहना ही है जब तक मेरी बेटी अनुपमा अच्छे अंकों से दसवीं की परीक्षा पास नहीं कर जाती है। आपको यहाँ रोककर रखने के लिए मैं आमरण अनशन पर चला जाऊँगा, गाँव के सारे सोलकनों को अपने साथ ले आऊँगा, यहाँ के विधायक का जीना हराम कर दूँगा।"

"सुनिए, जगदीश बाबू," रामोतार बाबू बहुत भावुक हो गए, "मुझे कुस्थन विद्यालय से भी बहुत लगाव हो गया था, मगर कुस्थन छोड़ने के बाद मैं फिर कभी वहाँ गया नहीं। आपके धनपत से मुझे ऐसा लगाव हो गया है कि मैं आपका विद्यालय छोड़ दूँ, मगर आपका धनपत नहीं छोड़ सकता। अब अनुपमा मेरी भी तो बेटी हुई। बेटी की विदाई तक यहाँ से भाग तो नहीं पाऊँगा मैं।"

*

जाड़ा के घुसते ही पके आमों की जो गिनती गाँव के निठल्ले छोकरे करते आए थे, उस गिनती में आनन्द झा के पिता विष्णुकान्त झा पिछले पन्द्रह सालों से लटके हुए थे और हर साल छोकरों की गिनती को ठेंगा दिखाते आए थे। मगर इस बार सोलहवें जाड़ा की गिनती सच साबित हुई। विष्णुकान्त झा इस बार टपक गए।

दुलारी चाची

अगर गाँव में दस आम टपके, तो गाँव वालों को दस भोज की आमद हुई, मगर यह आम भोज नहीं, महाभोज लेकर आनेवाला था। महाभोज तो पूर्वनिर्धारित था, मगर काल का निर्धारण टपकने से भाग रहे जिद्‌दी आम पर ही छोड़ दिया गया था।

सुखदा दीदी ने इस महाभोज को डस लिया।

कई नाटकों के बाद एक ब्राह्मण भोज का नाटक कुछ दिन पहले ही सुखदा दीदी नाट्य मंडली द्वारा खेला गया था।

ब्राह्मणों के भोज के कुछ नियम होते हैं गाँव में।

पहली पाली में सिर्फ बाहर से आए मेहमानों को भोजन कराया जाता है।

दूसरी पाली में गाँव के ब्राह्मण भोजन करते हैं। वे आश्वस्त रहते हैं कि उन्हें भी वैसा ही भोजन मिलेगा जैसा पहली पाली में खानेवालों को मिला है।

तीसरी पाली में गाँव के वैसे विशिष्ट जन होते हैं जिनके साथ ब्राह्मणों का लेन-देन होता है। इन 'विशिष्टों' में वे लोग भी होते हैं जिनके बाप या दादे को कभी ब्राह्मणों ने खूँटे से बाँधकर पीटा था। इस पाली के लोगों को यह आशंका रहती है कि दूसरी पाली वाले जो खाकर गए हैं, बिलकुल वैसा भोजन उन्हें नहीं मिलेगा; एक-आध मिठाई तो गायब हो ही जाएगी। हाँ, यह पता होता है कि पत्तल के साथ उन्हें पानी का गिलास नहीं मिलेगा। ये अपने साथ लोटा लेकर आते हैं।

चौथी और आखिरी पाली खाँटी सोलकनों की होती है। इन सोलकनों को बभनटोली में काम कर रहे नौकर-चाकर के द्वारा पल-पल की खबर मिलती रहती है कि कहाँ का हलवाई बुलाया गया है, कितनी नदिया दही कहाँ से आ रहा है, कौन-कौन-सी मिठाइयाँ बन रही हैं। भोज खाने के दौरान इन सोलकनों के बीच कनफुसकियाँ होती रहती हैं...रे गेना, नवला तो कह रहा था कि रसमलाई भी बनी है...कहाँ है आलूदम? साला दौलतिया झूठ बोला था क्या?...नवला बोला था कि पनीर की सब्जी भी बनेगी। अब कब परोसेगा पनीर?...चतुरी तो कह रहा था कि सिर्फ शुद्ध घी का इस्तेमाल किया जा रहा है। आ रही है किसी चीज से घी की गन्ध?...

अछूतों के लिए कोई पाली नहीं होती। अगर चमारों ने किसी मौके पर बाजा बजाया हो और द्वार पर आ खड़े हुए हों, तो आखिरी पाली के बाद बजनियों को कुछ माल एक टोकरी में देकर विदा कर दिया जाता है। डोमों को आमंत्रित तो नहीं किया जाता, मगर भाग्यवान होते हैं वे कि हर पाली के सारे जूठे पत्तल इन्हें मिल जाते हैं और हर पाली की मिठाइयों और सब्जियों के स्वाद वे तीन-चार दिनों तक लेते रहते हैं।

विष्णुकान्त के चारों बेटे—आनन्द, विद्यानन्द, कलानन्द और चतुरानन्द—पिता के भोज को अविस्मरणीय बनाने में क्रियाशील थे। आनन्द झा की तैनाती दरवाजे

पर थी जहाँ आगन्तुकों का स्वागत किया जाता था। पाली की जिम्मेदारी विद्यानन्द को सौंपी गई थी। कलानन्द के अधिकार में सारे बारिक थे जिनमें कुछ बाहर के सम्बन्धी और घर के बाल-बच्चे थे। चतुरानन्द का कब्जा भंडार घर पर था।

पहली पाली के भोजन के समय चारों भाई उपस्थित हुए थे। कलानन्द एक-एक मेहमान को ठूँस-ठूँसकर खाने के लिए उत्साहित कर रहे थे, उकसा रहे थे। किसी खवैया के ना-ना करने पर भी बारिक कलानन्द बाबू का आदेश मानकर पर-पकवान, मर-मिठाई खवैया के पत्तल पर गिरा देता था। यह मलाल किसी भाई को नहीं होता था कि किस पत्तल पर कितनी जूठन रह गई। ठूँस-ठूँसकर खाया, मोल इस बात का ही है।

तीसरी पाली के खवैया? आनन्द झा अन्दर गए कलानन्द से बतियाने, "रे कलानन्द, किन्हें खिलाओगे? लोग तो पहुँचे ही नहीं हैं; किसी भी टोले से दो-तीन से अधिक नहीं। सिर्फ विद्यालय के शिक्षक आए हैं। ऐसा तो कभी नहीं हुआ था। पहली पाली के शुरू होते-होते तीसरी और चौथी पाली के लोग जमा हो जाते थे। आज यह क्या? क्या कारण हो सकता है? न्योता देने में तो कोई गड़बड़ी नहीं हुई है?"

"गड़बड़ी हुई है," कलानन्द ने रूखे स्वर में जवाब दिया, "तो गड़बड़िया का पता कल लगाइएगा। अभी जितने लोग आए हैं, उन्हें खिला देता हूँ। हम किसी के आने का इन्तजार नहीं करेंगे। रात-भर लोगों को भोज ही खिलाते तो नहीं रह जाएँगे। तीसरी पाली के बाद तुरन्त चौथी पाली चालू कर देंगे। जो रहेंगे, खाएँगे। उसके बाद भोज समाप्त।"

चारों भाइयों के बीच जो वार्तालाप हुआ, उसके प्रमुख अंश थे, "गड़बड़ी क्या डोमों को न्योता देने में भी हुई थी? जूठे पत्तल ले जाने डोम तक नहीं आए हैं! उन्हें तो आज तक कभी न्योता देकर बुलाया नहीं गया है! कुछ रहस्य है इसके पीछे।"

भोजघर में काम कर रहे सोलकन-टोले के दौलतिया, नवला, चतुरी और कुछ दूसरे कामगारों से भी रहस्य के बारे में पूछा गया था, पर उनसे रहस्य का उद्घाटन नहीं हुआ। सदानन्द मिश्र ने आनन्द झा और अपने पास आनेवाले ब्राह्मणों से कहा, "यह भी कोई नए जमाने का खेल है। गाँव में घोर कलियुग आ गया है; सावधान हो जाओ।"

जब रामोतार मास्टर ने जगदीश मास्टर से इस 'खेल' के बारे में पूछा, तो जगदीश मास्टर ने बताया, "आप तो सुखदा दीदी का बस एक नाटक देखकर रह गए। इस बीच उसके कितने ही नाटक हो गए हैं। एक नाटक इसी ब्राह्मण भोज को लेकर हुआ था। इसमें दिखाया गया था कि किस तरह सोलकन भोजघर से पकवान की

गन्ध आते ही अपना-अपना लोटा अच्छी तरह माँजकर चमकाते हैं और मरभुक्खों की तरह शाम उतरते ही भोजघर के पास मँडराने लगते हैं। इस पर औरतें हाय-माँ करते हुए थू थू थू करती जाती हैं। नाटक देख रहे सोलकन उस वक्त तो अपने आप पर हँस लिये, मगर फिर गम्भीर हुए कि अब किसी ब्राह्मण भोज में जाने का मतलब है अपनी ही औरतों के थूक को चाटना।"

"मगर, जगदीश बाबू," रामोतार बाबू ने मुस्कुराकर कहा, "कुछ तो ऐसे सोलकन भी होंगे ही जो रोटी-पानी के लिए बभनटोली पर निर्भर होंगे। ब्राह्मण मालिक के पूछने पर क्या बहाना सुनाया होगा सोलकन नौकरों ने? उनका तो कुछ बुरा हो ही जाएगा?"

"सुखदा दीदी के मायके में ऐसा भोज हो चुका है," जगदीश मास्टर ने जवाब दिया, "और वह मायके से अपनी दुलारी चाची के सौ बहानों का एक गट्ठर साथ लेकर आई है। उसने एक-एक औरत को एक-एक बहाना थमा दिया; और," जगदीश बाबू ने सुनाया, "सुन लीजिए कि अब ऐसा कोई सोलकन नहीं रहा जो बाभन का होकर रहे। अब तो वह समय आया है कि जमीन का मालिक मजदूरों का निहोरा करता फिरता है कि आओ, मेरे खेत का काम सलट दो। अगर भोज नहीं खानेवालों के मन में जरा भी डर होता तो एक किस्सा कुत्तों का गाँव में नहीं नाचता।"

"कुत्तों का किस्सा?" रामोतार मास्टर के चेहरे पर अचरज भरी मुस्कुराहट फैल गई, "क्या है कुत्तों का किस्सा?"

"किस्सा धनपत का नहीं है; यह किस्सा है चैनपुर गाँव का। यहाँ के ढेर सारे लोग इस किस्से को सुन चुके हैं। आप भी सुन लीजिए," जगदीश मास्टर ने किस्सा सुनाया, "चैनपुर के दो टोलों—पूरबी और पश्चिमी—में किसी बात को लेकर झगड़ा हुआ, मारपीट भी हो गई थी। मारपीट के बाद दोनों टोलों के बीच कोई रिश्ता नहीं रहा, किसी से किसी की बातचीत भी नहीं। पूरबी-टोले में एक भोज हुआ जिसमें पश्चिमी-टोले के लोग आमंत्रित थे। पश्चिमी-टोले के लोगों ने एक सभा की और निर्णय ले लिया कि कोई भी आदमी भोज खाने नहीं जाएगा। अब सुनिए कि क्या हुआ? पश्चिमी-टोले के कुत्तों ने भी एक सभा की, अवश्य की होगी। इन कुत्तों ने भाँप लिया इस दुराव को और मान लिया कि अब पूरबी-टोले के वासी अपने नहीं रहे। अब अगर पूरबी-टोले का कोई आदमी पश्चिमी-टोले की किसी गली में या सड़क पर दिखाई पड़ जाता, तो ये कुत्ते उस पर टूट पड़ते, भौंकना शुरू कर देते और उसे अपने टोले की सीमा से बाहर तक खदेड़ आते। हुआ ऐसा, रामोतार बाबू, कि पश्चिमी-टोले का एक भी कुत्ता भोज खाने नहीं गया, घी-तेल-मसाले की तेज गन्ध आने के बावजूद।"

"सच?" अचरज भरी आवाज थी रामोतार बाबू की, "ऐसा हुआ?"

"बिलकुल ऐसा ही हुआ," जगदीश मास्टर बोले, "और अब यहाँ के सोलकनों के बीच यह चर्चा छिड़ी हुई है कि इनके टोलों के कुत्ते भोज खाने बभनटोली गए थे या नहीं।"

पहले तो खूब हँसे रामोतार बाबू और फिर पूछा, "गए थे?"

"पक्की खबर नहीं है," मुस्कुराकर जवाब दिया जगदीश मास्टर ने, "न 'हाँ' पक्की, न 'ना' पक्का। उस दिन किसी को यह खयाल आया ही नहीं था कि कुत्तों पर भी नजर रखी जाए।"

*

इस बात की पक्की खबर सोलकनों को नहीं थी कि विष्णुकान्त झा के श्राद्ध-भोज में उनके टोलों के कुत्ते शरीक हुए थे या नहीं, मगर विष्णुकान्त झा के चारों बेटों के पास यह खबर पक्की थी कि गाँव का कोई डोम भोज के जूठे पत्तल उठाने नहीं आया था। उन्हें इस बात का भी आश्चर्य हुआ कि जिस जूठन से वे पूरा सप्ताह दावते-समरकन्द का जश्न मनाते रहते, उससे एकाएक मुँह क्यों फेर लिया! यह क्या इसलिए कि उन्हें न्योता नहीं दिया गया था? मगर कभी पहले भी तो...

नौकर दौलतिया को यह पता लगाने डोम-टोली भेजा गया कि डोम जूठे पत्तल उठा ले जाने क्यों नहीं आए। दौलतिया खबर लेकर आया कि टोले में कोई मरद-मौगी नहीं है।

"कहीं कोई नहीं है? तीन-चार घर हैं; किसी घर में कोई नहीं?" आनन्द झा ने पूछा।

"दो बुढ़िया और तीन-चार बच्चों के सिवा कोई नहीं।"

"सन्तोखी नहीं था?"

"न सन्तोखी, न उसके बेटे और न किसी और घर में कोई जवान डोम-डोमिन।"

"कहाँ गए सबके सब?" आनन्द झा बुदबुदाया।

"वह भी पूछ लिया," दौलतिया बोला, "सन्तोखी की बुढ़िया बोली कि मालिक सिलिगुड़ी गए हैं, बेटे बहुत दिनों से पंजाब में नौकरी कर रहे हैं और टोले की बेटी-पतोहू 'टरेनिंग' लेने पुरैनिया गए हैं।"

"टरेनिंग!" आनन्द झा बुदबुदाए और फिर पूछा, "कैसी टरेनिंग?"

"हाँ, यह भी पूछा," दौलतिया ने जवाब दिया, "बुढ़िया बोली कि उसे नहीं मालूम।"

आनन्द झा ने दौलतिया से और कुछ नहीं पूछा, दौलतिया को विदा किया और उसी शाम अपने तीनों भाइयों को विचार-विमर्श के लिए अपने पास बैठाया।

आनन्द झा ने बात शुरू की, "तुम लोगों ने कभी इस पर सोचा कि डोम भोज के पत्तल उठाने क्यों नहीं आए?"

"दौलतिया ने तो बताया ही," कलानन्द बोला, "कि कोई डोम गाँव में नहीं था। सबके सब गाँव के बाहर थे। जो दो बूढ़ी औरतें थीं उनसे तो चार डेग चला भी नहीं जाता था और छोटे बच्चों से यह काम सपरता नहीं।"

"तुम लोगों को ऐसा नहीं लगता," आनन्द भैया ने पूछा, "कि इसके पीछ कोई षड्यंत्र था?"

"षड्यंत्र?" विद्यानन्द की आँखें चमकीं।

"हाँ," आनन्द बोले, "कुछ वैसा ही षड्यंत्र जो हमारे भोज में सोलकनों के नहीं आने के पीछे था।"

सब भाई बड़े भैया का मुँह निहारने लगे। बड़े भैया की बात के समर्थन में सिर हिलाते हुए चतुरानन्द बोला, "हाँ, यह षड्यंत्र ही था। अब मैं समझ रहा हूँ, ठीक से समझ रहा हूँ। सुखदा बवाली एक पर एक नाटक सोलकन-टोलों में खेलवा रही है और हर नाटक बाभनों के विरुद्ध किसी न किसी षड्यंत्र का हिस्सा था। हाल में उसने भोज-भात पर एक नाटक करवाया था। अब मैं सब समझ रहा हूँ।"

"क्या इस हाल के नाटक में," आनन्द भैया ने पूछा, "पत्तल उठाने डोम नहीं आए थे?"

"मैं सोलकनों के नाटक देखने नहीं जाता," चतुरानन्द बोला, "और मैं नहीं समझता कि बभनटोली का कोई आदमी इन नाटकों को देखने जाता है।"

"यह जानना जरूरी नहीं है," विद्यानन्द बोला, "कि किसी भोज-भात के नाटक में डोम पत्तल उठाने आए या नहीं। हो सकता है, सुखदा बवाली ने ही डोमों के घर जाकर उनसे कह आया हो कि हमारे भोज में कोई डोम नहीं जाए।"

"विद्यानन्द भैया की बात मुझे जँच रही है।" कलानन्द बोल गया।

"और उस छोकरी ने," आनन्द बोले, "डोमों से सिर्फ इतना ही नहीं कहा होगा कि वे हमारे भोज में नहीं जाएँ, यह भी कहा होगा कि वे बभनटोली के किसी बाभन के भोज में पत्तल चाटने नहीं जाएँ।"

"अवश्य कहा होगा।" विद्यानन्द बोले।

"तो अब यह मामला केवल हमारा नहीं रहा," आनन्द बोले, "अब यह पूरी बभनटोली का मामला है और पूरी बभनटोली को इस पर सोचना होगा।"

"अब कब सोचना होगा, भैया? जब बात बहुत बिगड़ जाएगी, तब?" चतुरानन्द बोला, "बभनटोली में अभी साल-दो साल में न कोई शादी-ब्याह होने जा रहा है और न कोई मरनेवाला ही है। हम किसी अगले भोज का इन्तजार नहीं कर सकते

यह जानने के लिए कि डोम पत्तल उठाने आते हैं या नहीं। हम दो-चार दिनों के अन्दर यहाँ के ब्राह्मणों की सभा बुलाएँ और इस षड्यंत्र पर विचार-विमर्श करें।"

तीसरे दिन ही दुख के निवारण हेतु बभनटोली के कर्णधारों की सभा बुलाई गई। सभा में बुलाए गए हर व्यक्ति को षड्यंत्र और संकट की खबर दे दी गई थी। हर व्यक्ति कुछ बोलने के लिए तैयार होकर आया था।

बीज वक्तव्य आनन्द झा का आया, "बभनटोली के भले के लिए यह सभा बुलाई गई है। बात इतनी-सी नहीं है कि भोज के पत्तल उठाने हमारे दरवाजे पर डोम नहीं आए; बात इतनी भी नहीं है कि अब डोम धनपत के किसी भी ब्राह्मण के भोज में पत्तल उठाने नहीं आएँगे; बात इससे भी बड़ी है कि डोमों की तरह गाँव से नाई भी भाग जाए, माली भी भाग जाए, चमार भी भाग जाए, तब हमारा क्या होगा?"

"हाँ," रमण ठाकुर ने टोक दिया, "एक बात तो मैं आप लोगों को बताना भूल ही गया था। यहाँ के नाई, माली या चमार इस गाँव से भले न भागें, मगर डोम सचमुच भाग गए हैं। अब डोम-टोली का कोई मरद गाँव में मिलेगा ही नहीं; कुछ का डेरा रहता है सिलिगुड़ी में और कुछ निकल गए हैं दिल्ली-पंजाब में काम करने।"

"दिल्ली-पंजाब में काम करने!" अचरज हुआ बलभद्र झा को, "वहाँ डोम नहीं हैं क्या? इन्हें कैसे घुसने दिया वहाँ के डोमों ने अपने इलाके में? हमारे यहाँ कोई बाहर का डोम आ जाए तो! सन्तोखिया टिकने देगा किसी एक को भी?"

"ये वहाँ डोम बनकर थोड़े रह रहे होंगे!" रमण ठाकुर ने जवाब दिया, "बन गए होंगे ब्राह्मण-राजपूत। मोटरसाइकिल से चलता है सन्तोखिया का बेटा परदिपवा, तो लगता है कि डोम का बेटा है? परदिपवा डोम अब बन गया है परदीप मिसर।"

"मिसर न भी बना हो," अनुराग मिश्र बोले, "मंडल तो बन ही गया होगा, परदीप मंडल।"

"छोड़िए दिल्ली-पंजाब की बात," मुसाय झा बोले, "गाँव की बात कीजिए, अपने धनपत की। डोम भाग गए; डोमिन सब तो हैं यहीं।"

"मेरी पूरी बात तो सुनी ही नहीं आप लोगों ने," रमण ठाकुर बोले, "डोम-टोली की औरतों को मैंने देखा है पूर्णिया में।"

"कहाँ?" मुसाय झा जिज्ञासु हुआ।

"पूर्णिया में सरकार की ओर से एक वेणु-शिल्प प्रदर्शनी लगी थी," रमण ठाकुर ने बताया, "उसमें बाँस से बने तरह-तरह के उत्पादों को दिखाया गया था, जैसे सूप, डगरा, टोकरी, चलनी, पेटी, डनिया, चँगेली, वगैरह-वगैरह। मैं प्रदर्शनी के भीतर था कि स्टॉल पर खड़ी एक औरत ने मुझे टोका, बोली, 'परनाम, मालिक।'

मै अचकचाया कि कौन है यह और पूछ बैठा, 'आपको पहचाना नहीं।' तब उसने बताया कि 'मैं धनपत डोम-टोली की हूँ, सन्तोखी डोम की पतोहू। मैं यहाँ 'टरेनिंग' ले रही हूँ; मेरे साथ तीन और हैं। मैं 'ठीक है, ठीक है,' बोलकर वहाँ से निकल गया। धनपत की सब डोमिनें ट्रेनिंग ले रही हैं पूर्णिया में। अब वे गाँव लौटकर आनेवाली नहीं हैं। अब सूप-डगरा जिसे खरीदना हो, वह पूर्णिया जाए, धनपत में कुछ नहीं मिलेगा।"

"यह पता है," सृष्टिदेव मिश्र ने पूछा, "कि ट्रेनिंग के लिए इन डोमिनों को ले कौन गया?"

"मुझे पता है," हरिमोहन झा बोले, "कि कौन ले गया। सारी खुराफातों की जड़ है सुखदा बवाली; डोमों को दिल्ली-पंजाब भेज दिया और डोमिनों को पूर्णिया ट्रेनिंग में।"

"यह सब तो हम नहीं होने देंगे," उबलती आवाज में बलभद्र झा बोले, "हमारे पूर्वजों ने इन्हें कहाँ-कहाँ से लाकर बसाया, इनका पेट भरा, और अब ये अपनी मरजी से भाग जाएँ! यह नहीं हो सकता।"

"मेरे दादा अभयशंकर झा," बुच्ची झा ने आह भरी, "अब तक गाँव छोड़कर चले गए रहते।"

"हम गाँव छोड़कर तो नहीं जा सकते," सृष्टिदेव मिश्र बोले, "कोई और रास्ता बताओ कि हम क्या कर सकते हैं?"

"रास्ता तो बस एक ही बचा है, चाचा," बलभद्र झा ने ऐंठ भरी आवाज में कहा, "जो काम हमारे पूर्वज करते आए हैं, वही हम भी करें।"

"क्या काम?" गरदन उचकाकर चाचा ने पूछा।

"बदमाश सोलकनों को खूँटे से बाँधकर पीटना।"

बलभद्र की सलाह पर सब चुप ही रहे। अनुराग मिश्र ने मुँह खोला, "आज के समय में यह सम्भव है क्या?"

"क्यों सम्भव नहीं है?" बलभद्र ने जवाब दिया, "हर जगह तो ऐसा हो ही रहा है। कभी-कभी अखबार भी पढ़िए, भाई साहब।"

"पढ़ता हूँ अखबार भी," अनुराग मिश्र तैश में आ गए, "और कहीं हो रहा हो ऐसा मगर इस गाँव में नहीं हो सकता। सोलकनों के बीच बन्दूक आ गई है। आप रस्सी से बाँधेंगे, वे गोली चलाएँगे।"

"सोलकनों के पास बन्दूक है, तो क्या हमारे पास नहीं है?" कमलानन्द मिश्र की आवाज थी, "मैं जब चाहूँगा तब बेटा करुणाकर को गुड्डू झा के पास भेजकर दस-पाँच नाल बन्दूक मँगवा लूँगा। करुणाकर की उससे अच्छी दोस्ती हो गई है।"

अब सदानन्द बाबू को बोलना पड़ा, "उकताने से काम नहीं चलेगा। हमारे पूर्वजों ने हमेशा शास्त्र से काम लिया है, शस्त्र से नहीं। बल उसके पास, बुद्धि जिसके पास। बन्दूक मँगवा लेंगे, पर उसे चलाएगा कौन? जेल जाने के लिए तैयार रहना पड़ेगा। यहाँ कौन-कौन बनेंगे गुड्डू झा? उपाय ऐसा हो कि सोलकनों के मन में ब्राह्मणों के लिए सम्मान बना रहे। क्या आप लोगों को ऐसा लगता है कि अब सोलकनों के मन में ब्राह्मणों के लिए कोई सम्मान नहीं रहा?"

"दुर, सम्मान !" मुखिया रूपनारायण बोल पड़े, "सम्मान तो कब का गायब हो गया।"

"इस गाँव में सम्मान गायब हुआ है रूपनारायण जी के मुखिया बनने के बाद," कमलानन्द मिश्र बिना बोले रह नहीं सके, "पूरे गाँव में हल्ला है कि मुखिया जी घूस खाते हैं। ब्राह्मण घूस खाएगा, तो उसे सम्मान कहाँ से मिलेगा!"

"चुप रहिए," मुखिया जी बमक गए, "गाँव वालों को पता है कि घूस का पैसा कहाँ जाता है। हरिमोहन झा तो मुखिया नहीं हैं, मगर क्या अभी भी इनकी वही इज्जत है जो कभी पहले थी? सुबह निकलते थे तो किसी न किसी घर से फल-सब्जी लेकर ही अपने घर आते थे। अब तो रिरियाने पर भी कोई साग की एक पत्ती तक को हाथ लगाने नहीं देता है।"

"मेरे सम्मान में कोई कमी नहीं आई है, भाई," हरिमोहन झा ने सब पर आँखें फिराते हुए कहा, "अभी भी टहलने निकलता हूँ, तो लोग प्रणाम करते ही हैं।"

"तो क्या आप मानते हैं कि आपके भोज में डोम आएँगे पत्तल उठाने?" मुखिया जी चढ़ बैठे।

"इस कहा-सुनी को बन्द कीजिए," अनुराग मिश्र बोले, "सम्मान घटेगा-बढ़ेगा आपकी आमदनी पर। पंचानन झा घर छवाने के लिए निकले थे मजदूर लाने। एक देवन था गाँव में, उस समय घर में उसकी घरवाली। पंचानन झा ने अपनी जरूरत बताई, तो घरवाली का जवाब आया, 'हमें तो खुद मजदूर चाहिए। हम पिछवाड़े को घेर रहे हैं। बाँस की टाटी डलवा रहे हैं। वे मजदूर लाने के लिए ही बाहर निकले हैं।' पंचानन झा बहुत अपमानित महसूस कर घर वापस आए। मगर इसे क्या आप अपमान कहेंगे? ब्राह्मण अपनी आमदनी बढ़ाएँ, नहीं तो अपमानित होते चले जाएँगे।"

"अनुराग भैया ठीक कह रहे हैं," मुसाय झा बोला, "आज सब पैसे के पीछे भाग रहे हैं। जिसके पास पैसा होगा, अब वही ब्राह्मण होगा। ऐसा दिन भी आ सकता है जब यहाँ के डोम-चमार ब्राह्मण हो जाएँ, और यह बभनटोली हो जाए चमरटोली। टुन्नी समझदार निकला, चला गया बनमनखी और खोल डाली पान दुकान। उसी का रास्ता पकड़ा फूल और बाहर कहीं ठौर नहीं मिला तो गाँव में ही पान दुकान

खोली। अब शास्त्र-शस्त्र को मारिए गोली और पैसा बनाने पर ध्यान दीजिए। अब यह भी नहीं देखना है कि कौन रोजगार किस जाति का है। मैं आज ही भैंस का बथान बनाता हूँ। भैंस पालूँगा और बनमनखी तक के हलवाइयों को दूध पहुँचाऊँगा।"

"मुझे लगता है कि रमण ठीक ही कह रहे हैं," हरिमोहन झा बोल गए, "मुझे तो यह भी जानकारी है कि सन्तोखी डोम का कर्जदार इस बभनटोली का एक ब्राह्मण भी है।"

"कौन?" यह पूछने की हिम्मत किसी की नहीं हुई।

"एक बात बोल ही दूँ," रमण ठाकुर बोले, "हम लोग गाँवों में अपने पुराने संस्कारों के साथ जी रहे हैं। इनसे मुक्त होना होगा। अब आप गाँव छोड़िए, शहर बन जाइए; गाँव का ब्राह्मण नहीं, शहर का ब्राह्मण। नाई भाग जाए, तो सैलून जाकर बाल कटवाइए; फूल चाहिए, तो अपने घर फूल उगाइए; और, सूप-डगरा बनमनखी हाट से खरीदकर ले आइए।"

"और अगर गाय मर जाए, तो?" बलभद्र झा पूछ बैठे।

"तो," रमण ठाकुर ने जवाब दिया, "बैलगाड़ी पर लादकर नदी किनारे फेंक आइए।"

कोई कुछ नहीं बोला। कुछ देर की चुप्पी के बाद सदानन्द बाबू बोले, "अब सभा यहीं समाप्त होती है। आगे सभा हो किसी समस्या के आने पर। आज यह तय मानिए कि भोज में पत्ता हम खुद उठाएँगे। अछूत का प्रवेश तो बभनटोली के घरों में बहुत पहले ही हो चुका है।

*

ऐसा नहीं था कि खोकसीवाली के खलास का खयाल केवल बभनटोली वालों के मगज में आया था। कभी यह खयाल सोलकन-टोले के कुछ मरदों के मन में भी आ गया था।

पहली बार इससे छुटकारा पाने का खयाल खोकसीवाली की सास के मन में उस वक्त ही आ गया था जब उसने अभी-अभी घर में घुसी बदगुमान बहू के टेढ़े-तिरछे बोल सुने थे। उसके मन में आया कि अभी बिपता को बुलाकर कहे, 'सुन बिपता, मैं इस बहू को किसी भी हाल में अपने घर में रखनेवाली नहीं। तुम अभी इसे इसकी मोटरसाइकिल पर बैठाओ, और दोनों को इसके बाप के घर पहुँचा आओ।' मन में आया तो था, मगर अभी भी उसने बिपता को बुलाया नहीं था। उसे लगा था कि अभी तो बेटा नई-नई बहू की चूमा-चाटी में लगा होगा; अभी तुरन्त ना कह सकता है।

फिर तो दो-चार दिनों के अन्दर ही पतोहू ने सास पर ऐसा मन्तर चलाया कि सास बहू के वश में आ गई। सास को दुख हुआ कि कभी-कभी कितना बुरा खयाल आ जाता है उसके मन में। हाय मेरी सोना बहू!

मरदों के बीच विचार-विमर्श तब हुआ जब खोकसीवाली धनेसर को सुना आई, "अब अगर कभी आपने अपनी घरवाली को पीटा, तो आपके घर मैं नहीं आऊँगी, थाना की पुलिस आएगी।"

अपने घर से निकला धनेसर और सीधे छुतहरू के घर आ गया। वहीं पर भगतू, बौकू, सुशील बैठा और नागो को बुलाया गया। बुलाने का मकसद था इस बात पर विचार-विमर्श करना कि फुंसी को भगन्दर बनने से कैसे रोका जाए। धनेसर ने पहले तो उस घटना का जिक्र किया जो अभी-अभी उसके साथ घटी थी और फिर आगे सुनाया, "यह खोकसीवाली क्या आई इस गाँव में कि मरदों के मूँछ मुड़वा लेने का समय आ गया। अब इस औरत के गाँव में रहने से पूरे गाँव को खतरा है। अब गाँव में कभी भी पुलिस आ सकती है और किसी को भी बिना किसी जुर्म के भी पकड़कर ले जा सकती है। सब लोग मिलकर भगाइए इस औरत को। अगर मार-पीट से डर लगता है, तो पाँच आदमी तैयार होइए और बैलगाड़ी पर लादकर इसे इसके माँ-बाप के पास खोकसी पहुँचा दीजिए। इससे कम में किसी का भला होनेवाला नहीं है।"

कौन पाँच पहुँचाने जाएँगे, इस पर निर्णय के लिए अगला दिन तय हुआ।

अगले दिन बौकू आया धनेसर के पास। छुतहरू आया और इतना बोलकर चला गया, "मैं घर का अकेला आदमी हूँ। मैं तो नहीं जा सकूँगा। अगर खोकसी में उसके बाप-भाई ने मुझे ही घेर लिया, तो मुझे छुड़ाने कौन जाएगा? नहीं, मैं तो नहीं जाऊँगा।"

धनेसर ने निराश स्वर में कहा, "अब और कोई आनेवाला नहीं है, रग्घू के पास भी आदमी भेजा गया था; वह नहीं आया। नागो ने भी जवाब दे दिया कि वह बेटी की ससुराल जा रहा है किसी जरूरी काम से, नहीं आ सकेगा। इन लोगों के दिमाग में भूसा भरा हुआ है। अधिक लोगों को बुलाना भी नहीं है। ऐसे काम के लिए सभा नहीं की जाती है, पंचायत भी नहीं बटोरी जाती। जो करना है, हम दोनों को ही करना है। और, जो सोचना है, अभी ही सोच लेना है। हम रोज-रोज माथापच्ची नहीं कर सकते और इस माथापच्ची को अब आगे के लिए टाल भी नहीं सकते। किसी भी दिन, किसी भी क्षण मुसीबत का पहाड़ हम पर टूट सकता है।"

"अगर मुसीबत इतनी ही बड़ी है," बौकू बोला, "तो इस मुसीबत को जड़ से उखाड़ फेंको।"

"क्या मतलब?" धनेसर ने पूछा।

"मतलब कि," बौकू बोला, "जो डायन कलिया-माँ के साथ किया गया था, वही इसके साथ भी किया जाए।"

"मर्डर?" धनेसर की भौंहें सिकुड़ीं।

"हाँ, मर्डर," बौकू ने जोर देकर कहा, "जब दो बकरियों, एक गाय और एक बच्चे पर बाण चलाने के लिए किसी डायन का मर्डर किया जा सकता है, तो फिर उसका क्यों नहीं जो पूरे गाँव पर बाण चलाने जा रही है। सिर्फ हमारे टोलों में ही नहीं, बभनटोली में भी पुलिस घुसेगी। एक औरत के लिए अधिक सोचना नहीं है। मैं पन्द्रह दिनों के अन्दर बिपता के लिए दूसरी मौगी ला देने का ठेका लेता हूँ।"

कुछ देर के सन्नाटे के बाद धनेसर ने मुँह खोला, "कौन करेगा मर्डर? आप तैयार हैं?"

"मैं?" बोलकर चुप हो गया बौकू।

बौकू ने चुप्पी साधी, तो धनेसर बोला, "उस बार भी कोई मर्द तैयार नहीं हुआ था। चार औरतों ने यह काम किया था; बहियार में ही कलिया-माँ का गला काटा था। मगर अब क्या ऐसा हो सकता है? अभी तो सारी औरतें इस खोकसीवाली के साथ हैं, हाथ में लाठी लिये। ऐसे भी इस औरत के मर्डर को पचाना आसान नहीं होगा। खोकसीवली की पहुँच दूर-दूर तक है। रोज किस-किस से फोन पर बात करती रहती है। खोकसी की दुलारी देवी यहाँ डेरा डाल देगी। हम सब मर्डर में फँस जाएँगे।"

"तब बेकार है अब कोई माथापच्ची करना," छुतहरू ने सुना दिया, "जब मुसीबत आएगी, तब सोचेंगे।

"हाँ," धनेसर ने अपना निर्णय सुना दिया, "अब सब रामभरोसे।"

इसके बाद फिर कभी किसी ने चोंच नहीं खोली, अब सब रामभरोसे।

दुख के निवारण हेतु बभनटोली के कर्णधारों की जो सभा हुई थी, वह 'रामभरोसे' पर आकर समाप्त हो गई। उस सभा में कुछ ऐसे ब्राह्मण भी थे जिन्हें 'रामभरोसे' पसन्द नहीं आया था।

जब सभा से निकलकर घर जाने लगे लोग, तो कमलानन्द मिश्र ने इशारे से बुच्ची झा को अपने साथ किया और कहा, "कुछ बातें भीड़ में बोली या खोली नहीं जाती हैं। मुझे कुछ कहना है। मुझे सभा में सिर्फ रुचिपति मिश्र का 'खलास' ही पसन्द आया। हम दोनों उनके घर चलकर उनसे बात करें। अभी यहाँ उनको टोकना अच्छा नहीं होगा।

रुचिपति मिश्र घर पहुँचे ही होंगे कि ये दोनों भी पहुँच गए। कमलानन्द ने उनसे खड़े-खड़े ही कहा, "मेरे मन में वही बात थी जो आपके मन में थी। आपकी बात काट दी गई, तो मैंने वहाँ कुछ बोलना उचित नहीं समझा। मगर मैं अभी भी आपके 'खलास' पर कायम हूँ।"

"चलिए कमरे में," रुचिपति मिश्र बोले, "वहाँ बैठकर बातें करते हैं।"

जब तीनों कमरे में दाखिल हो गए, तो रुचिपति मिश्र ने कहा, "आप दोनों मेरी तरह खलास पर तैयार हैं, मगर और लोगों ने तो विरोध किया।"

"जो स्थिति की भयावहता को नहीं समझ रहे हैं और अपनी जान बचाने के लिए भी तलवार चलाने से डरते हैं," कमलानन्द बाबू ने विरोध का कारण बताया, "उन्होंने ही खलास का विरोध किया है। सदानन्द बाबू बोलते हैं कि उपाय ऐसा हो कि सोलकनों के मन में ब्राह्मणों के लिए सम्मान बना रहे। जरा बताइए तो, क्या उपाय हो? सोलकनों के मन में ब्राह्मणों के लिए तो ऐसा सम्मान है कि दिन-दहाड़े एक ब्राह्मण बालक की दुकान पर सोलकनों ने अपनी औरतों से लाठी चलवा दी!"

"अगर मेरे दादा अभयशंकर झा रहते," अपनी बात कहने के लिए बुच्ची झा ने कमलानन्द बाबू को बीच में रोका, "तो जान की परवाह किये बगैर अकेले भाला लेकर निकल पड़ते।"

चुप हुए बुच्ची, तो फिर चालू हुए कमलानन्द मिश्र, "रमण ठाकुर उपाय बताता है, गाँव का चोला उतारिए और शहर का चोला धारण कर लीजिए। कैसे धारण कर लें, भाई? रहते हैं गाँव में तो कैसे बन जाएँ शहर के ब्राह्मण? तुम अपनी रोजी-रोटी के लिए डोम बन जाओ; हम तो नहीं बन सकते। मुखिया को बभनटोली के ब्राह्मणों की कोई चिन्ता नहीं, उसे चुनाव की पड़ी है। वह कभी नहीं चाहेगा कि कोई हल्ला-हंगामा हो और सोलकन वोट उसके हाथ से निकल जाए। अनुराग मिश्र तो हमें ही डराता रहता है, सोलकन-टोलों में बन्दूक आ गई है; आप खूँटे से बाँधेंगे, तो वे बन्दूक चलाएँगे। अरे भाई, सोलकन चलाएँगे बन्दूक, तो हम क्या बन्दूक नहीं चला सकते? वे एक नाल लाएँगे, हम दस नाल लाएँगे।"

रुचिपति मिश्र ने हाथ के इशारे से कमलानन्द को चुप किया और पूछ बैठे, "हम कहाँ से लाएँगे बन्दूक? हमारी बभनटोली में तो एक भी बन्दूक नहीं है। मुझे पूरा पता है कि हमारे आसपास जो ब्राह्मण गाँव हैं—भोटिया, पिपरा, चैनपुर, हर्राहा, डुमरिया, जमरा, वगैरह—कहीं किसी ब्राह्मण के पास बन्दूक नहीं है। कहाँ से लाएँगे आप बन्दूक?"

"हम ले आएँगे," मुस्कुराए कमलानन्द मिश्र, "है हमारे पास इसका जुगाड़।"

"क्या जुगाड़ है?" उत्सुक हुए रुचिपति मिश्र।

"हम गुड्डू झा से मदद लेंगे। आपको याद होगा, रमण ठाकुर को लिखी चिट्ठी में उसने लिखा था, 'मैंने यह संकल्प लिया है कि ब्राह्मणों के हित के लिए मैं अपनी कुरबानी दूँगा।' जब वह कुरबानी तक देने को तैयार है, तो हम उसकी मदद क्यों न लें? इससे बड़ा ब्राह्मणों का हित उसके लिए और क्या हो सकता है?"

"गुड्डू झा तक हम अपनी बात पहुँचाएं कैसे?"

"यह काम अब बहुत आसान हो गया है," कमलानन्द ने जवाब दिया, "मेरे बेटे करुणाकर की उसके साथ अच्छी जान-पहचान हो चुकी है। अब तक तीन-चार बार मिल चुका है करुणाकर उससे। जब भी मिलता है, किसी शेर का स्वागत करता है गुड्डू, 'आओ, मेरे शेर!' काम आसानी से हो जाएगा।"

"आप उसे भेजिए गुड्डू के पास," बुच्ची झा बोल गए, "शुभस्य शीघ्रम्।"

"ठीक है," हुलसकर बोले कमलानन्द, "मैं कल सुबह ही भेजता हूँ करुणाकर को। यह बात बिलकुल गुप्त रहे।"

रुचिपति मिश्र ने भी आँख के इशारे से अपनी स्वीकृति दे दी।

सुबह का गया करुणाकर शाम तक लौट आया। बेटे को आया देख कमलानन्द बहुत आह्लादित होकर उससे कुछ पूछने के बजाय सीधे रुचिपति मिश्र के घर जा पहुँचे बुला लाने के लिए और वहीं से एक बच्चे को दौड़ा दिया बुच्ची झा को तुरन्त कमलानन्द बाबू के घर आने।

तीनों बैठे और सामने करुणाकर को बैठाया गया। कमलानन्द ने बेटे से कहा, "अब बताओ, क्या बात हुई? काम हुआ?"

"कुछ तो हुआ।" बेटे का जवाब था।

"विस्तार से बताओ," बाप बोला।

"गुड्डू झा से भेंट नहीं हुई। वह कहीं छिपकर रह रहा है। सिर्फ अपने एक शागिर्द लम्बोदर झा से फोन पर बात करता है वह। हमारे मामले को लेकर भी उसने गुड्डू झा से बात की और फिर मुझसे बात करवा दी। गुड्डू झा एक 'खलास' का चार लाख लेगा।"

"चार लाख!" बलभद्र झा चिहुँक उठे, "अरे बाप!"

"ब्राह्मणों के लिए कोई रियायत नहीं?" रुचिपति मिश्र पूछ बैठे।

"दुबारा गुड्डू से बात नहीं हो सकी," करुणाकर बोला, "मैं अपने जोर से एक लाख कम करा दूँगा।"

"कुछ और कम?" बुच्ची झा मिनमिनाए।

"और कम पर तैयार नहीं हुआ," करुणाकर बोला, "खलास में खर्च भी तो होता है। गोली-बारूद का पैसा। किसी को मारने के पहले दस दिनों की तैयारी— असामी की पहचान, गली-डगर की जानकारी, असामी का आना-जाना, रंग-ढंग, कब मारना है, कहाँ मारना है, दस दिनों तक डीजल-पेट्रोल का खर्च, कितने लोग, कितनी मोटरसाइकिलें, गिरफ्तार होने पर थाना-कचहरी का खर्च, जेल जाने पर काजू-किशमिश खिलाने का खर्च। खर्च होता है। तीन लाख कोई गैरवाजिब माँग नहीं है।"

"रामभरोसे ही ठीक है," रुचिपति मिश्र बोले, "कहाँ से लाएँगे हम तीन लाख!"

"एक खलास का किस्सा सुनाया था मुझे लम्बोदर झा ने," मुस्कुराकर बोला करुणाकर।

किस्सा सुनने में किसी को क्या एतराज!

करुणाकर ने सुनाया किस्सा, "एक ऐसा नेता प्रकट हुआ जो जमींदारों की जमीन पर दलितों-गरीबों से चढ़ाई करवा देता था। कुछ जमींदार गुड्डू झा के पास पहुँचे और मदद माँगी। गुड्डू झा ने नेता का सफाया करने के लिए चार लाख की रकम माँगी। करीब दस जमींदारों ने आपस में चन्दा कर रकम गुड्डू के पास पहुँचा दी। पन्द्रह दिनों के अन्दर नेता मारा गया। अगर बभनटोली के सारे ब्राह्मणों पर खतरा मँडरा रहा है, तो सब लोग चन्दा दें। तीन लाख कोई बहुत बड़ी रकम नहीं है। जान और इज्जत के लिए कौन ब्राह्मण चन्दा नहीं देगा?"

उपस्थित ब्राह्मणों ने एक-दूसरे का मुँह देखा और फिर रुचिपति मिश्र की आवाज आई, "जो खलास का विरोध कर रहे थे, वे खलास के लिए चन्दा देंगे क्या? छोड़िए अब कुछ भी सोचना; रहें सब रामभरोसे ही।"

*

जिस दिन पहली बार सुखदा दी का झुनिया के साथ चमरटोली जाना हुआ था, उस काल-खंड में जहूरी मोची नेता बनने की प्रक्रिया से गुजर रहे थे। अँगूठे की छाप देना वे पहले से जानते थे, दस्तखत करना नेता बनने के निर्णय के बाद ही उन्होंने सीखा। जिस दिन सुखदा दी जहूरी के घर पहुँची थी, उस दिन भी वे दस्तखत करने का अभ्यास ही कर रहे होंगे, क्योंकि उनके घर के आगे खड़ा होते ही दीवार पर कई जगह सुखदा दीदी को 'जहूरी मोची' लिखा हुआ दिखा। जिज्ञासावश वह घर में घुस गई और वहाँ भी कमरे की दीवारों पर उसे जगह-जगह 'जहूरी मोची' नजर आए।

पाँच-सात घरों का वह टोला था। टोले में एक भी मर्द नहीं। टोले की औरतों ने बताया कि सबके सब काम पर निकले हुए हैं। यह किसी ने नहीं बताया कि मर्द किस-किस काम पर गए हैं या जाते हैं।

औरतों से सुखदा को यह जानकारी मिली कि उस टोले से एक भी लड़की विद्यालय नहीं जाती है। हाँ, सन्तोष की बात उसके लिए यह थी कि शाम के समय किसी संस्था से एक मास्टरनी साइकिल से आती थी लड़कियों को पढ़ाने।

सुखदा उस दिन लौट आई यह जानकर कि इस चमरटोली का एकमात्र नेता जहूरी मोची ही है और यह सोचकर कि उसे जल्दी ही फिर दुबारा आना है।

सुखदा का दुबारा जाना ही नहीं हुआ, कई-कई बार जाना हुआ उसका। कभी मुलाकात हुई जहूरी से, कभी नहीं हुई। अपनी पहली मुलाकात में जहूरी अपने दरवाजे पर अखबार पढ़ते नजर आए थे। उनका एक बेटा घनश्याम पास ही अपनी साइकिल मरम्मत करने में लगा हुआ था। उसने कुछ दूर से ही सुखदा को पहचान लिया था और साइकिल छोड़कर अपने पिता के पास आ गया उसके कान में कुछ फुसफुसाने। जहूरी ने अखबार से सिर उठाकर सुखदा की ओर देखा। बेटा घर के अन्दर घुसा और अपने साथ एक कुरसी और एक मचिया लेकर बाहर आया। सुखदा के दरवाजे पर दाखिल होते ही बाप-बेटा दोनों ने एक साथ उसे प्रणाम किया और कुरसी-मचिया की ओर इशारा करते हुए बैठने का आग्रह किया। सुखदा कुरसी पर बैठ गई और झुनिया मचिया पर।

कुरसी पर बैठते ही सुखदा बोली, "आपने मुझे पहचाना? मैं इसी गाँव की हूँ; मेरा नाम है सुखदा देवी।"

"मैं आपको जानता हूँ," जहूरी ने जवाब दिया, "आप हैं सुखदा दीदी। मैं इस गाँव के हर घर को जानता हूँ। आप जिसको साथ लेकर आई हैं वह है गजाधर जी की घरवाली।"

"नाम है," सुखदा ने टोक दिया, "झुनिया देवी।"

लजाकर जहूरी बोला, "जी" और बताया, "मैं इनकी दुकान में जब-तब चाय पीने जाता हूँ।"

"झुनिया देवी ही ने मुझे बताया," सुखदा बोली, "कि इस चमरटोली के नेता जहूरी मोची हैं।"

"यह तो गलत बताया," जहूरी ने मुस्कुराते हुए कहा, "नेता बनने के पहले मैं 'जहूरी मोची' था, अब 'जहूरी राम' हूँ। अब किसी चमरटोली में कोई 'मोची' नहीं मिलेगा, सब 'राम' मिलेंगे। अब तो चमरटोली भी मत कहिए इसे, 'रामटोली' या 'रामटोला' कहिए।"

"ठीक है, धनपत रामटोला के नेता जहूरी राम।"

"एक गलत जानकारी आपको यह भी है कि मैं केवल इस रामटोला का नेता हूँ," जहूरी राम बोले, "ऐसा नहीं है। मै भोटिया, पिपरा, चैनपुर, हर्राहा और डुमरिया के रामटोला का भी नेता हूँ, पाँच गाँवों का नेता।"

बात का रुख बदलते हुए सुखदा ने पूछा, "यह बताइए राम जी कि आपके टोले की लड़कियाँ विद्यालय क्यों नहीं जातीं?"

"विद्यालय क्या 'भागो-भागो' सुनने के लिए जाएँगी?" जहूरी राम कुछ चिढ़कर बोला।

"अब तो ऐसी बात नहीं है, राम जी। हर जाति की बच्चियाँ जा रही हैं विद्यालय। कोई 'भागो-भागो' नहीं कहता, नहीं कह सकता।"

"अभी ऐसी जरूरत भी नहीं है कि हम अपनी बेटियों को विद्यालय भेजें। हमारी बेटियाँ पढ़ रही हैं। उन्हें पढ़ाने की व्यवस्था हो गई है।"

"अभी बच्चियों के पढ़ने की व्यवस्था हो गई है," सुखदा बोली, "मगर ऊँची कक्षाओं की पढ़ाई के लिए तो उन्हें विद्यालय जाना होगा। तब आप विद्यालय उन्हें भेजेंगे या नहीं?"

"तब की बात तब।" जहूरी ने जवाब दिया, "तब हमारे नेताजी जैसा कहेंगे, वैसा करेंगे हम।"

उस दिन तो नहीं, पर अगली मुलाकात में सुखदा ने जहूरी राम से पूछा, "आपके नेता हैं कौन?"

"बेचू राम," जहूरी ने झट अपने नेता का नाम बताया और उसके बारे में आवश्यक जानकारी भी दे दी, "रजघाट के मुखिया हैं।"

"यह तो बड़ी अच्छी खबर सुनाई आपने।"

"निर्विरोध मुखिया!"

"वाह!" सुखदा ने अचरज प्रकट किया, "यह कैसे हो गया?"

बहुत हुलसकर जहूरी ने सुनाया, "गाँव वालों ने उनसे कहा कि गाँव को एक भोज दे दीजिए तो वे सब उन्हें मुखिया बना देंगे। बेचू बाबू ने एक पूरी-मिठाई का भोज दे दिया और गाँव वालों ने उन्हें मुखिया बना दिया।"

"बहुत पढ़े-लिखे आदमी होंगे बेचू राम?"

"खुद बहुत पढ़े-लिखे नहीं हैं, मगर उनका एक बेटा तो पढ़-लिखकर बहुत बड़ा अफसर बन गया है।"

"दूसरा बेटा? तीसरा बेटा?"

"उनके दो ही बेटे हैं। दूसरा बेटा बनमनखी में एक जूता-चप्पल की दुकान करता है। बड़े बेटे का नाम है मुरारी भारती और छोटे का नाम है सोचन राम।"

"अपने छोटे भाई को तो एक दुकान दे दी भारती जी ने; यह बताइए कि और लोगों के लिए, आप लोगों के लिए, वे क्या कर रहे हैं?"

"हम लोगों के लिए?"

"जी हाँ।"

"हम लोगों के लिए कुछ नहीं," जहूरी ने बताया, "भारती बाबू तो अब अपने परिवार के लिए भी कुछ नहीं करते। बोलनेवाली बात नहीं है, मगर यह आदमी गद्दार निकल गया। अब कभी अपने माँ-बाप से मिलने भी नहीं आता।"

"कैसा बेटा है कि अपने माँ-बाप से भी मिलने नहीं आता? भूल गया कि उसे अफसर बनाने में माँ-बाप ने कितनी मेहनत-मजूरी की होगी?"

"वह ऐसा था नहीं, माँ-बाप का भक्त ही था, मगर उसने शादी कर ली एक ब्राह्मणी से और उसने ही उसे गद्दार बना दिया, वह उसे गाँव आने ही नहीं देती। मगर ऐसा नहीं है कि उसने माँ-बाप को बिलकुल ही भुला दिया है। उसी के पैसे से गाँव में पक्का मकान बनवाया है बेचू राम ने और उसी बेटे के कारण गाँव-जवार में उसकी इज्जत हो रही है।"

"बेचू राम खुद बेटे-बहू के पास जाते या नहीं?"

"कभी-कभी जाते हैं, मगर सुबह गए तो शाम तक लौट आते हैं।"

"गाँव के लोग उनके पास जाते होंगे?"

"औरों के बारे में मैं नहीं जानता। एक बार मैं गया था बेटे के लिए नौकरी माँगने; भारती बाबू से भेंट भी नहीं हुई, बहुरिया ने दरवाजे से ही भगा दिया। देखने में तो बहुत खूबसूरत है बहुरिया, मगर बोली में जहर है, जहर।"

"बेचू राम के पास आप दौड़-दौड़कर जाते रहते हैं; क्या फायदा हो रहा है आपको?"

"फायदा तो हो रहा है; पाँच गाँव का नेता बन गया हूँ मैं। दस्तखत करना सीख लिया; अब अखबार भी ट-ब, ट-ब, पढ़ लेता हूँ।"

"कोई और फायदा?"

"और क्या फायदा! जहूरी मोची से जहूरी राम बन गया हूँ; यह क्या कम हुआ? बड़े-बड़े लोगों से मिल आता हूँ। साफ-सुथरा रहता हूँ। साफ कपड़े पहनता हूँ। घर से चप्पल पहनकर निकलता हूँ।"

"चप्पल और नए कपड़ों के पैसे का प्रबन्ध तो बेचू राम जी ने ही कर दिया होगा?"

"वे कहाँ से देंगे? अपने पैसे लगाता हूँ।"

"नेतागिरी से कुछ तो कमाई होती ही होगी। आप पाँच गाँव के नेता हैं; चन्दा तो मिलता ही होगा?"

"चन्दा आता है, मगर चन्दा का एक पैसा भी मैं अपने पास नहीं रखता, बेचू बाबू को दे आता हूँ।"

"नेता बनने से आपको तो कोई आमदनी नहीं हो रही?"

"नेता बनने से बेचू बाबू को भी कोई आमदनी नहीं हुई है। पक्का मकान तो उनके बेटे ने बनवाया है। अब मैं चलूँगा, सुखदा दी; मुझे बेचू बाबू के पास जाना है।"

"क्या आप नहीं चाहते कि आपके बेटे भी आपके लिए पक्का मकान बनवाएं?"

"चाहने से क्या होता है, सुखदा दी! मेरे बेटे अफसर तो नहीं हैं। पोतों के भाग्य में होगा तो बनेंगे पढ़-लिखकर अफ़सर, बनाएँगे पक्का मकान।"

"आपके बेटों के भाग्य में तो है पक्का मकान बनवाना।"

"कैसे कह रही हैं आप?"

"आपके बेटे नया धन्धा पकड़ लें।"

"नया धन्धा?"

"हाँ, मैं आपके उपकार की बात कर रही हूँ।"

जहूरी ने कुछ देर सुखदा दी के चेहरे पर अपनी खुफिया निगाह जमाई और फिर बोला, "आप लोग हमारे उपकार की बात कभी सोच ही नहीं सकते। बुरा मत मानिएगा सुखदा दी, आप तो हमारा पुराना धन्धा भी छीनने को हैं। हम लोग ढोल-पिपही बजाते थे, अब आप बैंड-बाजा बजवाएँगी। यह उपकार हुआ? हमारा उपकार हमारे नेता ही करेंगे। अब मैं जा रहा हूँ; फिर कभी भेंट हो तो बता दीजिएगा नया धन्धा के बारे में।"

जहूरी राम घर में घुसे यात्रा पर निकलने के लिए; बाहर निकले तो सुखदा दी ने कहा, "एक बात सुना देती हूँ, जहूरी बाबू; आप अपने दिमाग से चलिए, अपने नेता के दिमाग से नहीं। हर नेता अपना भला सोचता है, जनता का नहीं। अपना नेता खुद बनिए। मैं फिर आऊँगी आपके पास। आपको बताऊँगी नए धन्धे के बारे में।"

'ठीक है, ठीक है,' बोलकर निकल गए जहूरी राम। सुखदा दी भी जाने को उठी, तो जहूरी के बेटे घनश्याम ने उसे रोक लिया, "रुकिए, सुखदा दी, आप यह बताकर जाइए कि आपके दिमाग में हमारे लिए कौन-सा धन्धा है।"

"अब आप लोग जूते-चप्पल की मरम्मत नहीं करें," सुखदा दी ने सुनाया, "जूते-चप्पल बनाएँ।"

"यह सम्भव है क्या?"

"सम्भव करना मेरी जिम्मेदारी," सुखदा दी बोली, "छह महीने की ट्रेनिंग होगी पूर्णिया में। मैं उसका प्रबन्ध कर चुकी हूँ। ट्रेनिंग के बाद मैं बैंक से पूँजी दिलवा दूँगी व्यवसाय शुरू करने के लिए। वह दिन आ जाएगा जब धनपत का हर आदमी

आपके बनाए जूता और चप्पल पहनेगा। तब भी क्या आप पक्का मकान बना लेने का सपना नहीं देखेंगे?"

कुछ देर तक सुखदा दी का चेहरा निहारते रहने के बाद घनश्याम बोला, "मेरा छोटा भाई बिन्दा दिल्ली में रहता है; उसे भी बुला लूँ?"

"कुछ औरों को भी बुलाइए," सुखदा दी ने जवाब दिया, "कुछ औरों को भी बुलाइए। सिर्फ धनपत वालों के लिए ही तो जूते-चप्पल नहीं बनाए जाएँगे। काम बढ़ाने के लिए अधिक कामगारों की जरूरत होगी।"

*

खबर लगभग पक्की थी कि बभनटोली वालों का गुस्सा इतना बढ़ गया है कि अब कभी भी सुखदा का भारी अहित हो सकता है। गुस्सा चढ़ने पर ही तो वे बनियों को खूँटे से बाँधकर पीटा करते थे। बाप को कुछ चिन्तातुर देखकर जगदीश मास्टर के बड़े बेटे अजय ने पूछा, "कुछ सोच रहे हैं, बाबू?"

मास्टर ने सिर उठाया और बोला, "नहीं, कोई खास बात नहीं।"

"कुछ खास बात तो है, बाबू," अजय ने काफी गम्भीर होकर कहा, "मुझसे कहने लायक नहीं है क्या?"

"मुझे पता चला है," मास्टर ने बेटे को बता देना उचित समझा, "कि बभनटोली वाले को सुहा नहीं रही है सुखदा। वे उसका कुछ अहित कर सकते है। रामोतार बाबू शिक्षक ने बलभद्र झा को विद्यालय के ही किसी शिक्षक से यह कहते सुना है कि सोलकनों का मन बहुत बढ़ गया है और अब उन्हें मजा चखाना होगा। बभनटोली में काम करनेवाले गेना, दौलतिया और चतुरी से भी जब कुछ उगलवाया तो पता चला कि बभनटोली का वातावरण काफी गरम है।"

"तो इसमें चिन्ता करने की क्या बात है!" बेटा बोला, "मैं आज ही जाता हूँ बलवा मामा के पास; वहाँ से पाँच-सात पिस्तौल लेकर चला आता हूँ। इतने से काम हो जाएगा न?"

"अभी ही मामा के पास जाने की जरूरत नहीं है," बाप ने जवाब दिया, "अभी सिर्फ सुन-गुन सुन रहा हूँ। हाँ, अभी सुखदा को सावधान जरूर कर देना है।"

जगदीश मास्टर ने बेटी अनुपमा को सावधान किया और बेटी अनुपमा सुखदा दीदी को सावधान करने के पहले कितनी ही औरतों को सावधान कर आई।

इस बार फिर औरतों का झुंड आ गया सुखदा दीदी के पास।

झुंड से सुखदा ने कहा, "जिस दिन लीलावती ने अपने एक भोर के सपने की सूचना मुझे दी थी, सपने में मुझे 'बचाओ-बचाओ' चिल्लाते हुए सुना था और

मुझे बार-बार भोर के सपने का सच हो जाने का डर दिखाया था, उस दिन भी मैं नहीं डरी थी; और आज जब किसी ने सपना नहीं देखा, कानों से कुछ सुना है, और कुछ अमंगल होने की बात कर रहे हैं, तो मैं आज भी नहीं डरती। मैं जानती हूँ कि मैं मारी भी जा सकती हूँ, मगर मेरा यह भी संकल्प है कि मौत के डर से मैं पीछे नहीं हटूँगी। मेरी एक सहेली नेहा, दुलारी चाची की पक्की चेली, अपनी ससुराल भ्रमरपुर में मारी गई है। मैं एक बार इस नेहा के रूप में मर चुकी हूँ। मैं मौत से नहीं डरती। मैंने उस बार कहा था कि कभी किस्सा सुनाऊँगी कि क्यों मैं मौत से नहीं डरती।

"आज वह किस्सा सुना देती हूँ। जो किस्सा मैं सुना रही हूँ, वह दुलारी चाची का हम लोगों को सुनाया हुआ किस्सा है। जो सवाल आप लोगों ने मुझसे किया है वही सवाल हम लोगों ने खोकसी में दुलारी चाची से किया था, 'गाँव के बहुत लोग आपसे भड़के हुए हैं; आपको डर नहीं लगता, चाची?' हमारे सवाल पर चाची मुस्कुराई थीं और जवाब में एक किस्सा सुनाया था...

"मेरे पिता जी महेश मंडल अब नहीं रहे, मगर मेरे अन्दर उनकी आत्मा बसी हुई है। एक छोटे-से गाँव फरकिया में एक महापुरुष का जन्म हुआ था, मेरे पिता जी का। हमारे पास खेती की इतनी जमीन थी कि हमारे परिवार का पेट भर जाता था। मगर पिता जी किसान बनकर ही नहीं रह गए। उन पर ज्ञानी, महाज्ञानी बनने का भूत सवार था। उन्होंने पढ़ाई की और कॉलेज की पढ़ाई पूरी की। मेरे दादाजी भोला मंडल ने अपने इकलौते बेटे को घर से दूर कहीं बाहर जाकर नौकरी करने की इजाजत नहीं दी, मगर जब पिता जी को गाँव से तीन कोस दूर किशुनगंज के उच्च विद्यालय में अध्यापक का पद मिला, तो दादाजी ने किशुनगंज को दूर नहीं, बिलकुल पास माना। पिता जी को घर छोड़ना नहीं पड़ा। वे साइकिल से विद्यालय आते-जाते थे।

"पिता जी ज्ञानी तो जरूर होते गए, मगर उनका ज्ञान गाँव-समाज के लिए किसी काम का नहीं था। वे किताबों में तो रमे रहते थे, मगर गाँव के लोगों से मिलना-जुलना नहीं के बराबर होता था। कोई आ गया घर पर, तो बतिया लिया उससे, बस। हाँ, एक युवक बराबर आया करता था उनके पास। वह गाँव का ही युवक था और मैट्रिक तक की पढ़ाई उसने भी की थी। आगे की पढ़ाई वह नहीं कर सका था और अपनी खेतीबारी में लग गया था। नाम था उसका शीतल मेहता।

"पिता जी शहीदों-बलिदानियों के किस्से पढ़ते थे और उन किस्सों में एक अपना भी किस्सा जोड़ना चाहते थे। मगर बड़े-बड़े बलिदानियों के कष्टों को भोगने के लिए वे अपने को कभी तैयार नहीं कर पाते थे। आग और पानी की मौत को तो

वे महसूस कर बैठते थे और सिहर उठते थे। गाँव में कुछ गलत हो रहा है, तो वे बस कहते भर थे कि गलत हो रहा है; ऐसा कभी नहीं हुआ कि वे गलत करनेवालों के विरुद्ध खड़े हुए हों। उन्हें किसी से असहमत होने तक में डर लगता था। वे मुँहदुब्बर थे। उनमें संघर्ष करने की हिम्मत नहीं थी। वे 'ना' बोलकर किसी को नाराज तक नहीं कर सकते थे।"

इतना बोलकर चुप हुईं दुलारी चाची और कुछ रुककर फिर शुरू हुईं, "जितनी बातें तुम सब ने अभी मुझसे सुनीं, वे सब पिता जी ने खुद मुझे सुनाई थीं। अब तक तुमने एक कापुरुष का किस्सा सुना, अब मैं तुम सबको एक महापुरुष का किस्सा सुनाती हूँ...

"मेरे गाँव में एक चंडीथान है। वहाँ दशहरा की अष्टमी को सैकड़ों की संख्या में बकरा-बकरी की बलि दी जाती थी। पहले भैंसा की बलि भी दी जाती थी। मगर भैंसा की बलि उस साल से ही बन्द हो गई थी जिस साल कटार पड़ते ही खून-से लथपथ एक भैंसा महिका को तोड़कर भागा था। कोई बकरा महिका को अब तक तोड़ नहीं पाया था; बकरा-बकरी की बलि चालू रही।

"पिता जी इस बलि-प्रथा को बन्द करवाना चाहते थे। उन्होने दस दिन पहले से ही यह चर्चा शुरू कर दी थी कि इस गलत और असभ्य प्रथा का अन्त किया जाए। गाँव में उन्हें सुननेवाला बस एक था, एक शीतल मेहता। शीतल मेहता लगातार आता रहा पिता जी को सुनाने कि बकरा-बकरी खरीदे जा रहे हैं, लोग बलि-पूजा रोकने को तैयार नहीं।

"ठीक अष्टमी को सुबह-सुबह आ धमके शीतल महतो और पिता जी के पास चुपचाप आ बैठे। उन्हें बिलकुल चुप देख पिता जी ने ही टोका, 'चुप क्यों हो, शीतल'?"

"'यह गाँव सुधरनेवाला नहीं है, चाचाजी। हमारी बातों का कोई असर नहीं। लोग सुबह से ही बकरा-बकरी लिये पहुँच रहे हैं चंडीथान।'

"'ढेर सारे गाँवों में अब बलि नहीं दी जा रही है। वे सुधर गए, तो यह गाँव क्यों नहीं सुधरेगा?'

"'कौन सुधारेगा इसे? आप बोल-बोलकर थक गए, मैं गाँव का चक्कर लगाकर थक गया।'

"लम्बी साँस खींची पिता जी ने और बोले, 'मैं थका नहीं हूँ।' वे उठ खड़े हुए और बोले, 'चलो मेरे साथ।'

"वे दोनों चंडीथान पहुँचे। वहाँ नारेबाजी चल रही थी। चंडीथान के अहाते में भीड़ थी और भीड़ दो हिस्सों में बँटी हुई थी। बड़े हिस्से में लोग बकरा-बकरी

के साथ थे। छोटी भीड़ में कुछ युवक थे जो बलि के विरुद्ध नारे लगा रहे थे। ये युवक शीतल महतो के संगी-साथी थे। अभी बकरा-बकरी का कटना शुरू नहीं हुआ था। पिता जी कुछ देर तक यों ही खड़े रहे और फिर छोटी भीड़ में शरीक हो गए। छोटी भीड़ काफी उत्साहित हुई और पूरे जोश से चिल्लाने लगी, 'बलि-प्रथा को बन्द करो, बन्द करो।' जोश भरी आवाजें बड़ी भीड़ की भी थीं, 'बलि तो होगी, होगी ही।' इसी बीच चंडीथान के अन्दर से एक वयस्क नेपाली हाथ में लम्बी कटार लिये बलि-वेदी के पास आ खड़ा हुआ। उसके आते ही पिता जी दो कदम आगे आए और हाथ उठाकर लोगों को शान्त रहने का इशारा किया। यह सम्मान तो किया लोगों ने कि चिल्लाना बन्द किया। तब पिता जी बोले, 'मैं अपने ग्रामीण भाइयों से निवेदन करता हूँ कि ढेर सारे गाँवों में यह प्रथा बन्द कर दी गई है। इस गाँव में भी बलि-प्रथा बन्द कर दें'।"

"बड़ी भीड़ से एक बुजुर्ग आगे आया और बोला, 'अभी भी ढेर सारे गाँवों में बलि-प्रथा चालू है; यहाँ भी चालू रहेगी।'

"'जैसे और गाँवों में बन्द हुई है, वैसे ही यहाँ भी बन्द होगी। बन्द होगी, बन्द होगी।'

"'नहीं होगी बन्द, नहीं होगी,' बोलकर उस बुजुर्ग ने अपने पीछे खड़े एक बकरे वाले को ललकारा, 'लगाओ तो अपना बकरा महिका में।'

"बकरा वाला बकरे के साथ निकला ही था कि न जाने कौन-सी शक्ति सवार हो गई पिता जी पर; वे चिल्ला पड़े, 'खबरदार!' और तेजी से वेदी के पास पहुँचे, महिका में अपना सिर फँसाया और बोले, 'चलाओ कटार; दो बलि।'

"अचानक सन्नाटा छा गया। नेपाली हाथ का कटार जमीन पर फेंककर चंडीथान के अहाते से भी बाहर निकल गया। भीड़ भभर गई, लोग भागे। कुछ लोग तो अपने बकरा-बकरी छोड़कर भी भाग गए। उस दिन से ही दुलारी चाची के गाँव फरकिया में बलि-प्रथा बन्द हो गई।

"दुलारी चाची ने किस्सा सुना देने के बाद हम लोगों से कहा था, 'पिता जी नहीं रहे, मगर अपनी आत्मा को मेरे अन्दर छोड़कर गए। अब मेरे धड़ पर जो सिर है, वह मेरा नहीं, मेरे पिता जी का है। पिता जी ने अपना सिर समाज को दान कर दिया था। तो समझो, मेरा यह सिर किसके लिए है? मैं क्यों डरूँ मरने से? पिता जी डरे थे क्या'?"

किस्सा सुनाकर सुखदा दीदी मुस्कुराई और कहा, "जैसे दुलारी चाची के पिता की आत्मा दुलारी चाची में प्रवेश कर गई और दुलारी चाची की आत्मा मुझमें, वैसे ही मेरे मरने पर मेरी आत्मा एक-एक कर आप सबमें प्रवेश कर जाएगी। मेरा झंडा

एक-एक कर आप उठा लेंगी। तब मैं मरकर भी नहीं मरूँगी। मैं नहीं डरती, और मैं जानती हूँ, आप सब भी नहीं डरेंगी। इतना तो याद रहे ही कि हम सब जो भी कर रहे हैं, वह अपने बाल-बच्चों के लिए कर रहे हैं। माँ! ...अपने बाल-बच्चों के लिए; गुलामी और गरीबी से उन्हें बचा लेने के लिए।

*

वज्रपात! करुणाकर मिश्र पर वज्रपात!!

घोषणा हो गई है कि धनपत पंचायत के मुखिया का पद महिलाओं के लिए आरक्षित रहेगा।

अब क्या होगा करुणाकर का?

जिसे कभी बहुत दूर की सूझी थी, उसे अब बहुत पास की भी नहीं सूझ रही थी। सूझ बस इतना रहा था कि करोड़-करोड़ हाथ से तेजी से निकलता जा रहा है...निकल गया...।

अपने कमरे का दरवाजा अन्दर से लगाकर देर तक कमरे में बन्द रहा वह और करवट बदल-बदलकर छटपटाता रहा। अब अगर बाप आकर सौ जूते मारे उसे, तब भी वह उनका हाथ नहीं पकड़ेगा।

अचानक घुप्प अँधेरे में आशा की एक किरण दिख गई और वह दरवाजा खोलकर बाहर आ गया।

चेहरे पर आए मुहर्रम को पोंछकर उसने बाप का सामना किया। बाप ने नजर पड़ते ही बेटे से पूछा, "कुछ मालूम हुआ?"

बाप के प्रश्न को भाँपकर बेटे ने जवाब दिया, "हाँ, मालूम हुआ।"

"क्या?"

"यही कि अब धनपत में कोई महिला ही मुखिया बनेगी।"

बाप थोड़ी देर तक चुप रहा और फिर बोला, "अब क्या सोचा है?"

"बहुत पहले से सोचा हुआ है।"

"क्या?"

"अब मेरी जगह सरौनीवाली चुनाव लड़ेगी।"

"क्या?"

"हाँ।"

बाप को 'हाँ' बोलकर करुणाकर ने बाप के कभी के कुकृत्य पर अभी लाख-लाख धन्यवाद दिया।

डेढ़-दो साल पहले भी हरिमोहन झा ने राह चलते कमलानन्द मिश्र को कहा था कि वह बेटा करुणाकर की शादी कर दे। इस बार वे सपरकर कमलानन्द मिश्र के घर आ गए और पास बैठाकर समझाया, "बेटे की शादी में अब देर मत करो। इसकी उम्र का एक भी बालक अब धनपत में अनब्याहा नहीं रहा। कुछ तो बाप भी हो गए हैं। मेरे पास कोई अच्छी खबर नहीं आ रही है। किसी दिन किसी डोमिन-चमारिन को लेकर भाग गया, तो नाक कटाकर गाँव में नहीं रह पाओगे।"

"भैया," बहुत गीले स्वर में कमलानन्द बोले, "मैं तो करुणाकर को समझा-बुझाकर थक गया हूँ। वह तैयार ही नहीं हो रहा शादी करने के लिए; कहता है, वह मुखिया...कहता है, अभी दो-तीन साल शादी नहीं करेगा।"

"बेटा भला कहे कि मेरी शादी कर दो! और, अगर कहता है कि शादी नहीं करेगा, तो उसे बाँधकर मंडप में ले जाओ और सिन्दूर-दान करवा दो। मगर पहले कहीं विवाह की बात तो ठहराओ।"

"नजर में तो कई लड़कियाँ हैं, भैया, मगर यह कपूत हाँ बोलता ही नहीं। उसे बाँधकर मंडप में ले जाना मेरे बूते के बाहर है, भैया।"

"तुम्हारे बूते में नहीं है, तो दो-चार बदमाशों को ठीक करो। आजकल तो शादी-ब्याह के लिए लड़कों का अपहरण हो ही रहा है।"

"मैं तैयार हूँ, भैया। आप बदमाश ठीक कर दें।"

हरिमोहन झा को अनुराग मिश्र की याद आई जिसने कभी कहा था कि सोलकनों के पास एकेसैंतालीस आ गई है। यह नहीं बताया था कि किस सोलकन के पास आई है। उन्होंने कमलानन्द से कहा, "तुम अनुराग मिश्र से बात करो; शायद वे तुम्हें कुछ बदमाशों की जानकारी दे दें। तुम आज ही उनसे मिलो।"

"मैं अभी ही उनके पास जाता हूँ।"

पल-भर भी गँवाए बगैर कमलानन्द अनुराग मिश्र के घर आ धमके और 'आप ही माई-बाप' जैसे स्वर में उनके आगे अपना हाल सुनाकर जिन्दगी भर याद रखी जानेवाली मदद माँगी। अनुराग मिश्र कुछ देर तक अपना भला-बुरा सोचते रहे और फिर कमलानन्द को आदेश दिया, "आप मेरे बटाईदार नागो मंडल को बुलाकर लाइए।"

नागो मंडल तुरन्त आया था, पूछ लिया था कि लड़के को कहाँ से उठाना है और कहाँ ले जाना है। फिर दो दिनों के बाद आया और बताया कि पाँच हजार का खर्च है, दो हजार जीप-भाड़ा के और तीन हजार पहलवानों के हुक्का-पानी के।

कमलानन्द के लिए सौदा महँगा नहीं था। सरौनी के गिरीश बाबू अपनी कन्या के विवाह हेतु कमलानन्द बाबू को दस हजार की गड्डी सौंपने को तैयार बैठे थे।

नागो के पहलवानों को भी किसी उठापटक का सामना करना नहीं पड़ा; लड़के को धनपत से उठाया और पूर्णिया के पूरन देवी मन्दिर में ला पटका। शादी हो गई और लड़का महीने भर सरौनी में गुजारकर अपने घर दुलहिन के साथ आ गया।

पिता कमलानन्द का तब का यह कुकृत्य आज बेटा करुणाकर का सौभाग्य बन गया। अब खेले सरकार औरत-मरद का खेल!

*

रग्घू नायक को यह बात हमेशा टीसती रही कि उसके बाप सोमन नायक को कभी धनपत के ब्राह्मणों ने खूँटे से बाँधकर पीटा था। वह तड़फड़ाता रहता था बदला लेने के लिए। उसने सब तरह से सोचकर देखा था कि उसके पास बस एक उपाय है कि वह एक बार धनपत का मुखिया हो जाए। वे तरह-तरह के सपने देखते रहते थे। मुखिया होते ही ...

"दरवाजे पर कौन आया है, रे बिन्देश्वरी?"

"बभनटोली के इन्दुभूषण झा आए हैं।"

"यह कोई आने का समय है! कभी चले आते हैं! कह दो, पिता जी खाना खाकर आराम कर रहे हैं, शाम में आइए।"

"बेटा जुगेसर, देख तो, कोई आया है दरवाजे पर।"

"बभनटोली के हरिमोहन झा आए हैं, बैठे हुए हैं कुरसी पर।"

"क्या! कुरसी पर?"

"हाँ।"

"उठाओ कुरसी पर से; बेंच पर बैठाओ। बोलना, कुरसी पर मुखिया जी बैठते हैं।"

"बोलिए, श्रीकान्त जी, क्या कहना है आपको?"

"मेरी बेटी अंजली बी.ए. कर गई है। विद्यालय में एक शिक्षिका का पद खाली है। मैं चाहता हूँ, रग्घू बाबू, कि उसकी नियुक्ति इस पद पर हो जाए। एक गरीब ब्राह्मण का उपकार हो जाएगा। सब कुछ आपके हाथ में है।"

"सब कुछ मेरे हाथ में नहीं है। एक लाख का इन्तजाम कीजिए।"

"मुझे भी एक लाख लगेगा? गरीब ब्राह्मण पर कुछ दया-दृष्टि हो।"

"गरीब ब्राह्मण हो या गरीब सोलकन, सबके लिए यही रेट है। इस एक लाख का एक टका भी मेरी जेब में नहीं जाएगा। पूरी रकम ऊपर चली जाती है। आप पुराने मुखिया से सब कुछ पूछ लीजिए।"

"बिन्देश्वरी, देख तो बेटा, दरवाजे पर कोई बभना आया है..."

रग्घू नायक ने अपने सपनों में एक-एक कर बभनटोली के सारे टेढ़े ब्राह्मणों को अपने सामने हाजिर करवाया और हर एक को खूब जली-कटी सुनाई।

मगर अब?...

वज्रपात! सरकार की घोषणा वज्रपात की तरह आई।

गद्दी पर बैठे-बैठे वज्रपात का इलाज सोच ही रहे थे रग्घू नायक कि घर के अन्दर से बेटा बिन्देश्वरी मुस्कुराते हुए प्रकट हुआ और बाप को सुनाया, "अच्छा ही हुआ कि अब यहाँ कोई महिला मुखिया होगी।"

बाप ने इशारे से बेटे को अपने पास बैठाया और बोला, "पिछली बार मैं अपनी पहली कूद में ही तीसरे स्थान पर रहा था। इस बार मेरा पहले स्थान पर होना तय है। पिछले छह महीनों से मैं घूम-घूमकर पता लगाता रहा हूँ कि मुझे अगले चुनाव में कितने लोगों का समर्थन मिल सकता है। सोलकनों ने मान लिया है कि एक मैं ही कलेजा वाला हूँ और ब्राह्मणों को ललकार सकता हूँ। सारे सोलकन ब्राह्मणों के सताए हुए हैं।"

"अब क्या सोचना, बाबू," बेटे ने कहा, "आप तो चुनाव लड़ नहीं सकते।"

"तुम्हारी माँ तो लड़ सकती है।"

"माँ कैसे लड़ेगी चुनाव? मुखिया को कुछ तो पढ़ा-लिखा होना चाहिए।"

"उसने सुखदा दीदी की कृपा से दस्तखत करना सीख लिया है।"

"उतने से काम नहीं चलेगा। बैठक में बहुत कुछ समझना होता है, बोलना होता है। वह तो बकमौन बनी रहेगी।"

"अरे, मैं तो रहूँगा ही बैठक में उसकी मदद के लिए उसके साथ।"

"आप साथ रहेंगे?"

"हाँ, मैं, मुखिया-पति।"

"एक हल्ला सुना है आपने?"

"क्या?"

"एक मुखिया-पति का ही किस्सा है। बनिया चौक पर मैंने लोगों को बतियाते सुना कि यह किस्सा अखबार में भी छपा है।"

बेटे ने बाप को 'हल्ला' सुनाया...

"अररिया के जिला पदाधिकारी के दफ्तर में इलाके के मुखियों की बैठक थी। उस बैठक में कितने ही मुखिया-पति भाग लेने आ गए थे। बैठक के आरम्भ में पहले मुखिया-पति ने ज्यों ही अपना परिचय दिया, पदाधिकारी महोदय बिफर उठे, 'भागो यहाँ से; मैंने मुखिया को बुलाया है कि मुखिया के अर्दली को!' सारे मुखिया-पति बैठक से निकल भागे। माँ मुखिया बन भी गई, तब भी बाप, मतलब आप, अपने मन का न कुछ कर पाएँगे, न करवा पाएँगे।"

"तुम मुझे बगदाओ मत। तुम्हारी माँ मुखिया बन जाए, इससे ही मेरा सिर ऊँचा हो जाएगा। मुझे समझने की कोशिश करो, बेटा; बनने दो माँ को मुखिया।"

"बने माँ मुखिया, मगर पिछली बार की तरह इस बार न तो जमीन बेचने दूँगा और न दुकान की पूँजी तोड़ने।"

"ठीक है, ठीक है।"

*

जो रूपनारायण झा मुखिया होने के बाद सादर बुलाए जाने पर भी किसी के घर नहीं जाते थे, वही रूपनारायण झा चुनाव की घोषणा होते ही बिना बुलाए हर किसी के घर जाने लगे थे। उस दिन वे बैजनाथ भगत की दुकान में घुस गए। उन पर नजर पड़ते ही भगत जी उठ खड़े हुए और उन्हें सादर अपनी गद्दी पर बिठाया। बैठते ही मुखिया जी बोले, "बहुत दिनों से आपसे भेंट-मुलाकात नहीं हुई थी। इधर से गुजर रहा था, तो आपकी दुकान पर नजर पड़ गई; सोचा, मिल ही लूँ। कभी फुरसत भी तो नहीं मिलती थी।"

"अगला चुनाव हो जाए, फिर तो फुरसत ही फुरसत है।" बोलकर भगत जी मुस्कुराए।

"कैसे है फुरसत?" कुछ कुपित स्वर में मुखिया जी बोले, "श्रीमती जी मुखिया बनेंगी, तब मुखिया-पति को ही तो उनका भार उठाना पड़ेगा।"

"ओह, मुझे पता नहीं था कि मुखियाइन चुनाव में खड़ी होंगी।"

"इरादा मेरा भी नहीं था कि उनसे चुनाव लड़वाऊँ, मगर मैं तो लाचार हो गया हूँ; ना बोलते बन नहीं रहा है। मुझे खुशी हुई थी यह जानकर कि अब यहाँ कोई महिला मुखिया होगी, और यह सोचा भी नहीं था कि मेरी पत्नी मुखिया बने, मगर गाँव के लोग मेरे सिर पर सवार हो गए कि ब्राह्मणी को मुखिया बनना है, हर हाल में बनना है। वे लोग इस बात के लिए बिलकुल तैयार नहीं हैं कि रग्घू नायक की घरवाली या सीताराम मेहता की घरवाली गाँव की मुखिया बने। मैं लाचार हो गया हूँ, इच्छा के विरुद्ध मुझे पत्नी को मुखिया बनाना पड़ रहा है।"

"गाँव के लोग आप पर जोर डाल रहे हैं?"

"हाँ, भाई, हाँ।"

"गाँव के लोग तो मेरी दुकान पर भी आते ही रहते हैं; वे सब तो कुछ और ही बोलते हैं।"

"क्या बोलते हैं?"

"अब छोड़िए इस बात को; मुझे बोलना अच्छा नहीं लगेगा।"

"आप बेधड़क बोलिए। इससे मेरा उपकार होगा, भगत जी। मैं जानूँ तो, क्या बोलते हैं लोग।"

भगत जी हँसने लगे और हँसकर बोले, "लोगों का कहना है कि आप घूस बहुत खाते हैं।"

"कौन साला कहता है कि मैं घूस खाता हूँ!" रूपनारायण झा गरम हो उठे, "जो साले यह सब कहते हैं, उनसे पूछिए कि वोट देने के लिए मुझसे कितने पैसे लिये। किसी एक ने भी बिना पैसे लिये वोट नहीं दिया है। मैंने पैसे दिये और फिर पैसे वसूल लिये। पूरे पाँच लाख खर्च हुए थे मेरे। मेरे पास इतने पैसे कहाँ! सगे-सम्बन्धियों से माँगकर लाए पैसे। उनसे पैसा लिया था, तो उन्हें लौटाता या नहीं?"

"हाँ-हाँ, पैसा तो लौटाना ही था।"

"और, सुन लीजिए कि मैंने, कह लीजिए इसे घूस ही, उतने ही पैसे लिए जितने मुझे लौटाने थे। एक पैसा अधिक नहीं।"

"मुझे आपकी बातों पर विश्वास है, मुखिया जी।"

"नहीं, आपको अभी विश्वास नहीं हुआ होगा। आप भी सोच रहे होंगे कि मुखिया जी का दुतल्ला कैसे बन गया और मोटरगाड़ी कैसे आ गई।"

"नहीं-नहीं, मैं ऐसा नहीं सोचता। मैं आपको जानता नहीं क्या? आपके पिता जी ने पैसा रहते हुए भी डाकुओं की नजर में आ जाने के डर से दुतल्ला नहीं बनवाया।"

"मैं भी न तो दुतल्ला बनवाता और न मोटरगाड़ी खरीदता। पहले मोटरगाड़ी की कथा सुन लीजिए।"

"कथा?"

"हाँ, कथा। एक दिन अंचल कार्यालय में अंचलाधिकारी ने मुझे डाँट पिला दी; कहा, 'आप कैसे मुखिया हैं, झाजी, कि टुटियल साइकिल पर सवार होकर चले आते हैं यहाँ! इस साइकिल पर सवार होकर मत आया कीजिए मेरे कार्यालय। कोई मुखिया अब मोटरसाइकिल से भी आ रहा है यहाँ? नहीं होता है तो मेरे कमीशन से ही एक कार खरीद लीजिए; समझूँगा, एक ब्राह्मण को कार दान में दे दी।' समझ लीजिए, भगत जी, कि यह कार अंचलाधिकारी श्रीवास्तव साहब की ही है।"

"और," मुस्कुराए भगत जी, "दुतल्ला की कथा?"

"उसकी भी कथा है," कथा सुनाने लगे मुखिया जी, "एक ठेकेदार ने मुझसे कहा, 'आप इतने लोगों के घर बनवा रहे हैं, एक अच्छा-सा घर अपना भी बना लीजिए।' मेरे ना-ना कहने पर भी उसने दो ट्रक ईंटें मेरे घर के आगे गिरवा दीं। यहाँ के लोगों को तो आप जानते ही हैं। दो दिन नहीं गुजरे कि ईंटों की चोरी शुरू हो गई। अब क्या करता मैं? मकान बनना शुरू हो गया। जब शुरू हो गया, तो अब कर्ज लेकर भी उसे पूरा करना जरूरी हो गया। इस तरह दुतल्ला भी बन गया। अभी तक कर्ज चुका ही रहा हूँ।"

"यहाँ के लोग तो इन कथाओं को नहीं जानते।"

"जो नहीं जानते उनसे कहिए कि दमगरा के मुखिया का घर देख आएँ। तिनतल्ला मकान बनवाया है उसने और उसके पास दो-दो कारें हैं। एक कार उसने अपनी बेटी को दहेज में दे दी है। जैसा मुखिया वह, वैसा मुखिया मैं। मगर मैंने कभी घूस नहीं खाई और जैसा का तैसा रह गया और वह घूस खा-खाकर लीक से लाख हो गया। मैं इस इलाके का सबसे गरीब मुखिया हूँ, भगत जी। दमगरा और चानपुर के मुखिया ने एक दिन मुझसे कह ही दिया कि आप बेकार ही मुखिया हो गए।"

"मगर, मुखिया जी," कुछ सकुचाते हुए बोले भगत जी, "कुछ लोग तो यह भी बोल रहे थे कि उन्होंने अपने हाथ से घूस के पैसे आपको दिये हैं।"

"उन्हें क्या पता कि पैसे किनके लिए दे रहे थे वे! ये सारे पैसे अफसरों के पास गए। मेरे हिस्से में एक पैसा नहीं आया। बिना घूस खाए एक काम नहीं करते ये अफसर। घूस के लिए तो इस तरह घिघियाते हैं कि मन घिना जाता है; किसी को बेटी की शादी की पड़ी है, तो किसी को बेटे का कॉलेज में नाम लिखवाना है। यह मुखियागिरी मेरे जी का जंजाल बनी हुई है; मगर क्या करूँ, समाज में रहता हूँ, तो समाज के लोगों की बात माननी पड़ती है।"

"सो तो है, मगर लगता है कि इस बार आपको कुछ अधिक मेहनत करनी पड़ेगी।"

"ऐसा क्यों सोचने लगे आप? कौन हराएगा मुझे? रग्घू नायक या सीताराम मेहता? कोई और भी है क्या?"

"इस बार सुखदा दीदी की चर्चा चल रही है, सोलकन-टोले की सुखदा दीदी की?"

"दुर, वह क्या टिकेगी मेरे सामने!" बोलकर उठ गए मुखिया जी, और जाते-जाते कह गए, "बस, आपका साथ बना रहे।"

*

सरकार ने यह घोषणा तो कर दी कि धनपत में मुखिया कोई औरत ही होगी, मगर यह निर्णय नहीं लिया कि जिस घर में सास के साथ बहू भी हो उस घर में मुखिया बनने का अधिकार किसके पास होगा। सरकार की इस गलती का कुफल यह हुआ कि नागो मंडल के घर में बवाल हो गया, सास और पतोहू के बीच भयंकर तनातनी।

नागो मंडल के सरैया वाले समधी सिताबी मंडल ने अपनी बेटी रज्जो के पास एक संवाद भेजा था। संवाद लेकर आया था रज्जो का छोटा भाई माणिकलाल। माणिक ने रज्जो दीदी से कहा, "बाबू बोले हैं तुमको मुखिया चुनाव में खड़ा होने के लिए। संजू दीदी और गुंजो दीदी को भी खबर भेज दी गई है; वे दोनों भी इस बार मुखिया का चुनाव लड़ेंगी। तुम इसके लिए तैयारी कर लो। आठ-दस दिनों में बाबू भी आएँगे और चुनाव होने तक बराबर आते रहेंगे।"

"मैं अपने मन से कैसे खड़ी हो जाऊँगी, रे माणिक," रज्जो बोली, "घर में और लोग भी तो हैं। वे सब हाँ कहेंगे, तभी तो चुनाव लड़ूँगी।"

"इस घर से मुखिया हो, ऐसा घर का कौन आदमी नहीं चाहेगा?"

"अभी तो इस घर में मेरी सास ही मुखिया होने लायक है। मैं उनसे कहूँगी चुनाव लड़ने के लिए।"

"तुम चुनाव लड़ो न, रज्जो दीदी," माणिक बोला, "तुम मुखिया बनो और सास मुखिया बने, दोनों में बहुत फर्क है।"

"कोई फर्क नहीं है, माणिक," रज्जो बोली, "बस, इस घर से मुखिया बने कोई। तुम बाबू को बोल देना।"

माणिकलाल के जाते ही पतोहू सास के पास पहुँची और बोली, "बाबू ने संवाद भेजा है मुखिया का चुनाव लड़ने के लिए। आपके रहते मैं कैसे लड़ सकती हूँ चुनाव! आप तैयार हो जाइए मुखिया बनने के लिए। आपको कुछ नहीं करना है; सब काम बाबू कर देंगे। दस-पन्द्रह दिनों के भीतर वे भी आएँगे यहाँ।"

सास खुश तो हुई, मगर बोल गई, "मैं मुखिया बनने लायक हूँ क्या? मुझे तो पढ़ना-लिखना नहीं आता। तुम ही बन जाओ मुखिया।"

"आपके रहते मैं कैसे बनूँगी मुखिया? लोग दूसेंगे नहीं क्या? आप मोबाइल फोन चला लेती हैं, तो मुखिया बनने में क्या है? मैं ही कितनी पढ़ी-लिखी हूँ! मुखिया बन जाइएगा, तो लिखने-पढ़ने के लिए दस बाप-पूत मिल जाएँगे। आप तैयार हो जाइए, माँजी।"

शाम में सास-पतोहू की बातचीत हुई और रात-भर सास नींद को दुरदुराकर ऐसी तैयारी करती रही कि सुबह होते ही चल पड़ी बभनटोली की ओर मुखिया रूपनारायण झा का दुतल्ला ठीक ढंग से देखने।

अभी सास को मुखिया का चोला पहने सात दिन भी नहीं गुजरे थे कि दाँव खेलने के लिए रज्जो की बड़ी बहन संजू मोटरसाइकिल पर सवार आ धमकी छोटी बहन रज्जो के घर छोटे भाई माणिक को साथ लिये। घर के और लोगों से मिल-बतियाकर संजू ने रज्जो को अकेले में अपने पास बैठाया और बोली, "तुमने ऐसा क्यों सोचा कि सास मुखिया बने और तुम घर की दासिन बनी रहो?"

"सास के रहते यह अच्छा लगता...?"

"चुप!" संजू डाँट बैठी, "सुन ले कि इस नए जमाने में सिर्फ औरत मर्द के बराबर ही नहीं हुई है, घर की बहू भी घर की सास के बराबर हो गई है। अपने हित की बात सोचो और मुखिया बनकर अपना हित साधो।"

"मेरा हित?"

"हाँ, ध्यान से सुनो," संजू बोली, "अभी तो अपनी साड़ी और अपने दुलहा कदमलाल की धोती तुम ही धोती होगी?"

"घर भर के कपड़े, दीदी।"

"मुखिया बनने के बाद तुम्हें कपड़े नहीं धोने हैं। अभी तुम्हारे पास एक साड़ी होगी, फटी-पुरानी दो-एक और। मुखिया बनते ही दस-बीस साड़ियाँ खरीद लेना। तुम्हारे सारे कपड़े कदमलाल धोए या धोबी से धुलवाए। हर औरत मुखिया की साड़ी-अंगिया मुखिया-पति ही धोता है। मुखिया को फुरसत कहाँ कि वह अपने कपड़े धोने के लिए बैठे! कभी ना-नुकर करे तो तुरन्त मुखिया पद से इस्तीफा देने की धमकी दे डालो। कदमलाल की नानी मरे जो वह तुम्हारे कपड़े नहीं धोए।"

रज्जो जोर-जोर से हँसने लगी।

"हँसना मुखिया बनने के बाद," संजू ने रज्जो की हँसी रोकी, "अभी ध्यान दे कि मैं क्या बोल रही हूँ। अभी तो घर में चाय तुम ही बनाती होगी?"

"हाँ, दोनों वेला, सुबह में भी और शाम में भी।"

"सुन लो, मुखिया बनने के बाद कदमलाल न तो दिल्ली-पंजाब जाएगा और न गाँव में किसी की गुलामी में खटेगा। चाय की केतली बराबर चूल्हे पर चढ़ी ही रहेगी। मुखिया से मिलने कब कौन आ जाए, इसका ठीक नहीं रहता। कदमलाल हमेशा चाय लेकर तैयार रहेगा। तुम्हें चूल्हा अगोरकर रहने से फुरसत। ठीक?"

"हाँ," मुस्कुराई रज्जो, "ठीक।"

"कुछ और 'ठीक' देख लो। लोग सुबह से ही मिलने के लिए आना शुरू कर देंगे। दरवाजा हमेशा साफ-सुथरा रहना चाहिए। दरवाजे पर मुखिया की कुरसी लगी रहनी चाहिए। अब यह तो नहीं होगा कि मुखिया हाथ में झाड़ू लेकर दरवाजा बुहारने जाए और कुरसी की धूल पोंछे। लोग हँसी उड़ाएँगे। अब यह काम खुद कदमलाल

करे या इस काम के लिए तुम्हारी ही कमाई के पैसे से कोई नौकर रख ले। ठीक?"

इस बार रज्जो कुछ बोली नहीं, मुस्कुराकर रह गई।

"अब तक," संजू आगे बढ़ी, "होता यह रहा होगा कि कदमलाल तुम्हें जो भी पैसे देता होगा, उसका हिसाब ले लेता होगा। अब वह पैसे तुमसे लेगा और हिसाब तुम उससे लोगी। तुमसे पैसे का हिसाब कोई नहीं लेगा। तुम्हारा हर खर्च जाएज और उसका कोई-कोई खर्च बिलकुल नाजाएज। बीड़ी-खैनी के खर्च पर भी कड़ी निगाह रखोगी। तुम अपना हर शौक पूरा करोगी और उसका शौक तुम्हारी इजाजत के बाद ही पूरा होगा। तुम्हारा बन्धन टूटेगा और उसका बन्धन जकड़ेगा। बोलो, यह अच्छा रहेगा या नहीं?"

"हाँ," सिर हिलाया रज्जो ने, "यह तो अच्छा रहेगा, मगर ऐसा होगा?"

"सब औरत मुखिया के साथ हो रहा है, और तुम्हारे साथ भी होगा। होगा तो यह भी कि तुम आधी रात को भी घर लौटोगी, तो कदमलाल की मजाल नहीं कि पहले की तरह तुमसे सवाल-जवाब करे। तुम्हें कभी जिला पदाधिकारी के यहाँ देर हो सकती है, कभी किसी कार्यालय में, कभी किसी बैठक में, कभी अररिया से आते हुए, कभी पूर्णिया से आते हुए; सबका हिसाब दोगी क्या? कदमलाल को पता भी नहीं चलेगा कि कब तुम मुझसे भेंट करने चली आई और कब मौसी के घर गई थी। अब क्या तुम्हें कभी कदमलाल से पूछकर, इजाजत लेकर कहीं जाना होगा? मुखिया बन जाओगी, तो तुम 'सरैयावाली' नहीं रहोगी, 'मैडम' बन जाओगी। दरवाजे पर कोई मुखिया से मिलने आ गया, तो दरवाजे पर बैठा कदमलाल वहीं से हाँक नहीं लगा देगा, 'सरैयावाली! देखो कोई मिलने आए हैं।' वह आगन्तुक से बोलेगा, 'आप थोड़ी देर बैठिए; मैं मैडम को खबर कर देता हूँ।' बोलो, इतने सारे सुख पर लात मारोगी?"

कुछ मरियल आवाज में रज्जो बोली, "मुखिया बन जाऊँ तब न, दीदी!"

"तुम चुनाव में खड़ी तो हो जाओ," संजू ने रज्जो की पीठ ठोंकी, "बाबू तो आएँगे ही अपने दल-बल के साथ तुम्हें जिताने।"

छोटी बहन की पीठ ठोंककर बड़ी बहन अभी विदा ही हुई थी कि बहू 'कूदे, फाँदे, तोड़े तान, (उसका रक्खे दुनिया मान)' पर ध्यान जमाए सास के सामने दाखिल हुई और कहा, "माँजी, मैंने अच्छी तरह सोच लिया है कि मेरे रहते आपका मुखिया बनना आपके हित में नहीं है। बहू होकर सास को कष्ट में डालना मेरे लिए हजार पाप के बराबर है। मैं खड़ी हो जाती हूँ चुनाव में।"

"नहीं, कनियाँ, मुझे कोई कष्ट नहीं होगा, और तुम्हें, पता नहीं, किस-किस दान का पुण्य मिल जाएगा।"

दुलारी चाची

"नहीं, माँजी, अभी मुझे संजू दीदी डाँटकर गई है कि मैं सास को गड्ढे में नहीं धकेलूँ।"

"मैं गड्ढे में नहीं गिर रही हूँ। सास को मुखिया बनाकर बहू उसे उच्चासन पर बैठा देती है।"

"नहीं-नहीं, मैं आपको मुखिया बनने नहीं दूँगी। काँटों के रास्ते में मैं चलूँगी। मैं बनूँगी मुखिया।"

"अरे, तू कैसे बन जाएगी मुखिया! आधा मुखिया तो मैं अब तक बन चुकी हूँ। सात टोलों की सत्तर सासों से मिलकर आ चुकी हूँ अब तक। सबने चरण पकड़कर आशीर्वाद दिया है। अब उनसे किस मुँह से कहने जाऊँ कि मैं मुखिया नहीं बनूँगी? सुनो कनियाँ," मीठे स्वर में सास बहू को समझाने लगी, "मेरे मुखिया बनने से तुम छोटी तो नहीं हो जाओगी। तुम्हारे मायके तक में शोर हो जाएगा कि सिताबी मंडल की समधिन गाँव की मुखिया है। देखो सिताबी की बेटी का भाग्य! इस गाँव की और किसी बेटी का यह भाग्य कहाँ! इस गाँव में ही तुम्हारी ही कम बड़ाई होगी क्या? लोग कहेंगे, 'नागो मंडल की पतोहू साक्षात् लक्ष्मी है; आई और सास को मुखिया बना दिया'।"

झट जवाब दिया बहू ने, "मेरे मुखिया बन जाने से क्या आपका भाव नहीं बढ़ जाएगा? टोला-मोहल्ला में निकलेंगी आप तो लोग कहेंगे, 'देखो बुढ़िया को; जब से पतोहू मुखिया बनी है, इसके पाँव तो जमीन पर पड़ते ही नहीं'।"

*

इसे बैठक नहीं, सभा कहिए; किसी मचान पर नहीं हो रही थी, हो रही थी मुखिया रूपनारायण झा के दुतल्ले के ऊपरी तल्ले पर। हॉल में लोग जमा हो रहे थे। धनपत के सारे प्रमुख ब्राह्मण आमंत्रित थे। सभा आहूत की गई थी एक कुटिल ब्राह्मण बालक के कारण। इस छोकरे ने गाँव भर में डंका पीट दिया था कि उसकी घरवाली मुखिया का चुनाव लड़ेगी। इस कुटिल ब्राह्मण बालक को भी धकियाकर सभा में लाया गया था।

रूपनारायण झा ने विचार-विमर्श का आरम्भ अपने वक्तव्य से किया, "मुझे यह बताने की जरूरत नहीं है कि हमारा ब्राह्मण समाज आज बहुत बुरे दौर से गुजर रहा है। ढेर सारी राक्षसी शक्तियाँ हमारे विरुद्ध काम कर रही हैं। हमारे धनपत में तो राक्षसों का उत्पात सीमा पार कर गया है। यहाँ के सोलकन हम पर निशाना साध रहे हैं।

"मैं वह दिन नहीं भूलूँगा जिस दिन सोलकन औरतों ने हाथ में मोटी-मोटी लाठी लिये फूल झा की पान दुकान को घेर लिया था और लाठी चमकाते हुए फूल झा

से अपनी बात मनवाकर ही वापस गईं। यहाँ उपस्थित हर सज्जन ने देखा होगा कि हरिमोहन भैया सुबह-सुबह अपने खेत देख आने के बहाने टहलने निकलते थे और सोलकन-टोलों से गुजरते हुए किसी न किसी घर से कुछ लेकर ही आते थे, कभी कद्दू, कभी कटहल, कभी और कुछ। और, इधर लोग देख रहे होंगे कि हरिमोहन भैया खाली हाथ जाते हैं और खाली हाथ ही आते हैं।"

हरिमोहन झा चुप नहीं रह सके, "अब मैं किसी की छत या गाछ पर निगाह भी नहीं डालता, माँगना तो दूर की बात हो गई।"

रूपनारायण झा आगे बढ़े, "अब ब्राह्मणों की तो कोई इज्जत ही नहीं रही सोलकनों के बीच। सृष्टिदेव मिसर ने कभी कितना सच कहा था कि आजकल तो सोलकन विष मूतता है, कि सोलकन-टोलों में अब कोई प्यादा रहा ही नहीं, सब फरजी हो गए हैं।"

"यह बात तो," सृष्टिदेव मिसर बोल गए, "मैं आज भी कहता हूँ।"

"इस विकट समय में," रूपनारायण झा ने अपनी बात जारी रखी, "मैं आप सबसे निवेदन करता हूँ कि हम अपनी एकता को बचाए रखें, इसे और भी मजबूत करें, नहीं तो हमारे इससे भी बुरे दिन आएँगे। मैं अपनी पत्नी को मुखिया चुनाव में खड़ा कर रहा हूँ। करुणाकर एक अबोध बालक है। उसे आप लोग समझाएँ कि वह हमारी एकता को नहीं तोड़े, वह अपनी पत्नी को चुनाव में खड़ा नहीं करे।"

करुणाकर ने हिम्मत जुटाई और स्पष्ट बोल दिया, "मैं अब तक धनपत के एक-एक घर को कह आया हूँ कि मेरी पत्नी चुनाव में खड़ी हो रही है, सोलकन-टोलों के एक-एक आदमी ने अपनी खुशी जताई, हर मड़र ने मेरी पीठ ठोंकी। अब मैं उनसे कहने जाऊँ कि दुम दबाकर भाग रहा हूँ। हर घर पर मेरा कर्ज है। अब समय आया है कर्ज वसूल लेने का।"

"कैसा कर्ज?" रूपनारायण पूछ बैठे।

"सेवा का कर्ज," करुणाकर बोला, "मैंने अपनी सेवा से हर घर का दिल जीत लिया है।"

"सुनिए इसकी बात!" रूपनारायण बोले, "आज तक कोई आदमी सेवा करके मुखिया बना है!"

"जो सेवा मैंने की है, वह किसी ने की ही नहीं होगी," करुणाकर ने जवाब दिया, "मैं पहली बार अपनी सेवा से पत्नी को मुखिया बनाऊँगा।"

"कमलानन्द भाई," रूपनारायण कमलानन्द की ओर उन्मुख हुए, "समझाइए अपने सुपुत्तर को। इसे क्या मालूम कि चुनाव में क्या-क्या खेल होता है!"

"मेरा खेल हर खेल के ऊपर भारी पड़ेगा।" करुणाकर का जवाब आ गया।

"ऐसा ही सोचा था रग्घू नायक ने भी," रूपनारायण बोले, "क्या हुआ उसके खेल में? दो बीघे जमीन बिक गई और महीनों झगड़ता रहा उन लोगों से जिन पर सन्देह था कि पैसा खाकर वोट नहीं दिया। कमलानन्द भाई, बेचिएगा बीघा-दो बीघा जमीन पतोहू को मुखिया बनाने के लिए?"

"नहीं-नहीं, मैं एक धूर जमीन बेचनेवाला नहीं हूँ," कमलानन्द ने सुनाया, "इस पर सनक सवार हुई है तो लड़े बिना पैसे के चुनाव। मैं इसे लगातार समझा रहा हूँ, पर यह कुछ भी सुनने को तैयार नहीं है।"

"नहीं समझ रहा है, तो बाद में पछताएगा। बिना पैसे के चुनाव लड़ा जाता है क्या?" रूपनारायण हँस पड़े, "दुनिया-जहान में है कोई ऐसा मुखिया जो बिना पैसे के चुनाव लड़ा हो? पिछले चुनाव में मेरे पाँच लाख खर्च हुए थे, पूरे पाँच लाख।"

"मेरे हजार भी खर्च नहीं होंगे, चाचाजी," करुणाकर जवाब दे बैठा, "और मैं सरौनीवाली को मुखिया बनाकर दिखा दूँगा।"

"तुम्हारा हाल भी सीताराम मेहता जैसा ही होगा," रूपनारायण बोले, "उसके अपने घर में तेरह अदद वोटर और उसे वोट मिले थे कुल नौ।"

"मैं अपना हाल जान रहा हूँ, चाचाजी," करुणाकर बोला, "मैंने सोच-समझकर निर्णय लिया है और मैं अपने निर्णय से डिगनेवाला नहीं हूँ।"

"मैं तो हर हाल में यही चाहूँगा कि ब्राह्मणों का कोई एक ही प्रत्याशी हो," अनुराग मिश्र बोले, "विकट समय है। और जगह हम लड़-झगड़ लें, पर यहाँ हर मुंड की एक मति हो। मैं तो यह सोच भी नहीं सकता कि हमारी गलती से कोई सोलकन धनपत का मुखिया बन जाए।"

"इस विकट समय में मैं एक राय दूँ?" कमलानन्द कुछ बोलने को मजबूर हुए।

"हाँ-हाँ, जरूर दीजिए, जरूर दीजिए।" आनन्द झा ने अनुमति दे दी।

"मेरी राय है कि रूपनारायण भाई दो-दो बार मुखिया बन चुके हैं," कमलानन्द ने सुनाया, "तीसरी बार वे खुद मुखिया बन नहीं सकते, अपनी पत्नी को बना सकते हैं। ऐसे में इस बार कोई और ब्राह्मणी मुखिया बनती है, तो यहाँ के किसी ब्राह्मण को एतराज नहीं होना चाहिए। करुणाकर की जिद, उत्साह और लोगों के समर्थन को देखकर मैं तो यह राय दूँगा कि ब्राह्मण समाज को छिन्न-भिन्न होने से बचाने के निए सरौनीवाली को मुखिया बनने दिया जाए।"

"कैसी बातें कर रहे हैं आप, कमलानन्द भाई!" रूपनारायण झा उखड़ गए, "आप तो हमें सोलकनों के गुलाम बनने का रास्ता सुझा रहे हैं। कभी, किसी भी हालत में सरौनीवाली चुनाव जीत पाएगी? आप बेटे को शह मत दीजिए। उसकी जिद और उत्साह के आगे झुककर हम ब्राह्मण समाज को पाताल में नहीं पहुँचाएँगे।

मैं जानता हूँ, चुनाव कैसे जीता जाता है। मेरे पास पैसा भी है और ताकत भी है। पहले भी पैसे से खरीदा है वोटरों को और इस बार भी खरीदूँगा। लोकप्रियता के झाँसे में कोई न रहे।"

अनुराग मिश्र ने टोक दिया, "आप ताकत की बात भी कर रहे हैं, मुखिया जी?"

"हाँ," मुखिया जी ने जवाब दिया, "मेरे पास है ताकत चुनाव जीतने की।"

"क्या ताकत है आपके पास!" अनुराग मिश्र बोल गए, "सोलकन-टोलों में एकेसैंतालीस है और हमारे पास कोई देशी कट्टा भी नहीं!"

बलभद्र झा अपने को रोक नहीं पाए, "देशी कट्टा नहीं है, मगर जिस दिन हमें जरूरत होगी, दो-चार एकेसैंतालीस भी आ जाएँगे। मेरी बात गुड्डू झा से हो चुकी है। उधर से आप लोग निश्चिन्त रहें। हथियार जुटाने की जिम्मेदारी मेरी रही।"

हरिमोहन झा को बोलना पड़ा, "कमलानन्द, आप सरौनीवाली को चुनाव लड़ने से मना कर दें।"

"कैसे मना करूँ, भैया?" कमलानन्द ने जवाब दिया, "करुणाकर मेरी बात मान नहीं रहा।"

"मानने की बात ही नहीं है।" करुणाकर बिन बोले नहीं रहा।

"ठीक है, आपकी बात नहीं मानता है आपका बेटा, मगर पिता की बात तो मानेगी बेटी। सरौनीवाली को चुनाव लड़ने से रोकेंगे सरौनीवाली के पिता," रूपनारायण झा बोले, "गिरीश मिश्रजी से मेरा पुराना परिचय है। मैं जानता हूँ, वे कभी अपनी बेटी को चुनाव में उतरने नहीं देंगे। कभी कहीं कोई नई-नवेली बहू चुनाव लड़ी है!"

"अब सभा समाप्त हो," हरिमोहन झा उठ खड़े हुए, "हम इस उम्मीद के साथ जा रहे हैं कि कमलानन्द अपने बेटे को मना लेने का प्रयास करते रहेंगे।"

*

मुखिया चुनाव का परिणाम आ जाने के दिन से ही सुशीला तड़फड़ा रही थी सुखदा दीदी से अकेले में मिलने के लिए, अपनी खुशी का इजहार करने के लिए, मगर उसे मौका ही नहीं मिल रहा था कुछ कहने-सुनने का। सुखदा दी हमेशा भीड़ से घिरी होती थी। आज पाँचवें दिन उसे यह मौका नसीब हुआ और उसने झट अपने दिल की बात कही, और सुखदा दीदी के दिल की बात सुन लेना चाही। उसने कहा, "मैं बहुत खुश हूँ, सुखदा दीदी, श्रद्धा चाची के मुखिया बन जाने से। सच कहती हूँ, जितनी खुशी आपको हुई होगी उससे कम खुशी मुझे नहीं हो रही है। आप बहुत खुश हैं न?"

"जिस दिन निर्णय आया था, उस दिन तुम्हें मुझसे अधिक खुशी हुई होगी," सुखदा दीदी का जवाब आया, "मगर आज पाँचवें दिन तुम जितनी खुश हो उससे अधिक खुशी मुझे हो रही है।"

"पाँच दिन बाद की यह कैसी खुशी, सुखदा दीदी?"

"तुम बताओ।"

"हाय राम, मैं कैसे बताऊँ!"

सुखदा दीदी मुस्कुराई और बोली, "कभी मैंने खोकसी के मुसाय और समदावाली का एक किस्सा सुनाया था। याद आ रहा है वह किस्सा?"

सुशीला ने याद करने का प्रयास तो किया, मगर याद धुँधली हो गई थी। वह कुछ लजाकर बोली, "अभी तुरन्त याद नहीं आ रहा है।"

"मुसाय समदावाली से पूछता है कि उसके अन्दर अपने भतार का डर है या नहीं, तो समदावाली एक फकड़ा सुना देती है—

सूली न फाँसी का, घुन्ना न घाती का;
डर किसका? डर अब पोदिनमा के नाती का?"

सुशीला खिलखिलाकर हँस पड़ी, "हाँ, याद आ गया, अब याद आ गया।"

"अब सुनो, एक और किस्सा खोकसी का ही। इसी किस्से के साथ लिपटा हुआ है मेरे पाँचवें दिन की खुशी का किस्सा। सुनो...

एक बार फिर टकरा गई समदावाली अपने मरद मुसाय से। मुखिया चुनाव का परिणाम पिछली शाम सुनकर आने के बाद जो मुसाय घर में घुसा तो रोज टिटहरी की आवाज के साथ ही भोर-भिनसार में बिस्तर छोड़ देनेवाला यह मरद आज सूरज उग जाने के बाद भी जाँघों में सिर डालकर बिस्तर पर बैठा हुआ था। समदावाली ने टहोका मारकर पूछा, "आज उठेंगे नहीं क्या?"

"उठता हूँ।"

"आलस हो रहा है?"

"हाँ, कुछ ऐसा ही।"

"बहुत उदास हैं?"

"हाँ, हूँ; जगदम्बी मंडल हार गया।"

"मैं तो बहुत खुश हूँ।"

"किस बात की खुशी?"

"रोशन बैठा जीत गया।"

"तुम्हें खुशी हो रही है?"

"हाँ, मैंने उसे वोट दिया था।"

"तुमने रोशन बैठा को वोट दिया था?"

"हाँ, दिया था।"

"तुमने ऐसा क्यों किया? अब मैं किसी को क्या जवाब दूँगा? तुम्हें मैंने अच्छी तरह से समझा दिया था कि हम मंडलों की बैठक में यह तय हो गया था कि अपने लोगों का एक-एक वोट जगदम्बी मंडल को जाना चाहिए। तब तुमने कैसे वोट दे दिया बैठा को?"

"हम औरतों की बैठक में भी तय हुआ था कि हमारा एक-एक वोट रोशन बैठा को मिलना चाहिए।"

"सुनो, समदावाली, तुम लाठी लेकर शराब की भट्ठी तोड़ने जाओ यह और बात है, मगर जाति का बन्धन तोड़कर किसी और जाति का साथ दो, यह अच्छी नहीं, बहुत बुरी बात है।"

"मैं जात-पात नहीं जानती; जिसमें हमारा भला हो, मैं वही काम करूँगी।"

मुसाय ने खुफिया निगाहों से समदावाली को घूरा।

बातचीत अभी समाप्त नहीं हुई थी। इस करमजली समदावाली को अभी भलाई की बाबत बहुत कुछ बताना ही था कि किसी ने दरवाजे पर जोर की हाँक लगाई। बाहर आकर देखा तो जगरूप खड़ा था। जगरूप ने सुनाया, "जगदम्बी मंडल के दरवाजे पर मंडलों की सभा है। अभी तुरन्त चलिए। मैं रुकूँगा नहीं, मुझे कइयों के पास जाना है।"

जगरूप गया और मुसाय अन्दर आकर समदावाली के सामने कपार पकड़कर जमीन पर बैठ गया।

"क्या हुआ?" समदावाली ने पूछा।

"चुप!" चीखती आवाज में डाँटा मुसाय ने अपनी घरवाली को, "वोट दिया तो दिया, हल्ला भी कर दिया कि किसे वोट दिया!"

"क्या हो गया?"

"फोन लगाओ और अपने माँ-बाप से पूछो कि मुझे घरजँवाई बनाकर रखेगा?"

"क्यों घरजँवाई बनेंगे आप?"

"मैं जा रहा हूँ जगदम्बी मंडल के घर। वहाँ मंडलों की सभा हो रही है। मैं जानता हूँ, वहाँ मुझे जाति-बहिष्कार का फरमान सुनाया जाएगा। अब इस टोला में, इस गाँव में, मेरा हुक्का-पानी बन्द। यह सब तुम्हारे कारण, इसलिए अब बनूँगा मैं घरजँवाई।"

"पहले फरमान सुनकर तो आइए," समदावाली बोली, "एक अकेले आप नहीं बनेंगे घरजँवाई। मंडलों का पूरा टोला हो जाएगा खाली। जाइए, होकर आइए।"

दुलारी चाची

तुरन्त आने का बुलावा आया है तो तुरन्त जाना ही पड़ेगा, ऐसा सोचकर मुसाय तुरन्त घर से निकल गया।

जब लगभग सारे मंडल सभा-स्थल पर आ गए, तो जगदम्बी मंडल ने अपना भाषण शुरू किया, "बिरादर भाइयो! यह कैसे कहूँ कि मुझे चुनाव हारने का दुख नहीं है, मगर उस दुख का अब कोई मोल नहीं। उससे बड़ा दुख तो यह है कि अपनी बिरादरी ने ही मेरी नाव डुबो दी है। मुझे मंडल-टोलों से दो सौ वोट मिलने थे, मिले सौ से भी कम। कहाँ गए बाकी सौ? जान लीजिए, घर फूटे गँवार लूटे। अब मुझे अपनी नहीं, पूरी बिरादरी की चिन्ता है। मंडल का वोट बैठा को कैसे चला गया?"

"मुझे पता है," लतड़ू उठ खड़ा हुआ था, "मुझे पता है, कैसे चला गया?"

"कैसे?" कई आवाजें आईं।

"सारी सोलकन औरतों ने," लतड़ू ने बताया, "रोशन बैठा को वोट दे दिया।"

"ऐसा कैसे हुआ?" जगदम्बी बोला, "आप सारे मंडलों ने तय कर लिया था कि आप सब मुझे वोट देंगे।"

"तय तो किया था," लतड़ू बोल गया, "मगर हमारी औरतों पर दुलारी देवी का जादू चला।"

"दुलारी देवी ने पूरी जाति को अपमानित किया है," यह कैसी जिन्दगी कि घर के मुखिया हम और मनमानी करे घर की घरनी! अच्छी तरह जान लीजिए, जिस घर औरत मुखिया। उस घर डूबी लुटिया। जाति की एकता को बचाइए। एक-एक औरत को रास्ते पर लाइए; बात से नहीं तो लात से मनाइए, लात से नहीं माने तो घर से भगाइए।"

"यह सम्भव है क्या?" जगरूप को बोलना पड़ा, "आँख भी दिखाइए, तो सुनिए 'खबरदार!' और डर दिखाइए तो सुनिए, 'डर किसका? डर अब पोदिनमा...'"

"पन्द्रह दिनों के बाद पूर्णिया में अपनी बिरादरी की बड़ी सभा होनेवाली है। मुझे भी वहाँ जाना है। हमारे सारे बड़े नेता मुझे अच्छी तरह जानते हैं, पहचानते हैं। अब किस मुँह से जाऊँगा मैं उनके सामने? कैसे दिखाऊँगा उन्हें अपना मुँह? मुझे तो जाति-बहिष्कार का डर सताने लगा है। कुछ कीजिए, कुछ कीजिए अपनी जाति को पतन से बचाने के लिए।"

"कुछ करने के पहले रुक जाइए," सियाराम मंडल बहुत सोच-विचारकर बोला, "देख लीजिए कि यादव लोग क्या करते हैं। केशो यादव को भी यादव औरतों ने ही हराया है और इस बात को लेकर कल यादवों की भी एक सभा हुई है। जो यादव करें, वही हम लोग भी करेंगे।"

सभा यहीं समाप्त हो गई।

किस्सा सुनाकर सुखदा दीदी ने मुस्कुराकर पूछा, "अब बता सकती हो कि मैं आज क्यों अधिक खुश हूँ?"

सुशीला ने कुछ देर आँखें मटकाईं और फिर हँसकर बोली, "मैं समझ गई, समझ गई।"

"क्या समझी?"

"मैं समझ गई, सुखदा दीदी..." खिलखिलाकर हँसी सुशीला, "समझ गई न?"

*

सप्ताह में एक दिन सास-ससुर का हालचाल जानने, सेवा-टहल करने, और जेठानियों के दिल को पिघलाने जरूर आ जाए करती थी कोयली, मगर इस बार उसने वह देखा जो आज तक कभी नहीं देखा था; घर में घुसते ही देखा कि सास गुमसुम बैठी आँसू बहा रही है। वह घबरा गई, सास से सटकर आ बैठी। उसे आशंका हुई, किसी जेठानी ने कोई दुर्व्यवहार तो नहीं किया है, रात में खाना नहीं दिया या सुबह में चाय नहीं; कोई जेठ तो कोई दुर्वचन नहीं सुना गया, जैसे, 'कब मरेगी बुढ़िया'? ससुर को घर में या मचान पर नहीं देखकर उसने सास से धीमी आवाज में पूछा, "माँजी, रात में खाना खाया था न?"

सास ने आँसू पोंछे और हाँ में सिर हिलाया।

झट कोयली ने यह भी पूछ लिया, "सुबह की चाय भी पी ली होगी?"

"इस बार सास बोली भी, "हाँ, पी ली है।"

अब कोयली की जान में जान आई। अब जाकर उसने पूछा, "आप रो क्यों रही थीं?"

सास कुछ देर तक तो चुप ही रही, मगर फिर बोली, "शोभा बेटी की याद आ गई थी।"

"शोभा दीदी तो मेरी शादी के बाद से ही नहीं आई हैं; क्या आप हर दिन रोती रही हैं?"

"याद जरूर हर दिन आती थी शोभा की, मगर आज पहली बार आँसू ढरक गए; मैं आँसू रोक नहीं पाई।"

"आज क्यों, माँजी? आज ऐसा क्या हुआ?"

"कल शाम नन्दलाल की बेटी फुलिया साल भर बाद नैहर आई है। टोला भर की औरतें उससे मिलने गई थीं। मुझे क्या नहीं जाना चाहिए था? मैं नहीं गई, कनियाँ। किस-किस को जवाब देती कि शोभा ने क्यों नैहर से नाता तोड़ लिया।"

अचानक बहुत उदास हो गई कोयली और बोली, "यह तो मैं जानती हूँ कि क्यों नाता तोड़ लिया। नाता तोड़ लिया मेरे कारण; मेरे कारण, माँ जी।"

"तू नहीं जानती, कनियाँ। जब नैहर वाला ही नाता रखना नहीं चाहता, तो क्या करे बेटी? मैंने बहुत-सी बेटियों को नैहर से रूठकर जाते देखा है, मगर सबकी सब एक मीठी हाँक पर माँ-बाप से मिलने आ गई हैं। न महेन्दरा कभी लोहसारी जाने का नाम लेता है और न जोगिन्दरा को याद होगा कि उसकी एक बहन भी है। बहन के लिए एक जोड़ा साड़ी खरीदना भी इन्हें मंजूर नहीं। बहन-बहनोई के लिए तो लोग बड़ा-बड़ा खर्च उठा लेते हैं। इन भाइयों को सौ-पचास रुपये का खर्च भी नाजाएज लगता है। इसी गाँव में एक साल अगलगी में दस-बारह घर जल गए थे। कौन भाई होगा जो आ नहीं गया बहन को देखने! सच कहती हूँ, कनियाँ, हर औरत के नैहर से बाँस-फूस आ गया था घर बनाने के लिए। मेरे बेटों का कभी यह मन भी हुआ कि कभी-कभार बहन का हालचाल भी पूछ आएँ।"

"मुझे माफ कर दीजिए, माँजी; आपका एक और बेटा भी तो है।"

"उपिया?"

"हाँ।"

"दुर, उसे मैं क्यों दोष दूँ?"

"तब मुझे?"

"नहीं, बेटी, तुम्हें किस मुँह से दोष दूँगी! एक तुम ही तो हो जिसे मेरी चिन्ता रहती है। घर छोड़कर चली गई, तब भी दौड़-दौड़कर आती रहती है। किसी और का क्या दोष; सब मेरे करम का दोष है, कनियाँ।"

"कुछ दोष तो मेरा है, माँजी।"

"तुम ऐसा मत सोचो, कनियाँ।"

"मैं अपना दोष दूर करूँगी, माँजी।"

अपना दोष दूर करने के लिए सिरसी पहुँचते ही कोयली ने पति को अपने पास बैठाया और पूछा, "आपको कभी शोभा दीदी की याद आती है?"

चौंका उपेन्दर और कुछ ठिठककर बोला, "क्यों बोल रही हो ऐसा? मैं तो गया था भरदुतिया में दीदी के पास।"

"भरदुतिया भरकर आए और भूल गए कि कहीं कोई एक दीदी भी है। कोख का रिश्ता भी भूल गए; भूल गए कि जिस कोख से दीदी पैदा हुई थी, उसी कोख से आप भी पैदा हुए हैं।"

उपेन्दर ने कोई जवाब नहीं दिया।

"भूल गए, तो कुछ गलत नहीं किया," कोयली रुकी नहीं, "शोभा दीदी भी अब तक भूल ही गई होंगी कि उसका भी कहीं कोई नैहर है।"

उपेन्दर कुछ गम्भीर हुआ, "खोलकर बोलो, क्या कहना चाहती हो?"

"खोलकर यह बोल रही हूँ," कोयली ने सुनाया, "कि जब तक माँ-बाप जिन्दा रहते हैं, तब तक माँ-बाप का घर ससुराल बस रही बेटी का घर भी होता है। क्या दीदी को लगता होगा कि अभी भी उसका एक घर उसके नैहर में है?"

"इसमें दोष दीदी का," उपेन्दर ने जवाब दिया, "दीदी नैहर से भागी है; किसी ने उसे भगाया नहीं था।"

"भागकर गई, मगर फिर उसे किसी ने बुलाया?"

"कैसे बुलाया जाता, कोयली," खिन्न स्वर था एक उदास भाई का, "बताओ तो मुझे?"

"मैं एक बार अपनी कमली फुआ के साथ चम्पानगर मेला गई थी," कोयली ने बताना शुरू किया, "वहाँ फुआ की मुलाकात सिरसी की ही एक सुवासिन से हो गई। दोनों बहुत दिनों बाद मिली थीं एक दूसरे से। फुआ ने उससे पूछा, 'गे फूलो, तुम अब सिरसी भी नहीं आती हो क्या? तुम्हारी माँ बोल रही थी कि फूलो ने नैहर से नाता तोड़ लिया है। यह सच है क्या?'

"मुझे आज भी याद है फूलो फुआ का जवाब। अचानक उसके चेहरे की दमक गायब हो गई थी। उसकी आँखें भरभरा गई थीं। अपने आँसू पोंछकर वह बोली, 'कौन बेटी नैहर से नाता तोड़ना चाहेगी! सच कहती हूँ, कमली, गौना के बाद आज तक न कोई खोज, न पुछार। तब भी मैं एक बार गई थी सिरसी बिना बुलाए भी। विदाई में एक पल्ला साड़ी तक नहीं मिली। अब यह कब तक हो कि अपने पैसे से साड़ी खरीदूँ और सास-ननद को दिखाऊँ कि नैहर से साड़ी मिली है? बस में भाड़ा लगता है या नहीं? कभी कोई आया भी तो नहीं यह कहने कि माँ ने बुलाया है। मेरे नसीब में ही नैहर नहीं है, कमली। मेरे चार भैया हैं, चार, मगर...'

"फिर भरभराकर आँसू निकल आए उसकी आँखों से। मेरी फुआ ने उसके आँसू पोंछे और बोली, 'मत रोओ, फूलो। मैं तुम्हारी माँ से कहती हूँ किसी को तुम्हारे पास भेजने के लिए, तुम्हें बुला ले जाने के लिए।'

"फूलो फुआ ने मना कर दिया, 'नहीं, कमली, मत कहना माँ से कुछ भी। माँ के पास पैसे ही कहाँ से आएँगे कि वह बेटी को मँगवाए और साड़ी-सनेस के साथ विदा करे! चार-चार पतोहुओं की नजर रहती है उस पर। पता नहीं, माँ-बाबूजी को पेट भर खाना भी मिलता है या नहीं। छोड़ो इन बातों को। यह बताओ कि अगले साल भी मेला आओगी न? आना, कमली, हर साल आना, सिरसी की खबर भी

लेकर आना। तुम जितनी देर मेरे साथ रहोगी, मुझे लगेगा कि मैं अपने नैहर आई हूँ; लगेगा कि नैहर मेरा छूटा नहीं है...'

"दोनों एक-दूसरे से विदा हुई थीं आँसू बहाकर ही।" यह सब सुनाकर कोयली ने पति से पूछा, "अब आप मुझे बताइए कि क्या कभी ऐसा नहीं हुआ होगा कि बचपन की कोई सहेली शोभा दीदी को कहीं मिली हो और उसने शोभा दीदी से वही सवाल किया हो जो कमली फुआ ने फूलो फुआ से किया था?"

आँखें नम थीं, मगर आवाज रूखी, "मेरा क्या दोष, कोयली?"

"असली दोषी तो आप ही हैं," मुस्कुराकर बोली कोयली, "क्यों पसन्द किया था किसी काली लड़की को?"

उपेन्दर एकटक काली लड़की को देखता रहा और फिर बोला, "अब कुछ हो सकता है क्या?"

"हो सकता है।"

"क्या?"

"आप कल जाइए धनपत और माँ जी को खबर कर आइए कि हम लोग लोहसारी जा रहे हैं और शोभा दीदी को साथ लेकर धनपत पहुँचेंगे।"

"शोभा दीदी तैयार हो जाएगी धनपत जाने के लिए?"

"तैयार करना मेरे जिम्मे रहा," कोयली बोली, "आप धनपत में दीदी के लिए साड़ी-साया खरीद लेंगे। पकवान मैं बना लेती हूँ घर में।"

कितना आसान था एक बुलावे पर बेटी का नैहर की तरफ दौड़ पड़ना! ननद-भौजाई के लिपटकर रोने में या अलग-अलग आँसू बहाने में जो समय लगा हो। उतने समय में ही उन दोनों की रुलाई से उपेन्दर बाबू की भी रुलाई फूटी और बन्द हो गई। सिर्फ एक बार वहाँ से उठकर शोभा को अपने पति बूचन मंडल से जाकर कहना पड़ा, "जरा देखिए तो जी, क्या कह रही है सिरसीवाली।"

लौटकर आई शोभा दीदी के कान में फुसफुसाकर बोली सिरसीवाली, "दीदी, मेरा नाम है कोयली।"

*

सुशीला का परीक्षाफल आया, तो जगदीश मास्टर को अपने नाना खुशीलाल की याद आई।

जब नाना ने मैट्रिक की परीक्षा पास की थी, तब नाना के बाबू चौठी मंडल ने गाँव वालों को भोज दिया था। यह वह जमाना था जब सोलकनों को कोई चिट्ठी

लिखवाने या पढ़वाने के लिए गाँव के कायथ-बबुआन के पास जाना पड़ता था। घर की भितरिया बात घर के बाहर का आदमी जाने, यह अच्छा तो नहीं लगता था, मगर बेचारे बेबस थे। नाना खुशीलाल मंडल बलवा गाँव के सोलकनों के बीच पहला पढ़वैया थे। खुशी की लहर तो तब से ही उठने लगी थी जब चौथी-पाँचवीं कक्षा तक पहुँचते-पहुँचते ही खुशीलाल चिट्ठियाँ पढ़ने और लिखने लगा था, मगर उस वक्त तो खुशी का ज्वार उठा जब नाना मैट्रिक पास हुए। गाँव वालों ने चौठी मंडल पर जोर डाला कि इस अवसर पर भोज देना होगा, चौठी मंडल का जवाब आया कि भोज तो होगा ही, नाच-गान भी होगा। नाना के बाबू का विचार था कि बेटा खुशीलाल को हाथी पर बैठाकर पूरे गाँव में घुमाया जाए, मगर रजपूता जमींदार ने हाथी देने से साफ इनकार कर दिया था चौठी मंडल को।

अपनी बेटी अनुपमा को अभी मैट्रिक तक पहुँचने में दो-तीन साल की देर थी, मगर सुशीला अपनी बेटी से कम है क्या! ढोल बजवाने का समय अभी ही आ गया, तो क्या अब दो-तीन साल तक रुका रहे बाबू जगदीश मास्टर!

मन-ही-मन गद्‌गद हो रहे थे जगदीश मास्टर; रामोतार मास्टर से बतियाने का मन हुआ। रामोतार बाबू अभी होंगे कहीं, शायद अपने विद्यालय में, मगर जगदीश मास्टर ने अपने घर से बैठे-बैठे सवाल दाग दिया, "कहिए, मास्टर साहब, ढोल पिटवा दें?"

"किस बात पर ढोल?" रामोतार मास्टर को तो यह पूछना ही था।

"ढोल पिटवानेवाली बात पर ढोल।"

"बात तो बताइए।" बोल रहे थे रामोतार बाबू, अनठाकर बोल रहे थे। मुस्कुराहट को नाचना ही था जगदीश मास्टर के होंठों पर।

"सुशीला कुमारी का इतना मीठा परीक्षाफल आया है; क्या यह खुशी की बात नहीं?"

"इस खुशी का ढोल तो पिट ही गया है गाँव में; अब और क्या पिटवाना!"

"इस ढोल की आवाज बभनटोली तक नहीं गई है।"

"गई है, गई है आवाज। आपको नहीं मालूम; मुझे मालूम है। बभनटोली में हर एक के कलेजे में टीस उठ रही है। अब जले पर नमक छिड़कने का काम मत कीजिए।"

ठठाकर हँसे जगदीश मास्टर। कोई पास रहता तो अचरज होता उसे, मास्टर पगला तो नहीं गया!

पास नहीं था कोई, पर रामोतार मास्टर तो था ही। जगदीश मास्टर बोले, "ठीक है, मास्टर, नहीं पिटवाएँगे ढोल, मगर एक काम तो करेंगे ही। हम लोग एक सम्मान समारोह करेंगे।"

"हाँ, वह कर सकते हैं। बच्ची का सम्मान तो होना ही चाहिए।"

"बच्ची का सम्मान तो होगा, मगर उस समारोह में हम सबसे पहले माला आपको पहनाएँगे।"

अभी इस प्रस्ताव पर रामोतार मास्टर की कोई प्रतिक्रिया आई भी नहीं थी कि जगदीश मास्टर लहालोट हो गए। उन्हें मालूम था, क्या जवाब आएगा डरपोक मास्टर का। उछल पड़ेंगे रामोतार बाबू, 'नहीं-नहीं, यह सब नहीं। मुझे आप यहाँ रहने दीजिएगा या नहीं?'

अब जगदीश मास्टर अपने आप से बतियाने लगे, "रहना तो अब आपको यहीं है, रामोतार बाबू। हम आपको यहाँ से जाने देंगे! आप यहाँ रहेंगे तो हर साल किसी न किसी सोलकन बच्ची का सम्मान होगा। अभी तो मेरी बेटी अनुपमा का सम्मान बाकी ही है। बभनटोली के बाभन करवाएँ तो बदली आपकी; हम विधायक महोदय को घेरेंगे और कह देंगे कि रामोतार मास्टर की बदली होती है तो आप भी अपनी बदली करा लीजिए। हम इस क्षेत्र से एक भी सोलकन का वोट आपके पक्ष में गिरने नहीं देंगे। अब आपकी बदली होगी भी, रामोतार बाबू, तो हम आपको यहाँ के खूँटे से बाँधकर रख लेंगे। देख रहे हैं न, अब हर सोलकन के घर का बच्चा विद्यालय जाने लगा है। हर लड़की खेत में घास गढ़ने भी जाती है और रोज विद्यालय पढ़ने भी।"

अब तक रामोतार मास्टर बिला चुके थे। जगदीश मास्टर सम्मान समारोह का खाका खींचने लगे थे।

ढोल नहीं भी पिटवाया जाए, मगर पूजा-प्रसाद तो होगा ही। गेदन दास की कीर्तन-मंडली का भी कार्यक्रम होगा। अभी ही दिन-तारीख तय कर बता देना होगा, हर दूसरे-तीसरे दिन याद दिला देना होगा, नहीं तो ऐन समारोह के दिन सुनने को मिलेगा कि मनपूरन मास्टर दो दिनों के लिए हारमोनियम बजाने भोटिया गए हैं और ढोलकिया गुलटेन अभी पिपरा में ढोल बजा रहे हैं और वहीं से चैनपुर चले जाएँगे। मनपूरन का भार गेदन पर ही और गुलटेन पर लगी रहेगी उसकी बेटी कलिया। नई मुखिया श्रद्धा देवी समारोह की अध्यक्षता करेगी। भव्य समारोह होगा। समारोह की खबर अखबार में छपनी चाहिए। आमंत्रितों में पहला नाम बनमनखी वाले संवाददाता श्यामसुन्दर गुप्ता का। दूसरा नाम...

अभी दूसरे नाम पर दिमाग दौड़ा ही रहे थे कि बेटी अनुपमा हाजिर हुई, "बाबा, जल्दी चलिए। सुशीला दीदी देबू मिसर के पोखर में डूबने जा रही है।"

"अरे, यह क्या!" जगदीश मास्टर झट उठे और बिना चप्पल पहने ही देबू मिसर के पोखर की ओर उड़ने को हुए कि बेटी ने कहा, "उधर नहीं, बाबा। अभी

तो सुशीला दीदी सुखदा दीदी के पास ही है, मगर वहाँ से सीधे देबू मिसर के पोखर...अभी सुखदा दीदी उसको पकड़कर रखे हुई है। वहाँ औरतों की भीड़ लगी हुई है। सब सुशीला के घर जाएँगे उसके माँ-बाप को समझाने। आपको भी जाना होगा। कमली गई है रामोतार मास्टर साहब को बुलाने।"

*

औरतों की भीड़ को चीरते हुए अनुपमा बाप को सुशीला के पास तक ले गई जो सुखदा दीदी की गोद में सिर डालकर अधलेटी पड़ी हुई थी। लग रहा था, अभी-अभी रोना बन्द हुआ है उसका। एक नजर सुशीला पर डालकर जगदीश मास्टर ने सुखदा दीदी से पूछा, "क्या बात है, सुखदा दीदी?"

सुखदा दीदी ने कुछ रुककर जवाब दिया, "सुशीला के मामा आए हुए हैं सुशीला की शादी करवाने। वे सुशीला के ब्याह ठहराने की बात कर रहे हैं। किसी लड़के वाले को लड़की दिखाने की बात कर रहे हैं। लड़की दिखाने का दिन तय करने आए हैं।"

"माँ-बाप ने दिन तय कर दिया है?"

"तय किया नहीं है, मगर कर देना चाहते हैं।"

कुछ गम्भीर हुए जगदीश मास्टर और फिर धीमी आवाज में पूछा, "सुशीला कुछ बोल रही है?"

"माँ-बाप और मामा से क्या बोलकर आई है, मुझे नहीं पता, पर मुझसे बोल रही है कि जिस दिन लड़के वाले उसे देखने आएँगे, उसी दिन वह देबू मिसर के पोखर में डूब मरेगी।"

जगदीश मास्टर को बल मिल गया; उन्होंने सुखदा दीदी से कहा, "चलो तो इसके घर; इसके मामा से मैं बतियाता हूँ।"

"सुशीला को भी साथ ले चलूँ?" सुखदा दीदी ने पूछा।

"नहीं," जगदीश मास्टर बोले, "इसे यहीं रहने दो। हमारे साथ भी सिर्फ चार-पाँच महिलाएँ ही चलेंगी। अधिक भीड़ की जरूरत नहीं है वहाँ।"

सुशीला के बाप इतवारी को शक था कि बेटी सुखदा दीदी के पास गई है उसे बुला लाने, मगर जब उसने एक के बजाय कइयों को देखा, तो कुछ हड़बड़ा गया। दरवाजे पर ही एक चटाई बिछा दी उसने आगन्तुकों के लिए। चटाई पर जगदीश मास्टर बैठ गए। सुखदा दीदी और महिलाओं के साथ खड़ी रहीं। आसन ग्रहण करते ही जगदीश मास्टर ने इतवारी से कहा, "सुशीला के मामा आए हैं न? बुलाइए उन्हें।"

कसमसाकर इतवारी उठा और घर के अन्दर गया। कुछ देर अवश्य लगी, मगर इतवारी अपने साले को लेकर आया। चटाई पर जगह बनाते हुए मास्टर ने सुशीला के मामा को बैठने को कहा और फिर पूछा, "आप सुशीला के मामा हैं न?"

"जी।" मामा ने जवाब में कहा।

"आपका शुभ नाम?"

मामा ने इधर-उधर देखकर कहा, "जगरूप, जगरूप ऋषिदेव।"

"हम लोगों को मालूम हुआ है कि आप सुशीला की शादी कराने आए हैं; आए हैं न?"

"आना-जाना तो लगा ही रहता है; हाँ, इस बार कुछ इस विचार से भी आए हैं।"

"ऐसा विचार कैसे आया आपके मन में?"

"विचार तो मन में बहुत दिनों से था। हमारी जाति-बिरादरी में इस उम्र तक लड़की कुंवारी नहीं रहती। मगर लोगों का कहना हुआ कि सुशीला को मैट्रिक पास करने दिया जाए। अब तो सुशीला मैट्रिक पास कर गई है और उसकी शादी हो ही जानी चाहिए।"

"आप उसकी शादी की चिन्ता छोड़ दीजिए; हम लोग उसके लिए लड़का ढूँढ़ लेंगे।"

"मैंने लड़का ढूँढ़ लिया है," मामा बोले, "बात लगभग तय है। लड़का चानपुर विद्यालय में चपरासी है। बीस हजार रुपये घूस देने पर नौकरी मिली है। लड़का कुछ पढ़ा-लिखा भी है। सुशीला के लिए इससे अच्छा लड़का हमारी बिरादरी में मिलनेवाला नहीं है। इस शादी को हो जाने दीजिए।"

"सुशीला अभी सिर्फ मैट्रिक पास है,"सुखदा दीदी टपक पड़ी, "उसकी पढ़ाई अभी पूरी नहीं हुई है। उसे बी.ए. पास करना है, एम.ए. पास करना है। वह अपनी पढ़ाई पूरी कर ले; फिर निकलेंगे हम उसके लायक वर की तलाश में।"

मामा ने तीखी निगाहों से सुखदा दीदी को घूरा और बोला, "पढ़ा सकेंगे जीजा जी सुशीला को आगे की पढ़ाई?"

"क्यों नहीं पढ़ा सकेंगे?" मास्टर पूछ बैठे।

"अब आगे की पढ़ाई के लिए तो सुशीला को गाँव से बाहर जाना होगा," मामा बोले, "गाँव में तो कॉलेज नहीं है।"

"जाएगी बाहर," मास्टर ने जवाब दिया, "बनमनखी में कॉलेज है। इलाके की बहुत लड़कियाँ पढ़ने जाती हैं। हम बनमनखी कॉलेज में नाम लिखवा देंगे।"

"बनमनखी में रखकर पढ़ाने में खर्च है," मामा बोले, "मैं जानता हूँ, जीजा जी खर्च नहीं उठा पाएँगे।"

"सुशीला की पढ़ाई के खर्च की चिन्ता आपके जीजा जी को नहीं करनी है," सुखदा दीदी फिर टपकी, "उसकी पढ़ाई का खर्च हम सब मिलकर उठाएँगे।"

"सुन लीजिए, जगरूप बाबू," जगदीश मास्टर जोशीले स्वर में बोलने लगे, "इस गाँव का किस्सा आप अपने गाँव के लोगों को भी सुना दीजिएगा। हमारे गाँव में अब किसी लड़की का कच्ची उम्र में ब्याह नहीं होगा और हमारे गाँव में अब कोई लड़की अनपढ़ नहीं रहेगी।"

"और यह भी सुन लीजिए," सुखदा दीदी के साथ आई झुनिया ने बात लपकी और लहककर बोली, "अब हमारे गाँव की हर बेटी पूरे गाँव की बेटी है, सिर्फ अपने माँ-बाप की बेटी नहीं। एक-एक बेटी को हम तब तक पढ़ाते रहेंगे जब तक वह पढ़ना चाहेगी। बाप नहीं पढ़ाएगा, तो माँ पढ़ाएगी। यहाँ किसी बेटी की एक माँ नहीं, माँ ही माँ हैं, अनगिनत माँ। बेटी की पढ़ाई में खर्च की चिन्ता! दुर!"

बोलकर झुनिया सुखदा दीदी के कान में कुछ फुसफुसाई जिसका जवाब सुखदा दीदी ने हँसकर दे दिया।

"अब पढ़ाई में क्या खर्च?" जगदीश मास्टर ने जगरूप बाबू को सुनाया, "सुबह की बस पकड़कर जाएगी बनमनखी और शाम की बस पकड़कर चली आएगी गाँव। रोज आएगी-जाएगी तो भाड़ा में भी कटौती हो जाएगी। पिपरावाले साह जी की बस है; ड्राइवर है जमरा का, बुच्ची सिंह, मेरी जान-पहचान का। उसका प्रबन्ध मेरे जिम्मे रहा।"

सुखदा दीदी मुस्कुराई और बोली, "मैं सारा प्रबन्ध कर चुकी हूँ, चाचाजी। इसके लिए मुझे दो-दो बार खोकसी जाना पड़ा था और एक बार पूर्णिया। सुशीला पूर्णिया महिला कॉलेज में नाम लिखाएगी और वहाँ छात्रावास में रहकर पढ़ेगी। इतवारी बाबू का एक पैसा खर्च नहीं होगा।"

जगदीश मास्टर ने कुछ इस तरह देखा सुखदा दीदी की ओर जैसे कि कुछ पूछ रहे हों। सुखदा दीदी ने जवाब दिया, "विस्तार से बाद में बताऊँगी। अभी इतना जान लीजिए कि सुशीला का हित चाहनेवाले केवल इस गाँव में ही नहीं, गाँव के बाहर भी हैं। सुशीला की पढ़ाई में कोई बाधा नहीं आएगी। अब तो हम सुशीला के बाद की लड़कियों के बारे में भी सोचने लगे हैं।"

सुखदा दीदी की बात खत्म हुई, तो मास्टर ने सिर झुकाए बैठे जगरूप बाबू को जगाया, "अब आप क्या सोच रहे हैं, जगरूप बाबू?"

"मैं सोच रहा हूँ," सिर उठाकर जगरूप मामा बोले, "कि अब मैं लड़के वाले को क्या जवाब दूँगा।"

जगदीश मास्टर हँसकर बोले, "आप डुबकी मार दीजिए; इसी से उन्हें जवाब मिल जाएगा। मगर, हाँ, अपने गाँव वालों से जरूर बता दीजिएगा कि क्यों अभी सुशीला की शादी नहीं होगी।"

अब और कुछ कहने-सुनने की जरूरत नहीं रही। चटाई से उठते हुए जगदीश मास्टर बोले, "अब मुझे भी कुछ करना पड़ेगा।"

"क्या?" सुखदा दीदी बोल गई।

"धरना, अनशन, आमरण अनशन।"

"किसलिए?"

"धनपत में एक कॉलेज की स्थापना के लिए।"

जगदीश मास्टर ने देखा, सुखदा दीदी मुस्कुरा रही थी।

*

बेटी विदा हो रही थी, मगर ससुराल के लिए नहीं। माँ की आँखों में आँसू थे, मगर ऐसे आँसू नहीं कि उनके सूखते ही किसी मुक्ति का एहसास हो। बेटी ससुराल भेजकर चिन्तामुक्त होते हैं माता-पिता, मगर यहाँ तो चिन्ताओं का पहाड़ दिल को दहला रहा है। बेटी विदा हो रही है शहर में पढ़ाई करने के लिए। न जाने कैसा भाग्य लेकर पैदा हुई है यह लड़की! खुशी की एक बात तो है कि देबू मिसर के पोखर को वह गाँव में ही छोड़कर जा रही है। मगर...सुखदा दीदी बातें तो बड़ी-बड़ी करती है, मगर गाँव की बेटी कैसे रहेगी अकेली अनजान शहर में, अनजान लोगों के बीच?

सुखदा दीदी सुशीला की माँ को ढाढ़स बँधाती है, "सुशीला अकेली नहीं होगी वहाँ। वह कॉलेज के छात्रावास में रहेगी जहाँ ढेर सारी सहेलियों के बीच रहेगी वह। तीन लड़कियाँ तो उस छात्रावास में मेरे नैहर की ही हैं। इन तीनों के नाम लिखवाने दुलारी चाची ही गई थीं पूर्णिया। एक बार मैं भी गई थी दुलारी चाची के साथ। जो व्यवस्था इन तीनों के लिए दुलारी चाची ने की थी, वही मैं सुशीला के लिए भी करके आऊँगी। मैं सुशीला से उन तीनों का परिचय करा दूँगी। खूब मन लगेगा सुशीला का वहाँ; आप लोग निश्चिन्त रहिए।

"निश्चिन्त उस बात से भी रहिए कि अगर अचानक किसी परेशानी, किसी तकलीफ में पड़ जाए सुशीला, तो कौन उसकी मदद में रहेगा। छात्रावास में देखभाल की पूरी व्यवस्था है। इसके बाद भी एक अभिभावक रहेगा जो जरूरत पड़ने पर पैसे तक की मदद कर देगा। पूर्णिया में एक अत्यन्त प्रतिष्ठित व्यक्ति हैं गौतम वर्मा, वकील हैं और एक राजनीतिक पार्टी के नेता भी। दुलारी चाची से उनका बहुत पुराना परिचय है। दुलारी चाची ने मेरा भी उनसे परिचय करा दिया था। खोकसी की उन

तीनों लड़कियों के वही स्थानीय अभिभावक हैं। सुशीला के भी अभिभावक वही रहेंगे। सुशीला को लगेगा कि वह एक पिता के संरक्षण में रह रही है।"

सुशीला के माता-पिता को अच्छी तरह समझाकर सुखदा दीदी बोली, "अब हम लोगों को चलना चाहिए। पूर्णिया वाली बस के आने का समय हो रहा है।"

बहुत मद्धिम स्वर में पिता इतवारी ने पूछा, "मैं भी साथ में चलूँ, सुखदा दीदी?"

मुस्कुराई सुखदा दीदी और बोली, "इस बार नहीं। मुझे वहाँ कितने ही लोगों से मिलना होगा। आप कहाँ-कहाँ लटके हुए चलेंगे हमारे साथ! इस बार मुझे सारी व्यवस्था करके आ जाने दीजिए। अगली बार मेरे ही साथ चलकर देख आइएगा कि आपकी बेटी ठीक-ठाक रह रही है या नहीं।"

इतवारी ने अपनी कमीज की जेब में हाथ डाला और कुछ रुपये निकालकर सकुचाते हुए सुखदा दीदी से बोला, "अभी पाँच सौ रुपये हैं मेरे पास। आप इसे रख लीजिए।"

सुखदा दीदी फिर मुस्कुराई, "मैंने तो आपको बताया था कि इस बेटी को आप नहीं पढ़ाएँगे, आपका यह गाँव पढ़ाएगा।"

इतवारी की आँखें भीग गईं...जमाना बदल रहा है...उसने भर्राई आवाज में कहा, "बेटी पहली बार घर से बाहर जा रही है। यह विदाई ही तो है। कुछ तो दे ही दूँ।"

"ठीक है," सुखदा दीदी बोली, "पैसे सुशीला को ही दे दें।"

बिना किसी गीत-नाद के बेटी सुशीला विदा हो गई।

बस में चढ़ने के पहले सुशीला ने सुखदा दीदी को जानकारी दी, "मैं सिर्फ बनमनखी तक गई हूँ, उससे आगे नहीं। आज अकेले तो मैं नहीं जा सकती थी पूर्णिया।"

सुखदा दीदी ने उसे गौर से देखा और मुस्कुराकर रह गई।

बस में बैठ जाने के बाद सुखदा दीदी ने पूछा, "यह बताओ कि अकेली क्यों नहीं जा सकती थी पूर्णिया?"

"मुझे डर लगता है।"

"किस बात का डर?"

सुशीला कुछ बोल नहीं पाई कि उसे किस बात का डर लगता है, या उस लड़की ने अपना डर खोलना नहीं चाहा। सुखदा दीदी को ही बोलना पड़ा, "अनजान जगह से हर आदमी घबराता है, सुशीला। मैं जब पहली बार दुलारी चाची के साथ पूर्णिया गई थी, तब मैं भी घबरा रही थी, डर रही थी।"

"आपको," सुशीला ने टोक दिया, "किस बात का डर लग रहा था, सुखदा दीदी?"

सुखदा दीदी हँस पड़ी और हँसी रोककर बोली, "ठगों का डर, चोरों का डर, गुंडों-बदमाशों का डर।"

"हाँ, सुखदा दीदी, यही डर, मुझे भी यही डर; मैं लड़की हूँ न।"

कुछ थमकर बोली सुखदा दीदी, "यह डर तो हर जगह है, सुशीला। तुम देख नहीं रही हो कि मुझे मारनेवाले गुंडे इस धनपत में भी हैं। मेरी ही एक सहेली नेहा अपनी ससुराल में मारी जा चुकी है। डर है, खतरा है, मगर इनके कारण हम घर में बन्द नहीं रह सकते। गुंडे हर जगह रहते हैं। आज की बेटियाँ गुंडों का सामना करने के लिए तैयार हैं, गुंडों से लड़ने के लिए तैयार हैं, राह में आई हर बाधा को पार करने के लिए तैयार हैं। पुराना जमाना गुजर गया, सुशीला। आज की लड़कियाँ देश के एक छोर से दूसरे छोर तक की यात्राएँ अकेली करती हैं। इन यात्राओं के लिए तुम्हें अभी से तैयारी करनी पड़ेगी। जो महिलाएँ आज बड़े-बड़े पदों पर हैं, बड़ी-बड़ी नौकरियाँ कर रही हैं, तोप-बन्दूक चला रही हैं, हवाई जहाज उड़ा रही हैं, उड़ रही हैं आसमान में और चाँद को छू रही हैं, वे अगर डर गई रहतीं तो क्या आज ऊँचाई को छू पातीं? तुम वह सब कर सकती हो जो किसी भी महिला ने किया है। डरो मत; हाँ, सावधान रहो, सतर्क रहो। मैं पूर्णिया तक जाती रही हूँ, दुलारी चाची पटना तक गई हैं, तुम दिल्ली तक जाना। हम सबका आशीर्वाद तुम्हारे साथ है। गाँव में और भी लड़कियाँ हैं; सब तुम्हारे पीछे, तुम्हारे साथ चलेंगी। तुम डरोगी, तो उन सबको कैसे संभाल पाएँगे हम!"

बतियाते-बातें करते ही पूर्णिया आ गया।

पूर्णिया में सुखदा दीदी सबसे पहले गौतम वर्मा से मिली। उन्हें साथ लेकर महाविद्यालय आई। महाविद्यालय में गौतम बाबू ने उन दोनों का परिचय एक प्राध्यापिका वन्दना सिन्हा से कराया। नामांकन कराने के बाद वे सब छात्रावास पहुँचे जहाँ सुखदा ने सुशीला का परिचय खोकसी की तीनों बेटियों से कराया। छात्रावास में जगह मिल गई थी। सुशीला ने अपने कमरे को अच्छी तरह देखा-पहचाना। पढ़ाई पन्द्रह दिनों के बाद शुरू होनेवाली थी। सुशीला को घर जाकर अपना बिस्तर वगैरह ले आने के लिए काफी समय मिल गया। वे दोनों शाम की बस पकड़कर गाँव वापस आ गए।

पूर्णिया में गौतम वर्मा लगभग दिन भर सुखदा दीदी के साथ ही रहे; जब तक साथ रहे, कुछ-न-कुछ बातें होती ही रहीं। दिन का भोजन भी सुखदा दीदी और सुशीला ने उनके घर पर ही किया।

पूर्णिया को छोड़ते ही सुशीला के मन में ढेर सारे प्रश्न उठने लगे थे। उसके दिमाग पर गौतम बाबू एक छाप छोड़ गए थे। उसने सुखदा दीदी से पूछा, "सुखदा दीदी, ये गौतम बाबू हैं क्या?"

सुखदा दीदी मुस्कुराकर बोली, गौतम बाबू एक वकील हैं और एक राजनीतिक पार्टी के नेता भी।"

"बड़े अच्छे आदमी हैं।"

"जितना अच्छा समझ रही हो, ये उससे भी अधिक अच्छे हैं।"

"आप तो किसी पार्टी में नहीं हैं?"

"नहीं।"

"तो इनकी पार्टी में चले आइए।"

"नहीं, मैं किसी पार्टी में नहीं जाऊँगी।"

"क्यों, सुखदा दीदी?"

"दुलारी चाची किसी पार्टी में नहीं गई थीं।"

कुछ रुककर पूछा सुशीला ने, "दुलारी चाची क्यों नहीं गईं किसी पार्टी में?"

सुखदा दीदी कुछ देर तक निगाह जमाए रही सुशीला के चेहरे पर और तब बोली, "तुम अभी बच्ची हो; नहीं समझोगी मेरी बात।"

सुशीला ने तेज निगाहों से सुखदा दीदी की ओर देखा और बोली, "आपको मैं बच्ची दिख रही हूँ, सुखदा दीदी? अब मैं बच्ची नहीं रही; आपके साथ रहने से दस साल बड़ी हो गई हूँ।"

मुस्कुराहट उतर आई सुखदा दीदी के होंठों पर।

"तो सुनो," सुखदा दीदी ने कहना शुरू किया, "कुछ गिने-चुने लोग ही राजनीतिक पार्टियों में हैं जिनके भीतर सेवा की भावना है। शेष सारे लोग सत्ता का सुख भोगने के लिए राजनीतिक पार्टी में आ जमे हैं। दुलारी चाची के दिमाग में सत्ता का सुख नहीं है, समाज की सेवा है। गौतम बाबू के साथ दुलारी चाची की पटरी इसलिए बैठ गई कि गौतम बाबू में सेवा की भावना है। उनका सोचना है कि पूर्णिया में वे किसी पार्टी का कार्यकर्ता बनकर ही समाज की बेहतर सेवा कर सकते हैं। दुलारी चाची ने गाँव में रहकर ऐसा नहीं सोचा। और मैं भी दुलारी चाची की तरह ही सोच रही हूँ।"

*

एक बार और सुखदा दीदी को जाना पड़ा था पूर्णिया सुशीला और उसके पिता के साथ, मगर इसके बाद फिर कभी सुशीला को पूर्णिया पहुँचाने या पूर्णिया से ले आने के लिए किसी को नहीं जाना पड़ा, न सुखदा दीदी को और न सुशीला के पिता या किसी और को। सुशीला अकेली आने-जाने लगी थी।

मुखिया चुनाव के समय से ही सुशीला के दिमाग में एक सवाल बार-बार उठ रहा था जो उसके लिए एक रहस्य-सा बना हुआ था। तीसरी बार जब वह

पूर्णिया से घर आ रही थी, तो पूर्णिया से ही सोचकर चली थी कि इस बार वह जरूर सुखदा दीदी से अपने सवाल का जवाब पूछेगी। घर पहुँचते ही वह सुखदा दीदी से मिलने चली आई और हालचाल पूछ लेने के बाद अपना सवाल पूछ बैठी, "सुखदा दीदी, एक बात बताइए। हम लोगों को पूरा विश्वास था कि आप मुखिया का चुनाव लड़ेंगी। कितने ही लोग तो आपसे आग्रह करने आए कि आप मुखिया बनें। यह तय था कि आपके सामने कोई उम्मीदवार टिक नहीं पाएगा। नारायण बैठा तक रूपनारायण झा को छोड़कर आपके पास आकर दुम हिलाने लगा था। तब ऐसी क्या बात थी कि आपने चुनाव लड़ने से इनकार कर दिया?"

"मैं जानती थी," सुखदा दीदी ने जवाब दिया, "कि यह सवाल तुम मुझसे करोगी और मुझे अचरज हो रहा था कि अब तक तुमने मुझसे यह सवाल किया क्यों नहीं।"

"आप जान रही थीं कि मैं यह सवाल पूछूँगी?"

"हाँ, जान रही थी।"

"कैसे जान रही थीं?"

"खोकसी में दुलारी चाची का मुखिया बनना तय था, मगर उन्होंने खुद खड़ा नहीं होकर रोशन बैठा को खड़ा किया था। तब हम सब के मन में यह प्रश्न उठा था कि दुलारी चाची ने खुद मुखिया बनना क्यों नहीं चाहा? मैं जानती थी कि तुम सब के मन में भी यह प्रश्न उठा होगा और किसी दिन मुझसे पूछोगी जैसे हम लोगों ने दुलारी चाची से पूछा था।"

"जो जवाब दुलारी चाची का था, वही जवाब आपका भी होगा?"

"हाँ, सुशीला, बिलकुल वही जवाब।"

"क्या जवाब था दुलारी चाची का?"

"दुलारी चाची के पास ऐसे कितने ही प्रश्नों के जवाब थे जो उनसे कभी पूछे नहीं गए या कभी पूछे नहीं जाएँगे। ये सारे जवाब दुलारी चाची के पिता जी ने अपनी बेटी के दिमाग में भर दिये थे। दुलारी चाची का जवाब भी, जान लो, उनका जवाब नहीं, उनके पिता महेश मंडल जी का ही जवाब था।"

"क्या जवाब था दुलारी चाची के पिता जी का?"

"छोटा-सा जवाब था उनका, सेवा से जुड़ी रहना और सत्ता से दूर रहना।"

"सत्ता में रहकर भी...क्या आप मुखिया बनकर सेवा से दूर हो जातीं?"

"सेवा की भावना मुझसे दूर नहीं होती, मगर मरदों की इस दुनिया में मैं भी भ्रष्ट हो जाती।"

"मरदों की दुनिया में?...मतलब?"

"तुम जिस दुनिया में रह रही हो, वह मरदों की दुनिया ही है न। इस गाँव की दुनिया को तो तुम देख ही रही हो। इसी दुनिया में तो तुम देबू मिसर के पोखर में डूबने जा रही थी। इस दुनिया में क्यों स्त्रियाँ पोखरों और कुओं में डूबकर जान दे रही हैं? क्या इन स्त्रियों के अन्दर कोई इच्छा, कोई अरमान नहीं होता? क्या उनका काम सिर्फ बच्चे पैदा करना ही है? दुलारी चाची ने हमें अपने पिता के मुँह से सुनी एक कहानी सुनाई थी; आज तुम्हें सुना देती हूँ।"

दस वर्ष के एक प्यारे बच्चे को ईश्वर ने उसके माँ-बाप से छीन लिया था। माँ-बाप दौड़ गए उस ईश्वर के पास और रो-रोकर कहा, "हमने बहुत पूजा है आपको और बहुत प्यारा है हमें हमारा यह बच्चा। आप हमारे बच्चे को लौटा दें, उसे फिर से आ जाने दें धरती पर हमारे पास।" माता-पिता को रोते-कलपते देख दया-द्रवित हुए ईश्वर और बच्चे से कहा, "वत्स, हमसे भूल हुई कि हम तुम्हें ले आए; तुम्हें वापस जाना होगा अपने माता-पिता के पास।"

चिहुँका बालक और बोला, "कहाँ?...उस दुनिया में जहाँ से मैं आया हूँ?"

"हाँ," दृढ़ स्वर में ईश्वर का जवाब आया।

"वापस बड़े-बुजुर्गों की दुनिया में?" रुआँसा हो उठा बालक, "फिर से ईर्ष्या, द्वेष, क्रोध, घृणा, लोभ, अहंकार की दुनिया में?...हे ईश्वर, कोई बच्चों की दुनिया हो, तो वहाँ भेज दीजिए मुझे; मैं सहर्ष चला जाऊँगा। इस दुनिया में राजा बन जाना स्वीकार कर लूँगा मैं। किसी को मैं अपना मंत्री बना लूँगा, किसी को अपना सेनापति। राज्य के बड़े-बड़े पदों पर आसीन रहेंगे हमारे संगी-साथी। फिर देखिए कि हमारी दुनिया कितनी प्यारी, कितनी न्यारी बन जाती है। हमारी दुनिया में अन्याय और उत्पात नहीं होगा, जुल्म और रक्तपात नहीं होगा। बच्चे भी झगड़ेंगे, मगर बुजुर्गों की तरह नहीं। हम घड़ी-दो घड़ी के लिए मुँह फुलाते हैं, गुस्सा दिखाकर रह जाते हैं, और कभी-कभार ही ऐसा होता है कि मामूली मुक्का-थप्पड़ का लेन-देन भी कर लेते हैं। ऐसा कभी नहीं होता कि हम डंडे चलाएँ, गोली दागें, बम मार दें। हमारी दुनिया में भी कभी युद्ध होगा क्या? हम तो अपने बच्चों की दुनिया में सदा बच्चे बने ही रह जाएँगे। क्या होता है कि बड़ा होते ही आदमी इतना बुरा हो जाता है? बड़ा हुआ और छल-कपट करने लगा; धूर्त हो गया, धोखेबाज हो गया; गुंडा-लुटेरा-कातिल बनते देर नहीं लगी...हे ईश्वर, कोई बच्चों की ही दुनिया हो, तो वहीं भेजिए मुझे; कहीं और नहीं।"

दुलारी चाची के मुँह से सुनी कहानी सुना देने के बाद सुखदा दीदी ने सुनाया, "उस बालक ने भले ही बच्चों की दुनिया की बात कही हो, पर ऐसी कोई दुनिया तो नहीं

हो सकती जो सिर्फ बच्चों की हो। बच्चे तो जवान होंगे ही, और जवान होते ही वे बिलकुल बदल जाएँगे। जिस दुनिया की बात कर रहा था वह बालक, वह सिर्फ औरतों की दुनिया हो सकती है। यह सोच दुलारी चाची के पिता महेश मंडल की थी कि दुनिया में औरतों का राज हो, तभी यह दुनिया रहने लायक हो सकती है। दुलारी चाची इसी सच को साथ लेकर आगे बढ़ती रही है और इसी सच के साथ मैं भी जुड़ गई हूँ।

"तुमने देखा होगा कि मैं हर टोले में घर-घर यह देखती थी कि कोई बेटी विद्यालय जा रही है या नहीं। मैं बेटों की खोज-खबर कुछ कम ही करती थी। आज की बेटियाँ शिक्षित हो जाएँगी तो कल अपने बच्चों को शिक्षित कर लेंगी, उन्हें अच्छी जिन्दगी जीने के लायक बना लेंगी।

"इतना कुछ सुनाया तुम्हें, तो कुछ और भी सुन ही लो। दुलारी चाची ने यह माना और मैं भी मान रही हूँ कि अभी हमारे लिए मुखिया या विधायक बनने का समय नहीं आया है। अभी हम भ्रष्टों की दुनिया में रह रहे हैं, चोरों और बेईमानों की दुनिया में। हम सत्ता में गए, तो आज के माहौल में हम भी भ्रष्ट हो जाएँगे, चोर और बेईमान हो जाएँगे। हम पहले ऐसी दुनिया बना लें कि सत्ता में होकर भी भ्रष्ट नहीं हों, चोर नहीं हों, बेईमान नहीं हों। हम पहले आधी आबादी की फौज खड़ी कर लेना चाहती हैं।

"आज हमारे नेताओं का क्या हाल है? उन नेताओं का क्या हाल है जो गरीबों, पिछड़ों, दलितों के नेता बन सत्ता में घुसे बैठे हैं? अब उन्हें सिर्फ एक चिन्ता है सत्ता में बने रहने की, गरीबों और दलितों-पिछड़ों की कोई चिन्ता नहीं। मैं समझती हूँ, सुशीला, कि जब तुम अपनी पढ़ाई समाप्त कर निकलोगी, तब तुम्हारे साथ आधी आबादी की फौज होगी और सत्ता में घुस आने की खुशी भी। औरतें अब बहुत तेज कदमों से चलने लगी हैं।"

*

कोयली कितनी ही बार ससुराल आई थी यह मन बनाकर कि वह इस बार सास-ससुर को सिरसी जाने के लिए तैयार कर लेगी, मगर हर बार उसे बैरंग लौटना पड़ा था। एक बार उसने बैजनाथ भगत से भी विनती की थी उसके सास-ससुर को समझाने और सिरसी जाने के लिए तैयार करने को, मगर बैजनाथ भगत भी हार गए। बुढ़िया तो बैजनाथ भगत पर ही बीस पड़ गई, "क्या बक रहे हैं, बैजू बाबू! बेटा रहते मैं बहू के नैहर में वास करूँ? ऐसा कभी देखा-सुना भी है? धनपत की कोई सास गई है किसी बहू के नैहर में आश्रय लेने? तीन-तीन बेटे हैं मेरे। एक

को मानती हूँ कि वह परदेस कमाने गया है। इतने सारे पोते-पोतियाँ हैं इस घर में। इन सबको छोड़कर कैसे चली जाऊँगी? उपेन्दरा के बेटे का मुँह नहीं देखा है। कनियाँ तो आती ही रहती है। कहूँगी, किसी दिन बेटे को साथ लेकर आने के लिए। किस घर में चख-चख नहीं होती? सास-पतोहू का झगड़ा तो भगवान के घर से ही बनकर आता है। अब मेरी पतोहुओं के पास भी कितने दिन बचे हैं सास-ससुर से झगड़ने के लिए? गुण गाती हूँ भगवान का। उसके पास जो नियम था सो था, मगर नियम तोड़कर ही तो उस भगवान ने एक सिरसीवाली जैसी पतोहू भी साथ लगा दी। मैं अपनी डीह में ही मरूँगी, बैजू बाबू। आप जान लीजिए, हमें कोई दुख-तकलीफ नहीं है।"

बैजनाथ भगत के जाते ही उपिया की माँ जटिन की छमक-चाल में चलकर अपने मरद के पास पहुँची और उससे कहा, "बैजनाथ भगत मुझे समझाने आए थे कि मैं सिरसी में ही रहूँ, कनियाँ के घर में। मैंने ना बोल दिया। वे आपके पास भी जरूर आएँगे भरमाने के लिए। भारी भरमौहाँ है यह भगत। झटपट हाँ नहीं बोल दीजिएगा।"

"चुप रह," डाँट दिया था बछड़ू ने कलसरावाली को, "मैं बेटा वाला होकर बेटी वाले के घर रहूँ अपनी हेठी करवाने? खबरदार जो फिर कभी आई मुझे भरमाने।"

कोयली ने सुखदा दी को अपना दुखड़ा सुनाकर कहा, "आप कुछ ऐसा कर दीजिए, दीदी, कि मेरे सास-ससुर को इस घर में खाने-पीने और ओढ़ने-पहनने का कष्ट नहीं हो, और अगर यह सम्भव ही नहीं है तो वे दोनों फिर मेरे घर सिरसी चलें।"

सुखदा को खबर थी कि बछड़ू मंडल के घर में सब ठीक-ठाक नहीं है। एक बार तो बैजनाथ भगत ने उसे हाँक लगाकर बुलाया था और बताया था कि बछड़ू को पेट भर भोजन नहीं मिल रहा है, उसकी बीमारी का सही-सही इलाज नहीं हो रहा है; आग्रह किया था कि वह उसके बेटों को समझाए, उन्हें रास्ते पर लाए। वह उसके दोनों बेटों से मिली थी और अपने जानते अच्छी तरह समझाया भी था, मगर सब बेअसर हुआ। अब आज कोयली निहोरा कर रही है, "चलिए अभी ही; कोई फैसला आज हो ही जाए..."

सुखदा कोयली के साथ बछड़ू के घर गई। बेटे घर में नहीं थे। उसकी दोनों पतोहुओं को बुलवाया और पास बैठाकर सुनाने लगी; बोली, ध्यान से सुनिए। लोगों से अक्सर हम सुनते आए हैं कि बेटा बुढ़ापे की लाठी होता है। इसलिए लोग अपने जीवन में एक बेटा की कामना जरूर रखते हैं, ताकि बुढ़ापा अच्छे से कट जाए।

यह बात सच भी है, क्योंकि बेटा ही घर में बहू लाता है। बहू के आ जाने के बाद बेटा अपनी लगभग सारी जिम्मेदारी अपनी पत्नी के कन्धे पर डाल देता है। और तब, बहू बन जाती है अपने बूढ़े सास-ससुर की बुढ़ापे की लाठी। आप मानिए कि वह बहू ही होती है जिसके सहारे बूढ़े सास-ससुर अपने दिन काटते हैं। एक बहू को अपने सास-ससुर की पूरी दिनचर्या मालूम होती है। कौन कब और कैसी चाय पीते हैं, क्या खाना बनाना है, शाम में नाश्ता में क्या देना है, रात को हर हालत में नौ बजे तक खाना खिला देना है। अगर सास-ससुर बीमार पड़ जाए, तो पूरे मन या बेमन से बहू ही देखभाल करती है। अगर एक दिन के लिए बहू बीमार पड़ जाए या फिर कहीं चली जाए तो बेचारे सास-ससुर को ऐसा लगता है, जैसे कि उनकी लाठी ही किसी ने छीन ली है। वे चाय-नाश्ता से लेकर खाना के लिए छटपटा जाएँगे। बेटे को फुरसत नहीं कि वह माँ-बाप के पास दिन भर टिका रहे। उसे पता भी तो नहीं कि माँ-बाबूजी को सुबह से रात तक क्या-क्या चाहिए। सुबह को निकलकर शाम तक लौटे बेटे के पास चन्द सवाल भर होते हैं, 'माँ-बाबूजी ने चाय पी थी या नहीं, नाश्ता लिया था या नहीं, खाना खाया या नहीं?'

"आप दोनों ने भी ऐसी बहुएँ जरूर देखी होंगी जो अपनी सास की बीमारी में उसकी तन-मन से सेवा करती थीं, जैसे कि वह कोई एक बच्चा हो। बुढ़िया का बिस्तर गन्दा हुआ, तो बहू ने उसे साफ किया। बेटा तो यह कहकर आसानी से निकल जाता है, 'मुझसे तो माँ का यह हाल देखा नहीं जाता; तुम सँभालो, रानी।'

"कभी-कभी तो ऐसा भी होता है कि बेटा संसार छोड़कर चला जाता है। तब बहू ही होती है जो उसके माँ-बाप की सेवा करती है, अपने सास-ससुर के पेट भरती है; जरूरत पड़ने पर नौकरी भी करती है। क्या आपको विश्वास हो रहा है कि बहू ही होती है बुढ़ापे की लाठी, बूढ़े सास-ससुर की असली लाठी? और, क्या आपको लगता है कि आप अपने सास-ससुर की लाठी बनी हुई हैं?"

महेन्दर की घरवाली ने मुँह खोला, "सुनिए, सुखदा दीदी, मुझे तो बेवजह बदनाम किया जा रहा है। सिरसीवाली तो देह झाड़कर निकल गई यहाँ से; उसका भार भी तो अब मुझे ही उठाना पड़ रहा है। बोलिए तो, क्या कष्ट हो रहा है सास-ससुर को? सेवा में क्या चूक हो रही है? अपने दो बच्चों को पाल रही हूँ, एक गाय पाल रही हूँ, चार बकरियाँ पाल रही हूँ। अब यह तो सम्भव नहीं कि मैं चौबीसों पहर सास-ससुर के पास बैठी रहूँ। सास-ससुर के चलते अपने बाल-बच्चों को भी मार दूँ?"

"ऐसा कोई नहीं कहेगा," सुखदा बोली, "मगर इस पर तो आपको ध्यान देना होगा कि सास-ससुर भूखे नहीं रहें, भूखे नहीं सोयें।"

"खूब ध्यान रहता है," महेन्दर-बहू ने जवाब दिया, "सास को तो किसी बात में जरा भी देर बरदाश्त नहीं। बच्चे की तबीयत खराब हुई तो तुरन्त डॉक्टर के पास जाऊँ कि पहले खाना बनाकर थाली परोस दूँ सास को और तब कहीं जाऊँ? जरा-सी देरी पर भी सास मुँह फुला लेगी। जिस तरह जितनी सेवा कर रही हूँ, उससे अधिक तो मैं नहीं कर सकती। सास को मेवा-मलीदा चाहिए, तो कहे अपने बेटे से। मैं तो वही पकाऊँगी जो मुझे पकाने के लिए मिलेगा। अपने नैहर तो नहीं जाऊँगी माँगने के लिए?"

"मैं तो जब कभी कुछ अच्छा पकाती हूँ," जोगिन्दर-बहू ने अपनी चुप्पी तोड़ी, "मैं थाली भरकर दे आती हूँ सासू-माँ को।"

सुखदा हँसी और फिर बोली, "गरीब का पेट मेवा-मलीदा कभी नहीं माँगता, वह सिर्फ गड्ढा भरना चाहता है। ठीक है, मान लिया कि सास-ससुर को खाने-पीने का कोई कष्ट नहीं होने दिया आपने, मगर ससुर की बीमारी का इलाज तो कभी नहीं किया आप लोगों ने।"

"कैसे नहीं किया इलाज?" महेन्दर-बहू को बरदाश्त नहीं हुआ, "किस दिन बिना टिकिया खाए रहे ये? बेटा बराबर विमल झा की दवा दुकान से खरीदकर लाता था टिकिया। उसी टिकिया से तो आराम मिलता था।"

"थोड़ी देर के लिए मिलता होगा आराम, मगर बीमारी दूर नहीं हुई। मुझे खबर है कि रमण ठाकुर आए थे इनके पास और इलाज के लिए अपने साथ पूर्णिया ले जाने के लिए तैयार थे, मगर आप लोग ही तैयार नहीं हुए।"

"आया पैसा हाथ से निकल गया, तो कैसे तैयार होते?" महेन्दर-बहू ने बताया, "कमाई तो अच्छी हुई थी, मगर बज्जर गिरा उस कमाई पर। इनका माल लदा ट्रक पकड़ा गया और सरकारी जुरमाना भरना पड़ा पचास हजार रुपये का। हम तो लुट गए थे; घर-खर्च के लिए कर्ज लेना पड़ा; कैसे करा पाते पूर्णिया का इलाज? अब जब पैसा होगा, तब करा देंगे पूर्णिया-दिल्ली का इलाज भी।"

"दाँत-दर्द से तो आपके ससुर बहुत दिनों से परेशान हैं, यह जान रही हूँ मैं," सुखदा बोली, "क्या आप लोगों ने कभी सोचा कि जिस दाँत में दर्द है उसे उखड़वा दें?"

"नहीं सोचा? झूठ, झूठ," महेन्दर-बहू उबल पड़ी, "कितनी बार तो इनसे कहा गया कि बनमनखी जाकर उखड़वा लें। ये कभी गए ही नहीं।"

"क्यों नहीं गए, यह मैं बताती हूँ," कोयली ने बताया, "बनमनखी की सोमवारी हाट में एक झोलाछाप दाँत-डॉक्टर चटाई बिछाकर बैठता है। वह सँड़सी से दाँत उखाड़ता है। यहाँ के गोनर मेहता उसके पास दाँत उखड़वाने गए थे। दाँत तो

उखड़ गया, मगर खून का बहना बन्द ही नहीं हो रहा था। गोनर को एक असली डॉक्टर के पास जाना पड़ा था खून बन्द कराने के लिए। ससुर जी बनमनखी जाने के लिए तैयार होकर गए थे गोनर से पूछपाछ करने, मगर उनसे मिलकर आने के बाद बनमनखी जाने का इरादा छोड़ दिया।"

"अब छोड़िए इन सारी बातों को," सुखदा बोली, "सिरसीवाली आई है सास-ससुर को सिरसी ले जाने। आप दोनों पतोहू सास-ससुर को खुशी-खुशी विदा कर दें।"

उन्हें छोड़कर सुखदा कोयली को साथ लिये उसकी सास के पास पहुँची जहाँ बछड़ू मंडल पहले से बैठा हुआ था और पत्नी के साथ खुसुर-फुसुर बतिया रहा था। सुखदा सास के सामने बैठ गई और बोली, "सिरसीवाली आप दोनों को सिरसी ले जाएगी। अब तक आप दोनों ने अपनी दो पतोहुओं और दोनों बेटों की सेवा देख ली है, अब अपने तीसरे बेटे और तीसरी पतोहू की सेवा भी देख लीजिए।"

कोयली झट बोल गई, "मैं कल बैलगाड़ी लेकर आऊँगी और अगर ये लोग बैलगाड़ी पर बैठने के लिए तैयार नहीं हुए तो मैं यहीं आमरण अनशन पर बैठ जाऊँगी।"

*

ले बलैया! अब क्या होगा? कहाँ तो नामों की छँटनी करने चले थे जगदीश मास्टर और कहाँ से तो... नहीं, अब खटरा-खटरी नहीं चलेगा; खबरदार, अब गुदड़ा-गुदड़ी नहीं। अब गुदड़ा का नाम होगा अमृतराज और गुदड़ी का नाम अमृता; खटरा का नाम प्रकाश और खटरी का नाम निशाप्रकाश। ऐसे ही अब गाँवों के नाम भी बदल देने होंगे। सुनने में अच्छा नहीं लगता बिलरियावाली, झिटकियावाली, टेढ़ीवाली, ठुट्ठीवाली। अब बिलरिया का नाम होगा शेरापुर और झिटकिया का नाम हीरापुर। सुनने में अच्छा लगेगा शेरापुरवाली, हीरापुरवाली। मगर यह सब तो जब होगा तब होगा, अभी ही यह क्या हो गया?

कल मिलने गए थे रामोतार मास्टर से जगदीश मास्टर। रामोतार मास्टर को बहुत अच्छा लगता है बैंड-पार्टी का रिहर्सल। कह रहे थे, "इस टोले में तो रात के आठ बजते-बजते सोता पड़ जाता है। मुझे तो जगने की आदत है। पहले मैं कुछ पढ़ता-लिखता रहता था, मगर अब आपकी बैंड-पार्टी का रिहर्सल शुरू होने का इन्तजार करता हूँ। बाजे की धुन से गीत का पता लगाता हूँ। कभी पास होता हूँ, कभी फेल। मुफ्त का मनोरंजन हो जाता है मेरा। मुझे तो लगता है कि मेरी तरह ढेर सारे लोग

इसका आनन्द उठाते होंगे। कभी-कभी तो मेरा मन होता है कि कुछ पास जाकर उनका गाना-बजाना सुनूँ।"

"मन होता है तो आइए; मैं आपके साथ रहूँगा।"

"नहीं, रात में निकलना..."

"क्यों, रात में यहाँ लोग नहीं निकलते हैं क्या?"

"रात में निकलकर शीतल साह की गाछी की ओर जाना। कमली बता रही थी कि उसमें भूत का वास है। हम भूत से मिलने जाएँ? मुझे तो डर लगता है, भाई।"

"डरने की बात तो है ही, मास्टर साहब," जगदीश मास्टर बोले थे, "एक तो रात और दूसरे शीतल साह की भुतहा गाछी। पता नहीं, सुखदा को क्या सूझा कि रिहर्सल करने ले गई सबको भुतहा गाछी में। ठीक इमली गाछ के नीचे होता है रिहर्सल; गाछ के ऊपर कलिया की दादी खैरावाली और गाछ के नीचे सुखदा की बैंड-पार्टी। इन सबकी तो अब भूत से भी दोस्ती हो गई है। है सुखदा हिम्मत वाली। कोई मर्द तो दिन में भी उस गाछी में घुसने से कतराता है; मैं भी घुसनेवाला नहीं। मगर हम दो रहेंगे, तो चल सकते हैं गाछी के पास तक। कुछ दूर से हम उन सबको बाजा बजाते भी देख सकते हैं।"

"ठीक है, आप साथ रहेंगे तो हिम्मत रहेगी," रामोतार मास्टर ने हामी भरी, "हम भूत को छेड़ने तो नहीं जा रहे हैं।"

"तब ऐसा कीजिए, मास्टर साहब, कि रिहर्सल शुरू होने के एक घंटा पहले ही आप मेरे पास आ जाइए। मैं खुद आऊँगा आपके पास आपको ले जाने। आप तैयार रहिएगा।"

"एक घंटा पहले क्यों?"

"कुछ आनन्द लूटने के लिए ही।"

"कैसा आनन्द?"

"मुझे आपके साथ भोजन करने का आनन्द और आपको बजनियों को पहचानने का आनन्द।"

रामोतार बाबू मुस्कुराकर रह गए।

रामोतार बाबू बचपन से ही भूत के किस्से सुनते आए थे। अब तक एक हजार एक किस्से सुन चुके होंगे वे। भूत से कभी भेंट नहीं हुई उनकी। इच्छा तो होती थी कम-से-कम एक बार भूत को देख लेने की, मगर गाँव में कभी किसी भैंसवार ने आमंत्रित भी किया, तो रात के तीन-चार बजे भैंस पर बैठकर बहियार जाने की

उनकी हिम्मत नहीं हुई। क्या पता, भैंस ही भूत देखकर भड़क जाए और उसे खेत में पटककर उड़न छू हो जाए।

उस दिन जब रामोतार बाबू अपने डेरा से निकल विद्यालय की ओर चले, तो किस्सों के पुराने सौ-पचास भूत उनके साथ चल रहे थे; विद्यालय में बच्चों को पढ़ाते वक्त भी दो-चार उनसे लटके हुए।

कुस्थन में एक बार वे उसी गाँव के खोखा चौधरी के साथ जा रहे थे उनके घर से कोई होमियोपैथी की दवा लाने। रात के सात-आठ बजे होंगे। उनके घर जाने के लिए कुछ सुनसान गलियों से गुजरना पड़ता था। दोनों साथ-साथ चल रहे थे। जब आखिरी गली पारकर दोनों उनके घर की ओर बढ़ रहे थे कि अचानक 'अरे बाप!' बोलकर खोखा चौधरी पीछे की ओर सरपट भागे। कुछ समझ में नहीं आया कि क्या हुआ। वे अपने आवास पर लौट आए थे।

दूसरे दिन की मुलाकात में खोखा चौधरी ने बताया था कि भागे थे वे भूत को देखकर जो अचानक एक कुत्ता के रूप में सामने आ गया था। उनके घर के रास्ते में एक भी कुत्ता नहीं है, ऐसा उन्होंने बताया, और जो कुत्ता सामने आ गया था वह भूत ही था। यह पूछने पर कि उन्होंने भूत को कैसे पहचान लिया, खोखा चौधरी बुदबुदाकर रह गए थे, "वह भूत ही था।"

जगदीश मास्टर समय पर रामोतार बाबू के पास आए और उन्हें अपने घर ले आए। भूतों ने अब तक रामोतार बाबू का साथ छोड़ दिया था; उनके दिमाग में अब केवल एक नए 'आनन्द' की बात आ रही थी, बजनियों को पहचानने का आनन्द।

खाना समाप्त होने को ही था कि अचानक बाहर किसी की आवाज गूँजी, "गे नगाड़ा चाची, निकल न गे।"

"कुछ सुना आपने?"

"क्या?"

"नगाड़ा चाची?"

"हाँ, सुना।"

"कुछ सोचा, नगाड़ा चाची क्यों?"

"मैं क्या सोचूँ भला!"

"इस महिला का नाम है झुनिया देवी। यह भोटिया गाँव की है, इसलिए कही जाती थी भोटियावाली। यह बैंड-पार्टी में नगाड़ा बजाती है, इसलिए अब कही जा

रही है नगाड़ा, किसी के मुँह से नगाड़ा दीदी, किसी के मुँह से नगाड़ा चाची। कुछ और नए नामों को सुनने के लिए हम जरा बाहर निकलें सड़क पर।"

वे अभी बाहर सड़क पर आए ही थे कि कान में आवाज गई, "ढोलक भौजी, जल्दी निकलिए।" जगदीश मास्टर ने ढोलक भौजी का परिचय दिया, "यह ढोलक पहले थी रामकली, पिपरावाली; बैंड-पार्टी में ढोलक बजाने से अब हो गई ढोलक।"

अँधेरे में सड़क पर टहलते हुए रामोतार मास्टर का परिचय चैनपुरवाली, हर्राहावाली, डुमरियावाली, जमरावाली के साथ कुछ और 'वाली' से हुआ जो अब क्रमश: ढोल फुआ, तुरही मौसी, बाँसुरी दीदी, शहनाई चाची, घंटा भौजी, पिपही दादी के नाम ग्रहण कर चुकी थीं।

जगदीश मास्टर ने पूछा, "नामकरण कैसा लग रहा है, मास्टर साहब?"

रामोतार बाबू ने मुस्कुराकर जवाब दिया था, "मैं अभी ही डेरे पर जाकर यह सब अपनी डायरी में लिखूँगा। और अब मैं लौटूँगा।"

"गाछी की ओर नहीं जाएँगे?"

"नहीं, रात बहुत हो गई है। कुत्तों के भूँकने की आवाज आ रही है। मुझे कुत्तों से बहुत डर लगता है। आगे का आनन्द मैं डेरा पर बैठकर ही ले लूँगा।

"ठीक है, चलिए, मैं आपको डेरा तक पहुँचा दूँ।"

*

सुशीला को असमय अपने सामने देख सुखदा दी किसी अशुभ की आशंका से चिहुँक उठी, "सुशीला!...तुम?...सब ठीक है न?"

"हाँ, ठीक ही है।"

"किसी छुट्टी में आई हो?"

"नहीं, आपसे कुछ कहने, कुछ सुनने।"

"पढ़ाई छोड़कर आई हो?"

"सिर्फ आज भर के लिए," सुशीला ने जवाब दिया, "कल सुबह ही चली जाऊँगी।"

"कौन-सी सलाह बाकी रह गई थी, सुशीला?"

"पूरा किस्सा सुन लीजिए, सुखदा दी," बोलकर सुशीला ने अपना किस्सा सुनाया, "हमारे कॉलेज के दर्शन विभाग में एक प्रोफेसर हैं दिव्या भारती। उन्होंने परसों शाम में ही एक चपरासी की मार्फत मुझे यह खबर भिजवाई कि कल सुबह ग्यारह बजे मुझे उनके कक्ष में उनसे मिलना है। मैं जब कल ठीक समय पर उनके कक्ष में घुसी, तो देखा कि उनके साथ एक और व्यक्ति बैठे हुए हैं। उन्होंने

एक खाली कुरसी पर मुझे बैठने को कहा और फिर मुझसे ढेर सारे सवाल किये, जैसे—घर कहाँ है? पिता जी क्या करते हैं? पढ़कर क्या बनना चाहती हो? कितने भाई-बहन हैं? ढेर सारे सवालों के जवाब ले लेने के बाद उन्होंने कहा, 'अब तुम जा सकती हो, मगर आज ही एक बार फिर तुम आना मेरे पास।'

"कक्ष से निकल आने के बाद मैं सोच नहीं पा रही थी कि उन्होंने मुझे क्यों बुलाया था और वह आदमी कौन था जो मुझसे कुछ पूछ तो नहीं रहा था, मगर एकटक मुझे देखता रहा था। मैं किसी रहस्य में उलझ गई थी, कुछ डरने भी लगी थी, यहाँ तक सोचने लगी थी कि दुबारा उनसे मिलने जाऊँ या नहीं जाऊँ।

"मैं गई थी उनसे मिलने। इस बार मुझे देखकर वे मुस्कुराई थीं। खाली कुरसी पर बैठने का इशारा किया उन्होंने और फिर बोलीं, 'सुबह मेरे साथ जिस व्यक्ति को देखा था तुमने, वे सोनबरसा के विधायक हैं, रामनाथ ऋषि, मेरे पति के पुराने परिचित। तुम्हारी जाति के ही हैं। उनका एक बेटा है जिसे वे राजनीति में उतारना चाहते हैं। बेटा अविवाहित है और विधायक महोदय को एक पढ़ी-लिखी समझदार बहू चाहिए। तुम्हारे बारे में उन्हें कहीं से खबर मिली थी और वे तुम्हें देखने यहाँ आ गए। वे चाहते हैं कि तुम उनकी बहू बनो। तुम यह बताओ मुझे कि क्या इसके लिए उन्हें तुम्हारे पिता जी से बात करनी पड़ेगी?'

"मैंने जवाब दिया कि अभी मेरा शादी करने का कोई इरादा नहीं है। तब वे बोले, 'इरादा नहीं हो, तब भी इस पर सोचो। अच्छा रिश्ता हर दिन नहीं आता। यह तुम्हारा भाग्य है कि एक बहुत ही अच्छा रिश्ता अभी ही आ रहा है। तुम निहाल हो जाओगी। औरतों का युग आ गया है। तुम दलित समुदाय से आती हो; तुम्हें विधायक या सांसद होते देर नहीं लगेगी। वे मुझसे बोलकर गए हैं कि वे दो-चार दिनों के अन्दर ही तुम्हारे पिता जी के पास भी अपने कुछ आदमियों को भेजेंगे। तुम अपने पिता जी को खबर कर दो कि वे इस रिश्ते को हाँ कर दें।'

"मैं उन्हें इतना भर कहकर निकल गई कि मैं पिता जी को खबर कर दूँगी, और फिर आज ही चली आई हूँ आपको खबर करने।"

"तुमने अपने पिता को खबर कर दी?" सुखदा दी ने पूछा।

"अभी नहीं की है," सुशीला ने जवाब दिया, "मगर कर दूँगी। अधिक जरूरी था मेरे लिए आपको खबर करना।"

कुछ देर तक मौन साधे रही सुखदा दी; फिर बोली, "मुझे खबर करना अधिक जरूरी क्यों था, सुशीला? क्या सोचा है तुमने?"

"मैंने अपना निर्णय नहीं बदला है, सुखदा दी," सुशीला का जवाब था, "मैं अभी शादी नहीं करूँगी। मैं पढ़-लिखकर नेता-अफसर-प्रोफेसर बनना नहीं चाहती,

मैं 'सुखदा दी' बनना चाहती हूँ। जिस दिन आपकी आत्मा मुझमें समा जाएगी, उस दिन मैं विवाह के लिए भी तैयार हो जाऊँगी।"

"मेरी शादी तो 'सुखदा दी' बनने के पहले ही हो गई थी।" बोलकर मुस्कुराई सुखदा दी।

"आपको 'सुखदा दी' बनाने का निर्णय शायद ईश्वर का ही रहा होगा; तभी तो आपको बिपत चाचा जैसा पति मिला।"

"मुझे 'सुखदा दी' बनाने का श्रेय मेरे पिता को है, मेरी दुलारी चाची को है, किसी ईश्वर को नहीं," सुखदा दी ने सुनाया, "मैं भी शादी करने से इनकार करती रही थी, मगर वे दोनों मेरी नाव में सवार हो गए थे। तुम यह मान लो कि तुम्हें पति जैसा भी मिले, वह मेरे पति जैसा हो जाएगा। तुम्हें शायद मालूम नहीं हो कि मेरी शादी की बात पाँच श्रेष्ठ जनों के बीच हुई थी। मेरे पिता जी ने मेरे होनेवाले ससुर से कहा था, "सुन लीजिए, समधी जी, अगर मेरी बेटी में जरा भी खोट नजर आए, अगर कभी उसके मुँह से कुबोल फूट जाए, अगर कभी वह आपका कहना नहीं माने, तो मुझे तुरन्त खबर कीजिएगा; मैं अपनी बेटी को तुरन्त वापस बुला लूँगा।' उसी तरह मेरे पिता जी ने मुझसे भी कहा था, 'सुन बेटी सुखदा, तुम्हारे पास मंजिल है और तुम्हें रास्ता भी मिल गया है। अब अगर तुम्हें ससुराल नहीं भाए, तुम्हें कोई रुकावट दिख जाए, तो मुझे खबर करना। मैं तुरन्त तुम्हें वापस ले आऊँगा।' और अब मैं तुमसे कह रही हूँ, सुशीला, कि जब कभी शादी के बाद तुम्हें अपनी जिन्दगी अपनी इच्छा से जीने में बाधा आए, तो तुम तुरन्त हम लोगों के पास वापस आ जाना। यह जान लो कि तुम्हारी नाव में आज मैं भी बैठी हुई हूँ, तुम्हारे माता-पिता भी बैठे हुए हैं, पूरा धनपत बैठा हुआ है। मैं चाहती हूँ कि तुम्हें तुम्हारी मंजिल मिले। तुम अपने पैरों की ऐसी छाप छोड़ो इस धनपत की धरती पर कि यहाँ की सारी बेटियाँ उन छापों के पीछे चल पड़ें...।"

कुछ और बोलती सुखदा दी, उससे पहले ही सुशीला पूछ बैठी, "आप चाहती हैं, सुखदा दी, कि मैं शादी के लिए हाँ बोल दूँ?"

"अभी ही शादी के लिए हाँ बोल देने की राय मैं नहीं दे रही। मैं तो सिर्फ विवाह का समर्थन कर रही हूँ। उचित समय पर तुम्हें भी विवाह के बन्धन में बँध जाना है। हाँ, वह समय अभी नहीं आया है। मैं चाहती हूँ कि तुम अपने पैरों पर खड़ी हो जाओ, तब विवाह करो।"

"हाँ, सुखदा दी, तब तक मुझे रुकना है। मगर अभी ही शादी को रोकने के लिए मुझे आपकी सहायता चाहिए।"

"मेरी सहायता?"

"विधायक जी या उनके आदमी कभी भी मेरे घर आ सकते हैं। मेरे पिता जी जरूर मेरे मामा को बुला लेंगे। वे सब तो अपना अहोभाग्य मानेंगे कि ऐसा रिश्ता आया है। मामा को तो लगेगा कि अब हुन बरसने लगा है हमारे और उनके आँगन में। मैं माता-पिता को दुखी करना नहीं चाहती, सुखदा दी। आप आज ही चलिए और उन्हें समझा दीजिए।"

सुखदा दी ने मुस्कुराती आँखों से सुशीला को निहारा और फिर बोली, "ठीक है, चलूँगी मैं।"

*

सन्तोखी डोम का पक्का मकान बन रहा था। न जाने किस-किसने देखा और किस-किसने कितनी बार देखा, मगर हर पन्दरहिया सुखदा दी सन्तोखी के बनते घर को जरूर देख आती थी। अभी घर की छत ढाली भी नहीं गई थी कि उसके मन में गृह-प्रवेश का खयाल आ गया।

आज जब वह झुनिया को साथ लेकर सन्तोखी का घर देखने चली, तो मन में यह सोचकर चली कि आज सन्तोखी से गृह-प्रवेश और इस अवसर पर एक भोज की बात भी कर ही लेगी। भोज की बात उसके मन में महीनों पहले आ गई थी।

सुखदा दी जब-तब आने लगी है और आती रहेगी, यह सोचकर सन्तोखी ने दो कुरसियाँ और एक बेंच मँगा ली थी। अब उसे सुखदा दी का स्वागत करना अच्छा लगता था।

सन्तोखी घर के बाहर एक मचिया पर बैठा हुआ था। सुखदा दी पर नजर पड़ते ही वह फुरती से घर के अन्दर गया, झटपट एक साफ कमीज पहनी और अन्दर से दो कुर्सियाँ लिये हुए बाहर आया।

सुखदा दी यह सब देख रही थी और लगातार मुस्कुराती रही थी।

सुखदा दी ने बात शुरू की, "कितना सुन्दर लगता है डोम-टोली में आपका यह पक्का मकान!"

सन्तोखी मुस्कुराया और बोला, "अभी पूरा मकान बन तो जाए। और भी सुन्दर लगेगा जब मेरे भतीजों का मकान भी बन जाएगा।"

"वे लोग भी मकान बनवा रहे हैं?"

"मेरे दोनों भतीजे, जो बिपत बाबू के साथ पंजाब गए थे, परसों ही लौटकर आए हैं। कुछ अच्छी कमाई करके आए हैं दोनों। कल वे दोनों मेरे पास आए थे और कह रहे थे कि चाचाजी, हम लोग भी एक पक्का कमरा बनाना चाहते हैं, इस बार नींव दे देना चाहते हैं, अगली बार घर खड़ा कर लेंगे।"

"यह तो बड़ी अच्छी खबर सुनाई आपने। बुलाइए तो उन दोनों को।"

"अभी दोनों ही घर में नहीं हैं," सन्तोखी ने जवाब दिया, "वे दोनों डिपो वाले किशन बनिया के पास गए हैं छड़-समेंट का मोल-भाव करने। पता नहीं, और कहाँ-कहाँ जाएँगे वे। उन्हें देर लग सकती है। वे आ जाते हैं, तो मैं उनसे कहूँगा आपसे मिल आने के लिए।"

"ठीक है, मिल लेंगे वे," सुखदा दी बोली, "अभी मैं आपके पास आई हूँ कुछ और कहने।"

"हाजिर हूँ; काम बताइए।"

सुखदा दी हँस पड़ी और बोली, "आपका नाम क्या है?"

सन्तोखी कुछ सकपकाया और फिर कुछ रुककर बोला, "सन्तोखी डोम।"

"नहीं," मुस्कुराते हुए ही सुखदा दी बोली, "आज से आप हुए सन्तोखी हरि।"

"सन्तोखी हरि!"

"हाँ।"

"यह कैसे होगा, सुखदा दी? हरि तो भगवान को कहते हैं न। सन्तोखी डोम बन जाएगा सन्तोखी हरि?"

"यह उसी तरह होगा जैसे जहूरी मोची अब हो गया है जहूरी राम। राम भी तो भगवान ही हुए।"

"अगर अपना नाम सन्तोखी हरि बताया, तो बभनटोली वाले मारेंगे तो नहीं?"

"जहूरी राम को कोई मारा क्या?"

"लोग पूछेंगे तो, तुम डोम से हरि कैसे हो गया?"

"पूछेंगे तो आपका जवाब होगा, आप हारी जाति के हैं और वहाँ से आपको पदवी मिली है हरी या हरि की। और यह भी सुन लीजिए कि अब आपका टोला 'डोमटोली' नहीं कहलाएगा; कहलाएगा, 'हरिटोला'। अब जहूरी मोची का टोला भी 'चमरटोली' नहीं है, हो गया है 'रामटोला'। और अब यह जान लीजिए कि इस हरिटोला में सन्तोखी हरि अपने नए घर में घरवास के अवसर पर एक भोज देंगे।"

"भोज!" हँसकर बुदबुदाया सन्तोखी।

"भोज नहीं, बड़ा भोज।"

"ठीक है, दे देंगे भोज, बड़ा भोज। दस गाँव के डोमों को न्योता दे देंगे।"

सुखदा दी हँस पड़ी, और अच्छी तरह हँस लेने के बाद बोली, "दस गाँवों के डोमों को न्योता नहीं देना है, सिर्फ एक गाँव के सारे घरों को, धनपत के सारे घरों को न्योता देना है।"

"सारे घरों को?"

"हाँ।"

"बभनटोली को भी?"

"हाँ-हाँ, वहाँ के घरों को भी।"

थोड़ी देर चुप रहा सन्तोखी, फिर बोला, "न्योतने कौन जाएगा?"

"आप नहीं जाएँगे?"

"मैं नहीं जाऊँगा, और मेरे कहने पर भी कोई डोम नहीं जाएगा।"

"क्यों?"

"यह जानते ही कि कोई डोम न्योतने आया है, बभनटोली वाले उखड़ जाएँगे, 'साला डोम, बेशर्म, बेलिहाज, डोम होकर बाभन को न्योता देने आया है'।" सन्तोखी ने हाथ जोड़ लिये, "न्योता देने का काम आप किसी और से करवा लीजिए।"

"ठीक है, मैं करवा लूँगी।"

सन्तोखी ने झट पूछ लिया, "किससे करवाएँगी?"

"सौ-दो सौ रुपयों से करवाऊँगी। आप मुझे दो सौ दे देंगे।"

"अभी ले लीजए।"

"नहीं-नहीं, अभी ही नहीं। मैं समय पर माँग लूँगी।"

"तो अभी इतना तो मुझे बता दीजिए कि कितने घरों को खिलाना होगा। मुझे तो इसके लिए तैयारी करनी होगी। मैं अभी से इन्तजाम में जुट जाऊँगा।"

सुखदा दी ने एक नजर झुनिया पर फिराई और फिर बोली, "आप पाँच सौ पत्तल की तैयारी कर लीजिए।"

"ठीक है।"

"यहाँ तक तो ठीक, मगर यह बताइए कि आप लोगों का कोई पंडित भी है, पूजा-पाठ करानेवाला? गृह-प्रवेश में पूजा भी होती है।"

कुछ थमकर बोला सन्तोखी, "घर आकर पूजा-पाठ करनेवाला कोई पंडित तो नहीं है हमारे पास। शादी-ब्याह करानेवाला एक पंडित है दमगरा में, मगर वह घर से बीस हाथ दूर से ही मंत्र पढ़कर शादी करवा देता है। वहीं दान-दक्षिणा ले लेता है, हमारे घर का पानी भी नहीं पीता। घरवास में पंडित की क्या जरूरत, सुखदा दी! हम कुलदेवता को फूल चढ़ाकर काम चला लेंगे।"

"आपका कुलदेवता कौन हैं?"

कुछ असहज स्वर में बोला सन्तोखी, "छेछन पहलवान।"

"छेछन पहलवान?" सुखदा दी की भौंहें सिकुड़ीं, "कभी यह नाम सुना नहीं।"

"किसी ने नहीं सुना होगा," सन्तोखी ने जवाब दिया, "केवल हम डोम जानते हैं अपने इस पहलवान का नाम, सुनते हैं इनकी वीरता के किस्से।"

"इनके किस्से भी हैं?"

"हाँ, सुखदा दी, किस्से हैं। बहुत वीर पुरुष थे छेछन पहलवान। हमारी बिरादरी में गवैए हैं जो किसी उत्सव पर आते हैं और गा-गाकर उनके किस्से सुनाते हैं। हम लुक-छिपकर सुनते हैं ये गीत, ताकि आवाज बाबू-बबुआन के कानों तक नहीं पहुँचे।"

"क्यों? क्यों नहीं पहुँचे?"

"बाबू-बबुआन सुनेंगे तो टूट पड़ेंगे हम पर कि रे साला डोम, तुम्हारे कुल में कौन वीर पैदा हो गया जो राजपूत का घोड़ा छीनकर चला गया। खुद नहीं आएँगे, तो चार मियाँ को भेज देंगे हमारी कुटम्मस करने।"

"इतना डरते क्यों हैं आप लोग?"

"क्यों डरते हैं हम लोग!" सुखदा दी की बात वाजिब नहीं लगी सन्तोखी को, "यादव लोग नहीं डरते हैं क्या? मुसहर लोग नहीं डरते हैं क्या? सबके गवैया आते हैं और उनके वीर पुरुष के गीत सुनाकर जाते हैं। हाँ, अब यादव लोग कम डरते हैं, बाबू-बबुआन को सुनाकर भी गाते हैं।"

"आप तो पक्का मकान बनाने से भी डरते थे," सुखदा दी ने कहा, "कोई रोकने आया था क्या?"

"नहीं, कोई रोकने नहीं आया," सन्तोखी ने जवाब दिया, "आप लोगों का सहारा मिलेगा, तो धीरे-धीरे हम भी निडर हो जाएँगे।"

"यह बताइए, सन्तोखी हरि जी," सुखदा दी ने पूछा, "कि कुलदेवता के बाद भी आप किसी और देवता को पूजते हैं?"

"हाँ, पूजते हैं न," सन्तोखी हरि का जवाब आया, "हम शिव को पूजते हैं, कालभैरव को पूजते हैं, काली और यम को पूजते हैं, और..."

"और?"

मुस्कुराया सन्तोखी, "एक नया देवता हमें मिला है, डोमेश्वर, डोमेश्वर महादेव।"

"आप लोग किसी मन्दिर में जाते हैं पूजा करने?"

"अरे बाप! किसी मन्दिर में कौन घुसने देगा हम लोगों को! तुरन्त बाबू-बबुआन लाठी उठा लेंगे कि हमारे देवी-देवता को भ्रष्ट करोगे, साले। हम घर में ही पूज लेते हैं। किसी मठ या मन्दिर के सामने से हम गुजरते हैं, तो दूर से ही मन्दिर के देवी-देवता की बन्दगी कर लिया करते हैं।"

"ठीक है, मकान बना लीजिए, फिर मन्दिर भी बनेगा डोमेश्वर महादेव का आप लोगों के लिए।"

इतना बोलकर सोचने लगी सुखदा दी कि कुछ और कहना-पूछना बाकी तो नहीं रह गया। जाने के पहले कहा उसने, "मैं एक महीना पहले आपको बता दूँगी भोज की तिथि। मगर आप अभी से तैयारी में लग जाइए।"

*

अकसर मुखिया श्रद्धा देवी आया करती थी सुखदा दी के पास सलाह-मशविरा के लिए, मगर उस दिन सुखदा दी ही पहुँची मुखिया के पास सलाह-मशविरा के लिए। मुखिया अपने बैठकखाना में ही उपस्थित मिल गई। सुखदा दी ने अपने आने का कारण बताया, "यह तो आप जान ही रही हैं कि सन्तोखी डोम उर्फ सन्तोखी हरि का पक्का घर बन रहा है। मैंने सन्तोखी जी से कहा है गृह-प्रवेश के अवसर पर गाँव वालों को भोज देने के लिए। सन्तोखी तैयार हो गए हैं। गाँव के ब्राह्मणों को भी आमंत्रित किया जाएगा। गृह-प्रवेश पर पूजा भी होगी। पूजा के लिए हमें एक ब्राह्मण पुजारी चाहिए। इसकी व्यवस्था कैसे हो?"

"क्या बभनटोली के ब्राह्मण भोज खाने आएँगे?" मुखिया ने पूछा था।

"मैं प्रयास तो करूँगी कि आएँ," सुखदा दी ने जवाब दिया, "मगर अभी पूरे विश्वास के साथ कुछ नहीं कह सकती। वे न भी आएँ, मगर मैं एक ब्राह्मण पुजारी को लाना चाहती हूँ।"

"मुझे तो नहीं लगता कि कोई ब्राह्मण पुजारी डोम के घर पूजा करने आएगा।"

"क्या इस इलाके में एक भी गाँव ऐसा नहीं है जहाँ डोम के घर ब्राह्मण आता हो पूजा करने?"

"मेरी जानकारी में तो ऐसा एक भी गाँव नहीं है।"

"शादी-ब्याह बिना पंडित के हो जाता है?"

"शादी-ब्याह तो करा देता है ब्राह्मण पुजारी, मगर डोम के घर नहीं जाता।"

"क्या मतलब?"

मुस्कुरा लेने के बाद श्रद्धा देवी ने 'क्या मतलब?' का जवाब किस्से सुनाकर दिया।

पहला किस्सा था...

एक दलित की इच्छा हुई कोई धार्मिक कर्मकांड ब्राह्मण पंडित से कराने की। उसे हिम्मत तो नहीं हो रही थी किसी ब्राह्मण पंडित के दरवाजे पर जाकर अपनी विनती सुनाने की, मगर उसने अपनी मिन्नत-चिरौरी पर कुछ अधिक भरोसा किया और पहुँच गया एक ब्राह्मण पंडित के पास। दान-दक्षिणा के लोभ में पंडित तैयार

तो हुआ, मगर बोला, "मैं अपने घर से ही मंत्र पढ़ दूँगा; बाकी कर्मकांड तुम खुद अपने घर जाकर कर लेना।" कुछ और 'माई-बाप' सुनने के बाद पंडित ने दान-दक्षिणा की एक बड़ी रकम तय कर ली और बोला, "यह अभी ही सुन लो कि मैं तुम्हारे घर का न अनाज खाऊँगा, न पानी पीऊँगा। मैं तुम्हारे घर से बीस हाथ दूर बैठकर मंत्र पढ़ूँगा और तुम मुझे ध्यान से सुनकर अपने घर में कर्मकांड करना।"

दूसरा किस्सा था...

एक किसी चमार जाति के नेता की पोती की शादी थी। उनके यहाँ पूजा-पाठ करने कोई दलित पंडित ही आया करते थे। अचानक उसी दिन बीमार हो जाने के कारण नेताजी की पोती की शादी में उनका आना सम्भव नहीं हुआ। नेताजी झट एक ब्राह्मण पंडित के पास गए और उन्हें शादी सम्पन्न कराने के लिए तैयार कर लिया। ब्राह्मण पंडित समय पर नहीं आए, तो नेताजी फिर उनके पास दौड़ गए। वे कई बार दौड़े और हर बार सुनने को मिला, 'बस, आ ही रहा हूँ, आ ही रहा हूँ।' इस टाल-मटोल में रात के तीन पहर गुजर गए। रात के आखिरी पहर में पंडित ने उन्हें उपाय सुझाया, 'आप सिन्दूर ले आएँ, मैं मंत्र पढ़ दूँगा। दूल्हा उसी सिन्दूर से दुल्हन की माँग भर देगा।' ब्राह्मण पंडित की यह सलाह नेताजी को रास नहीं आई। मन भारी हो गया था; घर लौटे और दूल्हे से कहा, 'बिना पंडित के ही दुल्हन की माँग में सिन्दूर डाल दीजिए।' बिना पंडित के शादी सम्पन्न हो गई।

दोनों किस्से सुना देने के बाद श्रद्धा देवी बोली, "कबीर मठ के सत्संगों में अकसर संतों के प्रवचन सुनने मैं पिता जी के साथ जाएा करती थी। उन्हीं प्रवचनों में मैंने ये दोनों किस्से सुने थे। आपने दोनों किस्से सुन लिये, अब आप निर्णय ले सकती हैं। मेरी राय है कि किसी ब्राह्मण पंडित को लाने का विचार त्याग दें। अब तो दलित जाति के पंडितों-पुजारियों की कमी नहीं रही। सत्संग में ही मुझे सुनने को मिला था कि एक कोई दुसाध जाति के दासजी हैं जो अपने परिवार की पाँचवीं पीढ़ी के हैं और अपनी बिरादरी के यहाँ पूजा-पाठ, शादी-ब्याह और श्राद्ध कर्म तक करवाते हैं। ऐसे ही और कितने ही पुजारी हैं जो सिर्फ अपने गाँव या अपनी बिरादरी के घर ही नहीं, दूर-दूर के गाँवों में भी कर्मकांड करवाने जाते हैं। ये लोग रोजी-रोटी के लिए नहीं, आत्मसम्मान के लिए धार्मिक कर्मकांड करवाते हैं। मेरे पिता जी के पास ऐसे कितने ही पुजारियों के पते हैं। अब तो यह काम बहुत ही आसान हो गया है। बाजार में ढेर सारी पूजा-पाठ की किताबें आ गई हैं जिनसे मदद मिलती है। अब तो मेरे मायके में भी कोई कबीरपन्थी या यादव ब्राह्मण पुजारियों को नहीं

बुलाते। आप कहिए तो मैं किसी दलित पंडित का जुगाड़ कर दूँ। यह जान लीजिए," सुखदा दी, कि अगर जाति तोड़नी है, तो जाति से जुड़े धन्धों पर एकाधिकार का ढाँचा तोड़ना होगा। बोलिए, क्या कहती हैं?"

"आपकी बात से मैं सहमत हूँ, श्रद्धा जी, मगर मैं कुछ और भी चाहती हूँ। ब्राह्मणों और शूद्रों के अन्दर जो संस्कार हैं, मैं उन्हें उन संस्कारों से मुक्त करना चाहती हूँ। ब्राह्मण शूद्रों को अछूत मानते हैं और शूद्र भी अपने को नीच जाति के मानते हैं। मैं इन संस्कारों पर प्रहार करना चाहती हूँ। मैं चाहती हूँ कि सन्तोखी हरि के भोज में कोई ब्राह्मण पंडित ही आए। बस, इस बार, इस बार मेरी बात, इसके बाद हमेशा के लिए आपकी बात।"

"क्या आपकी नजर में," पूछा श्रद्धा देवी ने, "है कोई ऐसा ब्राह्मण पंडित जो सन्तोखी हरि के घर में आ जाएगा पूजा कराने?"

"मैं नजर दौड़ा रही हूँ।"

"अपने मायके खोकसी पर?"

"नहीं, यहाँ की बभनटोली पर।"

"यह सम्भव है क्या?"

"बहुत कुछ जो पहले असम्भव दिखता था, बाद में सम्भव हो गया है।"

श्रद्धा देवी मुस्कुराई, बोली, "ठीक है।"

*

उस सुबह हरिमोहन झा अपने घर से चकफेरी के लिए निकले भी नहीं होंगे कि जगदीश मास्टर अपने घर से निकलकर बाहर सड़क पर आ गए। उनके अन्दर लगातार गुदगुदी हो रही थी हरिमोहन झा को 'आज की ताजा खबर' सुनाने की और डर हो रहा था कि मुलाकात नहीं हुई तो खबर बासी हो जाएगी।

कुछ देर घर के सामने की सड़क पर खड़ा रहने के बाद वे बभनटोली वाली सड़क पर आ गए। थोड़ी दूर ही चलना हुआ होगा कि हरिमोहन झा आते हुए दिख गए। उन्होंने झट मुँह घुमाया और धीरे-धीरे अपने घर की दिशा में चलने लगे।

हरिमोहन झा ने पीछे से ही उन्हें पहचान लिया और पास आकर बोले, "क्यों, मास्टर साहब, इतनी सुबह? और, सिर्फ चल रहे हैं या कुछ सोच भी रहे हैं?"

"सोच भी रहा हूँ, पंडित जी, रात से ही सोच रहा हूँ," जगदीश मास्टर ने कुछ व्यथित स्वर में जवाब दिया, "रात-भर सोया नहीं, सोचता ही रहा।"

"बात तो बताइए।"

"एक खबर आई है, पता नहीं, अच्छी है या बुरी।"

"खबर क्या है?"

"सन्तोखी हरि एक भोज दे रहा है।"

"सन्तोखी हरि! कौन है यह सन्तोखी हरि? कहाँ का है?"

"हरिटोला का।"

"हरिटोला! यह टोला किधर है?"

"धनपत का डोमटोला अब 'हरिटोला' कहलाता है और सन्तोखी डोम हो गया है अब 'सन्तोखी हरि'।"

"हरिटोला का सन्तोखी हरि भोज दे रहा है, तो आप क्यों चिन्तित हो रहे हैं? एक दिन जमा हो जाने दीजिए इलाके के सारे डोमों को।"

"भोज में इलाके के डोम नहीं आएँगे; न्योता दिया जाएगा धनपतवासियों को, आपकी बभनटोली के ब्राह्मणों को भी।"

"आपको यह खबर कहाँ से मिली?"

"मुझे तो यह खबर मिली है अपनी बेटी अनुपमा से।"

"आपकी बेटी को कहाँ हाथ लगी यह खबर?"

"वह सुखदा दी के घर आया-जाए करती है; वहीं से सुनकर आई होगी।"

"कौन सुखदा दी? अजोधी की पतोहू, बिपता की घरवाली?"

"हाँ, वही," जगदीश मास्टर ने बताया, "मगर यह खबर उसके घर की उपज नहीं है। ख़बर आई है सन्तोखी हरि को और वहाँ से चलकर पहुँची है सुखदा दी के पास।"

"सन्तोखी डोम को भला कहाँ से खबर आ गई भोज करने के लिए!"

"आई होगी पटना या दिल्ली से।"

"दिल्ली से!" हरिमोहन झा पिनके, "दुर, डोम को खबर दिल्ली से!"

"तब क्या बनमनखी से? या दमगरा-अमरपुर से?" मास्टर बोल गए, "वह जमाना गया, पंडित जी, जब सिर्फ बनमनखी से खबर आती थी, सप्ताह में एक दिन। गाँव से लोग सुबह-सुबह निकलते थे बनमनखी की सोमवारी हाट करने और शाम तक लौटते थे खबरों का पिटारा लेकर। बड़ी-बड़ी खबरें तो अब सीधे पटना या दिल्ली से आती हैं...'हाँ, सुरजू ठाकुर बोल रहे हैं? पटना में नाई समाज की सभा है फलाँ तारीख को। आप कम-से-कम सौ ठाकुरों को लेकर आइए। यहाँ खाने-पीने का उत्तम इन्तजाम होगा,'...'सुनिए, फौजी यादव जी, यह रैली नहीं, रैला होगा। पचास बस बनमनखी में रहेंगी आप लोगों के लिए। एक भी बस खाली नहीं आना चाहिए। यहाँ खाना-पीना और रात में नाच-गान का भी अच्छा प्रबन्ध रहेगा। प्रत्येक महिला को पचास-पचास रुपये का इनाम भी दिया जाएगा,'...हो सकता

है, इसी तरह सन्तोखी हरि को भी दिल्ली या पटना से खबर आई होगी, 'सुनिए, सन्तोखी हरि जी, आप घरवास के अवसर पर अपने गाँव में एक बड़ा भोज दें। गाँव के सारे घरों को निमंत्रण दें, वहाँ की बभनटोली के एक-एक ब्राह्मण घर को। तिथि तय कर इसी नम्बर पर हमें खबर करें।' अब सन्तोखी हरि भी दस गाँवों के डोमों का नेता बन गया है।"

हरिमोहन झा ने तिरछी नजर से मास्टर को देखा और पूछा, "भोज किस तिथि को होगा?"

"तिथि की खबर तो अभी नहीं है। खबर मिलते ही आपको खबर करूँगा मैं, हरि के निमंत्रण के कुछ पहले ही, मगर," मास्टर पूछ बैठा, "आप आएँगे न भोज में?"

हरिमोहन झा ने कोई जवाब नहीं दिया; मुँह बिचकाया और मास्टर का साथ छोड़ तेज कदमों से आगे बढ़ गए।

आगे बढ़कर भी आगे नहीं बढ़े वे। तिलमिली तो पैदा हो ही गई थी उनके अन्दर। एक जगह रुककर जब देख लिया कि जगदीश मास्टर अपने घर की ओर निकल गया है, तब वे लौटे और अपनी पुरानी जगह बैजनाथ भगत की दुकान में घुसे।

स्वागत के बाद गद्दी पर बैठते-बैठते हरिमोहन झा बोले, "मैं एक जानकारी लेने आया हूँ, बैजू बाबू।"

"कैसी जानकारी, पंडित जी," बैजू भगत ने जवाब दिया, "जो मुझे है और आपको नहीं है?"

हरिमोहन झा हँसे, "यह जानकारी ही ऐसी है जो मुझसे पहले आपको होगी। यह बताइए कि क्या सन्तोखी डोम कोई भोज देने जा रहा है, पूरे गाँव को भोज, बभनटोली के ब्राह्मणों को भी?"

बैजू भगत ने कुछ धीमी आवाज में कहा, "अब आप सन्तोखी डोम मत बोलिए, सन्तोखी हरि बोलिए।"

"आपको कैसे मालूम," खुफिया निगाहों से बैजू भगत को घूरते हुए पंडित हरिमोहन झा ने पूछा, "कि अब सन्तोखी डोम सन्तोखी हरि हो गया?"

"कब हुआ 'हरि', यह तो नहीं मालूम; कल शाम में जाना कि वह 'हरि' हो गया।"

"कैसे मालूम हुआ?"

"कल गेहूँ पिसवाने कई औरतें आई थीं। उनकी बातचीत से मैंने यह सब जाना। कोई एक किसी दूसरी से कह रही थी, 'मैं तो कल शाम में परेशान हो गई थी, दीदी। मेरी बकरी, जो कभी उधर चरने नहीं जाती थी, चली गई सन्तोखी हरि

के नए मकान के पीछे और उधर ही टिक गई। साँझ हो गई थी ढूँढ़ते-ढूँढ़ते।' किसी और ने किसी को सुनाया, 'मुझे तो भोर-भोर बिलटू बबुआ ने खबर दी कि मेरे सन्तोखी हरि के पीछे वाले खेत में किसी की भैंस थी। मैं तो दौड़ी।' इसी तरह कुछ औरों ने भी सन्तोखी हरि का नाम लिया। मैं तो सोच-सोचकर थक गया कि कौन है यह सन्तोखी हरि, कब आया इस गाँव में और कब तो जमीन भी खरीद ली और मकान भी बना लिया। मैंने एक औरत से पूछा कि यह सन्तोखी हरि कौन है, तो सारी औरतें खिलखिला पड़ीं। एक ने कुछ करीब आकर मेरे कान में फुसफुसाकर बताया कि अब सन्तोखी डोम का नाम सन्तोखी हरि है।"

"हूँ," हरिमोहन पंडित ने हुंकारी भरी, "इसका मतलब है कि जो जानकारी आपको नहीं, मुझे नहीं, वह जानकारी एक बभनटोली छोड़कर पूरे गाँव को है।"

"इस 'हरि' की हवा भीतर ही भीतर चली है।"

"मैं सब समझ रहा हूँ," हरिमोहन झा बोले, "आप अब यह बता दीजिए कि भोज किस दिन है?"

"इसकी खबर तो नहीं है," बैजू भगत ने जवाब दिया, "शायद आज की शाम खबर मिल जाए।"

"यह खबर है कि भोज होगा ही?"

"मुझे विश्वास हो रहा है कि भोज होगा।"

"कैसे विश्वास हो रहा है?"

बैजू भगत हँसने लगा और बोला, "कल जब मैं दुकान बढ़ाने को था कि सन्तोखी डोम, मतलब सन्तोखी हरि मेरे सामने आ खड़ा हुआ और हाथ जोड़कर बोला, 'मैं एक भोज देने जा रहा हूँ, बैजू बाबू, पूरे गाँव को भोज। आप तो गाँव में बहुत भोज करा चुके हैं। करीब पाँच सौ आदमियों को खिलाना है। आप बताइए मुझे कि क्या-क्या सामान लगेगा और सारा सामान आपके यहाँ मिल जाएगा न?' मैंने उसे आवश्क जानकारी दे दी, और यह भी सुना दिया कि सामान तो सब मिल जाएगा मगर उधार एक पैसा नहीं दूँगा।"

हरिमोहन झा मुस्कुराए और बोले, "फिर?"

"उसका जवाब था, 'कहिए तो पैसे कल ही जमा कर दूँ।'"

"साला डोम!" हरिमोहन झा अपने को रोक नहीं पाए, "इतना पैसा कहाँ से ले आया? डकैती में जाता है क्या!"

"लगता तो है ऐसा ही," बैजू भगत ने हाँ भरी, "पहले मकान और फिर भोज; मकान पक्का और भोज पूरे गाँव को! साला डोम।"

"मत दीजिए डोम को कोई सामान।"

"ऐसा मत कहिए पंडित जी। साल में तीन भोज हाथ लग जाए, तो समझिए कि हमारा साल का खर्च निकल जाता है। डोम के हाथ सामान तो सब दुकानदार बेच ही रहे हैं।"

"आप भोज खाने भी जाएँगे?"

"हम तो आप लोगों से बाहर नहीं हैं, पंडित जी," बैजू भगत का जवाब था, "न्योता बभनटोली को भी जाएगा। जो आप लोग करेंगे, वही हम भी करेंगे।"

'हूँ' उच्चारकर पंडित हरिमोहन झा बाहर निकल आए।

अभी घर से निकलकर बभनटोली के मुँह पर आए ही थे मुसाय झा कि उसने हरिमोहन झा को अपनी पुरानी चाल में न चलकर तेज कदमों से आते हुए देखा। शंकाग्रस्त मुसाय झा हरिमोहन झा पर नजर गड़ाए हुए जहाँ के तहाँ खड़े रह गए। बगल से गुजरने को ही थे हरिमोहन झा कि मुसाय पूछ बैठे, "क्या बात है, हरिमोहन बाबू, इतनी तेजी से..."

जवाब में अपनी रौ में निकल गए हरिमोहन बाबू के मुख से बस इतना भर सुना, "कलियुग, कलियुग।"

कहीं और जा रहे मुसाय झा बभनटोली में वापस आ गए।

*

बैजू भगत खुश थे कि अनायास एक भोज उनके हाथ आ गया। अब खुशी इस बात से होगी कि भोजनग्राहियों की अच्छी संख्या हो। डोम का भोज है, किसी डोम का पहला भोज; क्या पता, कौन आएँगे और कितने नहीं आएँगे। इस बात का खुलासा तो हो गया है कि भोज सुखदा दी ही करवा रही है; तब खानेवालों की भी कमी नहीं होनी चाहिए। मगर अभी तक इस भोज का ढिंढोरा पीटा नहीं गया है। बभनटोली में तो ढिंढोरा पीट देंगे हरिमोहन झा, मगर सोलकन-टोलों में भी पीटा जाना चाहिए। बभनटोली का क्या भरोसा, मगर सोलकन-टोलों का तो भरोसा है।

जिन निठल्ले छोकरों को जाड़ा के आते ही पके आमों की गिनती कर लेने की आदत थी, उनमें से किसी भी एक को ढूँढ़ लेना चाह रहे थे बैजू भगत। घंटों सड़क निहारते रहने के बाद देवना पर उनकी नजर पड़ी तो उन्होंने हाँक लगाकर उसे बुला लिया।

"क्या बात है, चाचा?" दुकान के अन्दर आते ही उसने पूछा।

"यह बताओ," बैजू चाचा ने मुस्कुराकर पूछा, "कि इस बार पके आमों की गिनती कर रहे हो या नहीं?"

खिलखिलाकर हँसा देवना और फिर बोला, "पके आम तो कई हैं, चाचा, मगर भोज एक भी नहीं। आप तो जानते ही हैं कि सुखदा दी ने सोलकन-टोलों में श्राद्ध भोज पर रोक लगा दी है। एक आम है तो अपने टोले का ही, मगर टपकेगा सिरसी में अपनी पतोहू के घर में।"

"बछड़ू मंडल की बात कर रहे हो?"

"हाँ, चाचा," देवना बोला, "हो सकता था कि उपेन्दर भैया बाप के मरने पर सिरसी में ही भोज देते और हम लोगों को भी न्योता देते। मगर इस साल इसकी भी उम्मीद नहीं। सिरसीवाली भाभी ससुर को पूर्णिया ले गई थी इलाज कराने। यहाँ भी तो आई थी भाभी पैसे के जुगाड़ में, मगर न तो महेन्दर भैया ने एक पैसा दिया और न जोगिन्दर भैया ने। भाभी भी बस एक बार कहकर रह गई, दुबारा मुँह नहीं खोला। हाँ, इस साल कुछ आम टपकनेवाले तो हैं बभनटोली में, मगर...मगर वहाँ भी मामला बिगड़ रहा है।"

"मामला बिगड़ रहा है!" हँसे बैजू भगत, "कैसा मामला रे?"

"शत्रुघन मिसर को तो आपने देखा ही होगा; अब-तब में हैं। तीन दिन पहले मैं पूर्णिया से आ रहा था। उसी बस में शत्रुघन मिसर भी बेटे के साथ चढ़े थे। मैंने देखा कि बूढ़ा सेब खा रहा है। अब अगर बेटा बाप को सेब-नारंगी खिलाए, तो वह उसे मरने देगा जल्दी? यह मामला भी इस साल हाथ से निकला।"

बैजू भगत हो-होकर हँस पड़े और हँसी थमने पर बोले, "कोई और मामला?"

"है न, तीन मामलों की खबर तो है मुझे," बोलकर देवना आगे बढ़ा, "यह खबर मुझे गेना भैया ने दी थी। गोकुल नाथ मिसर अपने बगीचे में आम का गाछ रोप रहे थे और गेना कुदाली का काम कर रहा था। गाछ रोप देने के बाद गोकुलनाथ बोल गए, 'जानते हो, गेना, गुलाबखास रोपा है। बचपन में ननिहाल में कुंजी यादव के बगीचे में गुलाबखास खाया था। उसका स्वाद अभी तक मेरी जीभ पर है। उसके बाद कभी नहीं खाया। कहीं हाट-बाजार में गुलाबखास मिला ही नहीं। अब मन खुश है कि गुलाबखास खाकर मरूँगा।'

"आम का गाछ तो सालों बाद फलता है, बाबा," गेना भैया बिना सोचे-समझे बोल गए, 'आप क्या तब तक जिन्दा रहेंगे!'

"'चुप साला, धानुक, श्राप देता है!' मिसर बाबा आगबबूला हो गए, 'अभी क्या हुआ है मुझे रे? तुम जिन्दा रहा तो देख लेना, इस गाछ का फल मैं खाता हूँ या नहीं। और, तुम साले कल से इधर मत आना। तुम्हारा मुँह देखने लायक नहीं है।'

"गेना भैया ने तो सचमुच उधर जाना छोड़ दिया, मगर वे बता रहे थे कि मिसर बाबा उस दिन से ही रोज सुबह महादेव बाबा को जल चढ़ाने शिवालय जाते हैं।"

बैजू भगत मुस्कुरा रहे थे कि तभी देवना ने एक तीसरा मामला भी सुना दिया, "लम्बोदर झा फूल झा की दुकान से पान खाकर निकले थे। मेरे साथ लालटू था। उसकी नजर लम्बोदर झा पर पड़ी जो हमसे चार कदम आगे चल रहा था। लालटू मुझसे बोल गया, 'देखो रे देवना, इस बुढ़वा की गिनती हम तीन साल से कर रहे हैं। अभी तक यह मरा नहीं। कब मरेगा रे?' हालाँकि लालटू फुसफुसाकर ही बोला था, पर कैसे तो बुढ़वा ने सुन लिया और आगबबूला हो गया। वह उलटकर बोला, 'क्या बोला रे लौंडा, राड़ का बेटा राड़, मरेगा साला तू; अन्धड़-झक्कड़ में टिकोला भी गिरता है।' हम तो भागे वहाँ से। उसको इस साल मरना चाहिए, मगर मामला फँसा हुआ है। अभी भी चला आता है फूल झा की दुकान तक पान खाने।"

"इस साल तुम्हारे हिस्से में एक भी भोज नहीं है," बैजू भगत मुस्कुराकर बोले, "अब ले लो मुझसे एक भोज।"

"आप भोज देंगे, चाचा?"

"भोज की खबर मैं दे रहा हूँ," भगत जी ने जवाब दिया, "भोज देगा सन्तोखी डोम, मतलब सन्तोखी हरि।"

"वह भोज देगा?"

"हाँ, पूरे गाँव को।"

"सच?"

"हाँ रे। खाओगे न डोम के घर भोज?"

"हमको तो भूत भी न्योता देगा, तो जाएँगे भोज खाने। अब सुखदा दी के राज में क्या डोम और क्या ब्राह्मण। सब धान एक कोठी में। भोज कब है, चाचा?"

"पहले संगी-साथियों को भोज की खबर तो दे दो; भोज का दिन सन्तोखी हरि ही बताएगा सबको।

*

"अरे बाप!"

कमरे से आई इस आवाज पर आँगन बुहार रही मिश्राइन हाथ का झाड़ू फेंककर दौड़ी और कमरे में बिस्तर पर आतंकित मुद्रा में तनकर बैठे पति से पूछा, "आप चीखे?"

हाँ में सिर हिलाकर पुरुषोत्तम मिश्र बोला, "जरा बाहर झाँककर बताओ तो, कोई दरवाजे पर आया भी है?"

"कोई आनेवाला था?"

"जो कहा सो करो।"

मिश्राइन बाहर निकली और चारों ओर देख लेने के बाद अन्दर आकर पति को बता दिया, "कोई नहीं है।"

बोलकर चली नहीं गई मिश्राइन, वहीं खड़ी रह गई और कुछ देर तक चुप रहने के बाद फिर पति से पूछा, "कौन आनेवाला था?"

"आनेवाला तो कोई नहीं था, मगर एक आ गया।"

"आया तो नहीं है कोई।"

"सपने में आया था।"

"कौन?"

"सन्तोखिया डोम।"

"हाय राम! सपने में डोम क्यों आया?"

"पैसा माँगने।"

"अब आप डोम को भी सूद पर पैसा देते हैं?"

"अब तक दिया नहीं है किसी डोम को; इस डोम से लिया है।"

"मुझे कभी बताया नहीं?"

"औरत के पेट में बात नहीं पचती, इसलिए नहीं बताया।"

"किसी और को बताया?"

"किसी को नहीं।"

"सन्तोखिया ने तो बताया ही होगा।"

"नहीं, शर्त थी कि वह किसी को नहीं बताएगा।"

"मगर आपने पैसा लिया ही क्यों?"

"लगा कि पैसा सड़क पर पड़ा हुआ है; उठा लेना है।"

"ऐसा कैसे लग गया?"

"गाँव आने के लिए पूर्णिया में जिस बस में मैं बैठा, उसी में वह सन्तोखिया भी चढ़ गया था। बस में अच्छी भीड़ थी। भीड़ का धक्का-मुक्का खाते हुए वह मेरे पास सामने आ खड़ा हुआ था। मेरी नजर उठी, तो वह अचानक बोल गया, 'प्रणाम, मालिक।' मैं कैसे कहता कि डोम हो, खिसको। पूछ बैठा, 'कहाँ से सन्तोखी?' वह बोला 'सिलिगुड़ी से' और फिर झुककर कान के पास फुसफुसाया, 'माल बेचने गया था।' मैं पूछ बैठा, 'कितने का माल बेचा?' वह बोला, अस्सी हजार का।' मैं फिर कुछ नहीं बोला, मगर निगाह उस पर जमाए रखा।

"धनपत आने को था, तब मैं उसके पीछे खड़ा हो गया था। उसके बस से उतरते ही मैं उतरा और उससे कहा, 'सन्तोखी, मेरा एक उपकार कर दो।' वह बोला, 'बोलिए, मालिक।' मैंने कहा, 'मुझे पाँच हजार रुपये की आज ही जरूरत

है। पूर्णिया के एक दुकानदार के पास मेरे बीस हजार रुपये हैं। मैं पैसा लाने ही गया था, पर वह सोमवार को पैसा देगा, आज के पाँचवें दिन। तुम मेरा काम चला दो; मैं सोमवार को पैसे लौटा दूँगा। बोलो, करोगे उपकार?' बिना और कुछ बोले-पूछे उसने मुझे पाँच हजार दे दिये। पैसा लेकर उस वक्त ही मैंने उससे कह दिया कि इस पैसे के लिये मुझे कभी टोकना नहीं और किसी को भी बताना नहीं कि मैंने तुमसे पैसे लिए हैं। 'नहीं, टोकूँगा, मालिक, और कभी किसी को बताऊँगा भी नहीं।' यह बोलकर गया था वह। मगर वाह रे डोम, पाँच दिन के बजाय चार साल हो गए, कभी टोका नहीं, किसी को बताया नहीं।"

"कभी टोका नहीं और आज सपने में आकर टोका। भोर का सपना। वह दरवाजे पर आए और हल्ला करे, उससे पहले ही उसके पैसे लौटा आइए।"

"अब पैसा लौटाने से भी काम नहीं बन रहा है।"

"क्यों?"

"वह बोलकर गया है कि अगर मैं उसका भोज खाने नहीं जाता हूँ, तो वह चिल्ला-चिल्लाकर पूरे गाँव को सुनाएगा कि मैं चार साल से उसका पैसा खाकर बैठा हुआ तो हूँ, मगर उसका भोज खाने नहीं जाऊँगा।"

कुछ देर मौन साधे रही मिश्राइन और फिर पूछा, "क्या सोचा है आपने?"

"कुछ नहीं, लाल की माँ, कुछ भी नहीं सोचा है।"

"रूपनारायण झा ने मुसहर विधायक को घर में बैठाकर खिलाया और आप डोम के घर जाकर खाएँगे; दोनों बराबर है। रूपनारायण झा जरूर जाएँगे भोज खाने; आप उनके साथ चले जाइएगा।"

*

विमला देवी खेत से मूँग तोड़कर आई थी और घर में घुसते ही अपने पतिदेव निर्मल झा से हुलसकर बोली, "कुछ सुना है?"

"क्या?" अखबार से नजर उठाते हुए पतिदेव निर्मल झा ने पूछा।

"सन्तोखी डोम, मतलब सन्तोखी हरि, भोज देने जा रहा है।"

"तो?"

"पूरे गाँव को भोज देगा, बभनटोली को भी।"

"तो?"

"तो क्या! आप जाएँगे भोज खाने?"

"सोलकन जाएँगे भोज खाने; कोई ब्राह्मण तो नहीं जाएगा।"

"नहीं जाए कोई ब्राह्मण, मैं तो जाऊँगी।"

"तुम सोलकन हो?"

"बन जाऊँगी सोलकन।"

"वाह-वाह! हो ब्राह्मण और बन जाओगी सोलकन!"

"मैं तो," ब्राह्मणी ने झट जवाब दिया, "उसी दिन से सोलकन बनी हुई हूँ जिस दिन से आपके लिए कलेवा लेकर खेत पर आने लगी हूँ। बभनटोली की कोई मौगी जाती है कलेवा लेकर खेत पर या खेत में मूँग तोड़ने?"

"यह सब तो है, मगर हम बभनटोली में रह रहे हैं ब्राह्मणों के बीच; देख लो कि बभनटोली के ब्राह्मण क्या निर्णय लेते हैं।"

"बभनटोली के निर्णय पर हम क्यों चलें? बभनटोली वालों ने हमें कभी कोई सहारा दिया है क्या? आप ही तो बता रहे थे कि विद्यालय का कोई मास्टर हमारा खाली कमरा किराए पर ले लेता, मगर बलभद्र झा के कारण कमरा किराए पर नहीं लगा। जिसने पैसे की चोट की, उसकी बात पर हम चलें? मुसीबत में हमें पाँच-दस रुपये की मदद करनेवाला भी कोई है यहाँ? भला हो सुखदा दी का जिसने हमें गड्ढे से निकालकर ऊँची जमीन पर टिका दिया है। उसी की बदौलत हमने किताब की अच्छी दुकान खोल ली और बेटे को ननिहाल से बुलाकर इस घर की दुकान पर बैठा दिया। हमने मधुमक्खी के चार छत्ते लगा लिये हैं। अगले साल से हम मशरूम की खेती करेंगे। यह सब होता अगर सुखदा दी मदद नहीं करती तो? यह सब होता अगर बभनटोली में हम 'जात जात' जपते रहते?यह भी जान लीजिए कि मैं सन्तोखी हरि के भोज में नहीं जा रही हूँ। यह भोज सुखदा दी करा रही है और इस भोज में मैं तो जाऊँगी ही। आप बोलिए, आप जाएँगे या नहीं?"

"तुम जाओगी, तो समझो, मैं भी गया। मगर हड़बड़ाओ नहीं, ठीक से सोच-विचार लो। सिर्फ एक घर से ब्राह्मण जाएगा, तो दूसरे सारे घर उसे दूसेंगे, उसका जाति-बहिष्कार करेंगे।"

"कौन दूसेगा जी?" विमला देवी भड़क उठी, "कौन जाति-बहिष्कार करवा देगा? रूपनारायण झा ने भी तो मुसहर को घर में बैठाकर खाना खिलाया था; हुआ जाति-बहिष्कार?"

"देखो, तब वह मुखिया था। मुखिया को तो डोम-चमार अफसरों के पास भी जाना पड़ता है। वहाँ चाय मिलती है, तो समझो कि मुखिया को इज्जत मिल रही है। मुखिया मानकर ब्राह्मणों ने रूपनारायण झा को माफ कर दिया। हमें भी माफ कर देगा क्या?"

"अब मुझसे भी सुन ही लीजिए," विमला देवी ने सुनाया, "लूटन झा का बेटा फूल झा गाँव में ही डोम-चमार को पान खिला रहा है या नहीं? रुचिपति मिसर का

बेटा टुन्नी तो बनमनखी तक चला गया डोम-चमार को पान खिलाने। बहिष्कार हुआ किसी का? ललन झा का बेटा पंजाब गया; वह क्या वहाँ कलेक्टर बनने गया था? कहीं किसी पंजाबी के खेत में रोपनी-कटनी कर रहा होगा या किसी मंडी में धान-गेहूँ लाद रहा होगा। सब अपना-अपना रास्ता ढूँढ़ रहे हैं और आप यहाँ बैठकर जात को चाटिए। सोलकन बन जाने भर से चार पैसे घर में आ रहे हैं, तो मैं बनूँगी सोलकन। मैं सुखदा दी का उपकार मानूँगी; वह अपने साथ पाताल चलने को भी कहेगी, तो चली जाऊँगी।"

"ठीक है," नकुल झा मुस्कुराए, "अगर कोई मुझसे सवाल-जवाब करेगा, तो मैं कह दूँगा कि मेरी अर्धांगिनी विद्रोहिणी हो गई है।"

अब विद्रोहिणी के मुस्कुराने की बारी थी; उसने कुछ ठहरकर कहा, "यह भी बोलना पड़ेगा कि बेटा शुभंकर भी विद्रोही हो गया है।"

"शुभंकर भी जाएगा भोज खाने?"

"भोज तो खाएगा ही," अर्धांगिनी ने जवाब दिया, "कुछ दान-दक्षिणा लेकर भी आएगा।"

"कैसा दान-दक्षिणा?"

"मामा के साथ रहकर बेटा शुभंकर पुरोहिताई में पारंगत हो गया है," अर्धांगिनी ने सुनाया, "सन्तोखी हरि के घरवास की पूजा शुभंकर ही कराएगा।"

"सन्तोखी से बात हुई है तुम्हारी?"

"नहीं, बात तय हुई है सुखदा दी के साथ।"

कुछ देर दोनों एक-दूसरे को मुस्कुराते हुए देखते रहे। उनकी मुस्कुराहटें गिरगिट की तरह रंग बदलती रहीं।

कुछ पल और साथ बैठे रहे वे दोनों, और फिर विद्रोह की बातें सोचते हुए अपने-अपने काम से जा लगे।

*

फौजी यादव सड़क पर से ही चिल्लाए, "मास्टर साहब हैं घर में?" और फिर सियाराम यादव के दालान में जा घुसे जिसमें रामोतार मास्टर रहते थे। मास्टर साहब उस समय चौकी पर बैठे अखबार पढ़ रहे थे। नजर मिलते ही फौजी यादव ने सुनाया, "क्यों, मास्टर साहब, अखबार में है छपी कोई खबर इस गाँव की?"

"कैसी खबर, फौजी बाबू?" अखबार एक ओर रखते हुए मास्टर साहब ने पूछा।

"सुनिए इनकी बात, कैसी खबर!" हँसकर कहा फौजी यादव ने, "डंका पिट गया। बाहर हवा में तैर रही है खबर। आप पूछते हैं, कैसी खबर? भोज की

खबर, भोज की, सन्तोखी हरि के भोज की खबर। किस्टो की बेटी कहती है कि सन्तोखी डोम अब सन्तोखी हरि हो गया है। वह पूरे गाँव को न्योता देने जा रहा है, बभनटोली के ब्राह्मणों को भी।"

रामोतार मास्टर हँसे, "यह सम्भव है क्या कि डोम का भोज खाने ब्राह्मण आए, धनपत की बभनटोली के ब्राह्मण?"

आसन जमाते हुए फौजी यादव ने कहा, "न आए ब्राह्मण, मगर न्योता तो जाएगा। और जब यह भोज सुखदा दी करवा रही है, तो ब्राह्मणों को भी सोचना पड़ेगा कि वे भोज खाने जाएँ या नहीं।"

"मैंने तो कभी नहीं सुना कि ब्राह्मणों ने डोम के हाथ का पानी भी पिया है, और पूरा विश्वास है कि यह सुनने से भी रह जाऊँगा कि धनपत की बभनटोली के ब्राह्मण सन्तोखी डोम या हरि के घर भोज खाने गए थे।"

"मास्टर साहब," फौजी यादव ने सुनाया, "यह सुना था, 'औरत के हाथ में लाठी?' यह सुना था, 'डर किसका, डर अब पोदिनमा के नाती का?' यह सोचा था कभी कि सोलकन औरतें ब्राह्मण की दुकान पर लाठी चला देंगी? यह भी नहीं सुना होगा कि गाँव में बाभन-राजपूत के रहते कोई सोलकन नेता बन जाए। सोलकन भी मरद नहीं, मौगी। आप रहेंगे यहाँ, तो बहुत कुछ सुनेंगे। मैं तो, सच कहता हूँ, मास्टर साहब, इस जनाना का मुरीद बन गया हूँ। मुखिया खुद नहीं बनी, श्रद्धा देवी को बनवा दिया। जो कभी नहीं हुआ, वह हुआ इस बार; एक-एक धानुक का वोट यादव को दिलवा दिया। श्राद्ध-भोज बन्द हो गया सोलकनों के टोलों में; बाभन बन्द करे, न करे। अब विदाई में बेटी को पोखर चाहिए। सुना है कि आपका जगदीश मास्टर भी बेटी के लिए पोखर खुदवा रहा है। क्या जादू है इस औरत के पास कि सारी सोलकन औरतों को अपनी मुट्ठी में कर लिया है, और औरतों ने अपने-अपने मरद को! किया भी तो है कुछ वैसा ही। खेती का कायाकल्प कर दिया। एक से एक कृषि पदाधिकारी, कृषि विशेषज्ञ को धनपत का रास्ता दिखा दिया। अखबार वाले नकुल झा की बीवी तक उसके आगे-पीछे करती रहती है। आप देख लीजिएगा, मास्टर साहब, ब्राह्मणों को भी जाना पड़ेगा सन्तोखी के घर भोज खाने, नहीं तो सबको गाँव छोड़कर भागना पड़ेगा बनमनखी-पूर्णिया की ओर।"

रामोतार बाबू हँसी रोक नहीं पाए, "नहीं-नहीं, गाँव छोड़कर क्यों भाग जाएँगे वे।"

"क्यों भागेंगे? सुनिए, क्यों भागेंगे," फौजी यादव ने सुनाया, "अरे भागेंगे इसलिए कि..."

इसी समय जगदीश मास्टर का कमरे में प्रवेश हो गया। "आइए, आइए, जगदीश बाबू, आपकी ही जरूरत थी इस समय," फौजी यादव जगदीश मास्टर

से मुखातिब हुए, "अब आप ही बताइए कि बभनटोली के बाभन अगर सन्तोखी हरि के घर भोज खाने नहीं आते हैं, तो उन्हें अपना घर छोड़कर भागना पड़ेगा या नहीं?"

गद्गद तो हुए जगदीश मास्टर, मगर अपनी गुदगुदी को छिपाते हुए जवाब दिया, "मैं भला क्या जवाब दूँ, फौजी बाबू? यह कूवत तो आप यादवों में ही है, आप लोगों की लाठी में।"

"दुर!" फौजी यादव तुरन्त असहमत हो गए, "लाठी अब यादव के हाथ में रही कहाँ! एक-एक यादव की लाठी तो आपकी सुखदा दी के हाथ में चली गई है। अब तो अगर सुखदा दी चाहेगी, तो मुखिया श्रद्धा देवी भी हाथ में लाठी लेकर उसके पीछे चल पड़ेगी।"

"मैं नहीं मानता कि ब्राह्मणों को भगाने के लिए सुखदा दी लाठी चलाएगी, लाठी चमकाएगी।"

"मैं भी नहीं मानता कि बाभनों को भगाने के लिए लाठी चलाने-चमकाने की जरूरत पड़ेगी।"

"फिर," रामोतार बाबू पूछ बैठे, "भागेंगे कैसे वे?"

"मैं बताता हूँ, कैसे?" फौजी यादव ने बताना शुरू किया, "अब तो ऐसे भी कोई नायक बभनटोली में बाल-दाढ़ी बनाने बभनटोली नहीं जाता है। अशरफिया ने बनिया चौक पर 'हेयर कटिंग सैलून' खोल दिया है। किसी बाभन के सैलून में घुसते ही अशरफिया बोलेगा, 'दर तालिका देख लीजिए। उसके ऊपर लगेगा, ब्राह्मण टैक्स, दाढ़ी पर एक रुपया, बाल पर दो रुपये।'"

एक फौजी को छोड़ दोनों मास्टर ठठाकर हँस पड़े। हँसी थमी, तो फौजी यादव आगे बढ़े, "धोबी का ब्राह्मण टैक्स गंजी-कुरता पर एक रुपया और धोती-चादर पर दो रुपये। हरिहर हलवाई ने तो अभी से ही दुकान के अन्दर-बाहर चार-चार सूचना पट्ट टँगवा दिये हैं—आज नकद, कल उधार। अब पुराने उधारी ब्राह्मणों की सूची भी टँगेगी। देखे दुनिया, कौन कितना डकार ले रहा है। दुकानदार लेंगे हर सौ रुपये की खरीद पर दो रुपये ब्राह्मण टैक्स।"

"बस, बस, बस," हाथ उठाकर जगदीश मास्टर ने फौजी यादव को रोका, "इतने से ही काम चल जाएगा, मगर मुझे नहीं लगता कि सुखदा दी कोई ऐसा फरमान जारी करेगी। हाँ, एक बात कहूँगा, आपकी यह लाठी अभी से हवा में चले, तो बुरा नहीं है।"

*

कल तक पंडित हरिमोहन झा को इतना भर पता था कि सन्तोखी डोम ब्राह्मणों को भी न्योता देगा, मगर आज सुबह की खबर उद्विग्न करनेवाली थी। फौजी यादव के साथ हुई ढँकी-छुपी बातचीत को जगदीश मास्टर जगह-बेजगह उघारने लगे थे। बैजू भगत भला आदमी है, पंडित जी को अन्दर की बात भी बता देता है।

...तो मतलब यह हुआ कि डोम के भोज में ब्राह्मणों को भी जाना होगा, जाना ही होगा?...यह भोज नहीं, भोज के नाम पर ब्राह्मणों के विरुद्ध साजिश है, एक भयंकर साजिश।

हरिमोहन झा को अभी बभनटोली के एक ऐसे ब्राह्मण की तलाश थी जिसके साथ बैठकर शान्त मन से वे साजिश को फुस्स कर देने के लिए कुछ बतिया सकें।

...बलभद्र ठीक रहेगा?...नहीं, वह तो यह सब सुनते ही अगिया बैताल हो जाएगा; कहेगा, 'चार युवकों को तैयार कीजिए; हम इस हरिटोला का 'हरि बोल' कर देते हैं। आज रात ही डोम-टोली में आग लगा देंगे।' ऐसा हो सकता है क्या? डोम द्वारा पत्तल नहीं उठाने पर भी तो बैठक हुई थी। बदमाश सोलकनों को खूँटे से बाँधकर पीटने का प्रस्ताव आया था। कुछ भी हुआ क्या? कौन फँसेगा अगलगी के मुकदमे में?...

...अनुराग मिश्र भी कोई काम का आदमी नहीं है। वह तो जवाब देगा, 'भैया, जब सोलकन-टोले में बन्दूक आ गई है, तो अब हम थोड़ा झुक ही जाएँ। भोज खा लेने में ही हमारी भलाई है। हम खाएँगे, किसी को खिलाएँगे नहीं।'...

और भी कुछ नाम आए दिमाग में, मगर रमण ठाकुर के नाम के साथ वे चिपक गए।

रमण ठाकुर को हरिमोहन बाबू ने तुरन्त फोन किया, "हैलो...हैलो..."

रमण ठाकुर पूर्णिया में थे; फोन पर पूरा मामला सुन लिया और शाम में मिलने का वचन दिया।

हरिमोहन झा घर बैठ गए और शाम तक बेचैन रहे। शाम में मिलते ही रमण ठाकुर ने सुनाया, "मैंने तो कितनी ही बार कहा है कि अब अपने इस गाँव को शहर बना दें। मैं शहर बन गया या नहीं? कितने ही रोगियों के घर का खाना खा चुका हूँ, डोम-चमार के हाथ का पानी पी चुका हूँ। जात-पात पर ध्यान दूँ, तब तो गई मेरी कमाई। अब जब आपके अनुसार पूरा गाँव, एक बभनटोली को छोड़कर, भोज में जाने का निर्णय ले चुका है, तब क्या करेंगे आप और क्या करूँगा मैं? मुझे भोज खाने को नहीं कहेंगे आप, तो नहीं खाऊँगा, उस दिन पूर्णिया में ही रह जाऊँगा।"

"यह कोई जवाब हुआ!" हरिमोहन झा का उदास स्वर था, "तुम पूर्णिया में रह जाओगे, मगर पूरी बभनटोली तो भागकर पूर्णिया नहीं चली जाएगी।"

"इसीलिए तो कह रहा हूँ," रमण ठाकुर ने जवाब दिया, "अब पुराने संस्कारों से मुक्त हो जाइए। आप कलियुग की बात बराबर करते हैं, मगर कलियुग की गति नहीं देख रहे हैं। आप अपने को ही ध्यान में लाइए। एक समय था जब आप सुबह-सुबह खाली हाथ घूमने निकलते थे और हाथ में कद्दू-कटहल लिए घर लौटते थे। अब खाली हाथ जाते हैं, तो खाली हाथ ही आते भी हैं। जगदीश मास्टर की यह हिम्मत कभी होती आपसे पूछने की कि बभनटोली के घरजँवाइयों में कितने चोर, डाकू या हत्यारे हैं? अब जात-पात भूल जाइए, भैया। कलियुग आपसे पैसा छीन रहा है और सोलकनों में बाँट रहा है। ब्राह्मण जमीन बेच रहा है, शूद्र जमीन खरीद रहा है। अब जिसके हाथ में पैसा, वही ब्राह्मण। बहुत जल्दी आप शूद्र हो जाएँगे और शूद्र ब्राह्मण। आप यह सोचिए कि कलियुग के हाथ से पैसे की थैली ब्राह्मण समाज कैसे छीन ले।"

"तुम बहुत बोल गए, रमण," हरिमोहन झा बोले, "हम दो के निर्णय पर ही तो पूरा समाज नहीं चलेगा। कुछ और लोगों के मन भी तो टटोलो कि वे क्या सोचते हैं।"

"मैं तो यहाँ बैठे-बैठे बहुतों का मन टटोल सकता हूँ।"

हरिमोहन झा ने खुफिया निगाहों से रमण ठाकुर को देखा और फिर कठहँसी हँसकर बोला, "कुछ लोगों का टटोलो तो मन और बताओ तो मुझे कि वे क्या सोचते हैं।"

मुस्कुराए रमण ठाकुर, कुछ देर तक मुस्कुराते रहे, और फिर कुछ के मन टटोलने में लग गए...

"क्या सोच रहे हैं?" मिश्राइन ने चिन्तामग्न पतिदेव से पूछा, "डोम भोज के बारे में?"

"हूँ।" सृष्टिदेव मिश्र ने सिर हिलाया।

"एक घर से एक आदमी को न्योता होगा, ऐसा सुन रही हूँ। अपने घर से एक आप ही जाएँगे न?"

"और कौन जाएगा! मुझे ही जाना होगा।"

"यही ठीक रहेगा। बेटा जाएगा तो डोम के घर खाने का पाप पचासों साल तक इस घर में जमा रहेगा; आप जाएँगे, तो कितना? पाँच साल, सात साल, दस साल?"

"मुझे पाप का डर नहीं है, सिंगारपुरवाली; मुझे जान का डर है।"

"जान का क्या डर! भोज में जहर परोसेगा क्या डोम? अभी ही जान का कोई डर नहीं।"

"डर डोम का नहीं, डर है नाई का, सिंगारपुरवाली। बूढ़ा सुरजू नाई का डर कभी नहीं रहा, मगर उसके जवान बेटे अशरफिया से तो डरना होगा। दुनिया कहती

है, मैं बहुत डरपोक आदमी हूँ। अब बुढ़ापे में निडर होकर मैं कोई गलती करूँ और उस गलती से मरूँ, यह मंजूर नहीं मुझे। गाँव एकमत है। इस लौंडे अशरफिया का खून जवान है। अगर किसी के बहकावे में ही आकर किसी दिन दाढ़ी बनाते हुए अचानक उस्तरा कंठ पर चला दिया तो! कह देगा, मिसर बाबा को बड़ी जोर की छींक आई और उस्तरा बहक गया। मरे कोई और ब्राह्मण गलती करके। कलियुग है; डरकर रहना कोई बुरी बात नहीं है। नकुल झा अभी तक तो ब्राह्मण ही है; बिना किसी डर के जा रहा है भोज खाने। मैं भोज खा लूँगा और सहदेव पंडित से पूछकर प्रायश्चित्त कर लूँगा।"

एक ब्राह्मण अपनी पत्नी से पूछता है, "एक बात बताओ; अगर मैं सन्तोखी डोम का भोज खाने नहीं जाता हूँ, तो क्या हो सकता है, क्या-क्या हो सकता है?"

"क्या-क्या तो मैं नहीं बता सकती, मगर एक क्या का उत्तर है मेरे पास," ब्राह्मणी सुनाती है, "सन्तोखी डोम दिग्दिगन्त में डुगडुगी फेरेगा कि एक ब्राह्मण ऐसा भी है जो डोम का कर्ज तो खा सकता है, मगर डोम का भोज नहीं खाता। हो सकता है वह डुगडुगी बजाते हुए कोई गीत भी गाए—करजा काहे खैलऽ रे बभना, भोजवा काहे न खैलऽ रे..."

ब्राह्मण को कुछ सूझता नहीं कि वह हँसे या रोए। वह आँखों में जबरन गुस्सा लाकर बोलता है, "तुम सीधी बात करो, टेढ़ी नहीं। यह बताओ कि मुझे क्या करना चाहिए।"

"रास्ता तो नकुल झा ने खोल ही दिया है," ब्राह्मणी जवाब देती है, "वह भोज खाने जा रहा है, उसके पीछे आप भी चले जाइएगा। पहला ब्राह्मण वह, दूसरा ब्राह्मण आप।"

"तब एक काम करता हूँ," गहरी साँस लेकर ब्राह्मण बोलता है, "सन्तोखी के आगे एक शर्त रख देता हूँ कि भोज तो खा लूँगा, मगर फिर कर्ज नहीं चुकाऊँगा।"

अपने घर से बाहर निकलते हैं कमलानन्द मिश्र, पड़ोसी ललन झा के घर की ओर देखकर मुस्कुराते हैं; हाँक नहीं लगाते पड़ोसी को, पड़ोसी के बाहर निकलने का इन्तजार करते हैं। इन्तजार कुछ लम्बा होता है, मगर कमलानन्द मिश्र जरा भी उकताते नहीं।

बाहर निकलकर झट घर में न घुस जाएँ, इसलिए पड़ोसी के बाहर निकलते ही सवाल दागते हैं कमलानन्द मिश्र, "क्या सोचा है, ललन भाई?"

"किस बात के बारे में?"

"सन्तोखी डोम के भोज के बारे में," कमलानन्द मिश्र मुस्कुराकर बोलते हैं, "आप तो जाएँगे ही?"

कमलानन्द मिश्र को मुस्कुराकर पूछते देख गुस्सा आता है ललन झा को, "क्यों जाऊँगा मैं?"

"जब बेटा डोम का भोजन बनाता है, डोम के साथ बैठकर खाता है, तब तो बाप को डोम का भोज खा ही लेना चाहिए।"

"कौन साला कहता है," उबल जाते हैं ललन झा, "कि मेरा बेटा डोम का भोजन बनाता है और डोम के साथ बैठकर खाता है?"

"सोलकन-टोलों में तो यही हल्ला है।"

"यह सब उड़ंती खबर है, अफवाह है; कोई साजिश कर रहा है मेरे बेटे के विरुद्ध।"

"बेटा निर्मल बजरंग मंडल के साथ गया था पंजाब?"

"हाँ, गया था।"

"डोमटोली के दो डोम बिपत मंडल के साथ गए थे पंजाब कमाई करने।"

"गए होंगे।"

"ये सब एक ही लाट में हैं। निर्मल बेटा क्या जाने रोपनी और क्या जाने कटनी! सबने मिलकर उसे रसोई का काम सौंप दिया। खाना बनाने, खिलाने और खाने तक के फोटो आ गए हैं मोबाइल में।"

"किसके मोबाइल में?"

"अब तो सोलकनों के हर घर के मोबाइल में हैं फोटो, मगर अनुराग मिश्र के घर आकर नागो मंडल की घरवाली ने अपने मोबाइल से सारे फोटो दिखाए हैं।"

"मैं नहीं मानता कि फोटो में मेरा बेटा होगा," व्याकुल स्वर में ललन झा जवाब देते हैं, "कल भी निर्मल से मेरी बात हुई है। मेरा बेटा एक बड़े सेठ के घर द्वार-रक्षक का काम करता है। आप अपने बेटे के बारे में सोचिए जो शूद्रों के एक-एक घर में घुसा है, उस घर का पानी पिया है, वहाँ का खाना भी खाया है। बभनटोली का एक-एक आदमी जानता है कि वह कबका डोम हो चुका है। छिः, झड़ीलाल बूढ़ा की तेल मालिश! हरिमोहन झा ने भी आपको बहुत समझाया था, मगर आपको तो डोम होना था..." बोलते-बोलते ललन झा अपने घर में घुस जाते हैं।

कमलानन्द मिश्र कुछ गम्भीर होते हैं और आहिस्ते कदम से अपने घर में प्रवेश करते हैं।

बुच्ची झा को नौकर दौलतिया ने पक्की खबर दी है कि पूरा गाँव एकमत है कि बभनटोली वालों को डोम का भोज खिलाकर ही छोड़ेंगे। अगर कोई भोज खाने से इनकार कर दिया, तो...

बभनटोली जाए भाड़ में, खुद को सलामत रखना है। अग्गर पूरा गाँव एक हो गया है, तब तो सुशील धोबिया भी...

जब कभी गाँव के भोज-भात में या गाँव के बाहर किसी कुटुम्ब के पास जाना हुआ है, सुशील बैठा किसी के भी धुले हुए कपड़े—धोती, कुरता, गमछा—सिर्फ धुलाई के पैसे लेकर दे दिया करता था। इतना ही तो नहीं बोलेगा वह, कुछ छौंक-बघारकर भी बोलेगा...अरे, यह ब्राह्मण तो कबका डोम हो चुका है। मेरे पास से जब भी कपड़े ले गया, किसी डोम-चमार के कपड़े ही तो ले गया, कभी सन्तोखी डोम की धोती, कभी जहूरी चमार का कुरता। इन्हीं कपड़ों में दस गाँव धाँगकर चला आता था। ब्राह्मण के नाम पर सिर्फ ललाट पर मोटा तिलक, दुरछी!...

...रे दौलतिया, जरा पता लगाकर आओ तो, बेटा, कोई और ब्राह्मण सन्तोखी का भोज खाने जा रहा है या नहीं...

बरेखिया जो मिठाई लेकर आए थे, उसमें अभी घर वालों का हाथ भी नहीं लगा था कि दुर्गा पाठक के बेटे सोनू ने दरवाजे से हाँक लगाई, "चाचाजी, चाचाजी!"

पुरुषोत्तम मिश्र हड़बड़ाकर घर से बाहर निकले और कुछ पूछे, इससे पहले ही सोनू बोल गया, "हरिहर हलवाई शादी बिगाड़ने की फिराक में हैं।"

"क्या हुआ?"

"बस पड़ाव पर आपके घर आए बरेखिया से कह रहा था कि आप जो तिलक चढ़ाइएगा उस रकम से एक सौ सत्तर रुपये काटकर मुझे दे दीजिएगा। चार साल पुराना बकाया है।"

"अरे, ऐसा कह रहा था साला!" गुस्से से उबल गए पुरुषोत्तम मिश्र, "अभी उसका बकाया उसके मुँह पर मारता हूँ।" बोलकर एक कोने में रखा बक्सा खोलकर पैसा निकालने के लिए उठे ही थे पुरुषोत्तम मिश्र कि सोनू ने सुनाया, "अगमू बनिया का पैसा भी ले ही लीजिएगा। हरिहर बोला है बरेखिया से कि कुछ पुराना बकाया अगमू बनिया का भी है।"

कुछ सोच में पड़े पुरुषोत्तम मिश्र और फिर बोले, "अगमू का हिसाब बाद में; पहले इस हलवाई का हिसाब कर लेता हूँ।"

"हिसाब तो आपको खीखर मंडल से भी करना पड़ेगा," सोनू बोला, "बोल रहा था हरिहर बरेखिया से कि कुछ बकाया खीखर मंडल का भी हो सकता है।"

"झूठ, सरासर झूठ," तलवे की आग सिर तक पहुँच गई थी, "कोई बकाया नहीं है खीखर मंडल का। बाँस का पैसा मैं कबका दे चुका हूँ। आ रहा है मेरी समझ में, हल्के सच के साथ भारी झूठ क्यों? साला डोम! भोज दे रहा है कि आग लगा रहा है!"

"बस, बस, अब बस करो, रमण," हरिमोहन झा ने हाथ के इशारे से रमण ठाकुर को कुछ और अधिक बकने से रोका, "एक ब्राह्मण भी भोज खाने चला गया, तो समझो सारे ब्राह्मण गए। और, मुझे तो लगता है, माहौल ऐसा बन रहा है कि सारे ब्राह्मणों को जाना होगा। पूरे गाँव का सामना एक अकेली बभनटोली कैसे करेगी? कलियुग ने अपना झंडा फहरा दिया है। पाप की आँधी चल चुकी है। अब उपाय सोचो कि हम किसी तरह ब्राह्मण बने रहें। ऐसा थोड़े ही हुआ होगा कि पिछले हजार सालों में कोई ब्राह्मण किसी डोम के घर खाया ही नहीं होगा। जरूर हमारे पूर्वजों ने इसके लिए भी कोई प्रायश्चित्त तय कर रखा होगा। अब बस यही एक उपाय है, प्रायश्चित्त से पाप का निवारण। चलो, हम लोग सहदेव पंडित के घर चलें।"

"पाप भारी है तो प्रायश्चित्त भी भारी ही होगा," रमण ठाकुर बोले, "सहदेव पंडित को इतना ज्ञान कहाँ! वह कोई चलताऊ राय दे देगा। मुखिया रूपनारायण को तो उसने बताया था कि गंगा-स्नान से ही मुसहर को घर में खिलाने का पाप धुल जाएगा। आपको किसी बड़े पंडित के पास जाना होगा। चन्दा कीजिए और चलिए बनारस। वहाँ के किसी बड़े पंडित से सलाह ले लेंगे।"

"किससे चन्दा माँगोगे और कौन चन्दा देगा!" हरिमोहन झा ने झिड़क दिया, "मैं इस जवार के एक महामहोपाध्याय को जान रहा हूँ। नाम है उनका महानन्द शास्त्री। उन्हें पूजा-पाठ और यज्ञ के लिए मुम्बई-कोलकाता तक के लोग बुलाते हैं। उनका वास है दमगरा गाँव में। हमें राय के लिए उनके पास चलना चाहिए।"

"अपने खर्च से?"

"निवारण भी तो करेंगे अपने पाप का," बोलकर हरिमोहन झा ने जोड़ा, "जब औरों को भी पापमुक्त होना होगा, तो लेंगे उनसे चन्दा हम। अब यह बताओ कि किस दिन चलना है?"

रमण ठाकुर ने सोचकर बताया, "अगले रविवार को।"

*

रविवार के दिन हरिमोहन झा रमण ठाकुर को साथ लिये दमगरा पहुँचे अपने एक पुराने रिश्ते के ममेरे भाई के पास। ममेरे भाई ने बस इतना भर किया कि उन दोनों को महामहोपाध्याय के घर पहुँचा दिया।

महामहोपाध्याय ने उनका स्वागत किया और पूछा, "आप लोग कहाँ से आए हैं?"

दोनों ने एक साथ जवाब दिया, "धनपत से।"

"धनपत से?"

"जी।"

दोनों को गहरी निगाहों से देख लेने के बाद महामहोपाध्याय ने पूछा, "आप लोगों को सन्तोखी डोम ने भेजा है मेरे पास?"

दोनों ने एक-दूसरे को देखा। हरिमोहन झा ने पूछा, "आप जानते हैं सन्तोखी डोम को?"

"हाँ, जानता हूँ," महामहोपाध्याय ने जवाब दिया, "वहाँ के डोमों के कुछ शादी-ब्याह कराए हैं मैंने।"

दोनों ही एक साथ गद्गद हो गए। इस बार रमण ठाकुर ने पूछा, "आपने उनके घर भोज भी किया ही होगा?"

"नहीं," महामहोपाध्याय ने जवाब दिया, "न मैं उनके घर गया और न उनका अन्न-जल ग्रहण किया। मैं बीस हाथ दूर रहकर ही मंत्र-पाठ कर दिया करता था।"

अब दोनों में कोई क्या बोले! कुछ देर तक मौन पसरा रहा। फिर हरिमोहन झा ने ही हिम्मत की, "हम ब्राह्मण हैं, महाराज। अगर हम किसी डोम के घर अन्न-जल ग्रहण करते हैं, तो पाप लगेगा?"

"पाप तो लगेगा," महामहोपाध्याय ने जवाब दिया, "मगर आप भूल-चूक से ऐसा करते हैं, तो तीन दिनों के उपवास में ही यह पाप दूर हो जाएगा।"

"भूल-चूक से तो हम ऐसा नहीं कर रहे हैं," हरिमोहन झा मिनमिनाकर बोले, "सन्तोखी डोम गाँव में एक भोज दे रहा है और उसमें हमें भी न्योता देगा। भोज में हमें जाना है।"

"आप ऐसे पंडित के पास आए हैं," महामहोपाध्याय मुस्कुराए, "जो आपका बेड़ा पार लगाएगा। आप यह बताइए कि क्या आप किसी आपत्काल में फँस गए हैं?"

"कुछ-कुछ आपत्काल जैसा ही है।" रमण ठाकुर ने मुँह खोला।

"आपत्काल में आप किसी का भी भोजन ले सकते हैं," महामहोपाध्याय अपने शास्त्र-ज्ञान पर आ गए, "मनु का कहना है कि अगर प्राण संकट में हैं, तो आप किसी का भी भोजन ग्रहण कर सकते हैं और आप उसी प्रकार पाप से लिप्त नहीं होंगे जिस प्रकार आकाश कीचड़ से लिप्त नहीं होता है। मनु ने ऐसा कहा और दूसरे कुछ ऋषियों ने तो ऐसा किया भी।"

"आपत्काल में फँसे ऐसे कुछ ऋषियों के नाम तो आप जान ही रहे होंगे, महाराज," नामों की जानकारी ले लेना बहुत जरूरी समझा हरिमोहन झा ने।

"हाँ-हाँ, क्यों नहीं! मैं आपत्काल में फँसे पचासों ऋषियों के नाम बता सकता हूँ," महामहोपाध्याय ने जवाब दिया, "मगर पचास की जरूरत नहीं है आपको। आपके लिए एक ही काफी है; मगर मैं दो-चार के नाम ले लेता हूँ।"

"जी, दो-चार बहुत हुए।" रमण ठाकुर ने सहमति जताई।

"अजीगर्त ऋषि ने क्षुधा से पीड़ित होकर अपने पुत्र शुन:शेप को बेच दिया था मगर फिर भी वह पाप से लिप्त नहीं हुआ। पाप-पुण्य का ज्ञान रखनेवाले वामदेव ऋषि ने अपने प्राणों की रक्षा के लिए कुत्ते के मांस को खाने की इच्छा की। भरद्वाज मुनि ने अपने पुत्रों के साथ निर्जन वन में भूख से पीड़ित होने की अवस्था में वृधु नामक बढ़ई से अनेक गाएँ ली थीं। सत्-असत् को जाननेवाले विश्वामित्र ने भूख से पीड़ित होने पर चांडाल के हाथ से कुत्ते के मांस को खाने के लिए ग्रहण कर लिया था। आशय यह कि आपत्तिकाल में सभी के यहाँ से सभी प्रकार का भोजन किया जा सकता है," इतना बोलकर रुके महामहोपाध्याय और पूछा, "मगर आप 'कुछ-कुछ आपत्काल' बोल रहे थे। सही-सही यह बताइए कि भोज नहीं खाने से आपके प्राणों पर संकट रहेगा या नहीं; मतलब संकट में प्राण?"

"संकट में प्राण!"

"जी हाँ।"

झा और ठाकुर एक दूसरे का मुँह ताकने लगे। झा को ही बोलना पड़ा, "यह तो नहीं कह सकता, महाराज, कि प्राण संकट में रहेंगे, मगर...मगर जीना कठिन हो जाएगा।"

"प्राण संकट में नहीं रहेंगे," महामहोपाध्याय ने सुना दिया, "तब तो भोजन ग्रहण करने पर पाप लगेगा।"

"इसीलिए तो आपके पास आए हैं, महाराज," हरिमोहन झा बोले, "हमारी पूरी बभनटोली पापियों की टोली हो जाएगी। आप इतने बड़े पंडित हैं, इस पाप को भी धोने का उपाय अवश्य जान रहे होंगे। हमें उपाय बताइए, महाराज।"

"उपाय मैं जानता हूँ," महामहोपाध्याय मुस्कुराए, "मगर उपाय तो तब बताऊँ, जब पाप हो जाए।"

"अभी ही बता देंगे, महाराज," हरिमोहन झा बोले, "तब निश्चिन्त होकर पाप कर लेंगे।"

महामहोपाध्याय मुस्कुराए और एक श्लोक सुनाया—

शूद्रहस्तेन यो भुंक्ते पानीयं वा पिबेत् क्वचित।
अहोरात्रोषितो भूत्वा पंचगव्येन शुद्धयति।

और फिर श्लोक का अर्थ बताकर कहा, "सिर्फ एक दिन-रात उपवास करके पंचगव्य पीने से पापी पाप से मुक्त हो जाता है।"

रमण ठाकुर तुरन्त पूछ बैठा, "यह पंचगव्य क्या है, महाराज?"

"पंचगव्य का अर्थ हुआ," महामहोपाध्याय ने बताया, "दूध, दही, घी, गोबर और गोमूत्र। गौ से प्राप्त होनेवाले ये पाँच द्रव्य पवित्र होते हैं और पापी के पाप..."

"नहीं, महाराज, कोई और उपाय बताइए," रमण ठाकुर लगभग चीख ही पड़े थे, "गोमूत्र कुछ लोग भले पी लें, मगर कलियुग में गोबर कोई नहीं खाएगा।"

महामहोपाध्याय हँस पड़े, "है, दूसरा उपाय भी है—

आपत्काले तु विप्रेण भुक्तं शूद्रगृहे यदि।
मनस्तापेन शुद्धयेतु द्रुपदानां शतं जपेत्।

इसका अर्थ हुआ कि आपत्तिकाल में ब्राह्मण यदि शूद्र के घर में भोजन कर लेता है तो पश्चातताप करते हुए द्रुपदादिव मंत्र का सौ बार जप करने से वह शुद्ध हो जाता है।"

"यह ठीक है, शतं जपेत्," रमण ठाकुर चहक उठे, "अब एक बार यह मंत्र हमें भी सुना दीजिए, महाराज।"

"नहीं, यों ही जहाँ-तहाँ पढ़ने और सुनाने के लिए नहीं है यह मंत्र," महामहोपाध्याय ने लगभग डाँट दिया, "अवसर आने दीजिए। पहले पाप तो कर लीजिए, फिर आइए मेरे पास। मैं सब ठीक कर दूँगा।"

"ठीक है, महाराज," हरिमोहन झा बोले, "अब आज्ञा हो, तो हम लोग विदा लें।"

"यह तो आपने बताया ही नहीं कि भोज कब होने जा रहा है?" महामहोपाध्याय ने सवाल कर दिया।

"तिथि अभी तय नहीं हुई है," हरिमोहन झा बोले, "मगर अब तय हो ही रही होगी।"

"भोज किस अवसर पर दिया जा रहा है?"

"घर-वास के अवसर पर।"

"तब तो वहाँ पूजा-पाठ भी होगा?"

"यह तो हमें नहीं मालूम, महाराज।"

महामहोपाध्याय ने कुछ सोचकर कहा, "आप सन्तोखी को खबर कर दीजिएगा कि मैंने उसे याद किया है; वह शीघ्र आकर मुझसे मिले।"

"जी, महाराज।" बोलकर दोनों धनपतवासी विदा होने के लिए उठे कि महामहोपाध्याय ने टोका, "कुछ द्रव्य तो देकर जाइए।"

"द्रव्य!" दोनों को तीर-सा लगा। हरिमोहन झा को बोलना पड़ा, "हम द्रव्य लेकर तो नहीं आए हैं, महाराज। आपका बकाया रहा। हम तो फिर आएँगे ही; आपको धनपत ले जाएँगे और मन भर द्रव्य देकर विदा करेंगे।

*

दमगरा से धनपत तक के रास्ते में तरह-तरह के विचारों को मारते-जिलाते जब दोनों ब्राह्मण बभनटोली में घुसे, तो घुसते ही पता चला कि सन्तोखी डोम ने तिथि की घोषणा कर दी है; यह तिथि पूरी बभनटोली में नाच रही है, और अब तक हर दरवाजे पर थिरक-थिरककर नाच चुकी होगी।

सचमुच नाच चुकी थी खबर। अब तो 'हुआँ-हुआँ' की तरह 'क्या सोचा है?' का शोर हवा में फैल रहा था। कर्ण-कुहर में इस शोर के प्रवेश करते ही हरिमोहन झा के मन में यह खयाल आया कि अब ब्राह्मणों की एक सभा हो जाए। उसने रमण ठाकुर से कहा, "भोज के अब पन्द्रह दिन ही बाकी हैं, रमण, तो अब अविलम्ब ब्राह्मणों की एक बड़ी सभा एक ठोस और सुविचारित निर्णय के लिए हो जाए।"

रमण ठाकुर हरिमोहन झा के घर तक चले आए, और तब अपना मुँह खोला, "मैं किसी सभा की जरूरत तो महसूस नहीं करता, भैया। अब तक हर एक ने अपना निर्णय स्थिर कर लिया होगा। मैथिलों की सभा मेढकों की सभा हो जाती है, ऐसा मैंने कई विद्वान ब्राह्मणों को कहते सुना है। आप पाँच मेढकों को एक तराजू पर तौल नहीं सकते। डंडी उठाइएगा नहीं कि कोई एक पलड़े से कूदकर निकल जाएगा; जब तक उसे पकड़कर लाइए तब तक दूसरा छिटकेगा। एकमत की उम्मीद छोड़िए। हम लोग अपना उपाय कर चुके हैं। भोज हो जाए, जिन्हें भोज खाना हो खाएँ, जिन्हें प्रायश्चित्त करना हो, हमारे पास आ जाएँ।"

"नहीं, रमण, ऐसा मत सोचो," हरिमोहन झा ने कहा, "गाँव वालों का भरोसा है हम लोगों पर। हम उनसे अलग तो नहीं हो सकते। हम उनका भरोसा तो नहीं तोड़ें। हम उन्हें दमगरा के पंडित की बात भी बता देंगे। उसके बाद जिसको जो निर्णय लेना हो, ले।"

अच्छी सभा हुई ब्राह्मणों की। कुछ राय देने आए थे, अधिकांश राय सुनने। सभा की अध्यक्षता सदानन्द बाबू कर रहे थे। वे मुस्कुराते हुए आए थे; आसन ग्रहण करते ही उन्होंने कठिन काल की चर्चा की और सबसे पहले रूपनारायण झा को अपनी राय देने के लिए आमंत्रित किया।

रूपनारायण झा अपनी राय देने के लिए उठते, उससे पहले ही बुच्ची झा उठ खड़े हुए, "आपने कठिन काल की चर्चा की है, बड़े भैया। मैं पिछले पन्द्रह दिनों से इस कलिकाल पर चिन्तन-मन्थन कर रहा हूँ। एक कविताई मेरे हाथ लगी है। मैं अभी ही चार पंक्तियों में कलियुग की महिमा गा लेता हूँ, ताकि किसी को भी अपनी राय व्यक्त करने में कठिनाई न हो।"

इतना बोलकर उन्होंने कविताई की पंक्तियाँ सुनाईं--

धनि कलियुग महराज आपने लीला अजब दिखाई है।
उलटा चलन चला दुनिया में सबकी मति बौराई है।
नीति पन्थ उठ गया कचहरी पापन आन लगाई है।
धर्म गया पाताल सभी के मन बेधरमी छाई है।
शूद्र हुए धनवान ब्राह्मणों ने कीन्हीं सेवकाई है।
उलटा चलन चला दुनिया में सबकी मति बौराई है।

बुच्ची झा के बैठते ही रूपनारायण झा उठ खड़े हुए, "मति बौराई नहीं है, सही चाल चल रही है। बदलते युग के साथ अपने को ढालना पड़ता है। एक कहावत हर युग में लागू रहता है कि जरूरत पर गधे को भी बाप कहना पड़ता है। मैंने राजनीतिक कारणों से किसी मुसहर विधायक को अपने घर में घुसाया था, सादर खिलाया भी था। अगर मैं राजनीति में रहता हूँ, तो भविष्य में भी ऐसा ही करूँगा। आप मेरी ओर नहीं देखकर देश-प्रदेश के बड़े-बड़े उन ब्राह्मण नेताओं की ओर देखिए जो शूद्रों के घर में खाना खाते हैं और रात गुजारते हैं; अखबार में फोटो छपवाते हैं और ताल ठोंककर कहते हैं, 'देख लो, दुनियावालो! ब्राह्मण शूद्र भाई भाई।' मैं यहाँ के सोलकनों के बल पर ही मुखिया होता आया था। मैं उन्हें सदा के लिए खोना नहीं चाहता। मुझे राजनीति में आगे जाना है। आमंत्रित होने पर मैं तो भोज खाने जाऊँगा।"

बिना नाम पुकारे ही उठ खड़े हुए रमण ठाकुर, "मैं तो शुरू से कह रहा हूँ कि अब आप गाँव छोड़िए, शहर बन जाइए; गाँव का ब्राह्मण नहीं, शहर का ब्राह्मण बनिए।"

"अब तो कलियुग में मुझे भी अपना पुराना विचार बदलना पड़ रहा है," हरिमोहन झा ने अपनी राय दे दी, "यह कभी सोचा जा सकता था कि कोई सोलकन इस बात पर शोध करेगा कि इस धनपत की बभनटोली में कितने घरजँवाई डाकू या हत्यारे हैं? गाँव में डोम-लहर चल रही है। अब तो मेरी नजर में बस एक उपाय है कि डोम के घर भोज खाइए और सुबह किसी सोलकन के बगीचे या खेत में पाखाना कर आइए।"

हँसनेवाले हँसे मगर अभी भी सभा की गम्भीरता भंग नहीं हो पाई।

सदानन्द बाबू की नजर पंचानन झा पर चली गई। उन्होंने पंचानन झा से कहा, “आप कुछ बोलिए, पंचानन।”

पंचानन झा राय सुनने आए थे, सुनाने नहीं। जब तक वे कुछ बोलें, तब तक तो रमण ठाकुर ही टपक पड़े, “पंचानन भाई क्या बोलेंगे! वे तो भोग रहे हैं। छत छवाने के लिए जन-मिस्त्री की खोज में निकले थे। कोई आने को तैयार नहीं हुआ, तो खुद छत पर चढ़ गए। छत से गिरे और एक टाँग तुड़वा ली। महीना भर प्लास्टर चढ़ाकर घर में बैठे रहे। पवित्तर बाबू गाय के लिए चरवाहा ढूँढ़ने निकले थे। औरत का जवाब मिला था, ‘मेरा बेटा अब किसी की गाय नहीं चराएगा; अपने पास सात बकरियाँ हैं चराने के लिए।’ अब ऐसे ही जवाब मिलेंगे। हम एक डोम का भोज नहीं खाएँगे, मगर आज सारे सोलकन उसके साथ हो गए हैं। हम पूरे गाँव से तो राड़ मोल नहीं ले सकते। डोम का भोज खाते हैं हम, तो सारे सोलकनों का दिल पिघल जाएगा।”

“मैं तो कहता हूँ कि सारे सोलकनों से आप लड़ सकते हैं,” सृष्टिदेव मिश्र कूद पड़े, “मगर एक डोम से नहीं लड़ सकते। सुन लीजिए, किस्सा बिहारीगंज बाजार का है। दुल्ली मारवाड़ी की दुकान से एक डोमिन ने साड़ी खरीदी। घर पर साड़ी को खोलकर देखा, तो वह जगह-जगह से फटी हुई थी। शाम में वह साड़ी बदलने चली आई। दुल्ली सेठ ने साड़ी बदलने से इनकार कर दिया। वह डोमिन अपने टोले में आई और इस बार पाँच-सात डोमिनों के साथ सेठ की दुकान पर आई। दुल्ली सेठ टस-से-मस नहीं हुआ। पाँचों डोमिनें चीख-चिल्लाकर चली गईं। अगली सुबह दुल्ली सेठ के आने के पहले ही उसके पाँच-सात पड़ोसी दुकानदार चीख-चिल्ला रहे थे। दुल्ली सेठ की दुकान के सामने कम-से-कम दो कनस्तर पाखाना बिखरा पड़ा था।”

“यहाँ तो एक डोम से लड़ने का ही मामला नहीं है,” पुरुषोत्तम मिश्र अपने को रोक नहीं सके, “मामला सारे सोलकनों से लड़ने का हो गया है। सब आ गए हैं सन्तोखिया के समर्थन में। हरिहर हलवाई ने मेरे घर आए बरेखिया को बुलाकर कहा था कि आप जो तिलक चढ़ाइएगा उस रकम से एक सौ सत्तर रुपये काटकर मुझे दे दीजिएगा; चार साल पुराना बकाया है। अब तो वह उधारियों की लम्बी सूची बनाकर रखेगा और उस सूची में केवल इस बभनटोली के ब्राह्मणों के नाम होंगे। अब तो बकाया भी एक सौ सत्तर का नहीं होगा, बकाया होगा हजार-दो हजार का। अगमू चौधरी और बैजू भगत की सूची में बकाया दस से बीस हजार तक भाग सकता है। बेटा-बेटी के ब्याह में व्यवधान उपस्थित होगा। मेरी तो राय

है कि कह दीजिए गधे को बाप; बुद्धिमानी इसी में है। ऐसा कहने से इस कलियुग में हमारे ब्राह्मणत्व पर कोई आँच नहीं आएगी।"

"प्रायश्चित्त का विधान भी तो है ही," हरिमोहन झा ने जोड़ दिया।

सदानन्द मिश्र देर से रजनीकान्त झा पर नजर गड़ाए हुए थे। हरिमोहन झा के चुप होते ही उन्होंने रजनीकान्त से कहा, "आप कुछ कहना चाह रहे हैं, रजनीकान्त। कहिए, क्या कहना है?"

"एक शाम भोज खा लेने से क्या बिगड़ जाता है!" रजनीकान्त ने सुनाया, "एक शाम एक डोम का भोज नहीं खाइए और जीवन भर सारे सोलकनों से राड़ मोल लिये रहिए, इसमें क्या अक्लमन्दी है? खेती-गृहस्थी का क्या हाल है, सब देख ही रहे हैं। रोपनी-कटनी के लिए जन नहीं मिलते। खेती के लिए अब तो बटाईदार भी नहीं मिल रहे। राड़ मोल लेंगे, तो कोई कहने भी आएगा कि आपके खेत में कोई चरवाहा भैंस चरा रहा है? कलियुग में भोज खा लेने में कोई किरकिरी नहीं है।"

"डोम के एक पत्तल अनाज से कितना खून बनेगा?" रमण ठाकुर ने पूछा सवाल और फिर खुद ही दिया जवाब, "दस-बीस बूँद।" और फिर कहा, "पूर्णिया अस्पताल में आए कितने ही ब्राह्मण मरीजों को मैंने पास के डोम-टोली का बोतल-बोतल खून चढ़वाया है। किसी के परिजन ने नहीं कहा कि डोम का खून नहीं चढ़वाएँगे। आँख का इशारा तक नहीं हुआ; सभी कलियुग के नाम पर रिस मारकर रह गए।"

मैं एक बार बुच्ची झा से भी पूछ लूँ," सदानन्द मिश्र ने बुच्ची झा पर निगाह टिकाई, "कि आज उनके दादा अभयशंकर झा रहते, तो क्या करते?"

बुच्ची झा ने तत्क्षण जवाब दे दिया, "मैंने तो शुरू में ही कविताई सुना दी है। मैंने कलियुग से हार मान ली। अगर आज मेरे दादाजी जिन्दा रहते तो वे भी हार मान लेते।"

सदानन्द मिश्र ने सब ओर निगाह फिराई और फिर बोले, "अब सभा समाप्त हो जाने दीजिए। सभा का कोई निर्णय नहीं है। सब स्वतंत्र हैं अपना-अपना निर्णय लेने के लिए। मगर सभा समाप्त करने के पहले मैं यह बता देना चाहता हूँ कि इस कलियुग में जिस ब्राह्मण के पास पैसा नहीं रहेगा वह ब्राह्मण होकर भी शूद्र हो जाएगा और जिस शूद्र के पास पैसा होगा वह शूद्र होकर भी ब्राह्मण हो जाएगा। आप सारे ब्राह्मण अपनी आय बढ़ाइए, ब्राह्मण बने रहने के लिए आय बढ़ाइए। अब सभा..."

"रुकिए, श्रीमान," बलभद्र झा उठ खड़े हुए, "लाख कलियुग आ गया हो, मगर हमें इस हद तक पतन स्वीकार नहीं। शूद्र हमें झुकाते चलें और हम शूद्र के आगे झुकते चलें!"

"क्या कहना चाहते हैं आप?" सदानन्द बाबू ने पूछा।

"हम भोज खाने को तैयार हैं, श्रीमान," बलभद्र झा ने जवाब दिया, "मगर शूद्रों के द्वारा ब्राह्मणों को न्योता देने का जो विधान हमारे शास्त्रों में बताया गया है उस विधि-विधान से ही सन्तोखी डोम हमें न्योता दे।"

"क्या है विधान?" सदानन्द बाबू ने पूछा।

"मैंने कुछ ज्ञानी पंडितों से जानकारी ले ली है," बलभद्र झा बोले, "परसों एक और सभा हो जाए। उस सभा में मैं इन पंडितों को उपस्थित करूँगा।"

*

पिछले सात दिनों से सुखदा दी की फौज बहुत व्यस्त हो गई थी। जिसे देखो वही हरिटोला के रास्ते पर आना-जाना कर रही है। भोटियावाली, पिपरावाली, चैनपुरवाली, हर्राहावाली और डुमरियावाली की दौड़धूप देखकर तो यही लगता था कि भोज सन्तोखी हरि के घर में हो रहा हो या नहीं, मगर बेटियों का ब्याह इन सब औरतों के घर में जरूर हो रहा है। खुशी तो हर एक के चेहरे पर झलक रही थी, मगर मन हर एक का शंकालु था कि डोम का भोज खाने ब्राह्मण आएँगे या नहीं, बभनटोली के ब्राह्मण। सुखदा दी की हँसी-खुशी देखकर किसी की हिम्मत भी नहीं हो रही थी कि इस बाबत कोई सवाल पूछे।

औरतों की एक महती सभा फिर हुई शीतल साह की भुतहा गाछी में। सुखदा दी ने अपनी बात शुरू की, "मैं आज बहुत खुश हूँ कि हमारा सपना सच होने जा रहा है।"

आगे कुछ बोले सुखदा दी, इससे पहले ही पिपरावाली रामकली पूछ बैठी, "आ रहे हैं बभनटोली वाले सन्तोखी हरि के भोज में?"

"आ रहे हैं, आ रहे हैं, रामकली जी," सुखदा दी ने मुस्कुराकर सिर हिलाते हुए कहा, "आएँगे वे; बस, एक शर्त रखी है उन्होंने।"

"कैसी शर्त?" रामकली से पहले जागो ही टपक पड़ी, चैनपुरवाली।

"शर्त है," सुखदा दी ने सुनाया, "कि उनके शास्त्रों में शूद्र द्वारा ब्राह्मणों को आमंत्रित करने की जो विधि बताई गई है, उसी विधि से उन्हें आमंत्रित करे सन्तोखी हरि।"

कई आवाजें आ गईं, "क्या है विधि?"

"विधि है," सुखदा दी बोली, "कि भोज के एक दिन पहले शूद्र हर ब्राह्मण के घर जाकर साष्टांग प्रणाम कर ब्राह्मण को निमंत्रित करे।"

"और कुछ?" हर्राहावाली झुन्नू पूछ बैठी।

"नहीं, और कुछ नहीं।" मुस्कुराकर बोली सुखदा दी।

"सन्तोखी हरि को पता है कि उसे किस तरह निमंत्रण देना है?" रामकली ने पूछा।

"मुझे इस शर्त की जानकारी मास्टर चाचाजी से मिली थी," सुखदा दी ने सुनाया, "जिनकी बातचीत हरिमोहन झा जी से हुई थी। मगर हमारे पास इस जानकारी के पहुँचने के पहले ही यह शर्त बभनटोली से सन्तोखी हरि के लिए रवाना कर दी गई थी। दौलतिया को भेजा गया था सन्तोखी हरि से यह कह आने कि नाई के द्वारा किया गया निमंत्रण उन्हें स्वीकार नहीं और उन्हें शास्त्रीय विधि से किया गया निमंत्रण ही स्वीकार होगा।"

"क्या सन्तोखी हरि ने साष्टांग प्रणाम करना स्वीकार कर लिया है?" कुछ असन्तुष्ट भाव से डुमरियावाली चन्दा ने पूछा।

सुखदा दी ने गहरी निगाहों से चन्दा को देखा और फिर बोली, "सन्तोखी मेरे पास आए थे यह पूछने कि क्या ब्राह्मणों की शर्त मान ली जाए? मैंने उनसे कहा, 'हाँ, मान ली जाए'।"

किसी ने नहीं पूछा, "क्यों मान ली जाए?" सुखदा दी ने ही जवाब देना जरूरी समझा, "मैं नहीं चाहती थी कि यहाँ तक पहुँच जाने के बाद बात बिगड़ जाए। उनकी शर्त खिसियानी बिल्ली के खम्भा नोचने जैसी बात थी। बात अभी भी बिगड़ नहीं रही थी, बभनटोली का एक ब्राह्मण तो आ ही रहा है भोज खाने, मगर मैं शर्त रखनेवाले ब्राह्मणों को भी भोज में उतारना चाहती हूँ। क्या बुरा है कि उनके अहम् को भी थोड़ी खुराक मिल जाए, उनका अहम् भी भोज खाकर जाए!"

"बभनटोली का कौन ब्राह्मण आ रहा है भोज खाने?"

रामकली के इस सवाल पर सुखदा दी मुस्कुराई, "अचरज है कि यह सवाल भी आपको पूछना पड़ रहा है! क्या आप देख नहीं रहीं कि नकुल झा की पत्नी विमला देवी किस तरह मेरे साथ सटी रहती हैं? यह भी सुन ही लीजिए कि उनका बेटा शुभंकर ही घरवास की पूजा कराएगा।"

"उसे तो कभी," जागो ने टोका, "पूजा कराते नहीं देखा है हम लोगों ने। किसी अच्छे पंडित को लाना था।"

"गाँव में पूजा कराते नहीं देखा होगा, शुभंकर झा को," सुखदा दी बोली, "मगर अपने मामा के पास रहकर वह पुरोहिताई सीख चुका है और अगर उसकी किताब की दुकान यहाँ नहीं खुल जाती, तो वह अभी मामा के इलाके में ही पूजा-पाठ करा रहा होता। ऐसे सुन लीजिए कि एक बहुत नामी पंडित सन्तोखी हरि के घरवास की पूजा कराने को तैयार है, मगर मैंने ही उसे मना कर दिया है। हमें गाँव में पंडित मिल रहा है, तो हम बाहर के पंडित को क्यों बुलाएँ!"

"कौन नामी पंडित तैयार है सन्तोखी हरि के घर पूजा कराने के लिए?" हँसते-हँसते चन्दा ने पूछा।

"दमगरा के एक पंडित हैं महानन्द शास्त्री," सुखदा दी ने सुनाया, "वे सन्तोखी हरि के टोले में पहले भी कुछ शादी-ब्याह करा चुके हैं। मगर वे न तो कभी उनके घर घुसे और न कभी उनका अन्न-जल ग्रहण किया। वे बीस हाथ दूर रहकर ही मंत्र-पाठ कर दिया करते थे। इस बार ऐसा हुआ कि कैसे तो उन्हें खबर मिली कि सन्तोखी के घर पूजा-पाठ होना है, और उनका एक आदमी सन्तोखी हरि के घर आ गया। वह यह कहने आया था कि अगर सन्तोखी एक हजार एक रुपये की पूजा कराए, तो पंडित जी, महानन्द शास्त्री, उनके घर में घुस भी जाएँगे और अन्न-जल भी ग्रहण कर लेंगे। यह संवाद लेकर सन्तोखी जी मेरे पास आए थे, मगर मैंने उनसे कह दिया कि संवदिया को यह सुना दें कि अब एक रुपया पर भी हम आपके महापंडित से पूजा नहीं कराएँगे।"

"यह तो अच्छा हुआ," रामकली बोल गई, "बहुत अच्छा।"

सुखदा दी मुस्कुराई और बोली, "एक कुछ और अच्छा भी सुन ही लीजिए।"

जिह्वा पर आनेवाला 'क्या?' हर एक की आँखों में उभर आया।

सुखदा दी ने सुनाया, "एक हैं श्री दामोदर झा; मधेपुरा जिला के किसी किशुनगंज गाँव के रहनेवाले हैं। वे नेता हैं, दो बार विधानसभा का चुनाव लड़ चुके हैं, मगर अभी तक विधायक नहीं बन पाए हैं। राम जाने, उन्हें कैसे तो खबर लगी कि धनपत का कोई डोम एक बड़ा भोज देने जा रहा है। उनका एक आदमी आ गया सन्तोखी हरि से आग्रह करने कि दामोदर बाबू को भी भोज का निमंत्रण मिले। सन्तोखी हरि ने उनका आग्रह स्वीकार कर लिया है।"

"तो क्या," जागो पूछ बैठी, "भोज के एक दिन पहले सन्तोखी हरि किशुनगंज जाएँगे साष्टांग प्रणाम कर दामोदर झा को निमंत्रित करने?"

"नहीं-नहीं ऐसा नहीं है," सुखदा दी को हँसी छूट गई, "सन्तोखी जी कहीं नहीं जाएँगे। दामोदर झा आमंत्रित हो गए।"

"तब ठीक है," इतना बोलकर चुप हो गई जागो।

सुखदा दी ने जोड़ा, "हो सकता है, दामोदर झा के कुछ लग्गू-बज्झू उनके साथ आएँ।"

"आएँ," फिर बोल गई जागो, "जितने को आना हो, आएँ। रसद की कमी नहीं है।"

"अब मैं कुछ अपनी बात कह लूँ," सुखदा दी का स्वर गम्भीर हो उठा, "मैं आज बहुत खुश हूँ। आप लोगों के साथ रहते हुए, साथ-साथ काम करते हुए मैं

कितनी ही बार खुश हुई हूँ। सरकारी संस्थाओं की मदद लेकर हमने खेती में नए-नए प्रयोग किए और अपनी आय बढ़ाई। आज हम ढेर सारे धन्धे चला रहे हैं। हमारे गाँव में शिक्षित-प्रशिक्षित महिलाओं की एक बड़ी फौज तैयार हो गई है। बड़ा कठिन हो रहा था हमारे लिए औरतों की बैंड-पार्टी तैयार करना, मगर हम यहाँ भी सफल हो गए हैं। अब तो इस बैंड-पार्टी की चर्चा दूर-दूर के गाँवों में भी हो रही है। मुझे यह बताते खुशी हो रही है कि हमारी बैंड-पार्टी से सट्टा लिखाने के लिए गिधवास के मुखिया आए थे और एक आदमी अमरपुर से आया था। हमने ना बोलकर उन्हें लौटा दिया, क्योंकि इस बैंड-पार्टी को अपनी पहली प्रस्तुति सन्तोखी हरि के भोज में देनी है। उसके बाद ही हमारी बैंड-पार्टी कहीं बाहर निकलेगी। ये सारी खुशियाँ मुझे मिली हैं, मगर आज की खुशी मेरी सबसे बड़ी खुशी है, इस बात की खुशी कि सन्तोखी हरि का भोज खाने ब्राह्मण आ रहे हैं।

"मगर यह खुशी भी मेरी आखिरी खुशी नहीं है। एक धनपत ही हमारी कर्मभूमि नहीं होगा। हमें एक नए संसार की रचना करनी है। मैं आपको सुना चुकी हूँ कि कभी किसी बालक ने मरदों की दुनिया में फिर से जन्म लेने से इनकार कर दिया था और ईश्वर से कहा था कि उसे बच्चों की दुनिया में, बच्चों के राज में भेजा जाए। बच्चों की कोई दुनिया नहीं हो सकती, कोई राज नहीं हो सकता। सारे बच्चे बड़े हो जाएँगे; बच्चों की दुनिया मरदों की दुनिया में बदल जाएगी। हमें मरदों की नहीं, औरतों की दुनिया चाहिए, माताओं की दुनिया चाहिए। सपना देखिए एक उस दुनिया का जहाँ कोई अहंकारी नहीं होगा, कोई कातिल नहीं होगा, जहाँ कोई युद्ध नहीं होगा, दंगा-फसाद नहीं होगा। ऐसा सिर्फ माताओं की दुनिया में ही सम्भव है। कोख का रिश्ता सबसे बड़ा रिश्ता होता है। कहीं कोई एक भी मारा जाएगा, तो हर माँ की कोख रोएगी।

यह एक सपना है, बड़ा सपना है, जिसके लिए संसार की सारी माताओं को एकजुट होकर पूरा करना होगा। अभी तो हमें धनपत में अपने इस संसार को ले आना है और मुझे विश्वास है कि हम इस संसार को बसाएँगे अपने धनपत में। मुझे खुशी है कि हमारे मरदों ने हमारे त्याग और परिश्रम को सम्मान दिया और हमारी राह में कोई बाधा नहीं आई। मुझे विश्वास है कि एक दिन, जल्दी ही, यहाँ के ब्राह्मणों को भी हम अपने साथ ले आएँगे। आप सब देख रही हैं कि वे हमारे साथ आ रहे हैं, ऊँच-नीच की दुर्भावना से मुक्त हो रहे हैं। बभनटोली की ब्राह्मणियों के बीच रोज ही हमारी चर्चा हो रही है।

"अब और कुछ नहीं," सुखदा दी की आवाज काँपने लगी थी, "अपने सपने को मैं अभी दूर से ही देख रही हूँ, मगर आज मैं इतनी खुश हूँ कि रोने को...।"

बोलते-बोलते सुखदा दी ने बगल में बैठी झुनिया के कन्धे पर अपना माथा टेक दिया; आँखों से लोर ढरक आए थे।

*

सुबह से ही हरिटोला का लाउडस्पीकर गीत सुनाने लगा था। सुननेवाले प्यार भरे गीतों में भी मगजपच्ची करते हुए ढूँढ़ने लगे थे सोलकनों की हुंकार, सन्तोखी की ललकार, ब्राह्मणों की हार, गाँव की नई सरकार या...प्यार की जगह और कुछ? कीर्तनिया गेदन दास अपने ढोलकिया गुलटेन से पूछ रहा था, "गुलटेन भाई, इसका क्या मतलब...जोर का झटका हाय जोरों से लगा, हाय लगा?"

इस बात पर पूरी बभनटोली का ध्यान गया था कि गेना, दौलतिया, नवला और चतुरी दो दिनों से बभनटोली की नौकरी छोड़कर हरिटोला की नौकरी कर रहे हैं। और, नकुल झा? घर में ताला लगाकर कहाँ तो सपरिवार भाग गया है?

सन्तोखी हरि कल ही बभनटोली के हर घर को साष्टांग प्रणाम कर भोज के लिए निमंत्रित कर आया था। और आज, भोज की वेला आते-आते बभनटोली के हर घर की खुली खिड़की से घरवाले देख रहे हैं कि कौन किस घर से निकला है और बभनटोली से डोमटोली जानेवाला रास्ता पकड़ा है।

हरिमोहन झा अपने घर से निकलकर रमण ठाकुर के घर की ओर बढ़ते हैं और उसे साथ लेकर डोमटोली का रास्ता पकड़ते हैं।

डोमटोली कुछ दूर से ही जगमगाती दिख रही है। ओह, अब तो डोमटोली मत बोलिए; बोलिए, हरिटोला।

बड़ा-सा शामियाना लगा हुआ है 'सन्तोखी निवास' के आगे। कुछ दूर से भी पढ़ा जा सकता है, 'नवभारत टेंट हाउस, पूर्णिया।' सोलकनों के बीच विशेष चर्चा है, ऐसा तम्बू इस धनपत में किसी ने बाप जनम नहीं देखा होगा।

बाहर से तम्बू देखा तो क्या देखा! जरा अन्दर जाकर देखिए। लगता है, इन्दर महाराज का दरबार सजा हो। 'बाप जनम' से भी ऊपर जाइए।

रमण ठाकुर पूछ बैठता है हरिमोहन झा से, "एक बात पूछूँ, भैया?"

"पूछो।"

"क्या आपको नहीं लगता कि बभनटोली के ढेर सारे ब्राह्मण अपने अगले जनम में सन्तोखी हरि के रूप में अवतरित होना चाहेंगे?"

हरिमोहन झा ने गुर्राती निगाहों से रमण ठाकुर को देखा और बोल गए, "तुम्हारी जिह्वा पर भी कलियुग आ बैठा है।"

रमण ठाकुर ने कोई जवाब नहीं दिया; मुस्कुराकर रह गए, मगर भोजघर में घुसने से पहले अपने भैया को फुसफुसाकर कहा, "यहाँ डोम-डोम नहीं कीजिएगा; बोलिएगा, सन्तोखी हरि और हरिटोला।"

भीड़ बढ़ती जा रही थी। द्वार पर उपस्थित सन्तोखी हरि हर आनेवाले को झुक-झुककर प्रणाम कर रहा था।

एक कोलाहल हुआ और उस कोलाहल में बच्चों की आवाजें आ रही थीं, "हाय राम, नगाड़ा चाची किधर चली गई...ढोल फुआ, ढोल फुआ, जल्दी, जल्दी...गे पिपही दादी, तुम्हारी पिपही कहाँ है?...घंटी भौजी, आप यहाँ, यहाँ खड़े होइए... बाँसुरी दीदी, आपके लिए नई बाँसुरी...तुरही मौसी... शहनाई चाची...

नहीं, आज सीता देवी का कोई गीत नहीं होगा। सुखदा दी का 'ऑडर' है, आज बस बैंड-पार्टी का 'आइटम' होगा। सुखदा दी ने भोटिया वालों को भी लौटा दिया है। वहाँ के कुछ डोम आए थे कि डोमकच्छ नाच करेंगे...

अनारकली डोमनी
तोर डोम कहाँ गेलौ?
कत्तो जरौ मरौ मुँहझौंसा
कत्तो जूआ खेलौ...

सुखदा दी ने 'कैंसिल' कर दिया। नो नाच; केवल बैंड-बाजा।

बैंड-बाजा इस्टाट। उसकी धुनों में कोई गीत ढूँढ़ने लगे हैं कुछ मसखरे, कोई ऐसा-वैसा गीत, कोई बाभन वाला गँवरमसला—बाभन जात अँधरिया रात, एक मुट्ठी चूड़ा पर दौड़ल जात, ऊँ आँ ऊँ आँ ऊँ आँ ऊँऽऽऽ उँहूँ...बाभन के गाँव में राड़ पंजियार, राड़ पंजियार भाई राड़ पंजियार, ऊँहूँहूँहूँहूँ; नहीं हुआ, मेल नहीं मिलता। अब बूझे जिसे बूझना हो। जो बूझे सो लालबुझक्कड़।

बुच्ची झा और शोभाकान्त चौधरी भोज खाने के लिए बभनटोली से एक साथ निकले थे। भोजघर में घुसने के पहले शोभाकान्त की नजर एक ठेले पर पड़ी। वे रुके और बुच्ची झा को भी साथ लेकर उस ठेले के पास आ गए। ठेले पर बैठे आदमी से उन्होंने पूछा, "क्या नाम है आपका?"

जवाब आया, "रोहन यादव।"

"आपका ठेला है?"

"नहीं, सरिता समूह का।"

"इस पर सटे कागज में लिखा है 'मेड इन यादव-टोला, धनपत।'"

रोहन हँसा और बोला, "लिखा हुआ तो था 'मेड इन धनपत' ही, मगर फौजी यादव बोले कि 'मेड इन यादव-टोला, धनपत' लिखो।

"क्या-क्या 'मेड इन' होता है?"

"पापड़, बड़ी, तिलौड़ी।"

"धनपत में ही ठेला घुमाते हैं?"

"अभी तो बनमनखी तक जाते हैं, मगर अब गुलाबबाग हाट भी करेंगे।"

"माल बिक जाता है?"

"अभी तो माल दे नहीं पा रहे हैं।"

शोभाकान्त ने हूँ-हाँ की और भोजघर की ओर बढ़े। भोजघर में घुसने के पहले ठिठककर उन्होंने बुच्ची झा से फुसफुसाकर कहा, "जानते हैं, बुच्ची, एक ऐसा ही ठेला अपनी बभनटोली में भी बन रहा है। उस ठेले पर लिखा रहेगा 'मेड इन बभनटोली, धनपत।"'

"कौन बनवा रहा है ठेला?"

"बनवा रहा है 'विमला समूह' और बनवा रही है विमला देवी, नकुल झा की घरवाली।"

"बिकेगा क्या-क्या?"

"जीरा, मरीच, हल्दी, धनिया।"

"आपको यह सब किसने बताया?"

"खुद नकुल झा ने। पहले विश्वास नहीं हुआ था; अब विश्वास हो गया।"

और लोग तो आँख फाड़कर देखने, फुसफुसाकर बोलने और कान पातकर सुनने में लगे थे, मगर रामोतार बाबू के मन में कुछ और ही मन्थन चल रहा था। इस भव्य आयोजन के केन्द्र में उन्हें सुखदा दी दिखाई पड़ रही थी, जित देखूँ तित लाल।

जगदीश मास्टर ने मुस्कुराकर पूछा, "कुछ सोच रहे हैं क्या, रामोतार बाबू?"

रामोतार बाबू ने हल्की मुस्कुराहट के साथ जवाब दिया, "हाँ, कुछ सोच ही रहा हूँ। मुझे एरिस्टोफैंस की याद आ रही है।"

"कौन एरिस्टोफैंस?"

"मैंने कभी आपके पास ग्रीक नाटककार एरिस्टोफैंस की चर्चा की थी जिसने दो हजार साल पहले 'लेसिसट्राटा' नामक नाटक लिखा था जिसमें वेश्यालयों

तक में हड़ताल हो गई थी और औरतों ने मरदों को काबू में रखकर युद्ध को रोक दिया था। अगर आप सच बता रहे हैं तो यहाँ तो बिना किसी हड़ताल के ही सुखदा दी ने पूरे गाँव पर सिक्का जमा लिया है। आज अगर मेरे सामने एरिस्टोफैंस होते, तो मैं उन्हें एक नया नाटक लिखने को कहता, कहता कि यहाँ कोई हड़ताल नहीं हुई है।"

कुछ समझकर और कुछ बिना समझे जगदीश मास्टर मुस्कुराए भर, कुछ बोले नहीं।

जगदीश मास्टर के खास संवाददाता श्यामसुन्दर गुप्ता के पास समय पर आ जाने के लिए इतने आदमियों को बनमनखी दौड़ाया गया था कि बेचारे भोज के दिन दिन ढलने के पहले ही जगदीश मास्टर के दरवाजे पर हाजिर हो गए थे। हाजिरी देकर वे भोजघर के लिए निकल पड़े।

भोजघर में पहुँचते ही जगदीश मास्टर को गुप्ता जी चहलकदमी करते दिख गए थे। जब-जब नजर पड़ती गुप्ता जी की जगदीश मास्टर पर, वे पास आते और 'बहुत अच्छा, बहुत अच्छा' बोलकर फिर दूर खिसक जाते। वे अभी से अपनी रपट तैयार करने में व्यस्त दिख रहे थे।

भोजकों की भीड़ में एक भोजक पर रामोतार मास्टर की निगाह ऐसी गड़ी कि देर तक गड़ी ही रह गई। निगाह हटाई तो बगल में भोज खा रहे जगदीश मास्टर से पूछा, "वह आदमी कौन है?"

"कौन?" निगाह दौड़ाते हुए जगदीश मास्टर ने पूछा।

"वही," रामोतार मास्टर बोले, "जो भोज खाते हुए अपना फोटो तड़ातड़ खिंचवा रहा है।"

जगदीश मास्टर ने गौर से उस भोजक की ओर देखा और फिर मुस्कुराकर फुसफुसाते हुए बोले, "यह मधेपुरा जिला के किसी गाँव का ब्राह्मण है। कैसे तो इसे पता लग गया था कि यहाँ कोई डोम ब्राह्मणों को भोज खिलानेवाला है। उसने आदमी भेजकर इस भोज में आमंत्रित किये जाने की अपनी इच्छा जताई थी।"

उस वक्त लम्बा 'हूँ' बोलकर चुप रह गए थे रामोतार बाबू। भोज खा लेने के बाद उन्होंने जगदीश मास्टर को बताया था, "मैं इस आदमी को पहचान रहा हूँ।"

"कैसे?"

"यह आदमी जरूर अपने इलाके का कोई नेता है," बोलना शुरू किया रामोतार बाबू ने, "मेरे इलाके में भी ऐसे एक नेता थे। उसने एक चमार मुखिया के साथ

अपने फोटो खिंचवाए थे और जब कभी वह दलितों के बीच चुनाव-प्रचार के लिए जाता था तो उस फोटो को अपनी जेब से निकालकर उन्हें बार-बार दिखलाते हुए दलितों के साथ अपने अटूट रिश्ते की बात करता था। यह आदमी तो एक फोटोग्राफर को साथ लेकर आया है भोज खाने और पचीसों फोटो खिंचवा लिये होंगे इसने।"

बल्लियों उछलने का मन हो रहा था स्वप्नदर्शी जगदीश मास्टर का, मूसलों ढोल बजाने का मन। पंख लग गए थे; वह आकाश में उड़ने लगा था। उसका सपना पूरा हुआ...

"आपका शुभ नाम?"

"जगदीश मंडल। गाँव में मुझे जगदीश मास्टर के नाम से जाना जाता है।"

"आपका गाँव?"

"धनपत।"

"धनपत?"

"जी हाँ।"

"कहाँ है यह धनपत?"

"कहाँ है यह धनपत! आप धनपत को नहीं जानते?"

"जी, नहीं जानता।"

"यह जानते हैं कि लाल किला कहाँ है?"

"जी, दिल्ली में है।"

"मगर यह नहीं जानते कि धनपत कहाँ है?"

"नाम कभी सुना नहीं।"

"सारी दुनिया ने सुन लिया, मगर आपने नहीं सुना। नहीं जानते कि धनपत कहाँ है! धनपत बिहार बुक ऑफ रिकॉड्र्स में है, धनपत इंडिया बुक ऑफ रिकॉड्र्स में है, धनपत लिम्का बुक ऑफ रिकॉड्र्स में है, धनपत गिनीज वर्ल्ड रिकॉड्र्स में है, स्टार वर्ल्ड रिकॉड्र्स में है। मेरा धनपत ग्रेट ब्रिटेन के रिकॉर्ड होल्डर्स रिपब्लिक में भी है। आप हैं कि पूछ रहे हैं, धनपत कहाँ है! छिः, कूपमंडूक!"

भोज खाकर जब विदा माँगी रामोतार बाबू ने, तो जगदीश मास्टर ने उनसे कहा, "बोलिए, मास्टर, है कोई ऐसा गाँव जहाँ ब्राह्मणों ने डोम के घर भोज खाया हो? बोलिए, है आपकी नजर में कोई ऐसा गाँव?"

कोई भी जवाब उचित नहीं होता। रामोतार बाबू मुस्कुराकर निकल गए।

रात के ग्यारह बज गए। भोज समाप्त हो चुका था, मगर भोजघर में अभी भी गहमा-गहमी थी। संवाददाता श्यामसुन्दर गुप्ता अपनी रपट को सजाने-सँवारने में व्यस्त थे। जगदीश मास्टर संवाददाता की रपट का इन्तजार कर रहे थे। सुखदा दी शायद इन दोनों को विदा करने के लिए रुकी हुई थी।

श्यामसुन्दर गुप्ता अपनी रपट को कई-कई बार पढ़ने और पढ़कर मुस्कुराने के बाद जगदीश मास्टर के पास आए और उनसे रपट पढ़ लेने का आग्रह किया। जगदीश मास्टर ने बड़े ध्यान से रपट पढ़ी और फिर गुप्ता जी के चेहरे पर निगाह जमाकर बोले, "एक बात गलत लिखी चली गई।"

"कौन-सी बात?" गुप्ता जी कुछ परेशान हो उठे। जगदीश मास्टर ने जवाब दिया, "आपने इस आयोजन का श्रेय मुझे दे दिया है। यह गलत होगा। इस आयोजन का पूरा श्रेय सुखदा दी को जाता है। आप सुधार लें। नहीं, मैं ही सुधार देता हूँ।" बोलकर जगदीश मास्टर ने अपना नाम काटकर लिख दिया, 'सुखदा दी'।

गुप्ता जी चुप ही रहे। जगदीश मास्टर बोले, "यह रपट सुखदा दी को भी दिखा देता हूँ।"

सुखदा दी ने रपट पढ़ी, गुप्ता जी से कलम माँगी और 'सुखदा दी' को काटकर लिखा 'दुलारी चाची'।